Olle Lönnaeus, geboren 1957, wohnt in Lund und arbeitet seit über zwanzig Jahren beim «Sydsvenska Dagbladet». Der Journalist hat für seine investigativen Reportagen bereits mehrere Preise erhalten. Für seinen Debütroman «Das fremde Kind» wurde Lönnaeus 2009 von der Schwedischen Krimi-Akademie mit dem renommierten Preis für das beste schwedische Krimidebüt ausgezeichnet – so wie vor ihm Åke Edwardson und Håkan Nesser. Im Rowohlt Taschenbuch Verlag erschien außerdem «Der Tod geht um in Tomelilla».

«Lönnaeus zeigt, dass Kriminalität und die dunklen Seiten unserer Gesellschaft auch auf ganz andere Weise geschildert werden können als mit grauer Tristesse. Mit Humor und viel Herz zum Beispiel.»
(Skånska Dagbladet)

OLLE LÖNNAEUS

GOTTES ZORN

Kriminalroman

Aus dem Schwedischen von Antje Rieck-Blankenburg

Rowohlt Taschenbuch Verlag

Die Originalausgabe erschien 2012 unter dem Titel
«En enda sanning» bei Damm förlag, Stockholm.

Deutsche Erstausgabe
Veröffentlicht im Rowohlt Taschenbuch Verlag,
Reinbek bei Hamburg, Januar 2014

Redaktion Sibylle Klöcker
Umschlaggestaltung HAUPTMANN & KOMPANIE
Werbeagentur, Zürich, Dominic Wilhelm
(Abbildung: plainpicture/NaturePL)
Satz Janson PostScript, PageOne,
bei Dörlemann Satz, Lemförde
Druck und Bindung CPI books GmbH, Leck
Printed in Germany
ISBN 978 3 499 26725 3

KAPITEL 1

Kurz nach Mitternacht stieß Joel Lindgren die Haustür auf und trat auf die Verandatreppe, um dem Sturm zu lauschen.

Es roch nach Schwefel und Eisen.

Eine ganze Weile lang stand er still da und ließ seinen Blick über die weite, flache Landschaft schweifen. Außer dem tobenden Schneetreiben war nichts weiter zu erkennen. Würde es denn nie aufhören?

Dieses Unwetter war das schlimmste, das er je erlebt hatte. Schon drei Tage und Nächte lang hielt es das Land fest in seinen Klauen. Die Straßen waren wieder zugeschneit, und der Schneeräumdienst schien längst die Hoffnung aufgegeben zu haben, sie befahrbar zu halten.

Joel musste an die Krähen denken, die auf den vereisten Stromleitungen kauerten. Wahrscheinlich erfroren sie jetzt da draußen. Irgendwo in der kalten Dunkelheit würden sie lautlos zu Boden fallen und in den Schneewehen begraben werden.

Während er nur in Hemdsärmeln dastand, erfasste ihn eine Windbö. Vielleicht ließen sich die Wettergötter ja mit seinem Saxophonspiel in die Flucht schlagen, ging es ihm durch den Kopf. Aber er konnte sich nicht aufraffen, das Instrument zu holen. Er geriet aus dem Gleichgewicht und griff nach dem Geländer. Das Dach des Holzschuppens knarrte und ächzte. Es war ein Wintersturm, der mühelos Kiefern umknicken und Eichen mitsamt ihren Wurzeln aus dem Boden reißen konnte.

Da meinte er jemanden rufen zu hören.

Joel horchte angestrengt.

Ach, alles nur Einbildung!

Ein letzter tiefer Atemzug, dann ging er wieder rein und schob noch ein paar Holzscheite in den Kachelofen. Er schüttelte sich vor Kälte. Der Laptop auf dem Küchentisch zeigte an, dass der Akku sich beinahe entladen hatte. Der Schnaps war ausgetrunken, die Flasche leer.

Eigentlich war Joel todmüde. Doch in seinen Beinen spürte er ein Kribbeln wie von tausend Ameisen. Irgendetwas lag in der Luft.

Als sein Handy klingelte, war er nicht überrascht.

«Hallo ...»

Es rauschte schwach. Jemand atmete schwer. Dann hörte er eine verwaschene Stimme. «Komm her. Es ist eilig. Mir bleibt nicht mehr viel Zeit ...»

Noch bevor Joel antworten konnte, wurde die Verbindung unterbrochen.

Er starrte lange auf das Telefon, ohne zu wissen, was er tun sollte. Hatte der andere aufgelegt? Oder war es der Sturm?

«Schaumschläger ...», brummte er schließlich.

Doch in seinem Kopf überschlugen sich die Gedanken. Warum zum Teufel rief der alte Kauz ausgerechnet jetzt an?

Schließlich fasste er einen Entschluss. Er würde sich auf den Weg machen, aber auf keinen Fall unbewaffnet. Nie im Leben! Gunnar hatte doch kürzlich etwas von einer alten Schrotflinte gesagt.

Auf der Kellertreppe schlug ihm der Geruch nach Rattendreck und verfaulten Äpfeln entgegen. Joel schaltete das Licht ein und hörte das Rascheln fliehender Nagetiere. Er stolperte und griff nach dem Geländer. Schüttelte heftig den Kopf, um den Suff loszuwerden. An der Decke surrte eine Neonröhre. Mitten im Raum, zwischen Möbelstücken, Werkzeug und rostigen Gartengeräten, stand ein Eichenschrank mit einer Spiegeltür, deren Glas gesprungen und mit Fliegenschiss übersät war. Durch den Dreck hindurch starrte ihn jemand an. Ein Mann mit strubbeligen blonden Haaren und weit aufgerissenen grünblauen Augen. Er wirkte ängstlich, wie ein kleiner Junge. Als die Tür aufglitt, verschwand er im Dunkel.

Joel musste niesen und schnaubte Staub aus.

Dann sah er, dass im Schrank Kleidung hing. Ein fleckig grauer Militärmantel mit Schaffellfutter verbreitete einen muffigen Geruch. Joel zog ihn über.

Ich muss mich gegen die Kälte schützen, dachte er.

Hinter den von Motten zerfressenen Klamotten fand er, was er suchte: die Winchester.

Es war eine ansehnliche Waffe mit ziselierten Dekorationen auf dem Lauf und blankgewetztem Walnussholzkolben. Daneben lagen eine Pappschachtel mit Munition und ein Lederriemen.

Mit ungeschickten Fingern klappte er den Lauf auf und steckte ein paar Schrotpatronen hinein. Dann griff er sich eine Axt von der Hobelbank und schob den Schaft zwischen Hose und Gürtel.

Bereit, stellte er fest.

Es waren weniger als drei Minuten vergangen, seit die Stimme am Handy in der Unendlichkeit verschwunden war.

* * *

Es dauerte eine Weile, bis Joel begriff, dass sein Auto unter der Schneewehe neben dem Holzschuppen begraben war. Er fluchte im Stillen, da begann die Lampe über der Veranda zu flackern. Für einen kurzen Moment wurde alles schwarz.

Doch dann kamen das Licht und die Schatten wieder. Auf die Elektrizität konnte man sich schon eine Weile nicht mehr verlassen. Die Arbeiter des Stromkonzerns schufteten bestimmt rund um die Uhr, um Bäume beiseitezuräumen, die auf die Leitungen gestürzt waren. Joel schaltete seine Taschenlampe ein, warf den Riemen der Schrotflinte über die Schulter und trottete los. Sobald er um die Hausecke bog, wurde er mit voller Kraft vom Schneesturm erfasst. Er klappte den Schaffellkragen hoch und zog sich die Mütze tief in die Stirn.

Bei diesem Wetter verlaufen sich ja selbst Hunde, dachte er.

Weit entfernt hörte er sie jaulen.

Oder war es das Heulen des Sturms?

In seinem vom Alkohol umnebelten Schädel hatte Joel sich einen Plan zurechtgelegt. Wenn er nur die richtige Richtung einschlagen und geradewegs Kurs über die Felder halten würde, müsste er früher oder später auf die Eisenbahnschienen stoßen. Dann könnte er dem Bahndamm folgen, bis er das Silo der Genossenschaft erblickte. Und von dort waren es nicht mehr als ein paar hundert Meter bis zu Mårtens Haus.

Nach einem kurzen Stück blickte er sich um. Seine Spuren schneiten bereits wieder zu. Der Schornstein war zwischen den Schneeböen, die aus dem Nachthimmel herunterschossen, gerade noch zu erkennen. Um ihn herum wogten die Schneewehen wie Sturmwellen auf dem Meer. Während er im einen Moment mit dem Fuß gegen einen Erdwall stieß, versank er im anderen bis zum Brustkorb in einem Graben. Joel stemmte sich mit Knien und Oberschenkeln gegen schwere Schneemassen und keuchte und schwitzte unter der Mütze, während der Sturm sein Gesicht rot peitschte.

Dann kamen ihm Zweifel.

«Warum eigentlich?», stieß er zwischen den Zähnen hervor.

Es klang, als hätte der Alte vor, seinem Leben ein Ende zu setzen. Oder glaubte er wirklich, dass sie hinter ihm her wären? Zumindest hatte Mårten den Eindruck erweckt, als hätte er Todesangst. Wenn er ihm nicht einen Streich gespielt hatte, wankelmütig in seinem Selbstmitleid.

«Nach so langer Zeit ...», murmelte Joel und stemmte sich gegen den Wind.

Seine Oberschenkel wurden bald taub, und die Kälte brannte in der Luftröhre. Ihm tränten die Augen. Der Mantel war inzwischen durchnässt und so schwer, als schleppte er ein totes Tier auf seinen Schultern. Joel wurde von einer heftigen Lust erfasst loszuschreien. Er blieb stehen, legte den Kopf weit in den Nacken und brüllte in die Wolken hinauf, bis er einen Blutgeschmack im Mund verspürte. Doch das Einzige, was er hörte, war das Tosen des Sturms. Er hustete. Spuckte. Sah, wie etwas Rotes vom Schnee aufgesaugt wurde.

Missmutig schaute er sich um. Die Eisenbahnschienen hätten eigentlich schon längst auftauchen müssen. Konnte es sein, dass er sie verfehlt hatte? Sein Blick verschwamm ja ständig in Tränen. Die Schneeflocken glitzerten im Schein der Taschenlampe. Joel hatte keine Ahnung, wie lange er schon in diesem Unwetter umherirrte. Die Zeit hatte sich aufgelöst und war ebenso wenig berechenbar wie die Windrichtung.

Was erwartete er eigentlich, in diesem elendigen Eternithaus hier draußen in der Einöde vorzufinden?

Wen erhoffte er anzutreffen?

Frühe, verblichene Erinnerungen zogen vor seinem inneren Auge vorbei, ohne hängen zu bleiben. Es hatte weh getan, so viel wusste er zumindest noch.

Plötzlich wurden seine Gedanken jäh von einem Gebrüll unterbrochen, das so wütend klang, als käme es unmittelbar aus der Unterwelt. Joel hob den Blick. Mit einem Mal war es, als wäre der Sturm verstummt.

«Ruhig», brummte er, ohne sich vom Fleck zu rühren.

Vor sich erblickte er einen schwarzgrauen Schatten. Er rieb

sich die Augen. Verdammte Tränen! Im Lichtkegel blitzte etwas auf. Ein Wildschwein? Ja, jetzt meinte er es ganz deutlich zu erkennen. Der Keiler beäugte ihn und nahm Witterung auf. Er stampfte auf der Stelle, schnaubte und schüttelte sich den Schnee von den Borsten.

Ein Untier, das sich ebenso in Zeit und Raum verloren hatte wie er selbst.

Erschrocken machte Joel kehrt und floh. Nach einigen Metern kam er in einer Schneewehe zu Fall, rappelte sich aber schnell wieder auf. Kaum war er auf den Beinen, fiel er erneut. Jetzt sterbe ich!, durchfuhr es ihn. Doch Joel stand wieder auf und rannte los, so gut es ging. Mit rasendem Herzen stürmte er durch die Winternacht, bis er mit dem Fuß gegen etwas Hartes stieß und kopfüber fiel. Er schlug mit dem Kopf auf dem Boden auf, dann wurde alles schwarz.

* * *

Als er wieder zu sich kam, herrschte noch immer tiefe Dunkelheit. Joel blinzelte schlaftrunken mit dem Gesicht im Schnee liegend. In seinem Kopf hämmerte es. Er fuhr sich mit der Zunge über die Lippen und schmeckte Blut.

Erst als er wieder auf die Füße gekommen war, realisierte Joel, dass er auf dem Bahndamm stand. Er musste mit dem Kopf gegen die Schienen geschlagen sein. Das Wildschwein konnte er nicht mehr sehen. War es etwa eine Fata Morgana gewesen? Er befühlte die Platzwunde, die er sich oberhalb der Augenbraue auf der Stirn zugezogen hatte. Hob die Flinte vom Boden auf und wankte entlang der Eisenbahnschienen weiter.

Als sich endlich das Silo vor ihm auftürmte, hatte Joel die Hoffnung schon fast aufgegeben. Es kam ihm vor, als wäre er dem umherirrenden Lichtkegel bereits eine Ewigkeit lang gefolgt. Ohne nachzudenken. Wohin lief er eigentlich? Er trocknete sich die Tränen und hielt nach irgendwelchen Lebenszeichen Ausschau. Alles um ihn herum war dunkel. Vielleicht war der Strom wieder ausgefallen?

Dann bog er vom Bahndamm geradewegs in den Tiefschnee ab. Nach einer Weile kam er an einer Gruppe kahler Bäume neben einem Grab aus Mergelgestein vorbei. Diese sumpfigen Schlammlöcher draußen auf den Äckern waren bodenlos, so ging jedenfalls das Gerücht, als er ein Kind gewesen war. Es war gefährlich, sich ihnen zu nähern. Ein paar hundert Meter weiter tauchte die Weidenallee mit ihren knorrigen Stämmen auf, deren abstehende Zweige wie Peitschen im Wind pfiffen. Joel folgte ihr ein Stück weit, bis er das Haus erkennen konnte. Dann hielt er keuchend an. Ihm graute davor, was ihn erwartete.

Genau wie er es in Erinnerung hatte, lag Mårtens Haus etwas abseits, umgeben von Kastanienbäumen, die im Sturm ächzten. Er schlich langsam näher und horchte. In einem Fenster leuchtete eine Lampe. Oder war es eher eine Kerze, die da drinnen flackerte? Ein schwacher Geruch nach Rauch stieg ihm in die Nase.

Allmählich wurde er von einem unangenehmen Gefühl befallen: Irgendjemand schien ihn zu beobachten.

Direkt neben der Werkstatt stand ein schneebedecktes Fahrzeug. Joel wischte ein wenig Schnee mit der Hand weg und leuchtete das Nummernschild an. Es war ein Cherokee-Jeep, stellte er fest. Im Schnee waren keine Reifenspuren zu sehen. Ein lautes Krächzen ließ ihn zusammenzucken. Auf der Dachrinne oberhalb der Haustür kauerte eine Krähe. Ihre schwarzen Augen funkelten im Schein der Taschenlampe. Der Vogel beäugte ihn streng, als bewachte er ein Geheimnis.

Joel erschauderte. Jetzt gab es kein Zurück mehr.

Aber was mache ich, wenn sie auf mich warten?

Er stellte sich auf die Zehenspitzen und versuchte durch eine Fensterscheibe hineinzublicken. Doch das Licht war zu schwach, nur Umrisse waren zu erkennen. Die danebenliegende Scheibe war gesprungen und mit einer Spanplatte bedeckt.

Joel schaltete die Taschenlampe aus. Er nahm die Schrotflinte von der Schulter und vergewisserte sich noch einmal, dass sie geladen war. Versuchte seine Atmung zu beruhigen, bevor er die Türklinke so lautlos wie möglich hinunterdrückte.

Als der Wind über die Türschwelle blies, klang es, als gäbe das Haus einen Seufzer von sich. Joel zog an der Tür. Drinnen war es still. Ein Paar Stiefel im Flur. Wollsocken, die zum Trocknen über der Heizung hingen, verbreiteten einen säuerlichen Geruch.

«Hallo! Ist da jemand?», rief Joel, ohne eine Ahnung zu haben, was er tun würde, wenn er eine Antwort erhielte.

Er zog die Tür hinter sich zu und machte ein paar Schritte in den Flur. Das Dröhnen des Sturms war nur noch gedämpft zu hören. Stattdessen vernahm er jetzt das Pochen seines eigenen Herzens. Joel umfasste die Flinte und entsicherte sie.

«Hallo!», rief er erneut.

Ein unruhiger Schein fiel durch eine Türöffnung in den Flur. Eine schwarze Katze schlich um die Ecke und verschwand die Treppe hinauf ins Obergeschoss, ohne ihn eines Blickes zu würdigen.

«Ist jemand zu Hause?»

Joel tastete sich noch ein Stück weiter vor und warf einen Blick in den Raum, der damals sowohl als Wohnzimmer als auch als Atelier gedient hatte.

Der Lichtschein, den er gesehen hatte, kam von einem langsam erlöschenden Feuer im Kamin. Auf dem Dielenboden davor stand ein Sessel. Doch das, was seine Aufmerksamkeit weckte, war ein dunkler Schatten, der mitten im Raum zu schweben schien.

Erfüllt von bösen Vorahnungen, riss Joel die Taschenlampe hoch und richtete sie darauf.

Von einem stabilen Haken an der Decke, der möglicherweise einmal einen schweren Leuchter getragen hatte, hing eine Wäscheleine, die wiederum mit einer Schlinge um den Hals eines Männerkörpers befestigt war. Im weißen Schein sah es aus, als schnitte die Schnur tief in die Haut des Toten ein. Das Gesicht schien von einer grotesk blauen Farbe zu sein.

Auf dem Fußboden lag ein umgekippter Holzstuhl.

KAPITEL 2

Die Morgendämmerung leuchtete blau. Innerhalb nur weniger Stunden war der Sturm abgeflaut und hatte eine eisige Stille hinterlassen. Es war, als ob die ganze Welt die Luft anhielte aus Angst, ihn zu neuem Leben zu erwecken.

Joel registrierte den Wetterumschwung in dem Augenblick, als er die Augen aufschlug. Nicht mal im Zustand tiefster Benommenheit hatte er vergessen, wo er sich befand. Durchs Fenster fiel ein arktisches Licht auf den Dielenboden. In seinem Kopf hämmerte es.

Mühsam kam er in der Ecke des Zimmers auf die Beine, wo er zusammengebrochen war. Er vermied dabei, die Leiche anzusehen, die von der Decke herabbaumelte. Ein Kadaver in einem Kühlhaus. Es knackte in seinen Gelenken. Als er sich aufrichtete, fuhr ihm ein stechender Schmerz ins Kreuz.

Draußen lag die Landschaft in eine Decke aus grauen und blauen Nuancen gehüllt. Als schwachen roten Streifen ganz im Osten konnte man bereits den Sonnenaufgang erahnen. Im Garten hatte ein Hase Spuren hinterlassen. Doch irgendwelche Fußabdrücke im Schnee von seiner taumelnden Ankunft konnte er nicht erkennen.

Er hatte die Leiche berührt, daran erinnerte er sich. Voller Grauen war er darauf zugegangen und hatte seine Finger auf eine herabhängende Hand gelegt. Sie war kalt, genau wie er es vermutet hatte.

So viel wusste Joel über Tote: Man sieht innerhalb eines Augenblicks, ob es bereits zu spät ist.

Ein Blick reicht aus, um festzustellen, ob die Flamme noch loderte.

Und was hatte er danach getan?

Mårten herunterzuschneiden wäre ihm nie in den Sinn gekommen. Denn irgendwelche Verpflichtungen diesem Mann gegenüber fühlte er nicht. Der Alte musste hängen bleiben, wo er hing. Ein totes Stück Fleisch. Stattdessen war Joel von einer lähmenden Müdigkeit erfasst worden. Und dann wurde alles um ihn herum schwarz. Kohlrabenschwarz.

Ich muss bewusstlos geworden sein, dachte er.

Jetzt hatte sich auch die letzte Glut im Kamin zu Asche verwandelt. Joel fror. Er nahm einige Holzscheite aus dem Korb, zerknüllte ein paar Seiten einer vergilbten Zeitung und zündete ein Streichholz an. Eine feuchte Rauchsäule schlängelte sich in Richtung Schornstein hinauf, bis sich tänzelnde Flammen bildeten. Er rieb sich die Hände über der Wärme. Doch plötzlich konnte er sich nicht länger gegen das Gefühl wehren, von irgendjemandem hinter seinem Rücken bedroht zu werden.

Als er sich umdrehte, sah er, dass der Tote höhnisch grinste.

Im Dunkel der Nacht war ihm dies entgangen. Doch jetzt war es deutlich zu erkennen. Sein Gesicht war zu einer Grimasse erstarrt. Die Augenlider waren zur Hälfte geschlossen, als zwinkerte er verschmitzt. Die geschwollenen Lippen zu einem Ausdruck verzerrt, den man als Triumph deuten konnte. Oder gaukelten die Schatten ihm etwas vor? Das Licht vom Fenster war immer noch matt, während der Schein des Feuers flackerte.

Joel schaltete seine Taschenlampe ein und richtete sie auf die Leiche. Eine Sekunde lang hatte er den Eindruck, dass Mårten blinzelte und sein Arm leicht zuckte, als hätte er vor, ihn zu heben, um sich gegen das Licht zu schützen. Doch nichts dergleichen geschah.

Wer auch immer er gewesen sein mochte, dieser Mann, er war tot.

Joel betrachtete den Spalt unter seinen weißen Wimpern, die gefurchte Stirn, die schweren Wangen und die ein wenig abstehenden Ohren. Die gewellten Haare, die von seinem Schädel herabhingen, waren dünn und strähnig.

«Und du sollst also mein Vater gewesen sein?», brummte er, wie um das Wort auszuprobieren.

Eine Antwort erhielt er nicht.

«Nie im Leben!», rief er geradewegs in die Luft.

Der Gefühlsausbruch ließ die Kirchenglocken in seinem Kopf noch lauter dröhnen. Plötzlich begann sich der gesamte Raum zu drehen, erst langsam, dann immer schneller. Joel schaute sich verwirrt um. Er versuchte seinen Blick zu fixieren. Doch der Fußboden und die Wände, alle Möbel und Gegenstände verwandelten sich in einen Strudel, einen rasenden Zyklon, der ihn unweigerlich in Richtung seines Zentrums saugte, in ein abgrundtiefes schwarzes Loch, von dem Joel wusste, dass er darin ertrinken würde. Instinktiv schloss er die Augen, suchte nach dem nächstbesten Halt, wo auch immer, und klammerte sich daran fest.

Nach einer Weile wurde das Tempo wieder langsamer. Doch erst als Joel spürte, dass alles wieder stillstand, öffnete er voller böser Vorahnungen die Augen.

In dem Moment, als er realisierte, dass er sich wie ein verängstigter kleiner Junge an den Arm seines Vaters geklammert hatte, überkam ihn das Gefühl von Ekel. Der Fischertroyer des Alten schabte an seiner Wange. Ein Geruch, der ihm Übelkeit verursachte, drang in seine Nasenlöcher. Geniert und erschrocken zugleich stieß er den Arm von sich, wich zurück und starrte die Leiche, die an der Wäscheleine vor- und zurückpendelte, voller Abscheu an.

Wasser!, dachte Joel. Ich muss mich waschen.

Mit diesem einzigen Gedanken im Kopf stürzte er in den Flur hinaus und riss eine Tür auf. Es gluckerte in der Leitung, als er den Wasserhahn aufdrehte, und ohne nachzudenken füllte er seine gewölbten Handflächen und spritzte sich hektisch Wasser ins Gesicht, wieder und wieder. Dann trank er mit großen gierigen Schlucken, bis sein Durst gelöscht war.

* * *

Die Erinnerungen. Wo waren sie geblieben? Joel tastete sich gedanklich in die Vergangenheit zurück.

Der Dielenboden unter seinen nackten Füßen fühlt sich kalt an. Bereits aus der Entfernung sieht er Mårten an, dass er wie immer wütend ist, auch wenn der mit dem Rücken zu ihm dasteht. Sein Vater ist nicht besonders groß gewachsen, aber irgendetwas an seiner Haltung lässt einen immerfort unruhig werden. Joel hört ihn fluchen und vor sich hin schimpfen, während er die Leinwand mit plumpen Pinselstrichen bearbeitet.

Immer dieselben Tanten …

Joel ist hungrig. Im Kühlschrank hat er nur ein paar Bierdosen und eine Plastiktüte mit verschimmeltem Weißbrot gefunden. Es schmeckte bitter, obwohl er versucht hat, die graublauen Stellen wegzupulen.

Mårten hört ihn nicht. Er tritt einen Schritt von der Staffelei zurück und legt den Kopf schräg. Spannt die Pobacken an, um einen Furz herauszupressen, während er sein Werk betrachtet. Seine Arbeitshosen sind voller Flecken und beulen sich am Hintern aus. Es riecht scharf nach Terpentin und irgendetwas anderem Undefinierbaren.

Joel weiß nicht, ob er sich trauen soll, etwas zu sagen. Warum malt er immer wieder dieselben nackten Tanten? Sie lachen und lächeln, aber man sieht ihren Augen an, dass sie eigentlich böse sind. Mårten müsste doch merken, dass sie unförmig sind und viel zu breite Ärsche haben, oder nicht?

Langsam zückt Joel seine Spielzeugpistole und zielt auf den sehnigen Rücken vor sich. «Peng», macht es, als er abdrückt, und als er das Geräusch über seine Lippen kommen hört, überfällt ihn Todesangst.

Mårten schnellt mit glühenden Augen herum. Holt mit seiner freien Hand aus, und es brennt wie Feuer, als die Handfläche auf Joels Wange klatscht.

«Zum Teufel noch mal, hast du mich erschreckt, verdammter Bengel!»

* * *

Es war noch ein wenig heller geworden. Durch die kahlen Äste der Kastanie hindurch glühte eine leuchtend gelbe Sonnenscheibe über dem weißen Schnee. Es sah aus wie gemalt, schöner noch.

Die Staffelei, dachte Joel. Ja, dort im Dunkeln neben der Tür stand sie. Er konnte ein halbfertiges Bild erahnen. Merkwürdig, dass er es nicht vorher bemerkt hatte. Ein paar Stapel mit Skizzen und Leinwänden. Ein stechender Geruch. Pinsel und Paletten waren auf den Boden geworfen.

Grelle Strahlen drangen durchs Fenster, wo sie Staub auf dem Kaminsims aufwirbelten. Joel erblickte einen Leuchter mit vier heruntergebrannten Kerzen. Und noch etwas anderes: Auf dem schmalen Steinsims stand eine kleine Keramikschale, in die Mårten seine Habseligkeiten gelegt hatte, bevor er auf den Holzstuhl gestiegen war und die Wäscheleine am Haken an der Decke befestigt hatte.

Eine Uhr mit vergilbtem Zifferblatt und Stahlarmband, die

Joel vage wiedererkannte. Einige Münzen. Ein billiges Handy. Diverse Schlüssel an einem Ring. Und ein Portemonnaie aus rissigem Leder.

Eine ganze Weile lang stand er vollkommen reglos da und betrachtete die Gegenstände. Dann nahm er sie vorsichtig in die Hand, einen nach dem anderen. Strich mit den Fingerspitzen darüber. Roch daran. Wünschte sich, dass sie ihm irgendetwas über den Mann verraten würden, der sie getragen hatte. Doch sie schwiegen.

Zuletzt nahm er das Portemonnaie in die Hand. Es war ein kleineres Modell, und auf der Außenseite war ein Büffelkopf ins Leder gestanzt. Er öffnete es. In dem Fach für die Geldscheine steckten ein paar Hunderter. In den Fächern fand er eine Tankkarte, eine Kreditkarte und einen Führerschein. Er betrachtete das Foto. Mårten lächelte. Sein Blick wirkte klar und gutmütig. Seine strähnigen Haare wellten sich leicht glänzend hinter den Ohren. Der Führerschein war vor fünf Jahren ausgestellt worden.

Hinter der Schale lag halb verdeckt ein zerknitterter Taschenkalender. Warum hatte er einen so alten Jahrgang aufgehoben? Joel blätterte vorsichtig darin. Hier und dort hatte Mårten ein paar Wörter hineingekritzelt, aber nicht viele. Auf den letzten Seiten fand sich ein Wirrwarr aus Namen und Telefonnummern. Sie waren kreuz und quer und in unterschiedlichen Farben geschrieben, und wahrscheinlich auch zu unterschiedlichen Zeitpunkten. Manche waren hektisch durchgestrichen worden. Joel betrachtete sie näher.

Torsten war mit schwarzer Tinte hingekritzelt wie auch *Dragan* und *Goran* etwas weiter unten auf derselben Seite.

Siw war mit rotem Filzstift geschrieben.

Die Namen und Telefonnummern von *Roger Holgersson* und irgendeinem *Wetterström* waren wieder in Schwarz.

Um den Namen *Helga* hatte Mårten ein kleines rotes Herz gezeichnet.

Merkwürdig, dachte Joel. Das war gar nicht seine Art.

Etwas abseits in einer Ecke stand *Månzon in Simrishamn*.

Ganz unten auf einer anderen Seite fand Joel seinen eigenen Namen eingeklemmt zwischen zwei Personen, die *Nisse P* und *Claesson* hießen.

Er schüttelte verwundert den Kopf. Offenbar hatte Mårten nicht gelernt, Telefonnummern im Handy zu speichern.

Als sich der Nebel in seinem Brummschädel weitgehend gelichtet hatte und er in der Lage war, darüber nachzudenken, was er als Nächstes tun sollte, hörte er draußen ein Motorengeräusch. Ein dumpfes Brummen, das durch den Schnee gedämpft wurde.

Das Räumfahrzeug hatte sich bereits ein gutes Stück die Weidenallee hinaufgekämpft. Neben dem Fahrzeug bäumte sich ein Wall aus Schnee auf. Auf seinem Dach rotierte eine orangefarbene Lampe. Ein Stück dahinter näherte sich ein Pkw im Schritttempo. Er hielt an, als das Räumfahrzeug stehen bleiben und erneut Anlauf nehmen musste, um einen hohen Schneewall zu bewältigen. Dann rollte das Auto auf dem geräumten Straßenabschnitt langsam weiter. Als es näher kam, sah Joel, dass es ein Polizeiwagen war.

Er steckte den Kalender in seine Hosentasche.

Durchs Fenster beobachtete er, wie sich das Räumfahrzeug durch die letzten Schneewehen kämpfte und dann mühsam wendete. Der Fahrer steckte den Kopf aus dem Fenster des Führerhauses und rief dem Mann und der Frau etwas zu, die gerade aus dem Polizeiwagen gestiegen waren. Sie winkten, woraufhin das Räumfahrzeug mit dröhnendem Motor zurück in Richtung Landstraße brauste.

Die beiden Polizisten warfen einen Blick auf den eingeschneiten Cherokee und nahmen dann das Haus in Augenschein. Joel wich hinter dem Fenster instinktiv zurück. Draußen aus dem Garten hörte er ein leises Gemurmel. Dann sah er, wie der uniformierte Polizist die Ohrenklappen seiner Wintermütze herunterklappte und auf das Fenster zustapfte. Ein rotes aufgedunsenes Gesicht presste sich gegen die Scheibe. Seine Augen flackerten in einer Wolke feuchten Atems. Joel hielt die Luft an und stand vollkommen still, in der Hoffnung, sich so unsichtbar machen zu können. Langsam begann ihm zu dämmern, dass seine Situation möglicherweise nur schwer zu erklären war. Ein Fluchen, und dann war das Gesicht verschwunden. Kurz darauf klopfte es an der Tür.

Joel zögerte einen Augenblick zu lange.

Noch bevor er reagieren konnte, standen sie im Flur und starrten ihn und den Toten an, der an der Wäscheleine von der Decke herunterhing.

«Mein Gott!», rief der Polizist aus, der kurz zuvor durchs Fenster gelugt hatte.

Seine Kollegin zog blitzschnell eine Pistole unter ihrer Lederjacke hervor und richtete die Mündung auf Joel.

«Rühren Sie sich nicht vom Fleck!»

Sie fixierte ihn mit einem stechenden Blick aus schwarzen Augen. Ihr Gesicht unter der Mütze war blass, die Kiefermuskeln angespannt mit fest zusammengebissenen Zähnen. Sie umfasste den Pistolengriff mit rot gefrorenen Fingern.

Unsicher nahm Joel die Hände hoch und folgte ihrem Blick, der inzwischen das Zimmer absuchte. Die Schrotflinte lag noch immer zusammen mit dem schäbigen Mantel neben dem Kamin auf dem Boden. Die Axt hatte er auf dem Fenstersims abgelegt. Und Mårten grinste spöttisch von der Decke herab.

Klar, dass sie Angst hat, dachte Joel.

«Ich kann das erklären …», begann er.

«Sieh nach, ob er noch lebt, Benny!», befahl sie ihrem Kollegen und machte eine Kopfbewegung in Richtung der Leiche.

Der dickliche Polizist hob den Stuhl vom Boden hoch und stieg mit einem Stöhnen darauf. Widerwillig legte er Mårten zwei Finger an den Hals.

«Tot wie ’n Fisch», stellte er nahezu umgehend fest. «Er ist bereits kalt.»

«Schneid ihn herunter.»

Mit einem genervten Blick in Richtung seiner Kollegin nahm der Polizist ein Taschenmesser zur Hand und begann die Wäscheleine zu durchtrennen. Schließlich fiel Mårten herunter und blieb mit derselben verzerrten Grimasse im Gesicht und ausgebreiteten Armen wie ein Gekreuzigter auf dem Dielenboden liegen.

«Ich rufe einen Krankenwagen», sagte der Dicke schnell.

Langsam steckte die Frau ihre Waffe zurück ins Achselholster. Dann nahm sie ihre Mütze ab und strich sich eine Haarsträhne aus der Stirn.

«Verdammt, wie stickig es hier ist», rief sie japsend aus.

«Das liegt am Feuer», entgegnete Joel und nahm sachte die Arme herunter. «Ich hab Holz nachgelegt, als ich aufgewacht bin.»

«Aufgewacht …?»

Sie fuhr sich unsicher mit der Zunge über die Lippen.

«Ja, es war die Hölle, sich überhaupt bis hierher durchzuschlagen. Und dann … hab ich das Bewusstsein verloren.»

Ihrer Miene nach zu urteilen, klangen seine Worte nicht ganz nachvollziehbar. Zwischen ihren Augenbrauen hatte sich eine Falte gebildet.

«Und wer sind Sie?»

«Joel Lindgren. Ich bin gerade dabei, ein Buch zu schreiben.»

Sie warf erst einen Blick auf die Schrotflinte und die Axt und dann wieder auf den Toten am Boden.

«Das da … das ist mein Vater», sagte er.

Joel fingerte vorsichtig am geronnenen Blut in seinem Gesicht herum. Dann sank er mit dem Rücken an die Tapete gelehnt zu Boden, wo er sitzen blieb und sich mit den Fingern durchs Haar fuhr. Die Polizistin zog den Stuhl zu sich heran und setzte sich breitbeinig vor ihn. Sie nahm einen Notizblock aus der Jackentasche.

«Ich heiße Fatima Al-Husseini. Ich bin Kriminalkommissarin bei der Polizei in Ystad. Und Benny Olsson hier … ja, ist mein Kollege. Wenn Sie jetzt so freundlich wären und uns erklären würden, was geschehen ist.»

Sie wartete geduldig mit gezücktem Stift.

Verzweifelt raufte Joel sich die Haare. In seinem Kopf herrschte absolutes Durcheinander. Und die verdammten Kopfschmerzen wollten auch nicht nachlassen. Die Eindrücke der Nacht vermischten sich zu einem einzigen angsterfüllten Brei.

Wie vieles davon war Einbildung?

«Ich weiß noch, dass das Telefon klingelte», sagte Joel zögerlich. «Das war er. Also Mårten …»

Sie notierte sich ein paar Sätze in ihrem Block. «Sicher?»

«Ja …», antwortete er und versuchte sich daran zu erinnern, wie die Stimme eigentlich geklungen hatte.

Sie nickte. «Und dann sind Sie hergekommen?»

«Mm …»

«Und wie?»

«Ich bin über die Felder gegangen, an der Eisenbahnstrecke entlang.»

«Mitten in der Nacht? Durch den tiefen Schnee? Bei diesem Sturm?»

«Ich bin einem Wildschwein begegnet. Glaub ich jedenfalls …»

Ihr Blick war zweifelnd.

Joel wollte noch etwas sagen, doch ihm fehlten die Worte.

«Als ich heute Morgen meine Schicht antrat, hatten wir über den Notruf gerade ein Gespräch reinbekommen», erklärte sie. «Eine anonyme Stimme, die von der Rache Allahs gesprochen hat. Sie wissen ja bestimmt, dass Drohungen gegen ihn vorliegen?»

Joel seufzte. «Nehmen Sie die denn wirklich ernst? Ich meine … Herrgott!»

«Sie selbst scheinen sie ja ebenfalls ziemlich ernst zu nehmen.» Sie schielte erneut in Richtung der Winchester und der Axt. «Schweres Geschütz, wenn Sie mich fragen.»

«Die haben ja wohl nicht … ich finde, dass es eher aussieht, als hätte der Alte sich erhängt.»

«Hatte er denn irgendeinen Grund dazu?»

Joel zuckte mit den Achseln. Wie sollte er das wissen? Die Frage bewirkte nur, dass er sich noch schlechter fühlte.

«Was haben Sie gesehen, als Sie herkamen?»

«Nichts. Eine Katze. Und dann ihn …»

«Und dann sind Sie ohnmächtig geworden?»

«Ja, es war, als ginge plötzlich das Licht aus.»

«Sie sehen auch nicht gerade aus, als gehe es Ihnen gut.»

Joel entgegnete nichts, und sie ließ es auf sich beruhen. Ihr Blick war inzwischen aus dem Fenster geschweift.

«Ich musste erst beim Straßenverkehrsamt nachfragen, ob sie ein Räumfahrzeug in der Nähe hatten, das uns helfen könnte», sagte sie gedankenverloren. «Es dauerte einige Zeit, bis es kam.»

Die Wintersonne war inzwischen noch ein Stück höher über den Horizont gestiegen und schickte ihre Strahlen jetzt geradewegs durch den Raum.

«Hast du das schon gesehen?», rief der Polizist namens Benny aus. «Er hat wohl noch ein Bild gemalt, bevor er sich erhängt hat.» Mit einem amüsierten Lächeln zeigte er auf die graue Tapete, die im Sonnenlicht badete. «Nicht gerade ein da Vinci …»

Die Farbe war dick aufgetragen und in aller Eile hingepinselt worden. Blutrot und mit groben Strichen.

«Ghadab Allah», murmelte die Kriminalkommissarin.

Joel schaute sie verständnislos an. Mit einem Mal machte sie einen sehr verletzlichen Eindruck.

«Das ist kein Bild», erklärte sie leise. «Das sind arabische Schriftzeichen.»

«Und was steht dort?»

«Gottes Zorn», antwortete sie, ohne ihm in die Augen zu schauen. «Irgendjemand hat im Namen Allahs Rache geübt.»

KAPITEL 3

Die Kreuzspinne hängt unbeweglich in ihrem Netz, nur wenige Zentimeter von dem Spalt zwischen Fensterbank und Eternitplatte entfernt, in dem sie wohnt. Sie sieht hungrig aus. Vielleicht sollte man ihr etwas zu fressen geben, denkt Joel.

Er hält Ausschau nach einer Fliege. Gestern war es ihm gelungen, eine mit der Hand zu fangen und sie in das Spinnennetz zu werfen. Er hatte ein schlechtes Gewissen, als er sah, wie sie mit den Flügeln schlug, hilflos gefangen in den klebrigen Fäden. Doch die Spinne ist sein Freund. Sie kam fast sofort aus ihrem Spalt heraus und machte sich über ihre Beute her. Joel konnte nicht umhin, die Lupe, die er von seiner Großmutter geschenkt bekommen hatte, aus der Schublade zu holen, um zu sehen, wie sie mit ihren schwarzen Kieferklauen die Fliege festhielt und aussaugte.

Das Fenster ist angelehnt. Aber heute surren keine Fliegen im Zimmer herum. Der Haken zittert in seiner Öse, als ein Windstoß die Scheibe erfasst. Es ist warm, obwohl es noch früh am Morgen ist. Draußen vor dem Fenster mit dem Spinnennetz erstrecken sich schier endlose Kornfelder mit grünem Sommerweizen, weit dahinter ein kleines Wäldchen. Joel langweilt sich.

Nein, das ist nicht richtig. Joel langweilt sich nicht, er versucht lediglich die Geräusche von unten aus der Küche zu verdrängen. Er legt sich ins Bett und zieht sich die Decke über den Kopf. Die Bettwäsche ist klamm und riecht säuerlich. Mårten brüllt wie immer herum. Mama schreit, doch dann hört er nur noch ein verhaltenes Schniefen und Wimmern. Als jemand ein

Möbelstück umstößt, ertönt ein lautes Krachen. Dann zersplittert Glas.

Mag sein, dass Joel eingeschlafen ist. Möglicherweise träumt er. Plötzlich sitzt sie auf seiner Bettkante. Erst denkt er, dass sie lacht. Sie beugt sich über ihn, sodass ihn ihre hübschen blonden Locken an der Nase kitzeln, aber ihre Augen kann er nicht sehen. Doch dann stellt er fest, dass ihre Lippen zittern, und merkt, dass sie keineswegs fröhlich ist. Ihre Wange ist gräulich gelb verfärbt. Joel weiß, was das bedeutet.

Er spürt eine kühle Hand auf seiner Stirn. Hat er Fieber?

Er sieht, wie sie ihren Mund bewegt, hört aber nicht, was sie sagt. Mama lächelt freundlich. So muss es gewesen sein, oder? Beim letzten Mal. Das allerletzte Mal, als er sie sah, hat sie ihm doch wohl liebevolle Worte zugeflüstert, nicht wahr?

Joel wünschte, er wäre groß und stark. So groß und so stark, dass er Mårten in seiner hohlen Hand fangen und ins Netz der Spinne werfen könnte.

Wenn er das gemacht hätte, wäre sie bestimmt geblieben, oder?

* * *

Das Klopfen an der offenen Tür war so diskret, dass er zuerst nicht reagierte. Joel hatte sich in den Sessel gelümmelt und blinzelte müde. Die Eiszapfen, die vorm Fenster hingen, glitzerten.

«Darf ich mich setzen?»

Joel richtete sich auf und betrachtete den Mann, der in sein Blickfeld getreten war. Ein untersetzter Fünfzigjähriger in grauem Anzug. Tiefliegende Augen, die nur schwer erkennen ließen, worauf er seinen Blick richtete. Er setzte sich auf die Bettkante.

«Wie spät ist es?», fragte Joel verwirrt.

Der Mann schob die Manschette seines Hemdes zurück und entblößte eine silberglänzende Taucheruhr am Handgelenk.

«Fast vierzehn Uhr.»

«Dann muss ich wohl wieder eingedöst sein.»

«Mein Beileid», sagte der Mann. «Also wegen der Sache mit Ihrem Vater ...»

Joel schnaubte und fuhr sich mit dem Handrücken über die Oberlippe.

«Tut mir leid, dass wir Sie hier festhalten müssen. Aber Sie werden verstehen, dass wir viele Fragen an Sie haben.»

Der Polizist unterbrach sich, indem er die Hand in die Innentasche seines Jacketts schob und ein vibrierendes Handy hervorzog.

«Ja?»

Joel sah, wie sich in seinem Gesicht Irritation abzeichnete.

«Nein, kein Kommentar. Es spielt keine Rolle, was Sie sagen, ich werde nicht mit Ihnen sprechen. Danke und auf Wiederhören!»

Der Mann legte auf und ließ das Handy wieder in der Tasche verschwinden. Dann lächelte er entschuldigend.

«Die Vierte Gewalt. Weiß der Teufel, woher die das schon wieder wissen. Bald haben wir die ganze Meute vorm Haus rumlungern.»

Er streckte seine Hand vor.

«Ich heiße Bill Lundström und arbeite bei der Säpo. Sie wissen, die Sicherheitspolizei. Wir haben inzwischen die Verantwortung für die Voruntersuchungen übernommen. Aber wir arbeiten natürlich mit der örtlichen Polizei zusammen.»

Sein Handschlag war übertrieben fest. Lundström blickte Joel lange an, als wollte er ihn von irgendetwas überzeugen.

«Sie glauben also ...»

«Dass Ihr Vater ermordet worden ist. Ja, da sind wir uns bereits sicher. Der Rechtsmediziner unten ist fast fertig. Er hat bereits einen vorläufigen Bericht abgegeben. Am Hals von Mårten Lindgren befinden sich zwei rote Striemen von dieser Wäscheleine. Zuerst hat man ihn erwürgt. Vermutlich von hinten. Und dann hat man ihn am Haken an der Decke aufgehängt.»

«Aber warum, zum Teufel …?»

Der Säpobeamte zuckte mit den Achseln.

«Wahrscheinlich, damit es spektakulärer wirkt. Außerdem haben sie noch eine Botschaft an der Wand hinterlassen. Ich nehme an, Sie haben sie gesehen?»

Joel nickte. «Sie? Also waren es mehrere?»

«Ja, oder er. Wir wissen natürlich nicht, ob wir es mit einem oder mehreren Tätern zu tun haben.»

Bill Lundström zog ein kleines Aufnahmegerät hervor und legte es auf die Armlehne neben Joel.

«Wir können das hier ebenso gut als formelle Vernehmung betrachten. Der Grund dafür, dass die Sicherheitspolizei den Fall übernommen hat, liegt darin, dass wir glauben, dass hinter dem Mord an Ihrem Vater politische Motive stehen könnten. Ich arbeite in der Abteilung für Terrorismusbekämpfung.»

Obwohl Joel bereits verstanden hatte, drehte sich in seinem Kopf alles. Das Ganze kam ihm so unwirklich vor. Mårtens pathetische Anwandlungen. Seine verzweifelten Versuche, sich mittels seiner Malerei endlich einen Namen zu machen und Bilder zu verkaufen. Sollte das wirklich zu seinem Tod geführt haben?

«Als ich klein war, haben sie ihn Arschmaler genannt.»

«Arschmaler?» Lundström wirkte erstaunt. «Erzählen Sie mehr.»

«Eigentlich hat er sich mit allem Möglichen durchgeschlagen. Ich glaube, er hat ziemlich viele krumme Dinger gedreht.

Im Schuppen hatte er eine Werkstatt, in der er alte Autos reparierte. Aber meistens hat er getrunken. Die Geschäfte gingen den Bach runter. Und als meine Mutter wegging, war ich mit ihm allein.»

Joel betrachtete gedankenverloren die Eiszapfen draußen vor dem Fenster und ertappte sich dabei, nach der fetten Kreuzspinne Ausschau zu halten, obwohl sie natürlich schon seit vielen Jahren tot sein musste.

«Dann hatte der Alte plötzlich die fixe Idee, Frauen mit Riesenärschen zu malen. Immer wieder dasselbe Motiv. Wenn er besoffen war, wurde er sentimental und hielt einem lange Vorträge über die Frau, das schönste Tier auf Erden. So sagte er immer. Das Tier. Und wenn man ihm nicht zuhörte, wurde er sauer.»

Der Polizist schwieg, nickte Joel jedoch aufmunternd zu.

«Er war lange wie besessen. Fuhr mit seinen Bildern auf die Märkte nach Kivik, Sjöbo und Tomelilla. Zu Ostern bereitete er eine Ausstellung in seiner Werkstatt vor, tat so, als wäre er ein großer Künstler. Doch die Leute lachten hinter seinem Rücken. Und das mit Recht, seine Bilder waren wirklich scheußlich. Er hatte nicht das geringste Talent. Ich fand das Ganze einfach nur oberpeinlich.» Ohne dass Joel es merkte, entfuhr ihm ein bitterer Seufzer. «Und dann hat er sie mit einem Schleier drapiert.»

«Schleier?»

«Ja, als Haremsdamen. Aber das kam erst später. Da war ich längst ausgezogen. Ich hab einen Bekannten in Malmö getroffen, der mir erzählte, dass Mårten Geld für eine Reise nach Ägypten zusammengekratzt hatte. Als er zurückkam, begann er, verschleierte, aber ansonsten nackte Haremsdamen zu malen. Die reinste Pornographie, wenn Sie mich fragen.»

«Ein faszinierender Mann …»

«Faszinierend? Dass ich nicht lache! Mårten Lindgren war

ein Schwein. Von dem Tag an, an dem ich geboren wurde, habe ich ihn gehasst.»

Lundström räusperte sich betreten. «Sie haben in der letzten Zeit nicht mehr viel Kontakt zu ihm gehabt?»

«Nein, ich bin von zu Hause weg, noch bevor ich mit der Schule fertig war. Hab mir geschworen, nie wieder einen Fuß in dieses Haus zu setzen.»

Einen Augenblick lang hatte Joel das Bedürfnis, ihm von all den vergangenen Jahren berichten zu müssen. Aber wo sollte er anfangen? Sein Umzug nach Småland kam ihm schon ziemlich weit weg vor. Die miesen Gelegenheitsjobs in Kopenhagen und die einsame Zeit mit dem Saxophon, als er sich als Straßenmusikant durchschlug. Das Leben mit Johanna. Was spielte all das noch für eine Rolle? Aber vielleicht wussten sie ja auch längst alles über ihn.

«Aber Sie haben es doch getan?»

«Was?»

«Ihren Fuß wieder in dieses Haus gesetzt.» Jetzt lag ein Anflug von Misstrauen in seiner Stimme.

«Nein, definitiv nicht. Nicht vor dieser Nacht. Es ist mehr als zwanzig Jahre her, dass ich zuletzt hier war.»

Eine Bewegung im Augenwinkel signalisierte ihm, dass jemand ins Zimmer gekommen war. Fatima, die Polizistin. Er hörte sie atmen, doch sie hielt sich im Hintergrund, als hätte sie Angst zu stören.

«Vor ungefähr einem Jahr bin ich wieder hierher nach Österlen gezogen», erklärte Joel. «Das hatte nichts mit Mårten zu tun. Ich hatte vor, ihm aus dem Weg zu gehen. Aber man kann hier draußen auf dem Land billig leben. Ich hab 'n altes Häuschen außerhalb von Spjutstorp von einem Bauern gemietet. Schreibe gerade an einem Buch.»

«Schriftsteller?»

Joel ignorierte die Frage.

«Nach einer Weile rief er bei mir an. Ich weiß nicht, von wem er erfahren hatte, dass ich hier bin. Er klang ziemlich kläglich, geradezu wehleidig. Faselte irgendwas von Familie, und dass wir uns treffen müssten. Dass er all seine Fehler wiedergutmachen wollte, bevor es zu spät sei. Er sagte es genau so. Bevor es zu spät ist. Und deutete an, dass er unter irgendeiner Krankheit litt, aber ich bin mir fast sicher, er wollte mir nur ein schlechtes Gewissen machen.»

«Aber Sie wussten von den Drohungen?»

Das war sie, Fatima.

Bill Lundström warf einen raschen Blick über Joels Schulter. In seinem Blick lag Missmut, als hätte sie seinen Gedankengang unterbrochen. Joel tat so, als hätte er es nicht bemerkt.

«Ja, man konnte sie ja kaum übersehen. Er hat bekommen, was er wollte. Eine Zeitlang war er in jeder Nachrichtensendung.»

Lundström lächelte finster. «Vor zwei Jahren malte Mårten Lindgren eine Anzahl Bilder mit dem Propheten Mohammed als Schwein. Offenbar inspiriert von Lars Vilks in Höganäs. Doch Lindgren erregte nicht so viel Aufmerksamkeit wie sein Kollege. Keiner wollte seine Bilder ausstellen, sodass er es in seiner Werkstatt selber tat. Aber er bekam einiges an Presse. Und dann dauerte es auch nicht lange, bis auf den gängigen Islamistenwebsites die Drohungen auftauchten.»

Aus dem Erdgeschoss drangen Stimmen herauf. Sie klangen aufgebracht. Die Haustür wurde geöffnet und wieder geschlossen. Auf dem Hof startete ein Auto.

«Wir werden das Haus eine Zeitlang versiegeln», erklärte Bill Lundström. «Um Beweismaterial zu sichern.»

Draußen rief jemand. Joel beobachtete Fatima, die zum Fenster gegangen war und die vergilbte Gardine zur Seite geschoben hatte. Sie blinzelte gegen die Sonne, sodass sich feine Fältchen um ihre Augen bildeten. Ein kleiner Stein in ihrem Ohrläppchen blitzte wie ein geschliffener Diamant auf.

«Die Leute von *Kvällsposten* sind aufgetaucht. Und von *Aftonbladet*, glaube ich», murmelte sie.

«Sie glauben also, dass Al-Qaida meinen Vater ermordet hat?», fragte Joel. «Das klingt doch völlig absurd.»

Einen Augenblick lang schien es, als wiche Bill Lundström seinem Blick aus.

«Das meinen Sie doch nicht ernst! Glauben Sie, die würden ein Mordkommando aus Afghanistan losschicken, um in Skåne einen absoluten Dilettanten von Maler zu erhängen?»

«Warum nicht?», entgegnete Lundström.

Joel starrte ihn verständnislos an.

«Allerdings funktioniert es nicht so», fügte der Polizist geduldig hinzu. «Islamistische Terroranschläge werden hier in Europa nur selten von abgesandten Attentätern ausgeführt, sondern von jungen Männern, die schon lange hier leben und vielleicht sogar hier geboren sind. Sie lassen sich im Internet von jeder Menge gewaltverherrlichendem religiösen Fanatismus inspirieren. Wie der Selbstmordattentäter in Stockholm. Wir reden hier von einsamen, verbitterten jungen Muslimen, die aus psychologischen oder sozialen Gründen so stark radikalisiert werden, bis sie bereit sind zu morden. Dieser Personenkreis ist zwar klein, aber nichtsdestotrotz gefährlich.»

«Aber …»

«Wissen Sie, wer Kurt Westergaard ist?»

«*Jyllands-Posten* …?»

Lundström nickte. «Westergaard hat die inzwischen weltberühmte Karikatur von Mohammed mit einer Bombe im Turban gezeichnet. Sie wurde in *Jyllands-Posten* veröffentlicht, woraufhin im ganzen Nahen Osten die Hölle losbrach. Religiöse Führer stachelten die Wut des Pöbels an. Der Mob verbrannte Flaggen und stürmte Botschaften. In den Tumulten starben eine Menge Menschen. Vier Jahre später brach ein mit einer Axt bewaffneter Somalier in Westergaards Haus ein, um ihn zu erschlagen. Dieser Mann wohnte schon seit langem in Dänemark. Es war pures Glück, dass es ihm misslang. Aber im Internet wurde er gefeiert wie ein Held. Unsere Kollegen bei der dänischen Sicherheitspolizei konnten beweisen, dass er Verbindungen zur Al-Shabaab unterhielt, einer terroristischen Vereinigung, die in Somalia die Einführung der Scharia fordert.»

Der Säpomann betrachtete Joel streng wie ein Lehrer, der sich vergewissern wollte, dass seine Schüler dem Unterricht folgten.

«Es gab noch mehr Versuche», fuhr er fort. «Drei junge Männer sind mit Maschinengewehren von Stockholm nach Kopenhagen gefahren, um im Gebäude von *Jyllands-Posten* am Rådhusplats so viele Mitarbeiter wie möglich niederzumähen. Doch zum Glück hatten wir sowohl ihre Telefone abgehört als auch die ganze Gang monatelang mittels Wanzen belauscht, sodass wir sie leicht zu fassen bekamen.»

Die Stille, die folgte, deutete an, dass Bill Lundström besonders stolz auf genau diese Operation war. Er kratzte sich hastig mit dem Zeigefinger im Ohr.

«Vilks wurde wegen seiner Zeichnungen, die Mohammed als Hund darstellten, unzählige Male mit Morddrohungen konfrontiert. Beispielsweise plante eine verrückte Amerikanerin namens Jihad Jane, ihn zu ermorden. Zwei albanische Brüder aus Landskrona versuchten sein Haus abzubrennen. Wie Sie sehen, haben wir allen Grund, die Drohungen gegen Mårten Lindgren ernst zu nehmen.»

«Leider müssen wir zugeben, dass wir in seinem Fall gescheitert sind», sagte Fatima leise, immer noch mit dem Gesicht zum Fenster gewandt.

Bill Lundström erstarrte, als hätte ihm jemand ein Messer in den Rücken gerammt.

«Diese Drohungen ...», begann Joel.

Lundström unterbrach ihn: «Mårtens Name tauchte auf diesen terroristischen Websites auf, kurz nachdem er seine Bilder ausgestellt hatte. Jemand sprach eine Fatwa aus, die besagte, dass derjenige, der ihn ermordete, als Märtyrer verehrt werden würde und ihm zweiundsiebzig Jungfrauen im Himmelreich überlassen werden sollten. Wir haben Mårten eine Zeitlang mit einem Alarmgerät ausgestattet und die örtliche Polizei beauftragt, ihn im Blick zu behalten. Doch dann hatten wir den Eindruck, dass das Ganze im Sande verlief ...»

«Und was geschieht jetzt?»

«Jetzt müssen wir einen Mörder fassen.»

«Aha ...»

«Es gibt eine kleine Gruppe gewaltverherrlichender islamistischer Extremisten in unserem Land. Ein paar hundert junge Männer, auf die wir ein Auge haben. Wir halten sie unter Beobachtung. Aber darüber hinaus sind wir natürlich auf Mithilfe angewiesen. Nicht zuletzt von Ihnen.»

«Von mir?»

«Dieser Anruf, den Sie heute Nacht erhielten. Können Sie ihn uns noch einmal so detailliert wie möglich beschreiben?»

Joel begegnete Lundströms stahlgrauem Blick, schloss dann die Augen und versuchte die Kopfschmerzen und die Übelkeit zu verdrängen, um sich die Nacht mit all ihren Geräuschen und Gerüchen wieder in Erinnerung zu rufen. Der Sturm war draußen übers Land gefegt. Er hatte ihn lauter als tausend Wölfe heulen hören. Diesmal war es ihm nicht gelungen, seine Unruhe wie sonst mit Schnaps zu dämpfen, so viel stand fest. Die Nacht war nach wie vor in dichten Nebel gehüllt, doch es war, als hätte er eine Vorahnung gehabt.

Warum sonst war er bei diesem Unwetter losgestapft?

Der Keiler, der mitten im Schneesturm auftauchte.

Verärgert schob er die Gedanken beiseite. Hokuspokus! Ich habe mich volllaufen lassen, weil ein Computer mit leeren Seiten auf dem Küchentisch stand und mich höhnisch angrinste, dachte er. Wie erbärmlich!

Die Stimme, ich muss mich auf die Stimme konzentrieren.

«Sind Sie sich sicher, dass es Ihr Vater war, der anrief?»

«Natürlich bin ich mir sicher …»

Hinten am Fenster wandte Fatima sich ihm zu.

«Haben Sie ihn getroffen? Ich meine, seit Sie wieder hier wohnen?»

«Ein Mal …»

* * *

Die Hand, die Joels Arm ergreift, ist fest, so wie früher. Doch als er herumfährt, sieht er, dass Mårten alt geworden ist. Und Angst hat. Die Angst leuchtet förmlich aus seinen Augen. Panik geradezu.

Im Systembolag ist viel los, alle scheinen sich heute noch mit Alkohol eindecken zu wollen, und plötzlich kommt es Joel vor, als starrten alle im Geschäft sie an. Das Klirren der Flaschen und die übrigen Geräusche verstummen.

Der Mann, den er über all die Jahre hinweg gehasst hat, bettelt ihn mit einem Hundeblick an. Sein Gesicht sieht verlebt aus. Rot und aufgedunsen. Zwanzig Jahre älter, aber es ist nicht das Alter, das ihn verändert hat, sondern etwas, das von innen kommt. Er wirkt hilflos, der Alte.

Joel reißt sich mit einem Ruck los.

«Lass mich in Ruhe! Und hör auf mich anzurufen. Ich will nichts mit dir zu tun haben. Kapiert?»

Mårtens Stimme wirkt verletzt. «Ich habe doch nur noch dich, Joel.»

Mehr kann er nicht sagen, weil Joel aus dem Laden stürzt.

* * *

Die beiden Polizisten betrachteten ihn mit neutralen Mienen, als warteten sie auf eine Fortsetzung. Die Erinnerung hatte ihm einen Stich ins Herz versetzt, scharf wie mit einer Messerklinge. Joel hörte selbst, wie schwer er atmete.

«Ich hab Mårten vor ein paar Wochen im Systembolag in Tomelilla getroffen. Er war völlig am Ende.»

«Vielleicht gab es ja einen Grund dafür», sagte Fatima leise.

Joel antwortete nicht.

«Sie hatten den Eindruck, dass er Angst hatte?», fragte Lundström.

«Ja …»

«Und was geschah dann?»

«Eigentlich nichts. Er griff nach meinem Arm und starrte mich mit seinem erbärmlichsten Hundeblick an. Schwafelte etwas davon, dass ich der Einzige wäre, den er noch hätte.»

«Und dann?»

«Ich hab mich vom Acker gemacht. Bin ins Auto gestiegen und nach Hause gefahren.»

«Haben Sie ihn denn gleich wiedererkannt? Ich meine, es waren ja viele Jahre vergangen.»

«Klar, er war älter geworden. Aber natürlich hab ich den Alten erkannt.»

«Sind Sie ganz sicher, dass es seine Stimme war, die Sie heute Nacht am Telefon gehört haben?»

«Wer sollte es denn sonst gewesen sein?»

«Beantworten Sie die Frage.»

Widerstrebend zwang sich Joel, sich die Nacht erneut in Erinnerung zu rufen. Die Rastlosigkeit, die ihn schleichend befallen und dazu gebracht hatte, auf die Verandatreppe hinauszugehen, um dem Sturm zu lauschen. Wonach hatte es noch mal gerochen? Das Klingeln des Handys. Aufgrund des Unwetters war die Verbindung schlecht gewesen. Und dann die Stimme. «Es ist eilig. Mir bleibt nicht mehr viel Zeit.» Warum war er selbst nur so sauer geworden?

Joel neigte den Kopf zu Boden.

«Die Verbindung war zwar miserabel. Aufgrund des Schneesturms, nehme ich an. Aber ich bin mir ziemlich sicher, dass es Mårten war.»

Er spürte den Zweifel der beiden Polizisten im Nacken.

«Ihre Reaktion ... Sie erstaunt mich etwas», sagte Lundström. «Das Erste, was Sie tun, ist, sich mit einer Schrotflinte und einer Axt auszurüsten und sich dann hinaus in den Sturm zu stürzen.»

Vergeblich durchsuchte Joel die Windungen seines Gehirns, um sich daran zu erinnern, was er in dem Augenblick gedacht hatte, als er sich auf den Weg machte. Die Bedrohung, woher kam sie? Aber in seinem Kopf war es leer. Undurchdringliches Dunkel.

«Folglich müssen Sie geahnt haben, dass Mårten nicht anrief, weil er krank war, sondern weil er vor jemandem Angst hatte», schloss Bill Lundström.

Als Joel den Kopf wieder hob, begegnete er Fatimas Blick.

«Vielleicht wollten Sie ihn trotz allem retten», sagte sie.

KAPITEL 4

Der junge Mann reibt sich die rot gefrorenen Finger eine Weile im Treppenhaus, bevor es ihm gelingt, den Schlüssel ins Schloss zu stecken. Er klopft sich sorgfältig den Schnee ab, bevor er über die Türschwelle tritt. Schnürt seine Stiefel auf und stellt sie dicht nebeneinander auf die Fußmatte.

Dann geht er quer durch den Raum und zieht die Jalousien hoch. Draußen ist es dunkel und klirrend kalt. In einigen Fenstern im Hochhaus gegenüber brennt Licht. Hinter einem von ihnen erblickt er die Silhouette einer Frau. Er wendet sich unmittelbar ab.

Der Weg zurück nach Hause dauerte länger, als er berechnet hatte.

All dieser Schnee.

Er gießt etwas Wasser in einen Topf und schaltet die Herdplatte ein. Wartet schweigend, bis es kocht, und lässt es dann über den Teebeutel in der Kanne laufen.

Der süße aromatische Tee wärmt.

Beide Hände um den Becher gelegt, geht er erneut zum Fenster. Die Sterne funkeln an einem kristallklaren Himmel. Er sieht eine schmale Mondsichel. Ganz im Westen, auf der anderen Seite des Sundes, sind die Lichter von Kopenhagen zu erahnen.

Ich muss bald wieder rüberfahren und meine Brüder treffen, denkt er.

Mit einem Seufzer lässt er sich aufs Sofa fallen und schaltet den Fernseher ein. Zappt ohne größeres Interesse durch alle

Kanäle, die er über die Parabolantenne empfängt. In Sveriges Television laufen Nachrichten.

Die Frau in der Polizeiuniform kommt ihm bekannt vor.

«Wir haben im Laufe des Tages einige technische Beweismittel gesichert», sagt sie. «Aber ich möchte betonen, dass wir noch nicht mit Sicherheit sagen können, ob es sich um einen Terroranschlag handelt. Wir gehen vorbehaltlos verschiedenen Spuren nach.»

«Welche Funde haben Sie am Tatort gemacht?»

«Darüber kann ich aus ermittlungstechnischen Gründen leider nichts sagen.»

Im nächsten Augenblick wird auf dem Bildschirm ein Foto eingeblendet. Ein älterer Mann mit groben Gesichtszügen, schweren Wangen, hellen Wimpern und dünnem gewellten Haar, das ihm bis über die Ohren hängt.

Der junge Mann spürt, wie sein Herz heftiger zu schlagen beginnt.

«Mårten Lindgren wurde der Allgemeinheit vor zwei Jahren bekannt, als er eine Anzahl von Ölgemälden ausstellte, auf denen er den Propheten Mohammed in Gestalt eines Schweins darstellte», berichtet der Reporter. «Die Bilder erregten bei Muslimen sowohl in Schweden als auch weltweit negatives Aufsehen. Doch gewisser Quellen innerhalb der Säpo zufolge nahmen die Drohungen mit der Zeit ab. Die Polizei schließt auch andere Mordmotive nicht aus.»

Mit einer gewissen Erregung beginnt der junge Mann erneut durch die Fernsehkanäle zu zappen. Immer noch nichts auf Al-Dschasira, nichts auf BBC, aber er bekommt einen kurzen Ausschnitt auf Al-Arabiya mit, bevor der Programmpunkt endet und der Studioreporter über ein Selbstmordattentat in Kabul berichtet.

Er springt auf und holt seinen Laptop. Klappt ihn auf und

trommelt ungeduldig mit den Fingern, während das Gerät hochfährt. Auf seiner bevorzugten Website findet er sofort, wonach er sucht.

In Allahs Namen, gepriesen sei unser Bruder in Schweden, welcher den Hund tötete, der den Propheten geschmäht hat.

Die arabischen Schriftzeichen leuchten triumphal in Grün, Rot und Schwarz. Dem jungen Mann wird warm ums Herz.

Dort sind Fotos und Videoausschnitte von Explosionen zu sehen. Männer mit Palästinenserschals vor dem Gesicht, die mit Maschinengewehren hantieren und laut skandieren. Stolze Fahnen, die im Wüstenwind wehen. Es handelt sich um altes Material, das ihm wohlbekannt ist. Also noch keine aktuellen Fotos aus Schweden.

Doch das Forum wird bereits von lauter Beifallsbekundungen überschwemmt.

Ein großer Mujaheddin hat gesiegt, liest er.

Einige Klicks weiter im Cyberspace: *Gott bestraft Schweden, weil ihr es zugelassen habt, dass ein Gotteslästerer den Propheten geschmäht hat, und weil ihr eure Soldaten in Afghanistan in den Dienst Satans gestellt habt. Es lebe das Kalifat!*

Wieder und wieder liest er die Beiträge. Der Gedanke, dass sie aus aller Welt kommen, erfüllt ihn mit Stolz. Er steht auf und geht zum Fenster. Die Frau, deren Silhouette er im Fenster gegenüber gesehen hatte, ist inzwischen verschwunden. Der junge Mann schaut lange hinaus auf die Lichter der eingefrorenen Stadt.

Dann setzt er sich wieder vor seinen Laptop und klickt sich ins Textfeld ein. Seine Finger hämmern regelrecht auf die Tasten ein. Wir sind überall, denkt er. Wir werden siegen.

Als er fertig ist, klappt er den Laptop zu und fällt auf dem kleinen Gebetsteppich, den er neben dem Bett ausgerollt hat, auf die Knie.

KAPITEL 5

Das Dröhnen eines Dieselmotors ließ die Scheiben des Küchenfensters erzittern. Als Joel hinausschaute, sah er eine schwarze Rauchsäule aus dem Auspuff eines riesigen John Deere aufsteigen, der in einer aufstiebenden Schneewolke auf den Hof einbog.

Langsam stellte er die Kaffeekanne in die Maschine zurück. Gunnar, dachte er. Jede Wette.

Der Traktor hielt nur wenige Meter vom Haus entfernt mit einem Ruck an. Die Tür zum Führerhaus wurde geöffnet, und ein Mann in Gummistiefeln, dickem Overall und Pelzmütze mit Ohrenklappen kletterte herunter. Er schaute sich nach Joel um und winkte, als er ihn hinter dem Fenster erblickte. Spuckte ein braunes Klümpchen Tabak in den Schnee und kam mit wenigen Schritten auf die Verandatreppe zu.

Ein lautes Klopfen ertönte, dann wurde auch schon die Haustür aufgerissen.

«Hallo, Joel! Bist du zu Hause?»

Im nächsten Augenblick stieg er über die Türschwelle und warf einen Blick in die Küche.

«Aah, du hast Kaffee aufgesetzt.»

Ächzend zog er sich die Stiefel aus und stand dann in Wollsocken da und grinste.

«Kalt draußen. Aber wenn man im Führerhaus ordentlich einheizt, wird es warm wie in ’ner Niggerhölle.»

Joel betrachtete sein wettergegerbtes Gesicht. Dieser stechende Blick bereitete ihm jedes Mal Unbehagen.

«Willst du ’nen Becher?», fragte er widerwillig.

Gunnar strich sich mit der Hand über seinen Dreitagebart und den sehnigen Hals.

«Eigentlich hab ich keine Zeit. Aber was soll’s, ’nen kurzen Augenblick kann man ja immer totschlagen …»

Er zog sich einen Küchenstuhl heran und setzte sich. Draußen vor dem Fenster brummte der Traktor noch immer im Leerlauf. Warum zum Teufel kann er nicht den Motor abstellen?, dachte Joel. Doch anstatt etwas zu sagen, goss er Kaffee in einen Becher und stellte ihn vor seinem Gast auf den Tisch. Gunnar pfriemelte mit öligen Fingern ein Stück Würfelzucker aus der Packung.

«Wohl noch zu früh für ’nen Kurzen, oder?»

«Viel zu früh», entgegnete Joel.

Gunnar nickte, als hätte er auch keine andere Antwort erwartet. Er sah sich um. Rührte frenetisch in seinem Becher, sodass der Löffel gegen den Rand schabte. Dann zog er die Oberlippe hoch und schlürfte den Kaffee zwischen zwei entblößten schmalen gelben Schneidezähnen. Plötzlich wies er mit dem Daumen auf Joels Laptop.

«Damit wirst du aber nicht reich.»

«Wahrscheinlich nicht …»

«Du solltest dir ’ne vernünftige Arbeit suchen.»

Er ließ seinen Worten ein zufriedenes Glucksen folgen. «Jeder Idiot glaubt, so vermögend zu werden wie dieser Mankell …»

Joel spürte, wie sich ihm der Magen zusammenzog.

«Wolltest du eigentlich irgendwas Bestimmtes, Gunnar? Wo du dir schon die Mühe gemacht hast herzukommen.»

«Nee, wollte mich nur vergewissern, dass alles in Ordnung ist. Und mein Beileid bekunden, denn das muss man ja wohl. Mårten und ich sind zwar nicht beste Kumpels gewesen, aber das wart ihr beiden ja auch nicht, wenn ich es recht verstehe, oder?»

«Wohl nicht», antwortete Joel etwas unsicher.

«Aber wenn ich schon mal hier bin, kann ich ja gleich die Miete einkassieren», fuhr Gunnar fort. «Ist ja schon drei Tage überfällig. Fünftausend Kröten, wie immer. In bar. Das ist billig für so ein großes Haus.»

Sein selbstgerechter Tonfall ging Joel auf die Nerven.

«Warum sagst du nicht, was du denkst?», zischte er. «Du hast doch erwartet, mich hier wie 'n Häufchen Elend am Boden vorzufinden!»

Der Vermieter setzte eine beleidigte Miene auf. Er kniff die Augen zusammen, ohne etwas zu erwidern.

«Der Kasten hat jahrelang leer gestanden», fuhr Joel aufgebracht fort. «Fünftausend ist der reinste Wucher. Für 'ne schimmelige verdammte Hütte! Und außerdem konnte ich bei diesem verfluchten Unwetter nicht zum Geldautomaten durchkommen. Das weißt du ja wohl …»

Mitten im Satz bedauerte Joel, dass er aufgebraust war. Er setzte sich mit einem Seufzer auf die Arbeitsplatte.

«Tut mir leid, war nicht so gemeint … Du bekommst dein Geld schon.»

Gunnar verzog den Mund und zeigte dabei erneut seine gelben Zähne.

«Wenn du nicht 'n ehemaliger Klassenkamerad von Britt wärst, hätte ich dich schon längst rausgeschmissen», entgegnete er leise.

Ohne Eile trank er den letzten Rest seines Kaffees aus und schob seinen Stuhl zurück. Als er schon halb auf dem Weg zur Haustür war, hielt er inne.

«Hast du etwa mitten am Tag die Glotze an?»

«Was?»

«Du hast den Fernseher laufen …»

Ohne auf eine Antwort zu warten, marschierte er quer durch den Flur ins Wohnzimmer. Joel folgte ihm widerstrebend. Auf dem Bildschirm war der Premierminister zu sehen. Sein rundes Gesicht war todernst.

«Wir machen uns stark für ein Schweden, das wir lieben. Ein Schweden, das für Offenheit, Demokratie und Gleichberechtigung steht. Wir werden unter keinen Umständen denen nachgeben, die diese unsere höchsten Werte bedrohen.»

Gunnar schob seine Hände in die Hosentaschen und stellte sich breitbeinig vor den Fernseher.

«Mann, wie diesem Idioten der Kamm schwillt», brummte er. «Was lamentiert er denn rum, wo er doch all die verdammten Nigger reingelassen hat? Bald werden sie wohl noch das Schloss und den Reichstag in die Luft jagen. Aber die sind ja selbst schuld, die Stockholmer.»

Joel nahm die Fernbedienung zur Hand und erhöhte die Lautstärke.

«Das ist eine Sondersendung», murmelte er.

«Zugleich», fuhr der Premierminister fort, «will ich betonen, dass wir diese extremistische Tat nicht als Vorwand dafür nehmen dürfen, Menschen in irgendwelche Kategorien einzuteilen. Schweden soll auch in Zukunft unabhängig von Konfessionen offen und tolerant gegenüber allen sein, damit wir stolz auf unser Land sein können.»

«Scheiß der Hund drauf», knurrte Gunnar.

Im nächsten Augenblick wechselte das Bild. Ein Journalist berichtete von der Pressekonferenz der Polizei. Joel erkannte Bill Lundström im Hintergrund. Ein Mann, der vermutlich sein Chef war, erklärte, dass die Säpo zwar keine Details über die Ermittlungen bekannt geben dürfe, man aber davon ausgehe, dass es sich um einen terroristischen Anschlag handele. Danach kam erneut ein Schnitt, woraufhin Kameraaufnahmen von Mårtens Haus gezeigt wurden. Das blau-weiße Absperrband der Polizei zeichnete sich vor den Schneewällen ab. Auf der Weidenallee stand eine lange Reihe Autos, und hinter der Hecke wartete eine Schar verfrorener Schaulustiger.

Die nächste Politikerin war die Vorsitzende der Zentrumspartei. Sobald Gunnar sie auf dem Bildschirm erblickte, spuckte er aus und fauchte: «Nicht zu fassen, dass sie diese schnatternde Fotze aus Norrland auch noch zeigen müssen. Ist doch alles ihre Schuld. Gleich nach Fälldin ist es mit der Zentrumspartei den Bach runtergegangen. Er war ja immerhin Bauer.»

«Das ist sie doch auch», entgegnete Joel missmutig und stellte den Fernseher ab, um sich nicht noch mehr anhören zu müssen.

Gunnar warf ihm einen bösen Blick zu, begnügte sich aber mit einem Schnauben.

«Du musst jetzt gehen», sagte Joel. «Du bekommst dein Geld, sobald ich wieder in den Ort komme.»

Im Flur hatte sich eine Pfütze unter Gunnars Stiefeln gebildet. Mit einem aufgesetzt klingenden Stöhnen zog er sie an.

«Und, haben sie schon von sich hören lassen?», fragte er, als er sich aufgerichtet und die Pelzmütze auf den Kopf gedrückt hatte.

«Wer denn?»

Gunnars Lippen verschmälerten sich zu einem gewitzten Grinsen.

«Die Terroristen. Mohammedaner. Journalisten. Was weiß ich. Denn wie's aussieht, wird hier bald die Hölle los sein.»

Joel wurde von dem unangenehmen Gefühl ergriffen, dass Gunnar recht haben könnte. Er streckte sich rasch vor und öffnete die Haustür. Für einen Augenblick schlug ihm Gunnars Atem entgegen.

«Ich hab gehört, dass du meine alte Winchester aus dem Keller hervorgeholt hast», sagte der Nachbar schadenfroh. «Ohne Knarre ist man hier draußen aufgeschmissen. War ziemlich nett von mir, sie hierzulassen, oder? Man muss sich das Ungeziefer vom Leib halten, verstehst du? Ansonsten ist man geliefert. Hast du das endlich auch kapiert?»

Noch bevor Joel die Tür schließen konnte, hörte er ihn über die Schulter rufen.

«Wenn du willst, komm ich mit dem Radlader und pflüg den Schnee bis runter zur Landstraße weg. Damit du zum Automaten kommst.»

«Scheiß drauf. Ich warte, bis es taut», murmelte Joel und schloss die Tür hinter sich.

Der John Deere machte einen ohrenbetäubenden Lärm, als Gunnar ihn wendete und vom Hof donnerte.

* * *

Am späten Nachmittag gelang es Joel, einige Sätze über die Sekte zu formulieren: *Anfänglich habe ich nie gezweifelt*, schrieb er auf seinem Laptop. *Alles war so wunderbar. Einer der Auserwählten zu sein. Einer derjenigen, die die Wahrheit gefunden hatten.*

Er lehnte sich in seinem abgewetzten Sessel zurück und betrachtete seine Worte. Versuchte nachzuspüren, ob sie authentisch klangen.

Nach einer Weile begann sich die Rastlosigkeit in seinen Beinen bemerkbar zu machen. Millionen kleiner Stiche durchzuckten seinen Körper, als wäre eine Armee von Ameisen in seine Blutbahn eingedrungen. Als Joel das letzte Mal von diesen Symptomen geplagt worden war, hatte er alle Gesundheitsratgeber durchsucht, die er im Internet finden konnte, und war dabei auf eine Reihe beunruhigender Anzeichen für sowohl MS als auch Alzheimer gestoßen. Jetzt versuchte er die Gedanken daran zu verdrängen. In klaren Augenblicken wurde Joel jedoch bewusst, dass die einzige Krankheit, an der er litt, Hypochondrie war. Und die war wahrscheinlich erblich, dachte er.

Vielleicht aber konnte man Melancholie auch als Krankheit bezeichnen.

Er empfand die Dämmerung als eine Zeit der Unruhe. Besonders im Winter, wenn sich der Himmel blau und violett färbte und sie so früh hereinbrach, dass er sich kaum darauf einstellen konnte. Das Thermometer vor dem Fenster im Wohnzimmer zeigte minus sechzehn Grad an. Joel schaltete das Deckenlicht aus und spähte hinaus.

Er konnte keinerlei Lebenszeichen ausmachen.

Nach einer Weile kehrte er zu Sessel und Laptop zurück. Er betrachtete die Sätze, die er geschrieben hatte. Gähnte so ausgiebig, dass es in seinen Kiefergelenken knackte. Dann gab er seinem inneren Drang nach und wählte sich bei «match.com» ein. Er klickte auf die Liste *Ich bin ein Mann, der eine Frau sucht*. Wählte zwischen den Altersstufen aus, entschied sich für fünfzig plus. Eine richtig reife Frau, dachte er und bekam rote Ohren.

Als er des Angebots der nach Zärtlichkeit dürstenden Frauen auf dieser Website überdrüssig wurde, loggte er sich bei «motesplatsen.se» ein und schaute, was dort angeboten wurde. *Helena 37* aus Kristianstad sah ganz süß aus. Einige Sekunden lang ließ er den Cursor über ihrem Bild schweben. Dann überlegte er es sich anders, und ehe er sich versah, befand er sich auf «hornybabes.com». Schmachtende Frauen mit glasigen Blicken, feuchten Lippen und aus Seide und Leder hervorquellender nackter Haut präsentierten sich auf dem Bildschirm. In seinem Unterleib begann es heiß und drängend zu pochen.

In dem Moment klopfte es unmittelbar neben ihm leicht an

der Fensterscheibe. Joel fuhr so heftig zusammen, dass er beinahe vom Sessel gefallen wäre. Ein weißes Gesicht presste sich von außen gegen das Glas, eine platte Schweineschnauze mit schwarzen Nasenlöchern und schielenden Augen. Im nächsten Augenblick war es wieder verschwunden. Lediglich ein feuchter Fleck blieb zurück, der Beweis, dass er sich nicht getäuscht hatte.

Als es an der Tür klopfte, wusste er, wer es war. Britt, dachte er. Typisch.

Blitzschnell loggte er sich aus und klappte den Laptop zu.

«Hast du dich erschrocken?», fragte sie ihn, als sie mit strahlendem Lächeln in der Türöffnung stand.

Im Arm hielt sie einen großen Topf. Joel lachte verlegen.

«Tut mir leid, ich wollte dir keine Angst einjagen», sagte sie. «Aber es sah so lustig aus, wie du da gesessen und wie ein Verrückter auf den Bildschirm gestarrt hast. Hast du dir etwa Pornos angeguckt?»

«Was? Nee, ich hab versucht zu schreiben. Aber komm doch rein …»

«Ich hab dir ein bisschen Hacksoße mitgebracht, die übrig geblieben ist. Dachte, dass dir vielleicht langsam die Essensvorräte ausgehen.»

Sie streckte ihm den kalten Topf entgegen und lächelte mit klaren blauen Augen. Die Wärme im Haus färbte ihre Wangen rot.

«Danke … Aber wie bist du denn hergekommen?»

«Ich bin in den Wagenspuren von Gunnars Traktor gegangen. Hab gehört, dass er heute Morgen hier war.»

Joel nickte, sagte jedoch nichts. Er bemerkte, dass sie zögerte, bevor sie ihren Mantel aufhängte und die Stiefel auszog.

«Gunnar hat es eigentlich nicht gerne, wenn ich …»

«Scheiß auf Gunnar», unterbrach Joel sie. «Möchtest du ein Glas Wein?»

«Nein, ich bleib nicht lange. Ich wollte nur … tja, sagen, dass mir das mit Mårten schrecklich leidtut.»

«Ja.»

«Glaubst du, dass es wahr ist, das mit den Terroristen?»

Sie schaute ihn mit demselben treuherzigen Blick an, den er aus einer lange zurückliegenden Vergangenheit so gut kannte. Britt, die immer nach Zitronen duftete. Joel stellte den Topf auf den Herd.

«Ich weiß nicht, was ich davon halten soll.»

«Gunnar meint, dass es daran liegt, dass wir so viele Ausländer ins Land gelassen haben. Er schwafelt die ganze Zeit davon.»

«Gunnar ist ein Idiot. Du hättest dich schon längst von ihm scheiden lassen sollen.»

Ein Schatten zog über ihr Gesicht. Doch dann schien sie so zu tun, als hätte sie es nicht gehört.

«Kann ich vielleicht stattdessen einen Tee bekommen?»

Mit einem Mal spürte Joel im ganzen Körper, dass er sie gerne bei sich behalten würde, dass er einen lebenden Menschen aus Fleisch und Blut in seiner Nähe brauchte, jemanden, mit dem er reden und die Wärme teilen konnte.

«Hab ich dir eigentlich erzählt, dass ich mal Koch war?», fragte er, während er in der fast leeren Speisekammer nach einem Teebeutel suchte.

«Nein.»

«Na ja, Koch … eigentlich war ich eher Tellerwäscher.»

Er schielte rüber in Richtung Topf, dann zu Britt und lachte angesichts einer Erinnerung, die ihm in den Sinn kam.

«Hacksoße war übrigens meine Spezialität.»

Sie lehnte sich gegen den Türpfosten und schaute Joel ein wenig unsicher an, während er Teewasser aufsetzte.

«Ich hatte ’nen Job in ’ner Klitsche in Nørrebro in Kopenhagen bekommen», fuhr er mit einem plötzlich in seiner Brust aufwallenden Eifer fort. «Geschirr stapeln und Kartoffeln schälen, du weißt schon. ’n richtig versiffter Schuppen. Aber eines Tages hatte der Koch, ein fetter Grönländer namens Jespersen, zu tief in eine Flasche Gammeldansk geschaut und war im Vorratsraum eingeschlafen. Ich wusste, dass er ’ne Scheißangst vor dem Inhaber hatte, und beschloss, ihn zu retten. Als Tagesgericht sollte es Spaghetti bolognese geben. Also hab ich ein paar Zutaten zu einer Soße zusammengerührt. Unter anderem ein Paket Hackfleisch, das ich ganz hinten im Kühlschrank fand. Doch es war offenbar verdorben. Was für eine Katastrophe, das hättest du sehen müssen! Ein ganzer Haufen Mittagsgäste erlitt eine Lebensmittelvergiftung. Der Inhaber war natürlich stinksauer, und der arme Jespersen wurde fast gefeuert.»

«Wurde dir selbst denn nicht auch schlecht?»

«Nee, das Hackfleisch hatte bereits unangenehm gerochen, als ich es briet, sodass ich mich nicht traute, es zu probieren …»

Als Britt kicherte, klang es in seinen Ohren nur allzu bekannt.

«Aber danach wurde ich ein Meister in Sachen Hacksoße. Dieser Jespersen war ’n feiner Kerl. Er brachte mir bei, dass das Geheimnis einer guten Bolognese im Chili liegt. ‹Es muss sich wie ein Brand im Arsch anfühlen, wenn du scheißt!›, sagte er.»

Sie lachten gemeinsam, und als das Lachen abebbte, trocknete Britt sich eine glitzernde Träne im Augenwinkel und schnäuzte sich in ein Stück Haushaltspapier.

«Ich kann leider nicht versprechen, dass meine Hacksoße denselben Effekt hat», sagte sie und zerknüllte das Papier in ihrer Jackentasche.

Während Joel Wasser über den Teebeutel goss, hörte er sie in den Räumen umhergehen, als wäre sie eine Immobilienmaklerin.

«Du hast dir ja nicht gerade viele Möbel angeschafft», rief sie.

Joel stand an der Türschwelle und betrachtete sein Zuhause. Die geblümte Tapete hatte die Wohnzimmerwände bestimmt schon geziert, seit das Haus gebaut worden war. Das Bücherregal und die Sitzgruppe hatte er auf dem Flohmarkt gekauft. An den Wänden hingen mehrere Filmplakate. Der kümmerliche Ficus benjamina auf der Fensterbank ließ die trockenen Blätter hängen.

«Du hättest ja wenigstens eines von Mårtens Bildern an die Wand hängen können», sagte Britt. «Eine von seinen molligen Damen.» Den letzten Worten folgte ein unsicheres Kichern.

«Du weißt doch, dass ich keinen Kontakt zu ihm hatte.»

«Überhaupt keinen?»

Sie fuhr rasch herum und schaute ihn zweifelnd an. «Er war immerhin dein Vater.»

Joel stellte den Becher mit Tee auf dem zerfurchten Wohnzimmertisch ab und sank mit einem Glas Wein in der Hand in den Sessel. Ihre Worte verursachten ihm ein Stechen unterhalb des Brustbeins. Er war immerhin dein Vater. Müsste er nicht eigentlich mehr … ja, mehr Trauer empfinden?

«Erzähl mir, was du über Mårten weißt», forderte er sie auf. «Du hast schließlich dein ganzes Leben lang hier gewohnt. Du müsstest einiges mehr über ihn wissen als ich.»

Sie schüttelte langsam den Kopf. «Mårten war schon immer ein Eigenbrötler. Es kam zwar vor, dass man ihm im Ort begegnete, aber nicht besonders oft. Doch es gingen diverse Gerüchte über seine Geschäfte um. Mitunter hörte man, dass er gestohlene Autos verkaufte und dann wieder, dass er Wodka aus Polen schmuggelte.»

Joel bemerkte ihr kurzes Zögern.

«Manche behaupteten, er hätte zusammen mit dem Prediger krumme Dinger gedreht.»

«Mit dem Prediger?»

Britt zuckte mit den Achseln und blickte in die Dunkelheit

vor dem Fenster hinaus. «Was weiß ich. Reich ist er offenbar nicht geworden. Du weißt doch, dass er Gunnar Geld schuldete, oder?»

Sie zog die Beine hoch und setzte sich im Schneidersitz aufs Sofa, während sie die Hände um den Becher mit Tee legte.

«Viel?»

«Weiß nicht. Über so etwas spricht Gunnar nicht. Aber ich glaube, dass er Mårten deswegen nicht mochte. Er fühlte sich reingelegt.»

«Erzähl mehr!»

«Tja, viel mehr weiß ich auch nicht. Nur, dass vor ein paar Jahren ein Wahnsinnsradau losbrach, als er die Bilder mit den Schweinen malte. Aber das weißt du ja selbst.»

«Wie armselig!», seufzte Joel. «Der Alte hat offenbar alles gemacht, um an Geld zu kommen.»

«Du hast ihn wirklich gehasst, oder?»

Joel starrte hinunter in sein Weinglas.

«Aber ich kann es dir wirklich nicht verübeln», sagte sie. «Schreibst du über all das in deinem Computer?»

«Über das und noch einiges andere ...»

Sie saßen eine ganze Weile schweigend da. Dicht nebeneinander und dennoch durch einen unsichtbaren Schleier verflossener Zeit getrennt. Für einen Augenblick sah er Britt an einem Sommermorgen vor sich.

Sie hat braungebrannte Schultern und einen Atem, der angenehm süßlich riecht. Etwas unbeholfen zieht sie an einer Zigarette, ihre Augen leuchten, und wenn sie lacht, wirft sie den Kopf nach hinten, sodass ihre Locken schwingen.

Joel verspürte vor Freude ein Schaudern, das er bereits vermisste, noch bevor es wieder verschwunden war.

Sie weckte ihn mit einer unausgesprochenen Frage aus seinen Träumen.

«Du bist so plötzlich weg gewesen …?»

«Mm …»

«Du hättest mal von dir hören lassen können.»

Joel schwieg. Verdrängte die Scham.

«Wie lange ist es eigentlich her? Zwanzig Jahre?»

«So um den Dreh …»

«Eigentlich hat es keinen weiter erstaunt. Aber dann haben wir gehört, dass du in irgendeiner merkwürdigen Sekte in Småland gelandet bist.»

«Wer hat das denn erzählt?»

«Weiß ich nicht mehr. Es war eher ein Gerücht.»

Joel stand unvermittelt auf und ging in die Küche, um die Weinflasche zu holen.

«Jetzt möchte ich auch einen Schluck», sagte sie, als er zurückkam.

Sie trank verhalten, überhaupt nicht so wie früher. Aber ihre Lippen bekamen denselben feuchten Glanz. Als sie ihr Glas absetzte, wirkte sie plötzlich unsicher, als befürchtete sie, eine Grenze überschritten zu haben.

«Ich hab mich vorher nicht getraut, dich zu fragen.»

«Damals schien es mir eine gute Idee zu sein», sagte Joel. «Ich war ja noch recht jung.»

«Und wie war es?»

Widerwillig rief sich Joel die Erinnerung an diese Zeit ins Bewusstsein, die er vor kurzem in Worte zu fassen versucht hatte. Die Männer, die in ausgeblichenen Hemden Holz hackten. Die Frauen, die Wasser trugen, Essen zubereiteten und Geschirr spülten, während die Fliegen in der Küche surrten. Die Kinder, die noch nichts begriffen. In den Holzhäusern mitten im Nadelwald roch es immer nach Schmierseife. Die Lieder, die sie sangen, ertönten immer mit demselben verbissenen Ernst. Der Winter, der so streng war. Nicht einmal im Sommer, wenn die Luft vor Hitze vibrierte und es in den Ameisenhaufen von Leben nur so wimmelte, vermochte die Sonne die Schatten zu vertreiben.

Jetzt, so lange danach, kam ihm alles ziemlich unwirklich vor.

«Diese Menschen haben alles für einen gemacht», antwortete Joel. «Es kam mir vor, als wäre ich von einer großen Familie adoptiert worden. Für alles, was man tat, gab es Regeln. Alles war vorherbestimmt. Anfänglich war es angenehm, nicht selbst denken zu müssen. Doch irgendwann habe ich keine Luft mehr bekommen. Ich hab Panik gekriegt. Und dann bin ich nach Kopenhagen gegangen und Koch geworden. Oder Tellerwäscher …»

«Wie schrecklich! Es klingt fast, als hätte man dich einer Gehirnwäsche unterzogen.»

Er zuckte mit den Achseln und schenkte sich Wein nach.

«Mag sein … Ich bin jedenfalls froh, dass ich rechtzeitig abgehauen bin.»

«Ohne bleibenden Schaden?»

«Einen kleinen Schaden hab ich wohl schon», antwortete Joel lächelnd. «Wie hätte ich ohne davonkommen sollen?»

«Nein, wie hättest du? Ohne Mutter. Und mit einem Vater, der gesoffen und herumgebrüllt hat.»

Genau in dem Moment ertönte eine fröhliche Melodie in Britts Strickjacke. Sie zuckte zusammen und schob die Hand in die Tasche. Zog etwas unbeholfen ihr Handy heraus und starrte erschrocken darauf, ohne ranzugehen.

«Es ist Gunnar. Ich muss los.»

Plötzlich hatte Joel den Eindruck, dass sie müde aussah. Ihre Wangen wirkten so blutleer. Und die Haarsträhne, die ihr über die Schläfe fiel, hatte die nicht einen leichten Grauton?

«Was ich vorhin gesagt habe, meine ich wirklich ernst», sagte Joel.

«Was denn?»

Sie war bereits auf dem Weg in den Flur, als sie innehielt.

«Dass du dich scheiden lassen solltest. Ich kapier nicht, wie du es jahrein, jahraus mit diesem sauertöpfischen Idioten aushältst. Du hast wirklich was Besseres verdient.»

Erst als sie ihren Mantel angezogen und die Strickmütze weit in die Stirn gezogen hatte, drehte sie sich zu ihm um und kniff die Augen zusammen.

«Man gewöhnt sich dran», sagte sie und verschwand in der Dunkelheit.

* * *

Als er wieder allein war, streckte er sich der Länge nach auf dem Sofa aus und versuchte sich an den letzten Abend mit Britt zu erinnern.

Damals war es ebenfalls dunkel und kalt gewesen.

Es war Joels letzter Abend in dem verdammten Haus draußen in der Einöde.

«Holgerssons kleine Fotze», hatte Mårten sie genannt. Er hatte von seinem Platz vor dem Kamin aus gelallt und höhnisch gegrinst.

Zu seinen Kumpels hinübergeschielt, um Bestätigung zu erheischen.

Joel hörte noch immer ihr lüsternes Feixen.

Auf dem Tisch standen diverse leere Schnapsflaschen. Dort lagen auch Zigarettenkippen und jede Menge leere Dosen herum. Es roch nach saurem Schweiß und Erbrochenem. Die Staffelei lag umgekippt in einer Ecke. Das Akkordeon auf dem Teppich. Der Gestank nach Rauch stach ihm in die Nase.

«Und, hast du Holgerssons kleine Fotze schon mal bestiegen, Joel? Hä? Hast du?»

Mårtens Stimme war schrill und aufdringlich. Joel tat so, als hörte er nichts. Er streifte sich die Stiefel im Flur ab und hängte seine Jacke an einen Haken. Er hatte ihren Geruch noch immer in der Nase. Nach warmer Haut und irgendetwas Säuerlichem. Er wollte ihn mit keinem teilen müssen, und schon gar nicht mit Mårten. Er schwieg und versuchte die Ohren vor dem Gegröle zu verschließen. Doch als er bereits halbwegs die Treppe hinauf war, fiel ihm auf, dass er dort unten etwas gesehen hatte. Er drehte sich um.

Das Foto lag auf dem Tisch, zur Hälfte verdeckt von einem ausgebreiteten Kartenspiel. Joels einziges Foto von ihr, beschmiert und völlig feucht.

Er schloss die Augen und ballte die Fäuste.

Es war das Schwarzweißfoto von seiner Mutter, das er zwischen alten Comicheften in einem Schuhkarton unter dem Bett versteckt hatte.

Elna lacht auf dem Bild. Wie sie es fast nie getan hat, bevor sie verschwand. Das Foto musste vor langer Zeit aufgenommen worden sein, bestimmt vor Joels Geburt. Doch so möchte er sie in Erinnerung behalten. Sie ist jung. Als der Fotograf das Bild macht, steht sie auf einer Leiter, die an einer Hauswand lehnt. Sie scheint gerade den Kopf gedreht zu haben und schaut lachend zu ihm hinunter, doch ihre Augen liegen im Schatten. Der Wind hat ihre blonden Locken erfasst.

Joel holte oft den Schuhkarton hervor, wenn er sich in seinem Zimmer eingeschlossen hatte. Sich im Bett verkriechend, kam es vor, dass er diverse zerlesene Fantomas- und Busterhefte herausnahm und vorsichtig die Fotografie zwischen den Seiten hervorzog. Dann drehte und wendete er das Papier, um sie aus verschiedenen Winkeln zu betrachten. Ihre Gedanken zu lesen. Und sich vorzustellen, dass er es war, der dort mit der Kamera in der Hand stand.

Obwohl er wusste, dass es unmöglich war.

Hatte er vergessen, das Foto wieder zu verstecken, bevor er zu Britt fuhr?

Joel öffnete die Augen wieder und ging die Treppe hinunter. Die Prahlerei vor dem Kaminfeuer hatte aufgehört. Mårten warf ihm unruhige Blicke zu. Ein Räuspern war zu hören. Jemand zerdrückte eine Bierdose mit der Hand. Der Jugo auf dem Stuhl vorm Fenster zog leicht zerstreut am Akkorden, das er im Arm hielt.

Ohne ein Wort nahm Joel das Foto vom Tisch.

«Verdammt, Joel. Ich wollte es nur Dragan und den anderen Jungs zeigen. Sie war so wunderschön.»

Die anderen grinsten. Doch Mårtens Augen waren rot gerändert, voller Reue. Seine strähnigen Haare fettig. Für einen kurzen Augenblick sah Joel die Angst in seinem Blick.

Die Angst vorm Alleinsein.

Er wischte das Foto an seinem Pulli ab. Schaute seinen Vater an. Und zum allerersten Mal hatte er nicht mehr die geringste Angst vor ihm. Er war lediglich von einem einzigen Gedanken erfüllt: Ich will nie wieder irgendetwas mit dir zu tun haben.

Es dauerte nur wenige Minuten, bis er in seinem Zimmer die Dinge in eine Sporttasche gepackt hatte, die er mitnehmen wollte. Er ging zur Tür hinaus, ohne eine Ahnung davon zu haben, wohin er unterwegs war. Er wollte einfach nur weg.

Als er durch den Schnee zur Landstraße hinunterstapfte, hörte er Mårten von der Verandatreppe aus rufen.

«Joel! Komm zurück …»

KAPITEL 6

Wenn es doch nur schneien würde, hatte sich Fatima als Kind oft gewünscht.

Der reine weiße Schnee, der leise vom Himmel fiel und sich wie eine weiche Decke über die Zedern an den Berghängen legte, vermittelte ihr Sicherheit. Der Schnee, der alle lauten Geräusche dämpfte und so angenehm auf der Zunge kitzelte, wenn man den Kopf in den Nacken legte und den Mund öffnete.

Als kleines Mädchen liebte Fatima es, wenn die Familie zum Schlittenfahren in die Berge fuhr. Als dann später die Granaten fielen und die Explosionen die Häuser erzittern ließen, träumte sie sich dort hinauf. Wenn man unters Bett kroch, die Augen schloss und sich die Hände gegen die Ohren drückte und ganz fest an etwas anderes dachte, gelang es einem, die Explosionen, das Dröhnen der Maschinengewehre und die Schreie auszublenden.

Man konnte den Schnee förmlich riechen.

Sie ging etwas langsamer. Einen Moment lang war sie noch gefangen in ihrem Tagtraum und nicht in der Lage, sich zu orientieren. Blasse Straßenlaternen wachten über eine öde daliegende Straße, abgesehen von einer kleinen Gesellschaft, die lachend aus der Eckkneipe kam und sich beeilte, in ein wartendes Taxi zu steigen. Es war kalt, kälter, als es jemals in ihrer Heimat gewesen war.

Merkwürdig, an was man manchmal so denkt, ging es ihr durch den Kopf. Dieses Land ist doch nahezu mein ganzes Leben lang meine Heimat gewesen, eigentlich bin ich hier zu Hause.

Doch das Meer, das ist hier immer so grau.

Neben dem Kai lag ein Schlepper, der gegen die Eiskante schabte. Die Möwen, die mit geschlossenen Augen auf der Reling kauerten, sahen aus, als sehnten sie sich von hier fort. Auf dem Dach eines Lagerschuppens leuchtete eine rote Laterne, und weit draußen in der Hafeneinfahrt konnte sie die Lichter einer Fähre erkennen, die sich aus Richtung Bornholm näherte. Über allem funkelten weiße Sterne an einem pechschwarzen Himmel.

Fatima holte tief Luft und spürte, wie sich ihre Luftröhre vor Kälte zusammenzog. Sie schob ihren dicken Schal bis über den Mund hoch und ging weiter in Richtung Yachthafen.

Nach dem Kinofilm spürte sie in ihrem Inneren noch immer eine wohltuende Wehmut. Nur nervig, dass die Frau in der Reihe hinter ihr die ganze Zeitlang mit einer Süßigkeitentüte rascheln musste. Der Film handelte von einem Mädchen, das in einer armseligen leidgeplagten und tief verschneiten Bergregion nach ihrem Vater suchte. Das Leben in den Ozark Mountains schien hart zu sein. Als Fatima noch ein Kind war, dachte sie, dass alle Menschen in den USA reich wären und in großen Schlössern lebten. Man müsste irgendwann mal dort Urlaub machen, dachte sie. Es kann doch nicht sein, dass man fast vierzig ist, ohne jemals einen Fuß in die Stadt New York gesetzt zu haben.

Als ein Auto unmittelbar neben ihr im Schnee vorbeischlich, geriet Fatima ins Rutschen und bemerkte erschrocken, dass sie mitten auf der Straße ging. Sie fluchte im Stillen und schaute den roten Rücklichtern hinterher. Plötzlich hatte sie das vage Gefühl, dass jemand ihr hinterherspionierte. Sie warf einen Blick über die Schulter. Mit zwei großen Schritten gelangte sie über einen Schneewall zurück auf den Gehweg. Alles nur Einbildung, dachte sie und beschleunigte ihren Schritt ein wenig.

An der Haustür angekommen, sah sie, dass alle Fenster dunkel waren. Die Nachbarn waren offenbar schon zu Bett gegangen. Sie tippte den Türcode ein und klopfte sich im Treppenhaus den Schnee ab. Wieder mal typisch, dass das Licht nicht funktionierte.

Sie tastete sich im Dunkeln die Treppe hinauf. Der Schlüssel klemmte im Schloss, oder vielleicht lag es auch an ihren kalten Fingern. Schließlich gelang es ihr, die Wohnungstür zu öffnen und nach dem Lichtschalter zu tasten. Sie drückte ihn, ohne dass etwas geschah. Sofort begann ihr Puls zu rasen. Für einen Augenblick meinte sie einen Schatten zu erahnen, der im Flur schwebte.

«Hallo, ist da jemand?»

Sie hielt die Luft an und horchte, doch alles war still.

Irritiert von ihrer eigenen Unruhe, ging sie in die Küche. Aber auch dort funktionierte das Licht nicht. Sie sah, dass die Kontrolllampen am Kühl- und Gefrierschrank ebenfalls erloschen waren. Sie schaltete eine Herdplatte ein, ohne dass etwas passierte. Ließ sich dann schwer auf einen Stuhl im Flur fallen und überlegte, ob sie Kerzen zu Hause hatte.

Vielleicht sollte sie hinunterlaufen und bei Lena klopfen? Ihr Salon öffnete schließlich erst um zehn Uhr morgens, weswegen die Freundin nie früh zu Bett ging. Doch Fatima zögerte. Dann müsste sie noch einmal ins Treppenhaus zurück. Sie horchte nach Geräuschen und meinte Schritte zu hören, die plötzlich innehielten.

Fatima stand auf und schloss die Wohnungstür ab.

Merkwürdig, sonst machte ihr die Dunkelheit nie etwas aus.

Langsam ging sie zum Fenster und schob die Gardine zur Seite. Der Mond starrte sie kalt an, wie ein alter Mann mit einem griesgrämigen Gesicht. Er wirkte so unendlich weit entfernt. Sein Licht fiel als grauer Schimmer auf die Topfpflanzen auf ihrer Fensterbank. Die Tulpen, die sie neulich auf dem Markt gekauft hatte, wirkten blutleer, als hätten sie jegliche Farbe verloren.

Plötzlich kam der Strom mit einem Knacken zurück. Fatima fuhr zusammen, als hätte jemand ohne Vorwarnung einen Scheinwerfer direkt auf ihr Gesicht gerichtet. Sie blinzelte benommen. Mit einem Mal kam sie sich vor, als stünde sie nackt und schutzlos auf einer Bühne, die im Licht badete.

Alle können mich sehen!, dachte sie erschrocken.

* * *

Als Fatima ins Bett gekrochen war und das Licht gelöscht hatte, waren es weder die Erinnerungen an den Film noch der Mann im Mond, die sie plagten, sondern der Tote, der mit einer Wäscheleine um den Hals an einem Haken von der Decke herabhing.

Es war sein Schatten, den sie in der Dunkelheit erahnte. Sein aufgedunsenes Gesicht, das zu einem höhnischen Grinsen erstarrt war.

Blitzschnell streckte sie die Hand nach der Nachttischlampe aus und knipste das Licht an. Ihre Müdigkeit war wie weggeblasen. Sie zögerte einen Moment, ehe sie ihre Füße auf den kalten Boden setzte, und streifte sich einen Wollpulli übers Nachthemd. Sie könnte ebenso gut Kaffee aufsetzen und so die Dämonen verjagen.

Während das Wasser im Wasserkocher zu brodeln begann, musste sie an den Mann denken, den sie im Haus des Toten angetroffen hatten. Seinen Sohn. Er hatte auf sie gewirkt, als wäre er völlig von Sinnen. Kein Wunder, wenn man erst seinen Vater erhängt auffindet und dann von Polizisten mit gezogenen Waffen überrascht wird. Betrunken war er ebenfalls gewesen, zumindest verkatert.

Aber etwas hatte sie dennoch erstaunt. Joel Lindgren hatte angesichts der Tatsache, dass sein Vater tot war, nicht gerade traurig gewirkt.

Ob man ihm glauben konnte?

Sie erinnerte sich, wie ihm das zerzauste blonde Haar nach allen Seiten abgestanden hatte. Mit seinen klaren grünblauen Augen unter der hässlichen Platzwunde auf der Stirn hatte er sie völlig hilflos angeschaut.

«Das da … das ist mein Vater.»

Als wäre er sich selbst nicht ganz sicher.

Die Leiche war zwar ziemlich entstellt, aber irgendwelche äußeren Anzeichen einer Blutsverwandtschaft hatte Fatima nicht erkennen können.

Als die arabischen Schriftzeichen an der Wand von den durchs Fenster scheinenden Sonnenstrahlen erleuchtet wurden und sie ihm erklärte, dass jemand Gottes Zorn heraufbeschworen hatte, hatte sie in seinen schönen Augen Angst aufblitzen sehen.

Ghadab Allah.

Egal, dachte sie. Der Mord geht mich nichts mehr an. Darum muss sich die Säpo kümmern. Ich habe anderes zu tun. Ab morgen muss ich mich wieder dieser verdammten Einbruchsserie widmen.

Sie goss sich einen Becher Kaffee ein. Genoss es, wie das Koffein ihre Sinne schärfte. Fatima hatte es schon immer gehasst, schwach zu sein. Gehasst, Angst zu haben.

Auf der anderen Straßenseite brannte jetzt in einem Fenster Licht. Durch eine kaputte Jalousie hindurch konnte sie einen alten Mann im Rollstuhl sehen. Er saß absolut still mitten im Raum, aber er schien nicht zu schlafen, denn er hatte den Nacken gestreckt und den Blick erhoben. Es schien eher, als betrachtete er ein Bild an der Wand. Fatima versuchte sich vorzustellen, was darauf zu sehen war, konnte jedoch nichts erkennen.

Vielleicht wartete er ja auch auf jemanden.

Einen Verwandten? Den Pflegedienst? Nein, wohl kaum mitten in der Nacht. Etwa auf den Tod?

Kurz darauf war Fatima in Gedanken wieder in dem grauen Eternithaus. Es ließ sie einfach nicht los. Vor ihrem inneren Auge sah sie den weißen unberührten Schnee auf den Äckern, als sie am Morgen dort ankamen.

Der Mörder muss zu Fuß gekommen sein, dachte sie. Es gibt keine andere Möglichkeit. Ohne das Räumfahrzeug hätten Benny und ich es nie geschafft. Derjenige, der Mårten Lindgren ermordet hatte, war während des Unwetters durch den Schnee zum Haus gestapft, genau wie es sein Sohn Joel behauptete, mitten in der Nacht getan zu haben. Allerdings hatte man keinerlei Fußspuren gefunden.

Der Schnee schützt denjenigen, der es getan hat, dachte Fatima. Wer auch immer es gewesen sein mochte.

Sie versuchte sich die geduckte Gestalt vorzustellen, die sich durch den Sturm und die Schneewehen gekämpft hatte. Vielleicht waren es auch mehrere gewesen.

Eine oder mehrere Personen, die der Meinung waren, dass der Künstler Mårten Lindgren sein Leben verwirkt hätte, als er den Propheten in Gestalt eines Schweins abbildete. Ein Schwein, das unreinste aller Tiere. Sie schüttelte in Gedanken den Kopf. Wie konnte man nur dermaßen gekränkt auf ein simples Bild reagieren, dass man bereit war, dafür jemanden umzubringen?

«Ghadab Allah», murmelte sie erneut.

Die Schriftzeichen waren mit roter Farbe an die Wand gepinselt worden und verlaufen. Es sah aus, als seien sie mit Blut geschrieben.

Ich müsste es doch eigentlich wissen, dachte Fatima. So oft, wie Papa mir erzählt hat, dass wir aus diesem Grund geflohen waren. Vor dem Krieg und dem religiösen Irrsinn.

Wie immer, wenn sie an ihren Vater dachte, überkam sie ein schlechtes Gewissen. Der Gedächtnisschwund hatte vor ein paar Jahren überraschend eingesetzt und sich wie ein dichter Nebelschleier um sein Gehirn gelegt. Inzwischen erkannte er sie manchmal kaum noch.

Warum konnte er nicht rasch und schmerzfrei sterben? Oder zumindest so wie Mama an einer anderen Krankheit, die nicht gerade das zerstörte, worauf er am meisten stolz war: seine Vernunft, die Fähigkeit zu denken. Ich muss ihn morgen unbedingt besuchen, dachte Fatima.

Als Lehrer war er sehr darauf bedacht gewesen, dass sie die neue Sprache lernte, die alte aber nicht vergaß, als sie nach Schweden kamen. «Du wirst studieren, Fatima. Wissen, das ist das Einzige, das Eindruck auf diejenigen macht, die meinen, bereits alle Antworten zu kennen.» Während er im Libanon manchmal in die Moschee gegangen war, hatte er es im neuen Land nur selten getan.

Fatima stellte den Kaffeebecher auf den Schreibtisch und schaltete den Laptop ein. Tippte dann planlos die Worte ein, die an der Wand gestanden hatten: *Ghadab Allah. Gottes Zorn.*

Sie erhielt mehrere tausend Treffer. Sie klickte einige Links an und überflog die Texte. Die meisten schienen im Zusammenhang mit der Bibel zu stehen. Einige wenige mit dem Koran. Doch keiner wies eine Verbindung zu dem erhängten Künstler im Haus draußen auf dem Land bei Tomelilla auf. Bill Lundström und seinen Kollegen war es offenbar gelungen, die Botschaft vor der Presse geheim zu halten.

Als sie im Anschluss *Mårten Lindgren* googelte, erhielt sie sogar mehrere hunderttausend Treffer. Sie überflog zuerst einige

Artikel über den Mord in den schwedischen Medien, dann in den englischen und amerikanischen. Im Großen und Ganzen berichteten sie alle dasselbe. Auch wenn die Polizei ihre Vorbehalte hatte, gingen alle davon aus, dass es sich um einen terroristischen Anschlag handelte. Höchstwahrscheinlich ausgeführt von oder zumindest inspiriert durch Al-Qaida. In Hintergrundartikeln wurde behauptet, dass Schweden eine Heimat für militante Islamisten geworden sei. In Infoboxen erfuhr man von zurückliegenden Vorfällen: von dem Selbstmordattentäter, der sich mitten im Weihnachtstrubel in Stockholm in die Luft gesprengt hatte, der Brandstiftung bei dem Künstler in Höganäs und dem Attentatsversuch auf *Jyllands-Posten* in Dänemark.

In den Blogs und Chats tobte die Debatte.

Fatima las Kommentare von Rassisten und Muslimhassern, die Blut witterten. *Raus mit dem Pack!* Sie erschauderte und fühlte sich angegriffen.

Viele Muslime nahmen in ihren Beiträgen Abstand von dem Mord. Einige äußerten, dass sie die Wut über die Kränkung des Propheten nachvollziehen könnten. Andere wiederum hielten dagegen, dass sie nicht die Verantwortung dafür übernehmen wollten, dass ein Fanatiker ein wahnsinniges Verbrechen im Namen der Religion begangen hatte.

Als Fatimas Augen vor Müdigkeit zu jucken begannen, stand sie auf und holte sich noch einen Becher Kaffee. Die Uhr in der Küche zeigte Viertel nach zwei an. Eigentlich müsste ich mich wieder hinlegen, dachte sie und warf einen Blick aus dem Fenster. Auf der anderen Straßenseite saß der Mann im Rollstuhl noch immer da und starrte auf sein Bild.

Aus reiner Neugier tippte sie diverse Wörter auf Arabisch ein. Als sie sich durch die Treffer klickte, stieß sie bald auf ganz andere Fotos. Lodernde Feuer. Grüne Fahnen, die im Wind flatterten. Maskierte Männer mit Maschinengewehren, die vor einem Sonnenuntergang posierten. Und schließlich die Märtyrer, die jungen Männer mit weit aufgerissenen Augen, die ihr Leben bereits dem Dschihad geopfert hatten.

Sie las Kommentare, die aus aller Welt zu kommen schienen. Aus Berlin, Vancouver, Amman und Paris. Als Fatima einen weiteren Beitrag aus Malmö erblickte, versetzte es ihr einen Stich. *In Allahs Namen, wir danken unseren Brüdern, die das Leben des Ketzers ausgelöscht haben. Abu Ali aus Malmö.*

Mit einer Mischung aus Erstaunen und Abscheu surfte Fatima von einer Videosequenz zur nächsten. Während in der einen strenggläubige Männer ekstatische Menschenmassen herumkommandierten, sprengten sich in anderen von schicksalsträchtiger Musik begleitet Menschen in die Luft. Die Gewalt und der Hass bereiteten ihr Übelkeit.

Als Fatima gerade beschlossen hatte, ihren Laptop zuzuklappen, landete sie auf einer Website mit dem Namen *Das neue Kalifat*. Sie war nur spärlich illustriert. Grüner Text vor einer Berglandschaft. Dieselben Lobesbekundungen angesichts der Heldentat in Schweden, die sie auf anderen Internetseiten gelesen hatte. Aber ein Stück weiter unten auf der Seite erblickte sie ein Foto, das sie stutzen ließ.

Die Öresundbrücke.

Sie war deutlich zu erkennen, auch wenn das Foto etwas unscharf war. Ihre hohen Zementpfeiler erhoben sich aus dem dunkelblauen Wasser und zeichneten sich vor einem wolkenlosen Himmel ab.

Die Pulsader zwischen unseren Feinden, lautete die Bildunterschrift.

Fatima spürte, wie sich ihr Magen zusammenzog.

Das Schwein, das den Propheten geschmäht hat, ist bestraft worden. Inschallah, der Kampf geht weiter. Das höchste Ziel der Märtyrer besteht nun darin, die Pulsader zu durchtrennen, die unsere Feinde im Norden miteinander verbindet.

Mit einem Mal war ihr Kopf völlig leer. Eine ganze Weile lang saß sie unbeweglich da und starrte auf den Bildschirm. Dann spürte sie, wie es an ihren Schläfen heiß wurde, als würde ihr Blut wieder zirkulieren. Fatima hörte Explosionen und verzweifelte Schreie.

Ein ums andere Mal las sie die Zeilen. Aber wie sie die Worte auch drehte und wendete, die Botschaft war eindeutig. Sie kam einer Warnung gleich. Einer Drohung. Vielleicht sogar einem Befehl, die Brücke über den Öresund in die Luft zu sprengen. Warum nicht stattdessen den Tunnel zwischen der künstlichen Insel und Kopenhagen? Vor ihrem inneren Auge sah sie Wassermassen über Züge und Autos hereinbrechen. Mein Gott! Die Menschen würden ja wie die Ratten ertränkt werden.

Fatima sprang auf und begann rastlos in der Wohnung umherzulaufen, während ihr die Gedanken wie Mückenschwärme im Kopf herumsausten. Die Uhr in der Küche zeigte jetzt Viertel nach vier an. Bei dem alten Mann von gegenüber war es dunkel. Die Straße lag leer und öde da. Ihr Handy lag auf dem Wohnzimmertisch.

Aber wen sollte sie anrufen?

Ihren direkten Vorgesetzten, Kriminalhauptkommissar Björn Bernhardsson, schlug sie sich rasch aus dem Kopf. Er würde sie wie ein Kettenhund ankläffen. Außerdem befand er sich noch im Urlaub in Thailand, wie ihr einfiel. Sie ging im Geiste diverse Kollegen durch und hatte sich gerade entschieden, Eva Ström zu wecken, als sie erneut zögerte.

Die Visitenkarte!

Wo hatte sie sie nur gelassen? Von dem Gefühl verfolgt, dass die Zeit knapp wurde, riss sie die Kleidungsstücke an sich, die sie über den Stuhl im Schlafzimmer geworfen hatte, und wühlte die Taschen durch. In der hinteren Tasche ihrer Jeans fand sie sie. Sie tippte die Nummer ein und versuchte ihre Atmung zu beruhigen, während sie dem Freizeichen lauschte, das durch die Winternacht hallte.

Die Stimme, die sich meldete, klang kühl und neutral wie auf einem Anrufbeantworter.

«Bill Lundström …»

Schliefen diese Säpotypen eigentlich nie?

«Tut mir leid, dass ich Sie wecke. Hier ist Fatima von der Polizei in Ystad.»

Als sie hörte, dass er zumindest gähnte, war sie etwas beruhigt.

«Wie spät ist es denn?»

«Vier Uhr, glaube ich. Oder kurz nach vier, ich weiß es nicht genau.»

«Ist etwas passiert?»

«Ich weiß nicht. Vielleicht. Ich glaube, ich habe etwas entdeckt.»

Fatima hörte am anderen Ende der Leitung eine Frauenstimme im Hintergrund.

«Einen Augenblick bitte», sagte Bill Lundström. «Ich gehe nur schnell in ein anderes Zimmer, um meine Frau nicht zu stören.»

Sie hörte, wie er mit dem Telefon in der Hand den Raum wechselte. Als er wieder dran war, klang er erneut unangenehm kontrolliert.

«Ich vermute, dass es wichtig ist, wenn Sie mitten in der Nacht anrufen.»

Plötzlich wurde Fatima unsicher. Vielleicht hätte sie doch bis zum Morgen warten sollen. Wo sollte sie anfangen?

«Ich weiß, dass der Mord in Tomelilla nicht mehr mein Fall ist. Aber ich konnte nicht schlafen. Also habe ich mich an den

PC gesetzt und ein wenig nach den Worten herumgesurft, die der Mörder an die Wand gepinselt hat. Wie Sie wissen, spreche ich ja Arabisch.»

Als er nichts entgegnete, fuhr sie fort.

«Ich hab mehrere Stunden damit verbracht. Konnte mich einfach nicht loseisen. Und schließlich hab ich etwas gefunden, das wie eine Warnung klingt.»

«Eine Warnung?»

«Ja, es scheint so. Haben Sie einen Computer vor sich?»

«Warten Sie kurz …»

Sie hörte einen fröhlichen Jingle, als er seinen Laptop hochfuhr, und schließlich Tippgeräusche, als er sich einloggte.

«Ich habe Ihnen gerade einen Link zugemailt. Können Sie ihn sehen?»

«Einen Augenblick … ja, hier ist er.»

«Scrollen Sie etwas nach unten und lesen Sie!»

Für eine Weile wurde es still, dann hörte sie, wie er sich räusperte.

«Hm … ich sehe ein Foto von der Öresundbrücke, aber der Text ist arabisch.»

«Dort steht, dass der Mord an Mårten Lindgren nur der Anfang ist», erklärte Fatima ungeduldig. «Sie planen etwas Größeres. Das höchste Ziel der Märtyrer ist, die Pulsader zu durchtrennen, die ihre Feinde im Norden miteinander verbindet. Verstehen Sie? Sie haben vor, die Pulsader zwischen Schweden und Dänemark zu kappen. Sie wollen die Brücke sprengen.»

Fatima hatte den Eindruck, dass er schwerer atmete. Sein Schweigen irritierte sie.

«Verstehen Sie?», wiederholte sie ihre Frage.

«Haben Sie das schon irgendjemandem gezeigt?»

Bill Lundströms Stimme klang erneut neutral und kühl. Kontrolliert.

«Nein, ich habe es ja gerade erst entdeckt.»

«Gut. Das sollte auch so bleiben. Versprechen Sie mir, dass es unter uns bleibt.»

«Ja, aber wir müssen doch etwas unternehmen. Alarm schlagen …»

«Ich bin mir ziemlich sicher, dass unsere Analytiker in Stockholm bereits davon wissen. Sie scannen diese Websites regelmäßig. Sie können beruhigt sein, Fatima. Ich kümmere mich darum.»

«Okay …»

Sie begriff, dass ihm ihre Zweifel nicht entgangen waren.

«Wir wollen nur nicht unnötig Himmel und Erde in Bewegung setzen», erklärte er. «Nicht wahr? Denn keinem ist damit gedient, dass es herauskommt und die Leute in Panik geraten. Sie können sich auf mich verlassen.»

Fatima nickte in ihrer Einsamkeit.

«Ich melde mich wieder», sagte er und beendete das Gespräch.

Sie warf einen irritierten Blick auf ihr Handy. Warf es aufs Sofa. Was hatte sie erwartet? Dass er das nationale Einsatzkommando anfordern würde? Dass sie mit Blaulicht in Richtung Brücke rasen würden, um König und Vaterland zu verteidigen?

Jetzt reicht's, dachte sie. Bill Lundström weiß, was er tut. Mein Gott, bald klingelt der Wecker. Ich sollte mich jetzt wirklich wieder hinlegen. Muss nur kurz an die frische Luft.

Fatima zog den Wollpulli aus und öffnete die Balkontür. Die Nachtluft schlug ihr entgegen. Es war ein angenehmes Gefühl, als die Kälte durchs Nachthemd kroch und auf ihrer Haut prickelte. Ohne zu begreifen, warum, machte sie einen Schritt in den Schnee hinaus. Es brannte unter ihren Fußsohlen.

KAPITEL 7

Der Traum war erotisch und voller Leidenschaft, und als Joel ahnte, dass er gleich aufwachen würde, versuchte er sehnsüchtig, ihn noch festzuhalten. Doch da merkte er auch schon, dass es mit der schönen Illusion endgültig vorbei war.

Er öffnete die Augen.

Durch den Spalt in der Jalousie drang ein dünner blasser Lichtstrahl herein und zeichnete ein Muster auf die Tapete.

Seine Haut unter der Decke war heiß. Joel spürte, wie sich die Erregung verflüchtigte. Er schluckte enttäuscht. Frustriert musste er daran denken, wie lange es her war, dass er eine Frau geliebt hatte.

Wem war er im Traum begegnet?

Die Gerüche waren ihm bekannt vorgekommen und auch wieder nicht. Johanna? Joel versuchte sich daran zu erinnern, wie es war, wenn sie sich geliebt hatten. So oft, so viele Jahre lang. Es hatte eine Zeit gegeben, in der er ihren Körper besser kannte als seinen eigenen. Jedes Haar, jedes Muttermal, jede kleine Hautfalte. Doch inzwischen war jegliche Erinnerung verschwunden. Es musste jemand anders gewesen sein.

Für einen kurzen Augenblick erwog er, wieder einzuschlafen und zu versuchen, den Traum doch noch einzufangen.

Doch dann horchte er in die Stille hinein. Plötzlich hörte er, wie sie sich ihm geradezu aufdrängte. Die Stille wirkte bedrohlich. Unnatürlich.

War etwa irgendwer im Haus?

Joel lag im Bett, ohne sich zu rühren.

Doch dann hörte er die Stimmen wieder. Es klang, als kämen sie von draußen vor dem Fenster. Murmelnd und undeutlich. Er hörte das knirschende Geräusch von Stiefeln auf dem Harsch.

Mit einem Mal war er hellwach.

Die Schrotflinte, dachte er, bevor ihm einfiel, dass die Polizei sie beschlagnahmt hatte. Dabei hätte er sie jetzt gut gebrauchen können.

Plötzlich entflammte ein Zorn in ihm, der so heftig war, als hätte er einen Schlag ins Gesicht bekommen. Joel schlug die Decke zur Seite und stürzte aus dem Bett. Er zog sich die Hose an und streifte den Wollpullover über den bloßen Oberkörper, griff sich den Feuerhaken, als er am Kachelofen im Wohnzimmer vorbeistürmte, und rannte in den Flur, wo er mit erhobener Waffe die Haustür aufstieß.

Die beiden Männer auf dem Hof starrten ihn mit offenen Mündern erschrocken an, als stünden sie einem Gespenst gegenüber. Dann hielt einer von ihnen eine Fotokamera mit einem langen Objektiv vors Gesicht. Joel blinzelte im Gegenlicht und spürte das Eis auf der Verandatreppe unter seinen Fußsohlen schaben.

«Was wollen Sie?», brüllte er.

Er senkte den Feuerhaken ein wenig.

«Was schnüffeln Sie hier herum?»

Die Kamera des Fotografen klickte. Der Reporter musterte Joel von oben bis unten. In seinem Gesicht, das unter einer Zipfelmütze kugelrund wirkte, breitete sich ein amüsierter Ausdruck aus. Er schüttelte seinen Kugelschreiber und kritzelte etwas in einen Notizblock. Die dicke Daunenjacke ließ ihn wie einen Schneemann aussehen.

«Wir kommen von *Kvällsposten*», sagte er in munterem Tonfall. «Harald Bäck. Dürfen wir reinkommen?»

«Nein.»

«Tut uns leid, wenn wir Sie erschreckt haben. Sie haben bestimmt geglaubt, die Terroristen kommen zurück, oder?»

Der Journalist lachte gekünstelt, verstummte dann jedoch. Joel lehnte den Feuerhaken an die Hauswand, als ihm plötzlich die verschneite Straße einfiel.

«Wie sind Sie eigentlich hergekommen?», fragte er misstrauisch.

«Die Straße war fast ganz geräumt.»

Verfluchter Gunnar!, dachte Joel. Das hat er bestimmt nur getan, um mich zu ärgern.

«Sie sind doch Mårten Lindgrens Sohn, oder?»

«Ja ...»

«Herzliches Beileid. Wirklich. Es muss schwer für Sie sein.»

Der Schneemann hatte den Kopf schräg gelegt, und man sah ihm an, dass er um einen mitleidigen Blick bemüht war.

«Wir dachten, dass Sie vielleicht ... tja, über Ihr Verhältnis zueinander sprechen möchten. Manchmal hilft es ja, sich die Dinge von der Seele zu reden.»

Joel betrachtete die beiden Männer, die bis zu den Knien im Schnee standen, und verspürte nicht das geringste Bedürfnis, ihnen sein Herz auszuschütten.

«Ich habe nichts zu sagen ...»

«Sie müssen nicht denken, dass wir darauf aus sind, schmutzige Wäsche zu waschen», versicherte ihm Bäck und kam, durch Joels Zögern ermuntert, ein paar Schritte näher gestapft. «Wir sind lediglich an der Wahrheit interessiert. Können wir uns nicht bei einer Tasse Kaffee darüber unterhalten?»

Vom Gesicht des Fotografen lugte oberhalb des Schals, den er mehrere Male um seinen Hals geschlungen hatte, nur eine rot gefrorene Nase heraus. Es sah aus, als sehnten sie sich geradezu danach, reinzukommen und sich aufzuwärmen.

«Nein, ich hab doch gesagt, dass ich nicht mit Ihnen sprechen möchte.»

«Aber die Trauer …», beharrte Bäck.

«Was soll damit sein?»

«Ich meine nur, dass es schwer sein muss, ein solches Erlebnis zu verarbeiten. Wie geht es Ihnen eigentlich?»

«Beschissen, ist doch klar.» Joel zögerte. «Auch wenn ich seit vielen Jahren nichts mehr mit ihm zu tun hatte.»

Als der Reporter seinen Kugelschreiber erneut schüttelte und irgendetwas von eingefrorener Tinte murmelte, entstand eine Pause.

«Es hat etwas gedauert, bis wir herausgefunden haben, dass Sie existieren», sagte er, ohne aufzuschauen. «Ich meine, dass Mårten einen Sohn hatte. Und dass Sie wieder hierhergezogen sind. Aber dann hat uns ein Nachbar berichtet, dass Sie dieses Haus gemietet haben.»

Gunnar, dachte Joel. Der alte Drecksack!

«Hatten Sie vor, sich mit Ihrem Vater zu versöhnen? Ich meine, sind Sie deswegen zurückgekommen?»

«Nein, nicht direkt …»

Seine Füße fühlten sich bereits wie Eisklumpen an. Wenn ich die beiden nicht gleich von hier wegscheuche, frieren sie noch fest, dachte Joel. Doch es war, als ließe die Kälte nicht nur sein Blut langsamer fließen, sondern ebenfalls seine Gedanken.

«Haben Sie denn eine Theorie, wer es getan haben könnte?»

«Was denn?»

«Mårten zu ermorden …?»

«Keine Ahnung», fauchte Joel. «Woher soll ich das wissen? Vielleicht ja Al-Qaida.»

«Haben Sie Beweise dafür?»

«Ach, hören Sie doch auf!» Joel griff erneut nach dem Feuerhaken. «Ist doch klar, dass ich keine Beweise habe. Aber ich will nicht mit Ihnen sprechen. Verschwinden Sie jetzt, ansonsten ruf ich die Polizei.»

Harald Bäck zögerte einen Augenblick. Kritzelte noch etwas in seinen Block und schaute dann mit einem fröhlichen Lächeln zu Joel hinauf.

«Okay, Sie haben uns dennoch weitergeholfen. Komm, Lennart!»

Er nickte und machte sich durch die Schneewehen hindurch auf den Rückweg. Der Fotograf schoss ein letztes Bild und beeilte sich dann, ihm zu folgen. An der Hausecke blieb Bäck stehen und drehte sich um.

«Darf ich Ihnen einen Rat geben?», rief er.

Joel zuckte mit den Achseln.

«Sie müssen wissen, dass Sie im Augenblick unser Coup sind. Wir waren die Ersten, die Sie ausfindig gemacht haben. Nennen Sie es meinetwegen Glück oder Geschick. Aber es werden noch mehr kommen. Viel mehr. Wenn Sie keine Lust haben, mit Journalisten zu sprechen, sollten Sie Ihr Handy ausschalten und sich eine Weile von hier fernhalten. Adios Amigo!»

Er winkte und verschwand aus Joels Blickfeld.

Joel war über sich selbst erstaunt, während er einen Blick hinunter auf seine graublauen Zehen warf. Warum war er nur wie ein Idiot einfach draußen stehen geblieben? Warum hatte er sie nicht einfach aufgefordert, Leine zu ziehen, und ihnen die Tür vor der Nase zugeknallt?

Er schloss sorgfältig hinter sich ab, stolperte auf steifgefrorenen Beinen durchs Zimmer und schob die Gardine vor dem Fenster auf der Rückseite des Hauses beiseite. Die Sonne stach ihm in die Augen. Die Landschaft war weiß, so weit das Auge reichte. Die beiden Figuren, die sich als schwarze Silhouetten im Gegenlicht abzeichneten, waren bereits an ihrem Wagen angekommen, der vor einem Schneewall parkte. Bäck hatte also nicht gelogen. Der Weg war tatsächlich von der Landstraße her bis kurz vor Joels Haus geräumt. Es würde nicht lange dauern, bis die anderen kämen.

* * *

Es dauerte eine ganze Weile, bis Joel seinen Wagen aus der Schneewehe neben dem Holzschuppen freigeschaufelt, sich einen Weg um die Hausecke herum gebahnt und dann den Wall durchstoßen hatte, den Gunnar mit seinem Radlader aufgehäuft hatte. Als er endlich fertig war, war sein Hemd schweißnass. Der Motor gab ein müdes Hüsteln von sich, entzündete aber wider alle Erwartungen das Benzingasgemisch in den Zylindern. Dann hustete der Skoda ein paarmal auf, bis er losbrummte. Ohne irgendeinen Plan zu haben, außer dem Wunsch zu fliehen, schlingerte Joel im Schritttempo hinunter in Richtung Landstraße.

Das Meer, dachte er. Immer wenn ich aufs Meer schaue, werde ich innerlich ruhig.

Die Landschaft lag unbeweglich und vor Kälte erstarrt da. Dicht über dem Boden hingen lilagraue Eiswolken, die die umliegenden Höfe in gespenstische Schwaden hüllten. Schwarze Saatkrähen kauerten wie Notenzeichen auf den Stromleitungen über den Äckern. Am Straßenrand türmten sich die Schneewälle meterhoch auf.

Joel fuhr in Richtung Süden, und als er die Meierei in Lunnarp erreichte, bog er nach Osten in Richtung Simrishamn ab. Er schaltete das Autoradio ein und zappte von einem Sender zum nächsten, bis er es schließlich wieder ausschaltete. Das einzige Fahrzeug, das ihm entgegenkam, war ein Räumfahrzeug, das, umgeben von einer Schneewolke, an ihm vorbeidonnerte.

Der Fischereihafen lag verlassen und eingefroren da. Mehrere Boote lagen im Trockendock. Im Hafenbecken steckten große stählerne Schiffsrümpfe im Eis fest, deren Kräne und Seilwinden mit Frost überzogen waren. Joel parkte seinen Wagen am Kai und stieg aus. Nickte einem drahtigen Mann in Ölanzug zu, der kurz innehielt und ihn misstrauisch beäugte, bevor er in einem Lagerschuppen verschwand. An der Wand standen weiße Plastikkisten gestapelt. Es roch nach Fisch und Möwendreck. Obwohl es windstill war, stach ihm die Kälte in die Wangen. Joel schaute aufs offene Meer hinaus und spürte, wie sein Körper von Sehnsucht erfasst wurde.

Früher hatte Joel immer davon geträumt, Fischer zu werden. Ein eigenes Boot zu besitzen, in der stillen Morgendämmerung hinauszutuckern und nach dem Fang Netze mit Lachs und Hummer auszuleeren. Ihn lockten der Horizont, das offene Meer und die Weite. Keiner würde ihm irgendwelche Befehle erteilen. Nach vielem Hin und Her war es ihm schließlich gelungen, den Fischer eines Dorschtrawlers zu überreden, ihn mitzunehmen. Doch bereits auf der ersten Fahrt blies eine steife Brise im Bornholmsgatt. «Jetzt werden wir ja sehen, wie die Landkrabbe sich so macht!», rief der Fischer belustigt und hielt sich wie ein Rodeo-Reiter am Steuer fest, während das Boot den sich aufbäumenden Wellen entgegenstampfte. Joel wurde seekrank und musste wie ein Reiher kotzen. Vierundzwanzig Stunden lang stand er im tosenden Sturm an Deck, klammerte sich verzweifelt an eine Leiter und wünschte sich, er wäre tot. Als er schließlich völlig durchnässt und mit Erbrochenem besudelt über den Steg wankte, war ihm klar, dass er nicht aus dem richtigen Holz geschnitzt war, um Berufsfischer zu werden. Doch sein Traum, die Sehnsucht nach dem offenen Meer, war noch immer lebendig.

Als er sich in Bewegung setzte, erblickte er weit draußen auf dem äußersten Pier eine einsame Gestalt. Es war der einzige

Mensch weit und breit. Joel blinzelte im Gegenlicht. Ein Junge stand mit dem Rücken zum Land da und schien aufs Meer hinauszuspähen.

Wartete er auf jemanden?

Die Neugier ließ Joel neben einem Schuppen innehalten, ohne seinen Blick von dem Jungen loszureißen. Wenn er da draußen so unbeweglich stand, musste er ja entsetzlich frieren. Hinter dem Pier war eine weiße Eisfläche zu erkennen, doch weiter draußen leuchtete das Meer in der schrägstehenden Wintersonne blau.

Aber wessen Kommen sollte er dort erwarten?

Ich muss mit ihm reden, dachte Joel.

Im selben Augenblick sah er, dass sich der Junge umdrehte und in Richtung Land schaute. Sein Gesicht konnte er nicht erkennen, doch es schien, dass er ungefähr dort, wo Joel stand, nach etwas suchte.

Dann hob er die Hand und winkte.

Joel blickte sich um. Außer ihm war niemand zu sehen.

Er winkte rasch zurück.

«Warte, ich komme!», rief er.

Der Junge gab keinen Laut von sich. Er stand einfach nur da, am äußersten Ende des langen steinernen Piers. Die Hand hatte er wie zum Abschied in die Luft gereckt.

«Warte!», rief Joel erneut.

Nur ungern ließ er den Jungen aus den Augen, um den kürzesten Weg zum Pier auszumachen. Das Hafenbecken zwischen ihnen schnitt sich tief ins Land hinein. Joel eilte im Laufschritt an der Kaikante entlang, wobei er immer wieder zwischen Masten und Kränen, Schiffsrümpfen und gestapelten Fischkisten hindurchzuspähen versuchte, um den Jungen im Blick zu behalten.

«Warte bitte auf mich …», keuchte er, während er lief.

Jetzt sah er, dass die kleine schwarze Figur den Arm wieder heruntergenommen hatte. Wirkten seine Schultern nicht irgendwie eingesunken, als wäre er kurz davor aufzugeben? Joel sprang über einen Haufen Tauwerk und lief schneller.

Als er den inneren Bereich des Hafens umrundet hatte und auf die Hafenmole zusteuerte, sah er, dass der Junge auf die äußeren Steinblöcke, die als Wellenbrecher dienten, hinauskletterte. Kurz darauf war er verschwunden.

Der Pier war vereist und glatt. Joel rutschte aus, verlor das Gleichgewicht und war kurz davor zu fallen. Als er sich wieder gefangen hatte, zwang er sich, vorsichtiger über die gespaltenen Betonblöcke zu balancieren. Voller Unruhe hielt er abwechselnd nach dem Jungen und irgendeinem anderen Menschen an Land Ausschau, der ihm helfen könnte, doch weder am Fischereikai noch in Richtung der Kneipe oder des Kiosks im Hafengebiet erblickte er jemanden.

War er denn ganz allein?

Der äußerste, weiß angestrichene Teil des Piers war mit Möwendreck übersät. Doch es waren keine Vögel zu sehen. Und auch kein Junge. Versteckte er sich etwa irgendwo?

Joel hatte jetzt freie Sicht auf die Seeseite des Wellenbrechers, doch so sorgfältig er die schwarzen Hohlräume zwischen den Steinblöcken auch absuchte, er konnte nirgends Spuren von Leben entdecken. Verwirrt kletterte er weiter, bis er einsehen musste, dass der Junge verschwunden war. Sein Herz wurde von einer eiskalten Faust umschlossen.

War er etwa hinausgelaufen und ertrunken?

Doch so weit er blicken konnte, lag der Schnee weiß und unberührt auf dem Eis. Keine Fußspuren. Kein dunkles Eisloch.

* * *

Auf dem Weg zurück gelang es Joel, im Autoradio den Bornholmer Kanal hereinzubekommen, der dänischen Hardrock spielte.

Joel wusste nicht recht, was er von seinem Erlebnis vorhin halten sollte.

Natürlich hatte er die Polizei gerufen. Ein Krankenwagen und zwei bedächtige Polizeibeamte waren aufgetaucht. Sie waren auf den Pier hinausgegangen und hatten ihn dann pflichtschuldig vernommen.

«Es sind keine Spuren zu sehen», sagte der eine.

«Uns ist kein verschwundener Junge gemeldet worden», versicherte ihm der andere.

Joel hatte ihre zweifelnden Mienen registriert. Dann hatte sich einer der Männer aus dem Krankenwagen geräuspert und gefragt: «Sind Sie nicht der Sohn des Arschmalers?»

Die Polizisten hatten ohne jegliche Gefühlsäußerung eine Anzeige aufgenommen. Dann hatten sie ihn ratlos auf dem Kai zurückgelassen.

Joel drehte die Heizung im Wagen höher. Er schaute auf die Uhr und stellte fest, dass es noch viel zu früh war, um wieder nach Hause zu fahren. Vor dem Abend brauchte er es gar nicht erst zu versuchen. Wenn überhaupt. Im Radio war die Heavy Metal-Band verstummt, und stattdessen jaulte Björn Afzelius jetzt irgendetwas von Freiheit. Joel drehte die Lautstärke leiser, bis nur noch ein Flüstern zu hören war.

Auf dem Marktplatz von Tomelilla hielt er an, um sich mit Lebensmitteln zu versorgen. Er kaufte im Konsum Bier, Brot, Kaffee, blassrote importierte Tomaten und eine Fleischwurst, wich dem Zeitungsständer jedoch bewusst aus. Die Kassiererin gähnte gelangweilt und nannte ihm ohne ersichtliches Interesse die Summe. An der Würstchenbude gegenüber kaufte er sich eine Bratwurst mit Kartoffelbrei, von der er ein paar Bissen nahm und den Rest in den Papierkorb warf. Erstaunlich, dachte er, wie wenig Leute man doch kennt.

Wer kannte denn eigentlich Mårten?

Joel warf die Lebensmitteltüten in den Kofferraum und blieb dann hinter dem Steuer sitzen, während er mit leerem Blick durch die Windschutzscheibe starrte. Vor der Pizzeria stand eine Gruppe frierender Männer in Trainingsanzügen und rauchte. Hin und wieder warfen sie einen Blick in seine Richtung, als fragten sie sich, warum er nicht losfuhr. Ein großgewachsener bärtiger Mann saß in einem verrosteten Chevrolet-Pick-up und wartete mit laufendem Motor. Auf dem Gehweg, der mit Schnee und Eisklumpen bedeckt war, kämpfte sich eine alte Frau mit krummem Buckel mit ihrem Rollator voran. Direkt vor Joels Wagen hielt sie an und zischte irritiert etwas vor sich hin. Er schaute rasch weg.

Gab es da draußen jemanden, der mehr über Mårten wusste? Zum ersten Mal wurde Joel bewusst, dass er sich das fragte.

Ohne Vorwarnung fiel ihm der Prediger ein. Britt hatte ihn doch erwähnt, zwar nur beiläufig, aber immerhin.

Er drehte den Zündschlüssel um und fuhr in gemächlichem Tempo durch den Ort. Bog auf Höhe der Bibliothek links ab, fuhr an Reimans Bäckerei und dem geschlossenen Freibad vorbei auf die Landstraße nach Spjutstorp.

Ob er wohl noch immer im Mörderhaus wohnte?

Das düstere Backsteinhaus des Predigers, das in einem dichten Gehölz mit Erlen und Birken auf einem sumpfigen Fleck mitten auf dem Land stand, war früher ein Ort gewesen, vor dem man sich in Acht nahm. Dort war vor Urzeiten, als Joel noch ein kleiner Junge war, eine Frau tot aufgefunden worden.

Er erinnerte sich ziemlich gut an die Erzählungen von damals.

Die Frau war ohne großes Aufheben beim Prediger eingezogen. Manche behaupteten, dass sie aus Sjöbo stammte, andere wiederum waren der festen Auffassung, dass sie ihre Wurzeln in Pajala hatte, wo sie von ihren Eltern, die Laestadianer waren, rausgeschmissen worden war. Wieder andere meinten gehört zu haben, dass sie aus Stockholm hergezogen war. Was nun letztlich stimmte, konnte, soweit Joel wusste, keiner herausfinden, da die Frau ihren Mund nicht öffnete und die Leute daraus den Schluss zogen, dass sie sowohl taub als auch stumm und vielleicht sogar etwas zurückgeblieben sein müsse. Manchmal sah man sie im Konsum oder im Systembolag, wo sie ihre Einkäufe erledigte und allen auswich, bevor sie wieder im alten Dodge des Predigers verschwand. Die Blicke der Leute zog sie allerdings immer auf sich. Die Frau war eine außergewöhnliche Schönheit. Ihr Körper war geschmeidig wie der eines Luchses, wie sich der poetische Barbier im Friseursalon gegenüber dem Alkoholgeschäft ausdrückte. Um ihr blasses Gesicht herum rankte sich ein Kranz unbändiger weizenblonder Locken. Doch als man sie damals fand, bot sie keinen schönen Anblick. Jemand hatte ihr den Schädel eingeschlagen, und neben ihr im Flur lag der Feuerhaken, die Waffe des Teufels, an dem helle blutige Haarsträhnen klebten. Der Verdacht fiel natürlich auf den Prediger, aber wie auch immer es zugegangen sein mochte, er war freigesprochen worden. Bestimmt hatte ihm irgendjemand bescheinigt, dass er sich zum Zeitpunkt der Tat an einem anderen Ort aufgehalten hatte.

Bereits aus der Entfernung sah Joel, dass sich Rauch aus dem Schornstein ringelte. Er parkte den Wagen an der Stelle, wo das Räumfahrzeug gewendet hatte. Über dem weit entfernt liegenden zugewachsenen Wäldchen schrie eine Schar Krähen laut auf. Während er durch den Schnee stapfte, versuchte er sich daran zu erinnern, wie der Mann eigentlich in Wirklichkeit hieß. Aber sosehr er sich auch bemühte, es tauchte kein Name in seinem Kopf auf.

Als er näher kam, sah er, dass das Haus von Autowracks umgeben war, die zur Hälfte unter dem Schnee begraben waren. Ein alter Wohnwagen ohne Räder stand auf Ziegelsteinen aufgebockt. Eine gesprenkelte Katze hockte unbeweglich auf der Treppe. Etwas entfernt stand ein halb verfallener Schuppen. Kreuz und quer über den Hof verliefen notdürftig ausgetretene Pfade. Vom Holzschuppen her hörte man ein schwaches kreischendes Motorengeräusch, das in regelmäßigen Abständen von einem Poltern abgelöst wurde. Doch plötzlich verstummte es.

Joel hielt vor dem Tor inne und schaute erst in Richtung des Schuppens und dann zum Backsteinhaus rüber, dessen Fenster dunkel waren. Für einen kurzen Augenblick meinte er dahinter ein weißes Gesicht zu erkennen, das sich rasch zurückzog. Ihm wurde plötzlich mulmig zumute.

Was habe ich eigentlich hier zu suchen?, dachte er. Ich kenne diesen Mann schließlich nur Gerüchten zufolge.

Sollte er sich zu erkennen geben? Irgendetwas ließ ihn zögern. Stattdessen näherte er sich vorsichtig dem Schuppen, aus dem er eben noch Geräusche vernommen hatte. Er versuchte von außen hineinzuschauen, doch die Fensterscheiben waren zerbrochen und von innen mit Brettern zugenagelt. Joel klopfte dreimal an die Tür. Beim letzten Mal stellte er fest, dass sie unverschlossen und nur angelehnt war. Er schob sie auf und trat ins Dunkel.

«Ist jemand da?»

Noch bevor seine Augen sich vom Anblick des weißen Schnees auf die Dunkelheit drinnen umgestellt hatten, vernahm Joel den Geruch nach frisch gespaltenem Holz und dem Schweiß eines anderen Menschen. Ich bin blind und wehrlos, ging es ihm durch den Kopf.

Als er sich gerade wieder umdrehen und flüchten wollte, verspürte er einen harten Stoß. Er stolperte haltlos vornüber und landete auf etwas Hartem und Eckigem. Eine starke Hand drehte ihm den Arm auf den Rücken, sodass es in der Schulter brannte, während eine zweite in sein Nackenhaar griff, seinen Kopf nach vorne schob und sein Gesicht auf eine kalte ölige Stahlfläche presste.

Dann spürte er einen übelriechenden Atem dicht neben sich.

«Was schnüffeln Sie hier herum?», zischte ihm eine schrille Stimme ins Ohr.

Der Frage folgte ein heftiger Ruck am Arm, der Joel vor Schmerz aufschreien ließ.

«Aua, Sie brechen mir den Arm!»

«Wer zum Teufel sind Sie?»

Warmer Speichel spritzte ihm auf die Wange. Das Gewicht eines massigen Oberkörpers hielt Joel auf die Maschine gepresst. Der Stahl drückte und rieb gegen seinen Kieferknochen.

«Ich wollte verdammt noch mal nur mit Ihnen reden!», brachte er hervor, ohne den anderen sehen zu können.

«Dann reden Sie doch!» Der Ermahnung folgte ein Tritt gegen seine Achillessehne. «Also, was zum Teufel wollen Sie?»

Joel rang verzweifelt nach Worten, doch bevor er etwas hervorgebracht hatte, lockerte sich für einen kurzen Augenblick der Griff um sein Haar, allerdings lang genug, damit sein Peiniger einen Schalter betätigen konnte, woraufhin ein Elektromotor startete. Dann schlossen sich Daumen und Zeigefinger wieder um seinen Nacken.

Das Geräusch! Es war doch dasselbe, das er schon zuvor gehört hatte. Dieser verrückte Idiot hatte ihn in ein Holzspaltgerät gepresst!

«Lassen Sie mich los! Sie sind wohl nicht ganz bei Trost!», rief er panisch.

Er wand sich und strampelte wie verrückt mit den Beinen,

jedoch ohne den anderen auch nur im Geringsten zu beeindrucken.

«Nicht ganz bei Trost?», fauchte die Stimme so nahe, dass Joel die feuchten Lippen an seiner Wange spürte. «Ich hasse Leute, die meinen, ich sei verrückt.»

Mit einer Kniebewegung betätigte er einen Hebel an der Maschine. Die Stahlkante bewegte sich langsam auf Joels Kopf zu.

«Aber über eines bin ich mir noch nicht ganz im Klaren», flüsterte er ihm mit stinkendem Atem ins Ohr. «Ob ich Sie zuerst in den Arsch ficken oder Ihnen erst den Schädel spalten soll, bevor ich Sie in den Arsch ficke.»

Den Worten folgte ein hysterisches Lachen, während Joel laut losschrie und riss und zog, um von der Hyäne loszukommen, die sich auf seinem Rücken festgeklammert hatte. Er schabte mit dem Kopf gegen die Stahlschiene, spuckte Blut und schrie gellend, von Todesangst erfasst. Doch das schrille Lachen wurde nur noch lauter. Der Griff um Joels Nacken fester. Während es langsam dunkler wurde.

In dem Moment erklang eine andere Stimme.

«Jetzt reicht's aber, Torsten!»

Die Worte waren leise ausgesprochen worden, erzielten jedoch einen unmittelbaren Effekt. Joel spürte, wie die Bestie ihn losließ.

«Ach, ich mach doch nur Spaß ...»

Langsam richtete Joel sich auf. In seiner Schulter hämmerte der Schmerz. Mit der Zunge konnte er spüren, dass ein Backenzahn in seinem Mund locker war. Sein Herz raste noch immer vor Angst. Er wischte sich mit der Hand das Blut aus dem Mundwinkel.

Der Mann, der ihn überwältigt hatte, war groß und athletisch gebaut. Seine Wangen waren eingesunken, und an der Spitze seines Kinns wuchs ein weißer Ziegenbart. Sein Schädel war kahl, aber von seinem Nacken hing eine fettige Haarsträhne herab, die kaum dicker als ein Rattenschwanz war. In seinen hellen Augen blitzte pure Verrücktheit auf. Mit der Außenseite eines ölverschmierten Daumens rieb er sich den Schweiß aus der Stirn und entblößte schließlich grinsend einige halb verfaulte Zähne. Die Frau neben ihm war vollkommen grau. Ihr Haar, ihr Gesicht, ihre Augen, alles war grau, selbst der zottelige Pelzmantel, den sie sich über die Schultern gelegt hatte.

Wenn Joel es nur gewagt hätte, wäre er geradewegs zur Tür hinausgestürmt.

«Sie sind also der Prediger, ja?», brachte er hervor.

«So nennt man mich jedenfalls.»

Der Mann schaute Joel lange an, ohne noch mehr zu sagen, doch dann glitt sein Blick hektisch in Richtung des hinteren Teils des Holzschuppens. Dort stand eine offenbar selbst errichtete Stahlkonstruktion mit Rohren und Schläuchen, die zur Hälfte mit einer Plane abgedeckt war. Mit einem Mal begriff Joel, warum sie Fremden gegenüber so misstrauisch waren.

«Diese Pisse lohnt sich nicht mehr», schnaubte der Prediger. «Alle holen sich heutzutage ihren Schnaps aus Polen.»

«Müssen Sie mich deswegen fast umbringen? Ihr verfluchter Brennkessel ist mir scheißegal», murmelte Joel und rieb sich die schmerzende Kieferpartie.

Einen Augenblick lang erwog er, dem anderen die Faust ins Gesicht zu rammen. Doch irgendetwas in dessen hellen Augen, die sich unnatürlich aus ihren Höhlen vorwölbten, warnte Joel, dass ein Angriff böse enden könnte. Er schluckte etwas Blut und gleichzeitig seinen Stolz herunter.

«Das ist Mårtens Sohn», sagte die Frau plötzlich.

«Ich weiß …»

Sein verächtliches Grinsen bereitete Joel Übelkeit. Er bekam eine Gänsehaut, als er daran dachte, wie nahe ihm die Schneide des Holzspalters gekommen war. Doch dann versuchte er sich auf den Grund zu konzentrieren, der ihn zum Prediger geführt hatte.

Er wollte schließlich etwas in Erfahrung bringen.

«Wir züchten Lämmer hier draußen», erklärte die Frau plötzlich mit milder Stimme. «Meistens bleiben sie den Winter über draußen. Aber jetzt ist es so kalt, dass wir sie in den Stall gebracht haben.»

«Aha …», entgegnete Joel.

«Sie fressen Sand-Thymian», erläuterte der Prediger. «Die blöden Touristen … Man kann ihnen doch alles unterjubeln. Rakel verkauft das Fleisch an einen Händler in Spjutstorp. Denn hier will ich dieses Gesocks nicht haben.»

«Möchten Sie einen Kaffee?», fragte die Frau.

Joel schaute sie verwirrt an. Erst schlagen sie mich fast tot, dachte er, und dann laden sie mich zum Kaffee ein!

«Der Junge will keinen Kaffee», sagte der Prediger. «Er ist hergekommen, um Fragen zu stellen.»

Man konnte seiner Miene nicht ansehen, ob er sich tatsächlich dem Willen seiner Frau gefügt hatte oder noch immer darüber nachdachte, Joel in den Holzspalter zu pressen.

«Und?»

Der Prediger schaute ihn auffordernd an. Doch dann blitzte in seinen Glubschaugen eine gewisse Freundlichkeit auf. Mit einem Mal schien es, als hätte er alle Zeit der Welt. Vielleicht hatte er Joel wirklich nur Angst einjagen wollen.

«Was wollten Sie wissen?»

«Jemand hat behauptet, Sie kannten Mårten …»

«Und wer?»

«Irgendjemand … Ich hab es im Ort gehört. Wohl ein Gerücht.»

Er schwieg lange. Joel rieb sich die Wange und wartete.

«War das eine Frage?», meinte der andere schließlich.

«Ja.»

«Dann lautet die Antwort nein. Denn keiner kannte Mårten wirklich. Kein Mensch ...»

Der Prediger hielt inne und schob die Hand in die Jackentasche seiner verdreckten Waldarbeiterjacke. Noch bevor er sie durchsucht hatte, reichte seine Frau ihm eine zerdrückte Zigarette, die sie aus ihrem Pelzmantel hervorgezaubert hatte. Er zündete sie mit einem Feuerzeug an und sog den Rauch in die Lungen ein. Ein herber, leicht süßlicher Geruch breitete sich im Holzschuppen aus.

Nach einigen weiteren Zügen sagte er gedehnt: «Nein, Mårten war der undurchschaubarste Kerl, der je auf dieser Erde herumgelaufen ist.» Er folgte mit seinem Blick einem Rauchkringel und grinste breit. «Verdammt gutes Gras. Eigener Anbau.»

«Aber Sie haben ihn getroffen?»

«Ja, wir haben einiges zusammen gemacht. Geschäfte, kann man wohl sagen. Und natürlich hatten wir die Kunst.»

«Die Kunst?»

Er sog noch mehr Rauch ein und blinzelte in Joels Richtung, während der zwischen Daumen und zwei Fingern steckende Stummel des Joints schwarz anlief.

«Mårten war eine Künstlerseele. Missverstanden von seiner Zeit. Aber ich muss zugeben, dass ich seine alten Motive lieber mochte. Die schönen Damen. Sie hatten ... wie soll ich sagen ... mehr Fleisch auf den Rippen.»

Die grauhaarige Frau räusperte sich und spuckte auf den Boden. Sie hatte sich einen eigenen Joint angezündet und war in einen abgewetzten Sessel neben dem Hackklotz gesunken, von wo aus sie ihren Mann anschaute, als stünde er auf einem Podest. Vielleicht war sie es gewohnt, ihm zuzuhören. Irgendetwas an seinem Tonfall, seiner Art zu sprechen, hatte sich plötzlich verändert. Die Frau machte den Eindruck, als erwartete sie eine Fortsetzung.

«Wissen Sie, warum er angefangen hat, diese Mohammed-Bilder zu malen?», fragte Joel.

Der Prediger zog eine Augenbraue hoch. «Das ist doch wohl klar.»

«Geld?»

«Davon geh ich aus. Doch ich glaube, da hat er sich verrechnet. Denn Künstler werden selten zu Lebzeiten reich.»

Er warf die Kippe in ein Glasgefäß mit gelbbraunem Wasser, in dem bereits eine Menge anderer Kippen schwammen. Die Frau stand rasch auf und reichte ihm ihren Joint.

«Sie hätten Ihren Vater nicht so vernachlässigen sollen», sagte der Prediger und wirkte mit einem Mal anklagend.

Gegen seinen Willen verspürte Joel einen Stich in der Brust.

«Wenn Sie wüssten ...», murmelte er, kam jedoch nicht weiter, weil er unterbrochen wurde.

«Mårten hatte mit seinen Dämonen zu kämpfen! Er durchlitt Höllenqualen, wie sie sich keiner vorstellen kann. Er wanderte mehr Tage und Nächte durch das Tal der Todesschatten als irgendein anderer Mensch auf dieser Welt. Mårten wurde mit einer Finsternis im Herzen geboren. In seinem Körper tobten so entsetzliche Orkane, dass es geradezu ein Wunder ist, dass sie ihn nicht schon lange zuvor zerrissen hatten. Aber er hat gekämpft ...»

Der Prediger verstummte und fixierte Joel mit seinem Blick. Sein Brustkorb hob und senkte sich. Jetzt weiß ich, warum du so genannt wirst, dachte Joel und blickte geradewegs in die hellen Glubschaugen.

Die Frau im Sessel lächelte ihren Mann ausdruckslos an.

«Erzähl ihm von Helga», forderte sie ihn mit leiser Stimme auf.

Der Prediger nickte. Langsam sog er drei tiefe Züge ein und ließ den Rauch in Kringeln durch die Nase wieder hinausdringen. Dann legte er den Kopf in den Nacken, als suchte er oben an den Dachbalken nach etwas.

«Doch in seinem Inneren existierte nicht nur Dunkelheit», sagte er träumend. «In der letzten Zeit gab es auch Licht. Er hatte das Licht erblickt, so kann man wohl sagen.»

Plötzlich zuckte es in seinem Körper, als hätte er einen elektrischen Schlag bekommen oder einen epileptischen Anfall erlitten. Ohne Vorwarnung stürzte er aus dem Holzschuppen.

Joel drehte sich verwundert zu der Frau im Sessel um. Sie stand gemächlich auf.

«Mårten hatte jemanden kennengelernt», sagte sie. «Helga Norlin heißt sie. Mehr wollte Torsten nicht erzählen. Zumindest nicht heute. Es ist das Beste, wenn Sie jetzt schnell von hier verschwinden.»

Als sie an Joel vorbeiging, legte sie ihm eine kalte Hand auf die blutige Wange.

«Gehen Sie jetzt. Einmal kann ich ihn zurückhalten. Aber ein zweites Mal vielleicht nicht.»

Dann huschte sie durch die Tür hinaus.

Kurze Zeit später stapfte Joel durch den Schnee. Es war dunkel geworden. Vor seinem inneren Auge sah er einen aufgeschlagenen Taschenkalender, in den eine Anzahl von Namen in unterschiedlichen Farben hineingekritzelt worden waren. Zwei von ihnen hatte er heute gehört: Torsten und Helga.

KAPITEL 8

Der junge Mann betrachtet lange sein Spiegelbild. Er ist nicht ganz zufrieden mit dem, was er sieht. Eigentlich sollte der Bart länger und etwas unbändiger sein, so, wie es der Prophet vorgeschrieben hat. Doch Osama möchte nicht zu sehr auffallen. Deswegen hat er ihn sorgfältig auf eine Länge von ein paar Zentimetern gestutzt.

Er streicht sich nachdenklich mit der Innenseite des Daumens und den anderen Fingern über die weichen Haare. Den Kaftan trägt er nur, wenn er zu Hause ist und keiner ihn sieht. Aber mitten im Winter wäre es sowieso zu kalt, damit draußen herumzulaufen. In einen warmen Dufflecoat gekleidet, dazu Jeans und Wollmütze, die er weit über die Ohren zieht, so sieht Osama hier im neuen Land aus.

Wenn sie ihn doch nur in Ruhe ließen.

Aber die Frau bei der Arbeitsvermittlung bestand darauf, ihm zur Begrüßung lange die Hand zu schütteln und ihn mit einem mütterlichen Lächeln zu bedenken, das vor selbstzufriedener Mildtätigkeit nur so triefte. Osama schaudert angesichts der Erinnerung. Sein Körper war steif wie ein Brett geworden. Doch er hatte zurückgelächelt. Wenn man nur lächelt, sind sie zufrieden, denkt er. In die Augen schauen sie einem sowieso nicht.

Er dreht den Wasserhahn auf und wäscht sich das Gesicht mit kaltem Wasser. Fährt sich mit beiden Händen durchs Haar. Wen sieht er da vor sich? Wer ist das?

Manchmal ist alles so selbstverständlich. So einfach. Warte

auf deine Berufung. Heute der Dschihad, morgen das Himmelreich.

Doch hin und wieder kommen ihm Zweifel: warum das Ganze?

Er geht zum Fenster und schaut auf die zugefrorene Stadt hinaus. In der letzten Zeit ist sie ihm immer fremder geworden. Auch heute Nacht leuchten die Sterne wieder kalt und klar. Der Morgen naht bereits. Also kann er ebenso gut wach bleiben und beten. Er leidet unter Schlafstörungen. Jede Nacht.

Die Frau im Hochhaus gegenüber scheint die Einzige außer ihm zu sein, die nicht im Bett liegt. Sie steht wie immer am Fenster. Es sieht aus, als wäre sie fast nackt. Er schlägt die Augen nieder. Sie sollte ihren Körper bedecken, denkt er. Warum kann sie ihn nicht in Ruhe lassen?

Unten schlägt die Haustür zu. Es hallt im Flur. Wahrscheinlich ist jemand die ganze Nacht lang unterwegs gewesen und hat gefeiert. Oder es war nur der Zeitungsbote. Er horcht nach Schritten, hört jedoch keine.

Dann sieht er, dass ihn die Frau im Fenster auf der anderen Straßenseite anschaut. Osama spürt, wie er rot anläuft vor Zorn. Und noch aus einem anderen Grund. Im Stillen verdammt er sie. Er will auf keinen Fall Verlangen nach einer ungläubigen Frau verspüren.

Die Straßenlaternen dort unten beleuchten mit blassem Schein die weißen Schneewälle, die von den Autos noch nicht mit Matsch bespritzt worden sind. Das Neonschild über dem Lebensmittelgeschäft in seinem Viertel, in dem er immer seinen Joghurt und seine Oliven kauft, ist kaputt. Drei Buchstaben sind erloschen. *A ... llahs Lebensmittel*, blinkt es immer wieder rot auf. Abdullah ist zu Gott geworden. Bei dem Gedanken an den kleinen dicken Inhaber muss Osama lächeln. Eine Straßenecke weiter sieht er einen einsamen Mann mit einem Dackel an der

Leine. Auf den meisten Autodächern auf dem Parkplatz liegt noch Schnee. Dort steht ebenfalls ein schwarzer Kastenwagen, der ihm bekannt vorkommt.

Ein vages Gefühl der Unruhe drängt sich ihm auf. Als er vor ein paar Stunden hinausgeschaut hat, stand der Wagen noch nicht da. Oder vielleicht doch? Er macht das Licht aus und versucht zu erkennen, ob jemand hinterm Steuer sitzt, aber es gelingt ihm natürlich nicht. Dennoch meint er eine Bewegung hinter den dunklen Scheiben wahrzunehmen.

Er wirft einen nervösen Blick auf seinen Laptop, der wie immer eingeschaltet auf dem Tisch steht. Der Bildschirmschoner setzt sich aus einem Kaleidoskop von tausend Farben zusammen. Er versucht sich alle Dateien in Erinnerung zu rufen, die auf der Festplatte gespeichert sind, alles, was sie gegen ihn verwenden könnten. Plötzlich bekommt er starke Magenschmerzen.

Irgendetwas stimmt nicht.

Das Telefonklingeln vorhin, ohne dass sich jemand meldete. Die zufallende Haustür. Warum waren keine Schritte im Treppenhaus zu hören? Der Kastenwagen. Mit einem Mal meint er sich zu erinnern, ihn schon mehrfach zuvor gesehen zu haben. War es unten auf der Straße? Oder als er im Park spazieren gegangen war? Oder hat er ihn vom Bus aus gesehen? Oder … Er spürt, wie sich Panik in seiner Brust ausbreitet.

Seine Brüder haben ihn schließlich gewarnt und gesagt, dass sie überwacht werden. Ihn ermahnt, immer einen Blick über die Schulter zurückzuwerfen und in regelmäßigen Abständen die SIM-Karte seines Handys zu wechseln. Doch Osama ist nachlässig geworden. Es ist ihm schwergefallen, das Ganze ernst zu nehmen, obwohl er weiß, dass er es müsste.

Jetzt hört er leise Stimmen im Treppenhaus unmittelbar vor seiner Wohnungstür. Sie sind da. Er blickt sich verzweifelt in der Wohnung um. Sein Instinkt mahnt ihn zu fliehen, aber es gibt keinen Ausweg. Mit klopfendem Herzen rennt er in die Küche, zieht eine Schublade heraus und wühlt zwischen den Messern herum. Dann überlegt er es sich anders und stürmt zur Balkontür, fest entschlossen, sich in die Nacht hinauszustürzen und wie ein Vogel zu fliegen, nein, wie ein Jagdfalke ins Himmelreich einzutauchen. Doch erneut verlässt ihn der Mut, und er bleibt wie gelähmt mit der Hand auf dem Türgriff stehen.

Ein heftiger Knall, eine Explosion durchbricht die Stille. Die Wohnungstür fliegt auf. Wie in einem bösen Traum sieht er schwarz gekleidete Männer mit verdeckten Gesichtern und gezogenen Waffen in einer Rauchwolke die Wohnung stürmen. Sie rufen ihm etwas zu, doch er versteht sie nicht. Es brennt in seinen Augen, er wird tränenblind und bekommt kaum noch Luft.

Innerhalb von Sekunden überwältigen sie ihn, er wird zu Boden geworfen, dann kniet jemand auf seinem Rücken und presst ihm etwas Hartes gegen den Nacken. Sie brüllen ihn an, er solle stillhalten, doch seine Lähmung ist wie weggeblasen, und er zappelt wie ein Fisch, ohne sich befreien zu können. Kräftige Fäuste umschließen seine Beine und fesseln seine Arme mit Handschellen auf dem Rücken.

Osama schreit aus voller Kehle, er hat Blut im Mund, und als ihm jemand eine Haube über den Kopf zieht, wird plötzlich alles schwarz vor Augen.

In dem Augenblick entweichen die letzten Kraftreserven aus seinem Körper. Osamas Körper wird schlaff wie der eines toten Tieres. Er atmet stoßweise durch den rauen Stoff hindurch. Das ist also Allahs Prüfung, denkt er. Ich muss sie bestehen.

Bevor er das Bewusstsein verliert, hört er eine Stimme rufen: «Stellt die ganze verdammte Bude auf den Kopf. Alles muss mit.»

KAPITEL 9

Die Nacht wurde zu einem langen Warten auf den Morgen. In seinem Kiefer pochte es, und seine Schulter schmerzte so stark, als wäre eine Sehne gerissen. Der Holzspalter des Predigers hatte großflächige Schürfwunden in seinem Gesicht hinterlassen.

Joel schwitzte und drehte und wendete sich, doch wie auch immer er seinen Kopf hinzulegen versuchte, er tat weh.

Um sechs Uhr warf er die Bettdecke zur Seite, stolperte ins Bad und ließ bis zum Rand kaltes Wasser in die Badewanne laufen. Nackt glitt er so tief, wie es ging, unter die Wasseroberfläche und hielt die Luft an.

Anfänglich drohte die Eiseskälte seine Schläfen zu sprengen, doch bald spürte er, wie sein Kopf sachte wegdämmerte.

Ob es wohl möglich ist, sich selbst zu ertränken?, fragte er sich.

Als ihm bereits der Sauerstoff auszugehen drohte, zwang er sich, noch ein paar Sekunden unter Wasser zu bleiben, bis seine Lunge zu schmerzen begann und er sich prustend aufrichtete, einen tiefen Atemzug machte und erneut abtauchte.

Er hatte einmal einen Mann ertrinken sehen. Es war in einer kalten Winternacht vor vielen Jahren auf der Ostsee gewesen. Die Fähre nach Swinemünde pflügte durchs schwarze Wasser. Joel spielte an Bord Saxophon gegen Verpflegung, alkoholische Getränke und Trinkgeld. Der kleingewachsene Mann hatte lange mit einem Gin Tonic in der Hand auf einem Barhocker gesessen. Dreimal hatte er «As Time Goes By» hören wollen, bis er ohne ein Wort ging. Im ersten Licht der Dämmerung tauchte er lediglich mit einem roten Pyjama bekleidet auf dem Achterdeck auf. Er kletterte auf die Reling, breitete die Arme aus und stürzte sich wie ein Fregattvogel in die Tiefe. Als er für eine Sekunde wieder an die Wasseroberfläche kam, wie eine rote Blume in der Gischt des Kielwassers liegend, wirkte er glücklich. Dann verschwand er in der Tiefe.

Drei Selbstertränkungen später stieg Joel aus der Badewanne und hüllte sich in seinen Morgenrock. Widerwillig warf er einen Blick in den Badezimmerspiegel. Die Lampe hatte er absichtlich nicht eingeschaltet. Dennoch entging ihm die dunkle Schwellung in seinem Gesicht nicht. Schon zweimal innerhalb von drei Tagen hatte er Schläge einstecken müssen, und noch immer hatte er Blutgeschmack im Mund. Er spuckte ins Waschbecken und verließ das Bad.

Dann saß er eine ganze Weile lang vollkommen unbeweglich und mit geschlossenen Augen in dem schäbigen braunen Sessel vom Flohmarkt und harrte der Dinge, die kommen würden. Die Worte, die ihn in der Nacht verfolgt hatten, spukten noch immer in seinem Kopf herum.

«In seinem Inneren existierte nicht nur Dunkelheit.» Der Prediger hatte ausgesehen, als verrate er ihm ein Geheimnis.

Ich hab ihn überhaupt nicht gekannt, dachte Joel. Ich habe meinen eigenen Vater nicht gekannt.

Plötzlich wurde Joel von einer Sehnsucht nach Johanna übermannt. Sie überwältigte ihn ohne Vorwarnung. Der intensive Wunsch, vor sich hindösend neben ihr im Bett zu liegen, ihre Wärme zu spüren. Während durch ein geöffnetes Fenster hinter einer Gardine, die sich lautlos bewegte, ein kühler Lufthauch ins Zimmer wehte. Der Duft eines blühenden Apfelbaumes. Eine singende Amsel. Eine Stimme dicht neben seinem Ohr würde ihm etwas zuflüstern, und irgendwo im Hintergrund wären leise melancholische Saxophonklänge zu hören. Nie mehr so verdammt einsam sein.

Er schlug die Augen auf, um den Tagtraum zu vertreiben.

Du wusstest doch, dass es so kommen würde, dachte er. Du wusstest, dass sie Schluss machen würde.

Er unterdrückte den Impuls, ihre Telefonnummer herauszusuchen und sie anzurufen. Es macht keinen Sinn, sagte er sich. Ich habe mich entschieden und sie sich. Jetzt ist es zu spät, etwas daran zu ändern.

Dann ertappte er sich bei der Frage, was sie wohl von Mårten gehalten hätte. Der Gedanke war ihm nie zuvor gekommen. Auch nicht die Tatsache, dass Johanna überhaupt eine bestimmte Meinung über seinen Vater haben könnte. Sieben Jahre lang hatten sie zusammengelebt, aber Mårten hatte sie nie kennengelernt. Joel hatte nie von seinem Vater gesprochen, und bald hatte sie aufgehört zu fragen. Dass der Alte boshaft war, hatte sie sich schon denken können.

Draußen vor dem Fenster färbte sich der schwarze Himmel langsam grau. Aus dem Schlafzimmer drang ein gelbliches Licht. Joel betrachtete die Wände mit der unansehnlichen Blümchentapete. Britt hatte recht. Seine Bude war nicht gerade heimelig. Als Dekoration hatte er lediglich zwei Filmplakate aufgehängt, die er in einem Schrank gefunden hatte. «La dolce vita» neben der Küchentür. «Casablanca» über dem Sofa. Das Regal war voll mit Büchern; das Einzige, was er aus dem alten Haus mitgenommen hatte. Ich habe überhaupt keine Erinnerungsgegenstände, dachte er. Keine Fotos. Von keinem von ihnen.

Der Tag, als es aus war, kam plötzlich, wenn auch nicht unerwartet. Es war der Augenblick, in dem Johanna begriff, dass sie niemals Kinder bekommen würden. Es kam ihm vor, als wäre etwas in ihrem Inneren erloschen.

«Du bist so entsetzlich feige», sagte sie.

Bereute er es?

Joel schüttelte langsam den Kopf. Was spielte das jetzt noch für eine Rolle? Das Reihenhaus hatte sie innerhalb von einer Woche verkauft. Johanna war schon immer praktisch veranlagt gewesen.

Als sie sich zum ersten Mal trafen, fühlte es sich für ihn an, als würde er in einen sicheren Hafen segeln.

Johanna Karlsson, Mittelstufenlehrerin und Palästina-Aktivistin. Attraktiv. Intelligent. Humorvoll. Anfänglich konnte Joel überhaupt nicht begreifen, warum in aller Welt sie sich ausgerechnet für ihn entschieden hatte.

«Mein trauriger Clown», nannte sie ihn.

Doch es dauerte nicht lange, bis sie fand, dass er aufhören sollte, in der Psychiatrie und im Altersheim Saxophon zu spielen, und stattdessen etwas «Richtiges» anfangen müsste.

Inzwischen war es fast genau ein Jahr her, dass Joel das Büro des Schulleiters betreten und erklärt hatte, dass er seinen Vertrag als Vertretungslehrer für Englisch und Musik nicht verlängern wollte.

Er stand vorsichtig auf, um den Schmerz nicht zu neuem Leben zu erwecken. Als der Kaffee durch die Maschine gelaufen war, war es fast hell draußen. Er hatte ihn stark aufgebrüht und trank ihn schwarz, auch wenn es im Magen brannte. Sein Backenzahn saß noch immer locker. Das feste Brot wanderte also wieder in den Kühlschrank. Flüssignahrung, dachte er. Damit der verdammte Zahn wieder anwächst.

Mårtens Taschenkalender lag auf dem Küchentisch, wo er ihn abgelegt hatte. Ein kleines zerknülltes Heft mit Pappdeckeln. Joel hatte eine ganze Weile lang suchen müssen, als er von seinem Besuch beim Prediger nach Hause gekommen war, bevor er ihn in der Hosentasche einer feuchten Jeans im Wäschekorb fand. Mehrere Stunden lang hatte er dagesessen, die abgegriffenen Seiten durchgeblättert und die kurzen Notizen gelesen. Tintenkleckse und Fettflecke eingehend betrachtet in der Hoffnung, auf irgendwelche Hinweise zu stoßen. Die krakeligen Buchstaben waren hektisch niedergeschrieben, der Inhalt kaum zu deuten.

Die Telefonnummern im Adressteil war er wieder und wieder durchgegangen. Und jedes Mal hatte er bei ihrem Namen innegehalten: *Helga*.

«In der letzten Zeit gab es auch Licht. Er hatte das Licht erblickt», wiederholte er im Stillen.

Schließlich hatte er sich auf die Suche nach seinem Handy gemacht. Doch im letzten Augenblick hatte er gezögert. Es war bereits nach Mitternacht. Das hatte als Ausrede reichen müssen, um das Telefonat aufzuschieben.

Nachdem Joel drei Becher Kaffee getrunken hatte, war er bereit. Er schaltete den Laptop ein und tippte ihren Namen in die Suchmaske des virtuellen Telefonbuchs. Helga Norlin hieß sie, hatte die Frau des Predigers gesagt. Es gab nur eine Person mit diesem Namen in Tomelilla. Auch die Telefonnummer stimmte überein. Dem Eintrag zufolge wohnte sie in einem Haus am Simrishamnsväg. Nach kurzem Zögern beschloss Joel, am besten direkt hinzufahren.

Er ließ sich viel Zeit, da ihm bewusst war, dass es noch recht früh war. Bevor er den Motor startete, suchte er im Handschuhfach eine CD von Charlie Parker heraus, zappte zu «Summertime» vor und fuhr dann, so langsam er konnte, die Straße entlang, die an schneeweißen Äckern entlangführte. Früher hatte er immer davon geträumt, wie Parker spielen zu können. Die Wehmut und ebenso die Freude einzufangen, die er empfand. Nur ein einziges Mal, eine perfekte Phrase, das wäre ein Geschenk des Himmels. Inzwischen lag sein Saxophon unterm Bett und verstaubte.

Mårten hat immer vorgehabt, mir das Akkordeonspielen beizubringen, dachte Joel. Er sah das alte rote Instrument vor seinem inneren Auge. Es war ein Walter mit weißen Tasten und schwarzem Balg, das immer greifbar neben der Staffelei stand. Manchmal, wenn sich der Pinsel einfach nicht so über die Leinwand bewegen wollte, wie Mårten es vorhatte, nahm er das Instrument zur Hand und spielte einen Walzer, um Inspiration zu sammeln. Nach einigen Schnäpsen ging er zu schnelleren Melodien über. «Zigeunermusik», schrie er dann, verschwitzt und ekstatisch. «Das hier ist was anderes als Calle Jularbo!»

Doch seine Töne gerieten immer zu hart. Genau wie beim Malen war es, als wendete Mårten zu viel Kraft an. Alles wurde grob und hässlich. Joel bekam es für gewöhnlich mit der Angst zu tun. Doch Mårten selbst schien es nicht zu merken, und wenn er sich mit noch mehr Schnaps erst einmal richtig in Fahrt gebracht hatte, kam es vor, dass er im Befehlston herumbrüllte.

«Tanz, zum Teufel noch mal! Tanz doch zur Teufelsmusik!»

Es konnte allerdings auch passieren, dass er das Akkordeon wegwarf und fluchte, vor Wut dunkelrot im Gesicht.

Plötzlich tauchte noch eine andere Erinnerung in Joels Kopf auf, eine vergilbte Erinnerung, die viele Jahre lang verschüttet gewesen war: Mårten sitzt mit verheulten Augen, feuchten Wangen und erloschenem Blick auf dem Dielenboden. Seine Hose hat einen feuchten Fleck, und Joel, der von seinem Lärm geweckt worden und die Treppe heruntergeschlichen war, fragt sich, ob er sich vollgepisst hat. «Ich verbrenne dieses beschissene Akkordeon und jedes verdammte Bild», murmelt Mårten und wirkt deprimiert, ausnahmsweise einmal nicht im Geringsten gefährlich.

Ich frage mich, ob er es getan hat, dachte Joel. Ich frag mich, ob dieses Akkordeon noch existiert.

* * *

Helga Norlins Haus war aus gelbem Ziegelstein gebaut und lag eingebettet in ein Birkenwäldchen etwas abseits der Nachbarhäuser. Von der Haustür bis zum Briefkasten war ein Gang fein säuberlich freigeschippt. Im Küchenfenster brannte ein Lichterbogen. Vor der Garage parkte ein dunkelblauer Volvo mit breiten Reifen und Schneeketten.

Joel schielte auf die Uhr. Es war kurz nach neun. Er entschied, dass Helga Norlin bestimmt eine Frühaufsteherin war. Ohne jeglichen Plan bezüglich dessen, was er diese Frau fragen wollte, die nach Aussage des Predigers seinem Vater dazu verholfen hatte, das Licht zu erblicken, stieg er aus dem Wagen und klingelte an der Tür.

Es dauerte eine ganze Weile, bis etwas geschah. Dann waren schwere Schritte zu hören, und jemand fingerte am Schloss herum. Der Mann, der ihm öffnete, trug eine Katze auf dem Arm. Er war groß gewachsen und hatte wuscheliges Haar, als wäre er gerade aufgestanden. Unter seinem Morgenmantel trug er einen ausgeblichenen blau gestreiften Pyjama. Er schaute Joel an, ohne ein Wort zu sagen.

«Ich suche Helga Norlin. Wohnt sie hier?»

«Wer sind Sie?»

«Ich heiße Joel Lindgren. Ich glaube, dass Helga möglicherweise meinen Vater kennt. Oder besser gesagt, kannte.»

Der Mann, der aussah, als wäre er um die dreißig, blinzelte etwas verschlafen, während er die Katze hinterm Ohr kraulte. Das Tier, kohlrabenschwarz bis auf eine weiße Vorderpfote, schnurrte behaglich. Aus dem Haus drang ein Duft nach frischgebackenem Brot. Jemand hantierte mit einem Backblech herum.

«Ist sie zu Hause?», fragte Joel.

Noch bevor der Mann etwas antworten konnte, tönte eine helle Frauenstimme aus der Küche: «Erik, hast du die Tür geöffnet?»

Die Frau, die sich daraufhin offenbarte, hatte rosige Wangen. Sie war ebenfalls groß und ziemlich füllig. Als sie Joel erblickte, fuhr sie zusammen und starrte ihn erschrocken an.

«Guter Gott, wie sehen Sie denn aus! Ist Ihnen etwas zugestoßen?»

Joel befingerte verschämt die Schwellung in seinem Gesicht und konnte nicht umhin, einen Blick in den Flurspiegel zu werfen.

«Ach, das war nur ein kleiner Unfall ...»

Der Mann im Morgenmantel machte einen verwirrten Eindruck.

«Kennt ihr euch?»

Die Frau trocknete sich die Hände an der Schürze ab, band sie dann ab und hängte sie an einen Haken.

«Ich muss immer etwas zu tun haben, um nicht trübselig zu werden. Das hilft gegen die Trauer», erklärte sie und lächelte Joel aus ihrem runden Gesicht freundlich an. «Ich nehme an, Sie sind Mårtens Sohn.»

Helga Norlin hatte wässrige blaue Augen und trug ihr glattes hellgraues Haar zu einem Knoten im Nacken hochgesteckt. Sie hatte eine Knollennase und schmale Lippen. Obwohl sie einen gerade geschnittenen dunklen Rock und eine weiße Bluse trug, die bis zum Hals hinauf geschlossen war, war Joels erster Gedanke, dass sie Mårten beim Malen seiner Nacktbilder Modell gestanden haben könnte. Sie hatte etwas Stattliches. Plötzlich brachte er kein Wort mehr hervor.

«Ich hatte vor, Sie heute anzurufen», sagte Helga. «Denn es gibt ja viel zu organisieren.»

Joel hob unbeholfen die Schultern.

«Ich meine, was die Beerdigung betrifft», fuhr sie fort. «Es sollte ja nicht allzu lange dauern, bis Mårten unter die Erde kommt.»

Ein vages Gefühl der Scham befiel Joel. Dass er die Verantwortung dafür haben sollte, sich um die sterblichen Überreste seines Vaters zu kümmern, war ihm noch gar nicht in den Sinn gekommen. Als sie ihm ihre warme Hand entgegenstreckte, begriff er zuerst gar nicht, was sie meinte.

«Sie wären mein Stiefsohn geworden», sagte sie ernst. «Und Erik und Sie wären Stiefbrüder geworden. Wenn Mårten nicht ...»

Sie schnäuzte sich geräuschvoll in ein Taschentuch und wischte eine Träne weg, die ihr die Wange hinablief. Ihr Sohn warf ihr einen zärtlichen Blick zu. Dann setzte er die Katze auf den Boden und reichte ihm ebenfalls die Hand.

«Mein Beileid», sagte er.

* * *

Als sie das Tablett mit dem Kaffee auf den Wohnzimmertisch stellte, hatte Joel bereits die ganze Sammlung von Fotografien im Bücherregal in Augenschein genommen. Auf einer von ihnen hatte er Mårten entdeckt. Das Foto war auf einer grasbewachsenen Anhöhe am Meer aufgenommen worden. Mårten und Helga standen Arm in Arm und posierten stolz vor dem Fotografen. Sie trug eine Strickjacke und einen geblümten Rock und blinzelte gegen die Sonne, während er in einen hellen Sommeranzug gekleidet war. Zwar wurden seine Augen von der Krempe eines Strohhuts verdunkelt, aber Mårten sah glücklich aus.

«Das ist bei Ales stenar aufgenommen worden. Es war ein wunderschöner Julitag. Wir haben ein kleines Picknick gemacht. Und unseren ersten Jahrestag gefeiert.»

Joel stellte das Foto zurück ins Regal. Sie richtete den Rahmen exakt aus und tätschelte ihm dann die Hand.

«Setzen Sie sich doch.»

Während sie Kaffee in dünnwandige Tassen mit dezentem Blumenmuster einschenkte, sah er sich um. Alles war absolut sauber und ordentlich. Die Porzellangegenstände auf den dunklen Mahagonimöbeln waren nahezu pedantisch angeordnet. Es bereitete ihm Schwierigkeiten, sich Mårten in diesem Zimmer vorzustellen. Über dem Sofa, auf dem Helga saß, hing allerdings ein Ölgemälde, das vom Stil her nicht ganz zur Einrichtung passte. Die Motive der anderen Bilder waren dezent, die Farben diskret, und es handelte sich um gerahmte Aquarelle und Lithographien hinter Glas. Doch das Bild über dem Sofa leuchtete in Gelb, Rot und Blau. Aus einer Sommerwiese voller Mohnblumen erhob sich eine Treppe in den Himmel, und auf halber Höhe war ein Mann zu erkennen, der geradewegs in die glühende Sonne hineinkletterte.

«Er hat es Auferstehung genannt», sagte Helga. «Es ist wirklich schön. Ich habe es von ihm geschenkt bekommen.»

«Von Mårten? Dabei war er doch gar nicht religiös, oder?»

Helga lächelte dezent, antwortete aber nicht.

«Wir können ja eine Kerze für ihn anzünden», sagte sie und riss ein Streichholz an. «Denn heute hätte er Geburtstag gehabt.»

Vergebens versuchte Joel, sich das aktuelle Datum in Erinnerung zu rufen.

«Zweiundsiebzig», erklärte sie. «Ihr Vater wäre heute zweiundsiebzig Jahre alt geworden.»

Sie reichte ihm einen Teller mit dampfenden Brotscheiben.

«Ich liebe es, Brot zu backen. Das lässt mich zur Ruhe kommen. Und Sie sehen aus, als hätten Sie noch kein Frühstück bekommen.»

Der Geruch ließ Joel spüren, dass er hungrig war. Er bediente sich, bestrich eine Scheibe mit Butter, die augenblicklich schmolz, und hobelte sich ein paar dicke Scheiben Käse ab.

«Sie sehen sich nicht besonders ähnlich», meinte Helga, als sie aufschaute. Sie legte den Kopf schräg. «Aber ein wenig vielleicht doch …», fügte sie nachdenklich hinzu.

«Das glaube ich kaum.»

Das Kauen tat Joel im Kiefer weh. Er schluckte und befühlte unruhig seinen lockeren Zahn mit der Zunge.

«In welcher Hinsicht?»

Helga nippte an ihrem Kaffee.

«Sie müssen wissen, dass er Sie sehr geliebt hat», sagte sie schließlich. «Und er hat Sie vermisst.»

Lüge, dachte Joel und war nahe dran, es laut zu sagen. Doch so wahnwitzig es auch in seinen Ohren klang, ganz offensichtlich glaubte Helga an Mårtens Güte und Liebe zu seinem Sohn. Ihre Augen quollen vor zärtlichen Gefühlen regelrecht über. Was hatte der Alte dieser armen Frau nur vorgemacht? Er hatte schließlich sein Leben lang niemals irgendeinen anderen Menschen außer sich selbst geliebt.

«Die Polizei war hier und hat eine Menge Fragen gestellt», sagte sie. «Ich glaube, sie waren von der Säpo. Aber ich nehme an, dass sie auch mit Ihnen gesprochen haben, nicht wahr?»

«Ja …»

«Es ist so entsetzlich. Terroristen hier in Tomelilla. Man stelle sich nur vor, dass diese Menschen sogar fähig sind, einen Mord zu begehen, weil die Leute nicht an denselben Gott glauben wie sie.»

«Er hat es doch geradezu drauf angelegt.»

Die Worte waren Joel einfach so herausgerutscht, und er sah, wie Helga auf ihrem Sofa erstarrte.

«Ich werde den Verdacht nicht los, dass er selbst schuld ist», lenkte er rasch ein.

«Geben Sie acht, was Sie da sagen!»

Sie schniefte, und plötzlich strömten der stattlichen Frau

Tränen über die Wangen. Eine ganze Weile lang saß sie von ihm abgewandt mit dem Gesicht in ihrem Taschentuch begraben da, als wollte sie ihren Gefühlsausbruch verbergen.

Unbeholfen schaute Joel zu, wie sie trauerte. Das war verdammt unnötig, dachte er beschämt. Ich hätte es näher erklären sollen. Ich hätte ihr von all den Enttäuschungen mit Mårten erzählen sollen. Von all den Abenden, an denen ich mit knurrendem Magen zu Bett gegangen bin und den Kopf unterm Kissen vergraben habe, um das Säufergegröle aus der Küche nicht mitanhören zu müssen. Seine Wutausbrüche. All die Scheiße, die ich einstecken musste, ohne zu verstehen, was ich falsch gemacht hatte.

Hatte sie denn nichts begriffen?

Helgas leises Schniefen brachte Joel dazu, sich schlecht zu fühlen. Es fiel ihm schwer, kein Mitleid für sie zu empfinden. Doch das Gejammer irritierte ihn gleichzeitig. Ich müsste ihr den Schleier vor den Augen wegziehen, dachte er. Nicht einfach nur dasitzen und schweigen. Ich muss sie mit der Wahrheit konfrontieren. Ihr klarmachen, dass sie sich mit einem bösartigen Mann eingelassen hatte.

Sie hatte doch schließlich ein Recht darauf, es zu erfahren, oder?

Diese verdammte Nacht, als ich kurz davor war, Mårten umzubringen.

* * *

Mama liegt auf dem Fußboden im Flur. Aufgrund des Lärms kommt Joel aus seinem Zimmer in der oberen Etage gestürzt. Die Haare an ihren Schläfen sind verklebt. Er sieht, dass sie sich übergeben hat. Vorsichtig legt er ihr zwei Finger an den Hals. Ihre Haut ist warm und feucht, aber er spürt keinen Puls.

Joel zieht ihren fleckigen Rock glatt, um ihre Oberschenkel etwas mehr zu bedecken. Der Hass hämmert in seinem Schädel.

Mårten sitzt am Küchentisch und scheint nicht einmal gemerkt zu haben, dass Joel heruntergekommen ist. Vor ihm stehen Schnapsflaschen und Bierdosen, und auf dem Schneidebrett liegt ein Messer.

Joel schleicht auf nackten Füßen darauf zu.

Er wird sich das Brotmesser schnappen und es diesem teuflischen Tyrannen, der da sitzt und seinen Rausch ausschläft, tief in den Rücken stoßen. Dem Elend ein für alle Mal ein Ende bereiten.

Vorsichtig streckt er seinen Arm vor. Seine Finger umschließen den Holzgriff fest.

In dem Moment zuckt Mårten zusammen. Joels Hand steckt wie in einem Schraubstock fest. Seine bösen Augen schauen geradewegs durch ihn hindurch, sie lesen seine Gedanken.

Er weiß, dass Joel vorhatte, ihn zu töten.

Die Ohrfeige brennt auf der Wange wie Feuer. Dann packt Mårten ihn im Nacken, schleift ihn zur Haustür und stößt ihn die Verandatreppe hinunter.

Eine ganze Sommernacht lang liegt Joel zusammengekauert bei den Kaninchenställen im Garten mit Graunäschen im Arm. Mit einem pochenden Herzen dicht neben seinem eigenen. Er steckt die Nase ins warme Fell des Kaninchens. Deckt sich mit einer Plane zu und versucht zu schlafen.

Als er sich frühmorgens wieder ins Haus wagt, ist Mårten verschwunden. Mama liegt vollkommen regungslos in ihrem Bett im Obergeschoss und starrt aus dem Fenster. Er zieht leicht an ihrem Arm und flüstert ihr etwas zu. Aber sie hört ihn nicht.

* * *

Ohne ein Wort zu sagen, stand Joel aus dem Sessel auf und setzte sich neben die trauernde Frau auf dem Sofa. Vorsichtig legte er ihr einen Arm um die Schultern. Helga schaute mit rot geweinten und verquollenen Augen auf.

«Er war ein guter Mann. Ich vermisse ihn so sehr.»

Sie richtete sich ein wenig auf und wurde etwas verlegen.

«Ich war schon einmal verheiratet», sagte sie. «Ja, Mårten und ich waren zwar nicht verheiratet, aber wir hatten immerhin schon Pläne gemacht. Mein vorheriger Mann war Pastor in Strängnäs. Er starb bei einem tragischen Unfall, und danach sind wir wieder hierhergezogen. Ich bin in der Gegend geboren, wie Sie an meinem Dialekt hören. Aber ich kannte nicht so viele Leute. Und Erik, den Sie eben kennengelernt haben, hatte Schwierigkeiten, hier unten eine Arbeit zu finden. Aber dann habe ich Mårten kennengelernt. Es war übrigens auf einer Beerdigung. Sie müssen wissen, dass ich im Kirchenchor singe. Er kam mir sehr einsam vor. Damals wechselten wir nur ein paar Worte, doch einige Tage später tauchte er mit einem Strauß gelber und roter Tulpen in der Hand bei mir auf.»

Joel trank etwas Kaffee, der inzwischen kalt geworden war.

«Und wer war gestorben?»

«Irgendein alter Freund von ihm. Keiner, den ich kannte.»

Helga steckte ihr Taschentuch wieder ein und bestrich eine Brotscheibe mit Butter.

«Wir konnten so gut miteinander reden. Auch das Interesse für die Kunst haben wir geteilt. Also haben wir uns immer öfter getroffen, und schließlich wurden wir ein Paar. Ich war so froh, dass Mårten sich auch etwas Zeit für Erik nehmen konnte. Sie sind manchmal gemeinsam zum Angeln rausgefahren.» Sie senkte ihre Stimme etwas. «Ansonsten ist mein Junge nämlich eher ein Einzelgänger», erklärte sie.

Sie saßen noch eine Weile zusammen und redeten über praktische Dinge. Schließlich musste die Beerdigung organisiert werden, die jedoch erst stattfinden konnte, wenn sie von der Polizei Bescheid erhielten, dass der Rechtsmediziner mit der Obduktion fertig war.

Als Joel schließlich aufstand, um zu gehen, blieb er plötzlich im Flur stehen und hielt inne.

«Das, was Sie über meinen Vater erzählen ... fällt mir nicht ganz leicht zu verstehen. Denn ich habe ein völlig anderes Bild von ihm.»

Helga betrachtete ihn mit klarem Blick.

«Man muss es wohl als Gnade Gottes ansehen, dass Menschen sich ändern können», entgegnete sie leise.

«Der Prediger sagte mir, dass Sie es gewesen seien, die ihn das Licht erblicken ließen ...»

Sie lachte ein wenig unsicher auf. «Ja, der Prediger ...»

Für einen kurzen Augenblick hatte Joel den Eindruck, dass sie es vermied, ihn anzuschauen.

«Was ist er eigentlich für ein Mann, dieser Prediger?»

Sie zuckte mit den Achseln und umarmte ihn voller mütterlicher Wärme.

«Jemand, über den eine Menge Gerüchte kursieren. Eine Person, die offenbar ziemlich viel Unsinn redet und auch selbst Gerüchte verbreitet. Aber ich weiß wirklich keinen Deut mehr über ihn als Sie.»

Als Joel wieder in seinen Wagen stieg, stand sie auf der Verandatreppe und winkte. Er drehte den Schlüssel im Zündschloss um. Tief in seinem Inneren war etwas geweckt worden, doch er konnte nicht in Worte fassen, was. Er musste an Mårtens Habseligkeiten denken, die auf dem Kaminsims gelegen hatten. An die Namen im Taschenkalender. An all das, was diese strenggläubige Frau über ihn erzählt hatte. Es war, als hätte sie eine Tür zu einem unbekannten Zimmer geöffnet. Jedoch lediglich einen kleinen Spaltbreit. Und dort drinnen konnte er nur Schatten erkennen.

KAPITEL 10

Die nahezu ausgetrocknete Frau am Fenster flößte Fatima Unbehagen ein. Sie hockte zusammengekauert in ihrem Sessel und presste ihr verschrumpeltes Gesicht gegen die Scheibe, als wartete sie auf jemanden. Aus ihrem Mund rann ein Speichelfaden am Fensterglas hinunter. Hin und wieder drehte sie sich mit aufgerissenen Augen in Richtung Raum um und stieß verängstigte dumpfe Laute aus.

«Es wimmelt nur so von Würmern», krächzte sie. «Am Tag des Jüngsten Gerichts wird das Fleisch brennen!»

Fatima grüßte die Pflegerin, die gerade damit beschäftigt war, einen alten Mann mit Kaffee und Kuchen zu füttern, und eilte dann ins Zimmer ihres Vaters.

«Bitte Ellen, nicht schon wieder dieses Geschwätz!», hörte sie die Angestellte flehen.

Niemals, dachte Fatima. Nie im Leben will ich so alt werden, so entwürdigt.

Hier wohnt Mahmoud, las sie auf einem handgeschriebenen Schild an der Tür. Neben den Namen hatte jemand blaue und rote Blumen gemalt.

Das Personal bemüht sich so gut es geht, obwohl sie nur so wenige sind, dachte Fatima. Es liegt nicht am Heim, sondern am Altern an sich. Am Austrocknen des Körpers und der Verdunkelung der Seele. Daran, dass man aufhört, Mensch zu sein.

Sie holte tief Luft und öffnete die Tür. Ihr Vater saß wie immer in seinem Rollstuhl vor dem Fernseher. Als er sie erblickte, leuchtete sein Gesicht auf. Doch sie sah, dass er vergeblich nach Worten rang.

«Hallo, Papa, ich bin's, Fatima», sagte sie und umarmte ihn.

«Salaam … Fatima, ja Fatima», murmelte er.

Die Hilflosigkeit, die sich in seinen wässrigen Augen widerspiegelte, war nur schwer zu ertragen.

«Hier sitzt du also und guckst Skilanglauf», sagte sie rasch. «Wer fährt Ski?»

Sie führte ihr übliches Ritual durch. Holte eine Krawatte aus dem Kleiderschrank, band sie ihm um den Hals und richtete seinen Hemdkragen. Dann kämmte sie ihm die Haare, die noch immer dicht und glänzend waren, und zog einen geraden Mittelscheitel.

«So, jetzt siehst du wieder richtig schick aus.»

Sie schaltete die Lautstärke des Fernsehers leiser, bis die nervige Stimme des Kommentators fast ganz verstummt war, und setzte sich aufs Besuchersofa.

«Ich hab dir ein paar Trauben mitgebracht. Du magst Weintrauben doch so gerne, Papa.»

«Ja, Weintrauben schmecken gut …», sagte er und starrte auf die Langläufer, die lautlos ihre Spuren zogen.

«Geht's dir gut, Papa?», fragte sie und legte ihm die Hand auf den Arm.

«Ja, so einigermaßen, so einigermaßen …»

Immer dieselben sinnlosen Fragen. Fatima schaute auf die Uhr. Eine Stunde konnte sie bleiben, dann musste sie wieder zur Arbeit. Bernhardsson würde aus seinem Thailandurlaub zurück sein. Er verlangte bestimmt einen Bericht über die Einbruchsserie, die noch immer nicht aufgeklärt war.

«Es ist kalt draußen», sagte sie. «Aber hier drinnen hast du es ja gut, hier ist es schön warm.»

Als sie das nächste Mal auf die Uhr sah, waren erst zehn Minuten vergangen, obwohl sie davon überzeugt war, dass es viel mehr gewesen sein müssten. In ihrem Körper begann es zu kribbeln, und wie immer bekam sie ein schlechtes Gewissen. Ich bin ein schlechter Mensch, dachte sie. Eine unzulängliche Tochter, die es nicht schafft, sich um ihren eigenen Vater zu kümmern.

Doch dann ärgerte sie sich über sich selbst. All dieses überholte patriarchale Gefasel, das noch immer in den Köpfen steckte. Nur weil sie eine Frau war, war sie ja wohl noch lange nicht dazu verdammt, anderen den Hintern abzuwischen und Windeln zu wechseln. Sie schaute ihren Vater an. Du warst doch so stolz, dachte sie. Ich weiß noch, wie stolz du warst, als ich Polizistin wurde.

Sie stand auf und nahm ein Fotoalbum aus dem Bücherregal. All die Bücher, die darin standen. Wenn er doch nur lesen könnte wie früher. Damit die Zeit verging, während man neue Welten entdeckte und dann über all das berichten konnte, was man gelernt hatte. Wie er es getan hatte, als sie noch ein Kind war. An seiner Sehschärfe lag es nicht. Doch sein Blick war matt und grau geworden, unfähig, über das Bekannte hinaus noch etwas anderes zu sehen. Für meinen Vater schrumpft die Welt, dachte Fatima. Jeden Tag wird sie etwas kleiner.

Sie setzte sich neben ihn auf einen Stuhl und begann die Fotos durchzublättern. Es waren Schwarzweißfotos aus ihrem Heimatland, die aufgrund ihres Alters vergilbt waren. Und neuere Bilder von Verwandten, die geheiratet und Kinder bekommen hatten.

Als sie auf der letzten Seite angelangt war, spürte sie plötzlich seine trockenen Finger auf ihrer Hand. Vorsichtig blätterte er zur ersten Seite des Albums zurück. Das Brautpaar auf dem Foto wirkte überglücklich. Mahmoud, stolz und ernst mit seinem glänzenden schwarzen Haar und einer weißen Nelke im Knopfloch seines Jacketts. Und Mama wie eine Blume in einem Meer aus Spitze und Seide.

Damals waren sie bedeutend jünger, als ich jetzt bin, dachte Fatima.

In den Augen ihres Vaters erblickte sie die Sehnsucht, obwohl er nichts sagte. Seine Hand zitterte mehr als gewöhnlich.

«Ich weiß, dass du der Meinung bist, dass ich schon längst Kinder haben müsste», sagte sie dann.

Für einen Augenblick kam ihr der Gedanke, ihm jetzt, wo er sowieso nichts mehr begriff, von ihrer Abtreibung zu erzählen. Doch dann ließ sie es bleiben.

«Ich weiß, dass du enttäuscht darüber bist, dass ich Hassan verlassen habe», sagte sie lediglich. «Du hast dir ja so sehr ein Enkelkind gewünscht.»

«Hassan? Wer ist Hassan?»

Sie seufzte und schaute erneut auf die Uhr. «Ach, niemand Besonderes.»

«Wo wohne ich eigentlich?»

«Du wohnst hier in der Sonnenblume, Papa. Das ist wirklich ein schönes Heim. Und du brauchst ja auch inzwischen jemanden, der sich um dich kümmert.»

«Muss ich denn hier wohnen?»

Plötzlich sah er wie ein kleines Kind aus, und Fatima musste sich abwenden.

«Ja, aber hier sind doch alle so nett, oder nicht? Und das Essen schmeckt so lecker.»

«Aber sie schreien nachts.»

«Das ist nur irgendwer, der schlecht geträumt hat.»

«Träume ich auch?»

«Das kannst nur du selbst wissen, Papa.»

Draußen vom Korridor her ertönte ein Summer, gefolgt vom

Geräusch laufender Schritte. Die Langläufer im Fernsehen zogen erneut die Aufmerksamkeit des Alten auf sich.

Fatima stand rasch auf. «Ich muss jetzt los, Papa. Aber wir sehen uns bald wieder.»

Als sie ihn umarmte, reagierte er kaum. Doch als sie bereits in der Tür stand, hörte sie seine dünne brüchige Stimme, und plötzlich war es, als hätte sich in seinem Gehirn eine Tür geöffnet, die etwas Tageslicht hineinließ.

«Bist du glücklich, Fatima?»

Sie verspürte einen Stich in der Brust. Als sie sich umdrehte, lag dieser matte Schleier wieder über seinen Augen.

«Ja, klar bin ich glücklich», antwortete sie.

Eine ganze Weile lang saß er da und sah aus, als wäre sein Kopf völlig leer. «Dann ist also alles in Ordnung?»

«Ja, Papa, alles in Ordnung», antwortete Fatima und ging.

* * *

Björn Bernhardsson hatte verdammt schlechte Laune. Schon vor der Tür zu seinem Dienstzimmer hörte sie ihn herumbrüllen.

Der Hauptkommissar hatte sich im Urlaub einen Sonnenbrand zugezogen, durch den sich die Haut auf seinem Schädel abpellte. Er trug wie immer einen Anzug und ein blütenweißes Hemd mit Krawatte. Als Fatima nach kurzem Klopfen ins Zimmer trat, verstummte er und starrte sie an, als hätte er ein Beutetier erblickt. Seit ihrem ersten Arbeitstag bei der Kripo Ystad hatte er Fatima an eine Eidechse erinnert.

«Björn ärgert sich darüber, dass die Säpo die Ermittlungen übernommen hat», erklärte Eva Ström leicht entnervt.

Sie saß zusammengesunken auf einem Stuhl am Konferenztisch und lächelte matt. Die Anwesenheit der Kriminalkommissarin beruhigte Fatima. Ström war eine der wenigen Personen, die mit dem cholerischen Chef umgehen konnten, ohne sich von ihm einschüchtern zu lassen.

«Wo sind Sie gewesen?», fauchte Bernhardsson.

«Ich habe meinen Vater im Heim besucht. Ich hab einen Bericht über die Einbruchsserie geschrieben. Er ist fast fertig, sodass Sie ihn …»

«Scheiß auf die Einbrüche», unterbrach er sie. «Wir reden hier von dem Mord an diesem verdammten Malerdilettanten.»

«Da kümmert sich doch die Säpo drum, oder?»

«Ja, und das ist genau das, was mich ärgert!»

«Björn hat sich gerade am Telefon mit jemandem von der Reichspolizeibehörde herumgeschlagen», erklärte Eva Ström.

Bernhardsson warf ihr einen bösen Blick zu.

«Diese geheimnistuerischen Idioten glauben, sie könnten tun und lassen, was sie wollen. Doch keiner von denen kapiert, dass wir diejenigen sind, die die Kompetenz besitzen. Die Ortskenntnisse. Da können sie ihre verdammten Register durchsuchen, bis sie schwarz werden, aber sie werden keinen Mörder finden. Man sehe sich doch nur an, wie es in Stockholm gelaufen ist, da kam so ein verdammter verrückter Mohammedaner aus England daher und sprengte sich mitten im Weihnachtsrummel in die Luft, ohne dass sie vorher auch nur eine Ahnung davon gehabt hätten. Es war reines Glück, dass er nicht noch eine Menge unschuldige Leute mit in den Tod gerissen hat. Diese Säpofritzen sind doch alle absolute Stümper!» Er verstummte und fuhr sich mit seiner schmalen Zunge über die Mundwinkel.

«Wir haben möglicherweise nicht das gesamte Bild vor Augen», sagte Eva Ström nachdenklich. «Vielleicht sitzt die Säpo auf Informationen, die sie uns nicht übermittelt. Und der Tod von Mårten Lindgren ist womöglich Teil eines größeren Komplotts.»

Fatima musste an das Foto von der Öresundbrücke denken.

Die Pulsader, die jemand vorhatte zu kappen. Behalten Sie es für sich, hatte Bill Lundström gesagt. Sie hatte es ihm versprochen.

«Und haben Sie erfahren, ob wir bei den Ermittlungen mitwirken sollen?», fragte Eva Ström.

«Nein», antwortete Bernhardsson. «Oder doch, wir sollen die Säpo unterstützen. Wenn sie uns darum bittet.» Er zog eine erboste Grimasse und legte dabei sein Gesicht in Falten.

«Na ja, dann müssen wir wohl abwarten, bis sie von sich hören lassen», sagte Ström.

Der Hauptkommissar wandte den beiden Frauen demonstrativ den Rücken zu und zog die Jalousien hoch.

«Wie war's denn in Thailand?», fragte Fatima vorsichtig.

«Verdammt heiß. Und von all diesen Gewürzen bekommt man eine total wunde Kehle.»

«Klingt nett», sagte Ström und schnäuzte sich geräuschvoll in ein zerknittertes Taschentuch.

«Zumindest war meine Frau zufrieden», brummte Bernhardsson.

Für einen Augenblick sah Fatima den schmächtigen Kriminalhauptkommissar in Shorts und Hawaiihemd vor sich an einem Sandstrand, der vollgestopft mit Liegestühlen und Sonnenschirmen, laut schreienden Verkäufern und Touristen war, deren Haut vom Sonnenöl glänzte. Sie unterdrückte ein Kichern und stellte fest, dass Eva Ström dasselbe tat. Manchmal fragte sie sich, wie es diesem merkwürdigen Mann gelungen war, auf der Karriereleiter so weit nach oben zu klettern.

Da klingelte das Telefon.

Bernhardsson fuhr wie eine Kobra herum und schnappte sich den Hörer.

«Ja», schrie er.

Nach einer halben Minute begann sein Sonnenbrand eine dunklere Nuance anzunehmen.

«Nein, verdammt noch mal …», rief er aus, verstummte dann jedoch.

Ein paar Sekunden später versuchte er es erneut. «Das geht nicht. Sie hat alle Hände voll zu tun mit anderen Aufgaben. Wir benötigen …»

Fatima schaute zu Eva Ström hinüber, die mit den Achseln zuckte.

«Ja, aber …», protestierte Bernhardsson am Telefon.

Eine Weile später war sein Gesicht eingefallen und in einer resignierten Miene erstarrt.

«Ich verstehe. Okay, ich werde es ihr mitteilen.»

Er legte den Hörer auf und blieb vor der gerahmten Fotografie an der Wand stehen, auf der er dem Reichspolizeichef die Hand schüttelte.

«Haben Sie vor, uns mitzuteilen, worum es ging?», fragte Eva Ström.

Hauptkommissar Bernhardsson schaute die beiden Frauen an, als wären sie Fremde. «Es war jemand von der Säpo», sagte er schließlich. «Ein Mann namens Lundström. Er sagte, dass sie Fatima zu den terroristischen Ermittlungen hinzuziehen wollen.»

Dann streckte er den Rücken durch.

«Ich habe es genehmigt. Sie sollen sich bereits heute Nachmittag in Malmö einfinden, Fatima.»

* * *

Erst als Fatima einige Kilometer gefahren war und den Abzweig nach Rydsgård passiert hatte, fiel ihr ein, dass niemand sie gefragt hatte, ob sie den Auftrag annehmen wollte. Hätte sie überhaupt eine Wahl gehabt?

Die Nachmittagssonne ließ die schneebedeckten Äcker zu

beiden Seiten der Landstraße glitzern. Auf einer Anhöhe in Richtung Süden erblickte sie einen Kirchturm. Um ihn herum lagen Höfe wie Inseln ins weiße Meer geworfen. Fatima klappte die Sonnenblende herunter und blinzelte angestrengt durch die völlig verdreckte Windschutzscheibe hindurch. Als sie den Hebel für die Düsen der Scheibenwischanlage betätigte, kamen lediglich ein paar jämmerliche Spritzer heraus, die die Scheibenwischer zu einem schmutzig grauen Regenbogen verschmierten. Schließlich musste sie am Straßenrand anhalten und die Scheibe mit Schnee sauber reiben.

Fatima selbst hatte keinen Augenblick gezögert, auch wenn sie kaum wusste, auf was sie sich einließ. Der Tote, der an einem Haken an der Decke hing, hatte sich in ihre Netzhaut eingebrannt. Irgendjemand hatte *Gottes Zorn* heraufbeschworen. Und jemand hatte eine Warnung ausgesprochen. Der Mord an Mårten Lindgren war nur der erste Schritt. *Die Pulsader zwischen unseren Feinden*. Die Säpo wollte sie natürlich bei den Ermittlungen dabeihaben, weil sie diese Warnung im Internet entdeckt hatte.

Als Fatima sich Malmö näherte, stellte sie fest, dass sie früh dran war. Es waren noch fast zwei Stunden bis zum Treffen mit Bill Lundström im Polizeigebäude. An der Zufahrt zur Umgehungsstraße bog sie in Richtung Norden ab und fuhr am Islamic Center mit der großen Moschee vorbei, die jemand vor ein paar Jahren versucht hatte abzubrennen. Nur einen Steinwurf entfernt lag die Kirche von Västra Skrävlinge mit demselben hellgrünen Dach. Im nächsten Kreisverkehr bog sie in Richtung Innenstadt ab und parkte ihren Wagen beim Einkaufszentrum Rosengård. Ein Spaziergang durch das Viertel meiner Kindheit, dachte sie.

Fatima zog sich die Mütze weit über die Ohren.

Sie erinnerte sich daran, dass es damals ebenfalls kalt war, als sie hier ankamen. Heute lag zwar mehr Schnee, aber ansonsten war es ganz ähnlich. Vor einem der heruntergekommenen gelben Ziegelhochhäuser von Herrgården hielt sie inne und blickte an der Fassade hinauf. Dort oben war es. In diese Wohnung im siebten Stock war die Familie an einem Wintertag vor fünfundzwanzig Jahren eingezogen. Es kam ihr vor, als wäre es eine Ewigkeit her.

Ich gehe hoch und klingele, kam es ihr spontan in den Sinn. Um zu sehen, wer jetzt dort wohnt. Doch dann überlegte sie es sich anders. Während ihrer Zeit als Polizistin in Malmö war Fatima hin und wieder in der Gegend gewesen. Doch das war lange her. Inzwischen kenne ich hier ja niemanden mehr, dachte sie. Nicht einen einzigen Menschen.

Dann erblickte sie in dem Fenster, das zu ihrem alten Kinderzimmer gehört hatte, ein Gesicht. Ein blasses unbewegliches Kindergesicht, das auf die Straße hinunterschaute. Die Entfernung war zu groß, um die Gesichtszüge genauer auszumachen. Dennoch kam ihr das Ganze ziemlich bekannt vor. Ihr wurde schwindelig im Kopf. Genau dort hatte sie so oft selbst gesessen und vor sich hingeträumt, wenn sie aus der Schule gekommen war.

Plötzlich verspürte Fatima den intensiven Wunsch, von hier wegzukommen. Sie lief mit schnellen Schritten weiter. Nun spürte sie jedoch aus allen Richtungen Blicke auf sich gerichtet. Von verschleierten Frauen, die mit schweren Lebensmitteltüten beladen nach Hause wankten. Von Männern, die sich über ein Auto mit offener Motorhaube beugten. Selbst von Kindern, die auf dem Spielplatz einen Schneemann bauten. Von überall her diese nur schwer einzuschätzenden, verstohlenen Blicke.

Sie sehen mir an, dass ich Polizistin bin, dachte sie.

«Fatima!», rief da jemand mit schriller Stimme.

Sie hielt abrupt vor einer alten Frau mit gebeugtem Rücken an, die gerade aus einem Hauseingang gekommen war.

«Ist das nicht meine kleine Fatima?»

Die alte Frau richtete ihr verschrumpeltes Gesicht nach oben.

«Leyla?»

«Ja, du kennst mich also noch …»

Die Frau stellte ihren Müllbeutel auf dem Boden ab und breitete ihre Arme aus. Und bevor Fatima reagieren konnte, hatte die alte Frau, die ihr kaum bis zu den Schultern reichte und nach Essensdüften roch, sie umarmt. Alles war ihr so wohlbekannt! Leyla, die wie eine Großmutter für sie gewesen war. Die immer tröstende Worte fand, wenn Fatima einsam oder traurig war. Sie musste inzwischen doch bestimmt über hundert Jahre alt sein.

«Damals warst du zwölf, und wir waren genau gleich groß, erinnerst du dich noch daran?» Die Frau hatte sofort ins Arabische gewechselt.

«Na klar erinnere ich mich daran. Wie schön, dich zu sehen, Leyla!»

«Weißt du, wie alt ich inzwischen bin?», fragte die Alte, als könne sie Gedanken lesen.

Fatima schüttelte den Kopf.

«Sechsundachtzig. Ich hatte gestern Geburtstag. Aber ich will nicht, dass du mir gratulierst. Denn alt zu werden ist nun wirklich nichts, worüber man sich freuen kann. Isst du übrigens immer noch so gern Baklava mit Pistazien?»

Fatima warf einen raschen Blick auf die Uhr und begegnete dann dem zahnlosen Lächeln der Alten. Einen kurzen Augenblick konnte sie allemal erübrigen.

«Ich liebe es.»

«Dann lauf schnell mit meinem Beutel zu den Müllcontainern, während ich Kaffee aufsetze. Ich lass die Tür offen. Du findest ja den Weg.»

Kurz darauf saß Fatima an Leylas Küchentisch. Immer noch

dasselbe rot karierte Wachstuch, derselbe Kupferstich mit der Felsenmoschee und dieselben beiden gerahmten Fotos über dem Gewürzregal: von ihrem Ehemann Ahmed, der schon damals lange tot war. Und von einem jungen Yassir Arafat in Uniform und Palästinensertuch.

«Ich hätte es schon längst abnehmen sollen», sagte die Alte seufzend. «Aber an was soll man heutzutage noch glauben?»

Früher war Leyla eine glühende PLO-Aktivistin gewesen. Fatima musste an die Fotoalben denken, die die Alte immer aus dem dunklen Schrank im Wohnzimmer hervorgeholt hatte. Sie waren voll mit Schwarzweißfotos von den Kämpfen, die ältesten sogar von «Al-Naqba», der Katastrophe, bei der die Palästinenser ihr Land verloren. Als Kind hatte Fatima viele Male in ihnen geblättert und war jedes Mal erstaunt, wie schön Leyla in jungen Jahren gewesen war.

«Du hast doch immer an ein freies Palästina geglaubt. Davon hast du jedenfalls immer gesprochen.»

«Damals gab es ja auch noch Hoffnung. Aber jetzt gibt es sie nicht mehr. Im Westjordanland breiten sich die Juden aus, und in Gaza regieren die religiösen Fanatiker der Hamas. Was soll denn aus diesem Land noch werden?»

Fatima griff nach einem der fettigen Gebäckstücke. Die Süße breitete sich in ihrer Mundhöhle aus. Leylas Kaffee war schwarz und stark, genau wie sie es in Erinnerung hatte. Während sie dasaßen und sich unterhielten, versuchte Fatima sich daran zu erinnern, wie lange sie selbst in diesem Häuserkomplex gewohnt hatte. Als sie einzogen, hatte sie die vierte Klasse besucht. Ihre ersten Worte auf Schwedisch waren wie Kröten in ihrem Mund herumgehüpft. Ihre Klassenkameraden hatten gekichert, obwohl die meisten von ihnen es auch nicht viel besser konnten. Es musste im Sommer kurz vor Beginn der achten Klasse gewesen sein, als ihre Mutter an Krebs dahinsiechte. Kraftlos und abgemagert lag sie im Bett, es roch nach Krankheit und Tod. Am Ende war sie vollkommen grau im Gesicht, nahezu durchsichtig. Es war, als schämte sie sich dafür, nicht mehr genügend Kraft zum Weiterleben zu haben. Im Jahr darauf hatte ihr Vater beschlossen umzuziehen.

Von unten aus dem Garten waren die Rufe der Kinder beim Schneemannbauen zu hören. Fatima beugte sich zum Fenster. Das blasse Gesicht aus dem siebenten Stock im Haus gegenüber war nicht mehr zu sehen.

«Weißt du eigentlich, wer inzwischen in unserer alten Wohnung wohnt?»

Leyla schüttelte den Kopf. «In der letzten Zeit sind so viele neue Leute eingezogen. Man schafft es gar nicht, sie kennenzulernen. Alle wohnen so beengt. Zehn Personen in einer Zweizimmerwohnung. Und der Hausbesitzer kümmert sich nicht um die Renovierung, sodass die Kakerlaken kommen und der Schimmel sich in den Badezimmern ausbreitet. Kein Wunder, dass es jede Menge Ärger gibt.»

Sie stand mit steifen Beinen auf, um Kaffee nachzuschenken.

«Alle Schweden sind längst von hier weggezogen. Keiner, der hier wohnt, geht einer geregelten Arbeit nach. Es ist nicht gut, wenn alles so aufgeteilt ist.»

«Aber du bist doch Schwedin, Leyla, oder?»

Die Alte lächelte. «Ja, das kann man vielleicht sagen. Jedenfalls auf meine Art …» Sie setzte sich schwerfällig wieder hin. «Weißt du, Fatima, eine Sache macht mir Sorgen. Die Leute sind so religiös geworden. Es ist genauso wie zu Hause. Na ja, durchaus nicht alle natürlich. Aber viele schon. Junge Männer, die sich einen Bart wachsen lassen und über Gott und den Dschihad schwadronieren. Mädchen, die ihren Körper verhüllen, um der Welt bloß nicht zu zeigen, wie hübsch sie sind. Das kann doch nicht gut sein.»

«Genau wie zu Hause?»

«Du weißt schon, was ich meine.»

Fatima legte ihre Hand auf Leylas. «Du bist schon immer eine unbeirrbare Atheistin gewesen, Leyla. Genauso klang mein Vater auch manchmal.»

«Klang …?»

«Ja, er lebt zwar noch, aber …»

«Wie geht es Mahmoud denn?»

«Nicht so gut. Er wohnt in einem Heim in Ystad. Aber sein Gedächtnis hat er fast verloren.»

Langsam ballte die Alte ihre knochige Hand zur Faust. «Wie furchtbar», sagte sie und sah Fatima dabei tief in die Augen. «Am Ende des Lebens ist die Erinnerung doch das Einzige, für das es sich noch zu leben lohnt.»

* * *

Als Fatima völlig außer Atem den Eingang des Polizeigebäudes am Davidshallstorg betrat, war sie spät dran. Bill Lundström wartete bereits am Empfang.

Er begrüßte sie kurz und bündig, ohne seine Irritation zu verbergen. «Viel Verkehr?»

«Nein, es war ganz in Ordnung. Ich bin … tja, ich bin unterwegs aufgehalten worden.»

«Folgen Sie mir!»

Er wies ihr den Weg über sechs Stockwerke die Treppe hinauf, ohne im Geringsten kurzatmig zu werden, und ging dann weiter durch Korridore und Türen mit Panzerglas, bis sie zu einem Konferenzraum gelangten. Darin stand ein runder Tisch, an den Wänden hingen zwei nichtssagende Landschaftsgemälde. Auf einem Whiteboard hatte jemand mit einem Filzstift Pfeile und ein Diagramm eingezeichnet.

«Kaffee?»

«Sie haben nicht zufällig Mineralwasser da?», fragte Fatima und räusperte sich geräuschvoll, um das Rumoren in ihrem Magen zu übertönen. Leylas Kaffee war wirklich stark gewesen.

Als Bill Lundström zwei Flaschen geöffnet und sie vor ihnen auf den Tisch gestellt hatte, setzte er sich Fatima gegenüber.

«Zuerst zu den Voraussetzungen», begann er. «Von nun an wird eine ganze Weile lang harte Arbeit auf Sie zukommen. Nahezu rund um die Uhr. Ist das für Sie in Ordnung? Ich meine, Sie haben keine Kinder, die Sie im Hort abholen müssen oder so?»

«Nein», antwortete Fatima.

Weiß er bereits alles über mich, oder rät er nur?, überlegte sie.

«Keiner zweifelt an Ihrer Qualifikation. Denn Sie sind die erste Kriminalkommissarin mit arabischen Wurzeln. Und wir wissen beide, wie hart es mit diesem Hintergrund ist, sich hochzuarbeiten.»

Wissen Sie es wirklich?, fragte Fatima sich im Stillen.

«Ich denke, es ist das Beste, wenn ich Ihnen zunächst einige Hintergrundinformationen gebe», sagte Bill Lundström.

Sie nickte und trank ein paar Schlucke Wasser aus der Flasche.

«Im Hinblick auf die Säpo existieren nämlich eine Menge Missverständnisse. Die Leute denken, dass wir unendliche Ressourcen haben. Die Firma, die alles sieht und alles hört. Aber dem ist nicht so. Wenn Sie sich unser Budget ansehen, können Sie sich leicht ausrechnen, dass wir weniger als tausend Angestellte haben. Landesweit. Und die sollen als Leibwächter für den König und seine vergnügungssüchtigen Kinder und eine ganze Reihe von Politikern und anderen hohen Tieren ausreichen. Hinzu kommt noch die Spionageabwehr. Und all die

Leute, die benötigt werden, um ein Auge auf diesen Abschaum aus der Neonazi-Szene zu haben. Und dann auch noch auf die Linksextremisten, diese verwöhnten Halbwüchsigen aus der Mittelschicht, die glauben, eine Revolution anzetteln zu können, indem sie pflichtbewusste Polizisten mit Steinen bewerfen. Tja, wenn Sie all die abziehen, werden Sie feststellen, dass unsere Ressourcen für die Abwehr und Bekämpfung des Terrorismus mit islamischen Vorzeichen gelinde gesagt begrenzt sind.»

Er knöpfte sich den obersten Hemdknopf auf und lockerte seine Krawatte ein wenig.

«Die Regierung hat allerdings entschieden, dass es sich um eine Aufgabe mit besonderer Priorität handelt», fuhr er fort. «Und dann ist es wohl auch so. Natürlich haben wir in der letzten Zeit auch eine Reihe von Leuten eingestellt. Analytiker und IT-Forensiker. Diverse neue Informanten ausgebildet. Aber es gilt, einen enorm großen Bereich abzudecken.»

Er wurde von einem Klopfen an der Tür unterbrochen. Ein junger Mann mit blondem Pony und dicken Brillengläsern steckte den Kopf ins Zimmer und betrachtete Fatima neugierig.

«Entschuldigung, aber wie soll es heute weitergehen, Bill?»

«Irgendetwas Neues?»

«Nix.»

«Was macht er für einen Eindruck?»

Der Mann in der Türöffnung zuckte mit den Achseln.

«Müde. Irgendwie leicht abwesend.»

«Wir warten ab, Olof. Lass ihn eine Weile allein. Aber er darf nicht einschlafen. Jedenfalls noch nicht.»

Als die Tür wieder geschlossen wurde, wandte sich Bill Lundström wieder Fatima zu. «Wo waren wir stehengeblieben?»

«Sie haben von den Ressourcen gesprochen.»

«Ja, genau. Was ich damit sagen will, ist, dass wir unser Bestes geben. Wir arbeiten professionell. Es geht um ein paar hundert Männer in unserem Land, die man als potenzielle Bedrohung ansehen kann. Gewaltbereite Islamisten. Wir versuchen sie im Blick zu behalten, auch wenn das nicht rund um die Uhr möglich ist. Jedenfalls nicht auf lange Sicht. Des Weiteren sind wir natürlich draußen vor Ort und reden mit den Leuten. Das Ziel ist, einer Radikalisierung unter den Jugendlichen vorzubeugen. Wir treffen uns mit Lehrern und Imamen in Kellermoscheen. Viele von ihnen haben übrigens eine ähnlich negative Einstellung zu diesen militanten Burschen wie wir.» Er warf einen raschen Blick auf seine Uhr. «Wie Sie verstehen, Fatima, ist hier eine sehr einfühlsame Arbeitsweise erforderlich. Insbesondere deswegen, weil es nicht gerade von Polizisten wimmelt, die ihre Wurzeln in diesem Umfeld haben. Kurzum, wir besitzen nicht genügend Connections.»

Hoffentlich kommt er bald zum Punkt, dachte Fatima.

Lundström faltete die Hände hinter dem Nacken und lehnte sich auf seinem Stuhl zurück.

«Wenn man all das in Betracht zieht …»

«Worin soll Ihrer Auffassung nach eigentlich meine Arbeit bestehen?», unterbrach ihn Fatima.

Der Säpomann lächelte väterlich angesichts ihrer Ungeduld.

«Ich muss zugeben, dass es mich beeindruckt hat, dass Sie diese Website im Netz gefunden haben. Wir wissen zwar noch nicht, was das genau zu bedeuten hat. Die Pulsader zwischen unseren Feinden. Aber es kann durchaus von Bedeutung sein. Unsere Analytiker in Stockholm haben zwar behauptet, dass sie diese Drohung bereits kannten, aber ich bezweifle … ach, ist ja auch egal.»

Aus dem Korridor waren Schritte und Stimmen zu hören. Jemand lachte lauthals, dann entfernten sich die Geräusche.

«Wir haben uns natürlich vergewissert, dass Sie zuverlässig sind», sagte Bill Lundström. «Dabei handelt es sich um eine reine Routinekontrolle. Sie sind doch Muslimin, nicht wahr? Aus einer schiitischen Familie aus dem Libanon, wenn ich richtig unterrichtet bin. Und Sie beherrschen die Sprache.»

«Sie haben meine Frage noch nicht beantwortet», sagte Fatima.

Eine ganze Weile lang saß Lundström schweigend da und betrachtete sie mit ausdrucksloser Miene.

«Wir haben unten einen jungen Mann in Untersuchungshaft», erklärte er schließlich. «Einen hartnäckigen Teufel. Wir wollen, dass Sie mit ihm sprechen.»

KAPITEL 11

Der inhaftierte Mann hatte tiefdunkle Schatten unter den Augen. Als sie den Raum betrat, hob er kaum merklich den Kopf, bevor sein Kinn wieder hinunter auf die Brust sank. In seinem Mundwinkel zuckte es leicht.

Sie lassen ihn nicht schlafen, dachte Fatima. Aber er braucht dringend Schlaf.

Sie schielte in Richtung der dunklen Glasscheibe. Sie konnte sie zwar nicht sehen, aber sie wusste, dass sie sie beobachteten. Bis gerade eben hatte sie selbst dahintergesessen und gesehen, wie der Verhaftete einen Wutanfall bekam. Drei Beamte hatten ihn überwältigen müssen. «Verdammt, man müsste ihn an die Amerikaner ausliefern!», hatte einer der verschwitzten Polizeibeamten ausgerufen, als er aus dem Vernehmungsraum kam. Er hatte gekeucht und sich eine Papierserviette auf eine Kratzwunde an der Wange gedrückt. «Den Idioten zum Schein ertränken, damit er redet.» Bill Lundström hatte verdrossen dreingeschaut und dem Beamten befohlen, nach Hause zu fahren und sich auszuschlafen.

Jetzt saß der junge Mann in seinem Kaftan ermattet und mit Handschellen gefesselt da.

Jesus, dachte Fatima.

In ihrem Kopf war wie aus dem Nichts ein Bild von früher aufgetaucht. Das Porträt eines Mannes, in gedeckten Farben gemalt. Ein Lehrer in der Rosengårdsschule hatte es in der Osterzeit in ihrer Klasse gezeigt und mit ihnen darüber gesprochen. Es stellt Gottes Sohn dar, hatte er erklärt. Das Leiden in seinem Gesicht hatte sie ergriffen gemacht. Fatima konnte sich noch daran erinnern, dass sie gemeint hatte, in den Augen Jesu den Wunsch zu erkennen, sterben zu dürfen. Der Mann auf dem Stuhl vor ihr hatte kurzgeschnittene Haare und einen gestutzten Kinnbart, wenngleich auf seinen Wangen schwarze Stoppeln nachwuchsen. Doch es war sein Blick, der am auffälligsten war. Der gequälte Gesichtsausdruck. Seine eine Schläfe war blau angelaufen und geschwollen. Über der Augenbraue klebte ein Pflaster. Woher er die Verletzungen wohl hat?, fragte Fatima sich.

«Salaam aleikum», begrüßte sie ihn.

Sie erhielt keine Reaktion.

«Sie erinnern mich an Isa», sagte sie noch immer auf Arabisch. «Der Prophet, von dem man annimmt, dass er Gottes Sohn war.»

Er schnaubte auf, ohne sich zu bewegen.

«Sie sind müde …?»

Sie setzte sich langsam auf einen Stuhl ihm gegenüber. Faltete die Hände auf dem Tisch. Vergewisserte sich, dass das Lämpchen am Aufnahmegerät leuchtete.

Sie hatten ihr alles erzählt, was sie über ihn wussten. Es war erstaunlich wenig, obwohl die Polizei ein ganzes Jahr lang immer wieder sowohl seine Telefonate abgehört als auch ihn beschattet hatte. Osama Al-Din hieß er. Den Angaben der Ausländerbehörde zufolge 1982 in Bagdad geboren. Doch keiner wusste, ob das stimmte. Er war vor sieben Jahren nach Schweden gekommen, wo ihm Asyl bewilligt wurde. Hatte den obligatorischen Schwedischunterricht absolviert und Gelegenheitsjobs als Lagerarbeiter angenommen, jedoch nie eine feste Anstellung gehabt. Hatte Kurse am Komvux, dem kommunalen Institut für Erwachsenenbildung, belegt, wo er bei Diskussionen einen religiösen Eifer bewiesen hatte, den ein Lehrer als «bedenklich» einstufte und dies der Polizei meldete. In seiner Akte hatte Fatima gelesen, dass er oftmals Reisen nach Kopenhagen und Hamburg unternommen hatte, wo er in der «radikalen Szene» gesehen wurde.

«Sie sehen ziemlich müde aus, Osama», wiederholte sie. «Wäre es nicht angenehm, sich ausruhen zu können?»

Schweigen.

«Bevor Sie sich ausruhen dürfen, müssen Sie allerdings mit mir reden.»

Die einzige Reaktion, die sie ausmachen konnte, war ein leichtes Zittern seiner schmalen Finger. Seine Fingernägel waren sehr gepflegt, fast so wie bei einer Frau.

«Ich heiße Fatima, und ich habe die Aufgabe, Sie zu vernehmen. Wie Sie hören, spreche ich Arabisch. Ich bin im Libanon geboren. Kennen Sie Beirut? In einem der südlichen Vororte, in Haret Hreik, habe ich als Kind gewohnt.»

Plötzlich durchzuckte es ihn, als wache er aus einem Albtraum auf. Er starrte sie zornig an.

«Sie müssten doch wissen, dass Gott keinen Sohn hat!», zischte er, sodass ihm der Speichel aus dem Mund spritzte.

Fatima nickte nachdenklich und versuchte äußerlich ruhig zu bleiben, obwohl sein Ausbruch ihr Herz schneller schlagen ließ.

«Ich weiß, Osama. Aber die Christen glauben an ihn ...»

Sie hatte sich lange überlegt, welche Kleidung sie tragen sollte. Am Morgen hatte sie sich eine weite Hose und einen schlabbrigen Pulli gekauft. Sie hatte die Quittung aufgehoben. Die Sachen dürften doch wohl als Arbeitskleidung zählen? Erst hatte sie erwogen, auch noch ein leichtes Kopftuch zu tragen, kam jedoch zu dem Schluss, dass es zu überzogen gewirkt hätte. Sie hatte lange im Hotelzimmer vorm Spiegel gestanden. Mit winterlich blassem Gesicht ohne Mascara und Lippenstift.

Der junge Mann war auf seinem Stuhl wieder zusammengesunken. Seine Augen hatte er zu schmalen Schlitzen zusammengekniffen. Fatima ahnte, dass er sie heimlich beobachtete.

«Woher kommen Sie, Schwester?», murmelte er kaum hörbar.

«Das habe ich Ihnen gerade erzählt.»

Er schüttelte langsam den Kopf.

«Sie verstehen mich nicht. Wer hat Sie geschickt? Was wollen Sie?»

«Ich bin Polizistin, wenn es das ist, was Sie meinen ...»

Sie schaute ihn zögernd an. Wie viel von sich selbst sollte sie preisgeben? Fatima beschloss, auf Schwedisch weiterzusprechen.

«Normalerweise arbeite ich als Kriminalpolizistin in Ystad ...»

«Sie sind nicht von der Säpo?», fragte er in derselben Sprache.

Jetzt schaute er sie direkt an.

«Nein.»

«Sind Sie Muslimin?»

Fatima zögerte etwas zu lange, bevor sie antwortete.

«Ja, ich bin Muslimin», sagte sie.

«Beten Sie regelmäßig?»

«Ja, auf meine Weise.»

«Sie tragen denselben Namen, den der Prophet seiner Tochter gab.»

«Ja ...»

Er betrachtete sie eine Weile lang, als überlegte er, ob er sich Sorgen machen müsste. Dann senkte er erneut den Blick.

«Sie sollten Ihren Körper besser bedecken.»

«Osama, ich möchte, dass Sie mir etwas sagen», forderte Fatima ihn auf. «Wenn Sie eine Chance erhalten wollen, hier rauszukommen, müssen Sie reden. Und ich bin die beste Chance, die Sie bekommen werden.»

«Ich habe alles gesagt, was es zu sagen gibt. Da gibt es nicht mehr. Ich bin froh, dass das Schwein abgeschlachtet worden ist.»

«Sie haben uns nicht das Geringste erzählt, Osama. So habe ich es zumindest gehört. Sie sitzen jetzt bald zwei Tage und Nächte hier und haben kein Wort gesagt. Weder auf Schwedisch noch auf Arabisch. Die Polizisten haben Ihnen eine ganz simple Frage gestellt: Wo befanden Sie sich in der Nacht auf den zwölften Februar? Die Nacht, in der Mårten Lindgren ermordet wurde. Wenn Sie nicht antworten, machen Sie es sich selbst nur noch schwerer.»

Ohne Vorwarnung zerrten seine Hände an den Handschellen, und sie sah, wie das Metall die Haut an seinen Handgelenken aufriss.

«Woher nehmen Sie das Recht, mir zu sagen, was gut für mich ist, Schwester?», zischte er voller unterdrücktem Zorn.

«Ich versuche nur, Ihnen zu helfen, Osama.»

«Versuchen Sie das wirklich?»

Fatima stand von ihrem Stuhl auf und ging im Vernehmungsraum ein paar Schritte auf und ab. Sollte sie das Ganze abbrechen? Sie schaute in Richtung des Venezianischen Spiegels und rief sich Bill Lundströms Anweisungen in Erinnerung. «Überstürzen Sie nichts», hatte er ihr geraten. «Wir müssen zugeben, dass wir bei diesem Kerl bisher auf Granit beißen. Er ist zwar des Mordes verdächtigt, und die Staatsanwältin hat ihn vorläufig festnehmen lassen, auch wenn sie die Beweislage für etwas dünn hält. Aber das Einzige, was wir haben, ist der Mitschnitt eines Telefonats von vor ein paar Wochen. Osama hat einen Freund angerufen und ihm gegenüber herumgetönt, dass Mårten Lindgren hingerichtet werden müsse. Aufgrund dessen konnten wir ihn festnehmen und verhaften. Aber es gibt bestimmt noch eine Menge anderer Verrückter, die davon gefaselt haben, Mårten Lindgren umzubringen. Wir brauchen einfach mehr. Spätestens morgen muss die Staatsanwältin Anklage gegen ihn erheben oder ihn gehen lassen.»

Während sie im angrenzenden Raum standen, hatte Bill Lundström auf den einsamen Häftling unter der grellen Neonröhre gedeutet. Die Frustration war ihm deutlich anzumerken.

«Ein zäher Teufel da drinnen. Er will weder einen Verteidiger, noch sagt er etwas, obwohl wir wissen, dass er ausgezeichnet Schwedisch spricht. Gibt lediglich 'ne Menge Unsinn von sich. Wir müssen etwas Neues ausprobieren. Und das Neue, das sind Sie, Fatima. Versuchen Sie sein Vertrauen zu gewinnen. Geben Sie ihm das Gefühl, dass er Ihnen wichtig ist. Gehen Sie es langsam an. Lieber viele kleine Schritte als ein großer, bei dem er sich unter Druck gesetzt fühlt. Und wenn Sie einen Fehler machen, ist es besser, einen Schritt zurückzutreten und noch einmal neu zu beginnen.»

Doch im nächsten Atemzug hatte er gemurmelt: «Das Blöde ist nur, dass wir nicht alle Zeit der Welt haben. Denn diese Drohung beunruhigt mich.»

Als von den Männern, die im Raum hinter dem Venezianischen Spiegel zuhörten, keinerlei Signal kam, setzte Fatima sich wieder. Osamas wachsame Augen hatten jeden ihrer Schritte verfolgt. Es kam ihr vor, als ob die kahlen Wände sie zwangen, dichter zueinander zu rücken. Er schwitzte, und sie konnte seinen Schweiß riechen. Ließen sie ihn denn nicht duschen? Sie schob ihren Stuhl ein wenig vom Tisch weg.

«Wie spät ist es?», fragte er.

«Warum fragen Sie?»

«Weil ich es wissen will.»

Fatima schaute auf ihr Handy. Es kann ja nicht schaden, dachte sie.

«Viertel nach drei. Haben Sie noch einen Termin?»

Für einen kurzen Augenblick meinte sie ein Zucken in seinem Mundwinkel zu erahnen. Doch sie konnte nicht ausmachen, ob er vorhatte zu lachen oder ob sich ein weiterer Wutausbruch ankündigte. Kurz darauf hatten sich seine Gesichtszüge wieder geglättet.

Er ist hübsch, dachte Fatima. Er ist hübsch, und das macht ihn gefährlich.

«Sie kommen also aus Bagdad. Erzählen Sie mir etwas von der Stadt, in der Sie geboren sind.»

«Bin ich das?»

«So steht es jedenfalls in Ihren Papieren. Als Sie Asyl beantragt haben, gaben Sie an, aus Bagdad zu kommen. Erzählen Sie mir von der Stadt, denn ich bin nie dort gewesen.»

«Ich auch nicht.»

Plötzlich lächelte er triumphierend, als hätte er zumindest einen bescheidenen Punkt gemacht.

«Sie haben also gelogen?»

«Kann sein … Oder aber ich lüge Sie jetzt an?»

«Ein guter Muslim sollte aber nicht lügen, nicht wahr?»

Sein Lächeln erlosch. Fatima meinte, eine leichte Unsicherheit über sein Gesicht huschen zu sehen. Ein erster Riss in der Fassade.

«Mein Vater war Lehrer», sagte sie. «Er hat mir beigebracht, dass Lügen haram ist. Also für einen guten Muslim verboten.»

«Die Ungläubigen darf man aber anlügen. Das ist nicht haram. So sagt es der Prophet.»

«Sagt er das? Können Sie mir zeigen, wo im Koran es steht?»

Osama wandte sich ab. «Ich brauche Ihnen gar nichts zu zeigen.»

«Sie können es nicht?»

«Ich will es nicht!» Er schüttelte heftig den Kopf. «Gehen Sie weg! Sie bringen mich nur durcheinander!»

Fatima beugte sich vor und zwang ihn, sie anzusehen.

«Ich gehöre nicht zu den Ungläubigen», fuhr sie unbarmherzig fort. «Sind Sie es mir nicht schuldig, die Wahrheit zu sagen?»

Osama starrte sie wütend an. Dann sah sie, wie seine Augen feucht wurden und kleine rote Blutgefäße darin hervortraten. Er wand sich heftig in dem Versuch, sich mit der Schulter übers Gesicht zu wischen, erreichte es aber nicht. Fatima ballte die Hände unterm Tisch zu Fäusten. Mit einem Mal überkam sie der Wunsch, ihm zu helfen.

«Versprechen Sie mir, sich ruhig zu verhalten, wenn ich die Männer bitte, Ihre Handschellen aufzuschließen?»

Er nickte.

«Sagen Sie es laut.»

«Ich verspreche es.»

Sie steckte sich den Knopf ins Ohr und hörte umgehend Bill Lundströms Stimme: «Ist schon okay. Aber seien Sie vorsichtig, Fatima.»

«Sie hören uns zu?»

Osama starrte erst sie und dann die dunkle verspiegelte Scheibe mit großen Augen an.

«Sie können uns sehen?»

«Stellen Sie sich nicht dumm», ermahnte Fatima ihn. «Das wussten Sie doch die ganze Zeit.»

Sie nahm den Schlüssel aus der Hosentasche und befreite seine Hände, darauf bedacht, ihn nicht zu berühren. Osama massierte sich schweigend die Handgelenke. Er versucht Zeit zu gewinnen, dachte Fatima. Er denkt sich eine Strategie aus.

«Und, wie war das nun mit Bagdad?»

«Ich habe nicht gelogen», antwortete er leise. «Es stimmt, dass ich aus dem Irak komme. Aber ich bin nicht dort geboren.»

«Wo sind Sie denn geboren?»

Er legte den Kopf leicht schräg. «Das werde ich Ihnen vielleicht später erzählen. Mal sehen.»

«Geben Sie mir bis dahin ein Bild von Bagdad.»

Osama lehnte sich zurück und schloss die Augen halb.

«Es ist eine große Stadt», begann er. «Ich meine, nicht nur mit vielen Menschen, sondern eine Stadt mit einer weitreichenden Geschichte. Und wir träumen davon, dass sie eine große Zukunft haben wird. Vor tausend Jahren herrschte Bagdad über das Kalifat. Und eines Tages wird es wieder auferstehen.» Seine Lippen zitterten vor Verachtung. «Das Land, das sie Irak nennen, ist ein Nichts. Zuerst Saddam, dieser Mörder. Dann kamen die Amerikaner und zerstörten alles. Auf ihrer Jagd nach Öl. Sie sind es, die die Muslime gegeneinander aufgehetzt und dazu gebracht haben, einander zu töten, anstatt die Ungläubigen zu vertreiben.»

«Die amerikanischen Soldaten werden doch gerade abgezogen», wandte Fatima ein.

«Und wem überlassen sie das Land? Ihren eigenen Freunden. Sie rauben weiterhin unser Öl. Wir müssen kämpfen wie unsere Brüder in Afghanistan und Somalia.»

«Sie meinen, Bomben zünden und eine Menge Unschuldiger töten?»

«Wer tötet denn Unschuldige?»

«Sie können doch nicht …» Fatima hielt inne. Sie hatte den Eindruck, dass die Vernehmung dabei war, die falsche Richtung einzuschlagen. Sie versuchte ihre Atmung zu beruhigen.

Osama warf ihr einen bösen Blick zu. «Wir werden die ganze Zeit über gedemütigt. Sie als Muslimin müssen das doch sehen. In Abu Ghraib und auf Guantanamo haben sie auf uns herumgetrampelt. In Palästina unterdrücken sie uns. Und hier im Westen erniedrigen sie uns. Sie, die Fatimas Namen tragen, begreifen doch wohl, dass derjenige, der den Propheten verhöhnt hat, sterben musste, oder?»

«Und aus diesem Grund haben Sie Mårten Lindgren getötet?»

«Das habe ich nicht gesagt. Nur, dass er sterben musste. Und dass das Kalifat im Land zwischen den Flüssen wieder auferstehen muss.»

«Sie sprechen in Rätseln», entgegnete Fatima. «Erzählen Sie mir, was Sie in Bagdad gemacht haben.»

«Gelebt. So gut es ging.»

«Als was haben Sie gearbeitet?»

«Hin und wieder in einer Autowerkstatt. Sie lag direkt am Fluss. Früher war der Tigris einmal ein gigantischer Fluss. Aber jetzt geht ihm das Wasser aus. Im Sommer trocknet er fast aus und wird zu einem jämmerlichen Rinnsal. Das ist Gottes Strafe dafür, dass wir die Ungläubigen das Land haben übernehmen lassen.»

«Sie halten mir eine Predigt, Osama. Können Sie nicht etwas konkreter werden? Erzählen Sie mir Näheres über Ihre Zeit in Bagdad.»

«Man hat sich die Hände schmutzig gemacht.»

In seinen Augen blitzte es auf, als er sah, dass sie ihm nicht ganz folgen konnte. Er hob eine Hand und spreizte die Finger.

«Man wird schmutzig, wenn man Autos repariert. Und das wollte ich nicht. Ich musste mich immer gründlich waschen, um keine Flecken im Koran zu hinterlassen.»

«Haben Sie Familie?»

«Wir folgen alle dem Propheten ...» Er lächelte erneut. «Sie müssen verstehen, wir sind überall. In der ganzen Welt. Und wir werden mehr und mehr. Eines Tages werden Sie sich ebenfalls uns anschließen, Fatima. Ich sehe Ihnen an, dass Sie den Wunsch verspüren. Sie müssen lediglich Ihr Herz öffnen.»

«Und für wen?»

«Natürlich für die Wahrheit.»

Fatima schwieg.

«Sie haben doch selbst gesagt, man darf nicht lügen, nicht wahr? Sie müssen ehrlich zu sich selbst sein, Fatima. Sie tragen es bereits in sich. Sie müssen es nur herauslassen.»

«Jetzt hören Sie mit dem Missionieren auf!», rief sie genervt. «Antworten Sie stattdessen auf meine Frage. Haben Sie Familie? Eine Mutter und einen Vater, oder sind Sie etwa durch unbefleckte Empfängnis zur Welt gekommen?»

Erneut fiel ihr dieser bekümmerte Ausdruck in seinem Gesicht auf, als täte sie ihm leid.

«Können Sie mir etwas Tee bringen, Schwester?», fragte er in mildem Ton.

Fatima zögerte, und nach einigen Sekunden hörte sie Bill Lundström über ihren Knopf im Ohr.

«Machen Sie eine Pause, Fatima.»

Sie stand ein wenig überstürzt auf. Als sie die Tür hinter sich schloss, meinte sie Osama leise lachen zu hören.

Im Gegensatz zu dem, was sie erwartet hatte, wirkten die beiden Säpomänner im angrenzenden Raum zufrieden. Bill Lundström hatte sein Jackett über eine Stuhllehne gehängt. Die Luft war stickig. Sein Kollege, der sich ihr zuvor als Olof Larsson vorgestellt hatte, trug ein rot kariertes Flanellhemd, unter dessen Achseln sich große Schweißflecken abzeichneten. Er schaute unter seinem weizenblonden Pony auf, blinzelte durch Brillengläser, die dick wie Flaschenböden waren, und nickte Fatima aufmunternd zu, bevor er sich wieder einem Dokument zuwandte.

«Verdammt, ich komm nicht weiter!», rief sie aus und ließ sich auf einen Stuhl neben der Tür fallen.

«Es läuft doch gut», entgegnete Bill Lundström. «Sie machen das wirklich geschickt.»

«Ach, es kommt mir vor, als würde er mich total verarschen.»

«Aber inzwischen haben wir etwas.» Er nickte zufrieden in Richtung seines Kollegen, der noch immer in sein Dokument versunken war. «Das Papier, in das Olof vertieft ist, kommt von den IT-Leuten. Sie haben Osamas Laptop auseinandergenommen und genauestens durchkämmt, jede Datei, jede Spur, die er im Internet hinterlassen hat. Weiß der Teufel, wie sie es anstellen. Für mich ist das die reinste Zauberei. Aber sie haben einige wirklich interessante Dinge gefunden.»

«Die da wären?»

«Osama hat fleißig im Internet gesurft. Unsere Jungs haben eine Menge Mails aufgetan, die er an seine Freunde geschickt und von ihnen erhalten hat. Viel religiöses Zeug. Fanatisches, kann man sagen. Er hat diverse Kontakte hier in der Gegend um Malmö, aber auch in Kopenhagen und Hamburg. Unsere Analytiker beurteilen die Verbindung nach Deutschland insofern als interessant, weil Mohammed Atta und einige weitere Attentäter des elften September aus Hamburg kamen. Dort gibt es offenbar ziemlich verdächtige Zellen. Aber unter all dem, was wir in Osamas Computer gefunden haben, können wir ein spezielles Posting als Grund für einen Durchbruch bezeichnen. Er hat es in ein Forum gestellt, das wir schon eine Zeitlang im Auge haben. Wo sich der Server befindet, wissen wir allerdings nicht. Aber es handelt sich um eine Website, auf der sich Islamisten aus aller Welt austauschen.»

Er trank einen Schluck Kaffee und betrachtete Fatima über den Rand seines Bechers hinweg.

«Erinnern Sie sich an die Worte, die der Mörder im Haus von Mårten Lindgren an die Wand gepinselt hat?»

Sofort sah sie das Zimmer vor sich. Die Leiche, die von einem Haken an der Decke herabhing wie ein Tier im Schlachthof. Die blutroten Schriftzeichen auf der gräulich verfärbten Tapete, die von der Morgensonne erleuchtet wurden.

«Ghadab Allah!», murmelte sie. «Gottes Zorn.»

«Wir haben uns sehr bemüht, diese Worte nicht nach draußen sickern zu lassen», erklärte Bill Lundström. «Die Presse hat nichts davon erfahren, und das Haus war versiegelt, damit keiner hineingelangen und dort herumschnüffeln konnte. Wir sind uns also ziemlich sicher, dass die Worte an der Wand lediglich uns bekannt sind, die wir nach dem Tod von Mårten Lindgren in seinem Haus waren.»

«Aber Osama kannte sie?»

«Ja! In der Nacht nach dem Mord setzte sich unser fanatischer Freund zu Hause in Lindängen an seinen Laptop und hämmerte genau diese Worte in die Tatstatur, wieder und wieder, auf dieser Website. Gottes Zorn hier, Gottes Zorn da und dann noch eine Menge religiöses Geschwätz sowie vor Verherrlichung triefende Lobeshymnen auf den Dschihad und das Kalifat.»

Fatima nahm den Bericht entgegen, den Olof Larsson ihr reichte.

«Kommt das einem Geständnis gleich?»

«Nahezu …», antwortete er.

«Na ja …», sagte Bill Lundström, der ihnen den Rücken zugewandt hatte und einen Blick durch die Glasscheibe auf den einsamen Mann im Vernehmungsraum warf. Es sah aus, als wäre Osama dort drinnen eingeschlafen. Fatima spürte selbst, wie die Anspannung ihren Tribut forderte. Sie unterdrückte ein Gähnen und hielt sich die Hand vor den Mund.

«Nicht gerade ein Geständnis», relativierte Lundström. «Aber es wiegt schwer. Wenn man alles zusammennimmt, was uns gegen ihn vorliegt, ist es ziemlich viel. Nummer eins ist der Telefonmitschnitt. Nummer zwei die Tatsache, dass er sich weigert, uns zu sagen, wo er sich in der Mordnacht aufhielt. Und jetzt haben wir auch noch Nummer drei: ‹Gottes Zorn›. Ich bin mir sicher, dass das der Staatsanwältin ausreichen wird, um Anklage gegen ihn zu erheben. Damit gewinnen wir ganz einfach eine Menge Zeit.»

«Und was geschieht nun?»

Die Frage blieb im Raum stehen. Eine ganze Weile standen alle drei da und betrachteten durch den Venezianischen Spiegel hindurch die zusammengesunkene Gestalt auf dem Klappstuhl. Hin und wieder zuckte es in seinem Bein. Ob er wohl träumt?, fragte Fatima sich. Und wenn ja, was?

«Wir unternehmen heute noch einen weiteren Versuch», entschied Bill Lundström schließlich. «Ich möchte, dass Sie es ihm geradewegs ins Gesicht sagen. Gottes Zorn. Überraschen Sie ihn! Aber sagen Sie es ihm auf Schwedisch. Denn wir wollen sein Geständnis auf Schwedisch haben.»

Als Fatima die Tür öffnete, saß Osama wieder aufrecht da, als hätte er sie kommen hören. Sie stellte den Becher mit Tee vor ihm auf den Tisch. Er dampfte noch. Daneben legte sie einen Teelöffel und drei Stückchen Würfelzucker. Er warf alle drei hinein und rührte sorgfältig um. Blies ein wenig auf die heiße Flüssigkeit und trank dann vorsichtig.

Fatima wartete, bis der Becher fast leer war.

«Gottes Zorn», sagte sie. «Das haben Sie in Ihren Laptop geschrieben.»

«Ja …»

«Warum?»

«Das verstehen Sie doch wohl, oder? Gott war böse.»

«Und Sie haben es an die Wand in Mårten Lindgrens Haus geschrieben.»

Osamas Reaktion fiel nicht so heftig aus, wie sie erhofft hatte. Er zog langsam eine Augenbraue hoch und stellte den Becher auf den Tisch, ohne mit der Hand zu zittern. Dann grinste er verächtlich.

«Es erstaunt mich, dass es so lange gedauert hat, bis sie etwas Spannendes in meinem Computer gefunden haben.»

«Und warum haben Sie es geschrieben?»

«Das werde ich Ihnen nicht beantworten.»

«Sie waren dort, nicht wahr?»

Er zuckte mit den Achseln und zwinkerte ihr zu, als wäre sie ein kleines Kind, mit dem er Schabernack trieb.

«Woher wussten Sie denn sonst, was an der Wand geschrieben stand?»

Osama grinste geheimnisvoll.

Plötzlich wurde Fatima gleichermaßen von Müdigkeit und Wut überfallen. Wie konnte dieser selbstherrliche Idiot nur dort sitzen und Katz und Maus mit ihr spielen, während sie über einen Toten sprachen? In ihrem Inneren flammte das starke Bedürfnis auf, ihm eine Ohrfeige zu verpassen, das zu unterdrücken ihr nur mit großer Mühe gelang. Stattdessen beugte sie sich so weit über den Tisch vor, dass er ihren warmen Atem spüren musste.

Mit leiser Stimme sagte sie: «Sie haben ihn erhängt, Osama. Weiß der Teufel, wie Sie dort hingekommen sind, aber Sie waren in Mårten Lindgrens Haus. Und Sie haben ihn mit der Wäscheleine erdrosselt. Waren Sie allein? Oder haben Ihre Freunde Sie begleitet?»

Er rückte mit seinem Stuhl ein Stück von ihr weg.

«Eines geht mir durch den Kopf, Osama», flüsterte Fatima. «Sie sind feige. Sie trauen es sich vielleicht gerade mal, einen wehrlosen alten Mann zu erdrosseln. Aber Sie würden sich niemals trauen, im Krieg zu kämpfen. Nie ein Selbstmordattentat verüben. Sie sind zu feige, um ein echter Märtyrer zu werden, Osama.»

Als sie die Glut in seinen Augen bemerkte, bekam sie Angst, dass er sich auf sie stürzen würde. Er atmete heftig und stoßweise, doch Fatima weigerte sich zurückzuweichen. In ihrer Brust hämmerte es. Er hört bestimmt mein Herz pochen, dachte sie. Er kann meine Angst hören, und ich kann seine riechen. Sie zwang sich, ihn anzulächeln.

«Lassen Sie mich in Ruhe», bat er so leise, dass sie es kaum hörte.

Über seine Wange lief eine Träne hinunter.

Fatima rutschte auf ihrem Stuhl zurück und gab ihm damit etwas Spielraum zum Atmen. Er schniefte. Und er legte den Kopf in den Nacken, als versuchte er, durch die Decke bis in den Himmel zu sehen. Nach einer Weile begegnete er ihrem Blick und sagte mit einer Stimme, die etwas fester war:

«Am selben Tag, als ich hörte, dass Mårten Lindgren den Propheten geschmäht hat, habe ich Gott versprochen, ihn zu töten.»

Dann bat er sie erneut: «Ich werde nicht mehr als das sagen. Seien Sie so nett und gehen Sie. Ich möchte beten.»

Fatima schaute ihn an. Als sie von ihrem Stuhl aufstand, wurde ihr schwindelig und schwarz vor Augen, sodass sie lauter dunkelrote Sonnen vor einem glühenden Himmelsgewölbe herumwirbeln sah. Erst als sie wieder klar sehen konnte, öffnete sie die Tür und überließ ihn sich selbst. Allerdings wusste sie nicht, ob er aus Angst oder aufgrund der Demütigung geweint hatte.

KAPITEL 12

Seit der Morgendämmerung saß Joel mit dem Laptop auf dem Schoß in dem schäbigen Sessel vom Flohmarkt. Hin und wieder hatte er einige Gedanken über die Sekte niedergeschrieben. Er hatte die Sätze gedreht und gewendet. Sie erneut durchgelesen und gestöhnt. Und dann jeden einzelnen Buchstaben wieder gelöscht.

Missmutig blinzelte er durch die Blätter des Ficus auf der Fensterbank hindurch auf die Äcker hinaus. Auf einer Anhöhe in der Ferne sah er, wie sich Rehe durch den Tiefschnee bewegten. Es muss doch hoffnungslos für sie sein, etwas zu fressen zu finden, ging es ihm durch den Kopf. Eigentlich müsste man sie füttern. Aber dann käme bestimmt Gunnar mit seiner Schrotflinte.

Dass es aber auch so schwer sein musste!

Ein ganzes Jahr hatte Joel bei diesen Leuten zugebracht. Natürlich war es inzwischen eine ganze Weile her. Zwanzig Jahre. Aber dennoch, warum war sein Kopf so leer? Wie sehr er sich auch konzentrierte, er konnte sich noch nicht einmal mehr an ihre Gesichter erinnern. Mein Gedächtnis ist wie ausgelöscht, dachte er. Sie haben es ausgelöscht. Deswegen erinnere ich mich nur noch so vage an die Zeit.

Er schrieb den Gedanken nieder, löschte die Worte jedoch wieder und seufzte erneut. Es erschien ihm so sinnlos. Vielleicht war es schon von Beginn an eine idiotische Idee gewesen, sich hier draußen auf dem Land zu isolieren, um einen Roman zu schreiben.

Die Sekte ist in meiner Erinnerung verblasst. Sie ist in meinem Inneren nicht mehr existent. Sie ist … bedeutungslos geworden.

Mit einem Mal begriff Joel, dass es genau so war: Er hatte sich wie eine Schmetterlingslarve eingesponnen. In seinem Kokon geschlummert. Eingehüllt. Geborgen. Leer.

Nach einem Jahr war er aufgewacht und geflüchtet, um nicht zu ersticken. Der Kokon hatte seine Aufgabe erfüllt und war mittlerweile verbraucht und bedeutungslos geworden. Und jetzt, so viele Jahre später, gab es ganz einfach nichts mehr zu berichten. Wie sehr Joel sich auch anstrengte, ihm fiel einfach nichts ein, das erinnerungswürdig gewesen wäre. Und nach den Ereignissen der vergangenen Tage drängten sich ihm ganz andere Gedanken auf.

Mårten, dachte Joel. Ich hatte eigentlich gedacht, dass ich für immer mit ihm abgeschlossen hätte.

Widerstrebend begann er zu begreifen, dass es nicht ganz so einfach war.

In seinem Unterbewusstsein waren bestimmte Worte hängen geblieben, die ihn irritierten wie eine Blase am großen Zeh.

Diese Polizistin, die in Mårtens Haus auftauchte und ihre Pistole auf ihn richtete, hatte sie ausgesprochen. Ihr Inhalt war ihm nicht sofort bewusst geworden, sondern erst hinterher, als Joel in seinem alten Jugendzimmer eingeschlafen und von der Kreuzspinne im Fenster geträumt hatte. Der Mann von der Säpo hatte ihn ausgefragt. Doch es war die Frau mit dem arabischen Namen gewesen, die die Worte ausgesprochen hatte, die ihn jetzt beschäftigten. In den vergangenen Tagen hatte Joel sich mehrfach selbst gefragt, warum zum Teufel er sich ausgerechnet mit einer Schrotflinte und einer Axt bewaffnet in den Schneesturm hinausgestürzt hatte. Jetzt hallten ihre Worte in seinem Kopf nach: «Möglicherweise wollten Sie ihn trotz allem retten.»

Fatima, dachte er. So hieß sie. Er sah ihr Gesicht deutlich vor sich. Blasse Haut. Vereinzelte Sommersprossen auf der Nase. Schwarze Augen, die funkelten, als fühlte sie sich bedroht. Joel hatte ihr erklären wollen, dass von ihm keine Gefahr ausginge, doch die Worte waren sozusagen verklumpt, genau wie die Ölfarbe auf Mårtens Bildern. Sie war sich mit der Zunge unruhig über die Lippen gefahren.

Ich muss zu ihr und mit ihr reden, dachte Joel. Sie muss ja denken, dass ich komplett verrückt bin. Ich muss … aber wie zum Teufel soll es funktionieren, wenn ich es selbst nicht einmal begreife?

Bevor er seinen Laptop zuklappte, öffnete er ein neues leeres Dokument und schrieb mit großen fetten Buchstaben hinein: *Die Hälfte meines Lebens habe ich bereits gelebt. Welchen Sinn hat der Rest?*

Er stemmte sich mit einem bemerkenswerten Gefühl der Befreiung aus dem Sessel, in der Überzeugung, eine grundlegende Entscheidung getroffen und endlich etwas hinter sich gelassen zu haben. Der Gedanke daran stimmte ihn ungemein fröhlich. Er drehte einige rastlose Runden im Zimmer, bevor er ein altes Album von Coltrane in den CD-Player schob. Die Jazzmelodien tanzten aus den Lautsprechern und erzeugten in seinem Körper ein wohliges Kribbeln. Er drehte die Lautstärke auf und ließ seine Finger über die Klappen seines Luftsaxophons fliegen.

Joel schwebte über den Fußboden.

Als das dritte Stück verklungen war, drehte er die Musik wieder leiser. Die Rehe waren im Unterholz verschwunden. Dunkle Wolken verdeckten die Sonne. Vielleicht würde es noch mehr Schnee geben? Er warf einen Blick aufs Thermometer und sah, dass die Temperatur auf minus acht gestiegen war. In seinen Beinen krabbelten wieder die Ameisen.

Wenn ich doch nur stehen geblieben wäre und ihm zugehört

hätte, als wir uns damals im Systembolag begegneten, dachte Joel. Dann wüsste ich jetzt mehr.

Kann denn jemand durch und durch schlecht sein?

Jeder Mensch setzt sich doch aus tausend Bildern zusammen, dachte er. Oder sogar einer Million. Er sah sie beide vor sich. Zuerst Elna mit vagen undeutlichen Konturen, wie sie auf die Leiter stieg. Wo war das Foto von ihr eigentlich abgeblieben? Und dann Mårten mit seinem Strohhut während des Ausflugs zur Schiffssetzung Ales stenar.

Ich habe überhaupt keine Bilder, dachte Joel. Aber ich hab auch nie nach ihnen gesucht. Nie bemerkt, dass welche fehlen.

Die ersten Schneeflocken segelten bereits durch die Luft.

Irgendetwas muss sich doch noch im Haus befinden, mutmaßte er. In diesem verdammten vermüllten Eternithaus, das ich so viele Jahre lang wie die Pest gemieden habe, darin muss es doch zumindest Schnipsel und Fragmente von Fotos geben. Erinnerungsfetzen und Augenblicke, die mir helfen können, alles zu verstehen. Ich muss noch einmal dorthin. Ich muss dorthin und danach suchen. Wenn die Zeit reif ist.

Als das Telefon klingelte, das er mehrere Tage lang abgestellt hatte, war er nahezu froh über die Abwechslung.

«Ja, Joel Lindgren.»

«Hallöchen, hier ist Roger Holgersson von *Ystads Allehanda*.»

Der Name ließ Joel aufhorchen. Vor ihm auf dem Tisch lag Mårtens Taschenkalender. Er brauchte ihn nicht einmal zu öffnen. Inzwischen kannte er alle Einträge auswendig.

«Endlich erreiche ich Sie mal. Wenn ich es recht verstehe, haben Sie sich etwas zurückgezogen.»

«Ja, eine Zeitlang», gab Joel abwartend zu.

«Sie wissen bestimmt, aus welchem Grund ich anrufe. Und ich nehme an, dass ich nicht der Erste bin. Sie sind nämlich Hot

News. Haben Sie Lust, der Lokalpresse ein Interview zu geben?»

Joel zögerte. Warum hatte Mårten die Kontaktdaten eines Journalisten in seinem kleinen Buch stehen?

«Wie sind Sie an meine Telefonnummer gekommen?», fragte er.

«Ganz einfach. Ich habe Ihren Nachbarn angerufen. Er war sehr hilfsbereit.»

Verfluchter Gunnar! Joel biss die Zähne zusammen.

«Was haben Sie gesagt? Die Verbindung ist etwas schlecht. Ich habe übrigens gesehen, dass Sie neulich schon *Kvällsposten* Rede und Antwort gestanden haben. Dann können Sie mir doch auch eine Chance geben. Ich verspreche Ihnen sogar, dass Sie die Zitate zu lesen bekommen, bevor sie in Druck gehen.»

Rede und Antwort gestanden! Mein Gott! Ich habe diesem Idioten gegenüber doch kein vernünftiges Wort geäußert, dachte Joel. Er überlegte weitere zehn Sekunden, bis die Neugier überhandnahm.

«Okay», sagte er. «Aber nicht bei mir zu Hause. Ich will, dass wir uns auf neutralem Boden treffen.»

«Mögen Sie eisangeln?»

«Was?»

«Eisangeln. In einem kleinen Loch im Eis fischen. Im Tunbyholmsee kann man leckere Barsche fangen. In Butter gebraten sind sie verdammt lecker.»

«Aha …?»

«Also dann. Sie müssen nur dem Simrishamnsväg bis nach Smedstorp folgen und dort nach Norden in Richtung Sankt Olof abbiegen, dann finden Sie es schon. Ziehen Sie sich warm an, den Rest erledige ich. Sagen wir, in einer Stunde?»

Joel zögerte. Aber dann stellte er fest, dass er gegen ein wenig frische Luft eigentlich nichts einzuwenden hatte. Das war allemal besser als Schweißausbrüche vor dem Laptop. Und außerdem: Holgersson wollte Joel über Mårten ausfragen. Und Joel war mindestens ebenso neugierig auf das, was Holgersson über den Alten zu berichten wusste.

«Okay», sagte er kurz und bündig und beendete das Gespräch.

In aller Eile schnitt er sich zwei Scheiben Brot ab und klemmte drei halb verbrannte Scheiben Fleischwurst dazwischen, die über Nacht in ihrem eigenen Fett in der Pfanne gelegen hatten, schob sie sich in den Mund, kaute und spülte sie mit Milch herunter. Dann putzte er sich ausgiebig die Zähne, um den ekligen Geschmack loszuwerden. Eine Viertelstunde später saß er in seinem Militärmantel und mit langen Unterhosen unter der Jeans im Wagen.

Auf dem Weg hinunter zur Landstraße stieß er auf Gunnar, der mit seinem Radlader quer über der Kreuzung stand und Schnee zu gewaltigen Wällen auftürmte. Joel drückte auf die Hupe. Der Nachbar winkte freundlich. Erst als er weitere drei Baggerschaufeln Schnee auf seinen Berg geladen hatte, öffnete er die Tür des Führerhauses und nahm die Kopfhörer ab.

«Hallo, Joel!», rief er durch den Motorenlärm hindurch. «Ich hab dich gar nicht kommen hören. Ich hab Christer Sjögren in den Kopfhörern. Teufel auch, wie der Kerl singen kann!»

«Kann schon sein. Aber war es unbedingt notwendig, dem Reporter von der *Allehanda* meine Telefonnummer zu geben?»

«Was? Ich kann dich nicht hören!»

«Dann stell doch den Motor ab!»

«Ich hör nicht ...», rief Gunnar. «Verdammt, wie siehst du denn überhaupt aus? Was hast du denn mit deinem Kopf gemacht?»

«Mich in einem Holzspalter geklemmt!»

«Wie zum Teufel bist du denn mit dem Kopf da reingeraten?»

«Scheiß drauf …»

«Mit Holzspaltern ist wirklich nicht zu spaßen. Besonders, wenn man zwei linke Hände hat.» Gunnar grinste schadenfroh. «Was wolltest du?», brüllte er dann.

«Ich habe gefragt, warum du diesem Journalisten meine Nummer gegeben hast!», rief Joel. «Ich hab euch doch gebeten, es nicht zu tun.»

«Aber es war doch nur Roger! Ich dachte, dass du jetzt, wo alles klar ist, sicher mit ihm reden wolltest.»

«Wieso klar?»

«Hast du es denn nicht in den Nachrichten gehört? Die Polizei hat doch so ’nen Mohammedaner eingebuchtet! In Radio Kristianstad haben sie gesagt, dass die Staatsanwältin Anklage gegen ihn erhoben hat.»

Joel sank auf seinem Sitz zurück.

«Da hast du aber Schwein gehabt!», rief Gunnar und ließ den Dieselmotor aufheulen, sodass eine dicke schwarze Wolke aus dem Auspuff quoll. «Ich hab echt geglaubt, dass du Mårten umgebracht hast.»

Noch bevor Joel etwas erwidern konnte, hatte der Nachbar einen Gang eingelegt, gewendet und war in Richtung Landstraße davongedonnert.

* * *

Der See war von dichtem Birkengehölz sowie Fichten- und Buchenwäldchen gesäumt. Am Ufer ragte Schilf aus dem Eis. Eine schwache Brise ließ die Halme rascheln. Es hatte aufgehört zu schneien. Die Spuren im Schnee deuteten darauf hin, dass ein Rudel Rehe vor kurzem eine Abkürzung zur anderen Seite hinüber genommen hatte. Unterhalb der Wolkendecke kreiste ein Mäusebussard.

Als Holgersson auftauchte, hatte Joel bereits eine ganze Weile im Wagen auf ihn gewartet. Schon aus der Entfernung sah er, dass der alte Volvo Schlagseite hatte. Die Ursache wurde offenbar, als die Wagentür geöffnet wurde und der Fahrer hinauskletterte.

Roger Holgersson war ein äußerst korpulenter Mann. Nicht viel größer als Joel, aber von enormer Leibesfülle. Sein massiger Körper war in einem Thermoanzug und wattierten Stiefeln verpackt. Auf dem Kopf trug er eine Pudelmütze mit Elchmuster. Unter den freundlich dreinblickenden Augen leuchteten rosige Wangen. Er begrüßte Joel mit Handschlag.

«Ich liebe es, Interviews draußen in der Natur zu führen. Das schafft Vertrauen», versicherte er ihm munter.

Ohne Zeit zu verschwenden, öffnete er die Kofferraumklappe und nahm die Angelruten, zwei Klappstühle, einen Schneeschieber und einen großen Eisbohrer heraus. Dann folgte noch eine grüne Kühltasche.

«Eigentlich muss man eine Angellizenz erwerben», sagte er augenzwinkernd. «Aber wir pfeifen drauf. Ich kenne den Grafen hier im Schloss. Wir gehen hin und wieder gemeinsam auf Wildschweinjagd.»

Er stapfte hinunter zum Steg und zielstrebig aufs Eis hinaus, als hätte er bereits im Voraus einen bestimmten Platz ausgeguckt. Joel folgte ihm etwas verhaltener. Nach einigen Metern blieb er stehen und horchte. Es war zwar über eine Woche lang extrem kalt gewesen, aber ganz sicher konnte man nie sein, ob das Eis tatsächlich trug. Doch das Einzige, was er hörte, waren Holgerssons keuchende Atemzüge, der Schnee, der unter seinem Gewicht knirschte, und der Mäusebussard, der hin und wieder schrille Schreie von sich gab.

«Hier», rief der Journalist plötzlich aus und blieb stehen.

Joel warf ihm einen fragenden Blick zu.

Holgersson spähte in Richtung Land, zuerst nach Norden und dann nach Westen, wo in einiger Entfernung ein blassgelbes Herrenhaus zwischen den Bäumen zu erkennen war. Es war, als messe er zwischen diversen Richtmarken die korrekte Position aus. «Ja, ungefähr hier dürfte es sein», murmelte er vor sich hin.

Er stach die Schaufel in den Schnee und schippte rasch einige Quadratmeter frei. Dann setzte er den Bohrer auf der Eisfläche an und begann zu kurbeln. Joel klappte die beiden Stühle auf, setzte sich auf den einen und wartete.

Es vergingen einige Minuten, ohne dass Holgersson ein Wort sagte.

«Was wollten Sie mich eigentlich fragen?», erkundigte sich Joel schließlich.

«Dazu kommen wir gleich», keuchte der andere und kurbelte weiter.

Erst als zwei schwarze Löcher im Eis klafften und sie sich jeweils mit einem Becher Kaffee aus einer Thermoskanne hingesetzt hatten, begann Holgersson mit seinem Interview. Anfänglich stellte er Fragen zur Sturmnacht, in der Joel sich erst durch das Unwetter gekämpft hatte und dann im heruntergekommenen Haus draußen auf dem Land seinen Vater an einem Haken an der Decke hängend auffand. Joel antwortete, so gut es ging, verzichtete jedoch darauf, die Mengen an Schnaps zu erwähnen, die er vorher in sich hineingekippt hatte. Holgersson nickte gelegentlich. Während er ihm zuhörte, zog er sorgfältig Maden auf die Angelhaken und signalisierte Joel, seine Angelschnur in einem der Löcher zu versenken. Dann stellte er Joel stichwortartige Fragen zu den Jahren, in denen er nicht in der Gegend gewohnt hatte. Joel berichtete ihm das, was er bereit war zu erzählen, und schwieg über das andere.

«Wollen Sie sich denn gar keine Notizen machen?», fragte er schließlich.

«Brauch ich nicht.» Der Redakteur wies mit dem Zeigefinger auf seine Stirn und grinste. «Ich habe ein Elefantengedächtnis.»

Nach einer Weile verstummte das Gespräch.

Sie saßen eine ganze Weile schweigend da und zogen an ihren Haken, während Joel überlegte, was er als Nächstes sagen sollte.

Als er gerade den Mund öffnete, zuckte Holgersson auf seinem Stuhl zusammen.

«Ja! Da haben wir einen!»

Triumphierend zog er einen zappelnden Barsch aus dem Eisloch. Mit einem raschen Handgriff nahm er ihn vom Haken und rammte ihm sein Mora-Messer in den Nacken.

«Ich kann sie nicht leiden sehen», erklärte er und zog sofort eine neue Made auf den Haken.

Der Fisch zuckte leicht mit der Schwanzflosse und blieb dann reglos auf dem Eis liegen. Durch eine Lücke in der Wolkendecke drang ein weißer Sonnenstrahl, der die Schuppen des Fisches grün und golden leuchten ließ. Bald hatte auch Joel einen Fisch an der Angel. Nach einer Weile lagen sechs prächtige Barsche nebeneinander auf dem Eis.

«Zeit zum Essen, damit wir nicht verhungern», entschied Holgersson und öffnete seine Kühltasche. «Aal oder Bacon?»

Noch bevor Joel antworten konnte, bekam er ein belegtes Brot in die Hand gedrückt. Eine dicke Scheibe Vollkornbrot, auf der zwei glänzende Stücke Aalfilet und darauf ein ansehnlicher Haufen Eierstich balancierten.

«Ein prima Aal. Hier im See gefangen und auf bestem Buchenholz geräuchert», erklärte Holgersson.

Es zischte, als er zwei Bierdosen öffnete und eine davon zwischen Joels Füße stellte.

Sie kauten und tranken. Als Joel sein zweites belegtes Brot anbiss, schluckte Holgersson bereits den letzten Bissen seines fünften herunter. Er schmatzte, dann entfuhr ihm ein leiser Rülpser. Plötzlich musste Joel an etwas denken, das Holgersson gesagt hatte.

«Was ist eigentlich genau hier?»

«Wie bitte?»

«Sie haben gesagt: ‹Hier dürfte es sein.› Als wir ankamen.»

«Ja ...»

Mit nachdenklicher Miene schob Holgersson seine Hand in die Hosentasche und fischte eine Dose General Tabak heraus. Er schob sich zwei kleine Prieme unter die Oberlippe.

«Ich hatte vor, mit Ihnen darüber zu sprechen. Tja, wenn ich ganz ehrlich sein soll, habe ich diesen Platz bewusst ausgesucht.»

Er fixierte Joel mit seinem Blick, und plötzlich war hinter der gutmütigen Fassade noch etwas anderes zu erkennen. Eine Art Anklage. Oder vielleicht eher eine Drohung. Dann zeigte er geradewegs in das schwarze Loch vor sich hinunter.

«Ich wette, dass da unten eine Leiche liegt», sagte er.

«Machen Sie Witze?»

Todernst schüttelte er seinen Kopf. «Keineswegs. Hier unten auf dem Grund liegt ein Toter. Falls noch etwas von ihm übrig ist, nachdem die Aale sich bedient haben. Ihr Vater hat ihn versenkt.»

Joel starrte verwirrt erst Holgersson an und dann hinunter ins Eisloch. Das mit Aal belegte Brot rumorte in seinem Magen. Rochen die Barsche nicht irgendwie faul?

«Mårten?»

«Tja, so lautet jedenfalls meine Theorie.»

«Das müssen Sie jetzt aber näher erklären.»

Es dauerte eine Weile, bis Holgersson zwei weitere Bierdosen hervorgeholt und das Brotpapier in der Tasche verstaut hatte.

«Eines Tages verschwand ein Mann», begann er, nachdem er sich auf seinem Stuhl wieder zurechtgesetzt hatte. «Er hieß Dragan Djelic, und man kann wohl davon ausgehen, dass er ermordet wurde. Alles deutete auf Mårten hin.»

Joel wartete ungeduldig. Doch Holgersson hatte keine Eile.

«Es geschah ungefähr ein Jahr, bevor Ihr Vater weltberühmt wurde. Genauer gesagt, im August. Mårten und Dragan hatten irgendwelche Geschäfte laufen. Was genau, ist allerdings unklar. Mir jedenfalls. Aber es ist allgemein bekannt, dass sie oft die Fähre nach Polen und Litauen rüber nahmen. Es wird behauptet, dass das Schmuggeln von Wodka ein lohnendes Geschäft ist. Ganz zu schweigen von Amphetaminen. Doch dann geschah etwas, das sie heftig aneinandergeraten ließ.»

«Und was?»

«Das wissen wir nicht. Aber ein paar Tage vor Dragans Verschwinden hatten sie einen furchtbaren Streit. Mehrere Zeugen sahen sie auf dem Parkplatz vorm Konsum in Tomelilla stehen und sich gegenseitig anbrüllen. Sie waren kurz davor, sich vor den Augen der Leute zu prügeln.»

«Aber das muss doch nicht bedeuten …»

«Warten Sie, ich werde Ihnen noch mehr erzählen. An dem Abend, als Dragan Djelic verschwand, beobachtete der Graf hier oben auf seinem Gut zwei Männer in einem Boot auf dem See. Er heißt übrigens Rutger von Adler. Die Entfernung war allerdings ziemlich groß, sodass der Graf seinem Namen zum Trotz nicht sehen konnte, um wen es sich handelte.» Holgersson lächelte verschmitzt. «Aber alle wussten, dass Mårten und Dragan immer gemeinsam zum Angeln herkamen. Sie hatten sogar eine Lizenz für die gesamte Saison erworben und sie ehrlich bezahlt. Nach Rutgers Aussage lag ihr Boot genau hier, wo wir uns jetzt befinden, als er es erblickte. Dann war er auf der anderen Seite des Sees zum Ufer hinuntergegangen, um sich einen Steg anzusehen, der repariert werden musste. Es war schließlich nichts Besonderes, zwei Männer in einem Boot angeln zu sehen. Doch als Rutger das nächste Mal herüberschaute, war das Boot auf dem Weg ans Ufer. Und da saß nur noch ein Mann drin.»

«Kann er sich denn nicht getäuscht haben?»

«Das ist natürlich möglich. Aber Rutger hat für sein hohes Alter unglaublich gute Augen. Er sagt, er würde Gift darauf nehmen, dass erst zwei Fischer im Boot saßen und dann nur noch einer. Damals dachte er nicht weiter darüber nach. Doch als bekannt wurde, dass Dragan Djelic verschwunden war, fiel es ihm wieder ein. Und seitdem war er sich in seiner Aussage ziemlich sicher.»

Joel warf erneut einen Blick in das Loch im Eis. Einen Augenblick lang meinte er einen weißen, aufgequollenen Körper zwischen den Schlingpflanzen auszumachen. Ein Auge, das zu ihm hinaufstarrte. Er spürte, wie er unter seiner Kleidung eine Gänsehaut bekam, die nichts mit der Kälte zu tun hatte. Bis zu dem Punkt auf der anderen Seite des Sees, an dem der Graf gestanden haben sollte, waren es gut und gerne fünfhundert Meter. Joel schirmte die Augen mit der Hand ab. Der Mäusebussard hatte sich inzwischen in diese Richtung entfernt, wo er jetzt seine Kreise über ein paar Fichten am Ufer zog und dabei nur noch als schwarzer Punkt zu sehen war.

«Und was passierte dann?»

«Die Polizei hat den See durchkämmt. Aber sie gaben relativ schnell auf. Der Boden hier ist ziemlich schlammig und morastig, sodass eine Leiche unendlich tief sinken kann.»

«Und Mårten?»

«Die Bullen haben ihn vernommen. Er hatte kein Alibi. Behauptete, dass er zu Hause war und gemalt hat. Aber es gab ja auch keine technischen Beweise; weder dafür, dass er draußen auf dem See gewesen war, noch, dass er jemanden ermordet hatte. Es gab ja noch nicht einmal eine Leiche.»

Joel nahm einen Schluck Bier, um den Aalgeschmack zu neutralisieren.

«Aber Sie sind sich sicher?»

Holgersson nickte. «Das ist die einzige plausible Erklärung. Denn Menschen lösen sich nicht einfach in Luft auf.»

Als Joel ein wenig nachgedacht hatte, erinnerte er sich daran, aus welchem Grund er auf Roger Holgersson neugierig geworden war.

«Mein Vater besaß ein Telefonverzeichnis. Darin standen Ihr Name und Ihre Telefonnummer. Haben Sie eine Ahnung, warum?»

Holgersson hielt mitten in einer Bewegung inne, als hätte man ihm eine Beleidigung ins Gesicht geschleudert. Dann brach er in freudloses Gelächter aus.

«Ja, ich wünschte, ich wäre drum herumgekommen. Aber eine Zeitlang war Mårten wie eine verdammte Klette. Er rief andauernd bei mir an. Es war in der Zeit, nachdem er seine Mohammed-Bilder gemalt hatte und bekannt geworden war. Oder eher gesagt, etwas bekannter. Denn er bekam ja keineswegs so viel Aufmerksamkeit, wie er gehofft hatte. Also rief Mårten bei mir an und lag mir in den Ohren, dass ich ihn interviewen sollte. Woraufhin ich ein paar Artikel schrieb. Bis ich der Meinung war, dass es reichte. Außerdem war mir das Ganze ziemlich unangenehm, da ich die ganze Zeit über den Mord an Dragan Djelic im Kopf hatte. Oder sein Verschwinden, wenn man es so nennen will.»

Er verstummte, doch Joel sah, dass er noch mehr zu erzählen hatte.

«Aber er gab keine Ruhe …?»

In Holgerssons Gesicht spiegelte sich Unsicherheit. «Nein,

ich glaube, dass etwas passiert ist … Vor kurzem, vor etwa einem Monat, bin ich Mårten zufällig begegnet. Es war an der Statoil-Tankstelle in Tryde. Er tankte gerade seinen Cherokee auf, als er mich erblickte. Er rief mir etwas zu, und ich sah mich gezwungen, zu ihm zu gehen. Erst dachte ich, dass er vorhatte, eine Art Bekenntnis abzulegen. Doch dann gab er nur ziemlich wirres Zeug von sich, und dass es nett wäre, mich zu sehen. Aber ich sah ihm an, dass das nicht alles war. Ich bekam den Eindruck, dass er es sich anders überlegt hatte. Wissen Sie, in seinen Augen lag pure Angst.»

Joel musste an seine eigene letzte Begegnung mit Mårten denken. Dieser flehende Hundeblick, den er an ihm noch nie zuvor gesehen hatte. Ganz sicher war etwas passiert.

«Was wissen Sie über den Prediger?», fragte er geradeheraus.

Holgersson schob sich nachdenklich die Elchmütze in den Nacken.

«Warum fragen Sie nach ihm?»

«Sagen Sie mir einfach, was Sie über ihn wissen.»

«Tja, nicht gerade viel. Er ist ein merkwürdiger Kauz. Die Leute haben seit jeher Angst vor ihm. Es wird behauptet, dass er damals seine Frau erschlagen hat. Und dass er so viel Drogen genommen hat, dass sein Gehirn völlig zerfressen ist. Ein gemeingefährlicher Kerl, wenn Sie mich fragen. Hin und wieder taucht er hier draußen in den Ortschaften auf, stellt sich auf den Marktplatz und verkündet irgendein hirnrissiges New-Age-Geschwätz. Wahrscheinlich nennen die Leute ihn deswegen auch den Prediger. Mårten soll übrigens auch irgendwelche schmutzigen Geschäfte mit ihm am Laufen gehabt haben. Aber woher wussten Sie davon?» Holgersson wirkte aufrichtig erstaunt.

«Ich habe es nur gehört», antwortete Joel.

Er stand mit steifen Beinen auf, klappte den Schaffellkragen bis zu den Wangen hoch und begann auf dem Eis hin- und herzuhüpfen, um sich aufzuwärmen. Die Sonne hatte sich erneut hinter den Wolken versteckt, sodass die Kälte zunahm und das Licht etwas matter wurde.

«Da ist noch etwas», sagte Holgersson und schaute zu ihm hoch. «Dragan Djelic hatte einen Bruder. Er heißt Goran. Züchtet draußen bei Lövestad Hunde. Ich habe im Zusammenhang mit dem Verschwinden mit ihm gesprochen. Und er war ebenso überzeugt davon wie ich, dass Mårten seinen Bruder ertränkt hat.»

Der Name ließ Joel zusammenfahren. Ein weiteres Mal sah er den kleinen zerknüllten Taschenkalender vor sich.

«Sie meinen also …?»

Roger Holgersson hievte sich mühevoll von seinem Klappstuhl hoch.

«Nichts. Nur, dass es vielleicht außer diesen Islamisten noch mehr Leute gibt, die sauer auf Ihren Vater waren.»

* * *

Mit sechs Barschen in einer Plastiktüte im Kofferraum und düsteren Gedanken im Kopf fuhr Joel nach Hause.

Die Dunkelheit war hereingebrochen.

Schneeflocken segelten durchs Scheinwerferlicht herab.

Roger Holgersson hatte ihm beschrieben, wie man die Fische zubereiten sollte: «Filetieren Sie die kleinen Racker, wenden Sie sie in etwas Weizenmehl und geben Sie dann eine ordentliche Menge Butter in die Pfanne, damit auch noch etwas für die Kartoffeln übrig bleibt.»

Doch als Joel sich Tomelilla näherte, stellte er fest, dass er den Geruch noch immer in der Nase hatte. Nach irgendetwas Fauligem in einem sumpfigen See. Ihm war der Hunger vergangen. Und das Haus, das er gemietet hatte, erschien ihm im Moment zu leer und zu einsam.

Statt nach Hause abzubiegen, fuhr Joel durch den Ort hinunter am Folkets Park vorbei und parkte vor der Pizzeria am Marktplatz. Er stieg aus dem Wagen, schaute sich verstohlen um und schmiss die Tüte mit den Barschen in einen Papierkorb. Dann warf er einen Blick durchs Fenster nach drinnen. Der Einzige, den er sah, war der traurige Pizzabäcker Ahmed, der lustlos auf einen Flachbildschirm an der Wand guckte.

Joel öffnete die Tür, zog seinen Mantel aus und hängte ihn auf, während er ein Auge auf das Match warf.

«Mailand gegen Galatasaray», erklärte Ahmed. «Zlatan spielt total mies.»

Sie wechselten ein paar Worte, bevor Joel sich mit einem Bier und einem Schälchen Erdnüssen an einem Tisch am Fenster niederließ. Auf dem grün karierten Tischtuch stand eine Vase mit einer roten Plastiknelke. Das Plakat an der Wand zeigte einen sonnigen Blick über *Bella Napoli*. Eine große Yuccapalme in einem Kübel trocknete langsam vor sich hin. Solche Lokale wie dieses gibt es wahrscheinlich überall in Schweden, dachte Joel. Er begann in einer Abendzeitung zu blättern, die jemand liegen gelassen hatte, um auf andere Gedanken zu kommen.

Nach weniger als einer Minute klingelte die Türglocke erneut, und als er aufschaute, stand eine großgewachsene Gestalt vor ihm.

«Hej, Joel!»

Erik Norlin zog sich die Pudelmütze vom Kopf und fuhr sich mit den Fingern durch das blonde Haar. Seine Wangen waren rosig, und er lächelte breit.

«Ich habe dich hier reingehen sehen, und dann dachte ich, ich frag mal, ob ich dir Gesellschaft leisten kann.»

Joel war etwas überrumpelt. «Ja klar, setz dich!», sagte er, als er sich wieder gefangen hatte.

«Ich hab gerade einen Abendspaziergang gemacht, als ich dich gesehen habe», erklärte Erik und streifte sich die Daunenjacke ab. «Ich dachte, es wäre ganz nett, sich ein wenig zu unterhalten.»

Er drehte sich zum Tresen um und bestellte ein Bier.

«Wer spielt denn eigentlich?»

«Mailand gegen Galatasaray», antwortete Joel. «Zlatan spielt allerdings total mies.»

Erik ließ sich auf einen Stuhl fallen.

«Wie angenehm, mal eine Weile von meiner Mutter wegzukommen», seufzte er. «Wie du ja weißt, hat ihr Mårtens Tod schwer zugesetzt. Aber manchmal wird es mir etwas zu viel. Man muss ja auch mal Luft holen.»

Er schaute Joel mit ernstem Blick an.

«Aber wie geht es dir denn eigentlich? Er war ja schließlich dein Vater …»

«Ganz okay. Ich war heute mit Roger Holgersson draußen zum Angeln.»

«Im Ernst? Ich liebe es zu angeln! Mårten und ich sind auch ein paarmal rausgefahren. Und, habt ihr was gefangen?»

Joel musste über seinen plötzlichen Enthusiasmus lachen.

«Sechs Barsche. Aber ich habe sie gerade in einen Papierkorb geworfen.»

«Machst du Witze? Barsche sind doch total lecker. Warum das denn?»

«Weiß nicht genau … Roger hat mir von so ’ner Sache erzählt, die mir den Appetit verdorben hat.»

«Was denn für ’ne Sache?»

Joel sah sich im Lokal um. Ahmed stand am Tresen und schien tief ins Fußballspiel versunken zu sein. Die Neonröhre ließ seine Glatze glänzen. Jemand anderen, der mithören konnte, gab es nicht. Erik blinzelte ihn neugierig an. Irgendwie konnte er sich seiner Fürsorglichkeit und seines treuherzigen Blicks nur schwer erwehren. Also senkte Joel die Stimme und erzählte ihm, was Holgersson ihm draußen auf dem See über Dragan Djelics Verschwinden und seinen Verdacht gegen Mårten berichtet hatte.

«Glaubst du ihm das wirklich?», rief Erik skeptisch aus, nachdem Joel fertig war. «Ich meine, das klingt doch wie eine ziemlich hanebüchene Beschuldigung.»

Joel trank einen Schluck von seinem Bier.

«Ich weiß nicht, was ich glauben soll … Mir erscheint es jedenfalls nicht unmöglich.»

Erik schüttelte voller Überzeugung den Kopf.

«Es kann gar nicht stimmen. Ich glaube, ich habe Mårten recht gut kennengelernt. Klar, er hat ein ziemlich wildes Leben gelebt, bevor er meiner Mutter begegnet ist. Aber ich bin mir sicher, dass Mårten ein gutes Herz hatte.»

Als er Joels zweifelnden Gesichtsausdruck sah, schien er plötzlich ein schlechtes Gewissen zu bekommen. «Du hast ihn verabscheut, stimmt's?»

Joel zuckte mit den Achseln. «Er hat gesoffen und mich geschlagen … Und er hat meine Mutter dazu gebracht, uns zu verlassen. Ich war achtzehn Jahre alt, als ich selbst die Nase voll hatte und abgehauen bin.»

Sie schwiegen eine Weile. Lediglich der Fußballkommentator im Fernsehen und die Rufe des Publikums im Hintergrund waren noch zu hören. Erik trank einen kleinen Schluck von seinem Bier. Dann legte er seine große Hand über die von Joel auf dem Tisch und beugte sich zu ihm vor.

«Ich weiß selbst, wie schlimm es ist, seinen Vater zu verlieren», sagte er mit leiser Stimme.

«Ja, Helga hat es erwähnt …», begann Joel.

«Mein Vater kam bei einem Verkehrsunfall ums Leben. Es war schrecklich. Natürlich war es bestimmt nicht so wie für dich. Mein Vater war Pastor. Wir standen uns ziemlich nahe. Und trotzdem plagt einen das schlechte Gewissen. Wegen der Streitereien, die man mit ihm hatte, und all dem, was man ihm gerne noch gesagt hätte, bevor es zu spät war …» Er drückte Joels Hand, während seine Augen für einen kurzen Moment feucht wurden. «Es gibt anscheinend ziemlich viele Menschen, die ein kompliziertes Verhältnis zu ihrem Vater haben», sagte er. «Aber für dich muss es noch schlimmer sein. Ich habe ja immerhin noch meine Mutter.»

«Und wie geht es Helga?»

«Tja, innerlich ist sie stark. Sie kommt schon zurecht …»

Sie saßen noch eine Weile zusammen und unterhielten sich über dies und jenes. Und schauten zwischendurch ohne größeres Interesse ein wenig Fußball. Erik ließ sich leicht zum Lachen bringen, konnte aber auch sehr ernst sein. Als das Match zu Ende war, tranken sie den letzten Rest ihres Biers, bezahlten und gingen hinaus auf die Straße.

«Wir müssen uns unbedingt wiedertreffen, Joel», sagte Erik draußen auf dem Gehweg. «Und zum Angeln rausfahren. Oder mal ein Fußballspiel besuchen?»

«Unbedingt, das wäre nett», entgegnete Joel und meinte es auch so.

Dann wurde Erik ein wenig verlegen. «Du, Joel, du hast deine Barsche nicht zufällig irgendwo hier in der Nähe entsorgt?»

«Doch, genau da», antwortete Joel erstaunt und zeigte auf den Papierkorb.

Mit einem verschmitzten Grinsen schob Erik seine Hand hinein und fischte die Plastiktüte mit den Fischen heraus. Er öffnete sie und roch daran.

«Die riechen ja ausgezeichnet. Ich werde sie meiner Mutter mitbringen und ihr erzählen, dass ich sie selbst gefangen habe. Versprich mir, mich nicht zu verraten!»

«Versprochen», lachte Joel.

Dann versetzte Erik ihm einen freundlichen Knuff in die Schulter.

«Pass auf dich auf!», sagte er und trottete von dannen.

KAPITEL 13

Das Hundegebell war schon von weitem zu hören. Obwohl der Hof abgelegen in einem winterlich kahlen Gehölz inmitten von Äckern lag, konnte man es bis in den Ort hinunter hören.

Die Frau, die Joel nach dem Weg gefragt hatte, plierte ihn mit finsterer Miene an. «Sie haben doch wohl Ohren. Wenn Sie sie benutzen, werden Sie es schon finden.»

Sie schüttelte den Kopf, grummelte etwas Unverständliches und stolperte dann mühsam weiter. Joel setzte sich wieder hinters Steuer, wartete jedoch eine Weile mit offener Fahrertür. Er horchte. Der Schnee dämpfte normalerweise alle Geräusche, doch das Hundegebell hallte laut und klar durch die Kälte. Es klang, als käme es aus Hundekehlen, die nach Blut lechzten.

Man kann nur hoffen, dass sie angekettet sind, dachte Joel.

Er drehte den Zündschlüssel um und bog auf den Feldweg ein, der zwischen hohen Schneewällen zum Hof hinaufführte.

«Kampfhunde», hatte Roger Holgersson mit einem Grinsen gesagt. «Ich glaube, Pitbulls. Also passen Sie auf Ihre Finger auf.»

Der Bretterzaun, der die Gebäude umgab, war morsch. An mehreren Stellen hatten sich halb verfaulte Bretter gelöst. Der Stacheldraht hatte sich hier und dort verfangen oder hing schlaff herunter. *Zwinger* stand kurz und bündig auf einem blechernen Schild.

Joel stieg mit weichen Knien aus dem Wagen.

Mårten hat auch Angst vor Hunden gehabt, fiel ihm ein. Wahrscheinlich habe ich es von ihm geerbt.

Katzen hingegen waren immer ums Haus gestreift. Robuste Bauernkatzen, die nach Mäusen Ausschau hielten. Die nannte Mårten sogar mitunter «Kleine Mieze» und kraulte ihnen das Fell am Bauch, zärtlicher, als er Joel je berührt hatte. Aber Hunde verabscheute er wie die Pest. Wenn ihm einer zu nahe kam, blitzten seine Augen vor Panik auf, egal ob es sich um einen Schäferhund oder einen kleinen Kläffer handelte.

Was wollte er also bei jemandem, der Kampfhunde züchtete?

Argwöhnisch lugte Joel durch ein Loch im morschen Bretterzaun, um abzuschätzen, ob er es wagen sollte, den Hof zu betreten. Neben einem rotbraunen Backsteinhaus parkte ein buckeliger Pick-up. Auf der anderen Seite konnte er die Hunde sehen. Sie bellten und jaulten wie verrückt in ihren Zwingern. Kein Mensch war zu sehen. Joel nahm einen unangenehmen Gestank wahr.

Hatten sie schon Witterung aufgenommen?

«Die sind nur hungrig. Sie brauchen keine Angst zu haben.»

Die Stimme ließ Joel herumfahren.

Die Frau, die auf ihn zukam, grinste spöttisch. Sie trug einen Overall und Stiefel und schob eine mit einem großen Plastiksack beladene Schubkarre vor sich her. Trotz der Kälte trug sie keine Kopfbedeckung. Ihr weißes Haar hing ihr bis weit über den Rücken hinunter.

«Wenn Sie nichts anderes zu tun haben, könnten Sie mir den zweiten Sack reintragen», forderte sie ihn auf und wies mit dem Kopf in Richtung des Schuppens, aus dem sie gerade gekommen war.

Hatte sie etwa die ganze Zeit schon dort gestanden und ihn beobachtet?

Ohne ein weiteres Wort huschte sie an ihm vorbei und zog dabei einen ranzigen Geruch nach sich. Joel schaute ihr nach. Dann holte er den Sack mit Hundefutter aus dem Schuppen und schulterte ihn so schwungvoll, dass er aufgrund des Gewichts aus dem Gleichgewicht geriet. Der eklige Gestank ließ ihn schneller gehen. Als er auf die Zwinger zugestolpert kam, hatte die Frau schon begonnen, die Hunde zu füttern. Das Gebell hatte aufgehört, und stattdessen schmatzten die Tiere jetzt, während sie mit dem Schwanz wedelten.

«Wollen Sie einen kaufen?», fragte sie über die Schulter hinweg.

«Nein, bloß nicht!»

«Und was machen Sie dann hier?»

Sie warf ihm einen raschen Blick zu und öffnete die Gittertür zum nächsten Zwinger. Ein Hund, der aussah, als hätte er Stahlfedern unterm Fell, stürzte sich über die Pampe, die sie in den Trog füllte. In regelmäßigen Abständen lugte eine schlabbrig feuchte Zunge zwischen den Eckzähnen hervor.

«Sind sie nicht gefährlich?»

«Kein bisschen. Sie sind zahm wie Lämmer. Solange man sie richtig behandelt.»

Sie tätschelte dem Hund flüchtig den Nacken und schloss dann die Tür wieder hinter sich.

«Aber klar, wenn man sie zum Töten abrichtet, töten sie auch. Manche haben natürlich auch von Geburt an eine Macke. Genetische Fehler. Sie wissen schon, schlechte Erbanlagen. Und die können lebensgefährlich sein. Früher oder später muss man sie einschläfern lassen. Aber ansonsten …»

«Und was fressen sie da?»

Die Frau streifte sich die Arbeitshandschuhe ab und schob sie unter ihren Gürtel. Sie strich sich ein paar weiße Haarsträhnen aus dem Gesicht, die ihr in die Stirn gefallen waren. Ihr Gesicht war faltiger, als Joel es auf den ersten Blick ausgemacht hatte. Als sie den Mund öffnete, stellte er fest, dass ihr im Unterkiefer ein Zahn fehlte. Aber sie wirkte recht muskulös. Es war, als wäre sie geradezu dazu geboren, blutrünstige Hunde zu bändigen. Als sie sprach, fiel ihm auf, dass sie einen undefinierbaren Akzent hatte.

«Fleisch. Abfall, den wir vom Schlachter kaufen. Angereichert mit Zusätzen, die gut fürs Fell sind. Sehen Sie nicht, wie schön es glänzt?» Mit einem Mal wirkte sie misstrauisch. «Warum fragen Sie eigentlich, wenn Sie keinen kaufen wollen?»

«Na ja, ich bin nur neugierig. Eigentlich wollte ich Goran Djelic sprechen. Er wohnt doch hier, oder?»

«Und was wollen Sie von ihm?»

Joel schob die Hände in die Taschen seines schäbigen Militärmantels und tat so, als suche er nach etwas, um Zeit zu gewinnen. Was wollte er eigentlich von Goran Djelic? Es fiel ihm ja schon schwer, sich selbst darüber klarzuwerden. Er hatte diverse Überlegungen angestellt. Die Fragen hatten sich angehäuft, ohne dass es ihm bislang gelungen wäre, sie zu formulieren. Vielleicht will ich ja auch nur wissen, woher ich komme, dachte er. Verstehen, wer ich bin.

Aber wollte er eine Antwort um jeden Preis? Joel ahnte, dass die Suche danach ihn in eine Finsternis führen würde, die er vielleicht gar nicht ergründen wollte.

Er betrachtete die Hunde, die angefangen hatten zu knurren und zu winseln, sobald sie ihren Trog leer gefressen hatten. Vielleicht hatte ja einer von ihnen eine Niete in der großen Lotterie gezogen, ging es ihm durch den Kopf. Einer, der mit Genen zur Welt gekommen war, die für gewisse Störungen sorgten? Gefährlich? Zu stark oder zu schwach, oder einfach nur im Leben verirrt?

In all dem Dunkel um Mårten herum suche ich nach Licht, dachte Joel. Nach einem kleinen Schimmer an Güte in all der Finsternis.

Während er so dastand und die schmatzenden, winselnden

und knurrenden Kampfhunde beobachtete, stand es ihm plötzlich klar vor Augen: Mein ganzes Leben lang hatte ich Angst vor meinen eigenen Genen. Aber ich werde nie von ihnen loskommen!

«Was wollen Sie von Goran?»

«Was?»

«Sie sehen nicht gerade wie ein Bulle aus ...» Sie musterte ihn von oben bis unten. «Sind Sie von der Gemeinde?», fragte sie mit zweifelnder Stimme. «Normalerweise schicken Sie doch vorher immer einen Brief, oder?»

«Nein, nichts dergleichen. Ich wollte nur ...»

«Still!», unterbrach sie ihn barsch.

In ihrem Gesicht machte sich ein ängstlicher Ausdruck breit. Sie lauschten beide dem Motorengeräusch, das sich näherte.

«Er kommt», sagte sie mit leiser Stimme.

«Goran?»

Sie nickte und sah aus, als hätte sie gerade ein Unwetter vorhergesagt.

Im nächsten Augenblick schlitterte ein Toyota-Jeep auf den Hof, dass der Schnee nur so spritzte. Für den Bruchteil einer Sekunde steuerte er geradewegs auf sie zu. Doch bevor es Joel gelang, sich auch nur nach einem Ort umzusehen, an dem er Schutz hätte suchen können, schleuderte der Jeep herum und hielt abrupt an. Als die Wagentür aufgestoßen wurde, verstummten die Hunde. Eine Schar Krähen hob in einer kreischenden Wolke von den Bäumen ab und verschwand hinter dem Hausdach.

Die weißhaarige Frau ging plötzlich ein wenig auf Abstand zu Joel. Sie schaute ihren Mann wie verwandelt an. Total verängstigt, wie die Hunde auch.

«Er kam eben erst», beteuerte sie. «Ich weiß nicht mal, wie er heißt.»

Goran Djelic machte ein paar Schritte auf sie zu, blieb dann stehen und wandte sich Joel zu. Er war groß, nahezu zwei Meter, und trug lediglich einen dünnen Pulli über seinem muskulösen Oberkörper. Sein Schädel war kahlrasiert und uneben, und in seinem Nacken konnte Joel eine graublaue Tätowierung erkennen. Seine Gesichtszüge waren scharf wie die eines Comichelden. Eine ganze Weile stand er mit herabhängenden Armen und geballten Fäusten vollkommen reglos da und starrte ihn misstrauisch an, als wäre er der Überzeugung, dass irgendetwas faul war, er jedoch nicht darauf kam, was es war. Er ist eine Kämpfernatur, dachte Joel. Bereit dazu, sich um das zu prügeln, was ihm gehört.

In einem entwaffnenden Versuch streckte Joel ihm die Hand entgegen. «Hallo, ich heiße Joel Lindgren. Und Sie müssen Goran sein, nicht wahr?»

Doch die freundliche Begrüßung hatte keinen positiven Effekt, im Gegenteil. Ohne ein Wort drehte sich der großgewachsene Mann wieder zu seinem Jeep um. Er riss die Fahrertür auf, schob seine Hand unter den Beifahrersitz und zog einen großen silbrig glänzenden Revolver hervor. Noch bevor Joel reagieren konnte, war Goran herumgeschossen und hatte ihm den Lauf gegen den Mund gedrückt.

«Mund auf!», fauchte er.

Joel gehorchte. Der Geschmack nach kaltem Stahl und Waffenfett bewirkte, dass sich ihm der Magen umdrehte. Er verspürte den Drang, alles, was sich in seinen Gedärmen befand, auszuscheißen. Goran spannte mit einem unheilvollen Klicken den Hahn.

«Ich weiß, wer Sie sind», sagte er leise mit unmissverständlich slawischem Akzent.

Er fuchtelte mit dem Revolver herum, sodass der Lauf gegen Joels Zähne schlug. Einen Augenblick lang sah es aus, als hätte er vor abzudrücken. Joel schloss die Augen. Erstaunlicherweise schoss ihm trotz seiner Angst der Gedanke durch den Kopf, dass all dies völlig absurd war.

Mein Gott, ich sterbe wie in einem drittklassigen Actionstreifen!

Joel kniff die Augen noch fester zusammen und zählte die Sekunden.

Eins, zwei, drei, vier, fünf …

Als nichts geschah, öffnete er die Augen wieder. Zuerst das eine. Und dann das andere.

Er schielte am Lauf des Revolvers entlang und sah, dass Gorans behaarter Zeigefinger noch immer um den Abzug gelegt war. Dahinter konnte er schemenhaft ein eiskaltes graues Augenpaar erkennen.

«Geben Sie mir einen Grund, warum ich Ihnen nicht das Hirn aus dem Schädel blasen sollte.»

Joel hatte etwas wie «Immer mit der Ruhe, ich wollte ja nur mit Ihnen reden» antworten wollen. Aber mit dem Mund voller Stahl gelang es ihm lediglich, irgendetwas Undeutliches vor sich hin zu nuscheln, während ihm der Speichel am Kinn hinunterlief.

«Ihr Vater hat meinen Bruder getötet. Kapieren Sie?»

Joel schüttelte vorsichtig den Kopf, hielt jedoch inne, als er merkte, dass die Bewegung lediglich das Risiko erhöhte, dass der gekrümmte Finger den Abzug endgültig betätigen würde. Ihm kam kein Gott in den Sinn, den er hätte anflehen können. Stattdessen fühlte es sich in seinem Kopf absolut leer an. Das Einzige, was er hörte, war sein Puls, der ihm gegen das Trommelfell hämmerte.

«Kapieren Sie das?», schrie Goran und rammte ihm den Lauf noch ein Stück weiter in den Mund, sodass sich Joels Kehle vor Würgereizen zusammenkrampfte.

Er versuchte stattdessen zu nicken.

Das ging besser.

Plötzlich glitt der Lauf aus seinem Mund heraus.

«Verdammt noch mal!», rief Joel aus, während seine Beine völlig entkräftet nachgaben. Er sank im Schnee auf die Knie und befingerte sein Gesicht. Seine Lippe blutete. Er schniefte und blieb dann vollkommen bewegungslos auf dem Boden hocken, bis sich der Schwindel legte. Ich bin nicht tot, dachte er. Ich lebe. Als er sich mit der Zunge im Mund herumfuhr, spürte er, dass der lose Backenzahn noch lockerer geworden und ein Stück von einem Schneidezahn abgeschlagen war.

Joel schnäuzte sich in die Hand und wischte sie am Mantel ab.

Als er wieder aufschaute, bemerkte er, wie der großgewachsene Mann lachte. Es war ein tiefes donnerndes Lachen, das wie ein Gewitter klang.

«Tatjana, du Luder, und ich hab gedacht, dass der kleine Scheißer dich geritten hat! Du hast so schuldbewusst geguckt. Verdammt, wie lustig!»

«Du kannst auch nur mit dem Schwanz denken …», murmelte die weißhaarige Frau.

Goran grinste zufrieden und steckte den Revolver in den Hosenbund. «Ja, ich denke mit meinem zentralen Organ!»

Er gluckste eine Weile lang, als fände er die Situation äußerst amüsant. Dann zündete er sich eine Zigarette an und blies Joel den Rauch ins Gesicht.

«Jetzt stehen Sie endlich auf, Sie Weichei.»

Mühsam kam Joel wieder auf die Füße.

«Wollen Sie ’nen Kurzen?» Goran schnippte mit den Fingern. «Tatjana!»

Ich muss von hier weg, dachte Joel. Und zwar verdammt schnell! Doch ehe er auch nur ansatzweise überlegen konnte, wie er es anstellen sollte, hatte Goran eine Whiskyflasche in der

Hand. Er öffnete routiniert ein kleines Plastikdöschen mit den Zähnen und warf sich einige weiße Pillen in den Mund. Spülte sie mit einem Schluck Alkohol herunter und atmete dann hörbar durch seine riesigen Nasenlöcher aus.

«Trinken Sie!»

Joel nahm die Flasche entgegen. Er füllte seinen Mund und gurgelte. Der Alkohol brannte so stark, dass ihm die Augen tränten. Als alles betäubt war, konnte er auch gleich noch einen weiteren Schluck nehmen. Ich muss hier weg, dachte er. Muss nach Hause. Kalter Schweiß ließ sein Hemd am Rücken kleben. Er schlotterte vor Kälte.

Mit einem vagen Nicken begann er auf das Tor zuzuwanken. Als er die halbe Strecke zurückgelegt hatte, hielt Goran ihn zurück.

«Wollten Sie nicht etwas fragen?», rief er.

Joel machte noch ein paar Schritte, bevor er anhielt und sich umdrehte. «Was denn fragen?»

«Na das, weswegen Sie hergekommen sind …»

Joel spuckte eine Ladung Blut in den Schnee. Goran grinste höhnisch. Was waren das nur für Pillen, die er sich eingeworfen hatte? Tranquilizer oder eher Stimulanzien, die ihn noch verrückter machten? Ein Stück weit entfernt lehnte Tatjana sich gegen einen Hundezwinger und schien zu realisieren, dass die Gefahr für sie vorüber war, woraufhin sie die Vorstellung genoss.

«Dann werfen Sie den Whisky rüber, Sie verdammter Gorilla.»

Erstaunlicherweise war seine Angst plötzlich wie weggeblasen. Als die Flasche durch die Luft geflogen kam, fing Joel sie mit einer Hand auf. Er schraubte den Deckel ab und goss das Zeug in sich hinein, bis er das Gefühl hatte überzulaufen. Durch den Nebel vor seinen Augen hindurch meinte er zu sehen, dass Goran erneut lachte, als wäre er fast ein wenig beeindruckt.

Aber was zum Teufel wollte er ihn eigentlich fragen?

«Ich werde Ihnen etwas zeigen», sagte Goran. «Kommen Sie!»

Er drehte sich um, stampfte die Verandatreppe hinauf und verschwand im Haus. Joel schaute Tatjana fragend an, doch die verzog keine Miene. Er spuckte erneut aus, unsicher, ob er es wagen sollte, ihm zu folgen, oder ob er die Chance ergreifen sollte zu fliehen.

Wenn er vorhätte, mich zu töten, hätte er es schon längst getan, dachte Joel.

Ein schwacher Windstoß ließ die Haustür knarren. Er schob sie mit dem Fuß ein Stück weit auf.

Drinnen war es dunkel. Ein paar Sekunden lang konnte Joel nichts erkennen. Im Haus roch es nach rohem Fleisch.

Dann sah er, dass Goran in der Küche stand und in einem Kabuff herumkramte, das eine Art Putzkammer darzustellen schien. Den Revolver hatte er auf dem Küchentisch abgelegt. Von einem golden gerahmten Bild an der Wand schaute ein streng dreinblickender Heiliger herab. Auf der Arbeitsplatte lagen zwei Hasen, denen bereits das Fell abgezogen worden war, und ein langes Messer.

«Hier ist es.» Als Goran sich umdrehte, hielt er ein Ölgemälde in der Hand. Es war auf einen einfachen Holzrahmen gezogen. Er grinste und hielt es ins Tageslicht, das zwischen den zur Hälfte zugezogenen Gardinen hineinfiel. «Erst hatte ich vor, es in Stücke zu schlagen. Doch dann hab ich es mir anders überlegt. Man weiß ja nie …»

Die Farbe war plump aufgetragen. Ein Schwein mit Bart und Turban. Ansonsten nichts. Joel betrachtete es eingehend.

War dies etwa eines der Bilder, die einen derartigen Zorn

ausgelöst hatten, dass Mårten mit seinem Leben dafür bezahlen musste?

«Er hatte Humor, Ihr Vater. Das muss man zugeben. Auch wenn er ein Schwein war.»

Joel trank einen Schluck und stellte dann die Flasche ab.

«Darf ich …?»

Er nahm Goran vorsichtig das Bild aus der Hand. Nahm die Pinselstriche in Augenschein, Zentimeter für Zentimeter. Helles Rosa und Schwarz auf grünem Hintergrund. Er erahnte eine gewisse Ungeduld, nahezu Verzweiflung. Das Bild schien in fünf Minuten gemalt worden zu sein. Was hatte Mårten nur dazu veranlasst? Joel schüttelte fassungslos den Kopf.

«Er kam höchstpersönlich damit an», sagte Goran.

«Hierher?»

«Er war ein zäher Bursche. Genau wie Sie.»

Joel konnte nicht ausmachen, ob Goran das ernst meinte oder ihn nur verarschen wollte.

«Mårten hat es ja gewusst, das ist klar. Er wusste, dass ich wusste, dass er es war, der Dragan erschlagen und im Tunbyholmsee versenkt hat. Und dennoch hat er sich hierhergetraut. Mutig, muss man schon sagen.»

«Und was geschah dann?»

«Ich hab ihm den Revolver in die Fresse gerammt, genau wie Ihnen. Aber ich hab ihn nicht erschossen. Ich bin schließlich kein Mörder.»

«Aber was wollte er von Ihnen?»

Goran ließ sich schwer auf einen Küchenstuhl fallen und griff sich die Whiskyflasche. Wischte sich dann mit dem Handrücken den Mund ab. Seine grauen Augen, die eben noch vor Wahnsinn gefunkelt hatten, schauten jetzt eher fragend drein, als grübelte er über etwas, das er nicht begreifen konnte.

«Er hat gesagt, dass er sich mit mir versöhnen wollte. Und

bei Gott geschworen, dass er keine Ahnung hatte, wo Dragan abgeblieben war.»

Der großgewachsene Mann schielte hinauf zum Heiligenbild an der Wand.

«Als hätte er an irgendeinen Gott geglaubt ...»

«Ich habe letztens den Prediger getroffen. Er drückte sich so aus, dass Mårten das Licht erblickt hätte. Sagt Ihnen das etwas?»

Aus dem Augenwinkel registrierte Joel, dass Tatjana in die Küche gekommen war. Sie stellte sich neben die Arbeitsplatte schräg hinter ihm. Joel bereute, sich hingesetzt zu haben. Er musste an die Hasen und das Messer denken und verspürte ein unangenehmes Ziehen in der Magengegend.

«Hören Sie!», rief Goran und stemmte sich mit den Ellenbogen auf die Tischplatte. «Ich weiß nichts über den Prediger. Aber ich bin selbst ein religiöser Mann, auch wenn das nicht viele glauben. Und über Ihren Vater kann ich nur eines sagen: In ihm gab es kein Licht. Mårten Lindgren war durch und durch eine dunkle Seele.» Er lehnte sich auf seinem Stuhl zurück. «Zumindest hab ich ihn immer dafür gehalten.»

«Vielleicht hat er sich ja verändert?»

Eine ganze Weile lang saß Goran reglos auf seinem Stuhl und starrte ins Leere. Dann schüttelte er eine Zigarette aus einem zerknüllten Marlboro-Päckchen und biss den Filter ab. Er zündete sie an und blinzelte durch den Rauch hindurch.

«Sie haben bestimmt davon gehört, dass Mårten und Dragan gemeinsame Geschäfte gemacht haben. Mårten hat meinen Bruder beschissen. Und als Dragan Geld von ihm gefordert hat, erschlug Ihr Vater ihn und warf ihn in den See.»

«Wie können Sie da so sicher sein?»

«Ich weiß es. So einfach ist das.»

«Aber Sie ließen ihn gehen?»

«Wie ich bereits sagte: Ich bin kein Mörder.»

Ein Geräusch von der Arbeitsplatte ließ Joel zusammenzucken. Tatjana hielt jetzt das Messer in der Hand. Sie lächelte Joel ausdruckslos an. Packte dann einen der Hasen mit einem festen Griff am Nacken, legte ihn auf ein Küchenbrett und begann ihn zu zerteilen. Es knackte, als sie einen Knochen durchschnitt.

Erneut wurde Joel von einem Schwindelgefühl erfasst.

«Ihr Name und Ihre Telefonnummer stehen in Mårtens Adressbuch.»

Die Information schien Goran nicht zu erstaunen.

«Er hat ziemlich oft hier angerufen und mich vollgequatscht. Wollte, dass ich begreife, dass er unschuldig war. Aber ich wusste, was ich wusste. Die Bullen hätten ihn lebenslang einsperren sollen. Doch nachdem es ihnen nicht gelungen war, ihn einzubuchten, tja, was zum Teufel sollte ich da machen? Ich wollte jedenfalls nichts mehr mit ihm zu tun haben.»

«Aber er kam dennoch her?»

Goran nickte. «Es war gerade mal ein paar Wochen, bevor die Mohammedaner ihn erhängt haben. Ich sah es ihm sofort an. Er hatte eine Scheißangst. Der Schrecken stand ihm förmlich ins Gesicht geschrieben. Erst dachte ich, er hätte Angst vor mir. Das hätte man ja verstehen können. Wenn er eine Scheißangst vor mir gehabt hätte. Aber es war etwas anderes.»

«Und haben Sie herausgefunden, was?»

«Man hat so seine Vermutungen …»

«Sie meinen …?»

«Die Mohammedaner waren sauer auf ihn. Er hatte wohl so eine Ahnung. Oder er hat irgendwas gesehen. Er wollte sich übrigens einen Hund kaufen.»

«Was!?»

Goran zerdrückte langsam seine Kippe in einer leeren Tasse.

«Ja, verdammt noch mal. Er sagte, er bräuchte einen Wachhund. Selbstverteidigung. Er bettelte und flehte mich an, ihm einen zu verkaufen. Er wollte ihn mit dem Bild bezahlen.»

Beide betrachteten das dürftige Ölgemälde, das Goran gegens Küchenfenster gelehnt hatte.

«Ich fass es nicht», sagte Joel. «Mein Vater hatte doch eine Höllenangst vor Hunden.»

«Ja, ich hab es ihm angesehen. Er traute sich kaum, sich den Hunden zu nähern. Aber offenbar hatte er noch mehr Angst vor etwas anderem.»

«Sie haben ihm keinen verkauft?»

«Natürlich nicht. Ich liebe meine Hunde. Mårten hätte nie einen Pitbull halten können. Also hab ich ihn wieder weggeschickt.»

Joel stand mühsam von seinem Stuhl auf. Er geriet ins Wanken und griff nach der Rückenlehne. Der Revolver lag noch immer auf dem Tisch. Doch Gorans Gemütslage zufolge standen die Chancen gut, das Haus zu verlassen, ohne eine Kugel in den Rücken zu bekommen.

In der Türöffnung drehte er sich noch einmal um. «Aber sein Bild haben Sie behalten?»

Aus Gorans Kehle stieg ein dumpfes Lachen auf. In seinen stahlgrauen Augen blitzte es auf, eine Art Warnung, dass der Wahnsinn sich wieder bemerkbar machte. Er langte nach dem Revolver und begann die Trommel herumzuschnurren, als wäre er ein Spielzeug.

«Ich dachte, dass es vielleicht irgendwann mal einiges wert sein könnte», brummte er.

Joel schloss rasch die Tür hinter sich. Als er durch den Schnee zu seinem Wagen torkelte, spürte er erneut ein beunruhigendes Kribbeln im Magen. Aber einen Blick zurück zu riskieren, traute er sich nicht.

Im Wagen legte er beide Hände aufs Lenkrad und umschloss es mit festem Griff. Er lehnte seine Stirn gegen das Leder, schloss die Augen und holte dreimal tief Luft, bevor er den Zündschlüssel ins Schloss steckte.

Hinter sich hörte er, dass die Hunde wieder angefangen hatten zu bellen.

KAPITEL 14

Joel zitterte am ganzen Körper, als hätte er Fieber. Das Erbrochene hinterließ immer noch einen bitteren Geschmack in seinem Mund, obwohl er ihn mit kaltem Wasser ausgespült hatte. Er kauerte sich auf dem Sofa in Embryonalhaltung zusammen und wickelte eine Decke um sich. Sobald er die Augen schloss, begann sich in seinem Kopf alles zu drehen.

An die Autofahrt nach Hause hatte er nur noch diffuse Erinnerungen. Er musste in eine Schneewehe geraten sein, denn plötzlich hatte er nur noch Weiß um sich herum gesehen. Er konnte sich vage an einen Traktor erinnern. Hatte ihm jemand geholfen, wieder herauszukommen? Irgendjemand hatte ihn spöttisch belächelt. Verdammt, was alles hätte passieren können! Joel lief ein Schauer über den Rücken. Ob er sich aufgrund des Alkohols oder des Schreckens erbrochen hatte, wusste er nicht.

Draußen vor dem Fenster waren die Wolken in der Dunkelheit des Winterabends verschwunden. Im Haus war es still, und im Zimmer brannte kein Licht. Weit entfernt meinte Joel Hunde jaulen zu hören. Ich fühl mich so verdammt einsam, dachte er.

Langsam ließ das Zittern nach. Seine Augenlider wurden schwer. Nach und nach breitete sich eine Wärme von seinen Zehen über seine Beine und den Bauch bis zum Kopf hin aus, und er döste ein.

* * *

Die Nacht ist schwarz, und Joel weiß, dass er auf dem schmalen steinigen Feldweg viel zu schnell fährt, aber er ist hundemüde.

Es sind noch mehrere Meilen bis nach Ramallah, und er will endlich im Hotel ankommen und sich ins bequeme Bett legen.

Sich ausschlafen. Ganz lange.

Vier ganze Wochen sind sie draußen im Dorf gewesen. Die Zeit hat an ihnen beiden gezehrt. Diese Armut und das Eingesperrtsein, die einem allmählich unter die Haut gehen, ohne dass man etwas dagegen unternehmen könnte. Die Straßensperren. Der Stacheldraht. Die Hoffnungslosigkeit. Man muss einfach mal Luft holen.

Also tritt er das Gaspedal ganz durch.

Die dunkle Nacht umschließt ihren Wagen. Das laute Motorengeräusch übertönt alle anderen Geräusche. Lichtpunkte und flackernde Lichtstrahlen huschen vorbei. Am Himmel zeigen sich ab und zu Sterne, wenn sich die Wolkenschicht öffnet. Doch die Scheinwerfer des Jeeps tasten sich überwiegend durch pechschwarze Finsternis.

Dieser beschissene Feldweg! Regen und darauffolgende Phasen der Trockenheit haben Schlaglöcher, groß wie Badewannen, in ihn hineingegraben, denen Joel ausweichen muss.

Er ist erschöpft. Angesichts der Hitze schwitzt er wie verrückt.

Gas geben, bremsen und ausweichen. Die ganze Zeit volle Konzentration. Bei jeder winzigen Unachtsamkeit schlägt der Jeep gegen die Kanten der Löcher, sodass die Stoßdämpfer quietschen und kreischen, und jedes Mal ist er überzeugt davon, dass der Wagen seinen Geist aufgibt. Es ist ihm unbegreiflich, dass Johanna, die zusammengekauert neben ihm hockt, dabei schlafen kann. Ihr Kopf wird durch die Stöße immer wieder vor- und zurückgeschleudert.

Er singt aus voller Kehle, um sich wach zu halten. Springsteen. Verflucht, dass es keinen CD-Player im Jeep gibt.

«Got in a little hometown jam
So they put a rifle in my hand
Sent me off to a foreign land
To go and kill the yellow man
I was born in the USA. Boooooorn in the USA!», brüllt er in die Nacht hinaus.

Und dann geht alles ganz schnell.

Plötzlich erleuchten die Lichtkegel des Wagens nicht mehr nur die staubige Fahrbahn, sondern lebende Geschöpfe, die eigentlich nicht hätten dort sein dürfen.

Ein Junge. Oder sind es mehrere? Und Tiere. Ziegen, die mit gelb funkelnden Augen geradewegs auf das Auto starren, bevor sie blökend und mit steifen Sprüngen zur Seite hetzen.

Joel gelingt es noch nicht einmal, den Fuß auf das Bremspedal zu setzen.

Der Aufprall ist hart und abrupt, und er setzt sich über die Stoßstange bis zum Lenkrad fort, das in seinen Händen ruckt. Er hört Schreie, herzzerreißende Schreie von Menschen und Tieren. Irgendjemand stirbt, irgendjemand stirbt bestimmt gerade.

Dreißig Meter weiter bringt er den Jeep zum Stehen. Er bleibt regungslos sitzen. Die Hände immer noch auf dem Lenkrad liegend. Den Blick geradeaus gerichtet. Der Motor läuft im Leerlauf, und jetzt dringen Stimmen durch das Motorengeräusch hindurch, aufgebrachte Stimmen hinter ihnen.

«Was zum Teufel!»

Die Wagentür wird geöffnet und mit einem Knall wieder zugestoßen. Schnelle Schritte, die sich von ihm entfernen. Es ist Johanna.

Sie rennt los, um zu sehen, was passiert ist. Er sieht sie im Rückspiegel vorbeiwirbeln. Sie, die eben noch völlig erschöpft war und wie ein Stein geschlafen hatte, sie ist es, die jetzt für ihn einspringt.

Joel sitzt lediglich wie gelähmt da. Hilflos. Wertlos. Ein Nichts.

In seinem Kopf pulsiert ein entsetzliches Bild: Der kleine Junge, dessen erschrockene, weit aufgerissene Augen er eben noch für eine Zehntelsekunde im Scheinwerferlicht gesehen hat, liegt reglos auf dem Boden. Ein Arm unnatürlich abgewinkelt unter seinem Körper begraben. Seine Beine sind gebrochen, und überall ist Blut.

Als Joel sich schließlich wieder bewegen kann und es ihm gelingt, aus dem Wagen zu steigen und zur Unfallstelle zu taumeln, schießt ihm wieder und wieder ein Gebet durch den Kopf: Guter Gott, mach, dass ich keinen getötet habe!

Er hört mehrere Stimmen. Eine Menschenansammlung in der Dunkelheit. Johanna! Werden die Dorfbewohner sich etwa auf sie stürzen und Rache üben?

Die Menschen wenden sich ihm zu. Mit dunklen Gesichtern. Sie wirken erbost.

Dann erblickt er Johanna, die in der Mitte steht. Und einen kleinen Jungen, um die zehn Jahre alt mit kurzen Hosen, T-Shirt und Plastiksandalen an den Füßen. Er starrt mit großen Augen auf seine tote Ziege und auf Johanna, die redet und gestikuliert.

«We are very, very sorry!»

Sie wirft Joel rasch einen Blick zu. Alles wird gut, signalisiert sie ihm mit den Augen. Doch die Männer schauen finster drein. Im Hintergrund gibt eine Frau schrille Schreie von sich. Die Ziegen grasen am Wegesrand.

Joel sieht, wie Johanna einem der Männer einige Scheine überreicht. Er nimmt sie entgegen und nickt.

Dann sitzen sie wieder im Wagen, Johanna diesmal hinterm

Steuer und Joel mit heftig pochendem Herzen neben ihr auf dem Beifahrersitz.

«Sie haben so viel Geld bekommen, dass sie sich davon eine ganze verdammte Ziegenherde kaufen können», hört er sie sagen.

Der linke Scheinwerfer ist kaputt, sie fährt ruhig durch die Nacht in Richtung Ramallah.

* * *

Er wachte davon auf, dass es an der Tür klopfte. Schlaftrunken setzte er sich auf dem Sofa auf, ohne auch nur eine Ahnung zu haben, wie lange er geschlafen hatte.

Oder war es ein Teil seines Traums?

Er horchte.

Als er sich gerade wieder die Decke über den Kopf ziehen wollte, klopfte es erneut. Kurze aggressive Stöße wie aus einem Maschinengewehr.

Dann hörte er eine Stimme, die fröhlich rief: «Huhu! Mach auf, ich bin's. Britt!»

Auf steifen Beinen wankte er in den Flur hinaus.

Sie lächelte breit, als wäre sie einfach nur etwas zu spät zu einem Fest gekommen. «Hej», begrüßte sie ihn. «Hab ich dich geweckt? Ich wollte nur kurz rüberkommen und den Topf abholen.»

«Wie spät ist es denn?»

Er musste sauer aufstoßen, schluckte und hielt sich die Hand vor den Mund, um seinen schlechten Atem zu verbergen.

«Gerade mal halb zehn. Hast du dich etwa schon hingelegt und geschlafen?»

Joel fröstelte in der Kälte an der offenen Tür. «Bin nur auf dem Sofa eingedöst.»

Sie kicherte vergnügt. «Ich habe es durchs Fenster gesehen. Willst du mich nicht reinbitten?»

Ohne eine Antwort abzuwarten, huschte sie an ihm vorbei, ihr folgte ein kalter Lufthauch und ein Duft nach Zitrone. Als sie sich umdrehte, sah er im Schein des Flurlichts, dass sie roten Lippenstift aufgelegt hatte und eine Flasche Wein in der Hand hielt.

«Mein Gott, wie siehst du denn aus?», rief sie erschrocken.

Ihre Aufmachung bewirkte, dass er sich noch mehr genierte. Er fuhr sich mit der Zunge im Mund herum.

«Ich habe einen losen Zahn», murmelte er schließlich.

Sie stellte die Weinflasche ab.

«Lass sehen …»

Noch bevor Joel zurückweichen konnte, spürte er ihre kühlen Finger auf seinen Wangen. Er machte gehorsam den Mund auf.

«Der wächst wieder an», sagte sie nach einer Weile mit sachkundiger Miene und gab ihm einen Klaps auf die Schulter. «Hast du schon gegessen?»

«Nein.»

«Hunger?»

Mit einem Mal merkte Joel, dass sein Magen vollkommen leer war. Und er selbst es absolut leid war, allein zu sein.

«Geh und putz dir die Zähne, dann mach ich uns etwas zu essen. Du stinkst entsetzlich aus dem Mund, muss ich leider sagen.»

Als er getan, wie sie ihm geheißen hatte, und wieder zurückkam, brutzelten bereits Bratkartoffeln mit Schinken und Spiegeleiern in einer Pfanne auf dem Herd. Britt machte den Eindruck, als wäre sie in der Küche zu Hause. Sie hatte ihren Pulli über einen Stuhl geworfen. Die Seidenbluse spannte über ihrem Busen.

«Und du willst mal Koch gewesen sein? Dein Kühlschrank ist ja in einem genauso schlechten Zustand wie dein Gebiss», rügte sie ihn über die Schulter hinweg. «Zumindest habe ich eine Kleinigkeit im Gefrierfach gefunden.»

«Tellerwäscher … Ich war eher Tellerwäscher.»

Joel setzte sich an den Küchentisch und betrachtete sie.

«Ist Gunnar nicht sauer, wenn du herkommst?»

«Er ist gar nicht da. Der Landesbauernverband veranstaltet eine Konferenz in Hässleholm. Er kommt nicht vor morgen Abend zurück.»

Britt drehte sich um und lächelte, und für eine Sekunde fühlte er sich um zwanzig Jahre in der Zeit zurückversetzt. Diese klaren blauen Augen; damals hätte er in ihnen ertrinken wollen. Ein einziges Mal, das erste und letzte Mal, hatten sie sich in ihrem Jugendzimmer getroffen. Es war am selben Abend, an dem er von zu Hause wegging. Mein Gott, damals waren wir noch Teenager, dachte Joel. Die Erinnerung daran schoss ihm wie ein elektrischer Stoß durch den Körper.

«Kau vorsichtig.» Sie stellte einen Teller vor ihm auf den Tisch und schenkte Wein in zwei Gläser. «Hab ich dir eigentlich erzählt, dass ich ein paar Jahre lang als Zahnarzthelferin gearbeitet habe?»

«Nein.»

Joel aß langsam mit schmerzendem Zahnfleisch. Eine ganze Weile saß sie schweigend da und beobachtete ihn. Ihm selbst fiel nichts ein, was er hätte erzählen können.

«Die Leute sagen, dass du auf eigene Faust Nachforschungen zu Mårtens Tod angestellt hast.»

«Wer sagt das?»

«Die Leute. Die es wiederum von anderen Leuten gehört haben.»

«Gunnar?»

«Ja, er auch.»

«Und was hast du gehört?»

«Ich habe gehört, dass du beim Prediger warst. Und bei diesem Goran, der Hunde züchtet.»

Joel schluckte und spülte mit einem Schluck Wein nach.

«Ich bin zu Leuten gefahren, die mir eins auf die Fresse gegeben haben. So sehen meine Nachforschungen aus. Und das geht mir verdammt auf den Geist.»

«Und hast du etwas in Erfahrung gebracht?»

«Eigentlich nicht. Der Prediger hat versucht, mir den Schädel in einem Holzspalter zu zertrümmern, und Goran hat mir 'nen Revolver in die Fresse gerammt.»

Ohne Vorwarnung brach sie in Gelächter aus, verstummte dann jedoch abrupt wieder. «Sorry», sagte sie. «Aber das klang so witzig.»

«Wirklich sehr witzig ...»

Sie beugte sich über den Tisch vor und legte ihre Hand auf seine. Plötzlich war sie wieder ernst. «Du musst vorsichtig sein, Joel. Die Leute sagen, dass Goran Djelic gefährlich ist. Ich meine, verdammt gefährlich. Ganz zu schweigen vom Prediger.»

«Ja, danke, das habe ich inzwischen auch begriffen.»

Joel schaute sie an und versuchte zu ergründen, ob sie etwas andeuten wollte, ohne es laut auszusprechen. Etwas, das sie ihm nahebringen oder klarmachen wollte. Alle Leute hier draußen wissen etwas, was ich nicht weiß, dachte er. Sie wissen, dass es Spuren gibt, die in die Vergangenheit führen. Und ich bin der Einzige, der sie nicht sieht. Aber irgendwo unter all diesen verdammten Schneemassen müssen die Spuren verlaufen.

«Goran hat behauptet, dass Mårten seinen Bruder getötet hat», sagte er prüfend.

«Ja, darüber wurde viel geredet. Als Dragan verschwand,

stand ziemlich viel in der Zeitung. Gunnar hat erzählt, dass sie Alkohol aus Polen ins Land geschmuggelt haben. Und dass Mårten und Dragan eine Zeitlang Kompagnons waren. Und möglicherweise wegen irgendwelcher Geschäfte in Streit gerieten. Aber ich weiß nicht genau …»

«Letztens hast du noch was anderes erzählt. Da hast du gesagt, dass Gunnar mit Mårten gemeinsame Geschäfte gemacht hat.»

Sie zog ihre Hand zurück.

«Ja, aber da ging es um andere Dinge. Das war viel früher. Mårten hat Gunnar dazu überredet, einen halben Traber zu kaufen. Er behauptete, dass er eine Menge Rennen auf der Bahn in Jägersro gewonnen hätte. Die anderen fünfzig Prozent gehörten einem Schweinezüchter in Sjöbo, der ihm bescheinigte, dass das Pferd schon viel Geld nach Hause gebracht hatte. Es war leider nur so, dass es gerade lahmte. Gunnar war stinksauer.»

«So sauer, dass er Mårten hätte umbringen können?»

«Gunnar? Machst du etwa Witze …?» Britt schaute ihn an, als wäre es das Lächerlichste, was sie je gehört hatte. «Die Polizei hat doch einen Terroristen festgenommen … Glaubst du nicht, dass er es war?»

Joel seufzte. «Was soll man denn verflucht noch mal überhaupt glauben?»

Sie stand plötzlich auf, griff sich ihren Teller und stellte ihn mit einem Knall auf der Arbeitsplatte ab. «Über Gunnar kann man sagen, was man will. Aber ein Mörder ist er nicht. Und außerdem bin ich nicht hergekommen, um über ihn zu reden.»

«Man gewöhnt sich dran …»

«Wie bitte?»

«Das hast du doch letztes Mal gesagt. Über Gunnar. ‹Man gewöhnt sich dran.›»

Als Joel sah, wie sie erstarrte, bereute er seine Worte sofort. Einen Augenblick lang schien sie zu zögern. Dann verschwand sie ohne ein Wort aus der Küche. Mist!, dachte er. Mit dem Gefühl, dass die Gelegenheit unwiderruflich vorbei war, hielt Joel die Luft an und horchte. Doch die Haustür wurde nicht geöffnet.

In seinem Kopf tickten die Sekunden, erst langsam und dann immer schneller, bis sie zu einem reißenden Strom verlorener Zeit wurden, die ihm entglitt und die er um jeden Preis wieder einholen wollte.

Mit Flattern im Magen schob Joel seinen Stuhl zurück.

Britt stand mit dem Rücken zu ihm in der Dunkelheit neben dem Fenster, unbeweglich wie eine Statue, und schaute hinaus. Mit Schulterblättern, die sich deutlich abzeichneten, und breiten Hüften. Das Licht, das aus der Küche auf sie fiel, ließ ihre Haut gelblich grau erscheinen. Ihre Kleider hatte sie auf einen Haufen auf den Boden fallen lassen.

Dann drehte sie sich um und kam auf ihn zu.

«Sag jetzt nichts.»

* * *

Später, als sie mit ihrem Kopf an seine Brust gelehnt neben ihm lag, drängte sich ihm die Erinnerung an die Autofahrt durch die heiße Nacht wieder auf, auch wenn er nichts lieber wollte, als weiterhin in diesem dösenden Zustand zu schweben.

«Als ich hier auf dem Sofa lag, bevor du kamst, habe ich geträumt», sagte er gedankenverloren.

«Von mir?»

Sie hob den Kopf ganz leicht an. Mit zerzausten Haaren, verschwitzt. Der Zitronenduft ihres Körpers hatte eine warme säuerliche Nuance angenommen. Sie streckte den Arm aus und zog die Decke über sie beide.

«Nein. Eigentlich war es gar kein Traum. Eher eine Erinnerung. Sie ist mir in der letzten Zeit oft durch den Kopf gegangen.»

«Aha ...»

Sie legte sich auf ihm zurecht, immer noch ganz entspannt.

Für eine Sekunde kam ihm der Gedanke, dass er die Vergangenheit für eine Weile verdrängen und sich erneut dem Verlangen hingeben könnte. Doch dann merkte er, dass es zu spät war. Erstaunlicherweise schien Britt es ebenfalls zu spüren. Mit einem Seufzer zog sie die Decke an sich und kauerte sich in die Sofaecke.

«Okay, erzähl!»

Nackt auf dem Rücken liegend, suchte Joel nach Worten.

«Johanna wollte Kinder. Aber ich hab mich nicht getraut. Wir stritten uns immer öfter darüber.»

Er sah, dass Britt ein Gähnen unterdrückte, aber irgendwie spielte es keine Rolle.

«Wir sind als Volontäre ins Westjordanland gefahren. Wir waren ja Lehrer. Konnten die palästinensischen Kinder in Englisch und so weiter unterrichten. Wir dachten, dass es uns wieder näher zusammenbringen würde.»

«Aber dem war nicht so?»

«Nein, im Gegenteil. Wir waren ein halbes Jahr lang weg. Und wenn ich daran zurückdenke, ist es jedes Mal dieselbe Erinnerung, die hochkommt.»

Als Joel sah, dass sie ihm noch immer zuhörte, erzählte er ihr von der nächtlichen Autofahrt auf dem Feldweg mit den Schlaglöchern. Von dem Jungen im Scheinwerferlicht. Dem lauten Knall, als der Wagen auf Fleisch und Knochen prallte. Von seiner eigenen absoluten Hilflosigkeit.

«Diese Augen des kleinen Jungen. Ich war davon überzeugt, dass ich ihn getötet hatte. Manchmal glaube ich immer noch, dass ich es getan habe.»

«Aber du hast doch gesehen, dass er lebte.»

Joel lachte freudlos auf. «Ja, aber ich konnte es trotzdem nicht glauben. Am Tag darauf war ich gezwungen, mit einer lebenden Ziege im Wagen den ganzen Weg zum Dorf wieder zurückzufahren. Die gesamte Verwandtschaft hat mich ausgelacht. Denn Johanna hatte ihnen ja Geld für eine ganze Ziegenherde gegeben.» Er sah Britt an. «Sie sagten, dass sie die Ziege Gott opfern wollten.»

«Ihrem Gott? Oder deinem?»

«Danach habe ich nicht gefragt.»

Eine ganze Weile lang saß sie schweigend da und schaute zu ihm hinunter. Dann sagte sie: «Und warum erzählst du mir das alles?»

«Vielleicht, weil ich sonst niemanden habe.»

Sie stand so hastig vom Sofa auf und griff nach ihrer Kleidung auf dem Fußboden, als wäre ihr plötzlich eingefallen, dass sie es eilig hatte.

«Weißt du, was ich glaube, was das alles zu bedeuten hat?», fragte sie, während sie sich ihren Slip anzog.

«Nein?»

«Dass du eine Wahnsinnsangst vor Kindern hast. Besonders vor kleinen Jungs.»

«Was?»

«Du hast dich nicht getraut, Kinder in die Welt zu setzen, weil du eine Scheißangst davor hast, ein ebenso schlechter Vater zu werden wie Mårten. Absolut verständlich, wenn du mich fragst. Aber diese Johanna sah das vielleicht anders.»

Als sie sich die Jeans angezogen und den letzten Knopf ihrer Bluse zugeknöpft hatte, hielt sie inne. Mit einem Mal war ihr Gesichtsausdruck so voller Widersprüche, dass Joel ihn unmöglich deuten konnte.

«Du brauchst es nicht zu bereuen, dass wir miteinander gevögelt haben», sagte sie. «Es hat keine weitere Bedeutung. Ich wollte nur wissen, wie es sich mit jemand anderem als Gunnar anfühlt.»

Als Joel die Haustür zufallen hörte, war er noch immer nicht in der Lage, seinen nackten Körper mit der Decke zuzudecken.

KAPITEL 15

Die Nacht ist still und kalt. So schwer und leblos, denkt die Frau und schaut durchs Fenster hinaus auf das Haus mit den dunklen Fenstern auf der anderen Seite vom Spielplatz. Kein einziger funkelnder Stern, kein übersprudelndes Leben wie zu Hause. Auch der Parkplatz liegt verlassen da. Sie zieht fröstelnd die Jalousien herunter.

Es fällt ihr schwer, sich an die Kälte zu gewöhnen. Vielleicht sollte man den Hausmeister bitten, die Heizung etwas höher zu schalten? Wenn es denn einen gibt.

Mit all dem Schnee sieht es sauber und schön aus.

Aber die Einsamkeit.

Wo sind nur all die Menschen?

In der Wohnung ist es still. Die Kinder schlafen, und den Ton des Fernsehers hat sie bis auf Flüsterlautstärke heruntergestellt, um sie nicht zu wecken. Sie bleibt eine Weile davor stehen und versucht die Untertitel zu lesen, doch es geht viel zu schnell. Die Buchstaben sehen so eigenartig aus, und jedes Mal wollen die Augen auf der falschen Seite beginnen. Sie schaltet den Apparat aus und wirft die Fernbedienung aufs Sofa.

Ich muss schlafen, damit ich morgen zum Schwedischunterricht fit bin, denkt sie.

Ich muss lernen, die Sprache zu verstehen.

Vorsichtig schleicht sie ins Nebenzimmer. Sie hört die gleichmäßigen Atemzüge der Kinder in der Dunkelheit. Widersteht der Versuchung, ihnen übers Haar zu streichen. Zieht lediglich die Bettdecke wieder hoch, die der Junge weggestrampelt hat. Berührt mit den Lippen die Stirn des Mädchens. Ihr Atem riecht süßlich.

Nachdem die Frau sich die Zähne geputzt und das Nachthemd angezogen hat, liegt sie vollkommen still im Bett, starrt an die Decke und horcht.

Jemand schlägt die Wohnungstür unter ihr zu. Im Treppenhaus hört sie Stimmen und Schritte.

Sie schließt die Augen.

Wie immer holen sie die Bilder ein. Die Schusssalven und die Schreie. Menschen, die in Todesangst um ihr Leben rennen. Bombenexplosionen und das herzzerreißende Wimmern der Verletzten. Das Jaulen der Wildhunde. All diese Geräusche, die ihr nicht im Geringsten fehlen.

Die Frau sieht alles vor sich. Die Verstümmelten in ihren Betten im Krankenhaus, in dem sie gearbeitet hat. Männer, Frauen und Kinder, die vor Schmerzen schreien, um Linderung flehen. Die zerfetzten Körper der Toten. Sie versucht nicht daran zu denken, was mit Abdi geschehen ist, nachdem er verschwand.

Sogar die Gerüche vernimmt sie in ihrer Einsamkeit, wenn sie die Augen schließt. Den metallischen Geruch nach Blut. Den Gestank des Mülls, der in der Hitze verrottet. Die Benzindämpfe, die Abgase und den Brandgeruch.

Alles kommt ihr so real vor, dass es in ihren Nasenlöchern kitzelt.

Sie schnuppert in die Dunkelheit hinein.

Öffnet schließlich die Augen, doch alles ist dunkel, und sie sieht nichts.

Dann hört sie plötzlich schabende Geräusche vom Hausflur her. Murmelnde Stimmen und jemanden, der auflacht. Einen Knall im Briefschlitz.

Da ist jemand!

Ihr Herz hämmert gegen das Brustbein.

Sind sie etwa in der Wohnung?

Die Kinder!

Sie wirft die Bettdecke zur Seite und stürzt aus dem Bett. Als sie in den Flur kommt, schlagen bereits hohe Flammen an der Wohnungstür hinauf. Eine schwarze Rauchsäule steigt in Richtung Decke auf. Der Holzrahmen hat bereits Feuer gefangen. Es stinkt nach Benzin.

Zuerst steht sie wie versteinert da. Doch dann schreit sie laut und schrill, bis die Luft aus ihren Lungen entwichen ist und sie zu husten beginnt.

Wasser!, ist ihr erster Gedanke.

Sie stürzt in die Küche, packt den Abfalleimer, wirft den Müllbeutel zur Seite und dreht den Wasserhahn voll auf. Das Wasser im Eimer schwappt auf dem Weg zurück über, und als sie es übers Feuer kippt, beginnt es zu zischen und noch stärker zu rauchen.

Dreimal läuft sie zwischen Küche und Flur hin und her, dann schiebt sie den Sessel im Wohnzimmer beiseite und zerrt den Orientteppich, den sie auf dem Flohmarkt gekauft hat, in den Flur, um die letzten Flammen zu ersticken.

Danach sinkt sie ermattet auf den eingesauten Fußboden.

Um sie herum riecht es verbrannt.

Sie weint.

Und sie denkt, wie erstaunlich es doch ist, dass die Kinder nicht einmal aufgewacht sind.

KAPITEL 16

Die Kopfschmerzen zwangen Fatima aus einem rastlosen Schlaf. Mit einem Stöhnen rollte sie sich aus dem Hotelbett und stolperte hinaus ins Bad, wo sie den Wasserhahn aufdrehte und sich das Gesicht kühlte. Dann füllte sie ein Zahnputzglas mit Wasser und warf zwei Brausetabletten hinein. Sie setzte sich auf den Toilettendeckel und wartete.

Die Uhr auf dem Nachttisch zeigte halb sechs an. Es kam ihr vor, als hätte sie sich die ganze Nacht zwischen verschwitzten Laken hin- und hergewälzt. Als es im Glas aufhörte zu zischen, kippte sie den Inhalt hinunter und schlüpfte wieder ins Bett. Ein anonymer Duft nach Seife, rein, aber fremd, erfüllte den Raum. Unten auf der Straße hörte sie, wie ein Auto beschleunigte und in der Ferne verschwand. Der matte Schein der Straßenlaterne vor dem Fenster fiel ins Zimmer. Die Stadt ist noch nicht erwacht, dachte sie. Nur ich. Sie schloss die Augen in einem Versuch, wieder einzuschlafen.

Doch das, was sie im Traum verfolgt hatte, drängte sich unmittelbar wieder auf.

«Sie sollten Ihren Körper besser bedecken, Schwester.»

Fatima fluchte in ihrem Bett lauthals vor sich hin. «Was für ein scheinheiliger Aufschneider! Warum gebe ich mich überhaupt mit ihm ab?»

Die Vorführung vor den Haftrichter im Amtsgericht war ohne Probleme verlaufen. Der Richter beschloss, eine nicht öffentliche Verhandlung durchzuführen, genau wie die Staatsanwältin es beantragt hatte. Osamas Strafverteidiger erklärte, dass sein Mandant die Tat bestritt. Osama selbst saß lediglich da und starrte den Richter verächtlich an. Nach einer Viertelstunde wurde er unter dringendem Tatverdacht wegen Mordes in Haft geschickt. Auf dem Flur wimmelte es nur so von Journalisten.

Am Nachmittag hatten Fatima und Bill Lundström eine weitere Vernehmung im Polizeipräsidium abgehalten. Es lief schlecht. Entweder schwieg Osama, oder er gab Sarkasmen von sich. Als sie kurz davor waren aufzugeben, wandte er sich Fatima mit einem höhnischen Grinsen zu.

«Sind Sie glücklich, Fatima?»

Sie war kurz davor, ihm eine Ohrfeige zu verpassen.

Er versucht die Kontrolle über mich zu erlangen, dachte sie. Er ist gefährlich.

Glücklich, wer zum Teufel ist denn glücklich?

Dennoch wusste sie, dass es genau diese Worte waren, die ihr in der Nacht im Kopf herumgespukt und ihr Kopfschmerzen verursacht hatten.

Sie setzte sich ruckartig im Bett auf.

Ich bin stärker als er, dachte sie. Denn ich habe ihn zum Weinen gebracht.

* * *

Als der Frühstücksraum geöffnet wurde, stand sie bereits davor und wartete. Sie hatte lange geduscht, zuerst heiß, sodass es dampfte, und dann eiskalt, als härtete sie sich für eine schwere Prüfung ab.

Der Gedanke daran, ihm heute wieder zu begegnen, bereitete ihr Bauchschmerzen. Aber zugleich war er auch verlockend.

Sie stellte sich ein Schälchen mit Frühstücksflakes, einen Becher Kaffee und ein Croissant aufs Tablett, griff sich eine Morgenzeitung und setzte sich an einen Ecktisch. Außer ihr waren noch ein paar weitere Gäste hereingekommen. Vor dem Buffet stand ein älterer Mann, der missmutig das Rührei auf seinem Teller betrachtete. Fatima fand, dass er wie ein trauriger Hund aussah. Zwei gut gekleidete Frauen in ihrem Alter setzten sich an einen Tisch am Fenster. Sie sahen aus, als arbeiteten sie bei einer Bank. Oder möglicherweise bei einer Versicherung.

Drei Nächte im Hotel reichen absolut, dachte Fatima. Heute Abend fahre ich zurück nach Ystad.

Aber zu wem?, fragte sie sich.

Überwältigt von einer plötzlichen Leere in der Brust, erstarrte sie mit vollem Mund.

Dort ist niemand, der mich braucht, dachte sie.

Dann ärgerte sie sich über sich selbst. Fatima, du dumme Gans. Du bist doch selbstbewusst. Du liebst es doch, allein zu sein und dich selbst um die Dinge zu kümmern, ohne dass irgendwelche Blödmänner ihren Senf dazugeben.

Sie schluckte ihren Kaffee so hastig herunter, dass sie ihn in die falsche Kehle bekam und husten musste. Die Bankerinnen schauten erstaunt auf. Fatima wischte sich den Mund mit einer Serviette ab und schlug dann rasch die Zeitung auf.

Die Verhaftung war natürlich die Topnachricht des Tages. Auf der Titelseite war ein Foto abgedruckt, auf dem Osama in einem Polizeiwagen sitzend vor dem Amtsgericht ankam. Es war von hinten aufgenommen worden. Osama war zwischen seinen Aufsehern zu erkennen. Im Text wurde er als «28-Jähriger» tituliert. Es wurden nur wenige Details genannt. Sein Strafverteidiger Nils Apelberg beschwerte sich darüber, keine Einzelheiten aus den Ermittlungen preisgeben zu dürfen, nahm sich jedoch die Freiheit festzustellen, dass die Beweislage gegen seinen Mandanten «äußerst dürftig» war. Apelberg wies die Reporter der Zeitung darauf hin, dass Osama in den Vernehmungen letztlich kein Geständnis abgelegt habe, auch wenn die Staatsanwältin offenbar davon ausgehe.

Am Vorabend hatte Fatima sich noch einmal die Aufnahme ihrer ersten Vernehmung von Osama angehört. Sie fand, dass ihre Stimme unsicher klang. Die Fragen kamen ihr wirr und unzusammenhängend vor. Ohne klare Linie. Und dennoch war es ihr gelungen, Osama aus der Fassung zu bringen.

«Am selben Tag, als ich hörte, dass Mårten Lindgren den Propheten geschmäht hat, habe ich Gott versprochen, ihn zu töten.»

Fatima bestrich ihr Croissant mit Marmelade und kaute nachdenklich, während sie auf die Straße hinausstarrte.

Sie sah ihn vor sich. Die dunklen Ringe unter seinen Augen, die von Müdigkeit zeugten. Der Gefühlssturm, der in seinem Inneren tobte. Er hatte geweint. Dicke Tränen waren ihm die Wangen hinabgerollt, wie bei einem Kind. Aber gestanden, nein, das hatte er nicht.

* * *

Sie beschloss, zu Fuß zum Polizeirevier am Davidshallstorg zu gehen. Der Morgen war bewölkt. Ein leichter Schneefall hatte einen dünnen Schleier über die bräunlichen Wälle gelegt, die die Räumfahrzeuge aufgehäuft hatten. Die Motorengeräusche der Autos und Busse waren gedämpft, die Luft angenehm.

Die meisten Menschen, denen sie begegnete, schienen es eilig zu haben, zur Arbeit zu kommen. Nur einige wenige nahmen sich die Zeit, kurz innezuhalten, das Gesicht zum Himmel zu recken und die Schneeflocken auf der Zunge zu spüren.

Als sie gerade eine Straßenecke umrundet hatte, prallte sie gegen einen klapprigen Kinderwagen, der mit Müllsäcken, Lumpen und alten Decken beladen war, sodass die gesamte

Equipage kurz davor war umzukippen. «Hoppla, Entschuldigung!», rief Fatima aus. Sie hob eine Plastiktüte mit leeren Dosen auf, die scheppernd auf den Boden gefallen war, und legte sie auf den Wagen zurück. Das rote Gesicht der alten Frau mit den aufgesprungenen Lippen war in einen dicken Schal gehüllt. Sie grinste zahnlos und streckte eine schmutzige Hand vor. Fatima kramte eilig nach einigen Münzen in ihrer Tasche. Als sie sie ihr reichte, berührte sie zufällig die kalten gekrümmten Finger der Bettlerin. Die Berührung brannte regelrecht auf der Hand, als hätte sie einen elektrischen Schlag bekommen, sodass Fatima sie rasch wieder zurückzog. Dann errötete sie vor Scham.

«Gott segne dich, Mädchen», krächzte die Alte.

Fatima ging jetzt schneller. Sie hatte noch nie verstanden, wie es kam, dass dieses reiche Land, das ihr Heimatland war, einige der Ärmsten draußen in der Winterkälte auf der Straße schlafen ließ.

Vor dem schweren Eisentor des Polizeigebäudes hielt sie inne und atmete noch einmal tief durch, bevor sie hineinging. Sie nickte der Dame am Empfang zu und öffnete die Sicherheitstür mit der Magnetkarte, die sie erhalten hatte. Statt den Aufzug zu nehmen, entschied sie sich dafür, die Steintreppe bis ins oberste Stockwerk hinaufzugehen, wo die Sicherheitspolizei ihre Diensträume hatte.

Bill Lundström war bereits da. Seine Wangen waren vom Rasieren gerötet und glänzten vom Aftershave. Er stand in Gedanken versunken vor dem großen Whiteboard an der Wand, das mit Fotos, Landkarten und kurzen Notizen mit Filzstift bedeckt war. Während Fatima sich einen Becher Kaffee eingoss, tauchten zwei der aus Stockholm ausgeliehenen Sicherheitspolizisten auf. Lisbeth Eriksson und Göran Salberg waren genauso konturlos, wie Fatima sich das Personal bei der Säpo vorgestellt hatte. Sie würden mich einen ganzen Tag lang beschatten können, ohne dass sie mir aufgefallen wären, dachte sie. Jetzt tauschten sie gerade einige freundliche Kommentare über das Wetter aus. Nach ein paar Minuten kam auch Olof Larsson und kurz darauf ein weiterer Mann, den Fatima noch nicht kannte.

Lundström kam wie immer unmittelbar zur Sache.

«Okay», begann er. «Gestern wurde unser Freund Osama verhaftet, und das müssen wir als Fortschritt betrachten. Aber wie wir alle wissen, sind wir noch weit vom Ziel entfernt. Ich bin der Meinung, dass wir den Tag mit einem erneuten Durchgang der Beweislage beginnen sollten.»

Er warf einen kurzen Seitenblick auf den zuletzt Hinzugekommenen.

«Das ist Per Gullbrandsson, der gestern Abend aus der Hauptstadt eingetroffen ist. Er wird uns ab jetzt bei den Ermittlungen zur Seite stehen, nicht zuletzt mittels übergreifender Analysen, und er hat um ein Update gebeten.»

Der Handschlag des Mannes war trocken und anonym wie auch seine Gesichtszüge. Helle Augen, gerade Nase und glatte Haut. Fatima stellte fest, dass auch keiner der anderen Gullbrandsson zu kennen schien. Er legte seinen Mantel auf einem Stuhl ab und strich sich eine lange blonde Haarsträhne hinters Ohr. Wie auf ein Signal hin nahmen alle am Konferenztisch Platz.

«Also», begann Bill Lundström. «Die Anklage Osama Al-Dins gründet sich vor allem auf drei Umstände. Drei Wochen vor dem Mord drohte er damit, Mårten Lindgren zu töten. Dies geschah in einem Telefonat mit einem Freund. Wir hatten es damals abgehört. Die Audiodatei ist sehr deutlich. Der zweite und stärkste Grund besteht darin, dass Osama nach dem Mord wiederholt die Worte ‹Ghadab Allah›, ‹Gottes Zorn›, in einem Islamistenforum benutzte. Wie kam er auf genau diesen Wortlaut, wenn er nicht in dem Haus in Tomelilla war? Der dritte Grund besteht darin, dass er sich weigert, uns darüber Auskunft zu geben, wo er sich in der Mordnacht befand. Beim letzten Punkt lässt sich natürlich darüber streiten, wie viel das letztlich aussagt, aber zumindest ist es ein Indiz.»

Ein diskretes Räuspern ließ ihn innehalten. Er schaute Gullbrandsson fragend an, der eine Anmerkung in sein Notizbuch schrieb, dann jedoch abwehrend mit der Hand wedelte.

«Fahren Sie nur fort.»

Bill Lundström nickte. «Der Schwachpunkt in unserem Case ist die technische Beweislage. Wir können Osama noch immer nicht an den Tatort binden. Könntest du darüber berichten, Olof?»

«Gerne.»

Olof Larsson klappte seinen Laptop auf und erleuchtete einen Bildschirm an der Wand, auf dem ein Gebäude eingezeichnet war.

«Das ist Mårten Lindgrens Haus bei Spjutstorp außerhalb von Tomelilla. Es liegt, wie Sie wissen, einsam draußen auf dem Land. Der Pfeil, den ich hier auf der Skizze eingezeichnet habe, zeigt auf ein Kellerfenster, das eingeschlagen worden war. Wir haben unmittelbar daneben einen Ziegelstein im Schnee gefunden sowie Glassplitter auf der Innenseite. Alles deutet darauf hin, dass der Täter auf diesem Weg hereingekommen ist, die Treppe nach oben genommen und Lindgren im Erdgeschoss überfallen hat. Im Haus war es ja dreckig wie in einem Schweinestall, sodass es von Fußspuren und Fingerabdrücken nur so wimmelte, aber es existieren keine, von denen wir sicher sagen können, dass sie Osama gehören. Und was die Frage betrifft, wie er zum Haus hin- und von dort wieder weggelangte, haben wir nicht viele Ansatzpunkte. Es führt zwar ein Kiesweg dort hinaus, aber es herrschte ja seit mehreren Tagen und Nächten

Schneesturm. Und die Wege waren nicht geräumt. Wenn also der Mörder oder die Mörder nicht geflogen kamen, müssten sie sich zu Fuß genähert haben. Und sie hatten Glück. In der betreffenden Nacht wurden alle Spuren schnell wieder verweht.»

«Irgendwelche DNA?»

Gullbrandssons Frage klang unnötig scharf, womit er sich einen irritierten Blick von Olof Larsson einfing.

«Als Osama verhaftet wurde, haben wir natürlich umgehend eine Probe von ihm genommen. Die Techniker haben sie mit einer Menge Haarsträhnen, Hautpartikeln und sogar einem eingetrockneten Blutfleck verglichen, der zwischen zwei Fußbodendielen gefunden wurde. Aber es gab keine Übereinstimmungen. Das Blut schien außerdem viel älteren Datums zu sein. Wenn wir es recht verstehen, hat Mårten Lindgren wohl ein ziemlich wildes Leben geführt. Zumindest in jüngeren Jahren. Wir konnten in der aktuellen Nacht übrigens auch keinerlei Spuren von Gegenwehr sichern. Der Täter muss ihn also vollkommen überrascht haben. Höchstwahrscheinlich hat er ihn von hinten angegriffen und auf der Stelle mit der Wäscheleine erwürgt.»

«Hätte Lindgren nicht hören müssen, wie das Kellerfenster eingeworfen wurde?», fragte Fatima.

«Nicht notwendigerweise. Die Tür zum Keller war vermutlich geschlossen. Und es sah aus, als wäre die Scheibe ziemlich vorsichtig eingedrückt worden. Die Scherben landeten auf einem alten Teppich unter dem Fenster.»

Olof Larsson schloss das Bild an der Wand und klappte seinen Laptop zu.

«Und dann haben wir noch die Telefonate», sagte er.

«Es waren also mehr als nur eins?»

Diesmal ignorierten alle Gullbrandssons Frage.

«Wir wissen, dass Mårten Lindgren seinen Sohn Joel Lindgren gegen Mitternacht anrief. Exakte Zeitangaben befinden sich auf der Zeitachse auf dem Papier, das vor Ihnen liegt. Oder besser gesagt, jemand rief Joel von Mårtens Handy aus an. Joel selbst sagt aus, sich ziemlich sicher zu sein, dass es Mårten war, aber das muss gegebenenfalls in Frage gestellt werden. Joel hatte über viele Jahre hinweg keinerlei Kontakt zu seinem Vater und … tja, Fatima, Sie waren schließlich die Erste vor Ort, sodass Sie uns davon berichten können, welchen Eindruck er auf Sie gemacht hat.»

Fatima stellte ihren Kaffeebecher ab und betrachtete die Anwesenden einen nach dem anderen. Sie musste an die eiskalte blaue Morgendämmerung denken. Die Stille, die sich über das heruntergekommene Eternithaus legte, nachdem das Räumfahrzeug weggefahren war. Die Stille nach dem Sturm. Joel Lindgren hatte irgendwie merkwürdig auf sie gewirkt. Er kam ihr … schutzlos vor. Nahezu nackt.

«Er war in einem ziemlich miserablen Zustand», sagte sie. «Hatte einen heftigen Kater beziehungsweise war immer noch betrunken. Ich hatte den Eindruck, dass er zu Hause exzessiv gesoffen und es dann mit der Angst zu tun bekommen hatte, als sein Vater mitten in der Nacht bei ihm anrief. Daraufhin war er offenbar mehrere Stunden lang im Schneesturm herumgeirrt, bevor er das Haus erreichte und den Alten erhängt auffand. Ich glaube, dass er aufgrund des Schocks zusammengebrochen ist. Und es wurde auch nicht gerade besser, als wir dann am Morgen mit gezogenen Waffen das Haus stürmten.»

«Kommt er denn als Mörder in Frage?», fragte Gullbrandsson.

Bill Lundström zuckte mit den Achseln. «Wir konzentrieren uns vorerst auf Osama. Er ist unser Hauptverdächtiger. Allerdings können wir in diesem frühen Stadium nichts ausschließen. Wie ist Ihr Eindruck, Fatima?»

Sie dachte einen kurzen Augenblick nach. «Zweifelhaft. Er hat schließlich eine Schrotflinte und eine Axt mit sich geschleppt. Hätte er die Waffen nicht anwenden müssen, wenn er seinen Vater umbringen wollte? Außerdem hat er, soweit ich es verstanden habe, kein Motiv.»

«Hass?»

Sie schüttelte den Kopf. «Nein, ich glaube, dass er sich bewaffnet hat, weil er befürchtete, dort noch eine weitere Person anzutreffen. Joel Lindgren wusste schließlich, dass Drohungen gegen Mårten Lindgren vorlagen. Nach Joels Aussage hatte sein Vater Todesangst, als er bei ihm anrief.»

«Aha», meinte Bill Lundström. «Und dann haben wir da noch das zweite Telefonat.»

Er wandte sich wieder an Olof Larsson.

«Genau. Um 3.21 Uhr ging über den Notruf ein anonymes Gespräch bei der Polizei ein. Es war ziemlich kurz. Eine Stimme sagte: ‹Allahs Rache. Der ungläubige Hund ist bestraft worden.› Die Audiodatei ist ziemlich undeutlich. Entweder befand sich der Anrufer draußen im Sturm, oder er hat sich etwas vor den Mund gehalten, um seine Stimme bewusst zu verzerren. Aber man kann einen ziemlich markanten Akzent heraushören. Es könnte Osama gewesen sein, aber das ist unsicher.»

«Und Sie konnten das Gespräch zuordnen?» Diesmal klang Gullbrandsson etwas freundlicher.

«SIM-Karte, natürlich», antwortete Olof Larsson. «Also diesbezüglich kommen wir nicht weiter. Sie steckte jedenfalls nicht in Osamas Handy, als wir es im Zuge seiner Festnahme beschlagnahmt haben. Aber er könnte auch ein anderes benutzt haben, das er danach entsorgt hat. Er ist ja nicht dumm. Wir haben die IT-Leute gebeten herauszufinden, von welcher Basisstation aus die Signale gesendet wurden, aber das hilft uns im Moment auch nicht weiter.»

Plötzlich hatte Fatima den Eindruck, nicht mehr folgen zu können.

«Warten Sie kurz, kann jemand das Letzte noch einmal erklären?»

Gullbrandsson stöhnte ungeduldig, während Olof Larsson Fatima mit einem süffisanten Lächeln bedachte und beflissen erklärte: «Ja, wie Sie wissen, ist eine SIM-Karte anonym. Wir können sie nicht einer bestimmten Person zuordnen. Aber wir können den Telefonanbieter um die Information bitten, über welche Basisstation, also, wenn Sie so wollen, über welchen Sendemast das Gespräch weitergeleitet wurde. Damit erhalten wir eine geographische Zuordnung, wo sich derjenige befand, der anrief. Und dann können wir eine Entladung des Mastes anfordern. Das bedeutet, dass der Anbieter alle Gespräche, die in einem bestimmten Zeitintervall über diese Basisstation geleitet wurden, herunterlädt. Wenn wir die Gesprächsliste haben, können wir prüfen, ob der Inhaber der SIM-Karte in der betreffenden Nacht noch weitere Gespräche geführt hat.»

«Okay, ich verstehe», sagte Fatima rasch und bedachte Gullbrandsson mit einem Seitenblick.

Es fehlt gerade noch, dass sie mich «Kleine» nennen, dachte sie.

«Also», sagte Bill Lundström. Er stand plötzlich auf, als könnte er seine Rastlosigkeit nicht unterdrücken, und ging auf das große Whiteboard an der Wand zu. Er klopfte mit dem Zeigefinger auf das Foto von Osama. «Wenn wir von Osama Al-Dins Kommunikation ausgehen: Was haben wir diesbezüglich?»

«Sein Handy haben wir wie gesagt bereits durchsucht», antwortete Olof Larsson. «Das Interessanteste, was wir darin gefunden haben, sind Telefonate mit diversen bärtigen Gentlemen in Kopenhagen. Es handelt sich um bekannte islamistische Extremisten, die unsere Kollegen von der dänischen Sicherheitspolizei schon seit einiger Zeit im Blick haben. Inzwischen lassen sie zwei von ihnen rund um die Uhr beschatten.»

«Gut», sagte Bill Lundström. «Darüber hinaus dürfen wir allerdings die größere Drohung nicht außer Acht lassen. Die Androhung eines Attentats auf die Öresundbrücke. Die ‹Pulsader zwischen unseren Feinden›. Können Sie uns etwas darüber sagen, Per?»

Gullbrandsson öffnete den Verschluss seiner Aktentasche und nahm ein Dokument heraus, das er mit feierlicher Miene Fatima reichte. In die obere Ecke war das Wort *Geheim* gestempelt.

«Sie können es dann weiterreichen. Es handelt sich um eine Analyse, die in Stockholm durchgeführt wurde. Sie basiert auf Angaben, die zum einen von unseren eigenen Leuten und zum anderen vom Militärischen Nachrichtendienst stammen. Zusammenfassend kann man sagen, dass das allgemeine Rauschen im Internet zugenommen hat. Nach dem Mord an Mårten Lindgren ist inzwischen auf diversen Websites und Chatforen von einer umfassenden Rache an Schweden oder Dänemark die Rede. Die Öresundbrücke wird dort als denkbares Ziel genannt. Allerdings ist es immer schwierig, die Ernsthaftigkeit dieser Pläne zu beurteilen. Manche Drohungen kommen von irgendwelchen Individuen, die einer Gehirnwäsche unterzogen worden sind und nun allein zu Hause vor ihrem Laptop hocken und vor sich hin phantasieren. Aber man muss es dennoch ernst nehmen.»

Er machte eine Kunstpause.

«Ich spreche von sogenannten Soloterroristen», erklärte er dann und schaute sich in einer Art und Weise um, die andeutete, dass er die Reaktion jedes einzelnen Anwesenden genau registrierte. «Inzwischen traut man Al-Qaida kaum mehr die Kapazität zu, derart umfassend koordinierte Terroranschläge wie Nine-Eleven durchzuführen. Stattdessen fordern ihre Ideologen zum Soloterrorismus auf. Bau dir deine eigene Bombe und sprenge die erstbeste Menschenmenge in die Luft, dann versprechen wir dir, dass du zu einem Märtyrer wirst und im Himmelreich zweiundsiebzig Jungfrauen bekommst. Leider gibt es eine Menge Sonderlinge weltweit, die geistesgestört genug sind, um das Angebot anzunehmen.»

«Wie Osama …», murmelte Fatima.

Gullbrandsson lächelte finster. «Osama bin Laden ist tot. Aber er wird auch nicht mehr gebraucht. Denn jetzt haben wir Osama Al-Din in tausendfacher Kopie.»

«Mir geht dieser spezielle Aufruf nicht aus dem Kopf, den Fatima gefunden hat», sagte Bill Lundström nachdenklich. «Die Pulsader zwischen Schweden und Dänemark zu kappen. Haben wir bereits eine Ahnung, wer ihn ins Netz gestellt hat?»

Gullbrandsson schüttelte den Kopf. «Nein, es gibt keine Möglichkeit, das zu kontrollieren. Wenn sich der Server im Ausland befindet, sind unsere Chancen gleich null.»

«Ich sollte vielleicht darauf hinweisen, dass er zumindest nicht von Osamas Laptop aus geschickt worden ist», warf Olof Larsson ein. «Das haben die IT-Leute überprüft.»

«Wäre es denn überhaupt durchführbar?», fragte Fatima.

«Die Brücke zu sprengen?»

«Ja, ich meine, könnten irgendwelche fanatischen Amateure das rein technisch bewältigen?»

Mit einem stummen Blick leitete Lundström die Frage weiter an Olof Larsson, der sich die Brille abnahm und mit rot geränderten Augen blinzelte.

«Bei der Errichtung des Bauwerks hat man das Risiko miteinkalkuliert. Das Konsortium hat sich bemüht, diese Möglichkeit zu eliminieren. Was jedoch nicht vollständig möglich war. Eine starke Sprengladung auf dem Dach des Tunnels hätte verheerende Folgen. Wenn ich allerdings ein Terrorist wäre, würde ich mit ein paar Reisetaschen voller Sprengstoff in den Zug steigen und den Scheiß ganz einfach auf der Mitte der Brücke auslösen.»

«Sollte die Allgemeinheit nicht gewarnt werden?»

«Auf keinen Fall!», antwortete Gullbrandsson energisch und warf Fatima einen eindringlichen Blick zu. «Wir wollen keine Panik verbreiten, zumal wir ja nicht einmal wissen, ob die Drohung wirklich ernst gemeint ist.»

Stille senkte sich über den Raum.

Es war, als wäre so weit alles besprochen worden.

Bill Lundström tippte mit einem Stift auf seinen Notizblock. Göran Salberg, der die ganze Zeit lang kein Wort geäußert hatte, las in dem dünnen geheimen Dokument und reichte es dann weiter an seine Kollegin. Lisbeth Eriksson lächelte. Fatima kam der Gedanke, dass dies vielleicht gar nicht ihre richtigen Namen waren. Wer in dieser Runde hatte eigentlich das Sagen?

Eine ganze Weile lang saß sie schweigend da und betrachtete das Whiteboard, auf dem das Foto eines jungen Mannes mit ziemlich dunklen Schatten unter den Augen mit einem Magneten befestigt war.

«Wie sicher können wir sein, dass wir den richtigen Mann haben?», hörte sie Gullbrandsson fragen.

«Ziemlich sicher», antwortete Bill Lundström.

* * *

Sie ließen Osama und seinen Verteidiger absichtlich eine ganze Weile lang im Vernehmungsraum warten. Nils Apelberg war klein und schmächtig, er hatte Knopfaugen und erinnerte an ein Wiesel. Gekleidet war er in einen teuren glänzenden Anzug. Durchs Spiegelglas hindurch sahen sie ihn erst einige Worte mit seinem Mandanten wechseln und sich dann auf einen Klappstuhl an der Wand setzen. Über zwanzig Minuten lang schwiegen die beiden. Apelberg blätterte in einigen Papieren, die er aus seiner ledernen Aktentasche genommen hatte. Osama, der zusammengesunken dasaß, hatte die Augen geschlossen. Es sah aus, als betete er.

«Jetzt ist es an der Zeit», sagte Bill Lundström schließlich.

«Zerquetsch ihm die Eier, Fatima», ermunterte Olof Larsson sie.

Mit einer knappen Handbewegung signalisierte er ihr, wie sie vorgehen sollte. Lundström warf ihm einen kühlen Blick zu.

«Sind Sie sicher, dass ich ihn ein weiteres Mal vernehmen soll?», fragte sie unsicher. «Denn ich weiß nicht ... Manchmal habe ich das Gefühl, dass er sich in mich hineinfrisst. Als würde er mich analysieren und versuchen, die Kontrolle über mich zu gewinnen.»

«Sie bringen ihn dazu zu reagieren», entgegnete Lundström bestimmt. «Das ist mehr, als irgendein anderer von uns bislang geschafft hat. Es geschieht etwas. Das ist nie verkehrt.»

«Das Ganze kommt mir eher wie ein Spiel vor.»

Er sah sie an, ohne eine Miene zu verziehen. «Ist das nicht genau das, was wir die ganze Zeit über machen? Ein Spiel spielen?»

«Die ganze Zeit ...?»

Er nickte bestimmt. «Die ganze Zeit!»

Als Fatima begriff, dass er keine Witze machte, stand sie auf und betrat den Vernehmungsraum.

Der Strafverteidiger fuhr augenblicklich von seinem Stuhl hoch. Seine Stimme war piepsig und überschlug sich, als befände er sich im Stimmbruch. «Der Gesundheitszustand meines Mandanten hat sich verschlechtert. Das ist nicht akzeptabel. Sie können ihn nicht vernehmen, während er sich im Hungerstreik befindet.»

Osama reagierte nicht. Schlief er etwa? Oder tat er nur so?

Fatima bemühte sich, hart zu klingen. «Er hat sich zwei Tage lang geweigert zu essen. Das nenne ich noch keinen Hungerstreik», entgegnete sie in gleichgültigem Tonfall.

«Ich möchte wissen, ob er angemessene Kost bekommt.»

«Wie alle Muslime bekommt er Mahlzeiten, die halal sind. Das Gefängnispersonal sagt, dass er sich weigert, das Essen anzurühren. Was erwarten Sie von uns? Dass wir ihn zwangsernähren?»

Sie registrierte ein schwaches Zucken in Osamas Gesicht.

«Wenn er sich weiterhin weigert, müssen wir wohl eine Krankenschwester kommen lassen, die ihm eine Sonde in den Hals schiebt. Sie können beruhigt sein. So etwas können wir jederzeit in die Wege leiten.»

Apelberg wirkte mit einem Mal unsicher, als wüsste er nicht genau, ob sie es ernst meinte. Er setzte sich wieder.

Bevor sie fortfahren konnte, öffnete Osama seine schweren Augenlider.

«Ich habe von Ihnen geträumt, Fatima», sagte er mit matter Stimme.

«Reden Sie doch keinen Mist!»

Er blinzelte durch seine Wimpern hindurch. «Sie und ich, wir waren in einem goldenen Palast, Fatima. Wir haben Wasser aus einem Brunnen getrunken. Kaltes klares Wasser. Und wir haben den süßesten Honig gegessen. Kleine rote und gelbe Vögel haben für uns gesungen. Glauben Sie, dass wir im Himmelreich waren, Fatima?»

«Wohl kaum. Denn ich habe heute Nacht in einem tristen Hotelbett geschlafen, und soweit ich weiß, lagen Sie unten schnarchend in einer Zelle. Ich bin vielmehr daran interessiert zu hören, wo Sie sich in der Nacht auf den zwölften Februar befanden. Die Nacht, in der Mårten Lindgren ermordet wurde.»

Osama grinste höhnisch, als wolle er andeuten, dass sie ein gemeinsames Geheimnis hüteten. Sie zog ihre Strickjacke enger um sich, obwohl es warm und stickig war.

«Das werde ich Ihnen nicht sagen», antwortete er leise.

Man sieht, dass er keine Nahrung zu sich genommen hat, dachte Fatima. Er ist ja mager wie ein Gerippe.

«Und warum essen Sie nichts?»

Ein Schatten zog über sein Gesicht. Sie bereute ihre Frage sofort.

«Machen Sie sich Sorgen um mich, Fatima?»

«Nicht im Geringsten», antwortete sie rasch. «Wenn Sie verhungern, müssen wir nicht mehr hier rumsitzen und uns den Mund fusselig reden. Ein Terrorist weniger. Und die Welt wird zu einem lebenswerteren Ort.»

«Jetzt muss ich aber protestieren …», begann Apelberg und warf seinen Kugelschreiber auf den Notizblock auf dem Tisch vor sich.

«Und wogegen?», unterbrach ihn Fatima brüsk. «Dass es mir nichts ausmachen würde, wenn unser heiliger Freund verhungern sollte?»

«Mein Mandant ist verdächtigt worden, nicht verurteilt. Ich verbitte mir, dass er als Terrorist verleumdet wird.»

In Osamas Gesicht breitete sich ein amüsierter Ausdruck aus, während er ihren kleinen Machtkampf verfolgte, als wären sie zwei sich kabbelnde Kinder.

«Inschallah», sagte er in mildem Tonfall. «Wenn Gott will, werde ich zum Märtyrer. Das wäre doch schön, nicht wahr, Fatima?»

«Vergessen Sie's, Osama. Sie werden zwischen den Würmern

in der Erde verwesen, und zwar genauso jämmerlich und von allen vergessen wie im Leben.»

Diesmal beschloss sie, seinem Blick nicht auszuweichen. Tief in seinen Augen blitzte etwas Metallisches auf. Sie erahnte die widersprüchlichen Gefühle, die in seinem Inneren tobten. Er hasst mich, dachte sie. Oder hat er vielleicht nur Angst vor mir?

Als sein Kopf auf die Brust hinunterfiel, beschloss sie, noch einmal von vorn anzufangen.

Fatima stellte ihm Fragen über Bagdad. Über seine Reise nach Schweden. Seine Verwandtschaft, die seiner Behauptung nach über die ganze Welt verteilt lebte. Den Asylbewerberprozess. Den Schwedischunterricht und die wenigen Jobs, denen er nachgegangen war. Die Moscheen, in denen er betete. Die Freunde, mit denen er sich traf.

Osama antwortete knapp und ausweichend. Mitunter ironisch oder herablassend. Hin und wieder warf der Verteidiger einen Einwand ein. Doch insgesamt kam nicht viel Neues dabei heraus. Nichts Konkretes. Keine Details. Aber die Zeit verging, und Fatimas Frust nahm zu.

«Okay, Osama. Sie haben mir von Bagdad erzählt. Wir wissen jetzt, dass Sie vor sieben Jahren nach Schweden kamen. Sie haben Schwedisch gelernt. Gelegenheitsjobs gehabt. Aber hauptsächlich von Sozialhilfe gelebt. Wie fühlt es sich denn an, wenn ehrenhaft arbeitende Steuerzahler Ihnen in diesem schrecklichen Land Ihr frommes Leben finanzieren?»

Fatima erhielt keine weitere Reaktion auf ihre Provokation als ein Gähnen vonseiten Osamas.

«Wie Sie wissen, checken meine Kollegen gerade, mit welchen Leuten Sie Umgang haben. Erzählen Sie mir von Ihren Freunden.»

«Alle Rechtgläubigen sind meine Freunde.»

«Osama, es hilft Ihnen auch nicht weiter, den Heiligen zu

spielen. Unsere Techniker haben Ihren Laptop und Ihr Handy auseinandergeschraubt und jede Mail und jede SMS, die Sie verschickt haben, zutage befördert. Wir lesen Ihre Blogeinträge im Internet. Wir kennen eine Menge von Ihren sogenannten Freunden, sowohl hier in der Stadt als auch in Kopenhagen. Erzählen Sie mir, wer von ihnen hat Sie nach Tomelilla begleitet?»

Als sie verstummte, sah sie, dass er sie höhnisch angrinste.

«Jetzt enttäuschen Sie mich aber, Fatima. Ich dachte eigentlich, dass Sie intelligenter wären.»

In einem plötzlichen Einfall wandte sie sich an den Verteidiger. «Herr Apelberg, können Sie ihm denn nicht klarmachen, dass er die Dinge nur schlimmer macht, wenn er nicht redet?»

In den Mundwinkeln des Verteidigers zuckte es, während er seinen Stift zwischen den Fingern hin- und herrollte.

«Wie Sie sehr wohl wissen, Frau Kriminalkommissarin, ist es meine Aufgabe, die Interessen meines Mandanten zu wahren. Doch im Augenblick bin ich der Auffassung, dass er durchaus in der Lage ist, für sich selbst zu sprechen.»

Mistkerl!, dachte Fatima.

Sie blätterte diverse Unterlagen in ihrem Plastikhefter durch, um Zeit zum Nachdenken zu gewinnen. Die letzte Person, die angegeben hatte, Osama am Tag vor dem Mord gesehen zu haben, war der Inhaber von Abdullahs Lebensmittelgeschäft in Lindängen. Er sagte aus, dass Osama gegen elf Uhr vormittags Brot und Obst bei ihm gekauft hatte. Danach verschwand er von der Bildfläche. Keine Gespräche von seinem Handy aus. Auch nichts in seinem Laptop.

Vor ihrem inneren Auge gelang es Fatima, ein Bild heraufzubeschwören. Ein Mann, der durch den Schnee stapft, während der Sturm über das weite, flache Land donnert. Er kämpft leicht vornübergebeugt gegen den Wind an. Der Schnee funkelt im Schein seiner Taschenlampe. An den Rändern des Lichtstrahls erahnt sie Schatten. Sind es mehrere? Sie sieht, dass der Mann einen dicken Dufflecoat mit Kapuze trägt, genau so einen, wie sie ihn in Osamas Garderobe gefunden haben.

«Was halten Sie von Schnee, Osama?»

«Was?», rutschte es ihm heraus, bevor er sich auf die Lippe biss.

«Schnee. Sie wissen schon, dieses weiße Zeug, das vom Himmel fällt. Mögen Sie Schnee?»

«Wenn Gott will, dass es schneit, dann schneit es ...»

«Es muss ziemlich beschwerlich gewesen sein, sich durch die Schneewehen zu Mårten Lindgrens Haus hinauszukämpfen. Erzählen Sie mir, wie es war! Hatten Sie Angst, so ganz allein in der Dunkelheit? Denn Sie sind ja nicht gerade mutig, Osama.»

Er wandte sich ab.

Nils Apelberg schob die Manschette seines Hemdsärmels hoch und warf einen Blick auf seine Armbanduhr.

«Wie es scheint, bewegt sich diese Vernehmung nun schon ziemlich lange im Leerlauf. Vielleicht ist es an der Zeit, sie zu beenden?»

Er war schon im Begriff aufzustehen, als Fatima beschloss, etwas auszuprobieren.

«Warten Sie kurz!»

Langsam setzte sich der Verteidiger mit erstaunter Miene wieder. Fatima wartete, bis Osama ihrem Blick nicht länger ausweichen konnte.

«Da ist noch eine Sache, die Sie mir erklären müssen. Unsere Kriminaltechniker haben Fasern von Ihrem Dufflecoat am Kellerfenster in Mårten Lindgrens Haus gefunden. Sie müssen daran hängen geblieben sein, als Sie hineingeklettert sind.»

Es entstand eine beklemmende Stille, während der sie die beiden Männer atmen hören konnte. Der Verteidiger kurz und kontrolliert. Und Osama so schwer, als bekäme seine Lunge nicht genügend Sauerstoff.

Jetzt kommt es, dachte Fatima. In ihrem Inneren begann es leicht zu kribbeln, eine Ahnung, eine vage Hoffnung, die immer stärker wurde und ihr suggerierte, dass es ihr endlich gelungen war, ihn zu überlisten.

«Sie lügen, Fatima», rief Osama plötzlich mit Triumph in der Stimme.

Er schaute geradewegs in ihr Inneres.

«Waren Sie nicht diejenige, die bei unserer ersten Begegnung sagte, dass es haram ist zu lügen?»

Mit einem Mal war es in ihrem Kopf völlig leer. Sie stand überstürzt auf.

«Wir brechen hier ab …»

Als sie auf dem Weg nach draußen war, hörte sie seine Stimme hinter sich.

«Ich werde heute Nacht für Sie beten, Fatima.»

Sie knallte die Tür hinter sich zu.

Im angrenzenden Raum warf sie ihren Kollegen angriffslustige Blicke zu.

«Hat irgendwer Lust, heute Abend mit in irgendeine Kneipe zu kommen und sich volllaufen zu lassen?»

KAPITEL 17

Fatima hatte schon fast die Hoffnung aufgegeben, als sie die Glastür zum Hotel aufzog und über den roten Teppich der Lobby wankte. Sie grüßte den Nachtportier mit einer Grimasse und machte dann drei Schritte die Treppe hinauf, bevor sie es sich anders überlegte. Die Bar war noch geöffnet.

Sie bestellte einen Gin Tonic.

Der Barmann gähnte. Sein längliches Gesicht war grau, und er blickte so finster drein wie ein Bestatter. Erst als sie ihren Drink in einem Zug halb geleert hatte, bemerkte sie, dass am anderen Ende des Bartresens noch ein weiterer Gast saß.

«Durstig?»

Sie nickte. «Ich hab vor, mich zu betrinken.»

«Und, klappt's?»

«Geht so.»

Bill Lundström und einige der anderen Sicherheitspolizisten aus der Ermittlungsgruppe waren gemeinsam mit ihr in einen Pub am Gustav Adolfs torg gegangen. Hatten ein paar Bier getrunken und sich dann einer nach dem anderen zurückgezogen. Fatima hatte viel und schnell geredet. Draußen vor dem Pub war sie kurz davor gewesen, Bill zu bitten, sie ins Hotel zu begleiten, hatte es sich dann aber im letzten Moment verkniffen. Nachdem sie ein Stück weit gegangen war, hatte sie sich kurz umgedreht und gesehen, dass er noch immer vor dem Pub stand und ihr nachschaute.

Meine Güte, wie armselig, dachte sie und rührte das Eis in ihrem Glas um.

«Darf ich Sie zu etwas Exquisiterem einladen?»

Der Mann am Tresen war näher zu ihr gerutscht. Er lächelte sie leicht schief mit weißen Zähnen an.

Sie musterte ihn von oben bis unten.

«Okay.»

Mit weltgewandter Miene hob er einen Zeigefinger, um die Aufmerksamkeit des Barmanns auf sich zu ziehen. «Zwei Cosmopolitan.»

Der Barkeeper seufzte und legte das Geschirrtuch zur Seite, mit dem er gerade Gläser abgetrocknet hatte. Dann schenkte er sorgfältig den Alkohol in die Cocktailgläser und klemmte zwei Zitronenscheiben an den Rand.

«Ich heiße Fredrik. Und du?»

«Fatima. Skål!»

Er warf einen erstaunten Blick auf ihr leeres Glas. Bedeutete daraufhin dem Barmann, es erneut zu füllen. Fatima musste aufstoßen.

Während der Mann namens Fredrik ihr unaufgefordert erzählte, dass er einen Heizungs- und Sanitärbetrieb in Växjö leitete, der einträgliche Umsätze machte, und er des Weiteren eine unglückliche Ehe hinter sich hatte, nahm sie ihn unverfroren in Augenschein. Charmante Augen, weiche Lippen und glänzendes, nach hinten gekämmtes Haar, das sich im Nacken kräuselte.

Er wird schon taugen, dachte sie.

«Ich versuche mindestens zwei Marathons im Jahr zu laufen.»

«Oh, da musst du aber ziemlich gut trainiert sein.»

«In diesem Jahr laufe ich in Berlin und London.»

«Cool!»

Als sie ihm eine Weile lang bei der näheren Beschreibung seiner Plattensammlung mit Fünfzigerjahre-Jazz zugehört hatte, spürte sie, wie sich seine Hand um ihre Taille legte und dann bis zur Hüfte hinunterglitt. Sie ließ ihn gewähren.

Denk nicht so viel nach, ermahnte sie sich im Stillen.

Als er ihr, ohne seine Auslegungen zu unterbrechen, den dritten Drink bestellte, legte sie prüfend eine Hand auf seinen Oberschenkel. Sie spürte, wie er mitten in einem Satz über Dizzy Gillespie zusammenzuckte und schwer zu atmen begann. Als er sich eine Weile später zu ihr vorbeugte und sie küsste, schloss sie die Augen und öffnete die Lippen. Seine Zunge schmeckte nach Pfefferminzpastillen.

«Stellen Sie die Rechnung auf mein Zimmer aus», bedeutete er dem Barmann mit belegter Stimme und nahm dann ihre Hand.

Sie stolperte gemeinsam mit ihm zum Aufzug. Die Neonröhre flackerte. Er schob mit ungelenken Fingern seine Karte in den Schlitz und drückte auf den Knopf zum vierten Stock. Dann umfasste er ihren Nacken und presste seinen Körper gegen den ihren. Fatima schob ihre Hand unter sein Jackett und spürte, dass die Rückenpartie seines Hemdes schweißnass war. In den Spiegeln konnte sie sich selbst und ihren Flirt in unendlich vielen Kopien sehen.

Als die Aufzugklingel ertönte, torkelten sie im vierten Stock heraus. Mit dem Rücken zur Tür ihres Hotelzimmers wurde Fatima plötzlich klar, dass es unmöglich war.

«Nein, ich glaube, wir lassen das Ganze lieber!»

«Was!?» Mit einem Mal sah er wie ein enttäuschter Schuljunge aus. «Aber ich hab gedacht …»

«Ist mir egal, was du gedacht hast. Wir lassen es!»

Beide atmeten schwer.

«Aber Fatima, ich weiß genau, was du jetzt brauchst …»

Plötzlich wurde sie von Ekel erfasst. Seine aufdringliche Stimme, sein süßliches Herrenparfüm und seine lächerliche Kotelettenfrisur. Als er erneut versuchte, sie zu berühren, brach sich in ihr eine Wut Bahn, von der sie kurz zuvor nicht einmal geahnt hatte, dass sie überhaupt existierte. Ohne nachzudenken, rammte sie ihm mit voller Kraft ihr Knie in den Unterleib. Mit einem Stöhnen sank er zu Boden. Blitzschnell öffnete sie ihre Tür und glitt ins Zimmer, knallte sie hinter sich zu und schob die Sicherheitskette vor. Dann blieb sie still stehen und horchte.

Alles war ruhig. Erst nach einer Weile hörte sie ein jammervolles Wimmern und Schritte, die sich im Korridor entfernten. Fatima streifte sich die Schuhe ab und ließ sich der Länge nach aufs Bett fallen.

* * *

Tick-tack. Tick-tack.

Fatima hört die Uhr ticken. Achtunddreißig Jahre. Tick-tack. Ihre eigene innere Uhr.

Inzwischen ist es zwölf Jahre her, seit sie Hassan verlassen hat.

Tick-tack.

Zwölf Jahre, seit sie abgetrieben hat.

Sie wusste, dass er sich riesig freute. Als sie ihm erzählte, dass sie schwanger war, stürzte er hinunter zur Konditorei an der Ecke und kehrte mit einer großen Sahnetorte zurück. Ihm zuliebe aß sie ein paar Gabeln voll. Die sie danach auf der Toilette wieder erbrach.

«Ab jetzt bleibst du zu Hause und ruhst dich aus. Ich kümmere mich um dich. Und das Kind. Und alles wird anders.»

Hassan hatte gerade seine erste Stelle als Ingenieur angetreten.

Es dauerte drei Wochen, bis Fatima sich traute, ihm zu erzählen, dass sie auch noch einen anderen Bescheid erhalten hatte: die Aufnahme an der Polizeihochschule.

Das, wovon sie geträumt hatte, seit sie ein kleines Mädchen war.

Hassan hatte sie mit großen Augen angeschaut. Den Brief durchgelesen, als käme er einem Todesurteil gleich.

«Aber das geht nicht ...», wandte er ein und schaute hilflos drein.

Es kam ihr vor, als wäre jeglicher Sauerstoff aus der Wohnung entwichen. Hassans Fürsorglichkeit erstickte sie. Plötzlich behandelte er sie, als wäre sie aus Glas.

Auf den Tag genau einen Monat nach dem Bescheid ließ sie es wegmachen. Es ging schnell. Tat auch nicht besonders weh. Doch als sie zu Hassan zurück in die Wohnung kam, fühlte es sich an, als hätte sie eine glühende Eisenkugel im Bauch, und er sah es sofort.

«Fatima, was hast du getan?» Er, der nie auch nur im Mindesten religiös gewesen wäre. «Begreifst du denn nicht, dass das ... Mord ist?»

Während der Zugfahrt hatte sie sich von Malmö bis nach Alvesta in der Toilette eingeschlossen und geheult wie ein Schlosshund.

Doch bevor sie in Stockholm ankam, hatte sie sich das Gesicht mit einem Papierhandtuch abgewischt, sich im Spiegel betrachtet und mit der Stimme ihres Vaters vor sich hingemurmelt: «Die Zeit heilt. Die Zeit heilt alle Wunden.»

Tick-tack. Tick-tack.

* * *

Bereits zum zweiten Mal hintereinander wachte sie morgens mit Kopfschmerzen auf. Doch es waren weder der Kater noch der klebrige Geschmack im Mund, die ihr am meisten zusetzten, sondern der Traum.

Sie hatten sich geliebt.

Zuerst behutsam und zärtlich, dann immer erregter und heftiger, bis sie sich der Ekstase näherte. In ihrem Körper spürte sie noch einen Rest davon.

Fatima hatte es genossen, obwohl sie es eigentlich nicht wollte. Danach kam es ihr vor, als wäre sie vergewaltigt worden.

Aber wer war er?

Sie konnte sein Gesicht nicht sehen. Wollte es nicht sehen.

Sie stieg fröstelnd aus dem Bett, obwohl es nicht kalt im Zimmer war, und stellte sich unter die Dusche. Drehte das heiße Wasser auf, sodass es auf der Haut brannte. Sie seifte sich ausgiebig ein und spülte ihren Körper gründlich ab, wieder und wieder. Heiße Dämpfe erfüllten das Bad. Fatima schloss die Augen und stellte sich vor, in einer warmen Wolke eingeschlossen zu sein, die hoch oben am Himmel schwebte, dicht neben der Sonne. Oder waren es möglicherweise andere Wärmequellen tief unten in der Unterwelt, die das Wasser verdampfen ließen?

Der Spiegel war beschlagen. Vorsichtig rieb sie mit dem Zeigefinger eine winzige Fläche frei, ein kleines Loch, durch das sie lediglich ihr eines Auge sehen konnte.

Eine ganze Weile lang stand sie still davor und versuchte zu ergründen, was ihr Blick ausstrahlte. Wut? Scham? Oder Angst?

Vorsichtig erweiterte sie das Loch, um auch das andere Auge sehen zu können. Dann die Nase und die Lippen, das Kinn und einen Teil der Stirn. Ein Wassertropfen, der auf der glatten Oberfläche kondensiert war, rann an ihrer Wange hinunter.

In ihrem Inneren wusste sie, wer es war, dem sie im Traum begegnet war.

Es war Osama, dem sie sich hingegeben hatte, und das erfüllte sie mit Wut ebenso wie mit Angst.

* * *

Als ihr Handy klingelte, dachte Fatima einen Augenblick lang, dass er es wäre. Sie erstarrte vor Schreck. Doch dann wurde ihr klar, dass es natürlich unmöglich war. Sie hüllte sich rasch in ein Frottéhandtuch und griff nach ihrem Handy.

Die Stimme am anderen Ende ließ sie erleichtert aufseufzen. Eva Ström klang vertraut wie immer, wie ein Anker in der realen Welt.

«Oh, wie schön, dass du anrufst!»

«Ist etwas passiert?»

«Nein, es ist nur, dass ...» Bill Lundströms Hinweis auf die Wichtigkeit der Geheimhaltung ließ sie innehalten. «Äh, es ist nur, dass diese Säpoleute einem manchmal ganz schön auf die Nerven gehen können.»

«Und wie läuft's sonst so?»

In der Stimme der Kollegin schwang eine gewisse Sorge mit.

«Gut. Glaube ich jedenfalls. Wir haben es geschafft, dass der Kerl vor kurzem verhaftet wurde.»

«Ja, ich hab es in der Zeitung gelesen.»

Einige Sekunden lang überlegte Fatima, ob sie ihr nicht doch mehr erzählen sollte. Um ihr Gewissen zu erleichtern und zu spüren, dass sie nicht allein auf der Welt war. Sie wollte Eva von den langen Vernehmungen Osamas erzählen, und wie er sie bereits bei der ersten Begegnung gegen ihren Willen fasziniert hatte. Wie sie dagegen kämpfte, sich nicht in sein verworrenes Universum hineinziehen zu lassen, wie er ihre Gedanken beeinflusste, wie ihr sein überlegenes Grinsen auf die Nerven ging, wie sie ihn manchmal, wenn sie seine Tränen und seine Verzweiflung sah, glaubte besiegt zu haben und er ihr dann leidtat, nur um im nächsten Augenblick von der Einsicht gequält zu werden, dass er derjenige war, der gerade dabei war, die Kontrolle über sie zu gewinnen wie eine Giftschlange über eine hypnotisierte Maus.

«Ist es dir schon einmal passiert, dass du dich von einer Person, die du vernommen hast, extrem provoziert fühltest?», fragte sie schließlich.

«Ja, ziemlich oft.»

«Ich meine nicht nur, dass man genervt ist, sondern dass es sich regelrecht in einen hineinfrisst?»

«Doch, schon», antwortete Eva Ström zögernd. «Ist er so einer?»

«Ja. Und was macht man da?»

«Sich wappnen. Man vermeidet es, hineingezogen zu werden. Im schlimmsten Fall muss man aus den Ermittlungen aussteigen. Aber auf keinen Fall darf man ihm eins aufs Maul hauen.»

Fatima spürte, wie sie errötete.

«Ich habe meine Wut an einem anderen Typen ausgelassen. Verdammt, ich schäme mich so …»

«Was ist denn passiert?»

Sie erzählte ihr in Kurzform von Fredrik mit der Pfefferminzzunge und dem Heizungs- und Sanitärbetrieb in Växjö, und wie sie ihn zuerst angebaggert und ihm dann das Knie in den Unterleib gerammt hatte.

«Oh, das war nicht besonders klug! Da kann man nur hoffen, dass er dich nicht anzeigt.»

Der Gedanke daran war Fatima noch nicht einmal gekommen.

«Und wie sicher seid ihr euch, dass er schuldig ist?», fragte Eva Ström, offenbar auch nicht besonders besorgt darüber, dass Fatima Gegenstand von internen Ermittlungen werden könnte.

«Er heißt Osama.»

«Mein Gott, verwende bloß nicht seinen Vornamen, wenn du über ihn sprichst! Du bist doch nicht mit ihm befreundet. Und wie heißt er weiter?»

«Osama Al-Din.»

«Okay, aber du hast meine Frage noch nicht beantwortet …»

«Welche Frage?»

«Du hast sie schon gehört. Wie sicher seid ihr euch, dass er schuldig ist?»

Fatima zuckte auf ihrem Hotelbett sitzend mit den Achseln. «So sicher, wie man sich eben sein kann. Er hat im Prinzip gestanden.»

«War er allein?»

«Das wissen wir nicht. Die Kollegen in Kopenhagen haben ein Auge auf einige Typen, von denen wir glauben, dass sie ihm geholfen haben könnten. Aber ich weiß nicht, wie viel ich sagen darf …»

Eva Ström hüstelte gekünstelt ins Telefon. «Glaubst du etwa, dass deine neuen Freunde uns abhören?»

In ihrer Ironie lag eine gewisse Feindseligkeit, die Fatima nicht entging. Betrachteten sie sie etwa als Abtrünnige? Für einen Augenblick sah sie das vertraute, etwas missmutige Gesicht ihrer Kollegin vor sich.

«Aus welchem Grund hast du eigentlich angerufen, Eva?», fragte sie misstrauisch.

«Ich wollte nur hören, wie es so läuft.»

«Aber nicht nur, oder …?»

«Hier haben sie jetzt angefangen, Brandbomben zu werfen.»

«Wie bitte …?»

Plötzlich kam es ihr vor, als würde sich der Dampf aus dem Bad in eiskalte Nebelschleier verwandeln.

«Bei einer somalischen Frau in Tomelilla. Sie wohnt in einem der Mietshäuser am Stadtpark. Irgendwer hat Benzin in ihren Briefschlitz gekippt und es angezündet. Ihre zwei kleinen Kinder lagen im Zimmer nebenan und schliefen. Zum Glück ist sie aufgewacht und hat es geschafft, den Brand mit einem Teppich zu ersticken.»

«Und wer macht so etwas?»

«Keine Ahnung. Unsere Techniker sind noch nicht fertig. Aber es ist ja offensichtlich, dass bei dieser Tat Fremdenhass im Spiel ist. Sie trägt nämlich einen Hidschab.»

«Aber …?»

«Es können natürlich auch irgendwelche Jugendlichen gewesen sein. Aber da muss man sich doch fragen, wer ihnen diese Grillen in den Kopf gesetzt hat. Eltern, die ihrem Hass gegen Muslime freitagabends bei Chips und Bier freien Lauf lassen.»

Fatima hörte Eva Ström schnaufen, wie sie es immer tat, wenn sie genervt war.

«Aber eigentlich habe ich gar nicht deswegen angerufen …»

Als würde das nicht schon ausreichen! Erst dieser alkoholgetränkte Traum von Osama. Und dann die Nachricht von dem Brandattentat. Es war, als wäre in Fatimas schmerzendem Kopf kein Platz für mehr.

«Da ist eine Sache, über die ich nachgedacht habe», sagte Eva Ström. «Ich weiß nicht, ob unsere geheimen Freunde von der Sicherheitspolizei es bereits nachgeprüft haben, aber in Mårten Lindgrens Leben gab es noch andere Dinge, die man vielleicht näher unter die Lupe nehmen sollte. Also ich meine, außer den Bildern.»

«Die da wären?»

«Vor einigen Jahren lebte so ein zwielichtiger Typ hier draußen, der eines Tages spurlos verschwand. Er hieß Dragan Djelic. Jugo, oder besser gesagt Serbe. Er hat mit allem Möglichen gehandelt, aber hauptsächlich hat er Wodka und Amphetamine aus Polen eingeschmuggelt. Mårten Lindgren war einer seiner Kompagnons. Gerüchten zufolge hatte Mårten Dragan um Geld betrogen und ihn dann erschlagen. Wir haben drei Tage lang den Tunbyholmsee durchkämmt. Dort haben sie immer gemeinsam Barsche geangelt.»

«Aber ihr habt nichts gefunden?»

«Du ahnst ja nicht, wie viel Zeug im Schlamm eines ganz gewöhnlichen Seegrunds verborgen liegt. Aber eine Leiche haben wir nicht gefunden, nein. Also mussten die Voruntersuchungen schließlich abgebrochen werden.»

Ein krachendes Kaugeräusch verriet, dass die Kollegin eigentlich mitten beim Frühstück war. Fatima wartete ungeduldig darauf, dass sie schlucken würde.

«Knäckebrot?»

«Mm, hatte nichts anderes zu Hause.»

«Aber was willst du mir eigentlich sagen, Eva?»

«Nur, dass es noch mehr Motive für den Mord an Mårten Lindgren geben könnte. Es kann ja sein, dass sich jemand an ihm gerächt hat.»

«Und wer?»

«Tja, beispielsweise Dragans Bruder. Goran Djelic, ein echt unangenehmer Typ, züchtet Kampfhunde in Lövestad. Er war übrigens auch davon überzeugt, dass Mårten seinen Bruder ertränkt hat.»

In der Leitung rauschte es. Dann klang es, als hätte sie es sich anders überlegt und würde ihre Aussage halbwegs wieder zurücknehmen. Fatima hörte, wie Eva Ström unsicher auflachte, in einer Weise, die für sie völlig untypisch war.

«Na ja, das ist ja jetzt Sache der Säpo. Aber man kann schließlich nie wissen, vielleicht hat es irgendeine Bedeutung.»

Als Fatima das Gespräch beendete, hatte sie sich bereits entschieden. Sie würde Bill Lundström bitten, die Vernehmungen mit Osama zu unterbrechen und noch einmal zum heruntergekommenen Eternithaus draußen auf dem Land zurückkehren.

Sein Sohn, dachte Fatima und sah ihn vor sich. Man kann ihm doch bestimmt noch mehr Fragen stellen.

KAPITEL 18

Die Chormitglieder hatten ihre Mützen und Mäntel anbehalten und sich vor dem Altar wie eine Schar Pinguine zusammengedrängt. Man konnte ihren dampfenden Atem sehen, als sie «Hosanna dem Sohne Davids» sangen und das Kirchenlied durch das Kirchenschiff hallte. Der halbnackte, leidende Heiland schien an seinem Kreuz zu frösteln.

Sachte ließ Joel die Tür hinter sich zugleiten.

«Die Heizung ist eingefroren», flüsterte ihm der Küster zu. «Sie brauchen Ihre Mütze nicht abzunehmen.»

Helga stand mitten im Chor, Erik schräg hinter ihr. Sie trug eine Kopfbedeckung aus rotbraunem Pelz. Ihre Wangen hatten rote Flecken, und ihre Augen leuchteten. Als sie Joel erblickte, strahlte sie noch etwas mehr. Sie winkte ihm diskret zu.

Er setzte sich auf eine Holzbank unmittelbar neben einen siebenarmigen Leuchter, der auf dem Fußboden stand und dessen Kerzen brannten. Um ihn herum roch es nach feuchtem Mörtel und Stearin.

Es war bereits neunzehn Uhr, sie waren offenbar spät dran. Er sah sich in der Kirche um. Erinnerte sich daran, dass er als kleiner Junge den einen oder anderen Gottesdienst besucht hatte, bevor er beschloss, auf die Konfirmation zu verzichten. Mårten war es damals egal gewesen. Joel blätterte zerstreut in einem Gesangbuch, das liegen geblieben war. Die Wandmalereien kamen ihm ein wenig verwittert vor. In die Bank vor ihm hatte jemand ein kleines Herz eingeritzt.

Während er dasaß und wartete, fiel ihm auf, wie ähnlich sich die beiden waren. Erik schien die plumpen Gesichtszüge seiner Mutter geerbt zu haben, die unförmige Kartoffelnase sowie die Blässe und das glatte helle Haar. Er war ein großgewachsener Mann und überragte die anderen Männer in der hinteren Chorreihe um einen halben Kopf. Hin und wieder warf er seiner Mutter einen zärtlichen Blick zu.

Als die letzte Strophe verklungen war, sah Joel, wie Helga lachend einige Worte mit den anderen wechselte und dann gemeinsam mit einer pummeligen Frau auf ihn zukam, die die Chorstunde geleitet hatte. Erst als die Chorleiterin ihm die Hand entgegenstreckte, sah er, dass sie ein Beffchen unter ihrem dicken Pelzmantel trug.

«Schön, dass Sie kommen konnten, Joel», begrüßte sie ihn. «Ich heiße Ulla Björk. Mein Beileid. Wir sind alle schockiert. Wirklich. Helga hat mir erzählt, dass Sie gerne über die Beerdigung Ihres Vaters sprechen möchten.»

«Tja, es muss ja erledigt werden», seufzte er.

Die Pastorin schaute ihn irritiert an. Joel merkte, dass er gleichgültiger geklungen hatte als beabsichtigt.

«Alle müssen schließlich begraben werden. Auf die eine oder andere Art und Weise. Das wollte ich damit sagen», entschuldigte er sich.

«Ich finde, dass es allen Grund dazu gibt, eine schöne Gedenkfeier abzuhalten», entgegnete Ulla Björk entschieden.

«Ja, natürlich …»

Sie bedachte ihn mit einem strengen Blick. «Wir in der Gemeinde sind so froh, dass es Mårten mit Helgas Hilfe gelungen ist, das Licht zu erblicken. Wir vermissen ihn sehr.»

Langsam geht mir dieses verdammte Licht auf den Geist, dachte Joel. Klugerweise beschloss er zu schweigen.

«Kommen Sie, wir unterhalten uns in der Sakristei», sagte die Pastorin etwas versöhnlicher. «Dort steht ein kleiner elektrischer Heizlüfter, damit wir nicht so furchtbar frieren müssen.»

Die anderen Chormitglieder waren nach und nach gegangen. Die meisten von ihnen hatten einen verstohlenen Blick auf Joel geworfen, als sie an ihm vorbeigingen, und einige wenige hatten ihm murmelnd ihr Beileid bekundet. Nur Erik war noch da. Er legte beschützend einen Arm um seine Mutter.

«Möchtest du, dass ich dabei bin, Mama?»

Helga lächelte und tätschelte ihm die Hand. «Ich komme schon alleine klar, Erik. Aber es ist nett, dass du fragst.»

«Also dann. Mach's gut, und du auch, Joel. Es war nett letztens in der Pizzeria. Wir hören voneinander.»

«Wie lief's denn mit den Barschen?»

Erik zwinkerte ihm vielsagend zu, klopfte ihm kameradschaftlich mit der Hand auf den Rücken und ging auf die Tür zu. Die beiden Frauen schauten ihm nach.

«Man könnte meinen, er hätte eine Bass- oder Baritonstimme», sagte Helga nachdenklich. «Angesichts seiner Größe, meine ich. Aber er hat eine ganz wunderbare Tenorstimme.»

* * *

In der Sakristei war es trotz des Heizlüfters nur unbedeutend wärmer als in der Kirche. An der Wand hingen ein Kruzifix und ein Plakat mit mehreren schwarzen Kindern neben einem Bischof in Afrika. Der Pulverkaffee war zumindest heiß. Joel wärmte sich die Hände am Becher.

Nachdem sie sich eine Weile über den Ablauf und die Lieder unterhalten hatten, gelangte er immer stärker zu der Überzeugung, dass alles bereits entschieden war. Helga hatte genaue Vorstellungen, wie die Feier vonstattengehen sollte, und er nahm es ihr auch nicht übel. Wenn sie ihn zu «Schönster Herr Jesu» begraben wollte, hatte er nicht vor, ihr einen Titel von Charlie Parker oder eine feurige Zigeunerpolka vorzuschlagen, die einzige Musik, von der Joel wusste, dass Mårten sie geliebt hatte. Für Joel war es selbstverständlich, dass sie gebührend um Mårten trauerte. Es war ihr gutes Recht zu trauern. Er selbst hingegen versuchte lediglich seine Pflicht zu erledigen, wie er sich einredete.

«Der Leichenschmaus hinterher kann ja im Gemeindehaus stattfinden», schlug Helga vor. «Nur im engsten Kreis. Vielleicht mit der Familie und dem Chor. Dort gibt es dann Schnittchen und danach Kaffee.»

«So ist es üblich», meinte die Pastorin.

Joel nickte vage. «Klingt gut …»

Während sie dasaßen und redeten, versuchte er sich Mårten gemeinsam mit diesen Menschen vorzustellen. Mit Helga, die so rührend unbeholfen, aber voller Liebe zu ihm war. Mit ihrem altklugen Riesensohn. Und mit diesen Chormitgliedern, die im Alltag wahrscheinlich als Kassiererinnen und Sozialarbeiterinnen, Tischler und Bankbeamte arbeiteten und in der kurzen Zeit, in der er sie gesehen hatte, ebenso viel Wohlwollen wie Hilflosigkeit ausgestrahlt hatten. Nicht einmal, als er sich das Foto von Mårten mit Strohhut und sommerlichem Anzug in Helgas Bücherregal in Erinnerung rief, konnte Joel diese beiden Welten zusammenbringen.

Mårten war schließlich eine schwarze Seele. Durchtrieben und hinterlistig. In seiner Nähe traf man lediglich auf Schläger und Säufer, Drogenabhängige und Dealer, Schmuggler und Betrüger, kurz gesagt auf Leute, die ihren Lebensunterhalt mit dem Elend anderer verdienten.

«Sie sehen eher zweifelnd aus», sagte Helga plötzlich.

Sie legte das Gesangbuch zur Seite, in dem sie Lieder ausgesucht hatte.

«Nein, ich habe nur dagesessen und nachgedacht …», antwortete Joel.

«Und worüber, mein Lieber?» Helga wirkte bekümmert.

Noch bevor Joel antworten konnte, stand die Pastorin hastig auf.

«Oh, wie schnell die Zeit vergangen ist», rief sie aus. «Ich bin etwas spät dran zu meinem nächsten Termin. Aber bleiben Sie gerne sitzen, wenn Sie noch etwas besprechen möchten. Schließt du dann wie immer ab, Helga?»

Sie hörten ihre klappernden Schritte auf dem Steinboden hallen, bis die Kirchentür hinter ihr zuschlug. Dann wandten sie sich wieder einander zu.

«Ich war gestern draußen in Lövestad und habe Goran Djelic einen Besuch abgestattet», sagte Joel prüfend.

Ihm fiel sofort auf, dass sie auf den Namen reagierte. Mit einer ruckartigen Bewegung zog sie ein Taschentuch aus ihrer Handtasche hervor und schnäuzte sich. Sorgfältig faltete sie es wieder zusammen, wie um Zeit zu gewinnen.

«Ein unheimlicher Ort. Er züchtet dort Kampfhunde.»

«Ich weiß», unterbrach Helga ihn. «Mårten war auch bei ihm. Ich habe ihn gewarnt. Nein, ich habe ihn regelrecht angefleht, nicht hinzufahren, aber er war fest entschlossen. Er behauptete, dass er dort etwas zu erledigen hätte.»

Sie schniefte und griff nach dem Becher, als wollte sie einen Schluck trinken, stellte ihn jedoch wieder ab.

«Lassen Sie uns aufrichtig sein. Wir wissen doch beide, dass Mårten früher einmal ein anderes Leben geführt hat. Ein Leben in Sünde. Aber dann wollte er all dieses Schmutzige, alle Lügen, Enttäuschungen und Gewalt hinter sich lassen. Mårten wünschte sich, Vergebung zu erhalten für das, was er getan hatte, und von den Dingen reingewaschen zu werden, an denen er unschuldig war.»

Dann trank sie doch einen Schluck Kaffee und räusperte sich.

«Damals ging ein Gerücht», fuhr sie fort. «Ich weiß nicht, ob Sie davon gehört haben, Joel. Aber man sagt, dass Ihr Vater einen Mann ums Leben gebracht haben soll.»

«Ja, er soll Gorans Bruder erschlagen und im Tunbyholmsee versenkt haben», entgegnete Joel brüsk.

Helga nickte, nahm ihr Taschentuch erneut aus der Handtasche und trocknete sich die Nasenspitze.

«Mårten hat mir von diesem Verdacht erzählt, nachdem wir uns eine Weile kannten. Er beteuerte, dass er unschuldig war, und ich habe ihm natürlich geglaubt. Warum sollte ich das auch nicht? Denn er hat nie geleugnet, in seinem früheren Leben eine Menge schlechter Dinge getan zu haben. Alkohol geschmuggelt, gestohlen und betrogen zu haben. Aber ein Mörder war er nicht, das hat er bei Gott geschworen, und ich habe in seinen Augen gesehen, dass es stimmte. Aber ich kann verstehen, dass ihm das wie ein Stachel im Herzen steckte.»

Es war offensichtlich, dass Helga aufrichtig war. Joel bezweifelte es in keiner Hinsicht. Diese Frau, von der behauptet wurde, dass sie seinem Vater dazu verholfen hatte, das Licht zu erblicken, war vollkommen überzeugt davon, dass Mårten seine Hände niemals mit Blut besudelt hatte. Aber was sie glaubt, ist eine Sache, dachte er. Was wirklich geschehen ist, eine ganz andere.

«Er hat mir noch mehr erzählt», sagte Helga plötzlich mit leiser Stimme und schaute ihn an, als wäre sie im Begriff, abfällig über ihn zu reden. «Es ist so furchtbar …»

Joel konnte sein Misstrauen nur schwer verbergen.

«Mårten hat mir von einer Frau erzählt», sagte sie. «Von einer schönen Russin namens Tatjana.

«Ja, ich habe sie da draußen bei den Zwingern getroffen.»

Helga nickte. «Offenbar hat Tatjana ihren Goran betrogen. Und nicht etwa mit irgendeinem Mann, sondern mit seinem eigenen Bruder. Dragan selbst hat gegenüber Mårten mit seiner Eroberung geprahlt, als sie zum Angeln draußen waren. Und dann ist er verschwunden, wie Sie wissen. Mårten war sich sicher, dass Goran die beiden auf frischer Tat ertappt und sich gerächt hat.» Sie beugte sich zu Joel vor und flüsterte: «Mårten meinte, dass Goran Dragan erschlagen und ihn seinen Hunden zum Fraß vorgeworfen hat!»

Sobald sie den Satz ausgesprochen hatte, japste sie nach Luft und hielt sich die Hand vor den Mund.

Einen Augenblick lang hatte Joel den Gestank der Fleischpampe in der Nase, die Tatjana den kläffenden Hunden hingeworfen hatte. Er sah vor sich, wie sie ihr weißes Haar über die Schulter zurückwarf, und musste an die Furcht in ihrem Blick denken, als Goran auftauchte. Seine Eifersucht hatte ihr eine Heidenangst eingejagt.

«Aber wie konnte Mårten sich da so sicher sein?», fragte Joel.

«Ich weiß es nicht. Aber er war sich sicher. Denn aus diesem Grund ist er dort hingefahren. Um nach Beweisen zu suchen.»

«Zu mir sagte Goran, dass Mårten gekommen war, um sich einen Hund zu kaufen.»

Helga lachte nervös auf und sah ihn dann mit einem Blick an, als wäre es das Dümmste, was sie jemals gehört hatte.

«Das kann unmöglich stimmen. Mårten hatte schließlich eine Todesangst vor Hunden.»

«Ja, aber wenn man Goran glauben will, hatte er noch mehr Angst vor etwas anderem.»

«Sie meinen, dass …» Sie hielt mitten im Satz inne und schüttelte entschieden den Kopf. «Ich bin mir sicher, dass Mårten es mir erzählt hätte, wenn er aufgrund dieser Bilder neuerliche Drohungen erhalten hätte.»

Joel zuckte mit den Achseln. «Vielleicht.»

Wenig später verließen sie die Sakristei, löschten das Licht in der Kirche und schlossen die Kirchentür hinter sich ab. Dann drehte Helga sich in der winterlichen Dunkelheit zu ihm um.

«Manchmal muss man sich entscheiden, wem man im Leben glauben möchte, Joel.» Sie ergriff seinen Arm und drückte ihn fest. «Für wen entscheiden Sie sich? Für einen Fremden? Oder für Ihren eigenen Vater?»

Eine Antwort erwartete sie offenbar nicht.

Vor dem Tor zum Friedhof stand ein dunkler Volvo mit laufendem Motor. Als Helga die Beifahrertür öffnete, um einzusteigen, wurde der Innenraum erleuchtet. Erik saß hinterm Steuer. Joel blieb stehen und winkte dem Wagen hinterher, als er wegfuhr.

* * *

Der Wind hatte wieder aufgefrischt. Eine eisige Bö fegte die Straße entlang und wirbelte die Schneeflocken von den Wällen auf. Über den Gräbern auf dem Friedhof lag eine dicke weiße Schneedecke, die im Schein einer einsamen Straßenlaterne leicht grau schimmerte. Die Äste der Blutbuchen wogten im Wind. War da etwa eine Eule, die in der Dunkelheit heulte?

Ein unwirtlicher Ort, dachte Joel. Aber den Toten machte die Kälte zumindest nichts aus.

Er knöpfte seinen Schaffellmantel bis oben zu und wickelte sich den Schal noch einmal um den Hals. Allmählich bekam er Hunger. Joel musste an Britt denken. Darauf zu hoffen, dass sie erneut bei ihm auftauchen und ihm Hacksoße vorbeibringen würde, wäre wohl zu viel des Guten. Ich bin wirklich ein verdammt einsamer Hund, ging es ihm durch den Kopf. Kein einziger von meinen alten Freunden hat von sich hören lassen. Wenn ich denn überhaupt welche hatte.

Mit einem leeren Gefühl in der Brust schlenderte er über die

Eisenbahnschienen am Konsum vorbei und weiter in Richtung Marktplatz. Die Artemisfigur auf dem Brunnen hatte einen weißen Mantel aus Schnee bekommen. Vor der Pizzeria stand ein großer Chevrolet mit laufendem Motor. Aus dem Autoradio erklang Musik: «San Quentin, I hate every inch of you», sang Johnny Cash. Ein Mädchen beugte sich durchs Beifahrerfenster hinein und unterhielt sich mit dem Fahrer. Zwischen ihrer Jeans und der allzu kurzen Jacke waren ein paar Zentimeter nackte Haut zu sehen.

Joel nickte Ahmed zu und setzte sich an seinen gewohnten Platz am Fenster. Im Fernsehen spielte jemand Billard. Ganz hinten in der Ecke saß ein junges Pärchen in Daunenjacken im Partnerlook, das sich küsste, kicherte und abwechselnd in eine gemeinsame Pizza biss. Joel wurde von Neid erfasst.

Er bestellte eine Quattro Stagioni und ein großes Glas Eiswasser, warf dann jedoch einen Blick nach draußen auf den Schnee und die Kälte auf dem Marktplatz und überlegte es sich anders.

«Ich nehme auch noch ein Glas Roten!», rief er Ahmed nach.

Man müsste einen Billigflug nach Bella Napoli buchen, dachte Joel und träumte sich für eine Weile in das Bild auf dem Plakat an der Wand hinein.

Als ihm gerade ein Schälchen mit öligem Krautsalat gebracht worden war, klingelte sein Handy.

«Hej, hier ist Johanna.»

Joel schwieg. Er spürte ein Ziehen im Magen, das sowohl Freude als auch Angst in sich barg.

«Bist du am Apparat?»

«Ja … doch, ich bin dran. Hej, Johanna.»

«Ich habe gedacht, ich muss mal bei dir anrufen und hören, wie's dir geht. Ich hab im Fernsehen gesehen, was passiert ist. Wie furchtbar.» Ihre Stimme klang fremd und weit entfernt.

«Ist schon in Ordnung, ich komme klar», sagte Joel und befingerte den Schorf über seiner Augenbraue. Für einen kurzen Augenblick kam ihm der Gedanke, ihr von der Wahnsinnsnacht zu erzählen, in der er Mårten in seinem Haus ermordet aufgefunden hatte. Von seinen Besuchen beim Prediger und Goran Djelic und von Helga, von der behauptet wurde, sie hätte seinem Vater dazu verholfen, das Licht zu erblicken. Doch irgendetwas hielt ihn zurück.

«Aber diesen Roman werde ich wohl nie schreiben», sagte er nur.

«Wie schade.»

«Findest du? Ich weiß nicht ...»

«Und was machst du stattdessen?»

In ihrer Stimme lag ein Anflug von Besorgnis. Also bemühte er sich, so gelassen wie möglich zu klingen.

«Ich werde einen Tag nach dem anderen angehen. Außerdem habe ich einige praktische Dinge zu erledigen. Die Beerdigung muss geplant werden und so weiter. Und dann werden wir sehen.»

Sie richtete ihm Grüße von Freunden aus, die eigentlich eher ihre waren und ihm nicht im Geringsten etwas bedeuteten. Er fragte sie pflichtschuldig nach ihren Eltern, auch wenn ihm ihre Antwort egal war. Während sich die Worte in der Telefonleitung stockend aneinanderreihten, versuchte er sich ihre Augen in Erinnerung zu rufen, den Geschmack ihres Mundes, die Hitze ihres nackten Körpers dicht neben sich, so wie neulich im Traum. Doch Johanna blieb eine Fata Morgana, eine weit entfernte Oase, die Joel vor langer Zeit einmal besucht hatte und an die er sich kaum mehr erinnern konnte.

«Wir bekommen in drei Monaten ein Kind, Göran und ich», sagte sie plötzlich. In Joels Ohren klang es wie eine Kampfansage.

«Aha … wie schön. Dann gratuliere ich», erwiderte er, ohne sich zu erkundigen, wer zum Teufel dieser Göran war.

In diesem Moment begriffen sie beide, dass alles gesagt war.

«Pass auf dich auf», sagte Joel. «Und auf das Kind.»

«Du auch», entgegnete Johanna ruhig und sachlich. Es klang, als wäre sie der Überzeugung, ihrer Pflicht nachgekommen zu sein.

* * *

Der Wein war ausgetrunken, und auf seinem Teller lagen lediglich noch ein paar trockene halbverbrannte Pizzaränder, als die Türglocke läutete und Joel aus seinen Grübeleien riss. Der stark beleibte Gast brachte eine Kältewolke mit ins Lokal. Er stampfte sich den Schnee von den Schuhen und fluchte über das schlechte Wetter.

Dann erblickte er Joel, und seine Miene hellte sich auf.

«Sieh mal einer an! Sie trauen sich also wieder unter die Leute.»

Der Anblick Roger Holgerssons verbesserte schlagartig auch Joels Laune. Es war, als wäre er unerwartet einem alten Freund begegnet.

«Roger! Setzen Sie sich doch.»

Der Holzstuhl knackte bedenklich, als er unter der Leibesfülle des Redakteurs verschwand. Ohne Zeit zu verschwenden, ging Holgersson die eingeschweißte Speisekarte durch und rief quer durchs Lokal: «Ahmed, ich nehme ein großes Helles und eine Pizza mit Schweinefilet! Und geiz nicht mit der Béarnaise!»

«Hab den ganzen Tag wie ein Ochse geschuftet. Kaum was zwischen die Zähne gekriegt», keuchte er und griff sich ein Stück Pizzarand von Joels Teller. «Übrigens ’n verlässlicher Kerl, dieser Ahmed», fügte er hinzu und wies mit dem trockenen Teigstück in Richtung des Pizzabäckers vor dem Ofen. «Pfeift drauf, ob er Schwein oder Rind auf die Pizza legen muss. Alles für den Kunden. Ich meine, er ist ja immerhin Muslim.»

Er verdrückte die letzten Reste von Joels Teller, als wäre es die natürlichste Sache der Welt.

«Haben Sie eigentlich den Artikel über sich in der Zeitung gelesen?»

«Ja, er war ziemlich gut», log Joel.

«Schön, denn mir ist es immer wichtig, dass die Menschen, die ich interviewe, sich wiedererkennen», sagte Holgersson. «Berufsehre.»

Er sah sich im Lokal um.

«Inzwischen hat es sich wieder beruhigt», stellte er fest. «Vor ein paar Tagen waren noch massenweise Journalisten aus Stockholm hier. Aber sie haben aufgegeben. Dilettanten!»

«Gut, dass sie weg sind», pflichtete Joel ihm bei.

«Und wie läuft es mit Ihren Nachforschungen?», fragte Holgersson und kippte das Bier, das ihm gerade gebracht worden war, genussvoll in einem Zug herunter. Er stellte das Glas mit einem Knall ab und reckte mit einem Blick auf Ahmed hinten am Tresen zwei Finger in die Luft.

«Nachforschungen ist zu viel gesagt. Aber ich habe angefangen nachzudenken. Nicht zuletzt, seit ich Ihnen begegnet bin. Davor war ich davon überzeugt, dass Mårten ein abgeschlossenes Kapitel in meinem Leben war. Aber jetzt bin ich mir da nicht mehr so sicher.»

Joel erzählte ihm von seinem Besuch bei Goran Djelic, dessen blutrünstigen Kampfhunden und dem Bild, das er bei ihm zu sehen bekommen hatte.

«Aber eigentlich ist es idiotisch», seufzte er. «Im Grunde kann es mir doch scheißegal sein, was mit Mårten passiert ist.»

«Blutsbande sollte man nicht unterschätzen», entgegnete Holgersson ernst. «Denken Sie daran, dass er Ihr Vater war.»

«Sie brauchen mich nicht daran zu erinnern. Jeder Mensch, dem ich begegne, spricht von diesen verdammten Blutsbanden.»

Holgersson schüttelte den Kopf. «Glauben Sie mir. Blut ist verdammt noch mal um einiges dicker als Wasser», sagte er mit eindringlicher Stimme. «Fragen Sie Ahmed, er weiß es.»

Der Pizzabäcker, der gerade zwei Bier vom Fass auf den Tisch gestellt hatte, hielt inne, als er seinen Namen hörte. Er sah müde aus. Vermutlich war es die Hitze des Ofens, die seinen kahlen Schädel glänzen ließ.

«Ahmed kommt aus dem Irak», erklärte Holgersson.

«Blut», sagte der kleine drahtige Mann und schaute sie mit sorgenvollen Augen an. «Ihr sprecht über Blutsbande?»

Sie nickten gleichzeitig.

«In meinem Land bedeuten sie alles», meinte Ahmed. «Ich vermisse sie oft, diese Bande. Ihr Schweden seid so einsam. Aber manchmal werden Blutsbande auch zu Ketten. Wie schwere eiserne Handschellen. Dann muss man sie zerschlagen.»

Er illustrierte seine Auffassung mittels eines kraftvollen Karatehiebs in der Luft und kehrte ihnen dann den Rücken. Holgersson brach in prustendes Gelächter aus. Sein Bauch hüpfte noch immer, als Ahmed mit einer überdimensionalen fetttriefenden Schweinefiletpizza zurückkehrte, deren Ränder den Tellerrand überlappten.

«Du lachst?»

«Verzeihung, aber es sah so lustig aus …»

«Aber es ist nicht lustig. Blutsbande zu zerschlagen, ist nie lustig», sagte Ahmed und trottete von dannen.

Holgersson wischte sich die Tränen ab und hieb mit der Gabel in die Pizza. Joel beobachtete ihn, unfreiwillig fasziniert vom unersättlichen Appetit des Redakteurs.

Schließlich fragte er: «Und Sie, Roger? Welche Blutsbande haben Sie?»

«Geboren in Tomelilla. Hier aufgewachsen. Werde allem Anschein nach hier in Rente gehen und auch sterben», deklarierte Holgersson mit vollem Mund.

Weitere Erklärungen gab er nicht von sich, bevor er seinen Teller bis auf den letzten Krümel leer gegessen hatte. Dann schluckte er schwer und legte sein Besteck zur Seite. Plötzlich nahm sein Blick traurige Züge an. Er rülpste laut und deutlich.

«Ich kenne dich aus der Schule», sagte er.

«Sie mich? Aber …»

«Ja, ich weiß. Ich bin zwölf Jahre älter als du. Und außerdem war ich eine Zeitlang nicht in Tomelilla, weil ich woanders gearbeitet habe. Aber ich erinnere mich an dich. Und ich hab so einiges gehört.»

Joel suchte vergebens in seiner Erinnerung.

«Unter anderem von Britt», erklärte Holgersson.

«Britt …?»

«Meine kleine Schwester.»

Er kippte den letzten Schluck Bier hinunter und fixierte Joel dann eindringlich.

«Du warst ein Teufel, wenn's darum ging, andere zu mobben.»

Langsam, ganz langsam rührte sich etwas in den Zellen ganz hinten in seiner Hirnrinde. Vage Konturen eines großen Bruders, der bereits erwachsen war, traten zutage. Joel konnte sich nicht daran erinnern, jemals mit ihm gesprochen zu haben. Inzwischen war es mehr als zwanzig Jahre her. Aber Britt Holgersson, klar, damals hieß sie so.

Verdammt, es ist ja noch nicht mal vierundzwanzig Stunden her, dass ich mit ihr gevögelt habe!, fuhr es Joel durch den Kopf.

«Damals war ich noch nicht ganz so fett», sagte der massige

Mann mit einem verbitterten Klang in der Stimme. Ohne Joel aus dem Blick zu lassen, bestellte er bei Ahmed zwei weitere Biere. «Nicht einmal halb so fett.»

«Ja, verdammt. Jetzt erinnere ich mich.»

Bei Joel machte sich ein Gefühl der Unsicherheit breit. Es gab offenbar noch mehr, was er verdrängt hatte.

«Aber warum hast du nichts gesagt … und wieso mobben?»

«Andere Kinder quälen, die sich nicht wehren können. Aber meine dumme kleine Schwester war dennoch bis über beide Ohren in dich verknallt.»

Joel wusste nicht, was er sagen sollte. Er blieb stumm. In seinem Kopf flimmerten einige Bilder von früher vorbei, und er schloss die Augen, ohne sich dessen bewusst zu sein.

«Nach dem, was Britt sagt, hast du vorzugsweise einen stotternden Jungen namens Urban gequält», fuhr Holgersson unbarmherzig fort. «Ich habe es dir angesehen. Du warst ein übler Teufel damals, kein Zweifel.»

Er seufzte, als empfände er Erleichterung darüber, es ausgesprochen zu haben.

«So viel zum Thema Blutsbande», sagte er und schaute durchs Fenster hinaus auf den Platz, der inzwischen verlassen dalag.

Joel begriff nur allzu deutlich, was er meinte. Es war schließlich genau das, was er sein ganzes verdammtes misslungenes Leben lang befürchtet hatte.

KAPITEL 19

Diesmal näherte er sich dem Haus unbewaffnet. Die Winchester und die Axt hatten die Polizei ja beschlagnahmt. Er würde auch gar keine Waffen benötigen, sagte er sich, wenn auch mit einem unguten Gefühl in der Magengrube. Doch der Schaffellmantel, den er trug, war derselbe.

Bereits aus der Entfernung sah er das blau-weiße Absperrband im Wind flattern. Zwei Polizeiwagen parkten auf dem Hof. Der Schnee auf der Weidenallee war sorgfältig geräumt worden. Die Krähen trieben wie immer ihr Unwesen über der ausladenden Kastanie. Der Himmel war von einem undurchdringlichen Grau.

Nachdem er die Wagentür hinter sich zugeschlagen hatte, erblickte er sie wartend auf der Verandatrappe. Sie hatte ihn am frühen Morgen angerufen. Ob er sich noch an sie erinnere? Fatima Al-Husseini, die Kriminalkommissarin. Sie würde gerne ein paar Worte mit ihm wechseln. Am liebsten in dem Haus, in dem er aufgewachsen war.

Ihm fiel auf, dass sie müde aussah. Sie hatte dunkle Ringe unter den Augen, als hätte sie die Nacht durchgemacht. Ihre Haut war extrem blass. Dennoch strahlte sie eine Energie aus, deren Ursprung er sich nicht recht erklären konnte.

«Schön, dass Sie kommen konnten», rief sie, noch bevor er sie erreicht hatte.

Er hatte den Eindruck, dass sie ihn irgendwie höhnisch angrinste.

«In besserer Verfassung als letztes Mal?», fragte sie.

Joel gab ihr die Hand und merkte, dass sie sie etwas fester als gewöhnlich drückte.

«Vorausgesetzt, Sie lassen diesmal Ihren Revolver stecken», antwortete er.

«Pistole», korrigierte sie ihn. «Es ist eine SIG Sauer, unsere Dienstwaffe.»

«Whatever ...», sagte Joel mit erzwungener Nonchalance.

Genau wie beim letzten Mal roch es muffig im Haus. Warum sollte es sich auch geändert haben? Allerdings drangen von irgendwo aus dem Inneren starke Terpentin- und Farbgerüche. Die Katze ließ sich nicht blicken. Joel warf einen vorsichtigen Blick ins Wohnzimmer, als erwartete er, dass Mårten noch immer von der Decke herabbaumeln würde. Auf den Dielenboden hatte jemand die Konturen einer Männerleiche mit ausgebreiteten Armen gezeichnet. Sie erinnerten an einen Engel.

Die blutroten Schriftzeichen an der Wand waren noch da.

«Gottes Zorn», murmelte Joel vor sich hin. Er wandte sich ihr zu. «Ich kann mich noch daran erinnern, wie Sie die Worte ausgesprochen haben ...»

«Ghadab Allah», sagte sie leise.

Joel ließ die Worte auf sich wirken. Dann fragte er: «Was glauben Sie?»

«Ich nehme an, Sie wissen, dass wir in Malmö einen Mann festgenommen haben, der verdächtigt wird, den Mord begangen zu haben?»

«Ja ...»

«Er heißt Osama Al-Din», informierte sie ihn. «Tja, ich lüfte wohl kein Geheimnis. Auch wenn die Zeitungen seinen Namen nicht nennen, kann ihn eigentlich jeder auf den rassistischen Websites im Internet finden.»

«Und wer ist er?»

Sie ging zum Fenster und schaute auf die tief verschneite weiße Landschaft hinaus.

«Ein junger Typ. Fanatiker. Schien davon zu träumen, als Märtyrer zu enden und einen Ehrenplatz im Himmelreich zu bekommen.»

Sie wurden von Schritten auf der Kellertreppe unterbrochen. Zwei Männer in Schutzkleidung zeigten sich auf der Schwelle zum Flur.

«Wir fahren jetzt, Fatima», sagte der eine von ihnen. «Das meiste ist im Prinzip fertig, aber hinterlasse keine unnötigen Spuren. Man weiß ja nie. Wir hören voneinander.»

Nachdem die Haustür zugeschlagen war, erklärte sie: «Der Mörder hat ein Kellerfenster eingeschlagen. Die Kriminaltechniker haben gerade die letzten Spuren da unten gesichert. Sie untersuchen sie auf Fingerabdrücke und DNA hin. Aber ich glaube, dass das Haus trotzdem noch eine Weile lang versiegelt und bewacht werden wird.»

Die Staffelei stand noch immer neben der Tür. Sein letztes Bild, dachte Joel. Es stellte einen Mann dar, der einen Berg bestieg, an dessen Spitze sich der Himmel in einem gleißenden weißen Licht öffnete. Dieselbe plumpe Pinselführung. Aber das Bild barg eine gewisse Spannung in sich, einen Ausdruck starker Gefühle. Das Motiv war demjenigen auf dem Bild, das er Helga aus Liebe geschenkt hatte, nicht unähnlich.

An die Wand gelehnt standen noch weitere Leinwände mit Figuren, gemalt im Stil naiver Malerei in kräftigen Farbtönen und mit religiösen Motiven. Auf einem Stapel, der vom Fußboden bis zum Fensterrahmen reichte, lagen Skizzen von Kohle- und Bleistiftzeichnungen.

«Ich möchte Sie bitten, noch einmal Ihre Erinnerungen durchzugehen, Joel. Was genau haben Sie gesehen, als Sie in der betreffenden Nacht herkamen?»

«Hat denn dieser Osama nicht gestanden?»

«Mehr oder weniger schon. Aber wir hätten gerne noch konkretere Eindrücke vom Tatort. Denken Sie nach! Optische Eindrücke? Geräusche? Gerüche? Es war mitten in der Nacht, als Sie herkamen, und draußen tobte ein Schneesturm.»

Er sah sich ausgiebig im Zimmer um. Zog dann seinen Mantel aus, sank in den ausladenden Ledersessel vorm Kamin und schloss die Augen.

«Gehen Sie in sich», hörte er sie mit leiser, nahezu flüsternder Stimme wie eine Hypnotiseurin dicht neben seinem Ohr sagen. «Es kann sich um Dinge handeln, die sich tief in Ihrem Inneren befinden. Dinge, die Sie verdrängt haben.»

Joel versuchte sich zu konzentrieren. Seine Sinne zu schärfen. Nach einer Weile meinte er den Sturm heulen zu hören, der an der Kastanie vor dem Haus riss und zerrte. In dieser Nacht war es besonders kalt gewesen. Er hatte abwechselnd gefroren und geschwitzt. Etwas Schnee vom Cherokee heruntergewischt. Eine Krähe hatte ihn beäugt, und im Haus hatte er einen flackernden Schein erblickt. War es ein Schatten gewesen, der sich im Dunkeln bewegt hatte? Er schüttelte langsam den Kopf.

«Die Tür war nicht abgeschlossen. Auf der Verandatreppe lag massenweise Schnee. Ich musste ziemlich stark ziehen, um sie zu öffnen.»

«Reden Sie weiter.»

«Eine Katze. Ich habe eine Katze gesehen, die sich im Flur davonschlich. Eine schwarze Katze.»

«Sie ist nicht mehr da», erklärte Fatima hinter seinem Rücken. «Wir haben massenweise Katzenhaare gefunden, aber die Katze muss davongelaufen sein.»

«Mårten mochte Katzen.»

«Fahren Sie fort.»

«Hier im Zimmer ist es dunkel. Zuerst sieht es aus, als

schwebe er frei in der Luft. Als ich ihn mit der Taschenlampe anleuchte, ist er völlig blau im Gesicht. Auf dem Boden liegt ein umgekippter Stuhl. Mein erster Gedanke ist, dass er sich erhängt hat.»

«Irgendwelche Geräusche?»

Joel horchte innerlich. War da nicht eine Wanduhr, die tickte? Jetzt konnte er sie allerdings nirgends erblicken. Vielleicht hatte sie nur in seinem Kopf existiert.

«Nichts, an das ich mich erinnern könnte. Nichts außer dem Sturm.»

«Und was haben Sie dann gemacht?»

«Ich berühre seine Hand.»

Mit äußerster Willensanstrengung versuchte Joel, sich das Gefühl in seinen Fingerspitzen in Erinnerung zu rufen. Er kniff die Augen noch fester zusammen. Diese behaarte raue Hand. Hatte er seine Fingernägel auch berührt? Der einzige Körperkontakt.

«Er ist kalt. Glaube ich.»

«Glaube …?»

«Ich weiß ja bereits, dass er tot ist. Im Schein der Taschenlampe habe ich es sofort gesehen. Ja, er muss bereits kalt gewesen sein.»

Sie ließ ihn eine Weile nachdenken.

«Und dann?»

Aber mehr kam nicht. Als Joel nur noch Dunkel vor sich sah, drehte er den Kopf und schaute zu Fatima hoch.

«Dann ist da nur noch Leere. Ich muss neben dem Kamin das Bewusstsein verloren haben.»

«Warten Sie!»

Sie legte ihm eine kühle Hand auf die Stirn, zwang ihn, die Augenlider zu schließen und erneut in seine Erinnerungen einzutauchen.

«Sie erwachen wieder …», sagte sie mit einer Stimme, die wieder nahezu hypnotisch klang.

Joel tastete sich erneut zurück in die Vergangenheit. Die Stille. Im Haus herrscht absolute Stille, als er wieder zu sich kam. Die gefrorene Landschaft, über die er durchs Fenster hinausgespäht hatte, leuchtete in der Morgendämmerung blau und grau.

«Es hatte aufgehört zu stürmen», sagte er. «Alle Geräusche waren weg. Ich glaube sogar, dass die Krähen verstummt waren. Und ich hatte heftige Kopfschmerzen.»

«Und was tun Sie?»

«Mir ist total schwindlig. Mir ist schlecht. In meinem Kopf dreht sich alles, und ich glaube nicht, dass es vom Kater kommt. Ich suche nach einem Halt, und es ist, als würde ich fallen.»

Er spürte, wie der Strudel langsam nachließ. Dann spürte er Mårtens rauen Troyer an seiner Wange. Und eine widerliche Übelkeit.

«Ich habe nach ihm gegriffen. Als sich alles um mich herum drehte, hab ich nach ihm gegriffen. Und dann, als es nachgelassen hatte, sah ich, dass er mich höhnisch angrinste.»

Joel wurde von dem intensiven Wunsch überwältigt wegzurennen. Er stand aus dem Sessel auf.

«Und dann kamen Sie», sagte er.

* * *

Als Joel durchs Fenster auf der Rückseite des Hauses hinausschaute, fiel sein Blick auf den alten Kaninchenstall unter der Kastanie, der zur Hälfte mit Schnee bedeckt war.

Er steht ja immer noch da, ging es ihm durch den Kopf.

Dort bin ich doch in dieser Sommernacht mit Graunäschen im Arm und einem glühenden Hass im Kopf eingeschlafen.

Er musste an Elna denken, die mit Erbrochenem bekleckert

auf dem Fußboden im Flur lag, und an das Messer, das er versucht hatte, an sich zu reißen und Mårten in den Rücken zu rammen.

Was wäre wohl geschehen, wenn ich ihn getötet hätte?

Im Hintergrund hörte er Fatima, und es lag ihm auf der Zunge, sie danach zu fragen, doch dann sah er ein, dass sie wahrscheinlich auch keine Antwort parat hatte.

Dann erblickte er den Hackklotz, und mit einem Mal war es wieder Winter wie damals auch.

Genau an dieser Stelle habe ich gestanden, dachte er. Genau hier am Fenster hab ich damals gestanden, als der Schnee genauso hoch lag wie jetzt, und die Nase gegen die Fensterscheibe gepresst.

Mårten mit der Axt in der Hand. Das Kaninchen zappelte, als er es an den Ohren packte und aus dem Käfig holte, aber alles ging so schnell, und ein paar Sekunden später spritzte rotes Blut auf den Schnee.

Ich bin nicht einmal auf die Idee gekommen zu schreien, dachte Joel. Er berührte mit den Fingern das kalte Fensterglas. Oder habe ich geschrien, und keiner hat es gehört?

Am Abend dann: der große Topf auf dem Küchentisch.

Mårten schlingt das Essen herunter. Joel schweigt. Dann springt er unvermittelt auf, sodass sein Stuhl umkippt. Er ahnt, dass gleich ein Orkan losbrechen wird. Doch Mårten schaut ihn nur mit erstauntem Blick an, Soße im Mundwinkel. Als begreife er rein gar nichts.

«Du musst das hier unbedingt probieren, Joel. Es schmeckt wirklich verdammt lecker.»

Mein Vater ist ein Kannibale, denkt Joel, als er aus der Küche stürzt.

* * *

Der Keller war mit all dem Krimskrams voll, der sich in einem Haus ansammelt, wenn man viele Jahre darin gewohnt hat. Abgenutzte Möbel, die nach Schimmel rochen. Ein ausrangierter Kühlschrank und zwei alte Fernseher. Eingemottete Kleidung. Ein Stapel alter Autoreifen. Aber darüber hinaus lagerte dort auch einiges andere: Hunderte von Leinwänden, die übereinandergestapelt waren. Und in der einen Ecke stand eine große Blechvorrichtung mit Rohren und Schläuchen. Zweifellos ein Schnapsbrennkessel.

«Der da kommt mir bekannt vor», sagte Joel. «Er stand schon immer hier unten und blubberte oft tagelang vor sich hin.»

Die kaputte Fensterscheibe war durch eine Spanholzplatte ersetzt worden. Die Glassplitter auf dem Boden waren verschwunden.

«Der Mörder hat die Scheibe mit einem Ziegelstein eingeschlagen und es dann geöffnet, ohne sich zu schneiden», erklärte Fatima. «Die Techniker haben Fasern von einem Kleidungsstück gefunden, die sie gerade untersuchen. Nachdem er Mårten erdrosselt und danach erhängt hatte, muss der Täter durch die Haustür wieder hinausgegangen sein, ohne sie zu verschließen.»

Joel sah sich im Keller um. Es war ein merkwürdiges Gefühl, dort zu stehen. Wie oft war er hier hinuntergeschlichen und hatte sich zwischen all den Gerätschaften versteckt, wenn Mårten oben herumtobte und schrie. Sich unter einer Plane oder in einem großen Karton verkrochen. Die Luft angehalten und seine eigenen Herzschläge gezählt. Und gehofft, dass das Gewitter vorbeiziehen würde.

«Darf man etwas anfassen?»

«Ich glaube, das macht nichts.»

Auf gut Glück öffnete er ein paar Kartons und beförderte diverse Gegenstände und alte Klamotten zutage. Aber darunter fand sich nichts, was er wiedererkannte. Der Kleiderschrank, dessen Tür lose an einem Scharnier hing, enthielt lediglich ein Paar ausgetretene Stiefel und einige ausgeblichene Blaumänner, die voller Farbflecken waren. Auch keines der Möbelstücke unter der großen Plastikplane erkannte er aus seinem Kinderzimmer wieder. Joel seufzte. Er wünschte, er hätte irgendwelche Erinnerungsstücke gefunden. Fotoalben. Oder Bücher, damals hatte er doch Pippi Langstrumpf, Winnetou und alles Mögliche verschlungen, oder? Wer hatte sie ihm eigentlich geschenkt? Und wo waren sie abgeblieben? Seine Micky-Maus- und Fantomas-Hefte? Früher einmal hatten sie hier unten in Kartons gelegen. Genau wie seine Sammlung mit außergewöhnlichen Steinen und Schnecken, die er bei Haväng gefunden hatte. Joel wünschte sich, dass er zumindest eine einzige Spur dessen auftun könnte, was ihn als Kind ausgemacht hatte. Ein Kleidungsstück, eine Decke, ein Spielzeug, was auch immer. Aber es schien, dass Mårten bei irgendeiner Gelegenheit alles entsorgt hatte.

Als er seine Suche gerade aufgeben wollte, fiel sein Blick auf einen Gegenstand. Unter einem Haufen Gartengeräten, einem auseinandergefallenen Gartengrill und einigen Rollen rostigen Stacheldrahts erblickte er ein kleines Rad.

Joel räumte einen Teil der Gerätschaften beiseite. Als das meiste weg war, sah er, dass dort ein grünes Jungenfahrrad stand.

Plötzlich erinnerte er sich daran, als wäre es gestern gewesen.

Es ist Ende Juli in den Sommerferien, und die Sonne scheint von einem klaren blauen Himmel, an dem nur hauchdünne Wölkchen vorbeischweben. Über der Regentonne summt eine Hornisse herum. Joel sitzt auf der Treppe und beobachtet sie. Er hat Bauchschmerzen. Ihm ist schlecht vor Sehnsucht nach seiner Mutter, aber tief in seinem Inneren weiß er bereits, dass sie nie wieder zurückkommen wird. In dem Augenblick kommt

Mårten in seinem rostigen Pick-up die Weidenallee hinaufgefahren. Er ist fröhlich und lacht, als er die Wagentür öffnet. Fährt Joel mit der Hand durchs Haar und sagt, dass er eine Überraschung für ihn hat. Als er ihn anlächelt, sieht er aus wie ein Monster. Das Fahrrad glänzt, als er es von der Ladefläche herunterhebt. Ein grünes von Monark. «Es gehört dir, Joel!», dröhnt Mårtens Stimme. «Steig auf und fahr 'ne Runde, es ist schnell wie der Blitz.» Doch Joel bleibt sitzen und starrt ihn an. Er sagt kein Wort. Würde ihm am liebsten die Augen auskratzen, damit dieses grässliche Grinsen aufhört. Er muss unentwegt an die gräulich-gelben Flecken im Gesicht seiner Mutter neulich Nacht denken. Als er aufsteht und die Straße hinunterläuft, hört er Mårten hinter ihm herrufen. Er weiß, dass er sich nie auf das Fahrrad setzen wird.

«Ich nehme an, dass es Ihnen gehörte?»

Fatima schien sich zu fragen, was ihm durch den Kopf ging. Sie befingerte leicht den leuchtenden Stein an ihrem Ohrläppchen.

Joel nickte. «Mårten hat es mir geschenkt. Ich glaube, es sollte so etwas wie ein Versöhnungsgeschenk darstellen.»

«Und wofür?»

«Dafür, dass er meine Mutter geschlagen hat. Weil ich glaube, dass er ... Weil sie uns verlassen hat.»

Sie fragte nicht weiter. Aber Joel ahnte, dass sie es begriff. Das Merkwürdige war nur, dass es sich heute ganz anders anfühlte.

Diese blauen Flecken im Gesicht seiner Mutter. Er hatte sie doch bestimmt geschlagen, oder?

Der kleine Junge läuft die Weidenallee entlang, hält jedoch inne, als er ein Stück weit gekommen ist, und dreht sich um. Mårten sieht so verlassen aus, wie er dort mit dem grünen Fahrrad steht. So hilflos und einsam. Joel bekommt fast Mitleid mit ihm.

«Wir sollten uns vielleicht einmal die Bilder ansehen», schlug Fatima vorsichtig vor.

«Ja, vielleicht …»

Sie hoben gemeinsam einen Rahmen nach dem anderen hoch. Frauen mit rosafarbener Haut und riesigen Hinterteilen. Nackte Frauen, die Mårten mit Schleier und großen schmachtenden Augen versehen hatte. Joel schämte sich. Auf einem Extrastapel lagen noch mehr Bilder mit kleinen Gestalten, die alle in der einen oder anderen Weise, sei es auf einen Berg oder eine Leiter steigend, in einem Baum hängend oder auf einer Wolke schwebend, einem leuchtenden Himmel entgegenstrebten.

«Wir sind sie natürlich schon einmal durchgegangen», sagte Fatima. «Aber eine Sache ist doch verblüffend, oder?»

«Und was sollte das sein, außer dass alle so schlecht sind?»

«Vermissen Sie denn nichts?»

Sie kräuselte neugierig die Nase. Diese Augen … Es war deutlich, dass sie alles registrierte. Das Gefühl, wie ein Versuchskaninchen beobachtet zu werden, machte Joel unsicher.

«Sie meinen die Mohammed-Bilder? Ich dachte, die Polizei hätte sie beschlagnahmt. Als Beweise.»

Fatima schüttelte langsam den Kopf, ohne ihn aus dem Blick zu lassen.

«Nein, wir haben keine gefunden.»

«Könnte er sie verkauft haben?», schlug Joel vor.

«Das ist möglich. Aber wer sollte sie kaufen?»

«Vielleicht hat der Mörder sie mitgenommen?»

«Die Straßen waren ja zugeschneit. Und er kam zu Fuß. Nicht ganz leicht, einen Stapel Bilder durch den Schneesturm zu schleppen, finden Sie nicht? Falls er nicht wie der Weihnachtsmann einen Schlitten bei sich hatte.»

«Bleibt also nur eine Möglichkeit», meinte Joel.

Vor seinem inneren Auge sah er ein loderndes Feuer im Hinterhof und Mårten, der wie der Teufel persönlich laut schreiend umhersprang, während er Kinderkleidung, Spielsachen, Möbel und Bilder in die Flammen warf. Schwarzer Rauch stieg zum Himmel auf, als die Motive, mit denen er Gott beleidigt hatte, zu Asche zerfielen.

«Sie meinen, dass er sie verbrannt hat?», fragte Fatima. «Mag sein. Es ist jedenfalls möglich. Auf der Rückseite des Hauses steht eine große Blechtonne, in der Ihr Vater offenbar alten Müll verbrannte. Es kann ja sein, dass er Angst bekommen und es bereut hat. Vielleicht glaubte er, diejenigen besänftigen zu können, die ihm gedroht hatten.»

«Ein Bild existiert zumindest noch», sagte Joel.

«Aha?»

«Ein Schwein mit Turban.»

Sie betrachtete ihn misstrauisch, und für einen kurzen Augenblick schien sie kurz davor zu sein, in Gelächter auszubrechen.

«Ich habe es in Goran Djelics Haus gesehen.»

Joel merkte sofort, dass der Name sie aufhorchen ließ.

«Djelic! Der Mann, der die Kampfhunde züchtet?»

Sie bombardierte ihn mit mehreren Fragen kurz hintereinander, woraufhin Joel ihr von seinem Besuch bei den Zwingern in Lövestad berichtete. Von den Hunden, deren Bellen er schon von weitem gehört hatte. Von Tatjana. Und von Goran, der ihm erst einen riesigen Revolver in die Fresse gerammt hatte, bis er es sich plötzlich anders überlegte und Mårtens Bild aus der Putzkammer hervorholte.

Fatima machte sich einige Notizen in ihrem Block.

«Gut», sagte sie dann. «Es dürfte keinerlei Probleme bereiten, die Staatsanwältin um eine Hausdurchsuchung bei diesem Mann zu bitten.»

* * *

Das Schlafzimmer hätte Joel am liebsten ausgelassen. Seit Elna weggegangen war, hatte er nie wieder einen Fuß dort hineingesetzt. Er schnupperte vorsichtig. Aber ihren Geruch hatte sie natürlich nicht hinterlassen. Es war schließlich mehr als dreißig Jahre her. Jetzt roch es in diesem Zimmer lediglich nach altem Männerschweiß.

Mitten im Raum stand ein Bett, das so stark durchhing wie ein schlachtreifer Esel. Das Laken war entfernt worden, die Matratze war fleckig und schmuddelig. Hatten sich Helga und Mårten etwa dort geliebt? Der Gedanke war so abstoßend, dass Joel ihn rasch wieder verdrängte. Helga würde so etwas niemals tun. Nicht in diesem Bett. Auf der weißen Kommode waren Spuren von schwarzem Pulver zu erkennen. Die Polizei hatte offenbar auch dort nach Fingerabdrücken gesucht.

«Das letzte Zimmer», hörte er Fatima hinter sich sagen. «Fällt Ihnen irgendetwas auf?»

Er betrachtete die gräulich verfärbten Wände. Ein einziges Bild, eine überdimensionale Auferstehung in Rot und Gold. Mårtens verschlissener Morgenmantel hing an einem Haken.

«Nein», antwortete Joel. «Nichts, was Sie nicht auch sehen.»

Seine Beine fühlten sich mit einem Mal unendlich schwer an, als ginge ihm die Kraft aus. Aber sich auf die Bettkante zu setzen, brachte er nicht über sich. Stattdessen zog er die Gardine auf und schaute aus dem Fenster hinaus auf das kleine Wäldchen weit draußen auf dem Acker.

«Ist Ihnen das Ganze unangenehm?»

Aus irgendeinem Grund wollte er nicht antworten.

Als er sich wieder umdrehte, kam ihm das Zimmer viel dunkler vor. Fatima stand gegen den Türpfosten gelehnt. Auf gut Glück zog er die Schubladen der Kommode heraus. Als er bei der dritten angelangt war, segelte ein gelber Zettel heraus und landete auf dem Fußboden.

Er beugte sich hinunter und hob ihn auf. Es war ein Rezept. Der Name der Medizin sagte ihm nichts. Aber unter der eilig hingekritzelten Unterschrift des Arztes stand in deutlicheren Druckbuchstaben: *Dr. Stig Wetterström*.

«Der Name kommt mir bekannt vor», sagte Joel und reichte ihr das Rezept.

Bereits im Voraus ahnte er, dass sie sauer sein würde, weil er so lange damit gewartet hatte, ihr von Mårtens Taschenkalender zu berichten. Er räusperte sich beschämt und schob seine Hand in die Hosentasche.

«Ach ja, da ist noch etwas, was ich vergessen habe, Ihnen zu erzählen …»

* * *

Als Fatima wieder im Wagen saß und auf der Landstraße in Richtung Süden nach Ystad fuhr, bereute sie, dass sie die Fassung verloren hatte. Sie war wütend geworden. Hatte ihn einen Idioten genannt und nicht aufgehört zu schimpfen, bis es aussah, als würden ihm die Tränen in seine großen schönen blaugrünen Augen schießen. Das war normalerweise nicht ihre Art.

Unprofessioneller geht's nicht!, fluchte sie im Stillen. Ich bin völlig aus dem Gleichgewicht.

Aber wie zum Teufel konnte er nur den Taschenkalender vergessen? Inzwischen war ja fast eine ganze Woche vergangen. Begriff er denn nicht, dass diese Telefonnummern wichtig sein konnten? Sie griff nach ihrem Handy, um Lundström anzurufen, überlegte es sich jedoch anders und warf es auf den Beifahrersitz.

Jetzt war es auch egal.

Stattdessen schaltete sie das Radio ein. Schließlich fand sie einen Sender, der klassische Musik spielte. Genauer gesagt, Beethoven. Die Melodie beschwor die Erinnerung an all die Stunden herauf, die ihr Vater darauf verwendet hatte, ihr auf dem Klavier «Für Elise» beizubringen. Und ich hab geglaubt, seine Geduld geerbt zu haben, dachte sie. Zur Ruhe kam sie allerdings nicht. Eher gingen ihr die leichtfüßigen flüchtigen Töne auf die Nerven. Sie schaltete das Radio aus.

Um die Gedanken in ihrem Kopf zu strukturieren, begann sie noch einmal durchzugehen, was bei der Vernehmung Joels herausgekommen war.

Der sogenannten Vernehmung, dachte sie.

Wer war er eigentlich?

Sie hatte ihn natürlich darum gebeten, ihr noch einmal im Detail von seinem früheren Leben und seinem Verhältnis zu Mårten Lindgren zu berichten. Außer dem, was sie bereits wusste, hatte er nicht besonders viel erzählt: Joel war in jungen Jahren von seinem Vater in die Flucht getrieben worden und hasste ihn seitdem. War dann bei einer merkwürdigen Sekte in der småländischen Einöde untergekommen, hatte in einem Lokal in Kopenhagen gearbeitet und später als Musiklehrer in Malmö. War mit einer Kollegin verheiratet gewesen, bis die Ehe in die Brüche ging und Joel alles hinter sich ließ. Er zog schließlich zurück aufs Land, wo er sich bemüht hatte, seinem Vater, so gut es ging, aus dem Weg zu gehen.

Dieser Hass, dachte Fatima.

War er stark genug, um ihn zum Mörder werden zu lassen?

Zu Bill Lundström hatte sie gesagt, dass sie sich mit Joel treffen wollte, um den Ort des Verbrechens mit seinen Augen zu sehen. Vielleicht würde Joel etwas auffallen, was der Polizei entgangen war. Kleinigkeiten, die Osama Al-Din ein für alle Mal an den Tatort binden würden. Doch als Fatima auf dem Weg nach Hause in ihrem Wagen saß, konnte sie nicht umhin, an das zu denken, was Eva Ström am Telefon gesagt hatte: Es könnte noch mehr Leute geben, die ein Motiv für den Mord an Mårten Lindgren gehabt haben.

Als sie den alten Wasserturm erblickte, der an eine Nuckelflasche erinnerte, begann es zu dämmern. Winzige Schneeflocken wirbelten durch die Luft, sodass sie die abgenutzten quietschenden Scheibenwischer anschalten musste. Die Straßen der Stadt lagen verlassen da. Es schien, als würden die Leute in ihren Häusern bleiben und auf mildere Zeiten warten.

Fatima parkte den Wagen und lief mit schnellen Schritten die Treppe hinauf. Auf dem Flurteppich lagen die Tageszeitungen der letzten drei Tage sowie Post und ein Haufen Reklame. Ich muss mir endlich so einen Aufkleber besorgen, damit mir dieser Mist erspart wird, dachte sie.

In der Wohnung roch es abgestanden, eine Mischung aus Staub und vertrockneten Topfpflanzen. Sie öffnete die Balkontür, um zu lüften, und goss dann ihren großen Hibiskus, ihre Schwertlilien und den Rosmarin in der Küche mit dem Wasser aus der Gießkanne. Als sie gerade die Balkontür wieder schließen wollte, sah sie, dass der gebrechliche Mann im Rollstuhl in der gegenüberliegenden Wohnung wieder dort saß und auf die Wand starrte. Die Jalousie war noch immer kaputt und hing schief herunter. Fatima konnte nicht umhin, sich zu fragen, was dieses Bild, dessen Motiv sie nicht sehen konnte, wohl darstellte. Sie musste lächeln. Vielleicht bestand der letzte Trost des Alten ja in einer nackten Frau mit einem Riesenarsch.

Sobald sie ihre Tasche ausgepackt und ihre Schmutzwäsche in die Waschmaschine gestopft hatte, begann sie sich entgegen ihren Erwartungen rastlos zu fühlen. Sie setzte sich vor den Fernseher und zappte eine Weile lang herum, bis sie ihn wieder ausschaltete. Überlegte dann, ob sie kurz bei Eva Ström anrufen sollte, ließ es aber bleiben. Sie schaute im Computer nach ihren

Mails, ohne irgendetwas zu finden, das sie interessierte. Zerstreut loggte sie sich auf ihrer gewohnten Dating-Website ein. Klickte zwischen diversen Männern hin und her, die sich nach menschlicher Wärme, Waldspaziergängen und gemütlichen DVD-Abenden sehnten. Schaudernd verdrängte sie Fredrik mit dem Heizungs- und Sanitärbetrieb in Växjö, dem sie aus unerfindlichen Gründen das Knie in den Unterleib gerammt hatte. Sie klappte rasch den Laptop zu und begann stattdessen in der Tageszeitung zu blättern. Vielleicht sollte sie mal kurz bei Lena vorbeischauen, der Friseurin, die in der Etage unter ihr wohnte, und fragen, ob sie Lust hätte, mit ihr auf ein Bier in die Kneipe zu gehen? Nur, um sich mit einem ganz normalen Menschen zu unterhalten. Doch sie verwarf den Gedanken. Über all das, was sie loswerden und diskutieren wollte, durfte sie ja sowieso nicht reden.

«Verdammt auch!», fluchte sie lauthals und warf sich rücklings aufs Sofa.

Ihr nächster Gedanke bestand darin, Joel Lindgren anzurufen und sich für ihren Ausbruch zu entschuldigen.

Reiß dich zusammen! Du bist schließlich Polizistin. Du musst einstehen für das, was du tust.

Dennoch ertappte sie sich bei der Frage, was er wohl gerade machte. Sein zerzaustes blondes Haar, der irgendwie treuherzige Blick. Warum musste er nur in diesem von Motten zerfressenen Militärmantel herumlaufen?

Der Taschenkalender, den er ihr gegeben hatte, lag auf dem Wohnzimmertisch. Sie war die Namen durchgegangen und hatte sich eingeprägt, was zu tun war.

Aber eigentlich wusste Fatima, dass es nicht nur seine Vergesslichkeit war, die sie wütend gemacht hatte. Sondern etwas, das Joel zuvor gesagt hatte, als sie im Atelier standen und auf den Haken an der Decke und die blutroten Schriftzeichen an der Wand starrten.

«Mårten hatte doch selbst Schuld. Er hat es doch geradezu herausgefordert.»

Nur das. Ohne sich näher zu erklären.

Fatima hatte geschwiegen. Aber als sie jetzt auf dem Sofa lag und an die Decke starrte, bereute sie, dass sie ihn nicht am Kragen gepackt, geschüttelt und ihm geradewegs ins Gesicht geschrien hatte: «Wie können Sie nur etwas so Dämliches sagen! Allein derjenige, der Ihren Vater erwürgt hat, trägt die Verantwortung für seinen Tod. Und niemand anders!»

KAPITEL 20

Schwere Tropfen fielen auf das Fenstersims. Fatima blieb mit geschlossenen Augen im Bett liegen und überlegte, was das Geräusch zu bedeuten hatte. Es hätte ein warmer Sommerregen sein können. Doch dann erinnerte sie sich an die Eiszapfen, die sie an der Dachrinne hatte hängen sehen. Man müsste sie entfernen, bevor sie herunterfallen und jemanden am Kopf treffen, hatte sie vergangene Woche gedacht. Jetzt begannen sie offenbar zu schmelzen. Das Wetter musste umgeschlagen sein.

Mit einem Mal war sie hellwach.

Und voller Energie.

Sie hatte geschlafen wie ein Stein, gnädig befreit von allen belastenden Gedanken, mit denen sie sich in der letzten Zeit den Kopf zermartert hatte.

Ein tiefer, ungestörter Schlaf ohne Träume.

Als sie die Jalousie hochzog, sah sie, dass der Schneefall in Regen übergegangen war und sich auf dem Gehweg zwischen den Schneewällen bereits Pfützen gebildet hatten. Sie stellte sich nackt vor den Spiegel. Drehte und wendete sich. Kniff sich prüfend in eine Pobacke. Zog den Bauch ein und streckte ihren Busen ein wenig vor. Warf das Haar zurück und lachte ihr Spiegelbild verführerisch an.

Ich werde verdammt noch mal rausgehen und eine Runde joggen, dachte sie.

Innerhalb von einer Minute hatte sie sich Sportunterwäsche und Trainingskleidung angezogen, einen zusätzlichen Fleecepulli über den Kopf gestreift und ihre knallroten Nikes geschnürt, die sie im Herbst gekauft, aber kaum getragen hatte.

Ich werde ein neues gesundes Leben beginnen, dachte sie im Treppenhaus.

Vor der Haustür legte Fatima den Kopf in den Nacken und schaute gen Himmel, wie sie es immer tat. Der Regen fühlte sich auf ihrer Haut angenehm kühl an. Sie schloss die Augen und genoss es. Dann zog sie die Mütze über die Ohren und startete.

Sie lief in hohem Tempo los, musste jedoch bald die Geschwindigkeit drosseln, da es spiegelglatt war. Der Regen hatte den Schnee zusammengepresst und lag jetzt wie eine verräterische Schicht über dem Eis. Während sie mehr rutschte als lief, spritzte ihr das Wasser plätschernd gegen die Beine. Nach wenigen hundert Metern war Fatima außer Atem. Mist, dachte sie und erinnerte sich daran, wie stolz ihr Vater Mahmoud gewesen war, als sie die Meisterschaft der Polizeihochschule im Crosslauf gewonnen hatte. Nach einem Kilometer war sie kurz davor aufzugeben. Doch dann erreichte sie den Österled, der hinaus nach Sandskogen führte und offenbar eine Weile lang nicht geräumt worden war, sodass ihre Schuhe besseren Halt im Schnee fanden. Sie nahm wieder Geschwindigkeit auf. Der Regen begann nachzulassen. Ein Lastwagen fuhr an ihr vorbei und ließ eine Ladung Schneematsch aufspritzen.

Als sie auf einen Pfad hinunter in Richtung Meer abbog, erblickte sie eine neongrüne Figur zwischen den Kiefern. Einen Langläufer. Er stieß sich frenetisch mit den Stöcken ab, und als sie näher kam, sah sie, dass er vor lauter Anstrengung ganz rot im Gesicht war. Es war Björn Bernhardsson. Die langen Skier, die Stöcke und der leuchtende Trainingsanzug an seinem schmächtigen Körper erinnerten sie an ein exotisches Insekt.

«Hej, Björn!», rief sie und winkte.

Der Hauptkommissar schaute unter seiner Zipfelmütze kurz auf, ließ sich jedoch nicht beirren.

«Verdammter Pappschnee!», keuchte er wütend.

«Warten Sie! Ich wollte Ihnen sagen ...», rief Fatima seinem Rücken hinterher.

«Keine Zeit!», brüllte er über die Schulter hinweg. «In einer Woche ist Wasalauf!»

Fatima konnte sich ein Grinsen nicht verkneifen. Den Anzug hat er sich bestimmt in Thailand gekauft, dachte sie.

Langsam nahm sie wieder Tempo auf. Sie spürte es in den Beinen, dass sie lange nicht mehr trainiert hatte. Doch nach einer Weile kam sie in einen angenehmen Rhythmus. Ihre Gedanken machten sich selbständig, und es dauerte nicht lange, bis sie bei dem düsteren schmutzig grauen Eternithaus am Ende der Weidenallee draußen in der Einöde landeten. Es war ihr ein Rätsel, wie der Mörder es geschafft hatte, durch den tobenden Schneesturm zum Haus und wieder zurück zu gelangen. Vielleicht ja auf Skiern. Fatima versuchte sich Osama vorzustellen. Diesen asketischen Märtyrer mit den müden, aber dennoch funkelnden Augen. Es war schwer, nahezu unmöglich, sich vorzustellen, wie er dem Winterwetter trotzte.

Sie beschloss, das letzte Stück nach Hause zu sprinten. Schritt für Schritt erhöhte sie die Frequenz, bis ihre Lungen zu brennen begannen. Dann erhöhte sie das Tempo noch ein wenig mehr, bis sie einen Blutgeschmack im Mund hatte und spürte, wie der Puls in ihren Schläfen hämmerte. Bald wurden ihre Beine schwer wie Blei. Keuchend wie eine Dampflok, mobilisierte sie ihre letzten Kräfte, umrundete die nächste Straßenecke und bremste vor Gunhilds Bäckerei ab, wo sie wie ein ausgewrungener Wischlappen mit dem Oberkörper über den Türgriff gebeugt hängen blieb. Die Tür öffnete sich wie von selbst mit einem fröhlichen Klingeln.

«Mein liebes Mädchen! Was haben Sie denn gemacht!», rief die dralle Frau hinter dem Tresen aus und starrte sie erschrocken an.

Fatima sank auf einen Stuhl und machte eine abwehrende Geste mit der Hand, während das Pfeifen in ihren Atemwegen langsam nachließ.

«Ich hätte gern zwei Brötchen», japste sie schließlich.

«Haben Sie es denn so eilig?»

Die Verkäuferin, die einer aufgegangenen Hefeteigfigur nicht unähnlich sah, lächelte gutmütig und nahm eine Fanta aus dem Kühlschrank.

«Hier, die schenke ich Ihnen. Schön zu sehen, dass die Polizei sich fit hält.»

* * *

Nachdem Fatima geduscht hatte und der Kaffee in der Maschine blubberte, schickte sie Bill Lundström eine SMS: *Routinevernehmung von Lindgrens Arzt. Will ein paar Fäden verknüpfen. Melde mich. Fatima.*

Sie trank einige Schlucke Grapefruitsaft direkt aus dem Tetrapak und fand ganz hinten im Kühlschrank noch einige Scheiben Salami, die an den Rändern bereits hart geworden waren. Schlang die Brötchen herunter und spülte mit Kaffee nach.

Kurz darauf saß sie auf dem Weg hinauf nach Tomelilla im Wagen. Zwei Dinge hatte sie im Laptop gegoogelt. Die Medizin auf dem Rezept und die Adresse des ambulanten Behandlungszentrums. Doch am Ortseingang kam ihr plötzlich ein Gedanke, der sie kurzfristig umdisponieren ließ. Anders als geplant bog sie am Altersheim Byavången rechts ab, fuhr an der alten Schule vorbei und parkte vor den Mietshäusern direkt gegenüber vom Stadtpark.

Nirgends war ein Mensch zu sehen.

Wie still es ist, dachte Fatima und warf einen Blick in Richtung des Schulhofs.

Um keine unnötige Aufmerksamkeit auf sich zu ziehen, ließ sie die Wagentür vorsichtig zugleiten.

In dem grau gestrichenen Haus war alles dunkel bis auf eine Lampe in einem Fenster im zweiten Stock.

Jemand beobachtet mich, dachte sie.

Im Treppenhaus roch es säuerlich nach Feuchtigkeit und etwas Angebranntem. An die Wand neben den Namensschildern hatte jemand ein Hakenkreuz gesprüht. Unmittelbar daneben stand ein rosafarbener Kinderwagen. Es war nicht schwer herauszufinden, welche Tür die richtige war. Der Holzrahmen um den Briefkasten herum war schwarz und verkohlt.

Als Fatima gerade anklopfen wollte, wurde die Wohnungstür geöffnet. Die dunkelhäutige Frau hielt einen vollen Müllbeutel in der Hand. Als sie registrierte, dass eine fremde Person vor ihr stand und auf sie wartete, zuckte sie zusammen und gab einen erschrockenen Laut von sich. Ein kleines Mädchen und ein kleiner Junge hielten sich an ihrem Mantelsaum fest.

«Salaam aleikum», grüßte Fatima rasch und lächelte so freundlich, wie sie nur konnte.

Die Frau schaute sie misstrauisch an und zog etwas verunsichert an einem Zipfel ihres Hidschab.

«Sie sind doch bestimmt Amina, oder?», fragte Fatima auf Arabisch.

Ein stummes Nicken war alles, was sie zur Antwort erhielt.

Plötzlich war es in Fatimas Kopf absolut leer. Was hatte sie ihr eigentlich sagen wollen?

«Ich bin Polizistin», brachte sie stammelnd hervor.

Die Erklärung schien die Frau auch nicht zu beruhigen. Sie

machte einen Schritt zurück in ihre Wohnung hinein und sah aus, als wollte sie die Tür schließen.

«Warten Sie kurz!»

Fatima sah, wie die Frau zögerte. Die zwei kleinen Kinder schauten sie mit großen Augen an.

«Ich wollte Ihnen nur etwas erklären. Sie brauchen keine Angst zu haben. Hier in Schweden ist es nicht so.»

Sie strich mit der Handfläche über das stark angebrannte Holz und zeigte ihr dann ihre schwarzen Finger.

«Ich meine, diejenigen, die das getan haben … Nicht alle sind wie sie. Wir werden sie festnehmen und bestrafen.»

Die Frau schaute sie unschlüssig mit flackerndem Blick an. Dann ließ sie die Türklinke los.

«Sie müssen verstehen … Hier in der Gegend ist einiges passiert. Ein Mann wurde getötet. Und der Mörder ist ein Muslim. Ein verrückter Muslim. Und die Leute sind sauer.»

Zwischen den Augenbrauen der Frau bildete sich eine tiefe Falte.

«Hat das etwas mit mir zu tun?», fragte sie mit leiser Stimme.

Fatima schüttelte den Kopf. «Nein, das hat es natürlich nicht. Aber ich wollte es Ihnen dennoch erzählen. Damit Sie es verstehen. Und sich etwas beruhigen können. Die meisten Schweden sind keineswegs so wie diejenigen, die Ihre Tür angezündet haben. Vielleicht waren es nur irgendwelche dummen Jugendlichen.»

«Ja, verstehe.» Auf dem Gesicht der Frau breitete sich langsam ein Lächeln aus. «Sind Sie Muslimin?»

«Nein … oder doch, ja eigentlich schon. Eine Art Muslimin. Sie müssen wissen, das mit der Religion bedeutet mir nicht so viel.»

Fatima nahm ihren Notizblock zur Hand, schrieb ihren Namen und ihre Handynummer darauf und riss das Blatt ab.

«Hier! Nehmen Sie das. Rufen Sie mich an, wenn Sie reden möchten.»

Die Frau nahm den Zettel an sich und las ihn. Dann schaute sie auf.

«Gut», sagte sie auf Schwedisch. «Sie gut.»

Danach schloss sie die schwarz verkohlte Tür hinter sich.

* * *

Das Ärztehaus lag an einer breiten Kreuzung mit der einzigen Ampel des Orts und drei großen Geschäften: dem Lidl-Discounter, dem Ica-Supermarkt und Bo Ohlssons Billigkaufhaus.

Fatima stampfte sich den Schneematsch von den Schuhen und betrat das Wartezimmer, das bereits voller winterlich blasser Personen war, die husteten und schnieften. Sie beschloss, ausschließlich durch die Nase zu atmen. Als sie an der Box mit den Nummernzetteln vorbei auf die Rezeption zuging, wurde sie über zerlesene Wochenzeitungen hinweg mit bösen Blicken bedacht. Hinter ihrem Rücken hörte sie, wie die Wartenden krächzend und röchelnd etwas über Leute von sich gaben, «die sich dreist vordrängeln».

«Ich möchte zu Doktor Stig Wetterström», sagte sie.

Die Dame am Empfang warf ihr einen teilnahmslosen Blick zu. Sie hatte kurzes dauergewelltes Haar und wirkte gelangweilt. Auf ihrem Tisch stand ein Becher mit roten Lippenabdrücken. Es roch nach abgestandenem Kaffee.

«Sie müssen einen Nummernzettel ziehen. Aber es wird einige Stunden dauern. Wir haben hier sowohl die Grippe als auch Brechdurchfall.»

«Ich bin von der Polizei. Es geht um ein dienstliches Anliegen.» Fatima zeigte ihr ihren Polizeiausweis.

«Das spielt keine Rolle. Hier gilt für alle das Gleiche.»

Die Rezeptionistin drückte auf einen Knopf, woraufhin sich die Glasscheibe schloss, und wandte sich dann ihrem Computer zu.

Blöde Kuh!, dachte Fatima.

Als sie gerade aufbrausen wollte, sah sie ein Stück weiter hinten im Korridor eine Tür, die leicht offen stand. Im Zimmer erblickte sie das Profil einer Person, die ihr bekannt vorkam. «Was zum Teufel», murmelte sie und marschierte los, ohne sich um den schrillen Protest der Rezeptionistin zu kümmern.

Als sie die Tür weiter aufschob, schaute Joel Lindgren mit erstauntem Blick zu ihr auf.

«Was zum Teufel machen Sie denn hier?», rief sie.

Er wirkte beschämt, nahezu ängstlich. «Ich war ein wenig neugierig», entschuldigte er sich.

«So, jetzt aber alles immer schön der Reihe nach», sagte der Mann mit mündigem Gesichtsausdruck hinter dem Schreibtisch und stand auf.

Stig Wetterström sah aus, als näherte er sich dem Rentenalter, doch die üppigen Koteletten, die er sich in den siebziger Jahren zugelegt haben musste, trug er noch immer. Er war groß und schlank, abgesehen von einem Bierbauch, der sich unter dem aufgeknöpften Arztkittel vorwölbte. Sein graues Haar wellte sich in langen Strähnen um seinen Kopf, ohne die kahle Stelle oben auf seinem Schädel zu verbergen. Seine Haarpracht erinnerte entfernt an ein Vogelnest.

«Entschuldigen Sie, dass ich einfach so hier hereinstürme», sagte Fatima. «Ich bin in einem eiligen Dienstanliegen hier. Es geht um Ihren Patienten Mårten Lindgren.»

Zum zweiten Mal hielt sie ihren Polizeiausweis hoch. Zu ihrer Erleichterung wirkte der Arzt in erster Linie amüsiert.

«Was für ein starkes Interesse doch plötzlich an Mårten

Lindgrens Gesundheit entbrannt ist. Oder man muss es wohl eher Ungesundheit nennen. Um nicht zu sagen, Krankheit.»

Er gab ein glucksendes Geräusch von sich, das seinen Kugelbauch zum Hüpfen brachte. Es sieht aus, als sei er schwanger, dachte Fatima. Joel warf ihm einen bösen Blick zu. Als Wetterström merkte, dass die beiden seinen Humor nicht teilten, hielt er inne und hustete angestrengt in seine Faust.

«Hm ... Tja, im Hinblick darauf, dass wir es hier mit einer Repräsentantin der Staatsgewalt zu tun haben, deren Befugnisse ich nicht anzweifeln möchte, sowie dem engsten Angehörigen des Verstorbenen, kann ich keine Hinderungsgründe erkennen, was die Geheimhaltung betrifft. Wie Sie wahrscheinlich bereits wissen, war ich seit mehreren Jahren Mårtens Hausarzt.»

Er sank in seinen Sessel, tippte etwas in seinen Computer und lehnte sich dann mit den Händen im Nacken gefaltet zurück.

«Joel hat mir gerade sein Anliegen erklärt», sagte er an Fatima gewandt. «Ich nehme an, die Polizei möchte dasselbe wissen.»

«Vermutlich», meinte Fatima und legte das gelbe Rezept vor ihm auf den Schreibtisch.

«Setzen Sie sich!», forderte sie der Arzt auf.

Sie setzten sich, Joel auf denselben Stuhl, von dem er gerade aufgestanden war, und Fatima auf den Besucherstuhl daneben. Sie schielte zu ihm rüber. Das hier steht doch mit Sicherheit im Widerspruch zu jeglichen Polizeivorschriften, dachte sie.

Mit einer wichtigtuerischen Miene nahm Wetterström das Rezept zur Hand und beäugte es eingehend, als wollte er sichergehen, dass die Unterschrift nicht gefälscht war.

«Ich nehme an, Sie wissen, welches Präparat ich verordnet habe?», fragte er.

«Schmerzmittel», antwortete Fatima.

«Wogegen?», fragte Joel.

«Krebs», erklärte Wetterström.

Im Raum herrschte Stille. Der Allgemeinmediziner bemühte sich um eine mitfühlende Miene, was ihm allerdings nicht ganz gelang. Er deutete mit der Hand auf seinen Bildschirm.

«Hier ist Mårtens Krankheitsgeschichte aufgelistet. Im vergangenen Herbst habe ich ihn an den Onkologen in Ystad überwiesen. Dort wurden mehrere Röntgenbilder angefertigt. Aber leider haben wir den Krebs viel zu spät entdeckt. Er hatte sich bereits im ganzen Körper ausgebreitet. Im Bauchraum, in der Leber, im Lymphgewebe. Die Spezialisten waren der Meinung, dass es keinen Sinn mehr machte, quälende Behandlungen durchzuführen. Also haben sie ihn zu mir zurückgeschickt. Doch das Einzige, was ich tun konnte, war, ihm schmerzstillende Medikamente zu verordnen, damit er nicht allzu sehr litt. Bei seinem letzten Besuch gab ich ihm noch maximal vier Monate.»

«Scheiße», seufzte Joel.

«Ja, so kann man es auch ausdrücken», pflichtete Wetterström ihm bei.

* * *

Sobald Fatima auf den Parkplatz hinauskam und sich ins Auto gesetzt hatte, rief sie Bill Lundström an. Es war höchste Zeit. Bereits nach dem zweiten Klingeln meldete er sich: «Hej, Fatima, wie geht's?»

«Gut, Sie haben doch meine Nachricht bekommen, oder?»

«Ja …»

«Eigentlich hätte ich schon gestern anrufen müssen, aber ich war so unglaublich müde. Wie dem auch sei, wir haben gestern ein Rezept in Mårten Lindgrens Haus gefunden. Die Techniker müssen es übersehen haben.»

«Wir …?», unterbrach er sie.

In seiner Stimme klang eine unangenehme Skepsis mit, die Fatima an ihm noch nicht kannte.

«Ja also, ich habe Joel dorthin mitgenommen. Das hatten wir doch so abgesprochen, oder nicht? Er war übrigens derjenige, der das Rezept gefunden hat. Es war aus einer alten Kommode im Schlafzimmer herausgefallen. Und heute habe ich den Arzt aufgesucht, der es ausgestellt hat.»

Fatima vermied es sorgfältig, noch einmal «wir» zu sagen.

«Über ein Schmerzmittel», erklärte Bill Lundström.

«Wie bitte?»

«Er bekam ein Schmerzmittel. Er hatte ja Krebs im ganzen Körper.»

«Aber wie …?»

«Ich habe gestern das Gutachten des Rechtsmediziners von der Obduktion erhalten. Mårten Lindgren war unheilbar krank. Sie glauben, dass er maximal noch ein paar Monate zu leben gehabt hätte.»

«Aha», sagte Fatima leicht enttäuscht. «Dann wissen Sie es also bereits …»

«Ja», entgegnete Bill Lundström. Er klang in einer Art und Weise kühl, die Fatima unsicher machte. «Hat das einen Einfluss auf unsere Einschätzungen?»

Sie dachte lange nach. Währenddessen konnte sie am anderen Ende der Leitung jemanden sprechen hören. Es klang, als wollte Lundström antworten, doch dann verschwand seine Stimme in einem Rauschen, als hätte er die Hand über die Muschel gelegt. Kurz darauf war er wieder zu hören.

«Was meinen Sie?»

«Eigentlich nicht», antwortete Fatima zögernd. «Dass Mårten Lindgren nicht mehr lange zu leben hatte, müssen wir als Tatsache hinnehmen. Aber im Augenblick fällt es mir schwer, es als relevant für die Ermittlungen anzusehen.»

«So lautet auch meine Einschätzung», sagte Lundström.

In knappen Worten berichtete er ihr, dass sie am Vortag eine weitere ergebnislose Vernehmung mit Osama Al-Din abgehalten hatten. Als er danach auflegen wollte, hielt Fatima ihn zurück.

«Warten Sie, Bill! Eine Sache noch. Ich möchte, dass Sie eine Hausdurchsuchung erwirken.»

Am Rhythmus seiner Atmung hörte sie, dass es ihr ausnahmsweise einmal gelungen war, ihn zu überraschen.

«Und wo?»

«Bei einem Mann namens Goran Djelic. Er betreibt außerhalb von Lövestad eine Hundezucht. Er züchtet Kampfhunde.»

«Und warum um alles in der Welt sollten wir uns für ihn interessieren?»

Es war nicht zu überhören, dass es Bill Lundström nicht unbedingt gefiel, die Kontrolle über die Situation zu verlieren.

«Weil er eines von Mårten Lindgrens Schweinebildern zu Hause in seiner Putzkammer hat. Übrigens das einzige, von dem wir wissen, wo es sich befindet. Alle anderen sind ja verschwunden.»

Als sie keine unmittelbare Antwort erhielt, erzählte Fatima ihm ebenfalls von dem Gerücht, dass Mårten vor einiger Zeit Gorans Bruder erschlagen haben sollte und demnach die Vermutung im Raum stand, dass Goran Djelic möglicherweise Rache geübt hatte.

«Das sind doch alte Kamellen», sagte Bill Lundström. «Wir haben natürlich die Unterlagen zu den Voruntersuchungen eingeholt. Aber die basieren lediglich auf Gerüchten. Keine Leiche, kein Verbrechen. Wir haben nicht die geringste Ahnung, ob Dragan Djelic überhaupt ermordet wurde oder ob er einfach nach Südamerika ausgewandert ist.» Nach kurzem Zögern fuhr er fort: «Aber an diesem Bild sind wir natürlich interessiert.

Doch ich möchte die Staatsanwältin lieber nicht einschalten. Wenn wir eine formale Hausdurchsuchung vornehmen, müssen wir mit einer Wahnsinns-Presse und allem Drum und Dran rechnen. Wir gehen es lieber unspektakulär an. Ich werde kurz bei Bernhardsson in Ystad anrufen und ihn bitten, jemanden zu beauftragen, der gemeinsam mit Ihnen einen Hausbesuch bei Goran Djelic vornimmt. First thing tomorrow. Aber danach möchte ich Sie hier in Malmö zurückhaben, Fatima. Denn Sie haben immerhin einen verdammt hartnäckigen Terroristen zu knacken.»

Noch bevor sie etwas entgegnen konnte, hatte er das Telefonat beendet.

Fatima warf ihr Handy auf den Beifahrersitz, ließ den Kopf gegen die Nackenstütze fallen und schloss die Augen.

Die prickelnde Energie, die sie im ganzen Körper verspürt hatte, als sie am Morgen aufwachte, war dabei zu verpuffen. Alles war plötzlich so unklar. Diese Ermittlungen waren mit nichts zu vergleichen, das sie zuvor erlebt hatte. Es gab so viele Fäden, so vieles, das umhertrieb wie Schlingpflanzen im trüben Wasser eines dunklen sumpfigen Sees.

Der Mord.

Und die Drohung.

Was war eigentlich aus ihrer Entdeckung geworden, dass jemand einen Terroranschlag auf die Öresundbrücke plante? Konnte man sich darauf verlassen, dass die Säpo daran arbeitete? Oder handelte es sich lediglich um irgendwelche Äußerungen, die ständig im Internet zirkulierten, Gerüchte, angesichts derer erfahrene Sicherheitspolizisten nur mit den Achseln zuckten? Vielleicht hat Bill doch recht, dachte sie. Vielleicht sollte man sich doch stärker auf eine Sache konzentrieren. Und zwar darauf, diesem aufgeblasenen Islamisten verdammt noch mal ein Geständnis abzuringen.

Sie zuckte zusammen, als es an der Scheibe klopfte. Joel Lindgren bedeutete ihr, sie herunterzulassen.

«Sind Sie immer noch da?»

Er zuckte mit den Achseln und wirkte verlegen. «Hatte nichts Besonderes vor. War es was Ernstes?»

«Was denn?»

«Ihr Telefonat. Sie haben ausgesehen, als hätten Sie eins auf den Deckel bekommen.»

«Spionieren Sie mir etwa nach?»

«Nein, ich habe nur auf Sie gewartet. Hab gedacht ... Tja, zum Teufel, haben Sie Hunger?»

Sie überlegte. «Und worauf?»

Er schlug mit den Armen zur Seite aus, als handelte es sich um eine ziemlich blöde Frage.

«Frühstück. Mittagessen. Abendessen. Wie spät ist es denn?»

Genau jetzt, in diesem Augenblick, müsste ich ihm deutlich zu verstehen geben, dass es für mich als Polizistin absolut ausgeschlossen ist, auch nur einen Kaffee mit einem ... tja, einer in terroristische Ermittlungen involvierten Person zu trinken, dachte Fatima.

«Haben Sie einen Vorschlag?», fragte sie dann.

«Keinen, den ich selbst annehmen würde.»

«Aber ...?», fragte Fatima und spürte, wie es in ihren Gesichtsmuskeln zuckte, als sie sah, wie angestrengt er nachdachte.

«Eine knackige Bratwurst mit Kartoffelbrei bei Bertils ist eigentlich nie verkehrt», sagte er und rümpfte die Nase, als wäre er davon überzeugt, dass sie seinen Vorschlag ablehnen würde.

«Springen Sie rein!», sagte Fatima und öffnete die Beifahrertür.

Die Imbissbude lag auf der anderen Seite der Eisenbahnbrücke neben dem Kino Rio. Am Straßenrand stand ein rostiger Volvo Amazon, dessen laufender Motor knatterte. Durch ein halb geöffnetes Fenster drang Countrymusik auf die Straße hinaus. Der Regen war stärker geworden und trommelte auf das Wagendach.

«Ich besorg uns was», sagte Joel und sprang eine Sekunde später unter seinem Schaffellmantel geduckt hinaus und auf die Luke der Bude zu.

Nach ein paar Minuten war er wieder zurück, umgeben vom Geruch nach Bratfett, Senf und feuchtem Schaf.

«Ich habe für Sie auch saure Gurken dazubestellt», erklärte er, hielt im nächsten Moment jedoch inne und schaute sie erneut mit diesem leicht ängstlichen Blick in seinem lädierten Gesicht an. «Verdammt, Sie essen ja vielleicht gar kein Schwein, oder? Ja, ich meine, Sie sind doch …?»

«Muslimin?»

Fatima musste an Amina denken, lachte dann auf und biss von ihrer fetttriefenden Bratwurst ab.

«Doch, aber nur im Dienst», entgegnete sie. «Wir Einwandererbullen machen uns nicht so viel aus Halal.»

Erstaunlicherweise hatte sie schon wieder Hunger, obwohl es noch nicht einmal elf Uhr war. Joel zwinkerte ihr schüchtern, aber zugleich etwas verschwörerisch zu. Sobald die Pappteller leer gegessen waren, zog er zwei bauchige Glasflaschen aus der Manteltasche.

«Wie wär's mit einer guten alten Pucko-Schokolade?», fragte er und schraubte den Deckel ab.

«Na klar. Allah sei Dank, die ist urschwedisch und trotzdem so halal wie nur was», antwortete sie und nahm die Flasche entgegen.

Nachdem er den Kakao getrunken hatte, sank er mit einem Stöhnen in seinen Sitz zurück und rief: «Verdammt, was bin ich müde!» Er schnaufte etwas gekünstelt. «Wissen Sie, was ich heute Morgen gemacht habe? Bin früh aufgewacht und konnte nicht mehr schlafen. Also bin ich raus zum Joggen! Und das letzte Mal ist einige Jahre her.»

«Machen Sie Witze? Das habe ich nämlich auch getan.»

«Es war hoffnungslos. Ich bin rumgerutscht wie Bambi auf dem Eis. Verdammt, meine Beine sind völlig steif.»

Sie sah ihn vor sich in seinem zotteligen Schaffellmantel, wie er eine spiegelglatte Landstraße entlangstolperte, und konnte ein Kichern nicht unterdrücken.

«Und Sie?»

«Ich bin wie eine Eisprinzessin dahingeschwebt!»

Sie lachten und schauten erst einander an und dann hinaus in den Regen, der vom Himmel prasselte und die gewaltigen Schneemassen zu Matsch taute. Ausgerechnet heute, dachte Fatima. Dann sah sie, dass Joel wieder ernst wurde.

«Wie kommt es eigentlich, dass Sie bei den Bullen angeheuert haben?», fragte er plötzlich.

«Warum wollen Sie das wissen?»

«Aus Neugier ...»

«Weil ich Immigrantin bin?» Sie bereute ihr Misstrauen nahezu sofort.

«Ja, das vielleicht auch», sagte er aufrichtig. «Ich meine, es ist ja ziemlich ungewöhnlich ...»

Nachdem Fatima in seinem Blick nach irgendwelchen Anzeichen von Arglist geforscht hatte, ohne etwas anderes als ehrlich gemeintes Interesse zu sehen, antwortete sie vorsichtig.

«Ich habe schon davon geträumt, als ich klein war. Meine Mutter hat über meine Pläne gelacht. Sie konnte sich nicht vorstellen, dass ein Mädchen Polizistin wird. Doch dann starb sie. Und mein Vater hat mich immer dazu animiert, das zu tun, von dem ich glaube, dass es das Richtige ist. Und dann ...»

Sie unterbrach sich und bekam plötzlich Angst, bereits zu viel gesagt zu haben. Mein Gott!, dachte sie erschrocken. Beinahe hätte ich einer vollkommen fremden Person von Hassan und meiner Abtreibung erzählt!

Joel seufzte. «Mårten hat mich nie zu irgendetwas animiert. Zu rein gar nichts …» Er starrte durch die Windschutzscheibe in das graue Regenwetter hinaus. «Ich hab so ein schlechtes Gewissen bekommen», sagte er tonlos.

Im letzten Moment unterdrückte Fatima den Impuls, seine Hand zu berühren.

«Ich habe es ja eigentlich gewusst. Ich hätte es nur begreifen müssen.»

Als er sich ihr zuwandte, bemerkte sie eine tiefe Einsamkeit in seinen grünen Augen.

«Mårten hat es mir selbst erzählt, als wir uns begegnet sind», sagte er. «Ich wusste, dass er sterben würde.»

KAPITEL 21

Zum ersten Mal seit sehr langer Zeit wurde Joel von einer unwiderstehlichen Lust ergriffen, sein Saxophon hervorzuholen und darauf zu spielen. Er machte sich auf die Suche nach dem Instrument, sobald er nach Hause kam, und schließlich fand er den schwarzen Kasten zwischen Wollmäusen und schmutzigen Klamotten unterm Bett. Er öffnete ihn mit einem feierlichen Gefühl.

Es war ein schönes Altsaxophon der Marke Jupiter, auch wenn das Messing fleckig und matt geworden war. Joel betrachtete es zärtlich. Vorsichtig nahm er das Instrument aus dem roten Seidenfutter und wog es in der Hand. Er ließ seine Finger über die Klappen gleiten und drückte sie prüfend. Ein Tropfen Öl könnte nicht schaden. In einer kleinen Plastiktüte fand er ein neues Rohrblatt. Er löste das Mundstück und setzte es ein.

Die Lust hatte ihn ohne Vorwarnung im Auto auf dem Rückweg von Tomelilla gepackt. Joel hatte das Radio eingeschaltet, und zufällig spielte Clarence Clemons gerade ein atemberaubendes Solo in «Thunder Road», sodass es sofort in seinem ganzen Körper zu kribbeln begann. Die negativen Gedanken lösten sich auf: Mårten und seine Krebserkrankung, das schlechte Gewissen, das ihn nach Wetterströms Bescheid überwältigt hatte, und die Grübeleien über den Tod. Stattdessen erfasste ihn eine unbändige Lust zu leben, eine Lust zu spielen.

War das alles, was dazu nötig war?, schoss es ihm durch seinen verwirrten Kopf. Eine knackige Bratwurst mit Kartoffelbrei und sauren Gurken gemeinsam mit Fatima.

Als er auf die Verandatreppe hinaustrat, sah er, dass sich die Wolkendecke gelichtet hatte. Oberhalb der abgestorbenen Ulme ließ sich ein Milan im Wind treiben. Vom Dach des Holzschuppens tropfte es.

Er stapfte mit dem Saxophon in der Hand über den Hof und begann den kleinen Hügel hinter dem Holzschuppen hinaufzusteigen. Auf der Nordseite lag der Schnee noch immer metertief, aber im Süden war er zusammengeschmolzen. Joel bekam zwar nasse Füße, konnte aber ansonsten ohne Schwierigkeiten bis ganz nach oben gelangen. Etwas kurzatmig blickte er über die sanft geschwungenen Äcker hinweg. Ein Stück weiter im Westen konnte er Gunnars und Britts großen Hof mit Scheunen und Geräteschuppen erkennen, eingebettet in ein Wäldchen. Er wusste, dass irgendwo weit im Osten Mårtens graues Eternithaus einsam und finster, aber vom Hügel aus außer Sichtweite lag. Die Sonne wärmte das Gesicht leicht.

Hol mich der Teufel, wenn nicht Frühling in der Luft liegt, dachte Joel und legte sich den Riemen um den Nacken.

Die ersten Töne klangen falsch und kraftlos. Er spuckte in den Schnee und setzte das Instrument erneut an die Lippen. Nach einigen weiteren Versuchen gelang es ihm, genau so viel Luft durch das Mundstück zu pressen wie nötig, und mit einem Mal begann die Musik zu fließen.

Er begann mit dem Versuch, die Wehmut in «Over the Rainbow» einzufangen und ging dann zu einer schmachtenden «Moonlight Serenade» über. Als er langsam in Stimmung gekommen war, gelang es ihm sogar, Töne zustande zu bringen, die an Charlie Parkers Stil in «My Old Flame» erinnerten. Dann schmetterte er Clemons und fetzige Rock 'n Roll-Melodien von Springsteen und der E Street Band.

Mit jedem Atemzug wurde Joel glücklicher.

Als seine Lippen langsam zu schmerzen begannen, erblickte

er ein kleines weißes Auto auf der Straße, die hinauf zum Haus führte, das er nicht kannte. Es fuhr langsam, hüpfte über Eisbuckel und tiefe Pfützen und ließ um sich herum Schneematsch aufspritzen. Hatten die Journalisten nicht aufgegeben? Irgendwer anders konnte es ja kaum sein.

Die Frau, die aus dem Auto stieg, trug einen Pelzmantel mit Leopardenmuster und zwei rote Ohrenwärmer über dem Haar, das zwischen golden und hennafarben changierend leuchtete. Sie trippelte vorsichtig in ihren hochhackigen Stiefeln über eine Pfütze und hielt die Hand schützend über die Augen, als sie gegen die Sonne zu Joel hinaufblickte.

«Ich hab Sie bis zur Landstraße hinunter gehört», rief sie. «Sie spielen schön.»

Widerwillig schlitterte Joel den Hügel hinunter.

«Sie sind doch Joel Lindgren, nicht wahr?», fragte sie, als er sie erreicht hatte.

Aus der Nähe sah er, dass ihre Haut solariumgebräunt und faltig war. Am Haaransatz war ihr Haar grau. Ihre Lippen glänzten rosa, und der Lidschatten über ihren Augen passte eher in einen anrüchigen Nachtklub als zum starken Sonnenlicht. Sie betrachtete ihn blinzelnd.

«Ich heiße Siw Wollgren», stellte sie sich mit trockenem festen Händedruck vor.

«Aha», entgegnete er und schaute sie abwartend an. «Ich bin Joel.»

«Ich kannte Ihren Vater. Ziemlich gut sogar.»

Erst als sie ihren Namen noch einmal wiederholte, reagierte Joel.

«Ich weiß nicht, ob Mårten je von mir gesprochen hat», sagte sie mit leicht unsicherer Stimme. «Siw Wollgren?»

Der Taschenkalender. Jetzt tauchen sie also alle auf, dachte er. Einer nach dem anderen, wie Geister aus der Vergangenheit.

«Vielleicht irgendwann mal», log Joel. «Aber ich kann mich nicht mehr daran erinnern …»

Die Frau brach in nervöses Gelächter aus, hielt jedoch plötzlich inne und lächelte stattdessen. Man sah es an ihren Augen, dass sie im Laufe der Jahre viel Alkohol konsumiert hatte. Aber früher muss sie einmal hübsch gewesen sein, dachte Joel. Sie pfriemelte eine Mentholzigarette aus einem Silberetui und zündete sie mit einem billigen Gasfeuerzeug an.

«Sie ahnen gar nicht, wie viel Spaß wir zusammen gehabt haben, Mårten und ich. Wir standen uns übrigens viele Jahre lang sehr nahe.»

Sie nahm einen tiefen Zug, der unmittelbar einen heftigen Hustenanfall auslöste. Als sie ihn schließlich stoppen konnte, indem sie sich mit der Hand kräftig gegen den Brustkorb schlug, schaute sie mit tränenerfüllten Augen auf.

«Die bringen einen noch um», röchelte sie. Die Zigarette steckte zwischen zwei langen roten Fingernägeln. «Ich hätte schon vor langer Zeit aufhören sollen.»

Nach einer Weile wurde die Stille so unangenehm, dass Joel keinen anderen Ausweg sah, als sie ins Haus zu bitten. Sie nahm die Einladung an und folgte ihm. Er kochte extra starken Kaffee, da sie aussah, als könnte sie es vertragen. Das Einzige, was er sonst aus der Speisekammer anzubieten hatte, war eine Packung Butterkekse. Als sie ihre Stiefel ausgezogen und sich an den Küchentisch gesetzt hatte, sah er, dass sie in einem Strumpf am großen Zeh ein Loch hatte. Der Fußnagel war rot lackiert. Sie ließ zwei Stück Würfelzucker in den Becher gleiten.

«Sie sehen ihm nicht gerade besonders ähnlich», stellte sie fest, nachdem sie ihren Kaffee umgerührt und Joels Gesichtszüge näher in Augenschein genommen hatte.

«Ich glaube, dass ich eher meiner Mutter ähnlich sehe», entgegnete er. «Aber ich weiß nicht …»

Die Worte verhallten, ohne dass Siw sie gehört zu haben schien.

«Eigentlich überhaupt nicht», sagte sie lediglich und tauchte einen Keks in ihren Kaffee.

Während sie dort am Küchentisch saßen, stellte Joel fest, dass das Bild, das er von seiner Mutter in sich trug, ziemlich verschwommen war. Die Fotografie von Elna, die gerade die Leiter hinaufkletterte, war seit langem verschwunden. Aber ihre Augen hatten doch einen grünlich blauen Ton gehabt, oder? Ihr Haar, das ihr ins Gesicht fiel, war jedenfalls weizenblond. Manchmal sah er sie noch immer durch einen fiebrigen Schleier hindurch auf seiner Bettkante sitzen. Die hässliche Schwellung an ihrem Wangenknochen machte ihm jedes Mal Angst.

Aber vielleicht war dieses Bild nur ein Produkt von Joels eigener Sehnsucht?

Wo sie hingegangen war, wusste er nicht. Nachdem Elna sie verlassen hatte, ließ sie nie wieder von sich hören. Sein ganzes Leben lang war Joel davon ausgegangen, dass sie tot war. Das war in gewisser Weise das Einfachste. Irgendwelche anderen Fotos außer diesem hatte er nie zu Gesicht bekommen. Vielleicht hatte Mårten sie nach ihrem Verschwinden ebenfalls verbrannt.

Plötzlich schoss Joel ein sonderbarer Gedanke durch den Kopf: Wenn es nun sie war, die zurückgekommen ist!

Er betrachtete die Frau am Küchentisch und stellte fest, dass er mehr über sie in Erfahrung bringen musste.

«Woher kannten Sie Mårten?»

«Ich war Sängerin in einer Tanzband», antwortete sie. «Wir hießen Moonlighters. Vielleicht haben Sie ja schon einmal von uns gehört.»

Joel schüttelte langsam den Kopf und registrierte, wie eine vage Hoffnung in ihr erlosch.

«Wie auch immer, jedenfalls waren wir ziemlich bekannt. Haben oft auf Tingvalla und in Gislövs Stjärna gespielt. In der Zeit waren Mårten und ich zum ersten Mal zusammen. Er war zwar etwas älter als ich, aber ein richtiger Charmeur. Inzwischen ist das alles fast fünfundzwanzig Jahre her.»

Joel errechnete im Kopf rasch die Jahreszahl. Es musste zu der Zeit gewesen sein, als er noch zu Hause in der verdammten Bruchbude draußen in der Pampa gewohnt hatte. Der Gedanke, dass sein Vater auf den Tanzflächen der Umgebung erfolgreich Frauen aufgerissen haben sollte, erschien ihm fremd. Hatte er überhaupt tanzen können? War er ein guter Liebhaber gewesen? In Joels Vorstellung existierte lediglich ein Mårten, der in allem, was er tat, grobschlächtig und plump war.

«Ja, ich habe schon damals von Mårtens schlechtem Ruf gehört», sagte sie, während sich auf ihrer Stirn eine tiefe Falte bildete. «Ich bin ja nicht dumm. Aber wenn er mit mir zusammen war, verhielt er sich fast immer entgegenkommend und gutmütig.»

Sie nippte erneut am Kaffee und richtete sich mit einer koketten Handbewegung ihr blondes Haar.

«Man kann sagen, dass ich in all den Jahren seine Geliebte gewesen bin», gestand sie mit einem geheimnisvollen Lächeln. «Zumindest phasenweise.»

Dann musste sie amüsiert kichern, als käme ihr eine lustige Erinnerung in den Sinn.

«An einem Sommertag vor vielen Jahren nahmen wir die Fähre rüber nach Swinemünde und machten eine kleine Tournee entlang der Ostseeküste. Über Danzig und Gdingen bis nach Kaliningrad. Er spielte Akkordeon, und ich sang. Wir traten in unterschiedlichen Kneipen auf und stockten unsere Gage auf, indem wir auf der Straße spielten. Es brachte zwar nicht besonders viel ein, aber wir hatten Spaß. Wir nannten uns Monique und Molière, das klang charmant, fanden wir … Na ja, in Polen können sie ja nicht so gut Französisch.»

Das Akkordeon, dachte Joel. Wo war es eigentlich abgeblieben? Das rote Akkordeon mit schwarzem Balg und weißen Tasten. Hatte Mårten das alte Instrument tatsächlich verbrannt, was er so oft angedroht hatte zu tun, wenn es angesichts seines erbarmungslosen Traktierens jaulte und quietschte?

Plötzlich wurde Siw ernst. «Er hat viel von Ihnen gesprochen, Joel.»

«Das kann ich mir nur schwer vorstellen.»

«Doch, es ist wahr. Er hat oft geweint und bereut, dass er Sie so schlecht behandelt hat. Mårten war sehr traurig darüber, dass Sie ihm nicht verzeihen wollten.»

«Wie hätte ich ihm denn verzeihen können? Er hat ja nie von sich hören lassen!»

«Er hat es ja versucht …»

«Quatsch!»

Joel stand abrupt auf und begann in der Küche auf und ab zu gehen. Die aufkeimende Wut über ihr grenzenloses Verständnis für den alten Idioten hatte bewirkt, dass es in seinen Beinen wieder zu kribbeln begann.

«Sie sind verletzt, und das ist auch verständlich», sagte Siw leise.

Joel hielt inne, lehnte sich gegen die Arbeitsplatte und atmete schwer.

«Er hat Ihnen doch Briefe geschrieben», sagte sie. «Mir hat er jedenfalls erzählt, dass es nicht ganz leicht war, Ihre Adresse ausfindig zu machen.»

Eine Erinnerung, die er offenbar stark verdrängt hatte, kam ihm schmerzhaft wieder in den Sinn.

Neben dem Reihenhaus sitzt eine Amsel auf dem Garagendach und singt. Ein Frühsommertag vor ungefähr sieben, acht

Jahren. Joel stellt sein Fahrrad ab und sieht durchs Küchenfenster, dass Johanna schon zu Hause ist. Aber sie hat vergessen, die Post aus dem Briefkasten zu holen. Als er die Klappe anhebt, sieht er, dass darin ein weißer Briefumschlag mit handgeschriebenem Namen und Adresse liegt. Nichts Böses ahnend, reißt er ihn mit dem Zeigefinger auf. Die Handschrift ist ungelenk, als hätte der Verfasser viel zu fest mit dem Kugelschreiber aufgedrückt. *Lieber Joel*, steht dort, und er spürt, wie sich sein Herz zusammenkrampft, dann überfliegt er den Text rasch bis hin zur Unterschrift, und als er den Namen sieht, knüllt er den Bogen zusammen und wirft ihn in die Mülltonne. Dann öffnet er die Haustür, und Johanna kommt ihm entgegen, fragt, ob es irgendwelche Post gab. Nein, keine, antwortet er.

Es kamen noch zwei weitere Briefe.

Joel riss sie beide entzwei.

Kraftlos setzte er sich wieder an den Küchentisch und betrachtete Siw.

«Ich habe sie nie gelesen. Hab sie in den Müll geworfen, sobald ich gesehen hatte, von wem sie waren.»

Sein Bekenntnis schien sie nicht zu überraschen.

«Ich glaube fast, dass er es geahnt hat», meinte sie. «Ein paar Mal hat er davon gesprochen, Sie aufzusuchen. Aber er hat sich wohl nicht getraut.»

Sie lächelte zärtlich, was das schmerzhafte Ziehen in Joels Brust noch verstärkte. Ich hätte ihm eine Chance geben sollen, dachte er. Zumindest das eine Mal. Er ließ den Blick aus dem Fenster schweifen in der Hoffnung, etwas zu erblicken, das ihn ablenkte. Auf dem Dach des Holzschuppens hatte sich eine dicke Schicht pappigen Schnees gelöst und war gerade dabei hinunterzurutschen. Aus einer Schneewehe ragten die beiden obersten Sprossen der Rückenlehne einer alten Gartenbank heraus, deren Farbe abgeblättert war.

Alles kommt irgendwann wieder ans Tageslicht, dachte Joel. Was der Schnee versteckt, bringt das Tauwetter zutage.

Um auf andere Gedanken zu kommen, stand er auf, nahm die Kanne aus der Maschine und schenkte Kaffee nach.

«Singen Sie immer noch?», fragte er.

«Ja, natürlich! Die Moonlighters haben sich zwar längst aufgelöst, der Bassist und der Schlagzeuger sind sogar schon gestorben. Aber ich singe noch immer auf diversen Veranstaltungen. Auf fünfzigsten Geburtstagen und dergleichen. Und manchmal springe ich auch bei diversen Tanzbands ein.»

Sie riss die Augen auf, zeigte ihre perlweißen Zähne in einem charmanten Reklamelächeln und öffnete die Finger in einer kreisenden Bewegung.

«Special guest, Siw Wollgren!», rief sie aus, während ihre Augen vor Lebenslust sprühten.

Joel musste lachen.

Man merkte ihr an, wie sie sich darüber freute, dass ihm ihr Gag gefiel.

«Und dann schreibe ich ja noch», fügte sie hinzu, nachdem sie sich einige Kekskrümel aus dem Mundwinkel gewischt hatte. «Ich habe übrigens im Interview in der *Ystads Allehanda* gelesen, dass Sie ebenfalls schreiben.»

«Na ja», wand sich Joel und fragte sich im Stillen, was Roger Holgersson in seinen Artikel noch alles hineingepackt hatte. «Eigentlich habe ich hauptsächlich als Lehrer gearbeitet. Musiklehrer. Aber es stimmt, ich bin hier rausgezogen, um ein Buch zu schreiben. Ich habe mich vor einem Jahr scheiden lassen. Aber inzwischen hab ich aufgehört. Also mit dem Schreiben.»

«Wie schade.»

Joel zuckte mit den Achseln. «Es war ziemlich mies.»

«Tja, ich schreibe nur gute Geschichten.»

«Aha …?»

Ihrem Gesichtsausdruck konnte er nicht entnehmen, ob sie ihn foppen wollte.

«Gute Geschichten?», wiederholte er ungläubig.

«Ja, glauben Sie jetzt bitte nicht, dass ich unter Größenwahn leide. Eigentlich ist es nichts Besonderes. Aber ich schreibe alle vierzehn Tage eine kleine Kolumne auf der Familienseite der *Allehanda*. Die Rubrik heißt so. Gute Geschichten. Darin gebe ich alltägliche positive Ereignisse aus dem realen Leben wieder. Eine entlaufene Katze, die wieder nach Hause gefunden hat. Ein Rosenbusch, der zu blühen beginnt, als alle schon dachten, er wäre abgestorben. Manchmal finde ich auch etwas im Internet. Ein verlorener Sohn, der zu seinen alten Eltern zurückkehrt.» Sie zwinkerte ihm mit ihren verdächtig langen Wimpern zu. «Der Sinn besteht darin, dass es positive Begebenheiten sind, Geschichten, die Mut machen und Freude vermitteln. Nichts Negatives, denn davon erleben die Leute schon genug. Meine Kolumne wird von den Lesern wirklich sehr geschätzt.»

«Interessant», meinte Joel und beschloss, sie bei der nächsten Gelegenheit einmal zu lesen.

Sie unterhielten sich noch eine Weile lang. Stellten sich gegenseitig Fragen über einander und zu Mårten, ohne irgendwelche unangenehmen Themen zu berühren.

«Sie haben meinen Vater viele Jahre lang gekannt», sagte Joel schließlich. «Mehr als ich selbst.»

«Ja», stimmte Siw zu. «Ich würde mal behaupten, die Person zu sein, die Mårten Lindgren auf der ganzen Welt am besten gekannt hat.»

Als es Joel nicht ganz gelingen wollte, seine nächste Frage zu formulieren, wand er sich unbewusst. «Äh, ich wollte sagen … meine Mutter. Elna. Kannten Sie sie auch?»

«Oh ja! Wir gingen in der Grundschule in dieselbe Klasse. Sie hatte schon damals Probleme, die Arme.»

«Probleme …?»

Siw Wollgren schob bekümmert ihre gezupften Augenbrauen zusammen. «Wie alt waren Sie denn, als sie verschwand?»

«Sechs. Oder vielleicht sieben.»

«Dann ist es für Sie bestimmt nicht leicht gewesen, es zu begreifen.»

«Was denn zu begreifen?»

«Dass sie krank war.»

Joel schaute sie verständnislos an.

«Ihre Mutter war in vieler Hinsicht eine entzückende Frau. Hübsch, aber sonderbar. Es begann bereits in der Schule und wurde immer schlimmer. Irgendwann erfuhren wir, dass sie manisch-depressiv war. Also unter einer bipolaren Störung litt, wie man es heutzutage nennt. Sie bekam manchmal fürchterliche Wutausbrüche. Und es wurde auch nicht besser, als sie begann, haufenweise Tabletten zu schlucken. Wir hatten regelrecht Angst vor ihr.»

Es war, als öffnete sich vor Joel ein Abgrund.

Plötzlich stand er am Rande eines großen schwarzen Lochs. Er fasste sich an die Stirn, um seinen Schwindel zu dämpfen. Für eine Sekunde hörte er erneut die Schreie und Flüche unten aus der Küche. Mårtens Gebrüll und dann die schrille Verzweiflung seiner Mutter. Gläser, die zersprangen, Möbelstücke, die umgestoßen wurden und polternd zu Boden fielen. Was soll er denn denken, als er mit bloßen Füßen hinunterrennt und sie wie eine Tote auf dem Fußboden liegt?

Die Fotografie von Elna auf der Leiter. Zum tausendsten Mal versuchte er sie auf seine Netzhaut zu projizieren. Was genau war auf diesem Bild eigentlich zu erkennen? Und schließlich seine letzte Erinnerung an Elna, als sie auf seiner Bettkante sitzt und er hofft, dass sie lachen würde, dann jedoch begreift, dass sie weint.

Ich habe nie ihre Augen gesehen, dachte er. Sie lagen immer im Dunkeln. Immer im Schatten.

«Mit Mårten war es weiß Gott nicht immer leicht zu leben», murmelte Siw Wollgren. «Aber mit Elna gewiss auch nicht.»

«Er hat sie doch geschlagen …?»

«Ganz sicher. Und sie ihn. Sie haben sich die ganze Zeit über entsetzlich gestritten. Mårten hatte schließlich ein überschäumendes Temperament und sie ihre Krankheit. Elna konnte furchtbar wütend werden. Aber ich weiß, dass er um sie getrauert hat, als sie verschwand. Eigentlich glaube ich, dass er nie darüber hinweggekommen ist.»

«Und wo ist sie hingegangen?»

«Keine Ahnung. Ich glaube, dass auch Mårten es nie erfahren hat.»

Es wurde still. Nur der tropfende Wasserhahn war zu hören. Mit einem Gefühl, als wäre irgendetwas in seiner Seele zerbrochen, sah er, wie Siw einen Butterkeks nahm und ihn mit einer energischen Handbewegung entzweibrach.

«Ich frag mich … Wann haben Sie ihn eigentlich zuletzt gesehen?»

Sie streckte unwillkürlich den Rücken durch. Vielleicht ahnte sie, worauf er hinauswollte.

«Vor einem Jahr und acht Monaten», antwortete sie mit schneidender Stimme. «Am vierten Juli. Am Nationalfeiertag der Amerikaner.»

Sie kramte einen rosafarbenen Lippenstift und einen kleinen Schminkspiegel aus ihrer Handtasche und zog sich die Lippen nach.

Als sie ihn wieder ansah, war ihr Blick finster.

«Da hat er mir erzählt, dass er sich nicht mehr mit mir treffen könnte. Und dass er vorhatte, mich wegen dieser hochnäsigen Kirchentussi zu verlassen.»

Mehr sagte sie nicht.

Ohne dass einer von beiden es beabsichtigte, stand in diesem Augenblick Helgas hochgewachsene Gestalt, die in ihrer Frömmigkeit unantastbar war, zwischen ihnen. Die Fragen, die Joel noch vorhatte zu stellen, mussten warten. Es werden sich bestimmt noch weitere Gelegenheiten bieten, dachte er.

An der Tür fiel ihm jedoch ein, dass Siw ihm gar nicht gesagt hatte, warum sie ihn eigentlich aufgesucht hatte. Sie wollte doch wohl nicht einfach nur mit dem Sohn des Mannes plaudern, den sie geliebt hatte, oder?

Als Joel sie fragte, wurde sie leicht verlegen.

«Dieses Akkordeon», antwortete sie. «Es war ein Walter. Sehr schön verarbeitet und mit einem phantastischen Klang. Ich bin mir sicher, Mårten hätte gewollt, dass ich es bekomme.»

In einem plötzlichen Impuls schloss Joel sie in die Arme. Sie roch nach irgendeinem billigen Parfüm. Zuerst war sie steif wie ein Brett, doch dann spürte er ihre Hände auf seinem Rücken. Er hörte, wie sie schniefte.

Und Joel wünschte von ganzem Herzen, ihr das rote Akkordeon mit dem schwarzen Balg und den weißen Tasten geben zu können.

KAPITEL 22

Sie saß wie immer am Fenster, die Frau mit dem Affengesicht, und murmelte ihre ewigen Flüche vor sich hin.

Die Pflegerin lächelte Fatima entschuldigend zu.

Was sollte man machen?

Inzwischen kannten sie einander recht gut. Die Pflegerin Agnes hatte ihr einmal erzählt, dass sie schon ihr ganzes Leben lang in der Pflege arbeitete. Sie war klein und drahtig, trug einen grauen Zopf auf dem Rücken und war ständig in Bewegung. Eine unterbezahlte Heldin im Wohlfahrtsstaat, dachte Fatima jedes Mal. Zu Mahmouds letztem Geburtstag hatte Agnes eine selbstgebackene Himbeertorte mitgebracht.

«Mahmoud sitzt in seinem Zimmer vorm Fernseher», sagte sie.

Selbst das ließ sie wie eine Entschuldigung klingen, obwohl sie es überhaupt nicht nötig hatte. Wie schon so oft dachte Fatima, dass sie sich irgendwann einmal die Zeit nehmen müsste, Agnes für ihre unendliche Geduld zu danken. Aber heute hatte sie es zu eilig. Außerdem war Agnes mit den anderen Alten beschäftigt.

Die Tür war angelehnt. Als sie einen Blick hineinwarf und seinen geraden Nacken erblickte, wurde sie von Zärtlichkeit erfüllt. Sein Haar war ordentlich gekämmt und gescheitelt. Und irgendjemand hatte dafür gesorgt, dass er bereits seine Krawatte trug.

Eine Weile lang blieb sie stehen und betrachtete ihn von schräg hinten. Als sie noch klein war, hatte er immer gesagt, dass sie einander ziemlich ähnlich sähen. «Du und ich, Fatima. Wir sind aus demselben Holz geschnitzt.» Sein schwarzes volles Haar, auf das er so stolz war. Die markanten Wangenknochen. Die fülligen Lippen. Die etwas zu groß geratene Nase. Seine dunkelbraunen Augen hatten früher geleuchtet und eine Glut ausgestrahlt, die sie bewundert hatte. Aber jetzt waren sie eher wässrig und blickten verwirrt drein.

Aus irgendeinem Grund musste er gespürt haben, dass sie da war.

«Bist du es, Fatima?», fragte er, ohne den Kopf zu drehen.

Sie ging neben dem Rollstuhl in die Hocke, legte ihm einen Arm um den Hals und küsste ihn auf die Wange.

«Hast du etwa Augen im Hinterkopf, Papa?»

Doch in seinem trüben Blick sah sie nichts als Fragen. Er flackerte unruhig mit den Augen und wandte sich dann ab.

«Ja, da siehst du mal, Papa, deine Fatima ist gekommen.»

Sie nahm das kleine Körbchen mit Weintrauben aus ihrem Netz und bot sie ihm an. Es sah aus, als zögerte er, doch schließlich nahm er eine Traube und steckte sie sich in den Mund.

Dann verzogen sich seine Mundwinkel zu einem Lächeln.

In seinem Unterkiefer fehlten zwei Zähne. Fatima hasste diesen Anblick. Der Verfall, sowohl der seelische als auch der körperliche, war so erniedrigend. Agnes hatte ihr jedoch erklärt, dass es geradezu unmöglich wäre, ihn beim Zahnarzt dazu zu bewegen, den Mund zu öffnen. Er hatte schon immer Angst vorm Zahnarzt gehabt.

Als Fatima ihm von alltäglichen Dingen erzählte, gab er den einen oder anderen Kommentar dazu ab und sah aus, als hörte er ihr zu und verstünde sie.

«Ja wirklich?»

«Aha!»

«Das klingt gut.»

Sie sank in den geblümten Sessel, eines der wenigen Möbelstücke aus seiner alten Wohnung, die ins Zimmer gepasst hatten. Obwohl sie wusste, dass die Worte für ihn keinen tieferen Sinn ergaben, bildete sie sich manchmal ein, dass es ihr eine gewisse Ruhe vermittelte, jemandem ihr Herz auszuschütten, von dem sie wusste, dass er alles in seiner Macht Stehende tun würde, um ihr zu helfen.

«Ich ermittele gerade in einem Mordfall, Papa.»

«Wie schön.»

«Ein Mann wurde ermordet, weil er den Zorn Gottes auf sich gezogen hatte.»

«Wirklich …?»

Er runzelte die Stirn.

«Wir wissen es natürlich nicht hundertprozentig», seufzte Fatima.

«Neulich gab es Blumenwurst zum Abendessen.»

«Du meinst, Fleischwurst mit Blumenkohl?»

«Ja, genau», antwortete er und knipste sich eine Weintraube ab.

Aus dem Mundwinkel lief ihm etwas Saft, der an seinem Kinn hinunterrann. Sie wischte ihn mit einer Papierserviette ab. Mahmoud streckte sich nach einer weiteren Traube.

«Im Zusammenhang mit diesen Ermittlungen habe ich zwei Männer getroffen», sagte Fatima nachdenklich. «Sie sind zwar vollkommen unterschiedlich. Aber beide bringen mich in gewisser Hinsicht aus dem Gleichgewicht. Der eine macht mich wütend und ängstlich. Und der andere hat mich heute zum Lachen gebracht.»

«Wie schön.»

«Ja, das war wirklich schön», entgegnete Fatima lächelnd und tätschelte ihm die Hand. «Aber ich weiß gar nicht, ob ich es eigentlich darf. Ich bin schließlich Polizistin. Ich glaube nicht, dass meine Chefs es gutheißen würden, wenn ich mich mit Joel amüsiere.»

«Joel … Wer ist das denn?»

«Ein Mann. Ich glaube, er ist ziemlich einsam. Ähnlich wie ich selbst. Sein Vater wurde ermordet.»

«Was für furchtbare Sachen du da erzählst.»

Als sie sah, dass er sich erneut reckte, reichte sie ihm die Weintrauben. Mein Vater sieht wie ein kleines Kind aus, wenn er isst, dachte sie.

«Und dann ist da noch der andere. Ich muss nach Malmö zurückfahren, um ihn nochmals zu vernehmen. Er heißt Osama. Osama Al-Din. Er kommt aus dem Irak. Zumindest nehmen wir das an.»

«Osama ist ein schöner Name. Den möchte ich kennenlernen.»

Fatima verzog den Mund, ohne ein richtiges Lächeln zustande zu bringen.

«Das geht leider nicht.»

Sie steckte sich selbst ein paar Weintrauben in den Mund.

«Er spielt ein Spiel», erklärte sie. «Und ich weiß nicht, ob ich so gut darin bin. Oder was meinst du, Papa?»

«Man kann nie wissen …»

«Wir spielen ein Spiel, obwohl ich es eigentlich nicht will. Es ist, als würde er mein Leben durchschauen, in mein Inneres hineinsehen können. Ich lass es bis zu einer gewissen Grenze zu. Denn ich will ja, dass er redet, verstehst du? Manchmal habe ich das Gefühl, dass ich dabei bin, ihn zu knacken. Hin und wieder bring ich ihn sogar zum Weinen. Doch dann dreht er den Spieß um, und plötzlich ist er derjenige, der mich kontrolliert.»

Mahmoud sah sich verwirrt um. «Gibt es etwas zu trinken?»

Sie schaute ihn an und seufzte. Ging dann in die Küche und kam mit einem Glas Saft zurück.

Seine Finger haben sich gelblich verfärbt, dachte Fatima, als er es ergriff. Außerdem sind seine Fingernägel zu lang und sehen langsam wie Klauen aus. Sein Adamsapfel bewegte sich auf und ab, als er gierig trank und ihm etwas Saft aus dem Mundwinkel rann. Dann ließ er das Glas auf den Fußboden fallen und horchte auf, als wäre Gefahr im Verzug.

«Hast du das gehört?»

«Nein, was denn?»

Fatima beugte sich hinunter und hob das Glas aus bruchsicherem Kunststoff auf.

«Es donnert. Hast du es nicht gehört? Sie verschieben das Haus. Sie schieben es ganz weit weg, sodass wir nicht mehr zurückfinden.»

«Nein, jetzt redest du aber Unsinn, Papa. Keiner verschiebt das Haus. Das geht doch gar nicht, das weißt du doch.»

«Glaubst du nicht?»

Er sah sie mit dieser verschlagenen Miene an, die ihn wie einen Irren aussehen ließ und die sie an ihm hasste.

«Mich legen sie nicht herein, diese verdammten Banditen! Sie werden heute Nacht bestimmt wiederkommen.»

Als sie sich vorbeugte und ihm die Arme um die Schultern legte, war er steif wie nach einem Krampfanfall. Doch Fatima ließ nicht locker. Sie hielt ihn lange und fest in ihren Armen, bis sie schließlich spürte, dass er sich entspannte. Dann küsste sie ihn auf die Stirn.

«Ich muss jetzt gehen, Papa. Wir sehen uns bald wieder.»

Mit einem Mal leuchteten seine Augen wieder, während sein Haar nach ihren Zärtlichkeitsbezeugungen etwas aus der Fasson geraten war.

«Inschallah, mein Mädchen. Inschallah.»

Auf dem Weg hinaus wechselte sie ein paar Worte mit Agnes, die mit einem Lätzchen in der Hand am Essenstisch stand, wo sie gerade einen der Alten füttern wollte.

«Mahmoud war in den letzten Tagen etwas müde», sagte die Pflegerin. «Und dann hat er angefangen, Arabisch mit mir zu sprechen. Ich habe keine Ahnung, was das zu bedeuten hat.»

* * *

Ihr Handy klingelte, sobald sie auf die Straße hinaustrat. Es war Eva Ström, und sie klang aufgeregt. «Wo bist du?»

«Im Altersheim bei meinem Vater.»

«Bleib, wo du bist, ich hole dich in zwei Minuten ab.»

Fatima steckte ihr Handy in die Jackentasche und überlegte, was es wohl zu bedeuten hatte. Doch ihr blieb nicht viel Zeit, bis ein silbergrauer Toyota rasant um die Ecke bog und direkt neben ihr am Straßenrand hielt.

«Spring rein!», rief Ström durch die halb heruntergelassene Seitenscheibe.

Kaum hatte Fatima sich angeschnallt, trat ihre Kollegin auch schon das Gaspedal durch, sodass die Räder im Schneematsch durchdrehten.

«Dein Freund Bill Lundström hat bei Bernhardsson angerufen», erklärte sie. «Er hat ihm erklärt, dass du Unterstützung bei einem Hausbesuch bei Goran Djelic in Lövestad benötigst. Diesem unberechenbaren Idioten wollte ich schon immer mal auf den Zahn fühlen.»

Sie warf Fatima einen raschen Blick zu und grinste.

«Björn kann es ja gar nicht ab, wenn ihm jemand Befehle erteilt. Und besonders nicht die Säpo. Deshalb wollte er schon Benny mitschicken, nur um dich zu ärgern. Aber dann habe ich die Sache in die Hand genommen.»

«Zum Glück!», rief Fatima mit aufrichtiger Erleichterung aus.

Seit sie die Stelle als Kriminalkommissarin in Ystad angetreten hatte, hatte Eva Ström in der ihr eigenen offenherzigen Art eine schützende Hand über sie gehalten. Vielleicht, weil sie selbst gezwungen gewesen war, sich innerhalb des Polizeireviers ein gewisses Ansehen zu verschaffen. Als Frau mit asiatischem Äußeren, die außerdem noch offen zu ihrer Homosexualität stand, war Eva Ström keineswegs selbstverständlich als die höchst kompetente Polizistin akzeptiert worden, die sie war.

Sie fuhr schnell, jedoch ohne ein Risiko einzugehen. Außer einigen wenigen Sattelschleppern, die mit der Fähre aus Polen gekommen waren, herrschte wenig Verkehr. Kurz vor der Kirche von Fågeltofta bog sie links in Richtung Lövestad ab.

Währenddessen erzählte Fatima ihr kurz, was in den vergangenen Tagen geschehen war. Gewisse Details gestattete sie sich jedoch auszulassen.

«Unser Auftrag besteht also in erster Linie darin, dieses Bild abzuholen?», fragte Eva Ström.

«Ja, so sieht es jedenfalls Bill Lundström.»

«Aber du nicht?»

«Tja, du hast es doch neulich selbst gesagt. Es könnte außer Osama Al-Din vielleicht noch mehr Leute geben, die ein Motiv hatten, Mårten Lindgren umzubringen.»

Als sie den Ort erreicht hatten und auf den Feldweg hinaus zu den Zwingern eingebogen waren, kam ihnen mit rasanter Geschwindigkeit ein Jeep entgegen.

«Verdammt!», rief Eva Ström aus und riss das Lenkrad herum, sodass der Wagen fast im Graben landete und eine Ladung Schneematsch auf die Windschutzscheibe spritzte. Fatima meinte, im anderen Wagen weiße flatternde Haare auszumachen.

«Verdammter Raser!»

Ström drehte sich um und starrte dem Jeep mit bösem Blick hinterher, der in Richtung Landstraße weiterraste.

«Verdammt, wir hätten das Blaulicht aufs Dach setzen und ihn verfolgen müssen.»

«Ich glaube, es war eine Frau», sagte Fatima.

«Dann war es Tatjana. Gorans russische Ehefrau.»

«Sie schien es jedenfalls eilig zu haben.»

«Gelinde ausgedrückt.»

Eva Ström legte den ersten Gang ein und steuerte den Wagen wieder auf den Weg.

«Ich erinnere mich daran, dass sie bei den Voruntersuchungen zum Verschwinden von Dragan Djelic ebenfalls vernommen wurde», sagte sie nachdenklich. «Es gingen diverse Gerüchte um, dass sie Goran mit Dragan betrogen hätte. Und dass nicht Mårten derjenige wäre, der ihn ertränkt hat. Sondern Goran seinen eigenen Bruder erschlagen hat.»

«Ein Eifersuchtsdrama?»

«Ja, so in der Art.»

Sobald der Wagen zum Stehen kam, hörten sie die Hunde bellen. Fatima warf ihrer Kollegin einen bangen Blick zu.

«Du kannst beruhigt sein. Ich bin ausgebildete Hundeführerin.»

Sie schlugen nahezu zeitgleich die Wagentüren hinter sich zu und schreckten einen Schwarm schwarzer Vögel auf den Bäumen auf. Das Tor im Bretterzaun stand offen. Fatima berührte mit der Hand eines der kalten morschen Bretter und betrachtete die tiefen Reifenspuren im Schnee, die mit schmutzigem Schmelzwasser gefüllt waren. Ein unangenehmer Geruch schlug ihnen entgegen. Mist, dass ich meine Pistole nicht dabeihabe, dachte Fatima, als sie sah, wie Eva Ström nach ihrem Holster unter der Lederjacke tastete.

Obwohl die Hunde unaufhörlich bellten, strahlte der Hof

eine gespenstische Stille aus. Fatima erschauderte. Am Himmel hatten sich erneut bleifarbene Wolken aufgetürmt, die es fast so dunkel werden ließen wie bei einer Sonnenfinsternis.

In dem Augenblick, als sie durch das Tor traten, geschah alles unheimlich schnell.

Der Pitbull kam mit irrsinniger Kraft angeschossen. Er flog vollkommen lautlos geradewegs auf sie zu. Seine Muskeln strotzten vor Energie. Seine Kieferknochen lechzten förmlich danach, Knochen zu zerbrechen. Ein tödliches Projektil. Vor Schreck gelähmt, sah Fatima, wie ihre Kollegin die Waffe zog, den Arm hob und zielte.

Verdammt, gleich knallt es!

Doch statt eines Pistolenschusses hörten sie eine Donnerstimme über den Hof hallen. «Sitz!»

Hals über Kopf geriet der Hund vor lauter Eifer, seinem Herrchen zu gehorchen, ins Taumeln. Eine Sekunde später saß er wie erstarrt zwei Meter vor Fatima und Eva Ström laut bellend und geifernd auf dem Boden, wobei er furchteinflößende gelbe Reißzähne entblößte.

Ein Stück entfernt stand ein Hüne von einem Mann mit rasiertem Schädel und Militärjacke. Es herrschte kein Zweifel daran, dass es Goran Djelic war.

«Hat der euch etwa Angst eingejagt, Mädels?», fragte er grinsend.

«Sagen Sie Ihrem verdammten Köter, er soll aufhören zu bellen, ansonsten erschieß ich ihn!», rief Eva Ström, die noch immer breitbeinig dastand und mit beiden Händen die Pistole umfasste, den Lauf nach wie vor auf den Pitbull gerichtet.

Goran Djelic lachte lauthals dröhnend auf. «Keine Angst. Ich trainiere ihn gerade. Er macht genau, was ich sage.»

«Haben Sie nicht gehört, was ich gesagt habe?», schrie Eva Ström.

Das Gesicht des Serben verdunkelte sich. «Still, Arkan!», befahl er ihm schließlich. «Komm her!»

Der Hund jaulte ein letztes Mal und trottete dann zu seinem Herrchen zurück, das ihn in einen der leeren Zwinger sperrte.

Er sieht ihm ähnlich, dachte Fatima. Er sieht seinen eigenen Hunden ähnlich. Ihre Leiber und Muskeln sind dafür gebaut, extreme Gewalt auszuüben. Er riecht förmlich nach Blut. Sie hatte keinerlei Schwierigkeiten, sich Goran Djelic in einer der Mörderbanden vorzustellen, von denen behauptet wird, dass sie während des Bosnienkrieges herumzogen und Schrecken verbreiteten.

«Was kann ich für die Damen tun?», fragte er und wischte sich die Handflächen an den Hosenbeinen ab.

Zögerlich, als wäre sie nicht ganz überzeugt, sicherte Eva Ström ihre Waffe und steckte sie zurück ins Halfter. Sie atmete noch immer schwer.

«Sie können damit anfangen, ihr lächerliches Grinsen abzulegen», zischte sie wütend.

Obwohl es kaum mehr notwendig war, zeigten sie ihm ihre Polizeiausweise. Goran ignorierte sie. Stattdessen ließ er seinen Blick über Fatimas Körper schweifen, als versuchte er ihr mit den Augen jedes einzelne Kleidungsstück abzustreifen. Zum Schluss schaute er ihr direkt in die Augen.

«Ein Schlitzauge und eine Araberin», sagte er gedehnt. «Die schwedische Polizei muss wirklich ein Problem haben.»

Fatima ballte die Hände zu Fäusten.

Dann sah sie Eva Ström höhnisch grinsen. «Sie scheinen schlechte Laune zu haben, Goran. Haben Sie vielleicht selbst ein Problem mit Frauen? Wir sind nämlich auf dem Weg hierher Tatjana begegnet. Sie hatte ein Irrsinnstempo drauf. Hat sie etwa schon wieder einen Neuen zum Ficken aufgetan?»

Djelic spuckte auf den Boden und blickte sie dann mit wutverzerrtem Gesicht an.

«Tja», meinte Eva Ström gleichgültig. «In dem Fall wäre es ja nicht das erste Mal, dass sie Sie betrügen würde … oder?»

Als Fatima sah, wie sich die Nasenlöcher des hünenhaften Mannes weiteten, glaubte sie einen Augenblick lang, er würde explodieren. Es zischte regelrecht, als er mit intensiven tiefen Atemzügen die Luft einsog.

Ohne ein Wort nahm er ein Plastikdöschen aus der Innentasche und warf sich einige Pillen in den Mund.

«Haben Sie eigentlich ein Rezept dafür?», fragte Eva Ström höhnisch.

«Da können Sie aber Gift drauf nehmen», brummte er.

Irgendetwas signalisierte Fatima, dass es höchste Zeit war, den Machtkampf abzubrechen.

«Wir sind hier, um ein Bild abzuholen», warf sie rasch ein.

Es dauerte eine Weile, bis Goran es schaffte, seinen Blick von Eva Ström loszureißen, und es war deutlich, dass er es als Niederlage betrachtete.

Als er sich Fatima zuwandte, wirkte er leicht verwirrt. «Wie bitte?»

«Ein Bild, das Sie von Mårten Lindgren bekommen haben.»

«Woher wissen Sie das?»

«Das spielt keine Rolle. Würden Sie uns das Bild bitte übergeben?»

Goran rieb sich das Kinn, als überlegte er, welche Möglichkeiten ihm blieben, sie loszuwerden.

«Haben Sie denn einen Hausdurchsuchungsbefehl?»

«Nein.»

«Dann können Sie gleich wieder Leine ziehen.»

Er machte auf dem Absatz kehrt und hatte die Treppe zum Wohnhaus halbwegs erreicht, als Eva Ström ihn zurückhielt.

«Verdammt, Goran. Müssen wir unbedingt dieses Theater spielen? Sie wissen doch, dass wir innerhalb von ein paar Stunden ein Schreiben der Staatsanwältin bekommen, und dann haben Sie die Einsatzkräfte mit Blaulicht und eine Menge Bullen hier, die Ihr Haus komplett auf den Kopf stellen. Ist es das, was Sie wollen?»

Djelic blieb mit dem Rücken zu ihnen im Schnee stehen. Fatima hielt die Luft an. Die Hunde in den Zwingern winselten nervös.

«Okay, warten Sie hier», sagte er schließlich und verschwand im Haus.

Sie warteten ungeduldig. Eva Ström schob ihre rechte Hand tastend unter die Jacke.

«Hoffentlich kommt er nicht mit der Schrotflinte zurück», murmelte sie. «Oder mit 'ner Kalaschnikow.»

Doch als sich Goran Djelic erneut zeigte, hatte er ein Ölgemälde in der Hand, das auf einen Holzrahmen gespannt war. Er gab es ihnen ohne großes Aufhebens.

Fatima betrachtete die plumpen Pinselstriche, die ein Schwein mit Turban auf dem Kopf darstellten. Verdammt lächerlich, war ihr erster Gedanke. Es sah ja aus wie ein Bild, das von einem Kind gemalt worden war. Wie konnte es nur irgendwen aufregen?

«Ich habe es nie jemandem gezeigt», sagte Goran langsam. «Außer einer Person, die neulich vorbeikam.» Er spuckte zur Seite aus. «Ich weiß also, wer es ausgeplaudert hat …»

Fatima musterte ihn, konnte aber nicht herausfinden, ob er gerade eine Drohung ausgesprochen hatte. «Sie kannten Mårten Lindgren, nicht wahr?»

Er zuckte gleichgültig mit den Achseln. «Nicht näher …»

«Aber Ihr Bruder?»

«Mårten kannte meinen Bruder. Und er hat ihn auch getötet. Alle wissen, dass es so war.»

«Wer, ‹alle›?»

«Alle eben …»

«Und Sie wollen ihn rächen?»

Als ihm die Anschuldigung in der Frage bewusst wurde, verfinsterte sich seine Miene. Eine düstere Gewitterwolke schien über seine grauen Augen, die Adlernase und die Stirn zu ziehen. Fatima sah, wie Goran Djelic die Zähne zusammenbiss, sodass seine Kiefermuskeln erzitterten. Doch dann schien er sich plötzlich zu entspannen. Er strich sich mit der Handfläche über den kahlen Schädel.

«Seien wir doch ehrlich. Dragan war ein Schwein. Und Mårten Lindgren war ein Idiot. Aber wie sagt man doch: Blut ist dicker als Wasser. Ich habe meinen Bruder geliebt. Bedeutet das etwa, dass ich ihn töten sollte, um mich zu rächen?» Er schüttelte heftig den Kopf. «Nein, denken Sie doch, was Sie wollen. Aber Goran Djelic ist kein Mörder.»

Die letzten Worte sprach er so hitzig aus, dass ihm der Speichel aus dem Mund spritzte. Es war deutlich, dass er ihnen nichts hinzuzufügen hatte. Goran kehrte ihnen den Rücken. Aber sie blieben im Schneematsch stehen, bis die Tür des Backsteinhauses mit einem Knall geschlossen wurde. Im selben Moment fingen die Hunde wieder an zu bellen.

Auf dem Weg zurück nach Ystad fuhr Eva Ström langsamer, als benötigte sie Zeit zum Nachdenken. Das Thermometer auf dem Armaturenbrett zeigte an, dass die Temperatur wieder gen null gesunken war. Schwere, feuchte Schneeflocken begannen vom Himmel zu fallen. Die Scheibenwischer glitten lautlos hin und her.

«Und, was meinst du?», fragte Fatima.

«Goran Djelic ist offenbar vollkommen durchgeknallt. Und absolut lebensgefährlich.»

«Ja, aber kann er Mårten Lindgren ermordet haben?»

Da die Kollegin eine ganze Weile lang nicht antwortete, versank Fatima in ihren eigenen Gedanken. Sie fuhren schweigend durch Tranås, passierten die Motocross-Bahn bei Svampakorset, und erst auf Höhe der Kirche von Benestad sagte Eva Ström nachdenklich: «Da ist übrigens noch jemand, den wir in Betracht ziehen sollten.»

«Wer denn?»

«Joel Lindgren …»

Fatima schaute sie an. Sie wusste, dass sie das, was sie gleich zu hören bekäme, nicht gut finden würde.

«Er hatte schließlich auch ein hervorragendes Motiv, um Mårten zu töten.»

«Und welches meinst du?»

«Hass», antwortete Eva Ström. «Das plausibelste Motiv, das ein Mensch haben kann, um einen Mord zu begehen.»

KAPITEL 23

Wenn der Säufer auf der Bank vorm Systembolag nicht so geschlottert und immer wieder ein dumpfes, eulenähnliches Heulen ausgestoßen hätte, hätte man denken können, er wäre erfroren. Seine Nase war rot und geschwollen und seine Bartstoppeln grau. Seinen Schal hatte er zweimal um den Hals und ein weiteres Mal um die Kappe auf seinem Kopf geschlungen. Sein Körper war mit einer feinen Schicht Pulverschnee bedeckt. Die Kälte hatte wieder zugeschlagen.

Als er Joel erblickte, erwachte er zu neuem Leben.

«Joel, alter Junge!» Es klang, als wären seine Stimmbänder vom vielen Schnaps zerfressen. «Verdammt, ist ja 'ne Ewigkeit her», röchelte er. «Hast du vielleicht ein paar Kronen für deinen alten Kumpel übrig?» Er blinzelte ihn mit blutunterlaufenen Augen an.

«Johnny …?» Joel starrte ihn an, er konnte nicht anders. Die Verwandlung war geradezu brutal. Johnny, ehemals Star der Juniorenmannschaft und unbestrittener Partyking, sah nun aus wie ein alter Tattergreis. Es war absolut unfassbar.

«Sie öffnen in 'ner Viertelstunde.» Der Säufer fuhr sich mit der Zunge über die Lippen und bewegte den Mund, als wollte er noch etwas sagen. Doch er brachte lediglich ein schmatzendes Geräusch zustande.

Joel kramte in der Innentasche nach seinem Portemonnaie. Als er es hervorzog, war es leer. Verdammt!

«Warte kurz.»

Der Geldautomat war ganz in der Nähe, er befand sich direkt

neben dem Eingang zum Konsum. Joel zog vier Hunderter heraus und warf einen Blick auf die Quittung. Sein Erspartes war in beunruhigendem Tempo zusammengeschrumpft. Mit zwiespältigen Gefühlen drückte er seinem alten Klassenkameraden einen der Scheine in die Hand.

«Kauf dir lieber was zu essen, Johnny. Man sieht sich.»

Dann überquerte er rasch die Straße.

«Verdammt, wie nett», hörte er ihn hinter sich rufen. «Ich werd es dir zurückzahlen. Nächstes Mal, wenn wir uns sehen, kriegst du die Knete zurück. Versprochen.»

Als Joel die Tür zur Redaktion der *Ystads Allehanda* aufzog, hatte Roger Holgersson gerade ein spätes Frühstück auf seinem Schreibtisch ausgebreitet. Oder möglicherweise ein frühes Mittagessen. Das gegrillte Hähnchen glänzte vor Fett. Der Redakteur stellte die Buttermilchpackung ab und machte sich keine Mühe, sich den Milchbart abzuwischen.

«Bezahlst du etwa alte Schulden zurück, Joel?», fragte er mit säuerlicher Stimme.

Er nickte vielsagend in Richtung Fenster. Johnny hatte sich inzwischen zum Eingang des Systembolag geschleppt, wo er ungeduldig wartete und sich die Nase an der Glastür plattdrückte.

«Trauriger Anblick, oder?»

«Ja …»

«Johnny war früher schnell wie ein Gepard. Vor Kraft strotzend und technisch top. Mal abgesehen von der Psyche ein perfekter Fußballer. Mit der richtigen Förderung hätte er es weit nach oben schaffen können. Mindestens bis zur Allsvenskan.»

Holgersson riss sich einen Hühnerschenkel ab und schaute leicht abwesend hinaus, als dächte er über die gescheiterte Karriere nach. Dann wandte er sich Joel zu. «Und was kann ich für dich tun?»

«Was meinst du übrigens mit Schulden?»

«Ach, das ist mir so rausgerutscht. Wir alle haben ja wohl irgendwelche Schulden zu bezahlen. Auch du.»

«Dieser Urban, was ist eigentlich aus ihm geworden?»

«Rechtsanwalt in der Kanzlei seines Vaters», antwortete Roger Holgersson. «Ich glaube sogar, dass er nicht mal mehr stottert.»

Joel entfuhr ein Seufzer der Erleichterung. Er zog sich einen Stuhl heran und setzte sich. Während er darüber nachdachte, wie er sein Anliegen vorbringen sollte, nutzte er die Gelegenheit, sich in der Redaktion umzusehen. Der einzige persönliche Gegenstand, den er entdecken konnte, war ein gerahmtes Foto von Holgersson, das ihn in Anglerstiefeln und mit einem riesigen frisch gefangenen Lachs posierend an einem reißenden Fluss zeigte.

«Mörrum. Zwölfeinhalb Kilo», erklärte der Redakteur mit vollem Mund.

Mit unermüdlichen Kaubewegungen hatte er in kürzester Zeit alles verschlungen, was am Hähnchen essbar war, und einen Haufen abgenagter Knochen zurückgelassen. Er wischte sich die Finger an einem Papiertaschentuch ab und knüllte es dann zu einem kleinen Ball zusammen, den er mit einem eleganten Wurf in den Papierkorb beförderte.

«Wie lange arbeitest du eigentlich schon hier, Roger?», fragte Joel.

«Du meinst, hier in der Redaktion in Tomelilla?»

«Ja.»

«Gut zwei Jahre. Wieso?»

«Ach, ich frag mich nur, was über die Ereignisse damals wohl so geschrieben wurde. Über Dragan Djelics Verschwinden. Und Mårtens Bilder.»

Holgersson klopfte sich auf seinen gewaltigen Bauch, woraufhin er einen Rülpser mit der Hand unterdrückte.

«Als Dragan verschwand, war ich Kriminalreporter in Ystad. Ich habe einiges recherchiert, aber das meiste schrieb Örjan Palander. Er war damals für Tomelilla zuständig. Übrigens ein legendärer Lokalredakteur. Brillant. Leider hat sein Herz viel zu früh aufgehört zu schlagen. Nach ihm kam dann ein Volontär, ein wichtigtuerischer kleiner Aufschneider namens Nils Ek, der plötzlich spurlos verschwand. Und dann wurde ich hierher versetzt und bekam den Job, von dem ich geträumt habe, seit ich mein Journalistenstudium an der Volkshochschule in Skurup abgeschlossen hatte. Zwei Monate, bevor Mårten seine Ausstellung eröffnete und der ganze Zirkus in Gang gesetzt wurde, fing ich hier an.»

«Hast du die Bilder mit eigenen Augen gesehen?»

«Selbstverständlich. Ich war ja dort und habe ihn interviewt.»

«Und wie viele waren es?»

Holgersson zog sich nachdenklich am Ohrläppchen.

«Acht oder zehn. Maximal zwölf. Ich erinnere mich nicht mehr genau. Ist es denn wichtig?»

«Vielleicht.»

«Na ja, sie werden nicht gerade im Nationalmuseum gelandet sein. Denn sie sahen wirklich grässlich aus, wenn du entschuldigst.»

«Das Merkwürdige ist nur, dass keiner zu wissen scheint, wo sie abgeblieben sind.»

«Hat die Polizei sie denn nicht beschlagnahmt?», fragte Holgersson erstaunt.

«Nein. Ich habe dir ja davon erzählt, dass ich ein Bild bei Goran Djelic zu Hause gesehen habe. Aber die anderen scheinen spurlos verschwunden zu sein.»

«Kann es sein, dass Mårten sie verkauft hat?» Noch bevor Joel antworten konnte, hatte Roger Holgersson seine eigenen Spekulationen mit einem entschiedenen Kopfschütteln beendet, das sein Doppelkinn schlackern ließ. «Quatsch. Wer zum Teufel sollte sie denn kaufen?»

«Es wäre interessant, die anderen auch zu sehen», entgegnete Joel.

«Da kann ich dir vielleicht weiterhelfen», sagte Holgersson. «Ich habe nämlich Fotos gemacht, als ich dort war. Die Speicherkarte ist inzwischen bestimmt gelöscht worden. Aber wir haben ein paar Bilder publiziert, auch wenn die Redaktionsleitung der Meinung war, dass wir uns zurückhalten sollten. Sie hatten nämlich Angst, damit zu provozieren. Warte, wir sehen mal nach …»

Er schob die Reste seiner Mahlzeit mit dem Unterarm beiseite und zog die Tastatur zu sich heran.

«Wir müssen im Archiv nachsehen.»

Mit einer raschen Eingabe zauberte er eine Liste mit Artikeln auf den Bildschirm.

«Das alles hier wurde über Mårten Lindgren geschrieben, seit wir Mitte der neunziger Jahre unser digitales Archiv eingerichtet haben. Wie man sieht, ist vieles aus der vergangenen Woche nach dem Mord. Aber mal schauen, ob da nicht …»

Er klickte einen Artikel an, der auf den März vor zwei Jahren datiert war. Nachdem er die PDF-Datei geöffnet hatte, wurde ein Foto von Mårten mit demselben Strohhut sichtbar, den er während seines Ausflugs zu Ales stenar mit Helga getragen hatte. Auf einer Wand hinter ihm waren zwei Ölgemälde zu sehen. Das eine erkannte Joel unmittelbar wieder. Es war das mit dem Schwein, das Goran Djelic in seiner Putzkammer versteckt hatte. Auf dem anderen war der Eber mit einem Bart und boshaften schwarzen Augen zu sehen.

Künstler aus Tomelilla stellt Meinungsfreiheit auf die Probe, lautete die Überschrift.

Joel überflog rasch den Text.

«Wenn du mich fragst, war es als Kunst betrachtet der reinste Schrott», brummte Holgersson. «Mårten war gezwungen, selbst zu erklären, dass das Bild den Propheten Mohammed darstellen sollte. Sonst hätte es keiner begriffen.»

Der Artikel war in einer Art und Weise geschrieben, die andeutete, dass der Verfasser zwar keinerlei Sympathien für Mårten hegte, aber dennoch eine gewisse Gespaltenheit angesichts der Vernissage in der Werkstatt empfand. Viele Leute hatten sich nicht eingefunden. Der Künstler selbst wurde mit einigen Passagen zitiert, von denen besonders eine Joels Aufmerksamkeit erregte: *«Das Kunstwerk liegt im Auge des Betrachters. Möchte man Gott oder den Teufel darin sehen?»* Am Ende des Artikels erlaubte Holgersson sich eine eigene Reflexion: *Jetzt bleibt abzuwarten, ob diese Provokation den Effekt in der muslimischen Welt erzielt, den der Künstler beabsichtigt hat.* In einem kleinen Infokästchen waren diverse ähnliche Ereignisse zusammengefasst: die Karikaturen in *Jyllands-Posten* sowie die Zeichnungen von Lars Vilks.

«Bleibt nur die Frage, worauf er aus war», murmelte Joel, nachdem er fertig gelesen hatte.

«Ruhm?», schlug Holgersson vor. «Vielleicht wollte er tatsächlich das Recht auf freie Meinungsäußerung auf die Probe stellen. Ich hatte jedenfalls den Eindruck, dass mehr dahintersteckte. Auch wenn er sich diesbezüglich kryptisch ausdrückte. Mårten kann doch nicht im Ernst geglaubt haben, dass irgendwer diese Bilder kaufen würde.»

«Nein, aber dass er sich einen Namen machen würde. Der Plan bestand vielleicht darin, in die Presse zu kommen, um dann seine Arschdamen und Auferstehungsbilder schweineteuer verkaufen zu können.»

«Schweineteuer ist das richtige Wort», entgegnete Holgersson mit einem kurzen Auflachen. «Aber wie dem auch sei, er wurde schneller vergessen, als er gedacht hatte.»

«Nicht von allen ...»

«Nein, nicht von allen.» Holgersson nickte nachdenklich. Dann zuckte er plötzlich zusammen und schaute auf die Uhr. «Verdammt! Ich bin spät dran.»

Er griff sich einen Notizblock und einen Stift auf seinem Schreibtisch und stürzte zur Tür.

«Ich muss los zu einem Termin. Die Alten beklagen sich nämlich, dass es im Altersheim zu kalt ist. Wenn du willst, setz dich an den Computer und sieh dich selbst ein wenig im Archiv um. Ich bin in einer halben Stunde zurück.»

Im nächsten Moment stapfte er schon draußen vor dem Fenster vorbei.

Joel setzte sich auf den Schreibtischstuhl und klickte sich zurück zur Artikelliste. Sie war ziemlich lang. Das erste Mal wurde Mårten in einer Notiz in der Zeitung erwähnt, als er einige seiner nackten Frauen im Foyer eines Restaurants in Simrishamn ausstellen konnte. Es folgten einige ähnliche Artikel. Die erste größere Reportage, in der Mårten sogar mit Bild erschien, war auf den April vor genau zehn Jahren datiert. *In der Kunstrunde kommt es zum Eklat*, lautete die Überschrift. Dem Verfasser des Artikels Örjan Palander zufolge regte sich der *streitbare Künstler Mårten Lindgren aus Tomelilla* darüber auf, dass ihm der Zutritt zur Künstlergilde von Skåne und damit auch die Teilnahme an dem alljährlich stattfindenden Festival «Kunstrunde» in Österlen verwehrt wurde. Mårten warf erbost mit Begriffen wie *«Zensur und Neomoralismus»* in der Kunstwelt und *«Bitterfotzen aus Stockholm»* um sich – der Ausdruck war beim Redigieren mit deutlichen Anführungszeichen versehen worden –, die die lokale Avantgarde im Keim ersticken wollten. Der Angriff wurde von der Sprecherin der Gilde, der Keramikerin Elisabeth Ulriksson gekontert, die klarstellte, dass *«künstlerische Qualität»* eine Bedingung für die Mitgliedschaft sei. Ansonsten hätte sie nicht vor, sich an einer *«öffentlichen Schlammschlacht»* mit Personen, *«von denen ich nichts weiß und auch nichts wissen will»*, einzulassen.

Als er ans Ende des Artikels gelangt war, ertappte Joel sich dabei, leise aufzulachen.

Er ging die Liste auf dem Bildschirm weiter durch. Nach der Ausstellung der Mohammedbilder folgte eine Serie von Artikeln über Drohungen, die sich gegen Mårten richteten und hauptsächlich von anonymen Absendern ins Internet gestellt worden waren, in einigen Fällen sogar von religiösen Anführern im Ausland. Es handelte sich um erzürnte Flüche und Prophezeiungen über Mårten Lindgrens Weg zum Fegefeuer. Den Formulierungen zufolge war es jedoch zweifelhaft, ob die Männer, die die anstößigen Gemälde in Schweden verurteilten, sie auch tatsächlich gesehen oder auch nur eine Ahnung davon hatten, wer der Maler war.

Die Artikel über Mårtens Tod und die polizeilichen Ermittlungen aus der vergangenen Woche überflog Joel, ohne etwas darin zu entdecken, das er nicht schon wusste. Er lehnte sich zurück. Dann fiel ihm ein, dass nirgends ein Wort über Mårtens kriminelle Machenschaften geschrieben stand. Über den Alkoholschmuggel. Den Handel mit Amphetaminen. Hatte man ihn denn nie erwischt? Und was war mit dem Verschwinden von Dragan Djelic?

Vielleicht wird Mårten in diesen Zusammenhängen nie namentlich erwähnt, mutmaßte Joel. Er löschte den Namen im Suchfeld und gab stattdessen *Dragan Djelic* ein. Sofort tauchte eine Reihe von Treffern auf. Sämtliche Artikel handelten von den polizeilichen Ermittlungen. Vom Durchkämmen des Tunbyholmsees im August vor dreieinhalb Jahren. Von seinem Bruder Goran, der sich weigerte, der Presse gegenüber etwas zu sagen. Und von einem *69-jährigen lokalen Künstler*, der nach

Aussage von Kriminalhauptkommissar Björn Bernhardsson *«im Zusammenhang mit den Ermittlungen von großer Bedeutung»* war.

Als Joel beim letzten Treffer angelangt war, stutzte er. Es war keine Meldung wie die vorherigen von Örjan Palander oder Roger Holgersson verfassten Artikel. Sondern eine Kolumne mit dem Titel *Gute Geschichten*, die mit einem Foto der Verfasserin versehen war, deren Gesicht er sofort wiedererkannte.

«Siw …», murmelte Joel.

Die Botschafterin der Güte und Freude Siw Wollgren hatte an einem Sonntag im Oktober vor drei Jahren von ihrer Gewohnheit abgesehen, ausschließlich die kleinen Freuden des Lebens zu thematisieren, und stattdessen beschlossen, ordentlich Dampf abzulassen. Es ging um die *Verbreitung von Gerüchten und die Verunglimpfung eines in der Gegend beliebten Künstlers und Musikers*. Mårten wurde nicht namentlich genannt. Doch der Text war eine lange Verteidigungsrede, in der sich Siw Wollgren persönlich für *die Unschuld des Angegriffenen* hinsichtlich des ihm unterstellten Mordes an Dragan Djelic aussprach. *Jetzt muss mit dem Geschwätz aber wahrhaftig Schluss sein!*, beendete sie ihren Beitrag.

Ein Klingeln der Türglocke signalisierte, dass Holgersson zurückkam. Er stampfte sich vor der Schwelle den Schnee von den Stiefeln.

«Verdammt, wie satt ich dieses Wetter habe! Jetzt schneit es schon wieder wie verrückt.»

Joel schaute vom Computer auf.

«Siw Wollgren? Was weißt du über sie?»

Holgersson hängte seine Daunenjacke auf und warf Joel einen Blick über die Schulter hinweg zu.

«Aha, du hast diesen alten Mist gefunden», seufzte er.

Der Besucherstuhl knarrte, als er sein Hinterteil auf die Sitzfläche klemmte und die Hände über dem Bauch faltete.

«Als diese Kolumne publiziert wurde, war hier die Hölle los. Siw gelang es, sie in die Zeitung zu schmuggeln, ohne dass sie außer dem diensthabenden Redakteur, einem jungen Volontär, noch jemand gelesen hätte. Der Chefredakteur wurde fast wahnsinnig. In meinen Augen absolut verständlich. Denn es handelt sich um eine Parteinahme, die sich gewaschen hat. Sie war schließlich Mårtens Geliebte.»

«Sie kam gestern zu mir», sagte Joel.

«Aha, sieh mal einer an. Und mit welchem Anliegen?»

«Sie hat mich nach Mårtens altem Akkordeon gefragt.»

Holgersson stülpte nachdenklich die Unterlippe vor. «Tja, warum auch nicht. Sie war ja Sängerin, und sie haben im Laufe der Jahre offenbar ziemlich viel zusammen gespielt. Sie wollte wohl ein Erinnerungsstück haben.»

«Kennst du sie näher?»

«Na ja, nicht gerade gut. Sie tauchte hin und wieder in der Redaktion auf und lieferte ihre lächerlichen Katzengeschichten ab. Mir rollen sich die Nägel hoch, wenn ich nur daran denke. Als Dragan Djelic verschwand und die Gerüchte über Mårten zu kursieren begannen, wurde sie fuchsteufelswild. Rief bei Palander und mir an und schimpfte, dass sie sowohl uns beide als auch die Zeitung wegen Rufmord verklagen würde. Nach dieser Kolumne wurde sie erst einmal in Quarantäne versetzt. Aber die Leser beschwerten sich. Sie vermissten sie. Also durfte sie weiterschreiben.» Holgersson verdrehte die Augen. «Mein Gott, was hat sie sich ereifert! Mårten hatte sich damals wirklich ein feuriges Frauenzimmer gehalten.»

Als Joel eine halbe Stunde später die Redaktion verließ, schneite es heftig. Er klappte seinen Schaffellkragen hoch und linste durch die Glasscheibe in den Systembolag hinein. Von Johnny keine Spur.

Als er zu seinem Wagen ging, dachte er über Siw Wollgren

nach. Die Sängerin einer Tanzband mit all diesen guten Geschichten. Mit wachsendem Erstaunen hatte er ungefähr vierzig dieser kleinen Anekdoten gelesen, die voller menschlicher Herzenswärme waren und geradezu vor Süße trieften. Doch das, was Joel beschäftigte, war etwas anderes.

«Er hat mich wegen dieser hochnäsigen Kirchentussi verlassen!» Als sie mit ihrem rosafarbenen Lippenstift in der Hand an seinem Küchentisch gesessen hatte, hatten ihre Augen weder Güte noch Verständnis ausgestrahlt, nein, sie hatten schwarze Funken versprüht.

* * *

Das Bild stand im Bücherregal gegen einige Ordner gelehnt. Sie betrachteten es, ohne etwas zu sagen. Bill Lundström mit seinen blankgeputzten Schuhen auf dem Schreibtisch. Fatima in Lederjacke und Kapuzenpulli tief in den Besucherstuhl gesunken. Sie hörte, wie sich im Korridor Schritte auf Absätzen näherten, die gegen den Steinboden klapperten und wieder verschwanden.

Schließlich rief der Polizist aus: «Das hätten auch meine Kinder malen können.»

Fatima wandte sich ihm zu. Ihr fiel auf, dass er nie etwas von seiner Familie erzählt hatte.

«Wie alt sind sie denn?»

«Zwei und vier.»

Er muss eine junge Frau haben, dachte sie. Seinem knappen Tonfall entnahm sie, dass er nicht mit weiteren Fragen privaten Charakters konfrontiert werden wollte. Es fiel ihr schwer, sich ihn beim Windelnwechseln vorzustellen.

Sie nahm den Taschenkalender aus ihrer Jackentasche und warf ihn auf Lundströms Schreibtisch.

«Beweismaterial», sagte sie. «Joel Lindgren hat vergessen, dass er ihn eingesteckt hatte.»

Der Polizist zog eine Augenbraue hoch. Er stellte seine Füße zurück auf den Teppichboden.

«Und was ist das?», fragte er.

«Joel hat ihn in Mårtens Haus auf dem Kaminsims gefunden, als er nach dem Sturm aufwachte. Darin stehen eine Menge Telefonnummern. Aber ich glaube, die Fingerabdrücke können wir vergessen.»

Sie beobachtete ihn gespannt, während er den zerknitterten Taschenkalender zur Hand nahm und durchblätterte. Als er fertig war, sah er sie mit finsterer Miene an.

«Er könnte von großer Bedeutung sein. Hat er ihn uns absichtlich vorenthalten?»

Fatima zuckte übertrieben lässig mit den Achseln.

«Wie gesagt, er behauptete, ihn vergessen zu haben. Er war ja ziemlich verwirrt, als Benny und ich am Morgen dort auftauchten.»

«Und, glauben Sie ihm?»

In Bill Lundströms Tonfall lag etwas Inquisitorisches. Fatima musste sich anstrengen, um entschlossen zu klingen.

«Ich sehe keinen Grund, es anzuzweifeln.»

Die Stille, die darauf folgte, dauerte quälend lange. Nach einer Weile stand Lundström auf. Er ging zum Fenster und schaute auf den Marktplatz hinunter. Graues Licht fiel auf sein Gesicht. Es war deutlich zu erkennen, dass er unzufrieden war.

«Ich muss Sie etwas fragen, Fatima. Wie sieht Ihr Verhältnis zu Joel Lindgren eigentlich aus?»

Erst nachdem er die Frage ganz ausgesprochen hatte, drehte er sich zu ihr um.

Was meinte er nur damit?

Mit einem Mal wirbelten ihr die Gedanken nur so durch den

Kopf. Bezichtigte er sie etwa eines Vergehens? Und wenn ja, welches sollte das sein? Plötzlich schien es Fatima so, als wäre sie selbst in ein Kreuzverhör in einem kafkaesken Prozess hineingezogen worden, bei dem keine klaren Aussagen getroffen wurden.

«Warum fragen Sie?»

«Weil ich es wissen will.»

Sie fixierte ihn mit erbostem Blick und spürte, dass ihr der Schweiß ausbrach.

«Meine Beziehung zu ihm ist ausschließlich professioneller Art.»

«Sind Sie ihm schon einmal zuvor begegnet?», fragte Lundström weiter. «Ich meine, bevor Mårten Lindgren ermordet wurde?»

«Nein, bin ich nicht. Worauf wollen Sie hinaus?»

«Auf nichts. Ich muss lediglich sichergehen.»

Fatima stand abrupt von ihrem Besucherstuhl auf und zog sich die Jacke aus.

«Ja, jetzt wissen Sie es jedenfalls. Sollen wir nun mit dieser verdammten Vernehmung beginnen?»

Sie musste eine ganze Weile mit der einen Hand auf dem Türgriff warten. Dann entspannten sich seine Gesichtsmuskeln. Fatima fiel auf, dass er müde aussah. Zum ersten Mal glaubte sie, Spuren von Schwäche darin zu erkennen. Doch auf der Steintreppe auf dem Weg hinunter zum Vernehmungszimmer war Bill Lundström wieder so wie immer.

«Ich habe Olof Larsson gestern eine weitere Runde mit ihm reden lassen», sagte er. «Aber der verdammte Kerl hat nicht einmal den Mund geöffnet. Olof hat absolut nichts erreicht.»

* * *

Osama Al-Din war noch stärker abgemagert, daran bestand kein Zweifel. In den wenigen Tagen ihrer Abwesenheit waren die Schatten unter seinen Augen noch dunkler geworden. Die Haut in seinem Gesicht sah blass und feucht aus, und die Wangenknochen stachen stärker hervor als zuvor.

«Wo sind Sie gewesen, Fatima?», fragte er mit matter Stimme.

Es sah aus, als könnte er sich kaum wach halten. Spielte er etwa Theater? Fatima hatte sich vorbereitet. Aber sie spürte, dass sie nicht ganz im Gleichgewicht war. Das Gespräch mit Bill Lundström hatte eine unangenehme Wendung genommen. Hatte er sie mit Absicht verunsichert?

«Zu Hause», antwortete sie und setzte sich.

«Und wo ist Ihr Zuhause?»

Sie zögerte, bevor sie antwortete.

«In Ystad.»

«Wie geht es Ihrem Vater? Ist er stolz auf seine Tochter?»

Fatima erstarrte. Die Frage hatte einen Nerv getroffen. Wie um alles in der Welt konnte er das wissen?

Osama hing fast liegend auf seinem Stuhl und betrachtete sie mit gesenkten Augenlidern. Er lächelte sie wie ein kleines Kind an. Fatima zwang sich zur Beherrschung. Du pokerst. Aber ich durchschaue deinen Bluff.

«Mein Vater ist tot», entgegnete sie kalt.

Plötzlich glätteten sich seine Gesichtszüge, und sein Ausdruck wurde nichtssagend.

«Das tut mir leid», sagte er leise.

Hab ich's doch gewusst, dachte Fatima.

Der Verteidiger Nils Apelberg hatte offenbar beschlossen, sich diesmal zurückhaltender zu geben. Er grüßte sie knapp. Warf dann einen Blick auf seine Armbanduhr, um ihr zu signalisieren, dass die Zeit unweigerlich voranschritt. Nahm daraufhin diverse Unterlagen aus seiner Aktentasche und blätterte zerstreut darin, während er hin und wieder aufschaute, um zu zeigen, dass er jedes einzelne Wort mithörte.

Fatima begann mit einem weiteren Sprung in die Vergangenheit, um Osama zum Reden zu bringen. Über Bagdad. Über seine ersten Jahre in Schweden. Über die Moscheen, die er in Malmö und Kopenhagen besucht hatte. Wen hatte er dort kennengelernt?

Doch Osama antwortete wortkarg und mürrisch, ohne etwas zu sagen, was sie nicht schon wusste.

«Warum essen Sie eigentlich nichts?», fragte Fatima plötzlich.

Er schnaubte verächtlich. «Mein Märtyrertum ist hier nicht von Belang.»

«Ist es das, wovon Sie träumen? Märtyrer zu werden?»

«Inschallah ...»

«Haben Sie Mårten Lindgren deshalb getötet?»

Osama verzog herablassend den Mund. «Jetzt enttäuschen Sie mich schon wieder, Fatima. Sie sollten es doch eigentlich besser wissen, nicht wahr?»

«Okay, worüber wollen Sie heute reden, Osama?»

«Über Träume.» Es sah aus, als mobilisierte sein Körper bei diesem Gedanken neue Energie, als flackerte regelrecht ein Feuer in ihm auf. Er richtete sich auf seinem Stuhl auf. «Lassen Sie uns über Träume reden, Fatima. Sie haben doch bestimmt von mir geträumt, oder?»

Fatima errötete und verdammte sich selbst, weil es ihr nicht gelang, es zu verbergen. Die Nacht im Hotel, in der sie schweißgebadet aufgewacht war. Es kam ihr vor, als könnte er jeden einzelnen ihrer Gedanken lesen.

«Ich träume nie», antwortete sie. «Ich schlafe wie ein Stein.»

«Jetzt lügen Sie aber, Fatima», sagte er und fuchtelte drohend mit seinem Zeigefinger in der Luft herum. «Wir waren uns doch einig, dass es haram ist zu lügen.»

Sie schluckte ihren Ärger herunter und hoffte, dass er es nicht merken würde. Wechsle das Thema, dachte sie. Nur nicht nervös werden. Keine Angst zeigen. Denn er spürt den Geruch von Angst. Geh zum Angriff über! Provoziere ihn, bis er einen Fehler macht!

In vollem Bewusstsein, seine Grenzen zu missachten, stützte Fatima sich mit den Ellenbogen auf den Tisch und beugte sich vor, bis ihr Gesicht seinem etwas zu nahe kam. Sie konnte den säuerlichen Geruch aus seinem Mund wahrnehmen, der vom Fasten herrührte.

«Ich lüge nie, Osama. Sie sind es, die sich selbst belügen.»

Osama wich leicht zurück.

Fatima fuhr sich mit der Zunge über die Lippen. «Ist es Ihnen unangenehm, wenn ich Ihnen so nahe komme? Bekommen Sie es jetzt mit der Angst zu tun, Osama?»

«Sie wissen doch, dass es mir verboten ist, Sie zu berühren.»

Übertrieben langsam steckte Fatima sich einen Finger in den Mund und strich danach damit über seine Wange. Ihr Speichel glänzte in seinem Bart. Erschrocken wischte Osama ihn mit seinem Kaftan weg.

«Hören Sie auf!»

Im Augenwinkel sah sie, dass Nils Apelberg seinen Stift zur Seite legte.

«Das ging aber wirklich zu weit. Ich habe es mir notiert. Wenn sich das wiederholen sollte, werde ich fordern, dass die Vernehmung unmittelbar abgebrochen wird.» Er richtete seine silberfarben eingefasste Brille. «Im Übrigen scheint es, dass diese sogenannte Vernehmung bereits von Beginn an auf der Stelle tritt. Sollten wir nicht langsam versuchen, zur Sache zu kommen?»

Fatima ignorierte ihn absichtlich.

«Kommen Sie jetzt in die Hölle?», fragte sie leise und noch immer so nahe an Osamas Gesicht, dass es ihm ganz offensichtlich unangenehm war.

Er starrte sie hasserfüllt an.

«Begreifen Sie denn nicht, Osama, dass Sie es sind, der sich etwas vormacht? Sie und all die Idioten, auf die Sie gehört haben, die Ihren Schädel mit Lügen vollgepfropft haben. Was wissen die denn schon über den Koran? Haben sie ihn überhaupt gelesen?»

Als er lediglich schwieg, lehnte Fatima sich auf ihrem Stuhl wieder zurück, streckte den Rücken durch und seufzte gekünstelt.

«Sie werden in Zukunft genügend Zeit zum Träumen haben, Osama. Denn Ihnen ist doch klar, dass Sie zu einer lebenslangen Gefängnisstrafe verurteilt werden, oder? Sie müssen ganz allein die Verantwortung für den Mord an Mårten Lindgren auf sich nehmen. Während Ihre Freunde noch einmal davonkommen. Ihre guten Freunde, die Ihnen versprochen haben, Sie kämen ins Himmelreich. Vielleicht waren sie mit Ihnen zusammen draußen in Tomelilla. Vielleicht waren noch nicht einmal Sie derjenige, der Mårten Lindgren erwürgt hat. Begreifen Sie denn nicht, dass die jetzt dasitzen und über Sie lachen? Osama Al-Din, dieser Blödmann, hat die gesamte Schuld auf sich genommen …?»

Er schloss die Augen und spannte seine Kiefermuskeln an. Atmete stoßweise durch die Nase.

«Sollte das eine Frage sein?», warf Apelberg spitzfindig ein.

Fatima behandelte ihn abermals wie Luft.

«Ich weiß, wer Ihre Freunde in Kopenhagen sind, Osama.

Die Kriminaltechniker sind ziemlich gut darin, solche Informationen in den Tiefen eines Computers ausfindig zu machen. Das verstehen Sie hoffentlich. Wollen Sie mir nicht erzählen, mit wem Sie das Ganze geplant haben und wer den Mord ausgeführt hat?»

Sie sah, wie er die Lippen bewegte. Betete er? Oder bereitete er sich darauf vor, etwas zu sagen?

«Ihre Freunde haben Sie angelogen, Osama. Sie haben Sie getäuscht. Wollen Sie sich wirklich opfern, um sie zu schützen?»

Nach einer langanhaltenden Stille hustete Apelberg trocken in seine Hand.

Halten Sie bitte den Mund!, dachte Fatima, ohne Osama auch nur für eine Sekunde aus den Augen zu lassen. Nur noch einen winzig kleinen Augenblick, dann kommt es.

Sie hörte in ihrem Kopf eine Uhr ticken.

Tick-tack.

In Osamas Augenlidern zuckte es.

«Mein Mandant scheint Ihnen keine Antwort darauf geben zu können», sagte der Verteidiger ruhig.

Zum dritten Mal versuchte Fatima so zu tun, als wäre er nicht anwesend.

«Osama, Sie verstehen doch wohl, dass Sie nicht ins Himmelreich kommen, wenn Sie nicht die Wahrheit sagen? Stattdessen werden Sie für immer und ewig in der Hölle schmoren!»

Als er weiterhin schwieg, war sie kurz davor aufzugeben.

«Können Sie mir denn nicht wenigstens erzählen, was Sie mit den Bildern gemacht haben?», fragte sie. «Mohammed als kleines Schwein.»

In dem Moment riss er die Augen auf, und sie sah, dass sie wie glühende Kohlen funkelten.

«Sie haben nicht das Recht, mir etwas über die Hölle zu erzählen!», fauchte er. «Denn ich bin selbst dort gewesen. Ich habe den Sünder brennen sehen. Und ich habe seine Bilder ins Höllenfeuer geworfen. Alles, was noch davon übrig ist, ist Asche!»

KAPITEL 24

Direkt neben dem Auto segelte eine Sturmmöwe durch die Luft. Sie schwebte lautlos hoch über dem Öresund und schaute mit ihren gelben Augen in den Wagen hinein, als fragte sie sich, wohin sie unterwegs waren.

Fatima ließ das Seitenfenster herunter, um die salzhaltige Meeresluft einzuatmen. Die frische Brise kühlte ihr Gesicht. Sie ließ ihren Blick über den Sund schweifen. An den Küsten hatte sich das Eis zusammengeschoben. Saltholm lag eingebettet im Schnee. In der tiefen Fahrrinne unter der Brücke stampfte ein Containerschiff durch das grauschwarze Wasser in Richtung Süden.

Die Möwe, die unbeweglich in der Luft zu hängen schien, plierte neugierig. Dann schlug sie mit den Flügeln und stieg zu den Spitzen der Brückenpfeiler empor und weiter in Richtung Wolken, wo sie aus Fatimas Blickfeld verschwand.

«Ungefähr hier», sagte Bill Lundström nachdenklich.

Fatima wurde aus ihren Gedanken gerissen.

«Was denn?»

«Ungefähr an diesem Punkt müsste man eine Sprengladung auslösen, um maximale Wirkung zu erzielen.»

Fatima spürte ein Kribbeln im Körper. Eine Reisetasche voll mit hochexplosivem Sprengstoff. Die könnte jeder Beliebige ganz einfach mit an Bord des Zuges nach Kastrup nehmen. Sie würde keinen Verdacht erregen. Im Stillen fragte sie sich, ob in diesem Augenblick womöglich gerade ein Zug auf den Schienen unmittelbar unterhalb der Straße, auf der sie fuhren, entlangraste.

«Sollte man nicht besser den Verkehr stoppen?»

Bill Lundström warf ihr einen Seitenblick zu.

Warum zum Teufel fuhr er nur so verdammt langsam?, fragte sie sich.

«Wissen Sie, wie viele Menschen jeden Tag die Brücke passieren? Nahezu hunderttausend. Können Sie sich vorstellen, was für ein Chaos entstehen würde, wenn wir diesen Verkehrsfluss stoppen würden?»

Fatima schwieg.

«Wie Sie bestimmt verstehen werden, würde Panik ausbrechen. Das geht nicht. Solange die Drohung nicht konkreter wird, begnügen wir uns mit diskreter Überwachung der Bahnhöfe und Zufahrten. Die Dänen handhaben es auf ihrer Seite genauso.»

Auf der künstlich angelegten Insel inmitten des Sunds verschwand die Straße in einem Tunnel. Es wurde dunkel. Fatima musste blinzeln. Die Lichtrampen an der Decke schlängelten sich ihnen entgegen wie riesige Leuchtwürmer. Die Ventilatoren dort oben sahen aus wie Flugzeugdüsen. Ein Stück vor ihnen kroch ein Sattelschlepper im Schneckentempo voran, dem sie immer näher kamen. Wenn er nun mit einer Bombe beladen war!, schoss es ihr durch den Kopf.

«Wie viel, glauben Sie, würde der Tunnel aushalten?»

«Keine Ahnung …» Lundström wechselte die Position seiner Hände am Lenkrad. «Vermutlich ziemlich viel», fuhr er fort. «Aber Sie haben ja gehört, was Olof neulich in der Besprechung gesagt hat. Mit einer richtig potenten Ladung …»

Bill Lundström beendete seinen Satz nicht, was auch nicht nötig war. Der Sattelschlepper fuhr jetzt unmittelbar vor ihnen. Gleich knallt es, dachte Fatima, und in einem Augenblick der Verwirrung sah sie eine hellweiße Explosion vor sich aufblitzen. Sie schloss fest die Augen. Doch das Einzige, was zu hören war, war das Rauschen durch die halbgeöffnete Seitenscheibe.

Als sie die Augen wieder öffnete, näherten sie sich bereits der Tunnelausfahrt. Fatima ließ fröstelnd die Scheibe wieder hochfahren.

«Kalt?»

«Mm …»

Sie fuhren eine gute halbe Stunde lang schweigend auf einer der Umgehungsstraßen von Kopenhagen weiter in Richtung Norden, bis Bill Lundström bei der Abfahrt in Richtung Søborg abbog. Nach einer Weile hielt er auf einem Parkplatz vor einem grauen Gebäudekomplex aus Glas und Beton an.

«So, dann wollen wir mal sehen, was unsere dänischen Kollegen uns zu erzählen haben», sagte er missmutig.

Sie waren kaum an der Rezeption angelangt, als ein großgewachsener Mann mit krausem grauen Haar und einem üppigen borstigen Schnauzbart auf sie zukam.

«Willkommen beim PET, dem dänischen Sicherheits- und Nachrichtendienst!», rief er und ergriff zuerst Fatimas Hand, die er fest drückte, woraufhin er Bill Lundström kameradschaftlich auf den Rücken klopfte.

«Bill, du alter Schürzenjäger! Siehst aus, als wärest du wie immer gut in Form.» Er zwinkerte Fatima vielsagend zu.

«Schön, dich zu sehen, Jacob», entgegnete Lundström knapp. «Fatima, das ist Jacob Nielsen, von dem ich Ihnen erzählt habe. Er leitet die dänischen Ermittlungen. Wenn Sie sich wundern, dass Sie verstehen, was er sagt, dann liegt es nicht daran, dass Sie Dänisch können, sondern dass er Schwedisch spricht. Jedenfalls fast immer. Denn Jacob hat zehn Jahre lang in Stockholm gearbeitet. Dort haben wir uns auch kennengelernt.»

«Damals haben wir noch Kurden gejagt», sagte der Däne gut

gelaunt. «Ihr habt geglaubt, dass sie Olof Palme umgebracht hätten. Dabei habe ich übrigens eine Menge darüber gelernt, wie man Leute bespitzelt. Aber leider waren sie unschuldig.»

Bill Lundström wirkte leicht pikiert. «Aber jetzt bist du dir sicher, dass ihr die richtigen Leute ins Visier genommen habt?»

«Selbstverständlich», antwortete Nielsen. «Auf den PET kann man sich verlassen. Folgt mir in mein Büro, dann gebe ich euch ein Update.»

Jacob Nielsens Schreibtisch bog sich förmlich unter Papierbergen und Stapeln mit Akten in unterschiedlichen Farben. Auf dem dicken Teppichboden lagen mehrere Golfbälle verstreut und ein Putter, als hätte er ihn überstürzt fallen gelassen. Der Mantel an der Garderobe roch nach Tabak. An der Wand hing ein gerahmtes Diplom, das Nielsen als Gewinner der Goldmedaille bei einem Pistolenschützenwettbewerb im CIA-Hauptquartier in Langley, Virginia, vor acht Jahren auswies.

«Entschuldigt, wenn ich rauche», sagte Nielsen. «Aber das hilft mir beim Denken …»

«Mich stört es nicht», entgegnete Fatima.

Lundström antwortete nicht, sondern setzte sich stattdessen aufs Besuchersofa und begann diverse Dokumente in Plastikhüllen aus seiner Aktentasche zu nehmen.

Ein leichtes Klopfen an der Tür war zu hören, woraufhin eine Frau in Lederrock und Stilettoabsätzen hereintrippelte und ein Tablett mit drei Tassen dampfendem Kaffee und einem Teller mit Plundergebäck auf den Tisch stellte, bevor sie wieder verschwand, ohne ein Wort oder auch nur die Andeutung eines Grußes von sich zu geben.

«Vielen Dank, Dorte!», rief Nielsen ihr nach und zuckte entschuldigend mit den Achseln. «Meine Sekretärin …»

Er zündete ein Streichholz an und sog an seiner Seemannspfeife. Fatima betrachtete sein von Pockennarben gezeichnetes

Gesicht durch den Tabakrauch hindurch. Der Geruch erinnerte sie an ihren Vater. Mahmoud hatte es nie gemocht, seine Wasserpfeife mit süßlichem Fruchttabak zu stopfen. Der derbe teerartige Geruch, der ihn stattdessen umgab, hatte Fatima Geborgenheit vermittelt. Doch als er alt und krank wurde, war es, als hätte er die Lust an all seinen früheren Lastern verloren. Fatima erinnerte sich noch an seine Trauer darüber, etwas verloren zu haben, ohne richtig zu verstehen, was es war. Es mit ansehen zu müssen, hatte ihr weh getan.

«Nikotin und Koffein», sagte Nielsen genussvoll. «Göttliche Gifte.»

Bill Lundström hustete. «Ich hätte nie geglaubt, dass man hier in Dänemark einmal ein Rauchverbot in öffentlichen Gebäuden durchsetzen würde», merkte er trocken an.

«Nein, wer hätte das gedacht?», meinte der Däne lächelnd.

«Wie dem auch sei», sagte Lundström und räusperte sich. «Nun zu ernsteren Themen. Sollen wir so verfahren, dass ich mit Unterstützung von Fatima die aktuellen Ereignisse auf unserer Seite durchgehe und du uns dann über die dänischen Neuigkeiten informierst?»

Er begann mit der Nacht, in der Mårten Lindgren ermordet wurde, und ging dabei recht gründlich vor. Er erwähnte die Telefonate. Die blutrote Schrift an der Wand. Fatimas Ankunft in dem abgelegenen Haus und den eigentümlichen Sohn Joel, der offenbar auf dem Fußboden gelegen und seinen Rausch ausgeschlafen hatte, während sein Vater mit einer Wäscheleine um den Hals von einem Haken an der Decke herunterbaumelte. Hier und da ergänzte Fatima seinen Bericht mit ihren eigenen Beobachtungen. Nielsen machte sich unterdessen Notizen auf einem Block, sagte jedoch kaum etwas. Es schien, als wäre er bereits gut informiert. Nur ab und an warf er Fragen ein und nickte angesichts der Antworten bestätigend. Als Lundström schließlich auch von der Festnahme Osamas und dem Verlauf der Vernehmungen berichtet hatte, war mehr als eine Stunde vergangen.

«Ich habe alles in einem Bericht zusammengefasst», sagte er und reichte Nielsen einen Plastikhefter.

«Bist du dir denn sicher, dass er es ist?», fragte der Däne und nahm ihn entgegen.

«So sicher, wie man sich nur sein kann.»

Jacob Nielsen ging mit nachdenklicher Miene seine eigenen Anmerkungen durch und zog dabei ein wenig an seinen Hosenträgern, die über seinem Flanellhemd spannten. Dann klopfte er seine Pfeife in einem Aschenbecher aus und füllte sie erneut mit Tabak aus einer Blechdose.

«Fatima, wie würden Sie ihn als Menschen beschreiben?»

Sie griff nach ihrer Tasse, merkte dann allerdings, dass sie leer war, und stellte sie zurück auf die Untertasse.

«Als fanatisch. Als hätte er eine Gehirnwäsche hinter sich. Größenwahnsinnig. Aber zugleich ängstlich. Eine ziemlich jämmerliche Figur.»

Als sie an ihren Traum dachte, schämte sie sich so, dass ihre Wangen heiß wurden.

«Manipulativ», fügte sie hinzu. Sie sah Nielsen an und zögerte. «Er besitzt eine unglaubliche Fähigkeit, einen in die Irre zu führen. Die Vernehmungen kommen einem vor wie ein Kampf. Manchmal gewinne ich, manchmal er. Mitunter schien es, als hätte er mich total durchschaut. Das ist ziemlich unangenehm.»

Bill Lundström wand sich leicht genervt auf dem Sofa. «Wir sollten nicht übertreiben. Klar, Osama Al-Din ist ein unangenehmer Typ. Aber Sie haben ihn immerhin geknackt, Fatima. Er hat den Mord so gut wie gestanden. Und gestern hat er uns auch erzählt, dass er die Bilder verbrannt hat.»

«Hat er das?» Nielsen hob die Augenbrauen.

Fatima warf ihm einen unsicheren Blick zu.

«Ich zitiere: ‹Und ich habe seine Bilder ins Höllenfeuer geworfen. Alles, was noch davon übrig ist, ist Asche.› Genau das hat er gesagt.» Lundström blickte seinen dänischen Kollegen an. «Osama Al-Din klingt wie ein verdammter Hobby-Jesus, spricht ständig in Koranzitaten», erklärte er.

«Aber ihr habt die Bilder nicht gefunden?», fragte Nielsen.

«Doch, eins schon. Mårten Lindgren hatte es Goran Djelic gegeben, einem Jugo, der Kampfhunde in Lövestad züchtet. Unsere Hypothese lautet wie gesagt, dass Osama und seine sogenannten Freunde die anderen verbrannt haben.»

«Asche?»

«Nein.»

«Euch fehlt es also an technischen Beweisen, die Osama an den Tatort binden?»

«Das ist korrekt», antwortete Lundström mit einem Anflug von Verdruss in der Stimme. «Aber man darf nicht vergessen, dass er die Worte an der Wand in Mårten Lindgrens Haus kannte. Gottes Zorn.»

«Ghadab Allah», murmelte Nielsen nachdenklich. Dann wich der Ernst aus seinem Gesicht, und er gab ein glucksendes Lachen von sich. «Warum macht ihr es nicht wie mit den Ägyptern nach Nine-Eleven? Übergebt ihn doch mit einem Sack über dem Kopf und einer Windel um den Arsch dem CIA. Oder uns, dann können wir versuchen, etwas Schweinefleisch in ihn hineinzustopfen.»

Er paffte zufrieden an seiner Pfeife und zwinkerte Fatima zu.

Was sollen nur diese lächerlichen Hahnenkämpfe?, dachte sie. War es nicht der Sinn der Sache zusammenzuarbeiten? Bill Lundström warf dem dänischen Kollegen einen streitlustigen Blick zu, als wäre er kurz davor, die Fäuste zu ballen. Nielsen schien es sichtlich zu gefallen, ihn aufzuziehen.

«Okay», sagte der Däne schließlich. «Dann kommen wir zu

meinem Part. Wir beim PET haben zwei Personen rund um die Uhr im Visier. Sayed Ghalani und Bilal Jalabi. Geboren in Ägypten. Wir haben ihre Wohnungen verwanzt und hören ihre Handys ab. Wir wissen, dass sie Osama kennen und sich sowohl in Malmö als auch hier in Kopenhagen mit ihm getroffen haben. Sie hatten auch engen Kontakt per SMS.»

«Wir benötigen mehr Hintergrundinformationen über sie.»

«Warte kurz …»

Nielsen hielt inne, als sein Handy einen Signalton von sich gab. Er überflog rasch die Mitteilung, bevor er fortfuhr.

«Das erste Mal, als wir auf sie aufmerksam wurden, waren sie in der Hizb ut-Tahrir aktiv, die euch bestimmt etwas sagt.»

«Ja, natürlich», meinte Lundström.

«Nein, nur vage», wandte Fatima ein.

Ihr Chef warf ihr einen irritierten Blick zu. Der Däne fuhr unbeirrt fort.

«Hizb ut-Tahrir ist eine internationale, tief fundamentalistische Organisation, die hier in Dänemark dank unserer großzügigen Demokratie und Meinungsfreiheit, die sie hassen, stark geworden ist. So viel zu den Paradoxien. Sie haben schon seit vielen Jahren ihren Standort in Nørrebro, unserem eigenen kleinen Bagdad. Eine Moschee in einem alten Fabrikgebäude. Koranschule für kleine Jungs, die davon träumen, einmal Märtyrer zu werden. Das Ziel ist das Kalifat und die Scharia. Offiziell nehmen sie Abstand von jeglicher Gewalt. Aber ihre Leute haben Hasspropaganda gegen Juden verbreitet. Und als *Jyllands-Posten* ihre Karikaturen veröffentlicht hat, hetzten sie wie der Teufel: Köpft denjenigen, der den Propheten schmäht.»

Im Augenwinkel sah Fatima, wie Bill Lundström sich auf dem Sofa zurücklehnte und durchs Fenster auf ein graues Dach hinausstarrte.

«Vor zwei Jahren haben Sayed Ghalani und Bilal Jalabi die

Hizb ut-Tahrir verlassen und sind seitdem noch radikaler geworden», berichtete Nielsen. «Wir wissen, dass sie nach Jordanien und in den Irak gereist sind sowie zu Camps für Dschihadisten. Ihr wisst ja, diese kleinen Pfadfinderlager, bei denen man lernt, Bomben zu bauen.»

«Informationen dieser Art haben wir im Hinblick auf Osama Al-Din allerdings nicht», warf Lundström ein.

Nielsen legte seine Pfeife im Aschenbecher ab.

«Was die Drohung hinsichtlich der Öresundbrücke angeht, haben wir gewisse Indikatoren. ‹Die Pulsader zwischen Schweden und Dänemark zu kappen.› Es kann durchaus sein, dass sie es waren, die das ins Internet gestellt und das Foto von der Brücke veröffentlicht haben.»

«Aber Sie wissen es nicht genau?», fragte Fatima.

«Nein, um Beweise zu erhalten, müssten wir ihre Computer beschlagnahmen. Bis auf Weiteres ist es allerdings besser, zu warten und mehr Beweise zu sammeln. Sie dazu zu bringen, sich selbst zu verraten.»

«Und seit wann überwachen Sie sie rund um die Uhr?»

«Seit wir aus Schweden den Hinweis auf die Drohung erhalten haben. Wenn ich es recht verstehe, waren Sie doch diejenige, die die Website ausfindig gemacht hat, oder? Zuvor haben wir ihre Gespräche nur sporadisch abgehört.»

«In der Nacht, in der Mårten Lindgren ermordet wurde, hatten Sie sie also nicht im Blick?»

«Das ist korrekt.»

«Dann könnten sie also nach Schweden rüber und gemeinsam mit Osama Al-Din raus ins Österlen gekommen sein, um Mårten Lindgren zu töten?»

Nielsen zuckte mit den Achseln. «Das ist schon möglich.»

«Wie auch immer sie es geschafft haben, im Schneesturm bis zum Haus vorzudringen …», brummte Bill Lundström.

Nachdem sie alles durchgegangen waren, lud Nielsen sie in die Kantine des Polizeigebäudes zum Mittagessen ein. Zu Fatimas Erstaunen bestellte der Däne Mineralwasser zum Smørrebrød. Während sie aßen, tauschten die beiden Männer alte Erinnerungen aus ihrer Zeit in Stockholm aus. Offenbar waren sie auch gemeinsam auf einer Weiterbildung in den USA gewesen. Mit einem Mal war die Stimmung entspannter. Sie machten Witze und feixten. Zwischendurch stellte Nielsen höfliche Fragen zu Fatimas Hintergrund, die sie oberflächlich beantwortete, ohne ins Detail zu gehen.

Sie hatten gerade ihren Kaffee ausgetrunken, als Nielsens Handy klingelte. Er entschuldigte sich und kehrte ihnen den Rücken. Nach wenigen knappen Worten beendete er das Gespräch. Als er sie wieder anschaute, war sein Gesicht blass vor Ernst.

«Sie sind auf dem Weg.»

«Die Ägypter?»

Er nickte. «Ja, in Richtung Öresundbrücke ...»

«Verdammt!», rief Bill Lundström mit Nachdruck aus.

«Kommt, ich erkläre euch alles Weitere unterwegs!»

Ein paar Minuten später saßen sie in einem dreckigen blauen Ford Mondeo mit Kratzern im Lack, der jedoch mit einem kraftvollen Motor ausgestattet zu sein schien. Nielsen fuhr schnell. Fatima, die auf die Rückbank gesprungen war, betrachtete sein Gesicht im Rückspiegel.

«Heute früh haben sie eine große Reisetasche in ihren Wagen geladen», rief er durch den Motorenlärm hindurch. «Muss extrem schwer gewesen sein. Sie konnten sie kaum anheben. Der Wagen parkte unmittelbar unter ihrem Fenster, sodass wir ihn nicht genauer untersuchen konnten. Außerdem sind sie die ganze Zeit lang wach gewesen. Wir haben sie reden gehört, aber sie benutzen irgendeine fucking code language. Sogar wenn sie zum Scheißen auf die Toilette gehen. Nicht einmal unser arabischer Dolmetscher versteht sie.»

Im Funkgerät begann es zu rauschen.

Nielsen beantwortete den Anruf.

«Wir fangen sie an der Auffahrt zur Brücke ab», erklärte er ihnen über die Schulter hinweg.

Bill Lundström erteilte über sein Handy Anweisungen: «Vier Einheiten. Volle Bewaffnung, Bereitschaft zum schnellen Eingreifen. Zwei folgen ihnen von der Mautstation aus. Aber diskret. Und zwei Einheiten in Reserve. Ich gehöre ab jetzt der dänisch-schwedischen Einheit Alpha an. Wir verfolgen sie bis auf Weiteres.» Zwischendurch fragte er Nielsen rasch nach der Automarke. «Das Ziel ist ein weißer Opel Astra. Mit dem dänischen Kennzeichen AF 54367.»

Plötzlich kam es Fatima vor, als befände sie sich in einem Film und nichts, was sich um sie herum abspielte, wäre real. Und dennoch spürte sie ihr Herz unter dem Sicherheitsgurt wie wild pochen.

«Sollten wir sie nicht lieber vor der Brücke stoppen?», rief sie. «Für den Fall, dass sie die Bombe im Tunnel auslösen!»

Nielsen schoss mit Vollgas in die Kurve und hupte wütend einen Fahrradfahrer an, der im Schneematsch ins Schlingern geriet.

«Was meinst du, Bill? Sie fahren ja wie die Henker. Aber ich habe zwei Wagen hinter ihnen und zwei weitere, die sie von vorn aufhalten können. Soll die Grenzpolizei Nagelteppiche auslegen?»

«Sie befinden sich schließlich noch immer auf dänischem Boden. Also ist es deine Entscheidung.»

«Verdammt!»

Es entstand eine angespannte Stille.

«Wir lassen sie fahren», sagte Lundström schließlich.

«Gleich erreichen sie den Tunnel», teilte Nielsen mit. «Sie sind nur zweihundert Meter vor uns.»

Er trat das Gaspedal bis zum Anschlag durch und schoss an einem Sattelschlepper vorbei, der ihn kurzfristig aufgehalten hatte.

«Jetzt sehe ich sie! Unser dichtester Wagen liegt fünfzig Meter hinter ihnen.»

Fatima riss am Sicherheitsgurt, um besser sehen zu können. Es herrschte dichter Verkehr. Obwohl es angefangen hatte zu schneien, fuhren die meisten schnell. Nielsen wechselte des Öfteren mit gefährlichen Überholmanövern die Spur. Bill Lundström sah im Rückspiegel blass aus. Kurz darauf wurden sie von der Tunneleinfahrt geschluckt und von einem matten gelblichen Schein umschlossen. Fatima kniff die Augen zu und hielt die Finger fest um ihre Daumen gepresst.

Plötzlich offenbarte Osama sich vor ihrem inneren Auge. Er war blass wie immer, seine Haut nahezu durchscheinend und die Schatten unter seinen Augen dunkler denn je. Sobald er auftauchte, wollte Fatima die Augen wieder aufreißen und ihn von ihrer Netzhaut verjagen, doch es war, als wären ihre Lider festgeklebt. Anfänglich schaute Osama sie mit ernstem Blick an. Doch dann verzogen sich seine Lippen zu einem siegesgewissen Grinsen, und er begann zu singen. Mit klarer Jungenstimme sang er ein Loblied zu Ehren Allahs und dem Märtyrertum, das immer lauter und heller wurde, bis es in einen eintönigen Laut überging, dessen Frequenz sich zu einem schrillen Schrei steigerte, der sich tief in Fatimas Gehirn eingrub. Instinktiv presste sie die Hände gegen die Ohren. Das Letzte, was sie dachte, war, dass Osama glücklich wirkte.

Die Explosion war weiß und lautlos. Die Druckwelle schlug mit gewaltiger Kraft gegen ihren Brustkorb und presste die Luft aus ihren Lungen. Autos wurden wie Spielsachen umhergeschleudert, und die Gesichter darin waren vor Todesangst erstarrt. Dann wurden die Tunnelwände zerrissen, und gewaltige Wassermassen brachen über sie herein. Sie rang nach Luft. Innerhalb von Sekunden würden sie wie die Ratten ertränkt werden.

Als sie endlich die Augen wieder aufbekam, starrte sie geradewegs in Bill Lundströms Gesicht. Er wirkte erstaunt.

«Sie haben geschrien …?»

Fatima wischte sich den kalten Schweiß von der Stirn und blickte sich verwirrt um. Der Wagen war wieder draußen im Tageslicht. Sie befanden sich auf dem Weg über die künstliche Insel hinauf zur Brücke. Unter ihnen lag der Sund genau wie am Morgen grau und kalt da.

«Alles in Ordnung mit Ihnen?»

«Ja. Mir ist nur ein wenig schwindelig geworden.»

Lundström betrachtete sie noch ein paar Sekunden eingehend, bevor er die Sache auf sich beruhen ließ. Fatima rutschte ein wenig zur Seite, um den Blicken der Männer im Rückspiegel zu entgehen. Ihr Herz hämmerte noch immer in einem Wahnsinnstempo.

«Meine Einsatzwagen werden bei der Mautstation abbrechen», hörte sie den Dänen sagen. «Sind deine bereit zu übernehmen?»

«Ja. Mit zwei Einheiten, die sie verfolgen, und zwei weiteren, die sich in der berechneten Fahrtrichtung vor ihnen befinden», antwortete Bill Lundström.

Seine Stimme klang heiser und angespannt.

«Jetzt fahren wir über die Grenze, Jacob. Ich schalte die Lautsprecherfunktion in meinem Handy ein. Ab jetzt bist du Beobachter in einer schwedischen Operation.»

«Und Chauffeur?»

Nielsen lachte kurz auf, doch Lundström antwortete nicht.

Fatima warf einen Blick zwischen den beiden Männern auf den Vordersitzen hindurch und versuchte den weißen Wagen auszumachen. Sie erblickte ihn ungefähr hundert Meter vor ihnen. Vier Autos lagen dazwischen. Jetzt floss der Verkehr etwas langsamer.

«Wohin fahren sie denn?», fragte sie.

«Keine Ahnung.»

Auf Höhe der Mautstation wurde der Opel langsamer. Fatima sah, wie ein Arm durch die geöffnete Seitenscheibe in Richtung des Kartenautomaten hinausgestreckt wurde. Nielsen passierte die Station kurz hinter ihm. Im Wagen war es still bis auf das Funkgerät, durch das hin und wieder Piepgeräusche drangen und Kommandos erteilt wurden.

Die beiden Ägypter fuhren anfänglich auf der Umgehungsstraße weiter, bogen auf Höhe von Jägersro jedoch in Richtung Rosengård ab. Als sie die große Moschee erreichten, wurde der Wagen langsamer und kroch schließlich nur noch im Schneckentempo voran. Nielsen musste am Straßenrand anhalten, um ihnen nicht zu nahe zu kommen.

«Ist möglicherweise das Ziel die Moschee?», fragte er.

«Weiß der Teufel. Was glauben Sie, Fatima?»

Sie blinzelte in Richtung des weißen Gebäudes draußen auf der verschneiten Fläche. Die Schneeflocken, die auf die grüne Kuppel und die Minarette fielen, ließen es wie ein Schloss aussehen. Auf dem Parkplatz standen einige wenige Autos, und zwischen den Schneewällen auf dem Weg zur Fußgängerunterführung, die zum Hochhauskomplex führte, sah sie eine Frau mit einem Kinderwagen.

«In der Moschee predigen sie Versöhnung und Frieden», sagte sie nachdenklich. «Aber es gibt Leute, die das verabscheuen. Idioten, die sich selbst zu Gottes Kriegern gegen alle Ungläubigen ernannt haben …»

«Man denke nur an den Irak und an Afghanistan», warf Nielsen ein. «Die meisten Opfer von Selbstmordattentätern sind Muslime.»

Plötzlich legte der Opel vor ihnen einen Kavalierstart hin, sodass der Schnee nur so von den Reifen aufspritzte. In hohem Tempo schlitterte er durch den Kreisverkehr und fuhr in Richtung Innenstadt weiter. Bill Lundström gab über sein Handy diverse kurze Anweisungen. Nielsen schaltete einen Gang höher und gab Gas, um die Ägypter nicht aus dem Blick zu verlieren.

Nachdem sie diverse Viertel durchquert hatten, wurde der Opel wieder langsamer und hielt an einer roten Ampel.

«Was zum Teufel haben die nur vor?», brummte Lundström.

Als es wieder grün wurde, fuhr der Wagen langsam ein Stück weiter, bis er am Straßenrand vor einem Falafelstand hielt. Die Türen wurden geöffnet, und die beiden Männer stiegen aus. Nielsen fuhr an ihnen vorbei und fand fünfzig Meter weiter eine Lücke, in die er einparkte. Fatima drehte sich auf dem Rücksitz um und beobachtete die Ägypter durch die Heckscheibe hindurch. Sie trugen beide Daunenjacken über ihren bodenlangen Kaftanen. Ihre schwarzen Bärte waren bedeutend voller als der von Osama. Auf dem Kopf trugen sie weiße gehäkelte Käppchen. Sie sahen aus, als unterhielten sie sich entspannt, während sie auf ihr Essen warteten. Einer von ihnen hüpfte von einem Bein auf das andere, als fröre er. Der andere ließ seinen Blick flackernd umherschweifen, und für einen Augenblick hatte Fatima den Eindruck, dass er sie entdeckte. Doch kurz darauf reichte ihm sein Kumpel ein Essenspaket, woraufhin sie zum Wagen zurückkehrten.

«Duckt euch!», zischte Bill Lundström.

Genau im selben Moment sanken alle drei in ihren Sitzen nach unten, um nicht gesehen zu werden. Als sie sich wieder aufsetzten, war der Opel verschwunden.

«Verflixt!», rief Nielsen.

«Alpha hat den Kontakt verloren», rief Lundström ins Handy. «Ich wiederhole: Alpha hat den Kontakt verloren. Hat jemand gesehen, wo zum Teufel sie hingefahren sind?»

Im Handy rauschte und knisterte es einen Augenblick lang, doch dann hörten sie eine Stimme: «Beta hat Kontakt. Sie sind wieder auf dem Weg zur Umgehungsstraße.»

Die beiden Polizisten auf den Vordersitzen schauten verdutzt drein.

«Sie müssen eine Hundertachtzig-Grad-Drehung hingelegt haben», brummte Lundström.

«Sind sie etwa nur nach Schweden gefahren, um sich 'ne Falafel zu kaufen?», murmelte Fatima.

Keiner antwortete.

Mit einem Seufzer legte Nielsen den ersten Gang ein. Unter Schweigen steuerte er den Wagen wieder in Richtung Brücke. Hin und wieder gingen auf Bill Lundströms Handy Mitteilungen ein. Die Ägypter waren auf dem Weg zurück. In gebührendem Abstand fuhr die dänisch-schwedische Polizeieinheit Alpha über die Öresundbrücke und in den Tunnel hinein. Auf der dänischen Seite bog Nielsen nach Norden ab und bahnte sich einen Weg durch die Innenstadt von Kopenhagen in Richtung Nørrebro.

Fatima empfand die Stille, die über der Großstadt lag, als unwirklich. Als wäre alles eingefroren.

«Sie sind wieder zu Hause», teilte eine dänische Stimme über Funk mit.

Plötzlich stieß Nielsen einen Fluch aus und erhöhte das Tempo.

Als er um die Ecke bog, hatten sie die Ägypter wieder im Blick. Auf dem Weg von ihrem Wagen zur Eingangstür eines heruntergekommenen Backsteinhauses stapften sie gerade durch eine Schneewehe. Vor der Tür traten sie zur Seite, um zwei Frauen in Hidschab und dicken Mänteln darüber vorbeizulassen, die auf dem Weg hinaus waren.

Als die beiden Männer schon fast im Haus verschwunden waren, schien es, als überlegte einer der beiden es sich anders. Er drehte sich um. Fatima duckte sich instinktiv. Ohne dass sich ein Muskel in seinem Gesicht regte, starrte der Mann sie geradewegs an.

Dann hob er die Hand und winkte.

Sie hörte ein Fluchen vom Beifahrersitz.

Dann wurde es wieder still, bis Nielsen auf dem Weg zum Polizeirevier in Søborg einige weitere Viertel durchquert hatte.

«Sie sind nicht nach Schweden gefahren, um Falafel zu essen», sagte der Däne nachdenklich.

«Und warum sonst?»

«Sie wollten nur Katz und Maus spielen …»

KAPITEL 25

Joel lag auf dem Sofa und war so tief in Gedanken versunken, dass er nicht bemerkte, wie sich das Tageslicht vor dem Fenster in der Dämmerung auflöste. In der Ecke zwischen dem Kachelofen und der gräulich verfärbten Tapete saß fast ganz oben an der Decke eine Spinne. Unbeweglich, als wäre sie tot. Vielleicht war sie verhungert, weil es keine Fliegen zu fangen gab. Ihr Netz musste schon seit dem Herbst dort gehangen haben.

Die Wärme des Ofens machte Joel schläfrig und seine Augenlider schwer. Er wollte am liebsten schlafen, lange und ohne von Träumen behelligt zu werden. Doch das Kribbeln in seinen Beinen machte sich wieder einmal bemerkbar, und in seinem Körper breitete sich eine Unruhe aus.

Joel musste an Mårten und seine Rastlosigkeit denken. Alles musste immer so verdammt schnell gehen. Die Malerei verursachte ständig Wutausbrüche, wenn die Bilder nicht die Form annahmen, die er beabsichtigte. An seinem Akkordeon riss und zog er, ohne jemals Luft unter die Töne zu bekommen. Die Fleischwurst verbrannte jedes Mal in der Bratpfanne, weil er die Hitze zu hoch schaltete. Und wenn sie mal zusammen eine Partie Karten spielten, dauerte es nicht lange, bis er sauer wurde oder keine Lust mehr hatte.

Aber er hat es dennoch versucht, oder?, wurde es Joel mitten in seinen Gedanken bewusst.

Wir haben tatsächlich am Tisch gesessen und Karten gespielt. Merkwürdig, dass mir das nicht schon früher eingefallen ist.

Morgens hatte jemand von der Anwaltskanzlei bei ihm angerufen. Eine Frau, die sich als Sekretärin bei Berelius & Sohn vorgestellt und erklärt hatte, dass es um ein Testament ginge. Ob Joel am nächsten Morgen vorbeikommen könne?

Ja, natürlich, hatte er geantwortet. Dann hatte er etwas vor sich hin gebrummt. Der Alte hatte ja offensichtlich nichts hinterlassen, was das Papier wert gewesen wäre, auf das er seinen Letzten Willen gekritzelt hatte.

Doch die Bilder in seinem Kopf wurden immer widersprüchlicher und befremdlicher.

Es war schwer, sie zusammenzubringen.

Joel sah das Foto vor sich, das er im Archiv der Zeitungsredaktion gefunden hatte. Mårten posierte mit seinem Strohhut auf dem Kopf vor den Bildern, die ihn letztendlich das Leben kosten sollten. Die Augen des Alten leuchteten, als wäre er besessen.

Siw Wollgren behauptete, dass Mårten in all den Jahren entgegenkommend und gutmütig zu ihr gewesen sei. Ein erloschenes Sternchen der Moonlighters, eine abgelegte Geliebte, die ihn darum gebeten hatte, ihr sein altes Akkordeon als Erinnerungsstück zu überlassen.

War das ihr einziges Anliegen gewesen?

Der Prediger, der davon faselte, dass Mårtens schwarze Seele das Licht erblickt hätte.

Und Helga, der es sogar gelungen war, den Alten dazu zu bringen, im Kirchenchor zu singen, und die von ihm sprach, als wäre er eine bedeutende kulturelle Persönlichkeit gewesen und nicht bloß ein ordinärer Betrüger und Gewalttäter.

Während Joel ausgestreckt auf dem Sofa lag, musste er auch an Goran Djelic denken, den Riesen mit den Kampfhunden, der sich so sicher war, dass Mårten seinen Bruder umgebracht hatte. Wie hatte er sich noch ausgedrückt? Dass Mårten zwar ein

Schwein, aber ein zäher Bursche war. Er hatte die Worte des Serben noch in den Ohren: «Ich hab ihm den Revolver in die Fresse gerammt, genau wie Ihnen. Aber ich hab ihn nicht erschossen. Ich bin schließlich kein Mörder.»

Plötzlich meinte Joel, draußen vor dem Fenster Geräusche zu hören. Irgendetwas klapperte und schlug. Er stand auf und schaute hinaus. Schaltete die Lampe über der Verandatreppe ein, um besser sehen zu können. Der Wind hatte ein wenig aufgefrischt, und die Tür zum Holzschuppen war leicht geöffnet. Ich muss vergessen haben, den Riegel vorzuschieben, dachte er.

Widerwillig zog er sich Stiefel an und stapfte über den Hof. Die Glühlampe im Schuppen funktionierte nicht. Joel fluchte und tastete sich im Dunkeln voran. Jetzt, wo er schon einmal draußen war, konnte er ebenso gut auch gleich einen Korb Birkenholz mit reinnehmen. Sein Vorrat war ziemlich zur Neige gegangen. Mir bleibt wohl nichts anderes übrig, als Gunnar anzurufen und ihn um Nachschub zu bitten, dachte Joel. Aber ein paar Tage hatte es wohl noch Zeit. Er hob den Korb hoch, stieß die Tür mit dem Fuß hinter sich zu und schob den Riegel vor.

Nachdem er sich einen Becher Kaffee gekocht hatte, schaltete er den Fernseher ein. Es liefen gerade die Nachrichten, ein Reporter stand vor dem alten Polizeigebäude in Malmö. Er redete aufgeregt und schnell, schien jedoch nicht viel zu berichten zu haben: «Wir gehen davon aus, dass Osama Al-Din hier im Polizeirevier am Davidshallstorg in Untersuchungshaft sitzt. Die Polizei will diese Angaben jedoch aus Sicherheitsgründen nicht bestätigen. Die Säpo gibt sich hinsichtlich der Ermittlungen sehr verschwiegen, aber den Quellen von *Rapport* zufolge ist die Staatsanwaltschaft davon überzeugt, dass man Mårten Lindgrens Mörder nun gefasst hat. Die Vernehmung des Mannes wird noch fortgesetzt.»

Danach folgte ein Interview mit einer Staatsanwältin, die auf alle Fragen einsilbig antwortete, ohne irgendwelche neuen Informationen zu vermitteln. Als die Wetterkarte gezeigt wurde, schaltete Joel den Apparat aus.

In dem Moment klingelte sein Handy.

Er meldete sich kurz angebunden und konnte anfänglich nur ein Rauschen hören, als stünde der Anrufer irgendwo draußen an einem windigen Ort. Kündigte sich etwa schon wieder eine Sturmnacht an? Erneut machte sich das Gefühl in ihm breit, dass irgendjemand draußen ums Haus herumschlich. Jemand, der sich selbst verborgen hielt, aber ihn in den erleuchteten Zimmern sehen konnte. Er schaltete das Deckenlicht aus und versuchte durchs Fenster auf der Rückseite in Richtung der schneebedeckten Äcker hinauszusehen. Doch alles war schwarz.

«Ist da jemand?»

Eine Windbö verstärkte das Rauschen in der Leitung. Joel warf einen Blick aufs Display, doch die Nummer war ihm unbekannt. Dann wurde das Rauschen wieder leiser, als schirmte die Person am anderen Ende der Leitung den Wind in irgendeiner Form ab.

Die Stimme, die sich schließlich meldete, kam lediglich einem Flüstern gleich.

«Ich habe Ihnen etwas über Ihren Vater zu erzählen.»

«Wer ist denn da?»

«Rakel Olsson.»

«Wer …?»

«Wir haben uns letztens nur kurz gesehen. Sie hatten nach Torsten gefragt, dem Prediger, wie sie ihn nennen. Ich heiße Rakel Olsson.»

Mit einem Mal begriff er. Die durch und durch graue Frau, die den Prediger im letzten Augenblick daran gehindert hatte, seinen Schädel in einem Holzspaltgerät zu zerbersten. Er befingerte unbewusst den Schorf auf seiner Wunde. Er konnte sich lediglich an hellgraue wässrige Augen und einen Geruch nach Haschisch erinnern. Jetzt klang sie allerdings ängstlich.

«Aha, und was kann ich für Sie tun …?», fragte er unsicher.

«Sie wollten doch mehr über Ihren Vater wissen. Über Mårten. Allerdings kann ich jetzt nicht reden. Torsten wird wahnsinnig, wenn er erfährt, dass ich Sie angerufen habe. Aber wenn Sie um Mitternacht zum Tunbyholmsee kommen, werde ich Ihnen etwas zeigen. Kommen Sie allein. Fahren Sie an der Nordseite auf den Waldweg, der endet am Steg. Da treffen wir uns. Ich muss jetzt auflegen …»

«Warten Sie …!»

Doch die Verbindung war bereits unterbrochen.

Irritiert rief Joel die zuletzt eingegangene Nummer zurück, hörte jedoch nur eine Stimme, die ihm mitteilte, dass der Teilnehmer im Augenblick nicht erreichbar sei. Er warf das Handy in den Sessel und fluchte.

Was zum Teufel meinte sie nur?

Sein erster Gedanke war, einfach zu vergessen, dass sie angerufen hatte. Nie im Leben würde er sich dem Risiko aussetzen, dass der Prediger sich mitten in der Nacht auf einem einsamen Waldweg auf ihn stürzte. Joel schauderte allein schon bei der Erinnerung an sein hysterisches höhnisches Lachen, die feuchten Lippen an seinem Ohr und den Gestank seines Atems. Nicht zuletzt an die stählerne Schiene, die sich unweigerlich genähert hatte.

Nachdem Joel eine Weile lang auf dem Holzboden hin- und hergewandert war, begann er über das nachzudenken, was Rakel gesagt hatte. Sie hatte vor, ihm etwas über Mårten zu berichten. Etwas, von dem Torsten offenbar nicht wollte, dass er es erfahren würde, denn sonst gäbe es ja keinen Grund, sich mitten in der Nacht zu verabreden. Noch dazu am Tunbyholmsee. Denn dort hatte Mårten Gerüchten zufolge, die im Ort kursierten, Dragan Djelic erschlagen und versenkt.

Erneut wurde Joel von dem Gefühl beschlichen, vor einem schwarzen Loch zu stehen, ohne zu wissen, ob er den Schritt ins Unbekannte wagen sollte.

Eigentlich müsste man die Polizei rufen, dachte er. Vielleicht Fatima? Nach dem Zusammentreffen bei Doktor Wetterström muss sie ja begriffen haben, dass er versuchte, auf eigene Faust etwas über seinen Vater herauszufinden. Joel musste im Stillen lächeln. Als sie gemeinsam vor Bertils in ihrem Wagen saßen und Würstchen aßen, hatte sie gelacht, sodass sich kleine Grübchen in ihren Wangen bildeten. In seinem Magen breitete sich eine ungeahnte Wärme aus. Als er ihr von seinem schlechten Gewissen erzählt hatte, hatte sie ihre Hand auf seine gelegt. Es schien ihr kaum bewusst gewesen zu sein. Aber für einen kurzen Moment hatte Joel ihr geradewegs in die Augen geschaut und gemeint, eine Art … Verbundenheit zu erahnen.

Aber was würde sie sagen, wenn er sie jetzt anriefe und ihr erzählte, dass eine Verrückte sich mitten in der Nacht mit ihm treffen wollte?

Er verwarf den Gedanken.

Vielleicht sollte er lieber Roger Holgersson anrufen?

Nach einer Stunde hatte Joel beschlossen, das Telefonat mit Rakel Olsson zu vergessen. Nach zwei weiteren warf er sich den Schaffellmantel über, zog die Mütze tief über die Ohren und öffnete die Haustür. Auf der Treppe kam ihm die Schrotflinte in den Sinn, die die Polizei beschlagnahmt hatte. Er hätte sich wesentlich sicherer gefühlt, hätte er sie bei sich gehabt. Mit einer vagen Ahnung, dass sich gerade etwas wiederholte, schob er den Riegel an der Tür zum Holzschuppen auf und zog die Axt aus dem Hackklotz.

Joel fuhr langsam auf den nächtlich leeren Straßen. Im Autoradio sang Dolly Parton von einer Frau, die ihr den Mann ausgespannt hatte. «Jolene, Jolene, Jolene, Jolene, I'm begging of you, please don't take my man.» Das Thermometer zeigte minus zwölf Grad an. Auf Höhe von Smedstorp kam ihm ein Lastwagen entgegen, der sich weigerte abzublenden. Kurze Zeit später zweigte die Straße hinauf nach Sankt Olof ab, und unmittelbar danach erreichte er den Waldweg. Er bog in die Dunkelheit ein und wurde ungefähr fünfzig Meter lang durchgeschüttelt, bis die Scheinwerfer einen Jeep einfingen, der einsam unter einer Kiefer stand. Weiter war der Weg auch nicht geräumt, und stecken bleiben wollte Joel auf keinen Fall. Als er den Motor abschaltete, wurde alles still und schwarz.

Er öffnete die Wagentür und stieg mit der Axt in der einen und der Taschenlampe in der anderen Hand aus.

Irgendwo hörte er eine Eule heulen.

Es gibt Tiere, die in der Dunkelheit sehen können, ging es ihm durch den Kopf.

Lautlose Flügelschläge.

Was zum Teufel mache ich nur hier?

Doch statt seinem Fluchtreflex nachzugeben, leuchtete Joel den leeren Jeep mit seiner Taschenlampe an. Von der Fahrerseite aus führten Fußspuren in den Wald hinein und hinunter zum See. Zwischen den Baumstämmen lag der Schnee tief. Er umfasste den Schaft der Axt und stapfte los.

Nach einem kurzen Stück erreichte er eine Lichtung. Am Rande des Lichtkegels erblickte er den Steg und direkt daneben Schilf. Eine Windbö ließ die Halme rascheln. Die Stelle, an der er mit Roger Holgersson im Eis geangelt hatte, müsste geradewegs draußen in der Bucht liegen. Joel erschauderte. Da hatte ihm, obwohl es mitten am helllichten Tage gewesen war, schon allein der Gedanke an eine Leiche unter dem Eis Angst eingejagt.

Plötzlich drang aus der Dunkelheit ein Flüstern an sein Ohr. «Machen Sie die Taschenlampe aus!»

Joel fuhr mit stockendem Atem herum. Im grellen Lichtschein stand eine Gestalt in dickem Pelzmantel und einer Mütze mit Ohrenklappen, die tief in die Stirn gezogen war.

«Machen Sie aus, hab ich gesagt!», zischte sie.

Er richtete den Lichtkegel zur Seite, bevor es ihm gelang, mit zitternden Fingern die Lampe auszuschalten.

Es dauerte einige Sekunden, und dann hörte er, wie sie ein Feuerzeug anriss. Als die Flamme größer wurde, sah er, dass sie mit einer Öllampe im Schnee hockte. Joel schaute sich angespannt um.

«Sie brauchen keine Angst zu haben. Ich bin allein», murmelte sie und stand auf.

Wie sie so im flackernden Schein mit rot gefrorener Nase dastand, glich die Frau des Predigers einem Waldtroll, der gerade aus einem Erdloch gekrochen war. Als sie ihre Lampe anhob und vors Gesicht hielt, um sich zu erkennen zu geben, leuchteten ihre Augen grauweiß. In der anderen Hand hielt sie eine Schneeschaufel. Ein Geruch nach Tabak und Haschisch mischte sich mit der Kälte des Kiefernwaldes.

Erst als sie ihn eine Weile beäugt hatte, öffnete sie erneut den Mund.

«Es war nicht Mårten, der im Boot saß», sagte sie. «Es war Torsten.»

«Aber warum …?»

«Folgen Sie mir!», befahl sie ihm und machte auf dem Absatz kehrt.

Voller böser Vorahnungen folgte Joel dem gelblichen Lichtschein durch die Nacht. Er hörte, wie Rakel keuchte und stöhnte und immer wieder fluchte, wenn sie über Wurzeln und Steine stolperte, die unterm Schnee verborgen lagen. Schließlich machte sie bei einer kleinen Erhöhung nahe am Ufer halt.

«Am besten zeige ich es Ihnen. Denn sonst glauben Sie mir womöglich nicht.»

Sie reichte ihm die Lampe und hieb mit der Schaufel in den Schneehaufen. Joel konnte ihren dampfenden Atem sehen, während sie arbeitete. Bald darauf ertönte ein helles Klingen wie von Metall auf Stein. Nachdem sie noch etwas mehr Schnee zur Seite geschaufelt hatte, wurde ein Steinhaufen sichtbar.

«Sie können gerne mithelfen», murmelte sie über die Schulter hinweg.

Vorsichtig stellte Joel die Lampe auf den Boden und begann mit den Händen den Schnee wegzuschaufeln. Was zum Teufel mache ich eigentlich hier?, fragte er sich und schielte zu der Frau rüber, die im Schweiße ihres Angesichts neben ihm schaufelte. Sie zwinkerte ihm zu, als könnte sie seine Gedanken lesen.

«Sie werden gleich sehen …», sagte sie.

Als ein Teil des Steinhaufens freigelegt war, richtete sie sich auf und hielt sich mit einem Daumen ein Nasenloch zu, während sie sich aus dem anderen schnäuzte.

«Geben Sie mir die Axt!»

Joel zögerte. Was um alles in der Welt hatte sie vor? Widerstrebend reichte er ihr das Werkzeug.

«Memme!», hörte er sie murmeln.

Dann umschloss sie den Schaft der Axt mit beiden Händen und schwang sie rückwärts über den Kopf, während Joel in einem schwindelerregenden Augenblick glaubte, sie würde ihm den Schädel spalten. Instinktiv ging er in die Hocke und hielt sich schützend die Arme über den Kopf. Doch stattdessen schlug sie mit der flachen Seite der Axt auf den obersten Stein des Haufens, sodass er einen klingenden Ton von sich gab.

«Sie sind festgefroren», erklärte sie. «Versuchen Sie ihn zu bewegen.» Als Joel einfach stehen blieb, zischte sie ihn ärgerlich an. «Nun machen Sie schon! Wir haben schließlich nicht die ganze Nacht Zeit.»

Ihm wurde klar, dass jetzt nicht die Gelegenheit war, um Fragen zu stellen. Joel stellte sich breitbeinig hin, legte die Handflächen auf den eiskalten Feldstein und wuchtete ihn schließlich zur Seite.

«Gut», nickte sie. «Und jetzt gehen Sie aus dem Weg.»

In schneller Folge schwang sie dreimal die Axt, und jedes Mal wenn sie auf den Stein traf, hallte ein singender Klang über den See. Sie schaute sich unruhig um und legte den Kopf schräg, als horchte sie.

«Weg mit ihnen, schnell!»

Joel wälzte gehorsam die bemoosten Steine zur Seite.

Als Rakel die Öllampe wieder anhob, sah er, dass sich eine Öffnung im Steinhaufen gebildet hatte, die zu einem Hohlraum zu führen schien. Sie schob ihn unwirsch beiseite und grub wie ein Dachsweibchen im eisigen Schnee. Dann schob sie einige weitere kleine Steine weg, sodass sich das Loch weitete.

«Geben Sie mir Ihre Taschenlampe.»

Auf dem Bauch liegend, schob sie die Lampe in die Öffnung und leuchtete hinein, während sie nach etwas zu suchen schien. Nach einer Weile kroch sie zur Seite.

«So, jetzt können Sie es mit eigenen Augen sehen.»

«Und was kann ich sehen?»

Sie antwortete nicht, sondern warf auffordernd den Kopf in den Nacken, um ihm zu signalisieren, dass er sich beeilen sollte. Joel nahm die Taschenlampe an sich und ging in die Knie. Mit dem unangenehmen Gefühl, dass in diesem Dachsbau lauter gierige Mäuler lauerten, steckte er die Hand hinein und leuchtete.

Der Totenkopf grinste ihn an.

Im Schein der Taschenlampe leuchtete der Schädelknochen gelblich weiß.

Mit zwei schwarzen Augenhöhlen sowie Kieferknochen und Zähnen, die freigelegt waren, nachdem das Fleisch im Gesicht verwest war.

Joel gab einen lauten Schrei von sich, wich zurück und konnte gerade noch eine kriechende Bewegung ausmachen, bevor er das Gleichgewicht verlor. Er rutschte rücklings den Steinhaufen hinunter, während ihm die Taschenlampe aus der Hand glitt und er im Fallen die Öllampe umriss, die zischend erlosch. Als er sich im Schnee wieder aufsetzte, meinte er, ihm wäre das Herz stehengeblieben.

Er hörte ein glucksendes Geräusch.

Lachte dieses verdammte Weibsbild ihn etwa aus?

«Und, haben Sie sich sattgesehen?», hörte er sie in der Dunkelheit fragen.

«Wer zum Teufel …?», stammelte Joel.

«Das begreifen Sie doch wohl selbst.»

Die Flamme loderte erneut auf, als sie die Öllampe wieder anzündete.

«Dragan Djelic», klärte sie ihn auf. «Inzwischen müssen Sie doch von dieser Geschichte gehört haben.»

Joel nickte stumm.

«Torsten wollte nicht, dass die Aale ihn auffressen. Er sagte, er wollte ihn begraben wie einen Wikinger.»

Angewidert schielte Joel in Richtung der Öffnung des Steinhaufens, die im flackernden Lichtschein nur noch zu erahnen war.

«Torsten?»

«Sie haben doch gehört, was ich gesagt habe, oder? Es war nicht Mårten, den der Graf in diesem Ruderboot gesehen hat. Es war Torsten.»

«Also war er es, der ihn erschlagen hat …?»

«Genau. Torsten hat Dragan erschlagen. Der Groschen fällt bei Ihnen wohl pfennigweise, nicht wahr?»

Plötzlich erstarrte sie, als hätte sie ein Geräusch gehört. Joel horchte, konnte jedoch nichts anderes als die gewöhnlichen Geräusche einer Winternacht hören. In den Kronen der Kiefern säuselte ein schwacher Wind. Die Eule heulte erneut. Flügelschläge.

«Was war das?»

«Nichts.»

Sie schüttelte den Kopf, sodass ihre Ohrenklappen hin- und herschwangen. Dann nahm sie einen kleinen Gegenstand aus einer versteckten Tasche ihres Pelzmantels. Als er im Lichtschein aufblitzte, sah Joel, was es war. Eine Kautabaksdose aus gelbem Metall. Mit einer raschen Handbewegung ließ sie sie in dem Loch zwischen den Steinen verschwinden.

«Darauf steht Torstens Name», erklärte sie. «Ich habe sie ihm vor drei Jahren gestohlen. Er hat damals geglaubt, dass er sie verloren hätte. Aber er weiß nicht, wo.» Sie schnäuzte sich erneut. «Helfen Sie mir jetzt, das Ganze zu zerwühlen, sodass es aussieht, als wären die Wildschweine hier gewesen und hätten nach Engerlingen gesucht.»

«Aber wir können ihn doch nicht einfach hier liegen lassen.»

Joel starrte sie verständnislos an. Ihm schossen wirre Gedanken durch den Kopf. Was wollte ihm diese merkwürdige Frau eigentlich sagen?

«Wir müssen die Polizei rufen», sagte er.

«Nie im Leben!»

Ihre Augen glühten förmlich, sodass er eine Sekunde lang den Eindruck hatte, sie würde sich mit der Axt auf ihn stürzen, wenn er auch nur den geringsten Ansatz machte, nach seinem Handy zu greifen.

«Wenn Torsten erfährt, dass ich Sie hierhergeschleppt habe, bringt er mich um», flüsterte sie heiser. «Es spielt keine Rolle, ob sie ihn ins Gefängnis werfen. Eines Tages wird er hinter mir her sein. Lassen Sie es sich gesagt sein. Ich kenne diesen Kerl besser als irgendjemand anders.»

Hilflos schlug Joel mit den Armen zur Seite aus.

«Aber warum beordern Sie mich hierher, wenn Sie nicht …?»

«Mein Gott, was sind Sie doch schwer von Begriff, Junge!», unterbrach sie ihn. «Kapieren Sie denn nicht? Ich möchte nicht, dass Sie den Rest Ihres Lebens glauben, dass Ihr Vater ein Mörder war!»

Rakel setzte sich auf den Steinhaufen und seufzte resigniert. Aus einer ihrer Manteltaschen zauberte sie eine schrumpelige Zigarette hervor. Sie hob die Öllampe hoch und zündete sie damit an. Der Rauch, der sich aus ihren Nasenlöchern ringelte, roch süß und herb.

«Hören Sie! Torsten, Dragan und Ihr Vater waren mehrere Jahre lang Kompagnons. Sie haben gemeinsam Schnaps gebrannt. Und sind nach Polen gefahren. Natürlich um Wodka zu schmuggeln. Außerdem haben sie Amphetamine in einer Kokerei in Danzig gekauft, die sie irgendwie ausfindig gemacht haben. Weiß der Teufel, wie. Aber mit Drogen haben sie nur im kleinen Rahmen gedealt. Für den Fall, dass man sie festnehmen würde, wäre Handel im großen Stil zu riskant gewesen; reich wurden sie mit ihren Geschäften also nicht. Aber es lief gut. Bis eines Tages etwas Unvorhergesehenes geschah.»

Joel sank ebenfalls auf einen Stein, machte jedoch eine abwehrende Geste, als sie ihm den Joint anbot.

«Und was?»

«Eines Tages kam Torsten dahinter, dass Dragan und Mårten ihn reingelegt hatten. Sie hatten eine Ladung unterschlagen und auf eigene Rechnung verkauft. Aber Torsten nimmt so etwas nicht einfach hin. Also hat er Dragan zu einer Angeltour hier auf dem See überredet und ihn mit dem Anker erschlagen.»

«Aber der Graf hat doch gesehen …?»

«Adler hat zwei Männer in einem Boot gesehen und angenommen, dass es Dragan und Mårten waren. Aber das stimmte nur zur Hälfte.»

«Das verstehe ich immer noch nicht. Wenn sie ihn zu zweit reingelegt haben, warum hat Torsten dann nicht auch Mårten umgebracht?»

Sie blinzelte ihn durch den Rauch hindurch an. «Das ist eine gute Frage. Denn er hatte mehr als einen Grund dazu.»

«Mehr, als hintergangen worden zu sein?»

«Ja …»

Trotz der Dunkelheit sah Joel, dass sich ihr Gesicht in Falten legte und zu einem fast scheuen Lächeln verzog.

«Ihr Vater war ein Frauenheld … Als Torsten uns erwischte, hat er mich halb totgeschlagen.»

Es dauerte einige Sekunden, bis Joel begriff, was sie meinte, und als der Groschen fiel, konnte er es kaum glauben. Jetzt tauchten sie auf, die Frauen, eine nach der anderen, und behaupteten, dass Mårten sie erobert hätte. Erst Helga, dann Siw Wollgren und jetzt diese Rakel, die Frau eines durchgeknallten Predigers.

«Es ist schon viele Jahren her», fuhr sie fort. «Aber Torsten duldet keinen Verrat. Er ist ein nachtragender Teufel, und er hat Mårten mehr als irgendeinen anderen Menschen auf der Welt gehasst.»

«Aber warum …?»

«Immer mit der Ruhe, Junge», unterbrach sie ihn irritiert. «In der Nacht, nachdem Torsten Dragan erschlagen hatte, zwang er mich, mit dem Pick-up hier herauszufahren, um ihm zu helfen, die Leiche vom Boot hier ans Ufer zu schleppen und ein steinernes Grab aufzuschichten.» Sie wischte sich die Nase mit dem Ärmel ihres Pelzmantels ab. «Torsten hat ihm sogar eine Grabrede gehalten, und zwar genau hier, wo wir jetzt sitzen. Ich erinnere mich noch daran, dass er ihn einen Kriegskameraden genannt hat. Er sah sich gezwungen, Dragan zu töten, aber er wollte ihn dennoch ehren. Und als wir die letzten Steine an Ort und Stelle gerückt hatten, meinte Torsten, dass er auch einen Plan für Mårten hätte.»

Joel wartete ungeduldig, während sie ein Blechdöschen zur Hand nahm und sich eine neue Zigarette drehte. Plötzlich war es, als hätte sie alle Zeit der Welt. Sie spuckte in den Schnee, bevor sie fortfuhr.

«Aber Torsten konnte Mårten nicht einfach ebenfalls erschlagen. Dann hätten ja alle gewusst, wer der Mörder war. Insbesondere, weil sich die Leute im Ort schon über unser kleines, ja wie soll ich es nennen, Techtelmechtel das Maul zerrissen. Also erzählte Torsten überall herum, dass es Mårten war, der mit Dragan zum Angeln draußen gewesen war. Das war ziemlich listig von ihm. Denn Torsten war sich sicher, dass Dragans Bruder Goran wahnsinnig werden und Mårten kaltmachen würde, dann hätte er sich nicht selbst die Hände schmutzig machen brauchen. Aber daraus wurde nichts.»

Als sie zu Ende geredet hatte, saßen sie eine ganze Weile lang still nebeneinander. Die Kälte drang langsam, aber sicher durch Joels Schaffellmantel hindurch. Rakel sog an ihrer Zigarette und schaute ihn hin und wieder mit einer gewissen Zärtlichkeit im Blick durch die Rauchwolken hindurch an. Sagte sie wirklich die Wahrheit? Ihm fiel kein Grund ein, warum er anzweifeln sollte, was sie erzählt hatte, außer, dass die Frau ihm komplett verrückt erschien.

Das Loch im Wikingergrab klaffte schwarz.

Torsten hatte bereits einen Mann ermordet. Und offenbar hatte er ein Motiv, noch einen weiteren zu töten.

«Und warum erzählen Sie mir das alles?»

«Ich mochte Mårten. Und wie ich gesagt habe: Jetzt, wo er tot ist, will ich nicht, dass Sie glauben, Ihr Vater wäre ein Mörder gewesen.»

«Aber Ihnen ist doch klar, dass die Polizei das erfahren muss, oder?»

Sie drückte die Zigarette auf einem Stein aus, steckte die Kippe in die Tasche und stand auf.

«Sorgen Sie dafür, dass die Leiche gefunden wird. Mit Torstens Dose. Dann regelt sich alles Weitere. Das Einzige, was ich im Gegenzug von Ihnen erwarte, ist Ihr Versprechen, dass keiner jemals erfährt, dass es von mir kam. Denn sonst bin ich geliefert.»

Ohne noch weitere Worte zu verlieren, ging sie mit Axthieben und Tritten auf den Grabhügel los, sodass Erde und Schnee umherflogen und der Steinhaufen in sich zusammenfiel. Joel wusste sich keinen anderen Rat, als ihr zu helfen. Bald darauf hatten sie mit vereinten Kräften erreicht, dass es aussah, als wären tatsächlich Wildschweine dort gewesen. Von Dragan Djelics Knochen waren nicht nur ein Teil des Schädels, sondern auch eine Hand und ein Unterschenkelknochen zu sehen, die zwischen den Steinen hervorlugten. Schließlich nahm Rakel einen großen Kiefernzweig und verwischte ihre Fußspuren, so gut es ging.

«Wir müssen darauf hoffen, dass noch mehr Schnee fällt und die Spuren verdeckt», murmelte sie, als sie fertig waren.

Dann hakte sie sich zu Joels Erstaunen bei ihm unter, und die beiden stapften Seite an Seite auf dem Waldweg zurück zu ihren Autos. Er mit einer Axt in der Hand und sie mit einer Schneeschaufel.

Als Joel das Gesicht zum Himmel reckte, spürte er, dass die Schneeflocken bereits durch die Luft segelten.

KAPITEL 26

Die Villa aus dunkelrotem Backstein war die größte im Ort und lag eingebettet zwischen Obstbäumen und Wacholderbüschen, die sich unter der Last des Schnees bogen. Von der Eingangspforte bis zur Treppe lag der Garten weiß und unberührt da. Joel war offensichtlich der erste Besucher am Morgen. Er schloss die Wagentür, so leise er konnte, und reckte die Glieder.

Ein einziges Fenster war erleuchtet.

Halb verdeckt von einer dunklen Gardine, erblickte er eine vollkommen reglos dastehende Gestalt. Es schien, als beobachtete ihn der Rechtsanwalt, oder wer auch immer es war. Joel gähnte und tat so, als sähe er ihn nicht. Die unbehaglichen Ereignisse der vergangenen Nacht steckten ihm noch in den Knochen. Der Totenschädel unter dem Steinhaufen hatte ihn im Traum verfolgt, genauso Rakels gespenstische Erscheinung im Schein der Öllampe. Sie schien ihm nichts Böses zu wollen. Im Gegenteil. Dennoch war sie ihm irgendwie nicht geheuer. Viele Stunden Schlaf hatte er nicht bekommen. Joel war genauso entkräftet aufgewacht, wie er zu Bett gegangen war.

Was sollte er nur mit dem anfangen, was sie ihm erzählt hatte?

Ihre Angst vor dem Prediger war offenbar echt und absolut nachvollziehbar. Torsten Olsson hatte schon einmal gemordet und war bestimmt ohne Weiteres in der Lage, auch seine Ehefrau zu erschlagen, wenn er erführe, dass sie ihn hintergangen hatte.

Zu Hause am Küchentisch sitzend, hatte Joel überlegt, ob nicht der Rechtsanwalt möglicherweise einen Ausweg wusste. Rechtsverdreher unterlagen doch der Schweigepflicht. Wenn Joel diesem Berelius vom Schicksal Dragan Djelics berichtete, wäre er doch zur Diskretion verpflichtet, oder?

Joel hob den schweren Türklopfer an und ließ ihn ein paarmal gegen die Tür schlagen. Es dauerte, bis sich im Haus etwas rührte. Die Frau, die ihm schließlich öffnete, hatte ihr hellblondes Haar zu einem strengen Pferdeschwanz zusammengebunden. Sie trug eine gelbe Strickjacke über einer gepunkteten Seidenbluse und lächelte ihn mit roten Lippen an.

«Willkommen, treten Sie ein. Urban erwartet Sie bereits.»

Ihre Stimme erkannte er vom Telefonat am Vortag wieder. Die sonnengebräunte Sekretärin war von einer Parfümwolke umgeben. Falls sein zerschlissener Schaffellmantel Missfallen bei ihr erregte, verbarg sie es geschickt.

«Urban hat mir schon von Ihnen erzählt. Sie waren Klassenkameraden, nicht wahr?», zwitscherte sie über die Schulter hinweg, während sie auf hohen Absätzen durch einen dunklen Korridor trippelte.

Rechtsanwalt Urban Berelius hatte sich hinter einen massiven Schreibtisch aus Eiche gesetzt und schaute von seinen Unterlagen auf, als wäre er mitten in einem komplizierten Gedankengang unterbrochen worden. Er klickte die Miene seines Kugelschreibers weg und klemmte ihn akkurat in die Innentasche seines Anzugs. Erst als er aufstand und Joel eine schlaffe, aber braungebrannte Hand entgegenstreckte, erkannte Joel ihn wieder. Er verspürte unmittelbar ein Ziehen in der Magengegend.

«Mein Beileid», sagte der Rechtsanwalt zur Begrüßung.

Er wirkte nicht besonders anteilnehmend.

«Schön, dich zu sehen, Joel. Trotz des traurigen Anlasses. Setz dich doch.»

Stottern tat er auch nicht mehr.

«Was für eine Eiseskälte, nicht wahr! Tja, aber ich kann mich nicht beschweren. Ulrika und ich sind gerade von einer zweiwöchigen Golfreise nach Florida zurückgekommen. Phantastische Plätze! Die Greens sind wie Teppichboden. Spielst du Golf?»

«Nein.»

An der Wand oberhalb eines dunklen Jalousieschrankes hingen vier Ölgemälde in schwarzen Rahmen nebeneinander, jedes mit einem kleinen Messingschild versehen. Vier Generationen von Inhabern der Anwaltskanzlei Berelius waren abgebildet. Alle schienen mit fliehendem Kinn zur Welt gekommen zu sein. Dem ältesten Berelius, der längst verstorben war, war es einigermaßen gelungen, seine Kinnlosigkeit mit einem grau gesprenkelten Bart zu verbergen. Der zuletzt porträtierte Rechtsanwalt Birger B. Berelius hingegen hatte sich einen schmalen Oberlippenbart wachsen lassen, was die Erbanlage eher noch betonte.

Urban Berelius war offenbar noch zu jung, um verewigt zu werden.

«Mein Vater ist noch immer tätig», erklärte er. «Ich glaube sogar, dass er deinen Vater ein paarmal als Mandanten vertreten hat.»

Joel wusste nicht, was er darauf erwidern sollte. «Ach du Scheiße …», war das Angemessenste, was in seinem Kopf auftauchte.

«Irgendwelche unbedeutenden Delikte, wenn ich mich recht erinnere», sagte Berelius und befingerte seinen Ehering. «Schmuggeleien oder so. Aber das ist inzwischen viele Jahre her.»

«Möchtet ihr Kaffee?», fragte die Sekretärin und Ehefrau.

«Danke gern, Ulrika», antwortete der Anwalt, ohne Joel zu fragen.

Dann lehnte er sich in seinem Drehsessel zurück und faltete die Hände im Nacken.

«Tja, Joel. Ziemlich lange her, dass wir Mathe und englische Vokabeln in der Kastanienschule gepaukt haben. Erinnerst du dich noch an Galten, den Keiler, unseren Sportlehrer? Dieser verdammte alte Despot! Ich glaube übrigens, er hat letztes Jahr den Löffel abgegeben.»

Joel nickte und lachte gekünstelt.

Was war das für eine merkwürdige Farce, die er hier inszenierte? Urban Berelius benahm sich, als wäre ein alter Freund zu Besuch gekommen. Wen versuchte er damit zu beeindrucken? Hatte er sich denn nie getraut, seiner Golf spielenden Frau zu erzählen, dass er früher einmal als Prügelknabe hatte herhalten müssen, auf dem die ganze Schule herumgehackt hatte, und sein Mandant sein schlimmster Plagegeist gewesen war?

Wahrscheinlich taten ihm die Erinnerungen so weh, dass er sie verdrängt hatte.

Joel war derjenige gewesen, der seinen Spitznamen erfunden hatte.

Kackwurst-Urban.

Den stinkenden Haufen auf dem Bürgersteig hatte die an ein Kalb erinnernde Deutsche Dogge des Werkunterrichtlehrers Sven Elofsson hinterlassen. Joel erblickte ihn eines Morgens auf dem Weg zur Schule. Ohne Vorwarnung war der Teufel in ihn gefahren. Er legte eine Vollbremsung hin und sprang von seinem Fahrrad, presste die Lippen aufeinander und hielt die Luft an, während er die noch warme Wurst in eine Plastiktüte beförderte. In der ersten Stunde steckte Urban Berelius die Hand in seinen Rucksack, um sein Rechenheft herauszuholen. Er schrie, als hätte ihn eine Ratte gebissen. Joels Triumph war unbeschreiblich. Dem kleinen verwöhnten Anwaltssohn, der immer alles besser wusste, strömten die Tränen über die Wangen. Das

Klassenzimmer erbebte vor dröhnendem Hohngelächter, während er hilflos dasaß und auf seine verschmierte Hand schaute. Für eine Sekunde konnte Joel erneut sowohl den Jubel als auch den Ekel empfinden.

Und die Scham danach, die dazu geführt hatte, dass er Urban Berelius noch mehr hasste.

Warum hatte er es getan?

Wahrscheinlich um die anderen zum Lachen zu bringen. Den Siegesrausch zu erleben. Um Britt zu imponieren. Oder war es, um seine Wut gegenüber Mårten an jemandem auszulassen, der sich nicht wehren konnte?

Später in der Pause hatte er Urban im Schatten unter der großen Kastanie stehen und sich übergeben sehen.

Vielleicht habe ich aber auch aus reiner, banaler Bosheit gehandelt, dachte Joel.

Widerstrebend begegnete er dem Blick des Anwalts. Darin lag jetzt ein Anflug von Bitterkeit, der enthüllte, dass nicht nur Joel sich eben noch fünfundzwanzig Jahre in der Zeit zurückversetzt befunden hatte.

Er weiß, dass ich es weiß, dachte Joel. Und ich weiß, dass er es weiß.

Aber wir werden es nie jemals auch nur mit einem Wort erwähnen. Zu was sollte es auch nütze sein, alte Wunden aufzureißen? Um sich zu entschuldigen? Einen Versuch zu unternehmen, es zu erklären, um dann darüber lachen zu können und das Ganze zu bagatellisieren?

Das Schweigen dauerte noch ein paar Sekunden an.

«Ich bin gerade dabei, die Geschäfte meines Vaters zu übernehmen», sagte Berelius. «Bin nach dem Jurastudium in Lund hierher zurückgezogen. Es war eine schöne Zeit, das kannst du mir glauben. Das unbeschwerte Studentenleben. Dort habe ich auch Ulrika kennengelernt.»

«Wie schön …»

Das Geräusch klackender Absätze auf dem Parkett verschaffte Joel die Gelegenheit, sich abzuwenden.

«Na, unterhaltet ihr euch über alte Kamellen aus der Schulzeit?»

Ulrika Berelius stellte das Tablett mit dem Kaffee ab. Sie ist hübsch, dachte Joel. Urban hat wirklich einen guten Fang gemacht.

Aus irgendeinem Grund führte dieser Gedanke dazu, dass er sich weniger schuldig fühlte.

«Und was ist aus dir geworden?», fragte der Anwalt abgeklärt.

«Alles Mögliche. Ich war 'ne Weile Koch in Kopenhagen und hab dann als Musiklehrer in Malmö gearbeitet.»

«Ah, dann warst du auf der Pädagogischen Hochschule. Wer hätte das gedacht?»

Joel bemühte sich nicht, Urban aufzuklären, dass man als Vertretungslehrer keinen ordentlichen Hochschulabschluss benötigte.

«Familie?»

Er schüttelte den Kopf. Langsam begann er sich zu fühlen, als wäre er während eines Gerichtsprozesses einem Kreuzverhör ausgesetzt. Und wer saß unter den Schöffen? Ulrika Berelius.

«Nein, Fehlanzeige.»

Berelius plapperte ungerührt weiter. «Unsere älteste Tochter Elin hat vor, ebenfalls Jura in Lund zu studieren. Sie will in Papas Fußstapfen treten. Und unser Filius will Arzt werden.»

«Schön», sagte Joel.

Im Augenwinkel sah er, dass Ulrika Berelius' sonnengebräuntes Urlaubslächeln leicht eingefroren war, als wäre sie unsicher, wie sie das griesgrämige Auftreten des Mandanten deuten sollte.

Sobald sie die Tür hinter sich geschlossen hatte, wurde der Anwalt ernst. Er schob seine Brille mit den dünnen Gläsern in Richtung Nasenwurzel hinauf und betrachtete Joel forschend, als wollte er sichergehen, dass ihn seine Botschaft auch tatsächlich erreicht hatte: Siehst du, was für ein wunderbares Leben ich mir aufgebaut habe? Und du, zu was hast du es gebracht? Das nennt sich ausgleichende Gerechtigkeit!

Nachdem eine Weile lang keiner von ihnen etwas gesagt hatte, ertappte Joel sich dabei, den Schorf an der Wunde auf seiner Stirn zu befingern. Er nahm die Finger sofort wieder weg. Hoffentlich fragt er nicht auch noch danach!, dachte er.

«Unschöne Verletzung», meinte der Anwalt. Er nippte an seinem Kaffee. «Wie ist das passiert?»

Joel warf ihm einen bösen Blick zu, als hätte er erst gestern die warme Hundescheiße in Urban Berelius' Rucksack gesteckt. Die Ameisen in seinen Beinen setzten sich in Bewegung. Er stampfte unruhig mit seinen Stiefeln auf den Fußboden.

«Ging es nicht um ein Testament …?»

«Genau.»

Ohne Eile öffnete Berelius eine Schreibtischschublade und nahm ein braunes Kuvert heraus, das er zwischen sie auf den Tisch legte.

«Dein Vater kam erst vor ungefähr einem Monat her. Allerdings an zwei Tagen hintereinander. Zuerst wollte er über die Nachlassregelung beraten werden. Und tags darauf hatte er das hier bei sich.»

Joel betrachtete den zerknitterten Umschlag. Die Gummierung schien schlecht gehalten zu haben, sodass Mårten ihn zusätzlich mit Klebstreifen verschlossen hatte.

Testament, stand in derselben krakeligen Handschrift darauf, die Joel bereits aus dem kleinen Taschenkalender kannte.

«Eigentlich hat er nach meinem Vater gefragt, aber der war

zu dem Zeitpunkt verreist. Also musste Mårten mit mir vorliebnehmen», sagte Berelius.

«Aha.»

«Seine Instruktionen waren sehr deutlich. Das Testament darf nur von einer einzigen Person geöffnet werden. Nämlich von dir.»

Ohne genau zu wissen, warum, roch Joel unverzüglich am Kuvert. Dann drehte und wendete er es, als hätte er Angst, dass es etwas Giftiges enthalten würde. Als er die Klebestreifen entfernte, löste sich etwas von dem staubtrockenen Papier. Im Kuvert lagen zwei sorgfältig gefaltete handbeschriebene Papierbögen.

Joel faltete sie auseinander und las. Mårten hatte so stark aufgedrückt, dass das Papier hier und dort Löcher bekommen hatte. Die Handschrift erkannte er wieder. Aber die Worte und Sätze waren in einer ihm völlig fremden Sprache verfasst.

Lieber Joel,

wenn du diese Zeilen liest, bin ich tot. Der Krebs frisst mich von innen auf. Und das Böse droht von außen. Ich habe es im Gefühl, dass die Banditen der Krankheit zuvorkommen. Die Anzeichen dafür häufen sich am Firmament.

Ich habe in meinem Leben viel Böses getan. Das hast du, mein Sohn, erfahren müssen. Wie auch andere. Und ich habe nur wenige Dinge von Wert zustande gebracht. Aber vielleicht doch wenigstens etwas. Karl Månzon in Simrishamn hat mich darüber aufgeklärt, dass meine übel verleumdeten und verurteilten Bilder einen bedeutenden Wert auf dem internationalen Kunstmarkt erreichen können. Darum hege ich eine gewisse Hoffnung, wenigstens im Tod bei einigen von den Personen, denen ich so viel Schaden zugefügt habe, Wiedergutmachung leisten zu können.

Laut Gesetz bist du, Joel, derjenige, der meine Bilder, mein Haus und meine übrigen Habseligkeiten erbt. Ich hoffe, dein Erbe bringt dir eine einträgliche Summe ein.

Aber ich stehe auch noch bei anderen in der Schuld, die ihren Anteil von meinem Vermächtnis erhalten müssen. Darum schreibe ich jetzt mein Testament:

Siw Wollgren, mein lieblicher Singvogel, soll mein Akkordeon der Marke Walter bekommen. Ihr gelingt es, Töne aus ihm hervorzulocken, wie es mir nie gelungen ist. Siw soll ebenfalls eines der zehn Bilder aus meiner Kollektion vom Propheten Mohammed bekommen. Acht davon befinden sich noch in meinem Besitz, nachdem ich zwei veräußert habe.

Rakel Olsson, der Ärmsten, vermache ich aus Gründen, auf die ich hier nicht näher eingehen möchte, ebenfalls ein Bild aus derselben Serie.

Helga Norlin verdanke ich die Gnade, das Licht zu erblicken. Bisweilen habe ich andeutungsweise einen Blick auf den Gott werfen können, von dem sie so warmherzig spricht. Doch befürchte ich, dass meine Hinwendung so spät im Leben eingetreten ist, dass ich auf nichts anderes hoffen kann, als im ewigen Fegefeuer zu brennen, wenn du das liest. Helga soll ebenfalls ein Bild aus der Mohammed-Kollektion zuteilwerden sowie sämtliche Werke aus meiner Auferstehungs-Serie.

Ängstlich war ich schon immer. Vielleicht ist die Angst vor dem Tod die Wurzel meiner Bosheit. Ich kann nur hoffen, dass ich sie dir nicht vererbt habe, Joel. Jetzt, wo das Ende naht, habe ich noch mehr Angst als je zuvor, das muss ich zugeben.

Deiner Mutter Elna gegenüber hätte ich mir nichts sehnlicher gewünscht, als Wiedergutmachung zu leisten. Aber leider ist das nicht möglich. Kurz nachdem sie uns verlassen hat, habe ich die Nachricht erhalten, dass sie sich das Leben genommen hat.

Auch das hätte ich dir mitteilen müssen. Jetzt kann ich nur noch auf die Vergebung meiner Sünden hoffen.

Meine Briefe hast du nie beantwortet, Joel. Ich vermute, dass du sie weggeworfen hast, und ich nehme es dir nicht übel, auch wenn es schmerzt. Ich hätte dich schon vor langer Zeit aufsuchen müssen, aber jedes Mal hat mich der Mut verlassen. Deinem berechtigten Zorn habe ich nie gewagt zu begegnen.

Am Ende noch ein paar Worte zu dem Mord, dessen man mich beschuldigt hat. Der Brief eines toten Mannes an die Lebenden sollte schließlich Geständnisse beinhalten.

Ich gebe alle Sünden zu, die ich an dir, deiner Mutter und anderen begangen habe.

Jedoch muss ich betonen: Dragan Djelic habe ich nicht getötet.

Wem sein Blut an den Händen klebt, weiß ich nicht, auch wenn ich meine Vermutungen habe. Dragan war genau wie ich ein Sünder. Er hatte seine Gründe, aber nicht genügend Verstand, um um sein Leben zu fürchten.

Mårten Lindgren

PS: Meine Leiche soll nicht in der Erde begraben und von Würmern zerfressen werden. Verbrannt werden möchte ich, und meine Asche soll vom Winde verweht werden – endlich frei.

Zweimal musste Joel das Testament durchlesen, bevor er sich davon losreißen konnte. Wem gehörte die Stimme hinter diesen Worten? Er versuchte sie zuzuordnen, aber es gelang ihm nicht. Diese theatralische Sprache, war das Mårtens eigene oder etwas, das er sich irgendwann zugelegt hatte? Eine Art Schauspielerei, vielleicht ein Mittel, um sich gegen die Angst zu wappnen?

Kenne ich diesen Mann überhaupt, der aus dem Tod zu mir spricht?, dachte Joel. Habe ich ihn jemals gekannt?

Ihm fiel ein, dass er nichts darüber wusste, wo Mårten eigentlich herkam. Über seine Wurzeln, seine Vorfahren. Absolut gar nichts.

Joel schüttelte langsam den Kopf.

Aber es ist sein Blut, das in meinen Adern fließt, dachte er.

«Ich denke, es wäre angemessen, wenn ich ebenfalls am Inhalt teilhabe», sagte Urban Berelius.

Während der Rechtsanwalt die Briefbögen durchlas, versuchte Joel sich Mårtens Frauen zu vergegenwärtigen.

Drei von ihnen hatte er geliebt, oder zumindest eine Art Leidenschaft mit ihnen erlebt. Siw, Rakel und Helga.

Die vierte hatte ihn gehasst.

Elna, Joels Mutter.

Das musste sie doch wohl getan haben, oder?

Er erinnerte sich noch genau an die graublaue Schwellung in ihrem Gesicht, als sie in der allerletzten Nacht an seinem Bett saß. Und an die Situation zuvor im Atelier, wo sie bewusstlos auf dem Fußboden lag. Um sie herum lagen überall Schnapsflaschen und Bierdosen, daneben sauer riechende Pfützen. Sie hatte sich im Liegen übergeben. Sie musste Mårten doch genauso gehasst haben, wie Joel es tat, oder?

Vor langer Zeit hatte einmal eine Großmutter existiert, eine grauhaarige freundliche alte Dame, die immer stärker abgemagert und schließlich dahingesiecht war, kurz bevor Elna verschwand. In ihrem Haus außerhalb von Sjöbo hatte es immer nach frischgebackenen Brötchen geduftet. War sie denn nie zu Besuch gekommen? Joel konnte sich nicht daran erinnern.

Plötzlich begann es an seiner Nasenwurzel zu kribbeln. Ohne dass er irgendetwas dagegen tun konnte, füllten sich seine Augen mit Tränen, die den ganzen Raum in einen salzigen Nebel tauchten. Irgendwo dahinter konnte er den Anwalt verschwommen erkennen. Beschämt wendete Joel sich ab und wischte sich das Gesicht mit dem Ärmel seines Pullis trocken.

«Interessant», sagte Berelius mit einem vagen Lächeln auf den Lippen.

Erneut überkam Joel die Lust, ihn zu schlagen, zu erniedrigen. Saß dieser selbstgerechte Idiot etwa da und grinste?

Er zwang sich zur Selbstbeherrschung.

«Und was geschieht nun?», fragte er mit belegter Stimme.

«Ich werde die Rolle des Testamentsvollstreckers einnehmen. Meine Aufgabe wird es sein, dafür zu sorgen, dass Mårten Lindgrens Erbe in Übereinstimmung mit seinem Letzten Willen aufgeteilt wird. Doch im Hinblick darauf, dass der Wert seines Besitzes relativ begrenzt sein dürfte, müssen wir es vielleicht nicht formeller als notwendig angehen.»

Joel bedachte ihn mit einem mürrischen Blick. Dann schnappte er sich erneut das Testament vom Schreibtisch. Ein Name war in seinem Kopf hängen geblieben. Er hatte ihn schon einmal zuvor gesehen, hingekritzelt mit denselben unförmigen Buchstaben.

«Wer ist eigentlich dieser Månzon?», fragte er. «Karl Månzon in Simrishamn?»

«Es gibt einen Kunsthändler, der so heißt … Sein Ruf ist nicht gerade der beste, aber ich glaube, seine Geschäfte sind lukrativ.»

«Diese Bilder …», murmelte Joel.

«Wenn ich es den Nachrichten recht entnommen habe, bilden sie die Ursache für den Tod deines Vaters. Er schreibt, dass sich noch acht Stück in seinem Besitz befinden.»

«Das Merkwürdige ist nur, dass keiner weiß, wo sie sind.»

Berelius schaute Joel nachdenklich an, während er mit den Fingern nach seinem nichtexistenten Kinn tastete.

«Das Haus dort draußen ist ja ziemlich verfallen. Wir können wohl nicht damit rechnen, dass es eine größere Summe einbringen wird. Und über seine Geldmittel weiß ich nichts.»

«Es gibt ein kleines grünes Jungenfahrrad ...», sagte Joel leise.

«Wie bitte?»

«Ach, nichts.»

Der Anwalt stützte sich entschieden mit den Ellenbogen auf den Schreibtisch. «Ich schlage vor, dass wir folgendermaßen vorgehen. Wenn ich richtig unterrichtet bin, hatte Mårten eine enge Verbindung zu Helga Norlin. Sie ist ja im Testament ebenfalls als Begünstigte aufgeführt. Ich denke, ihr solltet beide gemeinsam zum Haus fahren und das Mobiliar durchgehen. Und eine Liste mit den wichtigsten Gegenständen erstellen.»

Plötzlich verspürte Joel nur noch einen intensiven Widerwillen. Dieses von Schimmel befallene Eternithaus, in dem er aufgewachsen war. Mårtens erbärmliche Ölgemälde und all das verstaubte Gerümpel im Keller. Der Schmutz, die Gewalt und der Suff, die sich in die Wände eingeätzt hatten. Allein schon der Gedanke daran, erneut dort hinfahren zu müssen, verursachte ihm Übelkeit. Ich scheiß auf Mårten, dachte er. Und ich scheiß auf alles, was ihm gehört hat.

Blutsbande, zur Hölle mit euch!

Dann beruhigte er sich wieder und schaute durchs Fenster hinaus auf die Straße, wo erneut dicke Schneeflocken vom Himmel fielen.

Blutsbande, dachte er.

Noch einmal nahm er das Testament in die Hand.

Die Buchstaben waren leicht nach hinten gelehnt, als kämpften sie im Gegenwind. Er folgte ihnen Wort für Wort mit dem Blick, bis er bei einem Satz innehielt. *Vielleicht ist die Angst vor dem Tod die Wurzel meiner Bosheit.*

KAPITEL 27

Fatima hätte keinen Gedanken an das Wasserglas auf dem kleinen Tisch im Vernehmungsraum verschwendet, wenn Osama es nicht mit beiden Händen umschlossen und wie verhext angestarrt hätte, als säße er vor einer Kristallkugel.

Sie zog die Tür hinter sich zu, blieb jedoch stehen. Lediglich ein Zucken in seinem Augenlid verriet, dass er sie hatte kommen hören.

«Und was sehen Sie?»

Osama antwortete nicht. Fatima betrachtete seine blassen Finger, die das Glas umschlossen. Feingliedrig, als gehörten sie einem kleinen Jungen. Er hat bestimmt noch nie eine Frau berührt, dachte sie. Dann ermahnte sie sich selbst leicht irritiert. Was weiß ich denn schon über ihn? Er ist ein Heuchler, ein Bluffer. Vergiss das um Gottes willen nicht!

«Und was sehen Sie selbst, Fatima?», fragte er leise, ohne den Blick zu heben.

«Ein Glas Wasser.»

Er lachte und hob das Glas vorsichtig an, sodass sich die Wasseroberfläche lediglich leicht bewegte. Dann sah er Fatima an. Eine Ader an seiner Schläfe leuchtete im Schein der Neonröhre an der Decke blaugrau.

«Ist es halbvoll? Oder halbleer?»

«Das hängt davon ab, wen Sie fragen.»

Langsam schüttelte er den Kopf. Dann führte er das Glas an die Lippen und leerte es mit großen Schlucken. Ein markanter Adamsapfel glitt an seinem Hals auf und ab.

«Leer», sagte er und drehte das Glas um.

Ein paar übriggebliebene Tropfen fielen auf die Tischplatte. Osama lächelte siegessicher, als hätte er gerade ein Wunder vollbracht.

«Das Glas ist absolut leer. Sie sehen also, Fatima, es gibt nur eine Wahrheit. Nur eine einzige!»

Sie zog den Stuhl zu sich heran und setzte sich ihm direkt gegenüber.

«Okay, Osama. Würden Sie jetzt aufhören, Blödsinn zu reden, und mir diese Wahrheit nun verraten?»

Ihr Handy hatte gerade mal vor einer Stunde geklingelt. Bill Lundström hatte angespannt geklungen, als verschwiege er ihr irgendetwas. Zugleich jedoch aufgeregt in einer Art und Weise, die sie nicht von ihm kannte. Ob sie sofort kommen könne?

«Ja klar, was steht denn an?»

«Osama ist bereit zu reden.»

Lundström hatte einen Streifenwagen losgeschickt, um sie am Hotel abzuholen. Sobald sie das Polizeigebäude erreichte, war er auf sie zugestürmt und hatte erklärt: Das Gefängnispersonal hatte bei ihm angerufen und ihn geweckt. Osama hätte die Absicht, alles zu erzählen. Aber er hatte auch ziemlich klare Bedingungen gestellt.

«Die da wären?»

«Es muss sofort sein», keuchte Lundström, während sie durch den Korridor liefen. «Es darf kein Anwalt dabei sein. Nur Sie, Fatima. Und Sie müssen einen Hidschab tragen.»

Als sie seine letzten Worte hörte, war sie plötzlich stehen geblieben und hatte ausgerufen: «Niemals!»

Bill Lundström hatte sie angesehen und von oben bis unten gemustert. Die Lederjacke über dem grauen Kapuzenpulli, die Jeans und die vom Schnee durchnässten Stiefel. Dann schien er einzusehen, dass es keinen Sinn hatte, sie zu überreden.

«Wir müssen dem Ganzen eine Chance geben», hatte er gemurmelt.

Fatima hatte genickt. Die Jacke abgelegt und einige Sekunden gewartet, damit sich ihr Puls beruhigen konnte. Danach hatte sie die Tür zum Vernehmungsraum geöffnet.

Als Osama das leere Glas wieder auf den Tisch stellte, war sein Lächeln erloschen. Mit einem Mal sah er anklagend aus.

«Sie haben sich nicht bedeckt, wie ich Ihnen befohlen hatte.»

Fatima spürte, wie ihre Wangen heiß wurden. Sie schluckte die Demütigung und die Lust, ihm eine Ohrfeige zu verpassen, herunter. Stattdessen gähnte sie gleichgültig.

«Was lässt Sie glauben, Sie könnten mir etwas befehlen? Soweit ich sehe, sind Sie hier eingesperrt, während ich frei wie ein Vogel bin. Wenn Sie mir etwas Neues zu erzählen haben, dann sagen Sie's. Oder vergessen Sie's. Mir ist es egal. Sie werden sowieso von allen vergessen im Gefängnis verrotten.»

Sein Gesicht verdunkelte sich. «Wollen Sie denn nicht wissen, wie es ablief?»

«Was denn?»

«Wie ich Mårten Lindgren getötet habe.»

Als er den Namen aussprach, klang es, als spuckte er etwas Faules aus, das er versehentlich im Mund hatte.

Fatima verschränkte die Arme vor der Brust, fest entschlossen, nicht zu zeigen, wie interessiert sie war.

Sie schwieg.

Eine Sekunde lang sah es aus, als würde Osama sich wieder in sich selbst zurückziehen. Sein Blick flackerte unentschlossen. Er strich sich hastig mit der Handfläche über den Kopf und klopfte sich ein paarmal an die Schläfe, als wollte er seine Gehirnzellen aktivieren. Dann hielt er inne und betrachtete sie nahezu liebevoll.

«Wir sind einander so ähnlich, Sie und ich, Fatima. Haben denselben Stolz ...»

Sie schnaubte verächtlich und wischte sich einen Schweißtropfen aus der Stirn. Warum zum Teufel mussten sie die Heizung hier im Raum so weit aufdrehen, bloß weil es draußen arschkalt war? Oder schwitzte sie nur, weil sie durch die Flure gerannt war? Sie widerstand einem inneren Impuls, sich den Pulli auszuziehen.

«Nicht im Geringsten, Osama.»

«Nicht?»

Er lachte erneut auf, und sie konnte an seinem modrigen Mundgeruch erkennen, dass er noch immer fastete.

«Sie wissen, dass ich recht habe, Fatima. Sie spüren es in Ihrem Herzen. In Ihrem Inneren wissen Sie, dass wir an dieselben Dinge glauben. Sie trauen sich nur nicht, es herauszulassen.»

Weit in die Achselhöhlen geschoben, ballte sie die Hände zu Fäusten. Warum lasse ich mich nur so leicht provozieren? Ich weiß doch, dass er genau das beabsichtigt. Sie hörte selbst, dass ihre Stimme angespannt und steif klang.

«Ich glaube daran, dass jeder Mensch zwar die Wahl, aber auch eine Verantwortung hat. Daran glaube ich. Und Sie?»

Er lächelte sie an, als wäre sie ein kleines Kind.

«Ich habe es gerade gesagt. An die einzige Wahrheit. Die uns von Allah gegeben wurde und der sich eines Tages alle unterwerfen müssen.»

«Und was besagt diese Wahrheit?»

«Dass wir das Kalifat wieder errichten müssen, inschallah.»

«Und auf dem Weg dorthin mussten Sie Mårten Lindgren töten?»

«Ungläubige haben nicht das Recht zu leben.»

Er lehnte sich auf seinem Stuhl zurück und sah sie mit großen klaren Augen an. Sind Sie bereit?, fragten sie stumm. Fatima nickte.

Dann begann er mit monotoner Stimme zu erzählen, fast so, als betete er. «Ich wusste, dass ich auserwählt war. Der Schneesturm war ein Zeichen, dass die Zeit gekommen war. Ich bin allein hingefahren, zum Haus draußen auf dem Land außerhalb von Tomelilla. Es war leicht zu finden. Gott hat mich durchs Unwetter geleitet. Ich hatte mich sorgfältig vorbereitet. Die Landkarte studiert, mir das Haus aus der Satellitenperspektive auf meinem Laptop angesehen. Den Wagen habe ich an der Landstraße abgestellt. Dann bin ich auf einer Allee mit kleinen Bäumen ohne Laub durch den Schnee gestapft. Ich erinnere mich noch daran, dass in einem Fenster Licht brannte. Die Haustür war verschlossen. Also bin ich auf die Rückseite geschlichen, habe ein Kellerfenster eingeschlagen und bin hineingekrochen. Als er mich erblickte, sah ich die Angst in seinen Augen. Ich sah seine Furcht. Er wusste, dass er sterben musste. Es war so wunderbar! Ich zwang ihn auf die Knie, während er um sein Leben flehte. Aber ich habe ihn nicht verschont. Ich habe vor Freude gejubelt, während ich ihn erwürgte, und als ich ihn dann an der Decke aufhängte, dachte ich, dass jetzt endlich alle sehen können, was dem widerfährt, der den Propheten schmäht. Ich habe mich so rein gefühlt. Es war herrlich! Rein wie der weißeste Schnee!»

Die Worte waren wie ein gleichmäßiger Strom geflossen. Nicht ein einziges Mal hatte er lauter gesprochen oder gar gezwinkert. Fatima saß stumm da. Sie spürte ihr Herz gegen den Brustkorb schlagen.

«Und dann?»

Osama betrachtete sie forschend. Suchte er nach irgendwelchen Zeichen? Eine kaum zu ertragende angespannte Stille presste sie förmlich näher zueinander. Fatima wehrte sich mit jeder Faser ihres Körpers, ihre Muskeln waren gespannt wie Stahlfedern. Schließlich glaubte sie, dass der Augenblick vorüber wäre und er beschlossen hatte, nicht noch mehr zu sagen. Irgendwo im Gebäude hörte sie eine Tür zuschlagen.

«Und dann, meine liebe Fatima, habe ich es an die Wand geschrieben.»

«Was haben Sie geschrieben?», fragte sie atemlos.

«Ghadab Allah …»

«Gottes Zorn», murmelte sie.

Osama atmete schwer wie nach einem Liebesakt.

Fatima schielte in Richtung des Spiegelglases, in dem sie ihre eigenen Konturen und die eines Mannes erblickte, der gerade einen Mord gestanden hatte. Was denken die anderen dahinter wohl? Sie erinnerte sich an Bill Lundströms Instruktionen. Kontrollfragen. Wenn er gesteht, müssen Sie ihm Kontrollfragen stellen, Fatima. Seine Karten lesen. Jede einzelne Karte, die er auf den Tisch legt.

«Und woher hatten Sie den Wagen?»

«Geliehen. Aber Sie glauben doch wohl nicht, dass ich einen Bruder verrate, oder?»

«Wie waren Sie gekleidet?»

«Hosen. Stiefel. Ein Dufflecoat über einem dicken Pulli, denn es war ja kalt. Meine warme Strickmütze. Ich bin mir sicher, dass die Polizei alles beschlagnahmt hat.»

«Und wie sieht das Haus aus?»

«Grau. Schmutzig. Es liegt allein in der Dunkelheit.»

«Womit haben Sie das Fenster eingeschlagen?»

«Mit einem Ziegelstein.»

«Was haben Sie im Haus gesehen? Nennen Sie mir Einzelheiten.»

«Es war dunkel, Fatima. Alles, was ich gesehen habe, war der Mann, zu dem ich gekommen bin, um ihn zu töten.»

«Sie haben doch gesagt, dass in einem Fenster Licht brannte, oder?»

«Ja, im Atelier, in dem er sich befand. Aber der Hass hat mich blind gemacht. Ich habe gejubelt und die Augen geschlossen, als ich ihn erwürgt habe.»

«Haben Sie irgendwo angerufen?»

«Ja, bei der Notrufzentrale. Ich wollte der ganzen Welt von Allahs Rache berichten.»

«Von welchem Telefon aus?»

«Von einem alten Handy, das ich entsorgt habe. Die SIM-Karte habe ich in einer Toilette heruntergespült.»

Fatima hielt inne und ging im Kopf rasch Bill Lundströms technische Ausführungen von vor einigen Tagen durch. Über die Basisstationen und das Protokoll des Sendemastes, das zu keinem Ergebnis geführt hatte. Mårten Lindgrens Mörder hatte in der betreffenden Nacht keine weiteren Telefonate geführt. Zumindest nicht mit derselben SIM-Karte.

«Haben Sie darüber hinaus noch mit jemand anderem gesprochen?»

«Nein.»

«Und im Schnee waren keine Spuren zu sehen …?»

«Es schneite, als ich ankam, und es schneite, als ich wieder ging.»

«Ihre Freunde in Kopenhagen, Sayed Ghalani und Bilal Jalabi, haben sie Sie begleitet? Waren sie diejenigen, die Ihnen den Wagen geliehen hatten?»

«Sie sind meine Brüder, das wissen Sie doch. Aber wie gesagt, ich war allein, als ich Mårten Lindgren getötet habe.»

«Sie wissen, was sie planen, oder? Die Pulsader zwischen unseren Feinden zu kappen. Die Öresundbrücke.»

«Davon weiß ich nichts.»

Scheiße!, fuhr es Fatima durch den Kopf. Eine Sackgasse. Du

musst zurück zum Tatort. Sie biss sich auf die Lippe und verstummte.

Als Osama es registrierte, stieß er einen kurzen Seufzer aus, als hätte er gerade einen mündlichen Vokabeltest bestanden. Er lächelte zufrieden.

Fatima kramte in ihrer Erinnerung nach Bildern. Das heruntergekommene Haus draußen auf dem Land. Sie war in der eiskalten blauen Morgendämmerung dort hingekommen und hatte Joel schlaftrunken und besoffen angetroffen. Es erschien ihr inzwischen bereits so verdammt lange her. Der Tote, der an einer Wäscheleine von der Decke hing. Sein grotesk aufgedunsenes Gesicht. Das Feuer im Kamin. Was war noch zu sehen gewesen? Die Staffelei, die Leinwände und der Geruch nach Terpentin und Ölfarben. Die roten Schriftzeichen an der Wand.

«Welche Farbe haben Sie benutzt?», fragte sie.

Osama blinzelte und wirkte irritiert. «Sie glauben mir nicht?»

«Antworten Sie auf meine Frage!»

Sein fixierender Blick bohrte sich nahezu durch sie hindurch, was ihr wie eine Ewigkeit zu dauern schien. Die Schatten in seinem Gesicht verdunkelten sich. Seine Haut spannte sich über den Wangenknochen. Er presste die Kieferknochen aufeinander. Fatima sah die verzehrende Glut in seinen Augen.

Sie zwang sich dazu, seinem Blick standzuhalten.

«Rot», antwortete er schließlich. «Die Farbe des Blutes.»

* * *

Eine Stunde später war die Ermittlungsgruppe erneut im Konferenzraum versammelt. Es herrschte eine feierliche Stille. Bill Lundström stand am Fenster, das zum Davidshallstorg wies, und wartete ungeduldig, während sich die anderen aus Thermoskannen auf einem Servierwagen Kaffee einschenkten. Auf dem Tisch standen einige Flaschen Mineralwasser und eine Platte mit belegten Brötchen.

Fatima steckte sich nachdenklich einen Streifen rote Paprika in den Mund und betrachtete die Fotos auf dem Whiteboard. Sie waren durch diverse eingezeichnete Pfeile und kurze Notizen miteinander verbunden. Über den Fotos von Sayed Ghalani und Bilal Jalabi standen Fragezeichen. Über das Foto von Osama hatte jemand mit Rotstift geschrieben: *Gestanden!*

«Nun denn», begann Bill Lundström, als sich alle hingesetzt hatten. «Wir haben also ein Geständnis.»

«Darauf ein Skål!», sagte Olof Larsson und hob seinen Kaffeebecher hoch.

«Wir alle haben Fatimas Vernehmung von Osama Al-Din mitverfolgen können», fuhr Lundström fort. «Ich möchte eure spontanen Reaktionen dazu hören. Wer möchte anfangen?»

Göran Salberg räusperte sich diskret. Er schielte kurz zu seiner Kollegin aus Stockholm rüber. Lisbeth Eriksson nickte nahezu unmerklich. Sie treten immer als Paar auf, dachte Fatima. Ob sie wohl auch miteinander ins Bett gehen? Sie musste angesichts der Absurdität ihres Gedankens lächeln. Beide hatten den kleinen Paprikastreifen von ihrem Brötchen entfernt und auf den Tellerrand gelegt. Fatima fiel auf, dass sie mit keinem von beiden bislang mehr als Höflichkeitsfloskeln ausgetauscht hatte. Sie nahm ein Taschentuch zur Hand und schnäuzte sich.

«Bitte, Göran», ermunterte Bill Lundström ihn.

«Danke.» Salberg wischte sich umständlich mit einer Serviette den Mund ab. Seine Stimme schnarrte leicht. «Mein Fazit lautet, dass wir einen echten Durchbruch erzielt haben. Zuvor hat Osama Al-Din immer nur in Rätseln gesprochen. Aber heute hat er geradewegs gestanden. Das ist ein großer Fortschritt. Gewiss lehrt uns die Erfahrung, dass man Aussagen dieser Art mit Vorsicht genießen sollte. Damals haben immerhin über hundert Personen den Mord an Olof Palme gestanden. Aber alle stellten sich lediglich als geistig Verwirrte heraus. Hier hingegen haben wir es mit einer Person zu tun, die zwar fanatisch, aber zumindest im Vollbesitz ihrer geistigen Kräfte ist. Er hat in Telefonaten, die wir abgehört haben, damit gedroht, Mårten Lindgren zu töten. Also haben wir allen Grund, ihm zu glauben, wenn er sagt, dass er es getan hat.»

Für den Bruchteil einer Sekunde berührte Lisbeth Eriksson den Ärmel seines Jacketts mit den Fingerspitzen. Keiner von beiden trug einen Ehering, registrierte Fatima.

«Lisbeth?» Lundström blickte sie an.

«Ich stimme voll und ganz mit Göran überein», versicherte die Frau rasch. «Ich habe mich ja insbesondere mit dem befasst, was die Medien über den Mord berichtet haben. Sicher hat das meiste von dem, was Osama berichtet hat, in den Zeitungen gestanden. Er kann es also gelesen haben, bevor er gefasst und in Einzelhaft genommen wurde. Aber er hat nichts darüber lesen können, dass der Mörder die Worte ‹Gottes Zorn› mit roter Farbe an die Wand geschrieben hat. Er muss es also selbst getan haben.»

«Olof?»

«Wie ich schon sagte: ein Geständnis wie aus dem Bilderbuch.» Olof Larsson griff nach einem Käsebrötchen aus dem Korb und hielt es siegessicher in die Luft. «Osama Al-Din ist lebensgefährlich. Scheinheilig und falsch. Ich war mir die ganze Zeit sicher.»

«Und was sagen Sie, Fatima?»

Fünf Gesichter wandten sich ihr zu. Sie entschied sich dafür, ihren Blick auf Bill Lundström zu richten.

«Mit dem Letzten, was Olof gesagt hat, stimme ich absolut überein. Ich habe jedes Mal, wenn ich Osama vernahm, Lust verspürt, ihm eine reinzuhauen. Ist er ein Mörder? Ja, ich bin ziemlich überzeugt davon, dass er heute die Wahrheit gesprochen hat. Auch im Hinblick auf die Details, die genannt wurden. ‹Gottes Zorn› mit roter Farbe an die Wand gemalt. Aber darüber hinaus habe ich noch ein anderes Gefühl. Er brennt regelrecht. Er wird von seinem eigenen Feuer verzehrt. Für uns ist es zwar unbegreiflich, aber Osama glaubt wirklich, dass es einen Gott gibt, der will, dass er tötet.»

Als Letzter ergriff Per Gullbrandsson das Wort. Seiner Gewohnheit treu strich er sich zunächst sorgfältig die blonden Haare aus der Stirn und klemmte eine Strähne hinters Ohr. Fatimas anfängliches Unbehagen ihm gegenüber hatte sich nur verfestigt. Als er sie anschaute, blieben seine Augen grau und ausdruckslos.

«Zuerst möchte ich Fatima zu einer clever durchgeführten Vernehmung gratulieren.»

Falsche Schlange, dachte sie.

«Und dann möchte ich noch ein paar Dinge anmerken. Es ist wohl für alle offensichtlich, dass die Analyse, die wir anfänglich vorgenommen haben, richtig war. Mårten Lindgren wurde aus Rache für seine Zerrbilder des Propheten Mohammed von militanten Islamisten ums Leben gebracht. Osama Al-Din hat ihn erdrosselt. Also ein Einzelkämpfer. Aber können wir sicher sein, dass er nicht doch Mithelfer hatte, die er schützen will? Wohl kaum.»

Er öffnete eine Flasche Mineralwasser, goss sich ein und trank, bevor er weitersprach. Halbleer, dachte Fatima. Oder halbvoll.

«Und dann ist da noch die Drohung hinsichtlich der Öresundbrücke. Osamas Freunde in Kopenhagen haben Bill und Fatima schließlich gestern zu einer kleinen Spritztour über den Sund herausgefordert.»

Es zuckte kaum merklich in Gullbrandssons hellen Augenbrauen, aber es genügte, um dafür zu sorgen, dass sich Lundströms Gesicht wie eine Unwetterwolke verdunkelte. Er warf sein halb gegessenes Käsebrötchen auf den Teller vor sich.

«Wir müssen festhalten, dass die Drohung weiterhin besteht und Osamas Beteiligung an dieser Sache ungewiss ist», fuhr Gullbrandsson ungerührt fort. «Doch da die Hauptverantwortung für die Observation der Ägypter ja beim PET liegt, können wir von schwedischer Seite aus lediglich für eine Beibehaltung verstärkter, aber diskreter Überwachung des Verkehrs sorgen. Und natürlich den virtuellen Austausch im Internet verfolgen.»

«Ich habe eine Frage!»

Salberg reckte einen Finger in die Luft.

«Wie weit hinauf ist die Information über die Drohung denn gelangt? Weiß die Regierung …?»

«Gut, dass du das aufgreifst, Göran. Der Premierminister und die Justizministerin sind informiert. Sie teilen die Auffassung der Säpo, nicht unnötig in Panik zu verfallen. Was den Chef der Opposition betrifft …»

In diesem Moment wurde Gullbrandsson von Bill Lundström brüsk unterbrochen. «Danke, Per!» Er sammelte mit roten Flecken am Hals einige Unterlagen zusammen. «Tja, um das Ganze zusammenzufassen …»

Gullbrandsson nahm sein Handy aus der Jacketttasche und schaute demonstrativ aufs Display.

«Uns fehlen noch immer technische Beweismittel, die Osama Al-Din an Mårten Lindgrens Haus binden», sagte Lundström. «Aber wir haben das Geständnis. Zusammen mit anderen Indizien bildet das Ganze eine starke Grundlage für die Anklage. Die Staatsanwältin ist sich sicher, dass es in einem Prozess ausreichen wird. Kurzum, wir haben den Teufel.»

Für Fatima kam das Ganze in gewisser Weise einem Abschluss gleich. Es erhob sich allgemeines Gemurmel am Tisch. Sie hörte nicht mehr zu. Vermissen würde sie sie nicht, das wusste sie. Fatima war müde. Sie wollte nach Hause. Allerdings hatte Bill Lundström betont, dass es im Hinblick auf die Ermittlungen noch einiges zu tun gab. Wie abschließende Vernehmungen. Schreibarbeit. Kurz vor dem Meeting hatte er Fatima beiseitegenommen und ihr versichert, dass er in Stockholm ein gutes Wort für sie einlegen würde, falls sie vorhabe, bei der Säpo zu bleiben. Sie hatte mit einem ‹Danke› geantwortet, das keinerlei Bedeutung für sie hatte.

Als sie vom Tisch aufstanden, blieb Fatima vor dem Whiteboard mit den Fotos stehen.

Osama starrte sie mit großen Augen an. Es sah aus, als flehte er um etwas. Vorsichtig berührte sie das Foto mit der Spitze ihres Zeigefingers. Die Stirn. Die dunklen Schatten unter seinen Augen, die Wangenknochen und der Bart auf seinem Kinn. Er sah weich aus. Sie konnte nahezu den Geruch seines kalten Schweißes riechen. Den Geruch seines Hasses. Den Geruch seiner Angst. Ich werde nie verstehen, was in deinem schönen Kopf vor sich geht, dachte sie.

Aber ehrlich gesagt glaube ich, dass ich es auch gar nicht will.

Plötzlich tat er ihr nicht mehr leid. Er regte sie auch nicht mehr auf. Seine wirren Tiraden, seine rätselhafte Sprache, sein glühender Fanatismus. Seine selbstgerechte Überzeugung, dass ausgerechnet er das Licht erblickt und die einzige Wahrheit gefunden hätte.

Die einzige Wahrheit.

Sie realisierte, dass ihr all dies eigentlich Angst einflößen müsste. Doch im Moment hatte sie einfach keine Kraft dazu, auch nur einen Funken Angst zu empfinden. Alles, was sie empfand, war eine immense Gleichgültigkeit gegenüber seiner Person.

Sie lachte auf, steckte den Zeigefinger in den Mund und drückte ihm mitten auf die Nase einen feuchten Fleck.

Genau in dem Augenblick vibrierte ihr Handy in der Hosentasche.

Eine SMS von einer unbekannten Nummer.

Sie öffnete sie.

Von Joel.

Fatima, ich weiß etwas über den Mord. Hab die Leiche selbst gesehen. Sagen Sie es keinem. Wir müssen uns treffen.

«Etwas Wichtiges?»

Sie zuckte zusammen. Als sie aufschaute, blickte sie geradewegs in Bill Lundströms Augen. Wie lange hatte er schon dagestanden und sie beobachtet?

«Äh, nein. Es geht nur um meinen Vater. Er kränkelt etwas. Ich muss wohl zu ihm fahren und nach ihm sehen.»

Erst fand Fatima, dass er misstrauisch aussah. Doch dann lächelte er und warf einen Blick auf das Foto. Der feuchte Fleck auf Osamas Nase war noch immer zu sehen.

KAPITEL 28

Die Mäusebussarde kreisten über den Kiefernwipfeln wie die Aasgeier. Hin und wieder gaben sie schrille Schreie von sich. Joel folgte ihnen mit dem Blick. Dann war er gezwungen, sich den beiden Frauen zuzuwenden.

Er sah den Zweifel in ihren Augen.

Auf dem See lag der Schnee weiß und unberührt. Das Schilf wogte leicht im Wind. Weit entfernt auf der anderen Seite konnte er das Schloss mit blassgelber, an vielen Stellen bereits abgeblätterter Farbe erkennen. Irgendwo dort am Ufer hatte er also gestanden und hinübergespäht, der Graf, von dem behauptet wurde, er hätte einen Adlerblick.

Um den eingestürzten Steinhaufen herum hockten drei Männer in Overalls auf dem Boden. Sie hatten eine blau-weiße Plastikbanderole zwischen den Baumstämmen gezogen. Und den Schnee nahezu vollständig weggefegt. Zwischen einigen Steinen stachen Knochen hervor. Ein Unterschenkelknochen. Ein Arm. Ein weißer Schädel. Es sah aus, als wäre ein Wikingergrab geplündert worden.

«Wildschweine?», fragte Eva Ström misstrauisch.

Joel zuckte mit den Achseln. «Was weiß ich. Das war nur eine Vermutung. Hier in der Gegend gibt es ja jede Menge. Aber es könnte natürlich auch ein Dachs gewesen sein. Oder auch etwas anderes.»

«Aber dann hätte man Spuren sehen müssen.»

«Ja …»

Der Schnee knirschte trocken unter seinen Stiefeln, als er

das Gewicht verlagerte. Er musste an Rakel denken, die den Steinhaufen im Schein der Öllampe verwüstet hatte. Sie hatte es ihm zuliebe getan. Und war dabei ein hohes Risiko eingegangen. Was auch immer geschah, er durfte sie nicht enttäuschen.

«Nicht notwendigerweise», sagte Fatima nachdenklich. «Es hat ja heute Nacht ergiebig geschneit. Mindestens zwanzig Zentimeter.»

Sie hatte Joel umgehend angerufen, nachdem er die SMS geschickt hatte. In aller Eile hatte er ihr seine Geschichte erzählt. Innerhalb einer Minute hatte sie ihn davon überzeugt, dass sie nicht allein zum See fahren könnten. Ein Leichenfund musste der Polizei formell gemeldet werden. Zwei Stunden später hatte sie ihn mit ihrem Auto abgeholt. Als sie ankamen, standen bereits drei Streifenwagen und ein Polizeibus auf dem Waldweg.

«Wir gehen alles noch einmal durch», forderte Eva Ström.

Sie nahm einen Notizblock aus der Jackentasche und klickte ihren Kugelschreiber an.

«Sie sind also hergekommen, um auf eigene Faust den Fundort zu untersuchen, wie Sie sagten?»

«Na ja, eher um mich umzusehen. Nach dem, was mit Mårten passiert ist, sind mir schon einige Fragen durch den Kopf gegangen. Ich kannte den Alten ja kaum. Und dann musste ich erfahren, dass er verdächtigt worden war, hier am See jemanden ermordet zu haben.»

«Und wonach wollten Sie sich umsehen?»

Joel warf Fatima einen hilfesuchenden Blick zu, doch die wandte sich ab.

«Ich habe Ihnen doch schon alles erzählt …»

«Erzählen Sie es noch einmal!», ermahnte ihn Eva Ström unbarmherzig.

Irgendetwas an ihrem Tonfall machte ihn unruhig. Ihre leicht aggressive, misstrauische Art. Er versuchte sich zu konzentrieren, um nicht mehr als notwendig zu lügen.

«Neulich hat mir Roger Holgersson von der *Ystads Allehanda* von dem Jugo erzählt, der spurlos verschwand. Offenbar hatte ein Graf hier Mårten und diesen Dragan gemeinsam in einem Boot sitzen und angeln sehen. Ein Mann namens Adler, der auch so scharfsichtig wie ein Adler gewesen sein soll. Also dachte ich, ich fahr mal hoch zum See und gucke, ob es überhaupt möglich ist, aus dieser großen Entfernung jemanden zu erkennen.»

«Sie wollten Mårten Lindgren also von dem Verdacht reinwaschen?»

«Tja, vielleicht, er war ja immerhin mein Vater.»

Eva Ström schrieb umständlich etwas in ihren Block.

«Adler sah anfänglich zwei Männer im Boot», sagte sie. «Und dann nur noch einen. Ich glaube nicht, dass er sich festlegte, wer derjenige war.»

«Aber alle gingen davon aus, dass es Mårten war, weil er und Dragan immer gemeinsam angeln gingen, oder?»

«Ja …»

«Wie dem auch sei, jedenfalls habe ich beschlossen, eine Runde um den See zu drehen. Um zu gucken, was man von den unterschiedlichen Stellen aus sehen kann. Und dann bin ich plötzlich über diesen Steinhaufen gestolpert. Ich hätte beinahe einen Herzschlag bekommen.»

«Und das war gestern Nachmittag?»

«Ja …»

«Da frage ich mich, warum um alles in der Welt Sie bis heute gewartet haben, bevor Sie die Polizei riefen.»

Diesmal schaute Fatima nicht weg. Es war schließlich dieselbe Frage, die sie ihm auf dem Weg hierher gestellt hatte. Joel hatte immer noch keine passende Antwort parat.

«Weiß der Teufel … Ich weiß es selbst nicht. Es muss am Schock gelegen haben.»

Ströms Gesichtsausdruck zufolge hätte er ebenso gut behaupten können, dass er Jesus sei und übers Wasser gehen könne. Joel spürte Übelkeit in sich hochsteigen.

«Glauben Sie denn, dass er es ist?»

«Wer?»

«Dieser Dragan …»

Eva Ström schnaubte irritiert. «Wer sollte es sonst sein?»

Joel schlug hilflos mit den Armen zur Seite aus.

Plötzlich merkte er, dass Fatima das Interesse an ihm verloren zu haben schien. Sie hatte bereits einige Schritte in Richtung der drei Kriminaltechniker in Overalls am Steinhaufen gemacht.

«Sie haben noch mehr gefunden», murmelte sie.

Die Männer, die um den Steinhaufen herum gehockt hatten, standen auf und wischten sich den Schmutz von der Kleidung. Als auch Eva Ström auf sie zuging, reichte ihr einer von ihnen einen Gegenstand. Dann wechselten die Polizisten ein paar Worte miteinander, die Joel nicht verstand. Nach einer Weile war Ström mit einer Plastiktüte in der Hand zurück. Sie hielt sie Joel vors Gesicht.

«Kennen Sie das hier?»

Das Messing war feucht und mit Erde beschmiert.

Er schüttelte den Kopf. «Nein, was ist das?»

«Sieht aus wie eine Kautabaksdose. Darauf ist ein Name eingraviert. Torsten Olsson. Sagt Ihnen der etwas?»

Joel tat so, als krame er in seinem Gedächtnis.

«Der Prediger», sagte Eva Ström. «Schon mal von ihm gehört?»

«Es gab da so einen Typen, um den sich massenweise Gerüchte rankten», antwortete Joel und versuchte dreinzublicken, als beförderte der Spitzname irgendwelche alten Erinnerungen zutage. «Also vor langer Zeit. Die Leute behaupteten, dass er eine Frau erschlagen hätte. Mörderhaus nannten sie sein Anwesen. Wir sind als kleine Jungs manchmal dort umhergeschlichen.»

Eva Ström steckte die Plastiktüte mit der Dose in die Jackentasche.

«Aber ich verstehe nicht ganz», sagte Joel treuherzig. «Was hat er denn mit dieser Sache zu tun?»

Es dauerte eine Ewigkeit, bis sie sich umdrehte und wegging.

«Wir werden es herausfinden», hörte er sie murmeln.

* * *

Es hatte erneut angefangen zu schneien, schwere feuchte Flocken fielen vom Himmel. Die Scheibenwischer quietschten wie immer und hinterließen Schmutzränder auf der Windschutzscheibe.

Fatima schielte heimlich zu Joel hinüber. Sein zotteliger Mantel verbreitete einen muffigen Geruch im Wagen. Die Mütze hatte er abgesetzt. Seine Haare standen leicht verschwitzt vom Kopf ab. Er fingerte nervös am Schorf seiner Wunde herum.

Er wird eine Narbe zurückbehalten, dachte sie. Eine weiße Narbe in seinem unschuldigen Gesicht.

Dann sah sie sich gezwungen, ihn zu fragen. «Sie schützen jemanden, nicht wahr?»

Sie merkte, dass er zusammenzuckte, und bereute, dass sie ihm die Frage nicht gestellt hatte, als sie ihm in die grünblauen Augen schauen konnte.

«Warum glauben Sie das?»

Er klang aufrichtig erstaunt.

«Nur so ein Gefühl ...», entgegnete sie. «Dass ausgerechnet Sie über eine Leiche stolpern würden, die drei Jahre lang versteckt gelegen hat, erscheint mir etwas unwahrscheinlich.»

«Die Wildschweine ...», murmelte er und schaute durch die Seitenscheibe hinaus.

Plötzlich wandte er ihr sein Gesicht zu, das nackt und schutzlos wirkte.

«Es passieren die merkwürdigsten Dinge», sagte er. «Dinge, von denen man angenommen hätte, dass sie absolut unwahrscheinlich wären.»

«Mag sein ...»

Fatima blinzelte durch die verdreckte Windschutzscheibe hindurch und versuchte, auf andere Gedanken zu kommen. Ich muss daran denken, an einer Tankstelle zu halten und die Wischerblätter auszutauschen.

Der Mord an Dragan Djelic war eigentlich nicht ihre Sache. Zumindest noch nicht. Eva Ström hatte vom Fundort aus im Polizeirevier angerufen und Björn Bernhardsson informiert. Danach hatte sie Fatima mütterlich ermahnt, ein paar Tage Überstunden abzubummeln und sich zu erholen, nachdem die Vernehmungen bei der Säpo in Malmö abgeschlossen waren. «Klar», sagte Fatima, aufrichtig erleichtert. Aber Joel nach Hause bringen konnte sie ja wohl noch.

«Warum hat er es eigentlich getan?», fragte Joel plötzlich.

«Wer denn?»

«Dieser Osama. Haben Sie verstanden, warum er meinen Vater erdrosselt hat? Ich meine, richtig verstanden?»

«Das ist das erste Mal, dass ich Sie Vater sagen höre ...»

«Ist es das?»

«Ja, sonst haben Sie ihn immer den Alten oder Mårten genannt. Aber nie Papa oder Vater.»

Fatima spürte seinen Blick auf ihrer Wange und erwiderte

ihn flüchtig. Er schien sich ertappt zu fühlen. Manchmal ist er wie ein kleiner Junge, dachte sie.

«Aber warum? Können Sie es nachvollziehen?»

«Ich weiß nicht ... Es ist nahezu unmöglich zu erahnen, was in seinem Kopf vor sich geht. Aber er hat heute Morgen gestanden. Ghadab Allah. Er war derjenige, der die Worte mit Mårtens roter Ölfarbe an die Wand geschrieben hat.»

«Dann ist es also klar?»

«Ja, das ist es wohl ...»

Sie streckte den Arm aus und schaltete das Autoradio ein. Janis Joplin sang mit heiserer und schöner Stimme: «Summer ... time ...» Fatima stellte die Lautstärke leiser.

Als sie auf die Landstraße abbogen und Smedstorp passierten, wiederholte Joel seine Frage noch einmal. «Aber warum?»

«Man hat ihn wahrscheinlich einer Gehirnwäsche unterzogen. Er faselt etwas von der einzigen Wahrheit. Von der scheint er gedanklich besessen zu sein.»

«Ich wurde auch einmal einer Gehirnwäsche unterzogen», murmelte Joel.

«Sie?»

Er wand sich unruhig und fuhr sich mit den Fingern durchs Haar.

«Haben Sie sich irgendwann schon einmal so richtig einsam gefühlt, ganz allein in einem unendlichen Universum?», fragte er schließlich.

«Schon oft.» Nahezu immer, war sie kurz davor hinzuzufügen, schwieg jedoch.

«Es war, als ich von Mårten abgehauen bin», erklärte Joel. «Ich bin durch Zufall mit diesen Menschen zusammengekommen. Im Nachhinein habe ich sie immer als Sekte angesehen. Ich war gerade mal achtzehn, und sie haben sich um mich gekümmert. Sie waren ... religiös. Hatten sich Häuser mitten im

Wald errichtet. Waren auf ihre Art nett. Aber sie waren ebenfalls von einer einzigen Wahrheit besessen. Und zwar von ihrer eigenen.»

«Und was ist geschehen?»

«Ich bin eines Tages aufgewacht und habe Todesangst bekommen. Also bin ich abgehauen und nach Kopenhagen rüber.»

Als Fatima sich ihm erneut zuwandte, wurde sie ohne Vorwarnung in seine weit geöffneten grünblauen Augen hineingezogen und von dem starken Wunsch ergriffen, ihn zu berühren. Eine heftige Lust übermannte sie, das Bremspedal durchzutreten, mit quietschenden Reifen am Straßenrand zum Stehen zu kommen, sich den Sicherheitsgurt vom Leib zu reißen und sich auf ihn zu stürzen. Ihn zu umarmen und sein schönes lädiertes Gesicht mit ihren Fingern zu streicheln, während sie ihm versicherte, dass sie mindestens ebenso viel Angst vor dieser verdammten einzigen Wahrheit hatte wie er, und ihn dann lange und genussvoll zu küssen, sich vollständig zu öffnen und ihn dazu zu bringen, dieses sprudelnde Lachen von sich zu geben, von dem sie wusste, dass er es in sich trug.

Doch Fatima presste die Kiefer aufeinander. Wechselte lediglich ihren Griff ums Lenkrad.

Sie schaltete die Temperatur der Lüftung herunter. Schielte heimlich zu ihm hinüber. Merkte er, dass sie unter ihrer Lederjacke zu schwitzen begonnen hatte?

«Ich habe heute Morgen sein Testament gelesen», sagte Joel.

«Mårtens?»

Sie fuhr sich mit einem benutzten Papiertaschentuch, das im Seitenfach gelegen hatte, über die Stirn.

Joel nickte. «Er hat geschrieben, dass er sein Leben lang Angst gehabt hatte. Dass die Angst möglicherweise die Wurzel seiner Bosheit war. Und dass er hoffte, sie mir nicht vererbt zu haben.»

«Bosheit … was bedeutet das eigentlich?»

Als sie die Frage gerade ausgesprochen hatte, donnerte auf der Gegenfahrbahn ein Sattelschlepper vorbei, der eine ordentliche Ladung Schneematsch auf ihre Windschutzscheibe spritzte, woraufhin das gesamte Auto vibrierte. Fatima fluchte und steuerte den Wagen an den Straßenrand. Sie blieben an einer Bushaltestelle mitten im Nirgendwo stehen. Die Wischerblätter schoben die braune Brühe auf der Scheibe hin und her. Sie schaltete sie ab, um das Quietschen nicht mehr hören zu müssen.

Im Radio flüsterte Joplin: «Summer … time …»

Plötzlich berührte Fatima in einem unvermittelten Impuls die Wunde an seiner Stirn mit den Fingerspitzen.

«War er denn boshaft?», fragte sie.

Als er wie vor einem Schlag nach hinten wich, zog sie erschrocken ihre Hand zurück. Es kam ihr vor, als hätte sie sich verbrannt. Eine ganze Weile lang starrte er sie mit diesem erstaunten Ausdruck in den Augen an.

«Ich habe es immer gedacht», antwortete er unsicher. «Aber jetzt bin ich mir nicht mehr so sicher. Kein Mensch kann doch wohl durch und durch böse sein, oder?»

Fatima schüttelte den Kopf.

«Nein, weder böse noch gut.»

«Er äußerte den Wunsch, dass seine Asche in alle Winde verstreut wird», sagte Joel leise. «Damit er endlich frei sein kann.»

Eine ganze Weile saß sie unschlüssig mit den Händen auf den Oberschenkeln da. Aus irgendeinem Grund ging ihr die ganze Zeit ein und derselbe Gedanke durch den Kopf: Du bist Polizistin, Fatima. Denk daran, dass du Polizistin bist!

Schließlich drehte sie sich nach hinten um und zog ein schmutziges Handtuch hinterm Fahrersitz hervor. Sie öffnete die Fahrertür und stieg aus. Nachdem sie die Windschutzscheibe abgewischt und das Eis von den maroden Wischerblättern entfernt hatte, hielt sie inne und reckte ihr Gesicht gen Himmel. Sie schloss die Augen und streckte die Zunge aus. Der Schnee fiel ihr in weichen Flocken auf die Augenlider. Er schmeckte kalt und gut wie immer. Fatima schluckte mehrere Male. Dann wurde ihr bewusst, dass Joel sie durch die Scheibe hindurch beobachtete.

Als sie den Schlüssel im Zündschloss drehen wollte, rief Joel, als wäre es ihm gerade eingefallen: «Ach übrigens, er hat auch etwas von einem Kunsthändler geschrieben. Der offenbar behauptete, dass Mårtens Bilder möglicherweise ein Vermögen wert seien. Ein Karl Månzon in Simrishamn. Sie kennen den Namen doch bestimmt. Er stand nämlich in dem kleinen Taschenkalender, den ich Ihnen gegeben habe.»

Ohne auch nur eine Sekunde lang zu zögern, startete Fatima den Motor und legte auf der Landstraße eine Hundertachtziggraddrehung hin.

* * *

Die Räumlichkeiten des Kunsthändlers lagen im zweiten Stock eines Lagergebäudes aus roten Ziegelsteinen direkt gegenüber dem Fischereihafen. Fatima hatte die Adresse mit Hilfe ihres Handys rasch lokalisiert und danach Eva Ström angerufen.

Ja, der Name war ihr bekannt. Zwielichtiger Typ. Karl Månzon hatte Gerüchten zufolge einmal Hehlerei betrieben, war jedoch nie verhaftet worden.

Fatima hatte sich für die Informationen bedankt und das Gespräch beendet, ohne sich näher zu erklären.

Als sie aus dem Wagen stiegen, hatte der Schneefall zugenommen. Vom Meer wehte ein schwacher Ostwind, der die Flocken über das Hafenareal hineinsegeln ließ. Joel spähte an den Fischkuttern am Kai vorbei bis zum äußersten Pier hinaus. Dort draußen duckten sich kaum erkennbar einige Möwen.

Im Treppenhaus roch es nach Teer und altem Treibholz. *Karl Månzon Art* stand auf einem Blechschild. Fatima klopfte dreimal fest gegen die Tür und lächelte Joel zu.

Was wollte sie mir signalisieren, als sie mein Gesicht berührt hat?

Der Mann, der ihnen öffnete, war groß und hager und trug einen Anzug aus glänzendem Stoff, der in den Achselhöhlen verknittert war. Sein eiförmiger Schädel war abgesehen von einem schmalen Spitzbart an der Spitze des Kinns kahl. Sein Alter war nahezu unmöglich zu schätzen, doch die rötlichen Hautfalten unter seinen Augen deuteten an, dass er wahrscheinlich bedeutend älter war, als er auf den ersten Blick wirkte. Aus dem Raum hinter ihm waren frivoles Stöhnen und lautes Keuchen zu hören, hin und wieder unterbrochen von kurzen Schreien. Im Blick des Mannes lag eine gewisse Erwartung, die sich rasch verflüchtigte, als Fatima ihm ihren Polizeiausweis hinhielt. Mit einem Mal sah er extrem müde aus.

«Verdammt», seufzte er.

Ohne weitere Worte kehrte er ihnen den Rücken und ließ sie in der Türöffnung stehen. Im Vorbeigehen griff er sich eine Fernbedienung vom Couchtisch und schaltete den großen Flachbildschirm aus, woraufhin die eindeutigen Geräusche aufhörten. Månzon sank in einen Sessel und platzierte seine Füße, gekleidet in ein Paar weiße Schuhe mit Ledertroddeln, auf dem Tisch. Joel schloss die Tür hinter sich. Durch ein Dachfenster fiel graues Licht in den Raum. An den weißen Steinwänden hingen Kunstwerke offenbar ohne jedes System und inhaltlichen Zusammenhang. Monet, Carl Larsson, Picasso, alles zweifellos Reproduktionen, sowie diverse abstrakte Motive von für Joel unbekannten Künstlern waren bunt durcheinander mit weinenden Kindern und Segelschiffen im aufgewühlten Meer gehängt. Von einer Leinwand mit schwarzem Rahmen an der Wand hinter dem vollgestellten Schreibtisch lächelte sie Mona Lisa milde an.

«Und was wollen Sie?», fragte Månzon und rutschte in seinem Sessel etwas tiefer.

«Über Mårten Lindgren sprechen», antwortete Fatima.

«Aha, ich dachte …» Der Kunsthändler wirkte sichtlich erleichtert.

«Was dachten Sie?»

«Ach, nichts Besonderes. Ich musste nur gerade an etwas anderes denken. Möchten Sie Kaffee?»

Noch bevor einer von ihnen antworten konnte, hatte er sich wieder aus dem Sessel hochgestemmt und auf eine riesige glänzende Espressomaschine gestürzt, die wahrscheinlich einen weitaus höheren Wert hatte als eines der Bilder an den Wänden.

«Ja, Mårten Lindgren. Darauf hätte ich auch selbst kommen können», gluckste er, während er Kaffeepulver in zwei Siebträger gab und die Maschine einschaltete.

Eine dickflüssige, angenehm duftende Flüssigkeit perlte zischend in die Keramiktassen, die er unter die Hähne gestellt hatte.

«La Pavoni», klärte er sie auf und reichte ihnen die Tassen. «Der Rolls-Royce unter den Espressomaschinen. Habe sie günstig einem Lokal in Malmö abgekauft, das in Konkurs gegangen ist. Hab sogar noch eine Ladung Kaffee dazubekommen. Himmlisches Aroma.»

Sie begannen nahezu gleichzeitig zu schlürfen.

«Sehr lecker», sagte Joel höflich.

Månzon streckte seinen Körper wieder im Sessel aus und wies einladend auf die Couch. «Setzen Sie sich doch bitte. Es geht also um Mårten Lindgren. Woher wussten Sie denn, dass wir miteinander in Kontakt standen?»

«Wir haben Ihren Namen in seinem Telefonverzeichnis gefunden», antwortete Fatima.

«Und in seinem Testament», ergänzte Joel.

Der Kunsthändler zog seine dünnen Augenbrauen hoch.

«Im Testament? Das ist ja ’n Ding! Er hat mir doch wohl nicht noch eines seiner Meisterwerke verehrt?»

«Noch eins?» Fatima stellte ihre Tasse auf dem Tisch ab. «Wie meinen Sie das?»

«Ich habe ihm ein Bild abgekauft.»

«Das müssen Sie mir näher erklären.»

Joel nahm eine gewisse Ungeduld in ihrer Stimme wahr. Sowie eine irritierte Falte auf ihrer Stirn. Sie zog einen Notizblock und einen Stift aus der Tasche und warf dem hochgewachsenen Mann einen auffordernden Blick zu. Mânzon lachte leise. Dann wurde er wieder ernst.

«Er hat mich vor ein paar Monaten angerufen und gefragt, ob ich ihm nicht ein Angebot für seine Bilder machen wollte. Ich kannte ihn vage von … ja, es wurde ja in den Zeitungen einiges über diese Drohungen geschrieben. Ich habe ihm gesagt, dass ich kein Interesse hätte, aber er ließ nicht locker und rief noch mehrmals an. Und irgendwann habe ich gedacht, tja, was zum Teufel hab ich denn zu verlieren, wenn ich mich mit ihm treffe?»

Er hielt inne und schraubte sich mit derselben schlangenartigen Bewegung aus dem Sessel hoch wie zuvor.

«Verdammt, wie mich dieser Duft anmacht!»

Mit flinken Fingern füllte er erneut Kaffee in seine Luxusmaschine und betrachtete liebevoll den Apparat, während es zu zischen begann.

«Mein Magen verträgt eigentlich keinen Kaffee. Er reizt

die Schleimhäute. Aber manche Laster muss man sich eben gönnen.»

«Sie sind also zu ihm gefahren?», fragte Fatima.

«Nein, er ist hierhergekommen.»

«Mit einem Bild?»

«Genau …»

Månzon ergriff seine Kaffeetasse mit Daumen und Zeigefinger und kippte den Inhalt hinunter, woraufhin er das Gesicht zu einer Grimasse verzog, die ebenso viel Schmerz wie Genuss widerspiegelte.

«Aahh», stöhnte er und rieb sich den Bauch.

Dann glitt er durch eine Tür hinaus und war kurz darauf mit einem gerahmten Ölgemälde in der Hand wieder zurück. Das Motiv war nahezu identisch mit dem auf Goran Djelics Bild. Ein Schwein mit Turban und schwarzem Bart, das auf den Hinterbeinen stand. Dieselben rastlosen Pinselstriche, ohne jede Finesse. Die Signatur war hingeschmiert und nahezu unleserlich.

«Tausend Kröten hab ich ihm dafür gegeben», erklärte Månzon.

«Und Sie wollen Kunsthändler sein», murmelte Joel.

«Man kann nie wissen. Es können Perlen vor die Säue sein. Oder aber ich habe den Deal meines Lebens gemacht. Das wird die Zukunft erweisen.»

Månzon lehnte das Bild vorsichtig an die Wand. Dann trat er ein paar Schritte zurück und legte den Kopf schräg.

«Wir hatten wirklich eine interessante Diskussion, Mårten und ich.»

«Worüber? Über selbstgebrannten Schnaps und Pornofilme?», brummte Joel missmutig.

Fatima stieß ihm mit dem Ellenbogen in die Seite.

«Ich glaube, dass Sie Ihren Vater möglicherweise unterschätzen», entgegnete Månzon, ohne besonders pikiert auszusehen. «Wir haben uns über Konzeptkunst unterhalten.»

Er zog ein golden glänzendes Etui aus der Innentasche seines Jacketts und nahm einen langen schmalen Zigarillo heraus, den er sodann mit einem Ronson-Feuerzeug entzündete. Schließlich blinzelte er durch den Rauch hindurch.

«Ich nehme an, Sie kennen Marcel Duchamp? Er hat einmal ein Pissoir aus Porzellan ausgestellt. Doch das Wichtige für ihn war nicht der Gegenstand selbst oder das Motiv eines Bildes, sondern die Idee. Der Gedanke, der im menschlichen Gehirn entsteht. Eine Menge Künstler sprangen darauf an. Christo, ein Bulgare, verhüllte zum Beispiel den Reichstag in Berlin zu einem einzigen Riesenpaket. Mårten war ziemlich fasziniert davon. Er selbst hatte zwar keine ansprechende Pinselführung, darin gebe ich Ihnen recht. Aber das ist auch nicht wichtig. Er hatte viele interessante Ideen im Kopf. Das Kunstwerk ist nicht nur das Bild selbst, sondern alles, was es hervorruft. Die Reaktionen der Betrachter. Ihre Gedanken. Bewunderung. Erschrecken. Abscheu oder Hass. Der Betrachter ist Bestandteil des Ganzen und wird zu einem Teil des Werkes.»

Joel warf Fatima einen Blick zu.

«Wenn also ein Fanatiker Mårten umbringt, weil er den Propheten als Schwein dargestellt hat, wird er selbst zu einem Teil des Kunstwerkes», sagte sie nachdenklich.

«Genau.»

«Osama wird Teil des Kunstwerkes.» Fatima schüttelte den Kopf. «Ich frage mich, ob er wohl selbst daran gedacht hat.»

«Aber die Bilder sind doch nur eine Provokation», wandte Joel ein.

«Selbstverständlich.»

«Aber mit welchem Nutzen?»

Månzon zuckte ungeduldig mit den Achseln. «Nutzen hin

oder her. Wir reden hier von Kunst. Davon, Grenzen auszuloten. Das Recht der freien Meinungsäußerung zu verteidigen, wenn Sie so wollen. Die gewalttätige Reaktion beweist doch, dass es notwendig war, oder?»

Eine ganze Weile lang saßen alle drei schweigend da und betrachteten Mårtens Bild. Plötzlich kam Joel ein Gedanke.

«Sie sagten doch, Sie hätten tausend Kronen dafür bezahlt, oder?»

«Ja.»

«Mårten hat in seinem Testament geschrieben, dass Sie behauptet hätten, die Bilder könnten wertvoll sein.»

Månzon lachte leicht verunsichert auf. «Ja, darüber haben wir auch diskutiert. Ich erinnere mich noch daran, dass ich der Meinung war, dass seine Bilder auf dem internationalen Kunstmarkt wohl einiges würden einbringen können, allerdings nur unter einer Bedingung.»

«Die da wäre?»

Mit einem Mal wurde Månzons Stimme hart. «Dass die Provokation auch wirklich gelingt. Dass sie seinen Tod verursacht. Dass das Kunstwerk mit einem Mord vollendet wird.»

Er drückte den Stummel seines Zigarillos im Aschenbecher aus. Erst jetzt bemerkte Joel, dass Månzons Hand zitterte.

«Das ist ja gespenstisch», sagte der Kunsthändler und sah die beiden etwas verängstigt an. «Da sitze ich hier und erzähle Mårten, dass seine Bilder wertvoll werden könnten, wenn er von Extremisten umgebracht werden würde. Und dann geschieht genau das. Man fühlt sich ja fast schuldig wegen Anstiftung zum Mord.»

* * *

Als sie wieder im Wagen saßen, grübelte Joel lange nach. Die Gedanken schossen ihm kreuz und quer durch den Kopf. Ab und an linste er heimlich zu Fatima hinüber, die ihre Lederjacke auf den Rücksitz geworfen hatte. Ihr schien immer noch heiß zu sein. Sie lächelte ihn etwas mehrdeutig an und strich sich eine feuchte Haarsträhne hinters Ohr, in dem ein kleiner in Silber eingefasster Stein steckte, der klar war wie Kristall.

Merkwürdig, dachte Joel. Ich habe solche Lust, sie zu berühren. Schon beim ersten Mal, als sie in Mårtens Haus am Fenster stand und hinausschaute und sich die Wintersonne in dem kleinen Schmuckstück am Ohrläppchen spiegelte, schon da wollte ich am liebsten ihren Hals mit meinen Lippen berühren.

Er errötete. Faltete die Hände im Schoß und ließ den Blick durch die Windschutzscheibe hinausschweifen. Die Sicht war miserabel. Schwere Schneeflocken wirbelten ihnen entgegen.

Schließlich hielten Joels wirre Gedankengänge bei etwas inne, das Karl Månzon gesagt hatte: Grenzen ausloten. Das Recht der freien Meinungsäußerung verteidigen.

Es hatte so ... hochtrabend geklungen.

«Ich kann mir nicht helfen, aber ich finde, es war so unnötig ...»

Sie warf ihm einen raschen Blick zu. «Was denn?»

«Alles. Mårtens Kunstwerke. Lediglich provozieren zu wollen ...»

Er sah, wie sie das Lenkrad festhielt und mit dem Fuß beunruhigend heftig auf die Bremse trat. Erstaunt hielt er sich am Handgriff fest, während der Wagen an den Straßenrand schlitterte. Als er zum Stehen kam und sie den Motor ausgeschaltet hatte, drehte sie sich mit schwarzen Augen zu ihm um. Die Wucht ihrer Wut ließ Joel die Luft anhalten.

«Sie sind so verdammt naiv! So unglaublich verwöhnt! Kapieren Sie denn gar nichts? Sie sind im sichersten Land der Welt geboren! Begreifen Sie denn nicht, dass die Meinungsfreiheit etwas ist, das man verteidigen muss? Für die man kämpfen muss!»

«Aber …»

«Es gibt kein Aber! Es spielt keine Rolle, was Ihr Vater mit seinen Bildern zu sagen versucht hat. Und es ist auch egal, ob er sein ganzes Leben lang ein Schuft war. Er hatte das Recht zu sagen, was er wollte. Keiner durfte ihm den Mund verbieten!»

Sie wischte sich mit dem Ärmel ihres Pullis den Speichel aus dem Mundwinkel. Ihr Brustkorb hob und senkte sich. Joel starrte sie mit offenem Mund an.

Dann lachte sie plötzlich auf und tätschelte ihm die Wange. «Wenn Sie darüber nachgedacht haben, werden Sie verstehen, dass ich recht habe», sagte sie und drehte den Schlüssel im Zündschloss.

KAPITEL 29

Der Kontoauszug bot einen traurigen Anblick. Joel knüllte ihn zu einer kleinen festen Kugel zusammen, die er in die Ritze neben dem Geldautomaten schob. Die vier Hunderter, die er abgehoben hatte, steckte er in sein Portemonnaie.

Vorm Eingang des Systembolag kauerte Johnny, wie üblich mit roter Nase und einer Bierdose in der Hand. Joel tat so, als sähe er ihn nicht.

Nachdem vor genau einem Jahr das Reihenhaus verkauft und die Anteile ausbezahlt worden waren, war er sich reich und ziemlich frei vorgekommen. Doch inzwischen waren seine Finanzen ziemlich zusammengeschrumpft, und ein kurzer Überschlag ergab, dass er sich höchstens noch ein paar Monate würde über Wasser halten können. Beim Sozialamt betteln wollte er auf gar keinen Fall, da würde er sich lieber zu Johnny gesellen und in einer Schneewehe verhungern.

Er musste unwillkürlich daran denken, was Karl Månzon gesagt hatte. War es denn möglich, dass Mårtens Gemälde ein Vermögen wert sein konnten?

Für einen Augenblick erwog Joel, einen Blick in die Zeitungsredaktion auf der anderen Straßenseite zu werfen und ein paar Worte mit Roger Holgersson zu wechseln, hauptsächlich der Gesellschaft wegen. Aber die Räume sahen dunkel und leer aus. Er war wohl unterwegs zu einem Außentermin.

Stattdessen schlenderte Joel in Richtung Pizzeria. Vielleicht würde er dort einen Kaffee bekommen. Oder etwas zu essen, auch wenn er eigentlich gar keinen Hunger hatte. Es dämmerte bereits. Der Wind hatte wieder aufgefrischt, die Temperatur war offenbar erneut gefallen. Kleine Schneeflocken fegten über den Marktplatz und brannten auf seiner Wange wie Nadelstiche.

Obwohl Ahmed allein in seinem Lokal stand, glänzte seine Glatze vor Schweiß. Joel zog seinen Mantel aus und warf ihn über einen Stuhl.

«Mistwetter», rief er zur Begrüßung und bestellte einen Kebab und ein Glas Wein.

Zur Antwort erhielt er lediglich ein finsteres Nicken.

Während Joel dasaß und aufs Essen wartete, machten sich die Ameisen in seinen Beinen wieder bemerkbar. Zuerst waren es nur einige wenige, die im einen Fuß herumkrabbelten und ihn frech zwischen den Zehen kitzelten. Doch dann wurden es mehr und mehr, die durch die Waden bis zu den Oberschenkeln und Leistenbeugen hinaufschwärmten. Joel kippte den Wein hinunter und streckte seine Beine, so weit es ging, unter dem Tisch aus. Er versuchte sich zu entspannen.

Als sich die Insekten etwas beruhigt hatten und es ihm gelungen war, all die Diagnosen zu verdrängen, die er in Ärzteforen im Internet gefunden hatte, konnte er sich gedanklich den Bildern widmen.

Zehn Stück hatte Mårten gemalt. So stand es im Testament. Je eines hatte er Månzon und Goran Djelic überlassen. Drei hatte er testamentarisch seinen Frauen verfügt: Siw, Rakel und Helga.

Blieben also noch fünf für ihn selbst.

Wie viel mochten sie wert sein? Über irgendwelche Summen hatte Karl Månzon nicht zu spekulieren gewagt, sosehr Joel auch versucht hatte, eine Zahl aus ihm herauszukitzeln. Der Markt ist unberechenbar, hatte der Kunsthändler mit einem spöttischen Lächeln gesagt. Man muss an die entsprechenden Spekulanten geraten.

Wer's glaubt, wird selig, dachte Joel.

Zunächst einmal ging es allerdings darum, die verfluchten Bilder zu finden. Wo zum Teufel konnten sie nur geblieben sein? Hatte Mårten sie tatsächlich in einem seiner Wutausbrüche verbrannt? Oder hatte es der Mörder getan?

Auf der Rückfahrt von Simrishamn hatte Fatima ihn nur kurze Zeit, nachdem sie stinksauer auf ihn gewesen war und ihn angepflaumt hatte, völlig unerwartet gefragt: «Haben Sie eigentlich schon mal daran gedacht, dass Sie reich werden könnten?»

Daraufhin hatte sie ihn fragend angesehen, als wäre sie neugierig darauf, wie er über sein Erbe dachte.

Sein Blutgeld.

Es war nicht gerade leicht zu ergründen, was in ihrem Kopf vor sich ging. Aber sie hatte ihm ja gestanden, dass sie einsam war. So wie er selbst. Joel fand, dass es vielversprechend klang. Er fingerte zerstreut an der Plastiknelke in der Vase auf dem grün karierten Tischtuch herum. Wischte etwas Staub weg, der sich zwischen den Blütenblättern festgesetzt hatte.

Plötzlich wurde er in seinen Gedanken unterbrochen, als die Türglocke ging. Vier Männer kamen hereingestiefelt, alle mit Baseballcaps, unter denen rot gefrorene Ohren hervorschauten. Ihnen folgte ein kalter Luftzug und ein Geruch nach Kautabak. Bevor sie sich an den Tisch neben die große Yuccapalme setzten, starrten sie ihn feindselig an. Ahmed nickte ihnen reserviert zu. Der Kebab, den er hereintrug, roch ziemlich lecker. Joel biss hinein und wollte den Pizzabäcker gerade fragen, warum er so traurig aussah, als sein Handy in der Tasche vibrierte. Er wischte sich rasch ein wenig Knoblauchsoße aus dem Mundwinkel und meldete sich.

Die Stimme klang, als käme sie von weit her. «Hej, hier ist Erik.»

Es dauerte eine Weile, bis Joel begriff, wer es war. «Aah, Erik», antwortete er erstaunt.

«Rufe ich ungelegen an?»

«Äh nein, ganz und gar nicht … Ich sitze gerade in der Pizzeria.»

Ahmed warf ihm einen fragenden Blick zu, zuckte dann jedoch mit den Achseln und trottete zurück hinter den Tresen.

«Ach, was für ein Zufall», sagte Erik. «Ich wollte mich nur erkundigen, wie es dir geht und so.»

«Ja, eigentlich ganz gut …»

Joel wartete auf eine Fortsetzung, die jedoch nicht kam. Für einen Augenblick erwog er, Erik zu fragen, ob er Lust hätte, zu ihm in die Pizzeria zu kommen, um sich ein wenig zu unterhalten, überlegte es sich jedoch anders. Stattdessen fragte er ihn mit vollem Mund: «Und selbst?»

«Ach, ich bin ’n bisschen traurig. Es ist so leer ohne Mårten. Er … ja, wenn du entschuldigst, es kommt mir so vor, als wäre er am Ende doch noch ein Vater für mich geworden.»

«Mårten?»

«Ja …»

Joel versuchte die beiden gedanklich zusammenzubringen. Mårtens cholerische Erscheinung. Sein ruckartiger ungeduldiger Gang. Der breite Rücken und die harten Schwielen an den Händen, vor denen man sich in Acht nehmen musste. Und dann Erik, dieses altkluge Riesenkind mit Augen, die so treuherzig und blau wie ein Bergsee waren. Es versetzte Joel einen Stich in der Brust. War das womöglich noch Neid? Joel konnte es kaum glauben.

«Wolltest du noch etwas anderes?», fragte er mit kühlerer Stimme als beabsichtigt.

Er hörte Erik verlegen auflachen. «Nein, eigentlich war Mama diejenige, die mich gebeten hat, bei dir anzurufen. Denn ihr geht es nicht so gut. Nichts Ernstes, nur eine Erkältung, die bestimmt bald überstanden ist. Aber du weißt es ja selbst. Sie muss immer etwas zu tun haben. Es ist ihr absolut unmöglich, das Bett zu hüten und sich nicht zu beschäftigen. Mama findet, dass es höchste Zeit sei, sich um Mårtens Erbe zu kümmern. Sie würde sich gerne morgen mit dir in Mårtens Haus treffen und seine Habseligkeiten durchgehen. Passt es dir um die Mittagszeit?»

«Ich weiß nicht … Ist das denn wirklich nötig?», wand sich Joel.

«Mama hat das Ganze wirklich schwer zugesetzt, auch wenn sie es sich nicht anmerken lässt. Sie hat so viel von Mårten gehalten. Das, was passiert ist, ist ja geradezu ein Sakrileg. ‹Gottes Zorn›. Was wissen denn derlei Mörder schon über Gott? Mama findet das alles jedenfalls ganz abscheulich.»

Joel schielte zu Ahmed rüber, der gerade vier Pizzen in seinen Steinofen geschoben und ihn für die kürzlich eingetroffenen Gäste frisch befeuert hatte. Wie warm es geworden war! Er entschuldigte sich, legte rasch das Handy zur Seite und zog sich den Pulli aus. Aus irgendeinem Grund bekam er nur schwer Luft. Es war, als ob ihm diese großgewachsene, mütterliche, unbeholfene und so rührend besorgte Frau plötzlich etwas zu nahe kam. Die heilige Helga. Dabei war sie doch gar nicht diejenige, die ihren Vater verloren hatte. Und auch nicht diejenige, die ihn beerben würde.

Kaum dass er den Gedanken gedacht hatte, überkam ihn ein schlechtes Gewissen. Wie engstirnig. Mårten hatte schließlich seine letzten Jahre gemeinsam mit ihr verbracht, und es war offensichtlich, dass er sie geliebt hatte. Die Frau, die ihn dazu gebracht hatte, das Licht zu erblicken. Es gab wirklich keinen Grund, sie auszuschließen. Außerdem hatte Berelius doch vorgeschlagen, dass sie das Erbe gemeinsam durchgehen sollten.

«Bist du noch dran?»

«Ja natürlich, ich bin hier. Wir machen es, wie du gesagt hast.»

«Gut», entgegnete Erik. «Dann sehen wir uns morgen gegen zwölf.»

«Okay.»

«Du, Joel», sagte Erik schnell, bevor Joel das Gespräch wegdrücken konnte. «Eine Sache noch.»

«Ja?»

«Also, das, was ich vorhin gesagt habe, meine ich auch so. Dass ich mich erkundigen wollte, wie es dir geht. Denn es kommt mir vor, als hätte Mårtens Tod uns irgendwie zusammengeführt. Findest du nicht? Ich selbst bin jedenfalls davon überzeugt, dass der Herr mit allem, was er tut, einen Grund hat. Ich finde, wir sollten uns wiedersehen, du und ich. Letztens, als wir uns in der Pizzeria getroffen haben, war es doch nett. Wir könnten ja hin und wieder etwas zusammen unternehmen. Vielleicht zum Angeln rausfahren. Mårten und ich haben das öfter gemacht. Was meinst du?»

«Tja, warum nicht. Schauen wir mal …» Joel ließ das Ende des Satzes offen. Dann fiel ihm etwas ein. «Wo ich dich schon an der Strippe habe, Erik. Hat Mårten dir und Helga möglicherweise erzählt, dass er sich mit einem Kunsthändler in Simrishamn getroffen hat? Ein Karl Månzon, der behauptet hat, dass seine Bilder wertvoll wären.»

Joel schaute zu den vier Männern am Fenster rüber, die gerade in Gelächter ausbrachen, weil jemand einen Witz erzählt hatte.

«Nein, ich kann mich jedenfalls nicht daran erinnern», hörte er Erik sagen. «Aber es erstaunt mich keinesfalls. Denn Mårten war ja extrem begabt. Mama und mir gefallen seine Bilder jedenfalls sehr, besonders seine Auferstehungsmotive. Sie strahlen eine starke Empfindsamkeit aus. Findest du nicht auch?»

«Klar», entgegnete Joel. «Eine ganz starke Empfindsamkeit. Richte Helga gute Besserung aus, dann sehen wir uns morgen.»

Er schob sich den Rest Kebab in den Mund und ging zur Kasse, um zu bezahlen. Ahmed stand da und starrte scheinbar geistesabwesend auf den Fernseher, während er mechanisch Biergläser abtrocknete, die schon längst staubtrocken sein mussten. Als Joel ihn um die Rechnung bat, zuckte er zusammen, als sei er gerade aus einem tiefen Schlaf geweckt worden.

«Sie sehen müde aus, Ahmed. Laufen die Geschäfte schlecht?»

«Nicht schlechter als sonst auch.»

Die altertümliche Kasse klingelte.

«Sie sehen ja aus wie ein begossener Pudel.»

Der Pizzabäcker legte das Geschirrtuch zur Seite und seufzte. Es sah aus, als würde er jeden Moment in Tränen ausbrechen. «Finden Sie das etwa erstaunlich? Wenn die Leute Brandbomben werfen …»

«Wer denn?»

«Sie fragen, wer! Haben Sie denn nicht die Zeitung gelesen, Junge? Diejenigen, die immer Terror machen. Fanatiker. Idioten, die glauben, das Licht erblickt zu haben. Das einzig wahre Licht. Es gibt sie überall. Zu Hause im Irak. Und auch hier in Schweden. Zuerst ermorden sie einen Künstler, weil er Bilder gemalt hat, durch die sie sich gekränkt fühlen. Und dann gießen sie Benzin durch den Briefschlitz bei einer armen Frau, sodass sie beinahe verbrennt, zusammen mit ihren kleinen Kindern. Es ist immer dasselbe. Hass, Hass, Hass!»

Als die vier Männer am Fenster verstummten und sich umdrehten, brach er unvermittelt ab und wendete sich wieder dem Abtrocknen der Gläser zu.

«Man sieht sich», sagte Joel und klopfte ihm auf die Schulter.

Draußen auf der Straße atmete er tief durch, um die abgestandende Luft aus den Lungen zu bekommen. Dunkelheit hatte sich über den Marktplatz gelegt, und im Schein der Straßenlaternen sausten die Schneeflocken wie Feuerpfeile umher. Ein heftiger Windstoß erfasste ihn, sodass er aus dem Gleichgewicht geriet. Hinten am Bahnübergang senkten sich die Schranken mit einem Klingeln, um den Zug nach Ystad durchzulassen. Der Einzige, der vor der roten Ampel am Übergang stand, war Johnny, der offenbar beschlossen hatte, nach Hause zu trotten.

Unschlüssig ging Joel in Richtung Konsum. Ein paar Lebensmittel musste er zumindest einkaufen.

Der Laden wirkte leer und verlassen. Das grellweiße Licht der Neonröhren brannte ihm in den Augen. Vereinzelte Kunden bewegten sich wie Gespenster zwischen den Regalreihen. Joel nahm eine Packung Wiener Würstchen, ein Vollkornbrot und ein Sixpack Norrlands Guld und legte alles in seinen Einkaufskorb. Dann war er mit seiner Phantasie am Ende. Und du bist mal Koch gewesen, dachte er. Vor einer Packung Tomaten aus Spanien zögerte er, ließ sie jedoch liegen. An der Kasse ließ er seinen Blick über die Schlagzeilen der Abendzeitungen gleiten. Bauer Bosse war offenbar sturzbesoffen Auto gefahren. Ein Mann namens Jocke war in einem Wutausbruch auf eine Castingshow-Jury losgegangen. Latex-Linda war bei Big Brother rausgeflogen. Dann fiel sein Blick wieder auf den dürftigen Inhalt in seinem Einkaufskorb.

Ob Fatima sich freuen würde, wenn ich sie zu mir zum Abendessen einladen würde?, fragte er sich.

Eine Polizistin …

Die Bratwurst hatte ihr immerhin geschmeckt.

Aber für ein richtiges Abendessen bedurfte es etwas mehr Finesse. Johanna hatte es sehr geschätzt, wenn er frische Krabben und Weißwein kaufte. Das fiel also schon mal weg. Vielleicht die feurige Hacksoße des Grönländers Jespersen mit rotem Chili?

Oder doch eher ein blutiges Steak mit Salat und einem kräftigen Rotwein? Früher, als Joel nicht nur die Zeit, sondern auch das nötige Geld gehabt hatte, hatte er Gefallen daran gefunden, ein Abendessen zusammenzustellen. Aber das war lange her.

Als er bezahlt und seine Waren in eine Plastiktüte gepackt hatte, blieb er am Blumenstand stehen.

Welche Blumen sollte er ihr kaufen?

Er ließ seinen Blick über die importierten Schnittblumen und Topfpflanzen schweifen und hielt bei einem Eimer mit roten Rosen inne.

Wie banal, hätte Johanna gesagt.

Selbstverständlich würde er einen großen Strauß blutrote Rosen kaufen.

«Hej, Joel.»

Siw Wollgren stand in ihrem Leopardenpelzmantel mit einem Bund Tulpen in der einen und einer Geranie in der anderen Hand da, als könnte sie sich nicht entscheiden. Sie zwinkerte ihm mit ihren schweren blau geschminkten Augenlidern freundlich zu.

«Was meinen Sie, rechts oder links?»

Sie hielt die eine Hand neben die andere.

«Ach, nehmen Sie doch beide!», meinte Joel lachend.

Sie gaben sich etwas unsicher die Hand. Er stellte fest, dass ihr ein Fingernagel abgebrochen war.

«Wie geht es Ihnen?», fragte sie. «Ich meine, mit all dem, was Sie um die Ohren haben.»

«Na ja, bald wird die Beerdigung sein. Heute Morgen habe ich beim Rechtsanwalt Mårtens Testament gelesen. Sie werden darin erwähnt.»

Sie stellte die Blumen an ihren Platz zurück und klimperte erwartungsvoll mit den Wimpern. Das Neonlicht war schonungslos zu ihr.

«Ein Bild», sagte Joel.

«Aha.»

Man konnte hören, dass es ihr schwerfiel, ihre Enttäuschung zu verbergen. Die Botschafterin der Güte und Freude Siw Wollgren, die Mårten Lindgren und seine Kunst in ihrer Kolumne mit einem solchen Engagement verteidigt hatte.

«Er hat nicht zufällig das Akkordeon erwähnt, oder? Ich glaube, wir haben letztens schon davon gesprochen. Ein Walter. Rot mit schwarzem Balg und weißen Tasten.»

«Doch, genau», antwortete Joel. «Sie hatten recht. Er möchte, dass Sie es bekommen. Das Problem ist nur, dass ich keine Ahnung habe, wo es ist.»

«Mårten hat also in seinem Testament geschrieben, dass ich es bekommen soll?», fragte sie beflissen.

Joel nickte. «Aber was hilft es?»

«Ich wusste es!», rief sie mit einem Strahlen in den Augen aus.

Vielleicht eine letzte Bestätigung.

Eine Wiedergutmachung.

Plötzlich wirkte sie peinlich berührt. «Übrigens habe ich Sie neulich angelogen», sagte sie.

«Angelogen?»

«Erinnern Sie sich daran, dass ich Ihnen gegenüber sagte, Mårten das letzte Mal vor anderthalb Jahren am vierten Juli, dem Nationalfeiertag der Amerikaner getroffen zu haben? Als er mit mir Schluss gemacht hat. Doch das stimmte nicht. Denn ich habe ihn danach noch einmal gesehen.»

«Aber warum …?»

«Äh, es war mir etwas peinlich. Und ich hatte ein schlechtes Gewissen, weil ich zu stolz war und mich geweigert habe, ihm zuzuhören. Ich habe ihm schließlich angesehen, dass er Todesangst hatte.» Sie ergriff Joels Arm und senkte die Stimme zu einem Flüstern. «Ich bin ihm auf dem Parkplatz vor Bo Ohlssons begegnet. Es muss ungefähr vor drei Wochen gewesen sein. Sobald er mich erblickte, ergriff er meinen Arm, genau, wie ich Sie jetzt halte, und zischte mir ins Ohr: ‹Es ist zu Ende! Man kann keinem mehr trauen!› Genau das sagte er. Sein Blick war gehetzt. Aber ich, ich dumme Kuh, hab mich losgerissen und bin weggelaufen.» Sie schniefte und wischte sich mit den Fingern etwas Mascara weg, die an ihrer Nase heruntergelaufen war. «Das werde ich mir nie verzeihen. Ich hätte bleiben und ihm zuhören müssen.»

Joel legte vorsichtig eine Hand auf die ihre. Wie sie so dastand, sah sie untröstlich aus. Aus einem plötzlichen Impuls heraus fragte er sie: «Hat Mårten Ihnen eigentlich jemals Blumen gekauft?»

«Oh ja. Ziemlich oft sogar.»

«Monique und Molière, so nannten Sie sich doch, nicht wahr?»

«Ja, Sie erinnern sich also daran …»

Sie schnäuzte sich in ein zerknittertes Taschentuch und lächelte wehmütig.

Joel räusperte sich verlegen. Aus irgendeinem Grund war es ihm unangenehm zu fragen, aber zugleich konnte er es nicht sein lassen.

«Darf ich fragen, welche Sorte er gekauft hat?»

Sie schaute ihn erstaunt an, als wäre es das Selbstverständlichste auf der Welt.

«Natürlich rote Rosen. Mårten hat mir immer einen großen Strauß rote Rosen gekauft.»

* * *

Das Bild von Mårten an der Straßenecke tauchte erst auf, als Joel kurz davor war einzuschlafen. Er warf die Decke zur Seite und setzte sich auf dem Sofa rasch auf. Draußen vor dem Fenster war es schwarz. Eine Uhr hatte er nicht zur Hand.

Zuerst bemerkt er nicht, dass es Mårten ist.

Joel ist vollauf mit den Notenblättern beschäftigt, die andauernd vom Notenständer zu wehen drohen. Das Herbstlaub wirbelt auf der Straße herum wie umherhuschende Ratten. Die Leute eilen geduckt vorbei. Auf dem roten Samtfutter des Saxophonkoffers liegt ausschließlich Kleingeld. Verdammter Mist, denkt er, es kommt sowieso nichts dabei rum.

Aber wo er schon einmal hier steht. Auch wenn er sich weg sehnt. Weit, weit weg an einen der weißen Strände mit grünen Palmen und türkisfarbenem Wasser, die er im Schaufenster des Reisebüros auf der anderen Straßenseite sieht. Er setzt das Mundstück an die Lippen und bläst.

«Somewhere, over the Rainbow ...»

Ein kleines Mädchen bleibt stehen. Sie trägt eine Strickmütze mit einem großen weißen Bommel auf dem Kopf und einen Mantel, der ihr fast bis zu den Schuhen reicht. Aber Geld hat sie nicht dabei. Sie kichert und läuft weiter.

In dem Augenblick löst sich ein Mann von der Hauswand, an die er dicht gepresst gestanden hatte. Er überquert mit ruckartigen Schritten die Straße. Sein Blick flackert halb versteckt unter einem merkwürdigen Hut, den er mit der Hand festhalten muss, damit er nicht wegfliegt. Er beugt sich rasch zum Koffer hinunter und beeilt sich dann wegzukommen wie ein Taschendieb. Ein Stück entfernt hält er an und dreht sich um. Für den Bruchteil einer Sekunde begegnen sich ihre Blicke. Dann ist er verschwunden.

An einem Metallbügel am roten Samtfutter festgeklemmt steckt ein Fünfhundertkronenschein.

Joel schaut sich unschlüssig um. Legt das Saxophon zur Seite. Nimmt den Schein und reißt ihn in winzig kleine Streifen, die er mit dem Wind wegfliegen lässt.

Danach ist es, als hätte es ihn nie gegeben.

* * *

Versuchte er sich etwa freizukaufen?, dachte Joel, während er schlaftrunken auf dem abgewetzten Sofa vom Flohmarkt saß. Er kratzte sich am Haaransatz. Mit einem lächerlichen Fünfhunderter?

Er schüttelte verwirrt den Kopf.

Blutsbande.

Blutgeld.

Warum habe ich ihm nicht nachgerufen?

Warum habe ich nie diese verdammten Briefe geöffnet, die er mir geschickt hat?

Er schlurfte hinaus ins Bad und ließ sich kaltes Wasser übers Gesicht laufen. Schaute dann lange in den Spiegel, ohne vollständig davon überzeugt zu sein, wer dort im Glas zu sehen war und zurückstarrte. Planlos stolperte er weiter in die Küche, wo er den Kühlschrank öffnete und eine Weile auf die Bierdosen und die Packung mit Wiener Würstchen starrte. Dann schloss er ihn langsam wieder.

Rote Rosen, dachte er. Tja, warum nicht. Bei der nächsten Gelegenheit würde er verdammt noch mal einen großen Strauß rote Rosen kaufen.

Dann ging er mit entschlossenen Schritten in den Flur hinaus, wo er sich Stiefel und seinen Mantel anzog und eine Mütze aufsetzte. Er nahm eine Taschenlampe in die eine Hand und das Saxophon in die andere. Als er hinaus auf die Verandatreppe kam und die Taschenlampe einschaltete, sah er, dass sich neue

Schneewehen auf dem Hügel hinterm Holzschuppen angesammelt hatten. Joel begann hinaufzuklettern, trat in ein Loch und fiel, stand jedoch wieder auf und stapfte weiter durch den Schnee, der ihm bis unter die Achseln reichte. Die Lampe und das Saxophon reckte er trotzig hinauf in Richtung der Unwetterwolken.

Jetzt würde er verdammt noch mal blasen!

Der Teufel sollte ihn holen, wenn es ihm nicht gelänge, den Sturm zu übertönen.

KAPITEL 30

Joel schreckte aus dem Schlaf hoch, als ihm jemand ein Kissen aufs Gesicht presste. Er bekam keine Luft mehr, versuchte sich zu befreien, doch seine Arme waren kraftlos. Tausende von Ameisen bissen in seine Muskelfasern und zerrten daran. Als er sich im Bett herumwarf, verhedderte sich die verschwitzte Bettwäsche zwischen seinen Beinen und fesselte seine Füße. Er schrie vor Panik. Doch dann gelang es ihm, sich aufzusetzen. Er starrte geradewegs in die Dunkelheit.

Draußen vor dem Fenster hörte er den Wind heulen.

War dort jemand?

Er bewegte vorsichtig seine Finger, sodass das Blut in seinen tauben Armen wieder zu zirkulieren begann. Das Stechen legte sich langsam. Aber die Luft war noch immer schneidend, und er hatte Atemnot. Er knipste die Nachttischlampe an und blinzelte mit verklebten Augen.

Ein Kloß im Hals erschwerte ihm das Schlucken. Seine Kehle brannte und war offenbar entzündet. Seine Nase schmerzte und war geschwollen. Er griff nach der Toilettenpapierrolle auf dem Nachttisch, riss sich ein paar Blätter ab und schnäuzte sie voll.

Widerwillig schob er die Bettdecke zur Seite und stellte die Füße auf den kalten Fußboden. Als er die Jalousie hochzog, strömte ein undefinierbares graues Licht durchs Fenster hinein. Es war unmöglich auszumachen, wie spät es war. Der Wind hatte zugenommen. Der Schnee fegte übers Land. Die Bäume ächzten, und vom Hof her hörte er die Tür zum Holzschuppen wie immer auf- und zuschlagen.

Er hatte bereits am Vorabend gespürt, dass sich der Sturm ankündigte, als er mit seinem Saxophon auf den Hügel geklettert war. Über eine Stunde hatte er dort in der Dunkelheit gestanden und mit einem Gefühl geblasen, als würden ihm alle Götter zuhören. Gillespie, Charlie Parker und Clemons. Verdammt, wie hingebungsvoll hatte er gespielt. Er hatte wie verrückt geblasen. Kein Wunder, dass ihm heute die Lippen weh taten.

Joel musste innerlich lächeln.

In seinen blau gestreiften Morgenmantel gehüllt, den er von Johanna zum ersten Weihnachtsfest im Reihenhaus geschenkt bekommen hatte, schob er etwas mehr Holz in den Kachelofen und zündete es an. Dann stellte er sich unter die Dusche und ließ seinen Körper mit heißem Wasser berieseln. Während er sich einseifte, überkam ihn erneut dieses Gefühl der Einsamkeit und die Sehnsucht danach, nicht länger so verdammt allein zu sein. Er musste an Siw Wollgren denken, die ihm gesagt hatte, dass sie rote Rosen liebte, und er dachte an Fatima. Vielleicht sollte er einfach einen Versuch wagen.

Als er sich den Dreitagebart abrasiert und sich ein weiteres Mal abgeduscht hatte, trocknete er sich gründlich ab. Aus dem Badezimmer drang warmer Wasserdampf. Joel betrachtete seinen Körper im Flurspiegel. Etwas zu mager, dachte er. Er wog sein Glied und den Hodensack in der Hand, spannte einen Bizeps an, drehte sich halb herum und kniff die Pobacken zusammen. Ich muss ernsthaft anfangen Sport zu machen. Er fuhr sich mit den Fingern durchs Haar. Und vielleicht mal zum Friseur gehen. Während sein Hals noch immer schmerzte, war zumindest seine Nase nach dem Duschen nicht mehr so stark verstopft. Als er eine Gänsehaut bekam, zog er rasch eine Hose, einen dicken Pulli und Wollsocken an.

Der schwarze Kaffee brannte angenehm in seiner Kehle. Erst

als er zwei Becher getrunken hatte, stellte er fest, dass die Küchenuhr bereits halb zwölf anzeigte.

Heute sollte er sich doch mit Helga treffen!

Joels erster Impuls bestand darin, ihr abzusagen und es mit seiner Erkältung zu begründen. Wie froh wäre er, bei dem Sturm nicht rauszumüssen. Der Gedanke an das heruntergekommene verblichene Eternithaus, in dem er seine gesamte Kindheit verbracht hatte, erfüllte ihn lediglich mit Abscheu. Die Aussicht darauf, in Mårtens Habseligkeiten herumwühlen zu müssen, bereitete ihm Bauchschmerzen. Vielleicht sollte man lieber eine Entrümpelungsfirma beauftragen, die das Haus leerte.

Doch dann fielen ihm Eriks Worte ein. Helga lag es sehr am Herzen. Joel seufzte. Also galt es, das Ganze möglichst schnell hinter sich zu bringen.

Vor kurzem hatte ein Polizist bei ihm angerufen und ihn darüber in Kenntnis gesetzt, dass die Untersuchung des Tatorts abgeschlossen und die Absperrung aufgehoben sei. Der Schlüssel zu Mårtens Haus würde an einem Haken in der Werkstatt neben der Tür hängen. Joel schaute durchs Fenster hinaus. Sturmwinde peitschten übers Land. Blieb nur zu hoffen, dass die Straßen nicht wieder zugeweht waren.

Sein Schaffellmantel hing an einem Bügel im Flur. Zum ersten Mal fiel Joel auf, wie schmutzig er war. Nach seinem nächtlichen Konzert auf dem Hügel hinterm Holzschuppen war er noch immer feucht. Die Wolle roch säuerlich. Joel zögerte. Aber er wärmte zumindest, dachte er und warf sich das Ungetüm über.

Draußen vor der Tür sah er, dass eine dicke Schneedecke auf dem Skoda lastete. Joel wischte notdürftig die Windschutzscheibe frei. Der Motor hustete mehrmals, startete aber dennoch, sodass er zur Landstraße hinunterschlittern konnte. Ein

Räumfahrzeug donnerte an ihm vorbei. Der Räumdienst war also in vollem Gange. Das ist jetzt das dritte Mal, dass ich mich auf den Weg zu Mårtens Haus mache, dachte Joel. Und das zweite Mal im Schneesturm. Aber jetzt muss ich zumindest nicht mitten in der Nacht mit Axt und Schrotflinte über die Äcker stapfen.

Unterwegs musste er erneut an Fatima denken. Er suchte nach Hinweisen in dem, was sie gesagt und getan hatte.

Er hatte sich das Ganze doch wohl nicht eingebildet, oder?

Er schaltete das Radio ein und zappte auf gut Glück die Sender durch. Als irgendwo Roxy Music lief, musste er lächeln und drehte die Lautstärke auf, sodass das Saxophonsolo von Andy Mackay die Lautsprecher scheppern ließ. Und als Joel Bryan Ferrys schmachtendes «Oh, Prairie Rose …» hörte, lachte er laut los, pfiff auf seinen schmerzenden Hals und brüllte, so laut er konnte, mit: «Oh, Prairie Rose, how happy I should be …»

Das ist doch verdammt noch mal ein Zeichen!

Heute Abend rufe ich sie an. Was habe ich denn schon zu verlieren?

* * *

Fatima schlief lange. Eva Ström hatte recht gehabt, sie brauchte wirklich ein wenig Erholung. Wie schön es doch war, ausschlafen zu können. Sie zog die Bettdecke bis unters Kinn hoch, wackelte mit den Zehen und genoss die Wärme. Als sie feststellte, dass sie in ihrem Traum nicht allein gewesen war, musste sie lächeln. Irgendjemand war da gewesen, allerdings keineswegs wie beim letzten Mal jemand, der sie bedrohte. Wie der Traum ausgegangen war, wusste sie jedoch nicht mehr.

Als Fatima aufstand und ihren Morgenmantel anzog, war es bereits nach zehn Uhr. Sie setzte Kaffee auf und blätterte zerstreut in der Morgenzeitung. Goss das welkende Basilikum im Topf auf der Fensterbank. Faltete zwei Pizzakartons zusammen und warf sie in den Mülleimer, während sie sich gelobte, in Zukunft den Müll sorgfältiger zu sortieren. Gestern Abend war es richtig nett gewesen, gemeinsam mit Lena ein paar Gläser Wein zu trinken und zu entspannen. Lena war immer gut gelaunt. Sie hatte etwas von einem göttlichen Mann geplappert, der bei ihr im Salon aufgetaucht war. Fatima war kurz davor gewesen, ihr von Joel zu erzählen.

Während sie schmutzige Gläser und Teller in die Spülmaschine räumte, musste sie über Karl Månzon nachdenken. Sie hatte Bill Lundström natürlich pflichtschuldig von ihrem Besuch bei ihm berichtet. Doch es hatte ihn nicht besonders beunruhigt, dass Mårtens Bilder möglicherweise viel Geld wert waren. Die meisten waren ja ohnehin verschwunden oder zu Asche verbrannt, wenn man Osama glauben sollte.

Schon wieder Schneesturm, dachte sie, als sie mit dem Kaffeebecher vor der Balkontür stand. Bestimmt sind das schon Anzeichen des Klimawandels.

Im Fenster des alten Mannes mit der kaputten Jalousie im Haus gegenüber war es dunkel.

Als ihr Handy klingelte, war Fatima aus irgendeinem Grund absolut sicher, dass es Joel war.

«Hallöchen!», meldete sie sich fröhlich, während sie sich in ihren Korbsessel fläzte und die Füße auf den Couchtisch legte.

«Hej, hier ist Olof Larsson.»

«Aha …», sagte sie enttäuscht.

«Tut mir leid, dass ich störe, denn Sie haben ja frei.»

«Ja, aber …»

«Ich habe versucht, Bill anzurufen, aber er meldet sich nicht. Also habe ich gedacht, ich erzähl es erst mal Ihnen.»

«Um was geht es denn?»

«Können Sie sich noch daran erinnern, als ich neulich von der Überprüfung des Sendemastes berichtet habe? Der Operateur des Telefonanbieters hat mir heute Morgen eine neue Liste gemailt. Als wir beim ersten Mal keinen Erfolg hatten, habe ich ihn darum gebeten, die Gespräche von weiteren Basisstationen im Umkreis von Tomelilla herunterzuladen. In diesem Zusammenhang tauchte diese Telefonnummer erneut auf. Osama hat also außer dem Notruf noch ein weiteres Gespräch mit derselben SIM-Karte geführt. Allerdings erst mehrere Stunden später und diesmal von einem Ort, der mehr als zehn Kilometer von Mårten Lindgrens Haus entfernt liegt. Können Sie mir folgen?»

«Ich glaube schon ...»

Bedeutete das, dass Osama doch Helfer gehabt hatte? Möglicherweise seine beiden Freunde aus Kopenhagen? In Fatimas Kopf wirbelten die Gedanken nur so herum. Verdammt, und ich dachte, es sei vorbei!

«Ich habe nachgeschaut, wem die Nummer gehört, die er angerufen hat. Es ist eine Frau namens Helga Norlin. Hieß nicht so Mårten Lindgrens Freundin? Ich checke gerade gar nichts mehr.»

Helga Norlin?

Der Name sagte ihr natürlich etwas, aber keiner in der Ermittlungsgruppe hatte ihm größeres Interesse beigemessen, soweit Fatima wusste. Joel hatte ihren Namen gestern im Auto erwähnt. Ihm graute davor, gemeinsam mit ihr zu Mårtens Haus zu fahren und eine Liste seiner Hinterlassenschaften zu erstellen, wie ihm ein Rechtsanwalt geraten hatte. Sie hatte außerdem einen erwachsenen Sohn namens Erik, der bei ihr lebte und etwas sonderbar war.

«Nein, das verstehe ich auch nicht», entgegnete Fatima. «Sie müssen wohl oder übel Bill ausfindig machen, damit er entscheidet, was wir tun sollen.»

Sie beendeten das Telefonat. Fatima blieb mit dem Handy in der Hand im Korbstuhl sitzen. Merkwürdig. Was hatte das zu bedeuten?

Dann schaltete sie den Computer ein und suchte die Telefonnummer von Helga Norlin heraus.

Es klingelte fünfmal, bis sich eine Frau meldete, die müde und erkältet klang. Sie hatte kaum ihren Namen gesagt, als sie eine heftige Niesattacke erlitt, die das Handy scheppern ließ.

«Tut mir leid, ich habe mir einen fürchterlichen Schnupfen eingefangen. Sagten Sie, Sie sind von der Polizei?»

«Ja, von der Sicherheitspolizei. Ich heiße Fatima Al-Husseini.»

«Und was kann ich für Sie tun?»

Fatima zögerte einen Augenblick. «Es mag vielleicht merkwürdig klingen. Aber ich habe eine Frage: Können Sie sich möglicherweise daran erinnern, ob Sie am Morgen nach dem Mord an Mårten Lindgren irgendwelche Anrufe erhalten haben?»

«Und warum fragen Sie?»

«Es könnte von Bedeutung für unsere Ermittlungen sein.»

«Sind die nicht bereits abgeschlossen? Sie haben doch einen Terroristen festgenommen, oder?»

«Ja, aber wir verfolgen noch diverse weitere Hinweise», antwortete Fatima ausweichend.

«Aha …»

Sie hörte, wie sich die Frau am anderen Ende der Leitung schnäuzte.

«Es ist so traurig, an all das zu denken», schniefte Helga Norlin.

«Es geht um den Morgen des zwölften Februar, wenn Ihnen das weiterhilft», erklärte Fatima. Es gelang ihr nicht ganz, ihre Ungeduld zu verbergen.

«Nein, nicht, dass ich mich erinnern könnte ... Ich habe zwar einen Anruf von der Polizei mit der Nachricht von Mårtens Tod erhalten, aber das war doch erst am Nachmittag, oder? Ansonsten glaube ich nicht ... Ach, doch. Erik hat angerufen. Der Dummkopf ist morgens zum Bäcker gefahren, um Brot zu kaufen, und hat dann angerufen, um zu fragen, ob wir auch Kaffee bräuchten. Es muss am selben Morgen gewesen sein, denn ich erinnere mich noch daran, dass sein Anruf mich geweckt hat und ich so erleichtert darüber war, dass sich der Schneesturm endlich gelegt hatte.»

«Erik ... Ihr Sohn?»

«Ja, aber ich verstehe nicht ...» Mit einem Mal klang ihre Stimme etwas argwöhnisch.

«Er ist nicht zufällig zu Hause, sodass ich mit ihm sprechen kann?»

«Nein, er ist vor ein paar Stunden weggefahren, um irgendetwas zu erledigen. Aber warum fragen Sie das alles? Was hat das zu bedeuten ...?»

«Es hat sicher nichts zu bedeuten. Reine Routine», versicherte Fatima ihr. «Entschuldigen Sie die Störung.»

Sie beendete das Gespräch.

* * *

Als Joel in die Weidenallee einbog, die zu Mårtens Haus hinaufführte, stellte er das Autoradio leiser, sodass er den Sturm wieder lauter hörte. Der Himmel hatte sich unheilvoll verdunkelt. Vor ihm waren Reifenspuren zu sehen, die bereits wieder zugeweht wurden.

Neben Mårtens schneebedecktem Cherokee stand ein dunkler Volvo. Joel schaute auf die Uhr am Armaturenbrett. Helga war offenbar schon früher gekommen als verabredet. Aus dem

Schornstein stieg Rauch, der von den Fallwinden rasch wieder aufgelöst wurde.

Sobald er die Wagentür öffnete, hatte er wie schon beim letzten Mal das Gefühl, beobachtet zu werden. Der heftige Wind riss und zerrte an der Kastanie. Der alte Baum ächzte, als würden seine Wurzeln jeden Moment ihren Halt in der Erde verlieren und er sich zur letzten Ruhe betten. Die Spanholzplatte vor dem kaputten Fenster hing leicht schief. Drinnen sah es dunkel aus. Für eine Sekunde meinte Joel einen Schatten zu erahnen, der sich bewegte. In der Dachrinne direkt oberhalb der Verandatreppe saß die Krähe und beäugte ihn.

«Sitzt du eigentlich immer hier und glotzt?», murmelte Joel heiser.

Eine Antwort erhielt er nicht.

Die Haustür war unverschlossen. Als er sie aufzog, gab das Haus genau wie beim letzten Mal einen Seufzer von sich. Merkwürdig, dachte er. Als wären Häuser Lebewesen. Mårtens Stiefel standen noch im Flur, ebenso wie seine Wollsocken noch auf der Heizung lagen. Selbst die schwarze Katze war wieder da. Sie saß neben der offenen Tür zur Kellertreppe. Das Tier miaute hingebungsvoll und leckte sich die Nase, als hätte es gerade etwas Leckeres gefressen.

Mit einem komischen Gefühl in der Magengegend warf Joel einen Blick durch die Türöffnung zu Mårtens Wohnzimmer und Atelier. Im Kamin brannte ein knisterndes Feuer. Der Haken an der Decke. Die roten Schriftzeichen auf der Tapete. Alles war noch da.

Er wollte gerade rufen, um sich zu erkennen zu geben, als er eine leise Stimme hinter seinem Rücken hörte.

«Hej, Joel.»

Erik stand neben der Kellertreppe. Er hielt eine Axt in der Hand.

«Verdammt, hast du mich erschreckt!»

«Tut mir leid, das wollte ich nicht.»

Er stellte die Axt ab und lehnte sie gegen die Wand, während er entschuldigend lächelte.

«Das Feuerholz war aufgebraucht. Und da es ja so kalt ist, habe ich beschlossen, neues zu hacken. Dann habe ich gehört, dass du gekommen bist ...»

Er ging in die Hocke und streichelte die Katze, die verschmust an seinem Bein entlangstrich.

«Wir beide haben einiges durchzugehen. Also fangen wir am besten gleich an», sagte er. Es hatte fast den Anschein, als spräche er mit der Katze.

Joel blickte sich verwirrt um. «Und wo ist Helga?»

Erik hob das Gesicht und schaute ihn mit seinen großen klaren blauen Augen an. «Mama hat mich gebeten, dir auszurichten, dass es ihr sehr leidtut. Aber sie ist noch nicht wieder gesund. Sie liegt mit Fieber im Bett. Deshalb müssen wir beide den Nachlass gemeinsam durchgehen, Joel. Es muss ja schließlich getan werden. Du hast doch nichts dagegen, oder?»

Er stand mit der Katze im Arm auf. Kraulte sie im Nacken, sodass sie sich an seinen Pulli schmiegte und zu schnurren begann. Plötzlich bemerkte Joel, dass sie nicht völlig schwarz war, wie er anfänglich angenommen hatte. Um die eine Vorderpfote herum war ihr Fell weiß, als trüge sie einen Strumpf. Mit einem Mal kam Joel das Bild in Erinnerung, als er zum ersten Mal vor Helgas Reihenhaus stand. Damals öffnete Erik ihm die Tür mit einer Katze im Arm.

«Das ist ja dieselbe Katze ...», murmelte Joel.

«Was denn?» Erik wirkte erstaunt.

«Sie ist wieder zurück», sagte Joel. «Die Katze ist zurück. Es ist dieselbe Katze, die ich gesehen habe, als ich in der Sturmnacht hierhergekommen bin. Und dieselbe Katze, die du im Arm gehalten hast, als ich Helga und dich besucht habe.»

Für einen kurzen Augenblick waren Eriks Gesichtszüge wie versteinert. Dann brach er in herzhaftes Lachen aus.

«Ach so, Picasso! Mein kleiner Liebling. Ich hab zuerst gar nicht verstanden, was du meintest. Aber es ist ganz richtig. Sie wohnt schon seit einer Weile bei mir. Habe ich es letztens nicht erwähnt? Mårten hatte kein gutes Händchen mit Tieren. Wie kann man ein Katzenmädchen nur Picasso nennen? Sie muss in der Nacht, als Mårten ermordet wurde, Reißaus genommen haben. Ein paar Tage später ist sie bei uns zu Hause aufgetaucht. Aber sie war ja auch schon vorher mal bei uns. Katzen haben einen phantastischen Orientierungssinn. Ich liebe Katzen, ich bin sowieso ein großer Tierfreund, und da habe ich mich natürlich um sie gekümmert. Irgendwer muss sie ja füttern. Ich glaube übrigens, dass sie Hunger hat.»

Aus der Tasche seiner geräumigen Jägerhose zauberte er ein Schweizer Armeemesser und eine Konservendose, die er öffnete.

«Sardinen in Öl», klärte er Joel auf. «Picasso liebt sie.»

Während die Katze schmatzend aus der Dose fraß, versuchte Joel seine Gedanken zu sortieren. Warum hatte Helga sich nicht selber bei ihm gemeldet? Selbst wenn sie krank war, hätte sie doch kurz anrufen können. Aus Erik wurde er nicht schlau. Er war freundlich und hilfsbereit, aber irgendwie nicht ganz bei der Sache. Und die Katze, konnte sie wirklich ausgebüchst sein, nachdem er sie in der Mordnacht hier in Mårtens Haus gesehen hatte, und den weiten Weg über die Äcker zu Helga und Erik nach Tomelilla gefunden haben?

Natürlich hatte man schon von Katzen gehört, die verschwunden und nach mehreren Monaten wieder zurückgekehrt waren. Aber dennoch …

«Dann legen wir doch los ...», meinte Erik.

«Aber wie gehen wir vor?», fragte Joel unschlüssig. «Ich meine, der Vorschlag stammt schließlich von Berelius, und er war der Meinung, dass Helga dabei sein sollte. Ich weiß jedenfalls nicht, wie man eine Nachlassliste erstellt.»

Widerwillig zog er seinen Mantel aus.

«Es kann ja nicht so schwer sein. Wir schreiben die wichtigsten Gegenstände auf eine Liste. Ich habe Papier und Stift dabei.»

Erik wedelte auffordernd mit einem Notizblock und einem Kugelschreiber, den er aus der Hosentasche gefischt hatte.

«Aber die Bilder? Sie sind doch das Einzige, was etwas wert ist. Zumindest wenn man Karl Månzon glauben darf. Und wo die sind, davon haben wir keine Ahnung. Die Polizei hat bereits das ganze Haus durchsucht.»

Mit einem Mal bildeten sich auf Eriks Stirn Sorgenfalten.

«Ja, die Bilder ... Was machen wir da?»

Er ließ die Katze auf den Boden hinunter, machte ein paar Schritte ins Wohnzimmer und sah sich um, als erwartete er, die Bilder mit den Schweinen auf einem Stapel in der Ecke vorzufinden. Joel folgte seinem Blick. Beide hielten bei den blutroten arabischen Schriftzeichen an der Wand inne.

Gottes Zorn.

Plötzlich verspürte Joel einen heftigen Schmerz in seinem Brustkorb. Fast meinte er, einen Herzinfarkt erlitten zu haben. Der Krampf in seiner Brust war so stark, dass ihm die Luft aus den Lungen gepresst wurde. Eine heftige Übelkeit breitete sich in seiner Magengegend aus, sodass er sich am Türpfosten festhalten musste, damit seine Knie nicht nachgaben.

Mit einem Mal begriff er.

«Du bist nach dem Mord nicht im Haus gewesen, oder?», keuchte er.

Erik blickte erstaunt drein. «Nein, warum?»

«Woher wusstest du dann, dass da Gottes Zorn an der Wand geschrieben steht?»

«Was …?»

«Du hast die Worte gestern am Telefon benutzt. Genau diesen Wortlaut. Gottes Zorn!»

In Eriks Kopf begann es zu arbeiten. Joel sah es deutlich, eine Verwandlung fand statt, eine Maske fiel, und nachdem Joel die Wahrheit erkannt hatte, konnte er sich unmöglich mit seiner Anklage zurückhalten.

«Die Katze ist nicht ausgerissen. Du hast sie mitgenommen, nachdem du Mårten getötet hast! Du warst in der Nacht, als ich kam, hier im Haus. Ich habe die ganze Zeit gespürt, dass jemand hier herumschlich.»

Als sich Eriks Nasenlöcher weiteten, ahnte Joel, was kommen würde. In dem Moment wurde ihm klar, dass er fliehen musste. Aber es war bereits zu spät. Im nächsten Augenblick verzog sich das jungenhafte Gesicht vor ihm zu einer wütenden Grimasse, und aus Eriks Kehle drang ein abgrundtiefes Gebrüll, das einen Orkan hätte übertönen können. Dann sah Joel eine große geballte Faust auf sich zufliegen, und alles wurde schwarz.

* * *

Sobald Fatima das Telefonat mit Helga Norlin beendet hatte, tippte sie Joels Nummer auf ihrem Handy ein. Es klingelte dreimal, bis eine Stimme erklärte, dass der Teilnehmer im Augenblick nicht erreichbar sei.

Sie stand auf und drehte rastlos mehrere Runden im Zimmer, bevor sie Eva Ström anrief. Fatima kam direkt zur Sache.

«Hej, Eva! Bist du auf dem Revier? Ich möchte, dass du unmittelbar eine Suche für mich durchführst. Es geht um einen

Erik Norlin. Eine Personennummer habe ich nicht, aber vielleicht geht es auch ohne.»

«Hast du nicht frei? Kannst du nicht einfach ein Buch lesen oder einen Kuchen backen, wie alle anderen auch?»

«Bitte, es ist eilig!»

«Okay. Welches Alter?»

«Um die dreißig, vielleicht fünfunddreißig.»

Sie hörte Eva Ströms Finger auf die Tastatur hämmern.

«Geht es um den Sohn von Mårten Lindgrens Verlobter?»

«Ja, aber ich gehe nur einem unbestätigten Hinweis nach.»

«Und warum ist es dann so eilig?»

Fatima schwieg und wanderte ungeduldig zwischen Balkontür und Küche hin und her.

«Hier haben wir etwas! Erik Norlin, geboren 1979. Ja tatsächlich, da existiert ein altes Urteil vom Amtsgericht in Strängnäs. Schwere Misshandlung. Er ist in die Geschlossene eingewiesen worden. Aber das ist lange her, da war er gerade mal neunzehn Jahre alt.»

«Noch irgendetwas anderes?»

«Ja, genau drei Jahre später dasselbe. Misshandlung. Psychiatrie.»

«Verdammt! Gibt es noch mehr?»

«Nee, das ist alles.»

«Kennst du irgendeinen Polizisten in Strängnäs?»

«Keinen einzigen. Aber ich kann dir eine Telefonnummer raussuchen. Ich ahne so langsam, worauf du hinauswillst.»

Ein paar Minuten später hatte Fatima sich über die Zentrale der Polizei in Strängnäs bis zum Chef der Kriminalabteilung durchgefragt. Sie hatte sich als Ermittlerin der Säpo in Malmö ausgegeben. Und sie hatte Glück. Wie sich herausstellte, stand Åke Andersson kurz vor dem Ende seiner beruflichen Laufbahn. Seine Stimme schnarrte und war etwas träge. Aber er konnte sich durchaus an den Pastorensohn erinnern, der nicht ganz richtig im Kopf war.

«Hat er etwa schon wieder etwas verbrochen?»

«Wir wissen es noch nicht.»

«Damals hatte er seinen Vater verprügelt. Beide Male.»

Die Information verursachte Fatima einen Schmerz in der Magengegend.

«Meinen Sie damit, dass Erik Norlin wegen der Misshandlung seines eigenen Vaters verurteilt wurde?»

«Ja, aber das war nicht das Einzige …»

«Wie meinen Sie das?»

Der Kommissar räusperte sich umständlich, als wüsste er nicht genau, wie weit er seine Befugnisse ausdehnen dürfte. «Ich weiß nicht, ob das hier am Telefon möglich ist …»

«Verdammt noch mal! Es ist eilig!»

Als er verstummte, hatte Fatima Angst, ihn verschreckt zu haben.

«Einen Augenblick», sagte er.

Schließlich hörte sie, wie er aufstand und eine Tür schloss. Dann war er wieder zurück.

«Also, sein Vater starb kurz darauf, das war etwas mysteriös. Er stürzte in eine Schlucht, als sie gemeinsam zum Pilzesammeln unterwegs waren. Dabei wurde dem armen Pastor der Schädel völlig zertrümmert. Uns kam es allerdings etwas eigenartig vor, dass er einfach so gestürzt sein sollte. Die Felskante war nämlich klar und deutlich im Gelände zu erkennen.»

«Sie haben Erik Norlin also des Mordes verdächtigt?»

«Nicht offiziell, nein, und einen Beweis dafür gab es ja auch nicht. Aber wir machten uns natürlich alle so unsere Gedanken. Er war schließlich der einzige Zeuge des Unfalls. Wir haben daraufhin auch die Ergebnisse der rechtspsychiatrischen Untersuchungen eingesehen.»

«Die zur Verurteilung wegen der Misshandlungen führten?»

«Ja.»

«Und wie fielen sie aus?»

«Er war extrem mutterfixiert, dieser Erik. In krankhafter Art und Weise, meinten die Ärzte. Es war ziemlich beklemmend, das Ganze zu lesen. Erik hat seinen Vater gehasst, weil er ihm seiner Ansicht nach Helga weggenommen hatte. Ich erinnere mich noch daran, dass er der Überzeugung war, durch jungfräuliche Empfängnis zur Welt gekommen zu sein. Wie Jesus persönlich. Und den Pastor bezeichnete er als Schwein, das seine reine Mutter befleckt hat. Obwohl er zweifelsfrei Eriks leiblicher Vater war.»

Fatima spürte, wie ihr ein kalter Schauer über den Rücken lief. «Und Helga?»

«Na ja, sie hat das Ganze wohl so weit wie möglich verdrängt. Verteidigte ihren Sohn, wo es nur ging. Davon, dass Erik den Pastor in die Schlucht gestoßen haben sollte, wollte sie nichts wissen.»

Fatima bedankte sich rasch für die Hilfe und beendete das Telefonat.

Sie musste mehrmals tief durchatmen. Bemühte sich zu begreifen, was sie gerade gehört hatte. Als sie versuchte, sich Erik Norlin vorzustellen, konnte sie sich kein Bild von ihm machen. Alles, was sie wahrnahm, war ihr eigener rasender Puls. Dann sah sie vor ihrem inneren Auge einen bedrohlichen Schatten.

Zuerst seinen eigenen Vater, dachte sie.

Und dann den Mann, der sein Stiefvater geworden wäre.

Sie riss ihre Lederjacke vom Bügel, knallte die Wohnungstür hinter sich zu und rannte die Treppe hinunter.

* * *

Das Erste, was Joel erblickte, als er wieder zu Bewusstsein kam, war ein Paar überdimensionale Schuhe. Sie befanden sich lediglich zehn Zentimeter von seinem Gesicht entfernt. Schwere Lederstiefel mit dicker grober Gummisohle. Als er den Kopf in den Nacken legte, um am Hosenbein des Riesen hinaufzusehen, blitzte es in seinem Kopf auf, als hätte jemand eine Brandbombe gezündet. Er sank mit der Wange wieder auf den Dielenboden hinunter. Er war feucht. Schmeckte nach Eisen. Nach Blut.

Dann hörte er da oben jemanden nervös kichern.

«Joel, wir hätten doch so gute Freunde werden können.»

Seine Schultern brannten. Und seine Handgelenke hinter dem Rücken wurden von etwas Scharfem eingeschnitten. Die Finger konnte er kaum bewegen. Joel strampelte wild mit den Beinen, ohne irgendwo Halt zu finden.

«Was sollen wir jetzt machen, Joel? Hm? Jetzt, wo du alles zerstört hast.» Erik klang ernsthaft besorgt.

Joel fuhr sich mit der Zunge im Mund herum. Er spürte ein großes Loch. Dann erblickte er den Backenzahn, den der Prediger vor einer Woche begonnen hatte zu bearbeiten. Er lag auf dem Holzfußboden direkt neben dem Absatz von einem der Riesenstiefel. Joel spuckte etwas Schleim aus. Dann versuchte er sich auf die Seite zu rollen, um auf die Knie hochzukommen. Doch sofort trat ihm einer der Bulldozerstiefel auf den Nacken, sodass sein Kinn erneut gegen den Boden stieß. Er stöhnte und blieb flach auf dem Bauch liegen.

«Du musst dich ruhig verhalten, Joel. Du verstehst doch wohl, dass ich jetzt, wo alles aus dem Ruder gelaufen ist, erst mal nachdenken muss.»

Die Stiefel verschwanden aus seinem Blickfeld. Er hörte, wie sie sich in einem Kreis um ihn herum bewegten. Die Schritte ließen die Holzdielen unter seiner Wange vibrieren. Dann begann der großgewachsene Mann dort oben ein Kirchenlied zu singen. Leise, aber dennoch mit klarer und deutlicher Stimme: «Tag für Tag, Augenblick für Augenblick ... Welch ein Trost, was auch kommen mag ... Alles ruht in den Händen meines himmlischen Vaters ...»

Ein Tenor, obwohl man hätte meinen können, dass ein Mann von seiner Größe eher Bass oder Bariton singen würde.

«Hör mir zu, Erik», nuschelte Joel. «Du brauchst Hilfe.»

Der Tritt in die Seite ließ ihn nahezu vom Boden abheben. Er verspürte einen Schmerz, als wären alle seine inneren Organe geplatzt. Joel erbrach eine saure schleimige Masse.

«Rede nicht so mit mir!», rief Erik mit schriller Stimme. «Genau das haben sie in Sankt Sigfrids auch gesagt. ‹Du brauchst Hilfe, Erik.› Ich brauche überhaupt keine Hilfe. Ich brauche nur Zeit, um in Ruhe nachzudenken.»

Es wurde still. Die schwarze Katze spazierte lautlos vor Joels Gesicht vorbei. Ihr Schwanz kitzelte ihn an der Nasenspitze. Das Einzige, was zu hören war, war der Schneesturm, der übers Land tobte.

Plötzlich wurde Joel ein Knie ins Kreuz gestoßen. Seine Arme wurden nach hinten gerissen und die Schnur um seine Handgelenke festgezurrt, sodass sie ihm noch tiefer ins Fleisch schnitt. Womit hatte er ihn gefesselt? Mit einer Angelschnur? Kurz darauf wurden auch seine Fußgelenke zusammengebunden. In Joels Gehirn wirbelten die Gedanken hilflos umher. Ich muss nach einem Ausweg suchen! An sein Handy konnte er unmöglich herankommen. Er wusste ja nicht einmal, wo es war. Sollte er schreien und brüllen, so laut er konnte? Aber keiner würde ihn hören. Langsam ging ihm die schmerzhafte Wahrheit auf. Es gab keinen einzigen Menschen auf der Welt, der wusste, wo er war.

Plötzlich spürte Joel kalten Stahl an seinem Nacken. Etwas

Schweres wurde gegen sein Ohr gepresst, glitt dann hinunter und landete schließlich mit einem Poltern auf dem Boden unmittelbar neben seiner Wange.

Die Axt!

Es blitzte auf, als sich die Flammen des Kaminfeuers in der Schneide widerspiegelten.

Jetzt waren die Stiefel wieder da.

«Hinterher fand ich, dass es ein Fehler war, Mårten zu erhängen», sagte Erik. «Ich hätte ihn stattdessen enthaupten sollen. Ihm den Kopf abhacken. So machen es doch die Mohammedaner mit ihren Schlachtopfern, oder?»

Zeit, dachte Joel verzweifelt. Ich muss Zeit gewinnen.

«Und warum hast du ihn getötet?»

Er hörte ein verächtliches Schnauben. «Mann, bist du schwer von Begriff, Joel.»

«Du kannst es mir ja erklären.»

Irgendwo im Hintergrund nahm er hin- und herwankende Schritte wahr. Dann knarrte es auf dem Dielenboden, und plötzlich befand sich Eriks Gesicht direkt neben Joels. Zwei Bergseen gefüllt mit hellblauem Schmelzwasser. Er blinzelte und legte sich auf dem Bauch zurecht. Atmete mit leicht geöffnetem Mund.

«Du musst verstehen, Mårten hat sich zwischen Mama und mich gedrängt. Zwischen uns und Gott. Mama und ich sind schließlich dazu berufen, dem Herrn zu dienen.» Er tätschelte Joel behutsam das Haar. «Gewisse Leute sagen, dass Mama Mårten dazu gebracht hat, das Licht zu erblicken. Aber das stimmt nicht. Es war nämlich genau andersherum. Er war derjenige, der sie dazu brachte, den Teufel zu erblicken.»

«Hast du Helga etwa auch getötet?»

«Nein, warum sollte ich das?», fragte Erik erstaunt. «Sie liegt zu Hause im Bett und kuriert sich aus.»

Die schwere Hand strich ihm noch immer übers Haar. Er versuchte sich wegzudrehen. Doch Erik kicherte nur wie ein kleiner Junge, der es nicht sein lassen kann, ein Insekt zu quälen. Aus seinen Nasenlöchern lugten ein paar helle Haare.

«Mama wird sich bestimmt freuen, jetzt, wo wir reich werden.»

«Aber warum …?»

«Verstehst du denn nicht, Joel? Deswegen musste ich doch diesen ganzen Zirkus überhaupt erst in Gang setzen. Um die Bilder und das Geld zu retten. Mårten hat mir vom Kunsthändler in Simrishamn erzählt. Die Bilder könnten extrem wertvoll werden, vorausgesetzt, Mårten würde von Terroristen ermordet werden. Aber es blieb nicht mehr viel Zeit. Denn Mårten hatte ja Krebs. Es war so traurig. Er hat es mir eines Tages erzählt, als wir draußen im Boot saßen und angelten. Maximal noch ein paar Monate, hatte der Arzt gesagt. Also wurde es langsam knapp.»

Er ergriff Joels Kinn und drehte seinen Kopf unsanft zur Seite.

«Siehst du, was ich an die Wand geschrieben habe? Clever, nicht wahr? Es war total einfach, im Internet nachzugucken, wie arabische Schriftzeichen aussehen.»

Als Joel die Dimensionen von Eriks Wahnsinn bewusst wurden, wollte er einfach nur losschreien. Aber er hatte keine Kraft mehr. Es war, als hätte man ihn bereits in ein tiefes Grab gestoßen, in dem er die Erde von der Schaufel des Totengräbers auf seinen Rücken rieseln spürte. Bald würde es dunkel werden. Und es würden keine Geräusche an die Oberfläche dringen.

Ich will nicht sterben!

Mit einer letzten Anstrengung riss er an seinen Armen, aber alles, was geschah, war, dass ihm die Nylonschnur noch tiefer in die Handgelenke schnitt. Er wollte mit den Beinen um sich treten, aber seine Füße waren zu eng aneinandergefesselt. In einem Anfall von Verzweiflung versuchte er den Kopf nach vorn zu schleudern und seine Zähne in dieses blasse treuherzige Gesicht zu rammen, das ihm so nahe kam, dass sie dieselbe Luft einatmeten. Doch er zappelte lediglich wie ein Fisch auf dem Trockenen.

Als er sah, dass Erik den Schaft der Axt umfasste, auf die Knie hochkam und schließlich aufstand, wurde Joel klar, dass er sich nun innerlich darauf vorbereiten musste zu sterben. Allerdings hatte er keinen blassen Schimmer, wie er das tun sollte.

«Irgendwie schade», sagte Erik und seufzte. «Ich glaube, wir hätten richtig gute Freunde werden können, du und ich.»

Von irgendwo dort oben hörte Joel ihn murmeln: «Vater unser, der Du bist im Himmel ... Dein Wille geschehe.»

Dann spannte Erik seine Muskeln an, hob die Axt über den Kopf und holte weit aus.

«Aber Helga», schrie Joel. «Sie wird doch herausfinden, dass du ein Mörder bist!»

Von oben hörte er einen schweren Atemzug.

«Sie wird mir verzeihen», entgegnete Erik überzeugt. «Mama verzeiht mir immer.»

Der Knall war kurz und heftig.

Zuerst dachte Joel, dass es sein eigener Halswirbel wäre, der gebrochen war. Doch dann spürte er eine schwere Last auf seinen Körper hinuntersacken.

* * *

Sie feuerte einen einzigen Schuss ab. Das Loch in der Fensterscheibe war nicht größer als ein Einkronenstück. Als die Axt auf dem Fußboden aufprallte, war ein lautes Poltern zu hören. Dann sah sie, wie die großgewachsene Gestalt dort drinnen zusammensackte.

Mit der Pistole im Anschlag sprang sie die Verandatreppe hinauf und trat die Tür ein.

Auf dem Fußboden vor dem Kamin lagen zwei Personen.

Zuerst glaubte sie, dass beide tot wären.

«Joel!», schrie sie.

Dann sah sie, dass er sich bewegte.

Sie steckte ihre Waffe ein, ergriff den Arm des breitschultrigen Mannes und riss und zog an seinem schweren schlaffen Körper, bis es ihr gelang, ihn zur Seite zu wuchten. Ein kurzer Blick genügte, um sie davon zu überzeugen, dass sie ihn unschädlich gemacht hatte.

Joel wimmerte, während es in seinem Bein leicht zuckte.

Neben ihm lag ein rotes Schweizermesser. Sie warf sich auf die Knie, klappte die Schneide aus und durchschnitt die Nylonschnur um seine Handgelenke. Das Fleisch war bis auf die Knochen eingeschnitten. Sein Pulli war am unteren Rücken dunkel und feucht.

Nachdem sie auch die Schnur um seine Fußgelenke gekappt hatte, half sie ihm vorsichtig, sich zu drehen. Seine Wange, die auf dem Dielenboden gelegen hatte, war mit Blut und Dreck verschmiert. Unterm Auge war eine gelbliche Schwellung zu erkennen. Im Mundwinkel war die Lippe eingerissen. Aus einem Nasenloch rann schwarzer Schnodder.

Fatima beugte sich tief zu ihm hinunter.

«Joel! Hörst du mich?»

Es sah aus, als versuchte er zu lächeln, doch sein Gesicht verzog sich lediglich zu einer Grimasse.

Sie riss sich die Lederjacke vom Leib, knäulte sie zusammen und schob sie ihm unter den Kopf. Sein Brustkorb hob sich. Er atmete also. Sie legte ihm die Fingerspitzen auf das verletzte Handgelenk und fühlte nach seinem Puls.

«Fatima …», lallte er.

Sie lächelte ihm rasch zu, nahm dann ihr Handy zur Hand und tippte Eva Ströms Nummer ein.

«Eva, du musst kommen. Zu Mårten Lindgrens Haus. Ich habe einen Mann erschossen.»

«Bist du unverletzt?»

«Ja, es ist vorbei. Aber Joel ist verletzt. Wir brauchen einen Krankenwagen.»

«Ich komme.»

Mit einem Mal war es, als wiche jegliche Kraft aus ihr. Das Handy glitt ihr aus der Hand und fiel zu Boden. Sie lehnte sich mit dem Rücken gegen den schweren Ledersessel und schloss die Augen. Ein paar Sekunden lang ausruhen.

Als sie die Augen wieder öffnete, sah sie, dass Joel sich auf die Unterarme gestützt hatte. Er stöhnte und kroch mühsam zu ihr hin. Sank dicht neben ihr in sich zusammen und lehnte seinen Kopf schwer gegen ihre Schulter. Sie strich ihm behutsam über die verklebten Haarsträhnen.

Vor ihnen lag Erik Norlin nahezu an genau derselben Stelle, an der Mårten gelegen hatte, auf dem Rücken, die Arme ausgestreckt wie ein Engel. So sah er also aus. Ein schwarzer Engel in weißem Gewand.

Mitten auf seiner Stirn klaffte ein kleines Loch. Ein Meisterschuss, dachte sie. Papa wäre stolz auf mich gewesen. Fatima selbst war bereits klar, dass sie von nun an gezwungen sein würde, mit der Einsicht zu leben, das Leben eines anderen Menschen ausgelöscht zu haben.

Sie legte einen Arm um Joel. Gemeinsam lauschten sie dem Heulen des Schneesturms, der an der Kastanie riss und die Dachbalken des alten Eternithauses ächzen ließ. Vielleicht, dachte sie. Vielleicht muss ich ja nicht so einsam bleiben.

EPILOG

Joel presste die Urne an seine Brust und blinzelte in die Sonne, die langsam im Westen niedersank. Die gewaltigen Grabsteine der Schiffssetzung warfen lange Schatten im Gras. Unterhalb der Abbruchkante glitzerte das Meer silbern. Ein frischer Frühlingswind blies in Richtung Horizont. Er würde genügend Kraft haben.

Joel hatte die Stelle sorgfältig ausgewählt.

Die Fotografie von Mårten mit Strohhut beim Ausflug nach Ales stenar. Auf dem Bild hatte er glücklich ausgesehen. Und immerhin handelte es sich hier um ein altes Wikingergrab.

Als er einen Blick auf die drei Frauen warf, die feierlich in einer Reihe standen, erfüllte ihn ein zärtliches Gefühl.

Siw Wollgren hatte die Idee blendend gefunden. «Wie romantisch», hatte sie voller Entzücken ausgerufen. «Seine Asche mit dem Wind übers Meer wehen zu lassen.» Das rote Akkordeon der Marke Walter hatte Joel allerdings nicht finden können. «Das macht doch nichts», versicherte sie ihm. «Ich lebe sowieso in der Erinnerung.»

Zu Ehren des Tages hatte sie sich eine rote Rose in ihr goldblondes Haar gesteckt. Ihr Leopardenpelzmantel war aufgeknöpft und flatterte im Wind.

Rakel hielt einen Strauß Schneeglöckchen in der Hand. Sie war wie immer in Grau und Schwarz gekleidet, was an einem Tag wie diesem, wo immerhin eine Bestattung stattfand, durchaus angemessen war. Sie war jetzt endlich frei, aber dennoch bedrückt. Die Polizei war zum Mörderhaus gekommen und hatte

Torsten abgeholt. Die letzte Verkündigung des Predigers, bevor sie ihn abführten, war ein giftsprühender Schwur, Rakel totzuschlagen, wenn sie nicht bis in alle Ewigkeit auf ihn warten würde.

Helga hatte gegen die Zeremonie protestiert. «Mårten muss schließlich in geweihter Erde begraben werden.» Doch ihren Worten fehlte die Überzeugungskraft. Jetzt würde sie nicht nur um ihren Verlobten, sondern auch noch um ihren einzigen Sohn trauern müssen. Sie hatte eine Weile an Joels Brust gelehnt geweint. «Wofür soll ich denn jetzt noch leben?»

Begriff sie eigentlich, dass Erik sowohl den Mord an Mårten als auch an seinem eigenen Vater in Strängnäs begangen hatte? Sie sah so hilflos aus, wie sie in ihrer Trauerkleidung dastand, diese großgewachsene, unbeholfene Frau.

Dann stellte Joel die Urne ins Gras und öffnete seinen Saxophonkoffer. Das Instrument leuchtete auf dem roten Seidenfutter.

Er hatte vor, nur ein einziges Stück zu spielen.

Mårten musste es anscheinend gefallen haben, wenn es ihm einen Fünfhunderter wert gewesen war.

«Somewhere over the Rainbow
Way up high …»

Als die letzten Töne über die Ostsee geweht und verklungen waren, sah Joel, dass alle drei Frauen Tränen in den Augen hatten.

Als er das Saxophon gerade zurücklegen und die Urne anheben wollte, erblickte er eine Gestalt, die geradewegs über die Wiese auf die Abbruchkante zugelaufen kam, vor der sie standen. Ihr Haar flatterte im Wind.

Elna?

Die Sonne blendete ihn. Die Fotografie. Das Schwarzweißfoto von Elna, auf dem sie mit wehenden hellen Locken auf der

Leiter stand. Irgendwann war es verschwunden, sein einziges Foto von ihr. Aber jetzt kam ihm aus irgendeinem Grund in den Sinn, dass es Elna, seine eigene Mutter, war, die im letzten Augenblick beschlossen hatte, dass sie Mårten ein letztes Geleit oder zumindest ein Winken zum Abschied schuldig war.

Für eine Sekunde wurde Joel schwindelig.

Dann sah er, dass es Britt war.

Sie japste, als sie ankam, lächelte entschuldigend und stellte sich ein Stück hinter die anderen Trauergäste.

«Also, dann beginnen wir.»

Als er den Deckel der Urne abhob, war er überrascht, wie wenig sie beinhaltete. Lediglich ein paar Hände voll grauer Asche. Durchsetzt mit winzigen Knochenstückchen.

Ein Leben.

Mehr ist es nicht.

Ein guter Mensch war Mårten nicht gewesen. Das würde Joel niemand weismachen können, da konnten die drei trauernden Frauen sagen, was sie wollten. Aber vielleicht war er eben auch nicht durch und durch böse gewesen?

Joel musste an seine Worte im Testament denken.

Endlich frei.

Jetzt würden sie wohl beide frei sein, nicht wahr?

Er wartete ab, bis eine kräftige Windbö kam, und warf die Asche dann, so hoch er konnte, in die Luft, wo sie sofort aufs Meer hinausgeweht wurde und sich auflöste.

Die Frauen standen andächtig schweigend da.

Siw Wollgren winkte in Richtung Wasser.

Rakel bekreuzigte sich.

Helga stand lediglich mit leerem Blick und feuchten Wangen da, stattlich und stumm.

Dann machten sie sich eine nach der anderen auf den Weg. Siw gab ihm einen feuchten Kuss auf die Wange und beeilte sich, wieder zum Parkplatz zu kommen. Rakel drückte seine Hand und zwinkerte ihm kurz zu, als wollte sie ihr gemeinsames Geheimnis noch einmal besiegeln. Helga drehte sich um und ging, ohne Abschied zu nehmen, ihres Weges.

«Wie fühlt es sich an?», fragte Britt, als sie außer Sichtweite waren.

«Tja, jetzt ist es überstanden.»

«Ich wollte noch mal vorbeikommen und tschüs sagen …»

Joel nickte.

«Ich gehe nämlich nach Norwegen», erklärte sie. «Dort werden Zahnarzthelferinnen händeringend gesucht. Ich habe eine Vertretungsstelle in Bergen bekommen. Gut bezahlt.»

«Aha», entgegnete Joel erstaunt. «Und Gunnar?»

Sie lachte auf, und für eine Sekunde meinte Joel, dass der Wind leicht nach Zitrone duftete.

«Du hattest recht. Er ist ein Idiot. Und außerdem hast du mich ja daran erinnert, wie es ist, es mit einem anderen Mann zu tun.»

Dann schlang sie die Arme um seinen Hals und küsste ihn heiß und innig.

Als sie ebenfalls gegangen war, setzte Joel sich neben die leere Urne an der Abbruchkante. Das Gras war feucht. Aber die Sonne wärmte die Wangen leicht. Einige Möwen segelten übers Wasser.

Es gab noch einiges, worüber er nachdenken musste.

Mårtens Angst vor dem Tod. Vielleicht ahnte er, dass Erik plante, ihn umzubringen. Aber wie sollte er Helga gegenüber so etwas über ihren geliebten Sohn äußern? Und er hatte ja niemand anderen …

Mårten wusste, dass der Krebs ihn besiegen würde. Dennoch hatte er Todesangst, dass ihn jemand um seine letzten Tage bringen würde.

Und Erik, Helgas Riesensohn, der so von Hass durchdrungen war. Er hatte in seinem kranken Hirn alles genau geplant. Die Bilder, die ihn und seine geliebte Mutter reich machen würden, hatte er zu Hause auf dem Dachboden versteckt.

Er muss in der betreffenden Nacht im Haus gewesen sein, dachte Joel. Hat er gehört, wie Mårten bei mir anrief? Erik war dort, als ich ankam. Und er hat sich davongeschlichen, als ich bewusstlos auf dem Fußboden lag. Wäre ich wieder zu mir gekommen, hätte er mich dann getötet?

Irgendwelche Spuren im Schnee hatte Erik nicht hinterlassen. Er hat Glück gehabt, hatte die Polizei gemeint. Er hatte ganz einfach verdammtes Glück, dass der Schneesturm alle Spuren verwischte, sowohl als er kam, als auch, als er ging.

Als die letzten Sonnenstrahlen hinter den Steinblöcken der Schiffssetzung verschwanden, spürte Joel eine Hand an seinem Nacken. Er wusste sofort, wer gekommen war. Warme Finger schoben sich unter den Rollkragen seines Norwegerpullis. Das Leder ihrer Jacke knarrte ein wenig, als Fatima sich neben ihn ins Gras setzte.

«Mein Vater ist krank. Ich konnte ihn nicht alleinlassen.»

«Was Ernstes?»

«Weiß nicht. Er driftet irgendwie immer weiter ab.»

Joel legte den Arm um sie und zog sie zu sich heran.

«Und wie lief es?», fragte sie.

«Gut. Mårten ist jetzt frei wie der Wind.»

«Heute Nacht habe ich geträumt, dass mein Vater gestorben ist. Einfach so. Es war schrecklich. Ich habe mich absolut einsam gefühlt.»

«So wie ich?»

«Hm …»

Der Himmel färbte sich langsam dunkler. Vereinzelte Wölkchen segelten aufs Meer hinaus. Aber die Nacht würde sternenklar werden.

«Bill Lundström hat mich angerufen. Die Dänen haben vor, die beiden Männer wegen der Drohungen hinsichtlich der Brücke zu verklagen.»

«Gab es denn Drohungen?»

Fatima zuckte unter seinem Arm mit den Achseln.

«Keine Ahnung.»

Als hätten sie die Gedanken des anderen gelesen, legten sie sich gleichzeitig auf den Rücken ins Gras und schauten in den Himmel hinauf. Man konnte bereits einige kleine leuchtende Punkte erahnen. Ein Flugzeug auf dem Weg nach Süden hinterließ einen langen weißen Kondensstreifen.

«Ich muss gerade an Osama denken», sagte Fatima. «Er hat zwar deinen Vater nicht getötet. Aber ich bin mir sicher, dass er sich gewünscht hätte, den Mut dazu aufzubringen. Es ist so … krank. Offenbar war es reiner Zufall, dass er diese Worte in seinen Laptop geschrieben hat. Gottes Zorn.»

Eine ganze Weile lang lagen sie schweigend da.

«Es klingt vielleicht blöd», meinte Joel. «Aber ich denke gerade: Worin besteht eigentlich der Sinn von alledem?»

Sie wandte sich ihm zu. «Der Sinn des Lebens?»

«Ja …?»

«Muss es denn einen geben?»

«Eigentlich schon … oder?»

Fatimas Gesicht lag im Schatten. «Für Osama ist der Sinn des Lebens der Tod», murmelte sie. «Für uns, für dich und mich, ist es wohl das Leben selbst.»

MIX
Papier aus verantwortungsvollen Quellen
FSC® C083411
www.fsc.org

Das für dieses Buch verwendete FSC®-zertifizierte Papier
Holmen Book Cream liefert Holmen, Schweden.